读客外国小说文库

熊猫君激发个人成长

吹口哨的女人

[英]A.S.拜厄特 著

黄协安 译

文汇出版社

图书在版编目（CIP）数据

吹口哨的女人 /（英）A. S. 拜厄特著 ；黄协安译
. -- 上海 ：文汇出版社，2021.9

ISBN 978-7-5496-3599-3

Ⅰ．①吹… Ⅱ．①A…②黄… Ⅲ．①长篇小说－英国

－现代 Ⅳ．①I561.45

中国版本图书馆CIP数据核字（2021）第119647号

吹口哨的女人

作　　者 / ［英］A. S. 拜厄特
译　　者 / 黄协安

责任编辑 / 张　涛
特邀编辑 / 张敏倩　　王　品
封面装帧 / 文　薇

出版发行 / 文汇出版社
　　　　　　上海市威海路 755 号
　　　　　　（邮政编码 200041）
经　　销 / 全国新华书店
印刷装订 / 河北中科印刷科技发展有限公司
版　　次 / 2021 年 9 月第 1 版
印　　次 / 2021 年 9 月第 1 次印刷
开　　本 / 880mm×1230mm　　1/32
字　　数 / 402 千字
印　　张 / 16.25

ISBN 978-7-5496-3599-3
定　　价 / 88.00 元

侵权必究
装订质量问题，请致电010-87681002（免费更换，邮寄到付）

A

WHISTLING

WOMAN

A S Byatt

目 录

第1章

……画眉鸟说："这是最后一棵树。"这最后一棵树是一株矮小的荆棘，黑色的枝丫被风吹歪了，偏向他们来的方向。"从前，"画眉鸟说，"更远的地方还有树。早些时候，远处有一棵发育不良的树，叫克鲁姆霍尔茨。这里越来越荒了。"

他们望着沉沉的暮色，曾经有树木扎根的峭壁已经很难看清。

"现在没有人会去那里。"画眉鸟说，"从前，在冬天来临之前，还是有游客的。如今，他们都很害怕啸鹩，它们的叫声太吓人。现在的冬季也比以往更长。白天，这里到处都是啸鹩。"

"根据地图和史书记载，"阿特格尔说，"我们要找的地方在另一边。我们必须赶在冬天来临之前离开这里。"

"不能让追捕者找到我们。"马克说。

"我有生以来，就没有看见有人到过那里，也没有人从那里出来。"画眉鸟说着抖开有斑点花纹的羽毛。他的有生之年不长，活动范围也很有限。他的羽毛很厚，坚硬、粗糙。

"那边是什么样子的？"阿特格尔问。

"都是矮灌木丛、石头、苔藓和地衣，池塘水很深，水面结冰，河流都结冰。我听说还有一些白色的东西，在雪地里跑得很快，会躲进洞里。池塘里有动作敏捷的灰色蝾螈。他们说那里的地衣能吃，虽然不算美味。不过都是道听途说，我没去过那边。"

"啸鹬呢？"

"没有活人见过它们，"画眉鸟说，"听到它们的声音，就差不多活不成了。它们飞得很快，滑翔而过，像灰色的影子，它们的声音……"

"怎么样？"

"据说像吹口哨，声音很尖，任何活物听了都受不了，没有听不见的。你听起来可能只是一点声响，狗听起来会像听到口哨声一样。但是，啸鹬的叫声能够刺穿任何动物的耳膜，不论是鸟、人、熊、雪鸡，哪怕是你那个看上去像死了的爬行动物。"

阿特格尔看了看多拉克西列克斯，自从上次被野火烧了之后，他就没有了生命迹象。

"我听他的，"阿特格尔说，"如果有人可以叫醒他的话。"

画眉鸟说："如果啸鹬叫醒了他，你就活不成了，还听什么。你很快就只剩一堆白骨。"

夜幕降临前，他们挨着最后一棵树搭起了帐篷。周围声音很嘈杂，有时是高声怒吼，有时是嗡嗡作响，有细腻柔滑的，也有像颤抖的。冰冷的风呼啸吹过这最后一棵树干枯的枝丫，让枝丫咯咯地叫。还有尖锐刺耳的，像口哨声，是不是人类发出的声音，分不清楚。马克说，夏天，他听海豚在南方蓝色的水里唱过歌。他们就是从那儿来的。"这风就像针，像刀，"朵儿·特罗斯托说，"也像猛禽的利爪。"他们嚼着肉干和葡萄干，不过东西太少了，很快就吃完了。

早晨下着雪，雪花很细，又干燥，被强风一阵阵吹着，始终在空中盘旋，能见度很低。他们讨论着应该让谁出去看看情况。马克问阿特格尔，地理书中有没有这个地方的地图。阿特格尔说有几张北方王国的地图，地图上没有清晰的边界，分不清哪里跟哪里。地图上有几条河流，还画着许多传说中的野兽，有的有二十条腿，有的长着弯曲的爪子。上面写着："白色荒原"。他记得，地图上有一两条看不到尽头的小路，箭头向北，指向地图界外。书很精美，每一页的边上都画着金色的苹果、深红色的樱桃以及翠绿色的藤蔓，还有铁斧和打火石。

马克之前是个小厮，朵儿·特罗斯托记得，一开始他总嘲笑阿特格尔这位年轻的王子，阿特格尔会跟他们讲他读过的狩猎书、历史书和地理书，这些书都是他在南方那座白色巨塔里读的，马克说阿特格尔在那里读书就像坐牢一样。朵儿·特罗斯托知道，正是阿特格尔运用他的知识，带着他们穿过了森林。他会好多种语言，可以和陌生人交流，他读过关于如何追踪和潜行的书，所以他们能在艰难的环境中找到食物。马克教会阿特格尔怎样抓鲑鱼，怎样偷蜂蜜，怎样像个天真的孩子一样在小酒馆里和当兵的瞎聊。现在，他们不再是王子，也不再是小厮和保姆了，他们经历了磨难，皮肤变得粗糙，肌肉充满力量，眼光也变得很尖锐。有一条蛇曾经教过阿特格尔兽语，不过，朵儿觉得，他们现在已经融入动物圈子了，他们可以像狐狸一样藏在树林里，像野兔一样躺在草地上，不会被人家发现，也可以像狼一样在山上行走，如履平地。

马克说，天太冷了，到了夜里，他们无法看着星星走下去了。

接着，在风声和树枝的噼啪声中，他们第一次听到了口哨声。哨声起起伏伏，音调不断升高，后来就听不到了。他们知道，声音并没有消失，他们的大脑正被搅弄。朵儿的勇气消失殆尽，她觉得自己就是一个傻瓜、一个疯子，她竟然为了寻找一个可能仅仅是传说中的王国，一个根本不存在的王国，带着两个孩子来到这里。马克也傻了，他觉得也许这次真的无路可走了，面前只有茫茫的冰雪，而身后是一直在追捕他们的人，不管他们躲到哪里，都会被他们找到，遭他们折磨摧残，像家禽挨宰的时候一样。阿特格尔觉得那声音太可怕了，会摧毁他们的大脑。随后，声音渐渐消失了，他们都感觉获得了解放。阿特格尔想到在皮帽子下搓两个小毛球，塞进耳朵里。

早上，两个男孩出去了，朵儿留在了荆棘树下。"如果我们三天内没回来，"阿特格尔说，"你就必须回去。我不在，士兵应该不会伤害你。"

"别胡说，"朵儿说，"无论怎么样，我都会跟着你们。到目前为止，我还没有跟丢过。"

在刺骨的霜冻中小心翼翼地走了一两英里之后，他们发现耳朵还是用得着的，他们需要仔细听脚下是否有裂缝，附近是否有脚步声，是否有树枝折断，是否有翅膀的拍打声。他们在刺柏中间发现一条小道，顺着这条小道，他们走上了更宽阔的一条小路。他们稳稳地踏上去，马克注意到沿路有一些石头，那些石头可能是人家放在那儿当标记的。云层越来越低，越来越厚。细看之下，他们发现石头上有划痕，一块石头上有一个箭头，像三只爪的鸟脚印，接着发现另一块也有同样的痕迹。他们决定，如果再发现一块，就回去接朵儿，把食物拿来，然后顺着这条路一直走。一阵风吹起，冰雪从脸上刮过，像刀子割过一样。他们听见风中传来了歌声。起初，他们都没有提起，让歌声留在自己的心中，伴随着他们的脚步以及血液的流动。最后，马克忍不住说：

"你听到风中动人的歌声了吗？"

"你也听到了。歌声很悠扬，像笛子一样。"

"也像沙漠中的海市蜃楼，不过，那些都是冰雪房子。"

"也许是啸鹤的叫声。"

"也可能是啸鹤受害者的灵魂的叫声。"

他们奋力向前走着，前方越来越模糊。他们再也没有发现标记。风裹挟着冰雪，击打在他们身上。马克说：

"歌声太悲伤了，令人难以忍受，难以忍受……"然后，他摔倒在阿特格尔身后的雪地里。阿特格尔回头时，他脑海中的甜美旋律，顿时变成了高低起伏的口哨声。在倒在马克身边之前，他伸手，用戴着皮毛手套的手指，摸出羊毛球，赶紧塞进耳朵里面。羊毛球并没有完全挡住口哨声，只不过让声音变小了，听起来像颇有穿透力的窃窃私语。然后，他看到有些东西，一只、两只、三只、五只、八只、十三只，张开灰色的翅膀滑翔而来，和迷雾融为一体。它们伸着天鹅一样细长的脖子，身后蹬着鹭一样的细腿，长着淡金红色明亮的喙，形状像短弯刀。它们围成一个圈，落在马克和阿特格尔的周围。马克惊悚地看到，在弯刀喙的上方，它们长着跟人一样的脸，有一双眼睛，眼睛上面有拱形的眉毛。它们的头发被遮在羽毛下面，或者说和羽毛融为一体，在肩膀上抖散开来。它们的脚踝长着羽毛，脚踝以下长着爪子，爪子紧紧地抓住冰冷的石头，而脚踝以上和人的双腿无异。灰色的翅膀像宽大的斗篷，而斗篷下面则是人形的身体，它们的身体和女性一样，有高耸的乳房和纤细的腰肢，只不过上面长着白色的绒毛。阿特格尔无法动弹，尽管他听得见、看得见。

夜色越来越浓，在雪白的大地上，啸鹤开始旁若无人地跳起舞来，它们的爪子僵硬地挪动，但长长的脖子像迷人的蛇一样，优雅地扭动着，冲着这两个人鞠躬、唱歌。阿特格尔知道，它们吹口哨其实是在唱歌，但他听不懂它们唱的是什么。他尽力想听清楚，把面前这些东西当成鸟，但听到的只有咯咯声和嗞嗞声。接着，他把这些东西当成女人，但听到的只是毫无意义、含混不清的音符。然后，他发现，不知怎的，马克被缠在一只冰丝茧里，这个茧就像光亮透明的寿衣，渐渐地，寿衣变得坚硬，像棺材一样。他的手和脚也都缠绕着细丝，他想挣脱掉，却无能为力。他模模糊糊地意识到，他必须听懂它们说的是什么话，它们在说什么，否则他一定会没命的。他尽力听着，他这辈子从未这么用心听过别人说话。他想听懂它们在讲什么，发现它们的语言极度混杂。它们的羽毛和皮肤在发声，它们的喉、舌头和牙齿也在发声，各个部位都在发声。他能够听到声音，甚至可以组建这些音符，于是，他在脑海里对这些音符进行分割和重组，像把一件紧身大衣裁剪成两部分，然后左脑和右脑同时发动，将它们缝合成新的整体。"可惜，"他说，他终于说出一句奇怪的话，这时，他的舌头感觉像皮革一样僵硬，"可惜，雌鸟，鸟女……友善的……动物……这个……男人……也是……友善的。"我们是好人，他喊着，小声喊着说，请求它们不要伤害自己。一只啸鹤说：

"他听得懂我们说的话。"

"我听得懂。"

"他居然从口哨声中听懂了我们说的话。"

"我听得懂你们说的话，啸鹤。我听得懂，也会说。"

他用鸟语说："是蛇王教我的。"他用人类的语言说，"不要伤害我们，我们是迷路的人，没有恶意。"接着，他用啸鹤的语言说，"我能听懂你们说的话，你们也听得懂我说的话。"大脑里仿佛有一把刀，将大脑切割成两半，又同时跟两半都有接触。

它们停止唱歌，凑到一起，围成一圈，交头接耳，不时发出口哨声。然后，它们又回来，其中一个低声吹着口哨，吞吞吐吐地说：

"我们会带你到安全的地方过夜，不会伤害你。你听得懂吗？"

"听得懂。"

"我们也会把你的朋友带去。他没事，会醒来的。"

它们用三对六只爪子抓起马克，飞走了。透过厚厚的毛皮衣服，阿特格尔感受到带鳞片的爪子紧紧抓着他，离开地面越来越远，冷风灌进他的帽子里。他们向北飞行，很快消失在黑暗和狂风中。渐渐地，阿特格尔什么都不知道了。

醒来的时候，他就在一个山洞深处，身边有一个火堆。马克在他旁边睡着，冰丝茧已经融化了。鸟女们在岩石壁架上，用尖锐的喙啄着灰色的翅膀。它们给他带来了汤，味道很苦，灰溜溜，黏糊糊，装在一个高大的罐子里。它们围在他身边，问他是谁，要去哪里。他觉得无法隐瞒，就告诉它们，他叫阿特格尔，是哈雷那的王子。他还告诉它们，那些黑色的船涌入港口时，他就从南方逃了出来，他还有几个同伴，除了马克，还有他的家庭教师朵儿·特罗斯托，还有几个在途中死掉了。他还提到，据说，他父亲在北方有个表兄弟，叫哈马斯基尔·弗维尔德·乌尔夫。朵儿告诉过他，乌尔夫会给他提供绝对安全的庇护，躲开巴尔巴桑格从莫莫里派来的间谍和刺客。他也说，这个北方王国也许只是一个传说。朵儿是将他藏在洗衣车里面的时候说给他听的，当时他以为是真的。但是，随着旅途越来越艰难，他渐渐起了怀疑。也许，除了冰天雪地和闪烁的寒光，荒芜的北方什么也没有。

"有这个王国。"一只啸鹤说，她叫巴泽道，"再过去有座冰山，就在那山谷里面。这个王国有很多名字，有人叫它霍夫花园，也有叫它哈勒拜或者韦拉尔登的。我们叫它韦拉尔登。韦拉尔登的国王一直都是法术高强的巫师。他们会变身，能够随意变成狼或者熊，然后出入荒地，视察王国的边界，他们还会和风神对话，用耳朵听就知道结冰的范围是否扩大或缩小了。在韦拉尔登，只有男人可以变身，女的就留在山谷里，纺纱、带小孩、照料果树和鲜花，从未离开过山谷。我们也想出去，也想感受风雪与黑暗的速度，看看这里面有什么危险。我们诱惑了一个年轻学生，让他把他会的都教给我们。然后，我们用羽毛做外套，可以在夜间飞翔，哪怕是暴风骤雨。拂晓前，我们会越过山壁飞回来，把杂乱的头发编成辫子，穿上长袍、穿上拖鞋，然后到果树下唱着甜美的歌。但是，我们被一个女叛徒出卖了，事情败露，我们遭到了羞辱。愤怒的人们在韦拉尔登城门外烧了我们的女性衣物，差点也要把我们烧死。但是，我们给他们造成了一点恐惧，我们在他们的脑海里吹响了口哨，把他们吓坏了，结果他们仅仅赶走了我们，仿佛一群叫嚷的鹅，声称我们是不干净的邪灵。所以，我们乘风而行，躲开猎人和雪鹰，来到这个没有活物的地方。我们越来越生气，因为没人能听懂我们讲的话，直到你来。"

他们一直聊到深夜。阿特格尔很有礼貌地听她们讲完悲伤的流亡故事，才提起自己的事，然后他问她们韦拉尔登的国王是不是他的亲戚哈马斯基尔·弗维尔德·乌尔夫。她们说应该没错。她们不敢靠近那座城市。"不过我们会送你们一程，"巴泽道说，"帮你们穿过那片荒野，还会帮你们找吃的。和我们相比，你们一路上会遇到更大的危险，一些古老的敌人，寒冷、黑暗和饥饿，比我们可怕得多。我们在这片土地上空盘旋、飞翔这么久，从未见过有人从这里平平安安地过去。我们可以让你看看那些尸骨，人都被冰封了，看起来像睡着了一样，还有那些平时很了不起的马儿和雪橇狗。我们也想和一些人说说话，可是，听到我们的歌声，人家都死了，就你们没死。果真到了韦拉尔登，也许，当你见到哈马斯基尔·弗维尔德·乌尔夫的时候，你会跟他提到我们，说起我们流浪的经历。"

阿特格尔鼓起勇气问巴泽道，她是否想变回女人。她说，不想，翅膀掠过风的感觉和在暴风雨中自由飞翔的感觉，她绝对割舍不掉。但她希望别再被韦拉尔登人唾弃，希望又可以和亲人在一起喝酒。

第二天，朵儿·特罗斯托看到一些东西朝她飞来，飞得很快，穿过沉沉的乌云，一个、两个、三个、五个、八个、十三个，其中有两个背着什么东西，飞得比较低。她看到那些东西长着长长的脖子和尖尖的喙。她飞快地从最后一棵树旁的火堆中拿出一块烙铁，准备和它们拼命，至少得干掉几个。但是，阿特格尔的声音从空中传来，告诉她不要伤害这些啸鹤，因为它们是朋友，不是敌人，会帮助他们穿过荒野。

于是，一群啸鹤一起载着他们，继续前行。一路上，它们叽叽喳喳，聊得没完没了。他们穿过冰冷的灌木丛和冰冷的沼泽，专找地下洞穴睡觉。尽管阿特格尔一直在和巴泽道说话，但朵儿·特罗斯托仍然不信任这些啸鹤。朵儿觉得它们脾气不好，动不动就发火，而且反复无常，随时会丢下他们一走了之。尽管它们长着乌黑的眼睛、柔滑的睫毛和弯弯的眉毛，她还是觉得它们的眼神冷漠无情，不像人类。她觉得它们在算计她。不知道它们为什么会帮助和保护他们，说不定一会儿就会害他们，把他们变聋。她看到巴泽道的目光一直停留在阿特格尔身上，而巴泽道的姐妹们则一直看着巴泽道，它们的鸟头可真漂亮。但是，朵儿不明白它们在想什么，甚至不知道它们是否有思想。

经过几天奋力前行，他们在寒雾中隐隐约约看到远处的山峦，冰封的山顶拔地而起。飞近，他们看到高大的石头路标，接着是雕刻着图案的门柱，前方好像有一条路在山间蜿蜒，这条路人迹罕至，但依稀可见。啸鹤放下三个旅行者，伸展开翅膀，扇动了几下，也叫了几声，估计是在感叹好不容易到了。

"累死了，"巴泽道说，"真要命。不过你们可以进山了。你得小心背后追捕你们的人，不管碰到什么生物，都要跟他们好好说话，不管是蠕虫还是狼，那里的东西都说不准是什么变的。"

三个旅行者对啸鹤表示感谢，阿特格尔想拥抱巴泽道，但她向后退，长长的脖子歪到一边。

"我不会忘记你的，"阿特格尔说，"永远。"

"我们还会见面的。"巴泽道说。

门柱上雕刻着螺旋上升的图案，有狼、龙、蛇和信天翁，有野兔和蜗牛，还有那片寒冷的土地上最不应该有的东西——树枝上的蝴蝶。夜幕即将降临，他们匆忙进山了。在他们的身后，一群啸鹤像箭一样飞走，不一会儿看起来就像一群蜜蜂，最后完全消失在黄昏的天空中。

他们继续走进山里，暮色愈加浓重。他们注意到山腰上有微光闪烁，像有人在眨眼，又像百叶窗背后点着灯笼，百叶窗时关时开，是用来发出信号的。马克觉得他们像是来自投罗网的，他紧紧握住刀把，脚步很轻。他们面前的山很陡，黑乎乎的一片，空中的星光逐渐暗淡、消失。他们在蜿蜒的山路上前行，往黑暗的山里越走越深。走了很久，他们决定休息一下。他们抱成一团，裹在皮帐篷里，断断续续地打着瞌睡。

他们被一只小公鸡的打鸣声叫醒。打鸣声一声接着一声，声音清脆，仿佛在向看不见的日出致敬。接着，他们看到山边出现淡淡的金灰色曙光。随着阳光铺洒大地，他们看到，尽管背后和周围都是冰封的黑色玄武岩，他们的前方却是一堵白色的城墙，将城内与城外的山谷决然隔开。城墙上有城垛，几只黑色的公鸡在上面雄赳赳、气昂昂地走着，时不时打着鸣。他们看到城垛之间有人脸晃动。城门是一面巨大的栅栏，用树干制成，装着明亮的铰链和硕大的锁。阿特格尔刚刚上路就已经在设想此时他会放声大喊：

"我叫阿特格尔，巴尔巴多里亚之子，哈雷那王国的王子，来自南方小岛，我是来寻找亲族的。"

实际上，他是这样说的：

"我们是三个疲倦的旅行者，想要找个地方休息一下，请您放我们进去。"那几只公鸡一起打鸣，仿佛一曲狂野的合唱。大门敞开，早已疲惫不堪、衣衫褴褛的阿特格尔、马克和朵儿·特罗斯托背着沉睡的多拉克西列克斯走进了这座神奇的城市。

城内和城外完全是两个世界。在他们的眼前，是宽阔的白色街道，房屋都开着窗户，壮观的喷泉正在喷水，阳台上盛开着猩红色、金色、紫色和蓝色的花朵，树木枝叶繁茂。他们抬起头，大吃一惊：那是夏天的骄阳。自从被野火烧了之后，多拉克西列克斯就一直在昏睡，像死了一样，跟石头一样沉重。此时，他醒过来了。他展开翅膀，伸直尾巴，张开爪子，抬起头，眨了眨有鳞片的眼睛，轻快地爬出马克的背包，走到地上，一蹦一跳。他突然的苏醒和活跃的状态，超出三人的意料。他们穿过许多条漂亮的街道。总有一群人跟在他们身后，但没有靠近。朵儿·特罗斯托感觉穿着皮毛衣服太笨重，过了一会儿，他们三人停下来，脱掉大檐帽、风帽和厚重的外套。他们的步伐更轻快了，原先冰冷的皮肤感受到了温暖阳光的抚摸。他们走进一个大广场，广场上有一圈喷泉，燕子在空中飞翔，还有一座竖着罗马柱的大厅。大厅的台阶上站着一个身材高大的人，阿特格尔从未见过这么高大的男人。他留着茂密的黑胡子，黑色的鬈发看起来像一串串葡萄，黑色的眉毛下长着一双黑色的眼睛。他穿着黑色的长袍，长袍上绣着绿色和金色的图案，不知道是藤蔓还是蛇，长袍上还缀着宝石花，墨蓝色的星星不停闪烁，还有月亮、太阳和金苹果。他佩带一把重剑，剑鞘很旧。他走下台阶，先后拥抱了阿特格尔和马克，接着又充满敬意地抱了一下朵儿·特罗斯托。

"欢迎，"他说，"欢迎，阿特格尔、马克，还有朵儿老师。我一直在等你们。我就是哈马斯基尔·弗维尔德·乌尔夫，到了这个城市，你们就没事了。在这里，就像在自己家一样。你们先洗漱一下，然后吃点东西，接着，你们可得跟我说说你们一路上那些惊心动魄的故事。"他重复了一遍，"到了这个城市，你们就没事了。"

这是自从出发以来他们首次没有感到恐惧。他们觉得，哈马斯基尔·弗维尔德·乌尔夫说得没错。在他的城市里，他们很安全。

阿加莎对围在她身边听故事的人说："故事到此结束。"

所有人都没说话，异常安静。

利奥说："结束了？"

"结束了。"阿加莎说。

那是1968年的夏天。这个故事讲了两年。两年来，几乎每个星期天阿加莎都会讲，直到这天故事宣告结束。故事漫长曲折，本以为永远不会结束。最初的听众是阿加莎的女儿莎斯基亚，她今年八岁了，还有弗雷德丽卡·波特的儿子利奥，他们母子住在阿加莎位于肯宁顿哈梅林广场的家里。住在广场对面的阿吉蓬家有两个孩子，分别叫克莱门特和萨诺（全名叫阿萨内修斯），后来这两个孩子也成了常客。弗雷德丽卡自己也总会过来，丹尼尔·奥顿也常常一起来。丹尼尔是弗雷德丽卡的姐夫。他是一个牧师，不过不穿牧师服。他是一个专业的倾听者，在本地的圣西蒙教堂任职，负责接听绝望的人打来的电话。还有两个听故事的人是奥托卡尔家的双胞胎约翰和保罗。约翰是编写计算机语言的，保罗更喜欢别人叫他"扎格"，他是"扎格和齐格齐格齐山羊"乐队的主唱。阿加莎这么断然宣告故事结束，让大家都难以接受。阿加莎合上笔记本，表情一如往常地平和，镇定自若。

利奥皱着眉头，红色的眉毛都快打结了。

"还不能结束。我们还有很多没听到。那些啸鹟后来怎么样了，他的叔叔是什么样的人，他爸爸在哪里，这些都还是谜，一直等着您揭开谜底，结果您却说，您却说……"

莎斯基亚睁大眼睛，也张着嘴。她没说话，白皙的皮肤现在紫一块、红一块。过一会儿，她吼了一声，应该是出于本能，她实在怒不可遏。泪水从她紧闭的双眼中喷涌而出，顺着脸颊落下来。阿加莎把手放在她的肩膀上。莎斯基亚甩开她的手，一头扎进了丹尼尔的怀里，丹尼尔用大手抱着她。

"怎么回事？"萨诺问。

"怎么说停就停了？"克莱门特问。

所有人都对这样的结尾感到不满，像被针扎了一样难受。阿加莎好像对大家的激烈反应有些吃惊，但她什么也没说，双手拿着笔记本。

"我觉得，这就是圆满的结局。"她说。她的声音有些颤抖。

"喝点茶吧。"丹尼尔说着走进厨房。他把水壶放到炉子上，同时听到利奥清脆的声音，和他妈妈的声音一样清脆。

"这哪里圆满？根本不能算是结局。"

"什么样才算是结局？"弗雷德丽卡问，"结局总是虚无的……"

"不、不、不，"利奥说，"故事结局有很圆满的，但这个不圆满，甚至都不算是结局……"莎斯基亚一直在抽泣。

这就是两个女人带着她们的孩子们，不是同一个家庭，但孩子们是威廉·布莱克小学的同班同学。弗雷德丽卡好不容易逃离前夫的魔爪，离了婚之后，为了方便，就跟阿加莎母女住在一起。她们俩都算混得不错，不过阿加莎显然混得更好一些。阿加莎是公务员，她晋升很快，事业有成，她有专门的秘书、电话和办公室。她是个有社会地位的女人。但是，她的私生活是个谜。没有人知道莎斯基亚的父亲是谁，尽管阿加莎曾偶然嘲弄地说过只有在英国公务员制度中，妇女才有权养育三个非婚生子女，没有迹象表明她有其他孩子，她也刻意对自己的个人生活缄口不言。这对弗雷德丽卡来说是好事。阿加莎要是换成另一种人，弗雷德丽卡可能得把自己的那些事情都供出来，甚至是主动抢着招供。但是，阿加莎的沉默和冷静，更突显了她内在的美好。她们很实在地相互扶持着。利奥偶尔会回乡下去看望他的爸爸。这两个女人相互帮衬，照顾孩子、购物和买书，她们都安排得很有效率，像一家人似的，日子过得相当惬意。利奥和莎斯基亚是朋友，很少吵架。如果他们是亲兄妹，估计争吵的次数会多得多。阿加莎和弗雷德丽卡也相敬如宾，如果她们是姐妹，估计就不会如此。丹尼尔是弗雷德丽卡死去的姐姐斯蒂芬妮的丈夫，他经常想起这个问题，但他不知道弗雷德丽卡是否也想起过。阿加莎似乎从未考虑过要建立一个家庭。一切都比他们预期的或者希望的要好得多。

　　后来，在安顿利奥上床睡觉的时候，弗雷德丽卡认真地想过那个结局。什么样的结局会让人幸福到流泪？就她自己而言，那是渡尽劫难后父子或者母子团聚。《小飞侠彼得·潘》的结局，是孩子们飞回托儿所和现实的世界。《雾海迷航》的高潮，是父亲出乎意料地出现在荷兰港口，就在惊涛骇浪的另一边。她将水顺着儿子结实的脊柱倒下来，鼻子凑到他湿漉漉的火红头发上面。她想到了莎斯基亚，她可以说是没有父亲的，关于她父亲的姓名和过往等，从来没有人提起过。弗雷德丽卡想，就算找到一个失散多年的叔叔，对于阿加莎来说，都是难以接受的。但是，以后的星期天要怎样过呢？他们就得自己看书了。她不会讲故事。她很好奇阿加莎是否想过发表她的故事。她可以把故事拿给鲁珀特·帕罗特看看。出版商甚至可能劝阿加莎将故事继续讲下去，也许会出续集……

这样，故事就有结局了。弗雷德丽卡坐着等她的情人来找她，此时，她突然心里打起嘀咕，他们的关系会有怎样的结局？她想，从一段恋情（这个词已经过时，但她越来越讨厌关系这个词）萌芽，到不断猜测这段恋情如何、为何、何时结束，中间一般只有一小段不那么真实的美好时光。那就是所谓的爱情，爱情会产生清晰、强大、定向、难以抗拒的能量。这种能量缺乏时，人们渴望它出现，它存在时，人们又会感到害怕。（一个三十三岁的女人应该知道，所谓这种状态能够永远延续，那是一个可怕的念头，是一种折磨人的幻想。）弗雷德丽卡穿上短款白色棉睡衣，梳理着红色的秀发，她想，这种爱情可能持续几天、几个星期，或者几个月，在这段时间里面，不想着那个人的脸庞和身体，我们什么都干不成。然后，在某一天，我们会发现爱情消失了，什么都没留下，爱情结束了。是什么杀死了爱情？她把所有灯都关掉，只留床头灯，掀开被子准备睡觉。那经常是因为，在两个恋人相遇之前，他们早早就设想了一种完美的爱情范式，而一方或者另一方未能达到设想的要求。我想要一个比我更强大的男人，他能包容我的脾气和错误，让我有安全感。约翰·奥托卡尔希望成为这样一个强大的男人，但不知为什么，现在反过来是需要我来安抚和宽慰他。但是，如果我这么做，所谓的爱情就不再是爱情了，那就是一般的感情。她站在镜子前，看着自己骨感、干练的脸庞，撇着嘴巴做了个鬼脸，抚摸着一头亮丽的头发，就像一种舞蹈。友谊没有这种正儿八经的范式。所谓爱情，其实是一个虚构的故事。可能还有别的东西，更狂热、更严苛、更强烈的东西（或许是生命吧？），需要我们相信爱情，不过，那是这个东西使然，不是我们自己的追求。我们只是共谋而已。她记得，她曾在那个花园里扮演过年轻的伊丽莎白一世，这位年轻女王的力量在于她认识到，分离与孤独即安全。

弗雷德丽卡等着敲窗户的声音响起，这种感觉有点玄乎。她留心着所有的窗户，包括地下室的窗户、她这个套间的窗户。就怕他不来，我们一般都很担心，即使我们真的不在乎他来不来。

但是，半年前，乃至一个月前，我都没有用任何语言想过什么是爱情。当时，我心里惦记着他的嘴巴、他的屁股和他的双手。像我这样爱胡思乱想的人，一想到他的双唇、双手和双眼，我就别的什么也不想了，所以，我感到很庆幸，很感恩。

敲窗户的声音响起时，她走过去看了看，像往常一样，她感到一丝丝害怕。她看到一个满头灰白头发、脸庞宽阔、身材高大的男人，她透过玻璃看到了他的笑容。

问题是，眼前这个熟悉的人，到底是她的恋人，还是一个入侵者？隔着玻璃，弗雷德丽卡分不清约翰和保罗。有时候，就算不隔着玻璃，她一下子也分不清他们两个人，如果保罗搞点小名堂，她就更分不清了。不论弗雷德丽卡和约翰能否看到，他们约会的时候，保罗总是以第三者的身份存在，他们进进出出的时候，保罗总是跟在后面。他们在床上做爱的时候，感觉保罗的影子也在周围，归于宁静的时候，她更能感受到保罗的存在。

弗雷德丽卡和约翰之间形成了心照不宣的默契，通过这种默契，弗雷德丽卡知道这个男人是约翰，不是保罗。他在玻璃上哈了一口气，画了一个大写的字母"L"，弗雷德丽卡知道，这个字母代表

"利奥（Leo）"，而不是"爱（Love）"。

保罗像猫一样，很会爬上爬下，他在栏杆外面偷看，认出这个暗号只是时间问题。她打开门，约翰在昏暗中走进来，张开双臂。她立刻就知道他是一个很实在的人，不是她对情人的幻想，也不同于她对约翰·奥托卡尔的想象，他就是一个呼吸急促的男人，头发凌乱，已经迫不及待。她合上百叶窗。四只手一起，飞快脱光他的衣服，两人跌跌撞撞上了床。

后来，他们说了一会儿话。他们大多是在夜里说话，这有约翰工作的原因，但主要是因为弗雷德丽卡不愿意约翰经常或者过多地被卷入利奥的生活。这对他们俩都好。如果利奥对约翰太依赖或太排斥，如果约翰看利奥不顺眼或者觉得他是个负担，如果弗雷德丽卡不喜欢这个男人跟利奥说话的语气，那就有危险了。

他们此时此刻说的话，大部分在以前都说过了，这是否意味着他们的恋情已经开始进入尾声？约翰的话都很少，有时几乎没有。他的才能在指尖和舌头。他很擅长计算机语言，包括FORTRAN和COBOL，不过，弗雷德丽卡是个数学盲。

这次，约翰说了一些不同以往的话。他说，他获得了到北约克郡大学任职的机会，为科学家编写计算机程序，还负责一个计算机部门。

弗雷德丽卡说："这么说来，你得搬去那里生活。"

"是的。"

她感到一阵恐慌。

"什么时候开始上班？"她尽量让自己保持冷静。

"我说这边得再干三个月。他们要我马上就过去。"

弗雷德丽卡本能地想，他是不要我了，他想离开我，他想结束我们俩的关系。她这样揣摩他的心思，倒是让结局变成了灾难。

"我们不会再见面了……"她的声音听起来很平静。不知道他有没有听到她说的话，在她说这句话的同时，他说：

"这是巨大的进步。责任更大，空间也更大，可以实现我的想法……"

你只想着你自己，她心想。她很生气，但她没有说出来。她又说了一遍：

"我们不会再见面了。"

"不是这样的。不是。有那么糟糕吗？弗雷德丽卡，我们会有未来吗？"

"不会，"她终于大声说道，"如果你就这样去了那边，我们肯定没有未来。"

"我本以为也许你不会太介意。"他说。

她一下子无法找到一个真实的答复。她想找吗？此时此刻，她觉得自己就像一个被遗弃在森林里的孩子。约翰·奥托卡尔吞吞吐吐地对她说：

"如果你真的介意，我们可以一起想办法解决问题。你有家人在那里。那里不是禁地吧。"他很少这样说话。

"我是从那里逃出来的。我离开了北方，现在是这里的人。"

"好吧。"他说。他的声音很平静，但这句话没有任何意义。

弗雷德丽卡自己有好几个身份。她是父母的孩子，是一个女人，是孩子的母亲，是约翰的情人，还是一个孤独的人。这几重身份纠缠不清，就像缠绕在陶罐中的蛇，让她感到很不安。她换了个话题，说：

"星期天，我和利奥去科学馆，你想不想一起去？你懂得比我多……"

"不行。我要参加'灵虎会'组织的聚会，保罗需要我去参加。"

"他为什么总是叫你去？他有很多小组，除了这个'灵虎会'，他还有心理治疗小组，还有'扎格和齐格齐格齐山羊'乐队，为什么总是需要你去参加？"

"你知道的，我们是双胞胎，分不开。你知道的。"

这是他们平时要反复说的话，每次见面都会说。

"似乎没有人考虑你需要什么。你不是贵格会的教徒，不是搞音乐的，也不会心理分析。"

"没错。但我是更坚强的那个，你知道的。和外表正相反，我是更坚强的那个。"

"尽管如此，他也不能总占你便宜啊。"

"我和他没有分别，弗雷德丽卡。我也想过分开对待，但是我做不到。我一直都和他没有分别的。就是这样。"

"我知道。"

"如果你不希望我去北约克郡大学，那我就不去。"

"不存在我希望不希望你去，我也没有权利阻止你去。你必须为自己负责。"

他们很难过，但没有争吵。约翰·奥托卡尔不想再说话了，他抚摸着她的乳房和腹部，后来她转身来对着他。他们又做了一次爱。

弗雷德丽卡想，这一切都会变成记忆符号而已。玻璃后面的那张脸，还有我们像两把剪刀的四条腿。我为什么要陷入伤痛？我不知道有什么理由要受到伤害，既然我知道肯定要受到伤害。

她这么心烦意乱，是爱情存在的标志吗？

她想到了利奥。他是另一个男人的儿子，现在，那个男人也只剩下一些记忆符号了。当然，他也是她自己的儿子。她和利奥相处的方式很特别，因为她不是一个充满母性光辉的慈母。她身体瘦弱，没有像其他母亲一样给孩子温暖的拥抱和温馨的家。但是，作为两个独立的人，她很了解利奥，也很尊重他。

　　她想，在必要的时候，她甚至会为利奥付出生命。这种想法实在太愚蠢，这种情况不会出现，也从未出现过。但是，她有这个准备，这让她很惊讶。

第2章

观察蜗牛的最佳时间是雨后的黎明。冈吉阿普裂谷的光线像水一样灵动，摇曳闪烁。发源于米默冰川湖的峡谷，就像一只巨型手套的手指，此时，水汽蒸腾，所有山谷都被水雾笼罩着，像蒙着一层薄纱。无论探索者对这里的地形地貌了解多少，在这种湿漉漉的空气中行走，心情肯定非常愉悦。在他们的眼前，山是流动的，像波浪一样不断改变形状，坚硬的石头和被风扭曲的树篱会突然冒出来，像是被包裹着羊毛，或者泡沫。荆棘上的水滴闪闪发光，如同一面面棱镜，折射出五颜六色的光。蜗牛顺滑地穿过湿漉漉的草皮，爬过干砌的石墙，留下一条条错综复杂的银色丝带。它们的外壳闪闪发光，鸽子灰色的半透明身体上闪烁着自己的分泌物，纤细的触角在他们面前晃动着，既探测着空气的湿度，也观察着周围的状况。蜗牛壳五颜六色，非常可爱，有的是浅柠檬色，有的是深玫瑰色，有的是发绿的烟灰黑色，有的是浅黄外壳绕着深色的螺旋，有的是玫瑰色外壳绕着乳白色的螺旋，有的是金色外壳绕着一条深色的带，有些像幽灵一样，白色外壳盘着灰白色的线条。 其中大多数是树丛蜗牛，嘴唇黝黑，也有一些（不是很多）白唇的大红蜗牛，除了嘴唇，其他方面都很像。有些蜗牛的肩上还有一些亮晶晶的蓝色、绿色或深红色斑点，最近一组研究人员把这些蜗牛放在那里，追踪它们的运动轨迹和命运走向。

从维多利亚时代的理查德·汉曼比牧师和爱德华时代杰出的业余贝壳学家约瑟夫·曼校长开始，已经有好几代人在研究邓维尔庄园以及四周冈吉阿普石灰岩高沼地的蜗牛种群。卢克·莱斯加德-皮科克和杰奎琳·温瓦尔都在研究蜗牛群体的群体遗传学和生物多样性。蜗牛的演化史，像象形文字一样，就刻在它们脆弱的外壳上。他们分别观察深色和浅色的壳体，计算一条、两条和三条螺旋的比例，然后与前辈的记录进行比较。在汉曼比和曼的时代，蜗牛被称为螺旋生物，没有大红蜗牛或树丛蜗牛的说法。汉曼比认为，树丛蜗牛和大红蜗牛是不同的物种。对此，曼没有明确表态。根据他的观察，这些蜗牛是混合生活在一起的，但也不止一次观察到这两种生物分别聚集在山毛榉树的树枝上。

"我之所以到这里来，尽量靠近它们，是希望亲眼看看这两个物种之间的联姻是否属于正常现象。对于那些攀在树上很高的蜗牛，我用功能强大的野战眼镜观察，谨慎是勇气的重要部分。在一条山毛榉林荫道上，无数蜗牛攀在树上，我数了数，有六十对幸福的伴侣，其中有二十五对是大红蜗牛，其余的是树丛蜗牛。根据我的观察，我没有看到一起交叉联姻的情况，黑嘴唇的总是跟黑嘴唇的配对，而白嘴唇的跟白嘴唇的配对。H型变种是一种杂种蜗牛，体格较小，有粉红色或棕色的嘴和肋骨，我从来没有观察到这种品种可以交配。"

杰奎琳的论文即将完成，她的论文旨在确定蜗牛种群的变化（例如蜗牛壳条纹的减少和颜色的单一化）是否受到遗传和达尔文自然选择的影响，或者是否受到环境变化的影响。林地景观的斑块有利于形成条纹吗？最近画眉鸟减少，会带来什么影响？卢克对群体遗传学的关注范围更广，关注的种类也更多，但是，他对蜗牛种群的田野调查也持续了好几年，并发现了一些有趣（也可算是异常）的模式。

卢克和杰奎琳相互配合得很好，他们在潮湿的地面上悄悄走动，记录和绘制了各种颜色和形状的数字和位置。他们跟蜗牛一样仔细，也跟蜗牛一样不慌不忙，翻看一块块草皮和一块块石头。杰奎琳在一处"画眉鸟的砧板"前停下脚步，把被画眉鸟捣碎和吃掉肉的蜗牛壳收集起来放到一起，清点了一下，其中大多是深色条纹的，也有几个带绿色斑点的。带绿色斑点的这些原先不是在树林里的，而是在有鸡舍的田野和开阔的沼泽之间的树篱上的。卢克继续前进，随着太阳吸走薄雾并温暖了大地，他看到并闻到了燃烧的气味。有人在墙边放了大火，烧了一大片，烧焦了整块地，墙壁烧得滚烫。烧焦的木板碎片渗着焦油，散落在大火的边缘。卢克捡起两三个发黑的蜗牛壳，已经烧得看不出什么区别，手指一捏就碎了。不管放这把火是为了什么，这里已经乱套了。蜗牛特别喜欢聚集在墙壁上冬眠，这场火刚好就在墙根放起来。他一直在研究跟踪这些蜗牛，想看看它们是否会回到原来的地方。他喊杰奎琳过来，她上来一看就傻眼了。

他们两面对着灰烬、起着泡的杂酚油和被烧焦的地面，认定这是有人在搞破坏，这是对科学的亵渎。他们一直在踏踏实实工作，一步一个脚印，可是，这场大火几乎毁掉了这一小块地的一半。卢克说：

"这样一来，我们得到的结果就不准了。"

杰奎琳说："就几只蜗牛，用不着这么伤感。"

"这哪里是几只啊，有很多。特别是在那堵墙上。"

杰奎琳在一块岩石上坐下。卢克将手搭在她的肩膀上。杰奎琳拨开他的手，拿起笔记本。她开始画着火区域的草图。卢克抬起头，看见远处有人走过来。那是一个身材矮小的女人，穿着马裤，身后紧跟着一条黑白牧羊犬和一只羊。她一瘸一拐，好像是刚伤到的。过一会儿，她靠近时，他们看到她的脸上有严重的瘀伤，嘴唇肿胀。她提着一个大篮子，里面的鸡蛋整齐地排列着，但上面还沾着血迹。她是邓维尔庄园的主人，也是这块地的所有者，她叫露西·奈比。

"皮科克博士，杰奎琳，早上好呀。"她的声音非常亲切。

他们都没有提起她的伤情。卢克说：

"你的一把火毁了我们的研究。"

"不是我干的。甘纳才是始作俑者，当然，我也有分。他想建层架式的鸡笼，在草甸那边。于是我们烧掉了旧鸡舍。反正也要塌了。我没顾着蜗牛。这里到处都有蜗牛，对不对？我是说，这里的蜗牛不算最多……"

"好吧，就因为这堵墙……"

"我很抱歉。无论如何，甘纳……"

她没有说完这句话，没有这个必要。她喊了那条叫雪莉的狗，也喊了那只叫作托比亚斯的绵羊。它们一起小跑着过来。她说："用新鸡笼，可以让母鸡多下很多蛋。"她的眼皮迅速拱起来，看上去像是在眨眼。她是不想让杰奎琳对鸡笼里的母鸡说三道四。露西有点严肃地说："在你们的研究报告里面，你们可以把甘纳闯的祸称为不可抗力。"

卢克说："我宁愿蜗牛活着。"

露西·奈比说："所谓不可抗力，就是无所谓你想要什么。听懂了吗？"接着，她朝庄园的方向走去。庄园坐落的地方，就像手套里最长的手指的位置，旁边的米默冰川湖，又黑又深，在芦苇丛生的岸边。露西的原名叫露西·霍尔兹沃思，她继承了这个庄园。她的丈夫就是甘纳，甘纳生于惠特比以北的斯泰思小镇的一个航海世家，她刚接管这个庄园的时候，他就来帮忙，后来他俩就结婚了。现在，是他负责管理农场，农场里主要饲养高沼地绵羊，还养了一些母鸡、鸭子和鹅。最近，他装了火鸡围栏，跟监狱很像。他们出租一些瘦弱的小马供游客玩乐。露西身材苗条，皮肤白皙。她有三个孩子：卡拉、埃利斯和安妮。

卢克说："有时候，我就觉得这个项目不靠谱。"

"是吗？我觉得还能做，除非有人用核弹之类的东西杀死所有蜗牛。"

"反正，你的论文数据已经收集得差不多了。"

"我明白。我一直在想……"

卢克伸手去摸她坚实的手指，她又把他的手拨开。

"我决定去问问莱昂·鲍曼，看他是否愿意让我参加他的研究项目。我想做硬科学。我想研究记忆生理学。我以为你会研究蜗牛的巨大神经元，研究它的传导性能。这是非常精确的研究，我想做像这样的事情。"

"明白。为什么？"

"不知道为什么。我只知道那是我要做的。和康拉德·洛伦兹有关系。我读他的书的时候，就有了这个想法。他支持本能，反对现代观念，即一切都是环境的产物。相反，他认为一切都是内在反射的产物。我想进入这个领域，研究其中的奥妙。他在书上还写道，我们对'学习的生理机制'一无所知。然后，我想就是这样，这就是接下来的事情。这可能是我的下一个研究领域。鲍曼在鸽子视觉方面做得非常好……"

卢克说："行吧。但他不是一个好人。"

"没关系。"

"有关系。当然有关系。人品非常重要。我会想念你的。"

"想念我？我还会来跟踪蜗牛的……"

"我有些话想跟你说。"

"别。"

"先别说'别'字，你要听完我要说的话……"

"好吧，好吧。别说了。我们这样就挺好的。"

卢克伸出一只手。杰奎琳向后退，她的身体和他之间的距离变得有点太大了。他想，这不和求偶舞正相反吗？这是躲避异性的一个仪式性举动，她进一步完善了，而他看出来了。他想到了洛伦兹关于动物行为的研究。如果不接受雄性，大多数雌性动物会撕咬，会抓挠或咆哮。她只是退了一两步，但迹象很明显。她并不喜欢他。作为一名科学家，他感到迷惑不解的是，尽管她已经非常明确地表明了态度，但他还是非常想要拥有她。

她再次弯下身，在笔记本上画这块焦土的草图。卢克靠着墙，凝视着远处的高沼地。他经常想，他可以将自己的生活变成一种关于爱情或欲望的科学实验。对于他自身的行为，有一个科学的解释就是说，同类的雄性物种，比如狒狒和猿猴，整天就想着性和竞争，整天就想着找雌性，争取和它们交配。他已经认定了杰奎琳就是他命中注定的那个女人，但是，那个科学道理无法解释这一点，解释不了他为什么不能做出更理性的决定去找一个更顺从、更愿意接受他的女人。初看到杰奎琳，他就认定她是他命中注定的那个人，那时，她才刚刚结束少女时代，整个人看起来非常清纯，简直是白璧无瑕。他想，这里面的机制是否类似于印刻。你可能会收到一波信息素，让你充满了渴望，但是，那不也让你陷入一年又一年看不到希望的等待吗？他想到刚刚破壳而出的小天鹅会把鹅或者鸭当作父母，甚至发出类似声音的拉杆箱也有这个待遇。

他想到露西·奈比养的绵羊托比亚斯，这只羊肯定把自己当作介于人类和牧羊犬之间的动物。但是，人类经常追求没有希望的爱情，深陷其中不可自拔，而他们本应是独立的存在。也许，某个原始的脑细胞正等着被一张脸唤醒，看一眼她的臀部，或者听到她的声音，也会唤醒这个脑细胞。这就是与生俱来的印记，等着被激发？杰奎琳的动作敏捷、利落，她棕色的双眸灵动活泼，但她不是特洛伊的海伦，也不是能让众多工蜂甘心效劳的蜂后，更不是吸引飞蛾扑过来送死的紫色灯火。事实上，她另一个追求者一直表现得很矜持，甚至跟刚才杰奎琳躲卢克一样躲着她。在和卢克相识之前，杰奎琳就一直对马库斯·波特很有好感。卢克很看不起马库斯，马库斯的目光总是很茫然，好像他需要一个女人来帮他确认衬衫的纽扣是否扣对了，穿的袜子是否正好是一对。马库斯不仅是个呆子，他还很瘦弱，脸色苍白。除了盲目地绵软无力地捅一捅，很难想象他在床上还能干什么。他认为杰奎琳肯定不是处女了，但他相信她还没有与马库斯·波特一起睡过觉。这也是一个谜。可是，她总是那么温柔、充满期待地看着他……

对于失败的爱情，他感到奇怪的另一件事是人总是和理性对立，不顾对本能行为的理性观察，总是希冀情况有所变化。卢克没有见识过很多这样的情况，他甚至不确定自己是否看到过——那些本来追求不到的对象突然改变心意，爱上惨遭拒绝的人。他知道有一两个退而求其次接受备胎的情况，男人女人都有，然而，他们情感最热烈的区域，专门为爱的人留的空间，永远地关闭了。他是怎么知道这些的？因为他在观察。你可以对人类的爱情进行实验，就像挑一些猿猴、兔子、山雀或马鹿去做实验一样。你可以让你自己感染或接种各种菌株（你要清楚有什么后果），医生也经常在自己身上做疫苗实验。他想被治愈吗？不，他想要杰奎琳。他苦涩地观察到，不管是纯粹的理性，还是自我保护的盲目本能（更不用说传宗接代的必要性了），都要求他放弃这个明显徒劳的追求。太阳升高了，已经挂在山顶，卢克充满爱恋地看着杰奎琳，此时，她正蹲在被烧成灰烬的草丛和石南花丛中。

　　杰奎琳尽力专注地画着她的图。她不喜欢令别人失望，尤其是卢克。然而，相比于她对电传导率的关注，以及她研究巨大神经元活动的积极性，这点心思是微不足道的。杰奎琳·温瓦尔和弗雷德丽卡·波特一样，是个有雄心壮志的女人。而她几乎随随便便地就实现了一个接着一个的梦想。她在卡尔弗利的郊区长大，父亲是药剂师，母亲是幼儿教师。她的父母对她在学校的表现非常满意，但从未对她说过"你将来会上好大学"，更不会说"你将来会成为科学家"或"你会做出一些重大发现"这样的话。自然研究对人的成长很有好处，而杰奎琳专注开展研究的能力表明，她具有友好、朴实而热情的天性。杰奎琳的父母和杰奎琳都认为探索自然是有趣的爱好。他们认为她会结婚生子，而这种爱好对于以后教孩子认识这个世界非常有用，可以让孩子有事可做。杰奎琳和弗雷德丽卡有所不同，她并不总是也不希望成为班里的特优生。但是，她的学业表现那么优秀，肯定会去上大学，这也是学校对她的期望，而且，杰奎琳那时对知识的渴望也鞭策着她去上大学。

　　对于自己的未来，她也有着传统的期待。未来的某一天，她会遇到那个对的人，也会披上白色的婚纱，在管风琴音乐的伴奏下，和那个人一起步入婚姻的殿堂。在此期间，她也谈了好几次恋爱，有些是出于生理上的好奇，有些是她想走上她之前所期望的那条道路。在此期间，她一直跟马库斯·波特保持着若有若无但根深蒂固的关系，她没有和他睡过，对于他，她有强烈的母性责任感，与此同时，她很崇拜他的数学天赋。马库斯不属于这个世界，不像是个真实的存在。当杰奎琳认识到自己的雄心壮志时，她开始怀疑她就是因为这个原因而选择了他。显然，他不可能是让她穿婚纱的那个人，他不会是那种烧了晚饭和她在烛光下一起吃的人，也不是和她在浴室里光着身体燃烧激情的那种人。正因如此，她可以继续专注于工作，把考试、论文、蜗牛以及记忆生理学放在首位，还不至于认为自己是一个怪物。她希望能躲开别人的注意力。最好都不必要考虑这个问题。如果人家不怎么注意到你，你干什么都会顺利一些（至少如果你是个女人）。

弗雷德丽卡还在学校读书的时候，她就知道自己会成为一个大人物，别人会把目光投向她，各种荣誉都会青睐于她，她走在街上的时候大家都会认识她。她想拥有一切，爱情、性爱和思想。她还结过婚，生了利奥，并竭尽所能去过好小日子。杰奎琳觉得她比不上马库斯这个聪明过人的姐姐。但是，她开始意识到自己有无穷的好奇心，因此她有一股巨大的动力，她渴望去探索这个，接着探索那个，再接着去探索另一个。她的好奇心就像住在山洞里的一条龙，必须给它喂食，绝对不能拒绝，如果她不给它喂食，它会毁灭她。接下来，她要向莱昂·鲍曼说明这一切。她很想对卢克说："我不值得你对我太好了，跟我在一起，你会感到孤独的。"但是，她知道不说出来也许会更好。她希望卢克能将对她的爱转移到别人身上，这样，他们就可以心安理得地接着一起共事。

卢克经常梦到杰奎琳。在他的梦中，她有时是一只棕色的鸟。大多数时候，她是一只棕黑色的黑鹂，尖锐的喙是金黄色的，眼睛也是金黄色的，可是，她的眼睛是棕色的。通常，这只黑鹂比一般的黑鹂大，很像雄鸡，昂首挺胸，步伐矫健。它会出现在树丛蜗牛中间，那是他总能见到杰奎琳的地方，并且，这只鸟会忙着收集蜗牛，将它们堆在平坦的石头上。他知道（这是一个简单的梦），他不应该跟着它，但他还是会跟着，这只鸟会看着他，侧着长着深色羽毛的头，金色的喙闪闪发光。有时，也不算经常，它会把蜗牛从壳里啄出来，蜗牛会挂在它的嘴上，不停地蠕动。有一次，他抓住它，紧紧抱着它，而它会一动不动，毛茸茸的，很温暖。过一会儿，他会感到它的心跳越来越快，他知道他必须做出决定，要么放开它，要么杀了它，然后，他会在一身汗水中醒来。他认为这是一个非常简单的梦。但这种说法不对，其中的含义不能随便简化。它棕色的羽毛，它的警惕性，它纤细的双腿，以及怦怦乱跳的小心脏等改变了他，也改变了她在他心目中的形象。他对此进行了科学的思考。当她进入大脑的记忆库时，她会发现一个女人变成了熟睡中的男人脑壳里的一只鸟吗？

第3章

副校长像往常一样早起。他坐在大桌子的后面（他身材高大，可能有六英尺五英寸高），望着"他的"草坪，其实他知道，草坪已经不属于他了。他住在朗罗伊斯顿庄园的一楼。那是一座伊丽莎白时代的建筑，原主人马修·克罗将庄园捐给了这所新建的大学，但他仍然住在里面。透过一扇窗户，杰勒德·威基诺浦爵士可以看到布置井然的露台。1953年，就在这个露台上，弗雷德丽卡穿着直筒式鲸骨衬裙，在亚历山大·韦德伯恩的《阿斯翠亚》中扮演年轻的伊丽莎白。透过另一扇窗，越过"他的"花园，在红豆杉树篱的另一边，是绿草如茵的斜坡，最后面是大学的高楼，从斜坡到高楼之间，有人行道、广场和人工小河。他可以看到进化塔和语言塔。进化塔用玻璃和钢铁制成，呈螺旋形结构；语言塔用砖块垒砌，像改良版的庙塔。

他正在筹办一场关于身体与思维的研讨会。他的桌子上摆满了可能邀请的演讲者（也是听众）名单。他思路大开，与会人员应该有语言学家、哲学家、生物学家、数学家、社会学家和医务人员，还得有物理学家，让他们讨论现代物理学如何看待观察者对被观察者的影响，观察者如何改变被观察者。胚胎学家、心理学家、心理分析家也要来，弗洛伊德、荣格和克莱因学派的都应该有。他笑了笑。他想要建立一种生物认知的终极理论，即万物理论，这个愿望遥不可及，在他有生之年估计实现不了。他想，还得邀请宗教专业的学生。他的祖先是信奉荷兰加尔文主义的犹太人。他曾经是杰出的数学家，也是富有革新精神的语法学家。他坚信，大学应该名副其实，致力于研究万物理论。他满怀激情，发挥聪明才智，以严谨的态度，给学校制定了一份革命性的教学大纲，要求所有学生都要学习一些自然科学，要懂得多种语言，学会一种艺术。

也应该有艺术家与会。但是，大多数艺术家不善言辞，他们嘴笨，话都说不清楚。

这不意味着他不喜欢艺术。草坪上，蜘蛛丝和水珠在朝阳的照耀下闪闪发光。草坪的那一头是赫普沃斯的雕塑作品（是学校在他的怂恿下购买的）。那是一块巨大的白色椭圆形石头，中间穿着孔，系着交错的金属丝。他隐约看到那些金属丝，一抹红褐色从中穿过闪烁着光芒的石头。1938年，他刚从被战争的乌云笼罩的荷兰来到汉普斯泰德，就认识了赫普沃斯。他们讨论过数学问题。赫普沃斯跟他介绍过穿孔式雕塑的意义，通过孔洞，空气和光线可以和坚硬的石头融为一体。她说用手穿凿螺旋孔道，有说不出的快感。

他看到雕塑底座上有几只白色的扇尾鸽，鸽子的胸部与石头的线条有异曲同工之妙。接着，他发现有个棕底花条纹的影子潜伏在底座下面，那是他妻子的阿比西尼亚猫，叫芭丝苔特。鸽子们慌张地飞了起来。他喜欢看鸽子在空中乱成一团的样子。鸽子乳白色的尾羽很好看。留下来的鸽子都是机智而勇敢的。物竞天择，它们就是能够幸存的适者。芭丝苔特经常会找到雏鸽，把它们吃掉。

他把书放在别的地方。他的书房里有伦勃朗的蚀刻版画和蒙德里安的作品。伦勃朗的画，有一部分是他从荷兰带来的，其余的是他战后买的，当时还很便宜。他擅长画在昏暗中沉思的人物肖像，有留着浓密胡须的老男人，也有满脸皱纹、神态自然的老女人。他最喜欢的可能是《烛光下桌子旁的学生》，周围十分昏暗，小小的火焰显得十分明亮。他有伦勃朗的一幅蚀刻静物版画，那是伦勃朗唯一的蚀刻静物版画，画的是一只海螺壳，螺旋方向对着旁观者，表面纹理像一张黑网罩在骨头上。他还有一幅《书房里的浮士德》，是复制品。画中，一个戴着帽子的老人，在昏暗中看着闪光的窗户，那里有一根神秘的手指，指向一个浮动的幻影，幻影由三个同心圆构成，散发光芒。最里面的圆刻着一个十字，分成四个缺，每个缺分别刻着耶稣受难十字架上四个字母INRI中的一个。外面两个圆里面写着：

+ ADAM + TE + DAGERAM + ARMTET + ALGAR +
ALGASTNA ++

没人破解过这些字母。威基诺浦的祖父是犹太法师，也曾尝试破解这些字母，但没成功。他自己时不时也想去破解，但怎么也想不通。

1938年和1939年，蒙德里安也在汉普斯泰德。他当时喜欢画黑白网格，网格中画着红色、黄色、蓝色的矩形。蒙德里安认为，黑、白、灰三种颜色纵横交叉，就可以表示万物。这几种是标志性的颜色，可以替代世界上所有的颜色，比如紫色、金色、靛蓝色、火焰色、血色、土色、深蓝色和绿色，这些颜色他看都不想多看一眼。直线代表精神的升华。无限纵线和无限横线的交叉，超越大地，奔向光的来源。直线避开了肉体的天然线条变化，也绕开了月亮的圆缺。纵线很精练，代表万物的张力。横线则代表着重量和重力。十字形即纵线和横线的相交，是灵魂的内在形式。波涛和星空则可以用小十字图形来表示。按蒙德里安的说法，对角线没有抽象的意义，应避免使用。他难以稳定红色的化学成分，因此经常用不同的红色。威基诺浦认为，这个体系刻意追求纯粹，实在疯狂，但是，他又发现这个体系极美，无可挑剔。"三原色"组合有很多种，出于历史原因，蒙德里安选择了其中一种。这代表着他对宇宙构成要素的见解。那就是一种万物理论。

这代表蒙德里安的精神世界，和伦勃朗的作品一样。那是对朴素和精确的极端执着的追求。他周围的英国人都反对极端。他尊重大家的意见，但他知道他们的浑然不觉既存在危险，也蕴含着力量。他喜欢约克郡，在这里，他感觉无拘无束，非常自在，约克郡在某些方面和他的家乡挺像的。但也有所不同。

*

学监文森特·霍奇基斯9点要来学校，讨论身体与思维研讨会等事宜。（"应该取一个更优雅的名称。"他说过。威基诺浦回答说，这个名字很准确。）霍奇基斯是一位哲学家，是维特根斯坦的学生。威基诺浦非常欣赏他，因为他在研究维特根斯坦的数学理论和语言哲学。他的肩膀很宽，戴着眼镜，头渐渐秃了，话不多，字斟句酌。他们讨论了研讨会的形式和组成部分。威基诺浦说，他又慎重考虑了主讲的人选，有两个人选想和霍奇基斯再讨论一下。"你作为学监，有丰富的会议组织经验。"

威基诺浦说："我觉得，我们可以让霍德·平斯基和西奥巴尔德·艾琴鲍姆来一次历史性的相遇，历史性的辩论。"

平斯基是美国人，还很年轻，自称正在研究认知心理语言学。他使用计算机来探索所谓语言能力的深层普遍结构。艾琴鲍姆是德国人，年纪比较大，自称是行为研究学者。他研究过狗、狐狸和狼的幼崽的印刻现象，也研究过鼠窝、狼群和浅滩鱼的群体行为。他们俩都认为，有些生物结构是天生的，但是，对于具体生物结构是什么样的结构，以及学习过程的基本特征、人类和其他群体的成长模式，他们的意见有分歧。艾琴鲍姆很可疑，因为他曾向法西斯妥协，在大战期间，他一直在黑森林任教，而且他坚信优胜劣汰。平斯基则支持民主政治，他经常参加烧草稿仪式（不是他本人的草稿，因为他眼睛几乎看不见），还赞同重写大学校规，主张摒弃其中大量的陈规陋习。在他看来，万物都可以重组，之后又可以散发光芒，从而不断升华。艾琴鲍姆则赞同康拉德·洛伦兹的说法，认为只需要两代人的时间，就可以抹杀几百年发展起来的文化。

不过，他们仍然惺惺相惜，这很难想象。文森特·霍奇基斯说，学生可能会抗议让他们俩主讲。反对艾琴鲍姆的，是因为他的政治背景，而对于没有政治问题的平斯基，他的问题在于坚决主张存在先天智慧。他说，听说在校园里，有许多人不是本校的学生，而是参加过巴黎抗议活动的人，是"反大学"的成员。

威基诺浦说，"反大学"这个名称听起来很有趣。

"好吧，是挺有趣的，"霍奇基斯说，"但是，实际上，我觉得那是在捣乱。"

霍奇基斯问："平斯基或者艾琴鲍姆有兴趣来吗？"

"我自作主张给他们俩都写了邀请函，"威基诺浦说，"都有兴趣，但也都很谨慎。我有他们的回信，在这里……"

他一边说，一边在桌子上的铁线篮里找。篮子里的文件堆放得很整齐，但是，他翻动文件后，他的手指变得黏糊糊，还变黑了。显然，有些纸张上沾了黑漆，黑漆正慢慢渗出来，文件都粘在了一起。文森特·霍奇基斯看着威基诺浦费劲地分离着纸张。他问是否需要帮忙。威基诺浦分离出一张字迹模糊的纸，取出来放在吸墨纸上。霍奇基斯用牛津口音说："真是太奇怪了。"有些北方人觉得这种口音有点做作，"怎么回事？"

威基诺浦又取出两张字迹模糊的纸。

霍奇基斯说："应该是有人故意捣蛋。"他也觉得很好奇，"难道是学生……"

"不是，"威基诺浦说，"我想我知道是谁干的。你不用操心。"

他将黑色的手指按在吸墨纸上，面无表情。霍奇基斯看着威基诺浦又小心翼翼地分离出一张字迹模糊的纸。他递纸巾给威基诺浦。

"希望这些都不是很重要的文件。"

"有些是，有些不是。有些是私人信件，也有平斯基最近撰写的论文。"

他俯身把一个信封丢到垃圾篓里。里面黑乎乎的信纸已经取了出来，他小心翼翼地抹平，整整齐齐地叠着，还用一个穿肉扦穿在一起。

"难道是巫术？"

"不是。应该是恶作剧。别放在心上。我自己会解决好。"

"好吧。"霍奇基斯说。

霍奇基斯离开后，威基诺浦去找他的妻子。这是她干的。这不是第一次，也不是最后一次。有时，发生了这种事情，后面就还有更加暴力的举动。她经常损坏文件，威基诺浦已经习以为常。她这是在跟他说"我读过你的信"。"我知道。"漆还没干。不管是不是漆，都没什么关系。如果影响到他的工作，那就有关系了。

他在客房的衣帽间找到了她，衣帽间里挂着玫瑰粉色的窗帘，墙纸上印着詹姆斯一世时期风格的假花，有粉色、金色和赤褐色。她站在盖着盖子的马桶上，手里拿着刷子，刷子还在滴着油漆。她身边有几把詹姆斯一世时期的古董椅子，家里的古董椅子都搬到这里来了，有一只椅子上面放着一大罐黑漆。她已经刷了两面墙，天花板也差不多都刷了。地毯上也滴了黑油漆，还有一个黑色的脚印，挺吓人的。她穿着一件变了形的黑色棉质连衣裙，外面套着白色罩衫，像医生外套一样，罩衫上面也是斑斑点点。她身体壮硕，长着一头黑发，留着齐刘海儿，像埃及画里的人物，两只手腕上都戴着金色的手链。在天花板上油漆已经干了的那块，她贴了发荧光的小星星，拼成一个图案。杰勒德·威基诺浦看出来那是天蝎座。门很矮，他俯身站在门口。

"你在干什么，伊娃？"

"你看不懂吗？我要让这里有点生机。我剪了这些小星星，可以让这座坟墓不那么死气沉沉。"

"黑色反而暗了，伊娃。"威基诺浦说。他嘴笨，又想讲道理。

"我觉得黑色有现代感，很时尚。我正在创作光芒闪耀的黑暗。我要在这里贴满星星。这儿是巨蟹座，那边是摩羯座。水箱上是白羊座。这肯定是世界上绝无仅有的。我要用我自己仅有的一点天赋，让自己住的地方变得更漂亮。我就是这里的女主人。"她一边说，一边用她金棕色的大眼睛盯着他，"我还以为，我找到有创意的办法来打发时间，你会替我高兴呢。"

她经常这样，想到什么就说什么。

"我觉得……这是列入文物保护名册的房子……我觉得有些事情不应该……"

"我住在这里呢。等我死了，随便花几个小时，你就可以换上那些死气沉沉的印花棉布。我不得不在这里住着，杰勒德。即使这里是泥潭，我也希望它充满意义。"

她划了一下刷子。她说："我梦见一个洞穴，洞顶像星星点点的天空。"她的嘴巴很大，但嘴角下垂，总是很忧伤的样子。她说："你是一个没有想象力的人，杰勒德，你的灵魂是封闭的。"

"也许吧。"副校长说。

伊娃·威基诺浦说："爱神在拉大便的地方盖了宫殿。"她看向他，想看看他对这句话有什么反应，她的脸上闪过思考的表情，"亲爱的，你吃过早餐了吗？我忘记吃早餐了。我们一起吃早餐吧，然后，你继续去处理你的重要文件，我接着搞我的装饰。"

威基诺浦已经吃过早餐了，但他说没有。他抓住她的手，扶着她从马桶上下来。她的刷子扫过他淡蓝色的领带，留下一抹黑色。他们一起走进餐厅，威基诺浦夫人一边哼着歌，一边开始切吐司，吐司切得太厚，放不进烤面包机。暖锅里有冻硬了的培根。威基诺浦夫人有两只边境牧羊犬，分别叫奥丁和弗丽嘉，它们摇着尾巴，一扭一摆地跑了进来。

"叫爸爸给你拿培根皮。"伊娃·威基诺浦对奥丁说。奥丁跟同名的神一样，眼睛斜视，一只蓝眼睛涣散无神，另一只眼睛是棕色的，却很机灵。奥丁的皮毛是灰蓝色和金色混搭，尾巴有一束白毛，像长着一根翎毛。弗丽嘉的皮毛是黑白混搭。两只狗都很胖，它们天生是在户外乱跑的狗，却被迫待在屋子里，别扭得很。"妈咪没有忘记你们。"伊娃·威基诺浦一边说，一边拿培根和炸面包块喂它们，"应该给你们弄点鲜肥的腰子。我得跟厨师说说。"

"你得带它们多散会儿步，伊娃，"杰勒德·威基诺浦说，"这种狗需要运动。"

"亲爱的，我知道。你总是爱唠叨。我一直带着它们上上下下。我懂狗的，亲爱的，不是吗？"

奥丁做了个鬼脸。弗丽嘉很乖。杰勒德·威基诺浦呷了一口黑咖啡。他知道她没有跟狗出去过，她不会出去。他觉得，这一切，那些星星、油漆、这两条狗，还有饿到吃鸽子的阿比西尼亚猫芭丝苔特，都是他的错。他不知道该怎么办。这个摊子，他需要别人来帮忙收拾，一位管家、一位秘书和一个医生。他想通了，家里有一间天花板星星点点的黑色衣帽间，也不是不可以。他会让管家想办法把古董椅子搬走。地毯也需要清洁一下。也许可以征求一下威基诺浦女士的意见，把地毯换掉，换成和黑色的墙壁更搭配的地毯。

他是在大战期间和伊娃·塞尔凯特认识的，他当时正在布莱奇利。他当时三十四岁，与一位荷兰犹太艺术史学家有过一段恋情，但那位恋人在阿姆斯特丹中枪身亡了。伊娃当时二十四岁，是一名速记员。她说她是英国人，定居在埃及亚历山大省。她说，她是一名埃及古物学家，写过一篇研究象形文字的论文，这就是她跟破译员做同事的原因。她一开始说那项研究是在牛津做的，后来又说她记错了，大战爆发时，她确实打算到牛津求学，研究是在亚历山大做的。1942年到1943年，她很漂亮，头发乌黑浓密，额前留着刘海儿，其余的头发顺着肩膀垂下。她话很少，给人一种哀伤、高冷的印象。后来，她说她的家人都在德国入侵期间死了，她的情人也死了，她曾经病得很重，但现在好多了。威基诺浦带她去吃饭的时候，她一直当聆听者，只是偶尔适时引几句晦涩难懂的名人名言。有叶芝的、沃恩的、荣格的，还有赫耳墨斯·特里斯墨吉斯忒斯的所谓原话。威基诺浦自己也本不爱说话，但在那段日子里，他一直在跟她说话，吃饭的时候说，喝英式热啤酒的时候也在说。他们骑车到田地里，自行车停在一旁，坐在地上听飞机从头顶飞过的声音。他跟她提起过莉莉安。他提起过蒙德里安、赫普沃斯和加博，也谈到过纵线和横线的精神意义。伊娃则平静而有力地聊起数字的象征意义和精神的形式。他们谈天说地，谈到过破译者，还谈到过柏拉图的数学哲学。由于身材高大，威基诺浦跟女人在一起总是有点尴尬。他被她的美貌所俘虏。有一天，他们倚在门上，伊娃严肃地抓住他的手，放到她的胸前。她穿着棉衬衫。她说，一两个星期后，"等我们结婚了，我们建一个鸽舍，养一些鸽子"。那时的未来，是如此简单。他想要孩子。他想要迷失在她温暖、曼妙的身体里面。很快，他们结婚了。没有什么家人好邀请的，至少他是这么想的。后来，他发现，事情有些不对，不仅伊娃所谓的埃及古物学学历是编的，她也不是孤儿。他们在牛津郡的一间农舍里度过了蜜月。

他很快就知道被欺骗了，他非常失望，但他当时没说什么。他努力想克服这种失落。战后，他在杜伦和伦敦的大学任职。他专心于工作。伊娃变胖了。他曾以为，她是因为怀孕了，所以越来越胖。但是，事与愿违。于是，他开始研究斐波那契数列，研究几种语言的语序问题。在杜伦时，身穿白色睡衣的伊娃爬过高窗，跌下去撞到一棵苹果树上，摔伤了手腕和鼻子。她说，她是蝎子女神塞尔凯特。她喝醉了，而且得了病。很多治疗办法都试过了，包括采用荣格分析法分析，到锡达芒特参加群体治疗，住疗养院疗养。她告诉她的每一个听众，她是丈夫野心、自私和世俗成就的牺牲品。她告诉所有人，自己的丈夫在外面有情人。信奉加尔文主义的杰勒德·威基诺浦宁愿相信她，即使他平时清醒的理智告诉他不要相信她。

*

在锡达芒特时，一个男人坐在威基诺浦的床沿，一本正经地帮他制订计划。威基诺浦本应该去社交室的。当时大家认为，只要可以，就应该去参加社交活动。他本应该去见心理医生基兰·夸瑞尔。这些都是难得的机会，应该充分利用。

他看着血液从墙壁上往下流，逐渐渗入油毡的边缘。今天早上，血是鲜红色的。血浸透了壁纸。壁纸由耐洗的乙烯基制成，画着二维的向日葵图案，欣欣向荣。血液颜色鲜明，有血块，也有血泡。血从壁纸上一滴滴地滴落下来，在墙根汇集，鲜红的一片。这片血的边缘渐渐凝固，变成了褐色。油毡边缘的血有节奏地冒着，好像地板下面有血管，正在泵血。他看着鲜血浸透了别人遗落在地板上的白袜子。他很镇定。那天早上看到的鲜血是个很有趣的现象。他本来想和别人说说。但是，那鲜血究竟是真的，还是假的？他很肯定，他亲眼见到了血，见到了流淌着的鲜血。他没有瞎编。这不是他内心世界的投射，他的内心很平静，没有血腥。这也不是一个隐喻。

不过，他很肯定，如果他把浸透了鲜血的袜子捡起来，那袜子是白羊毛的，不会滴血。在慌乱中，他看到鲜血像雨一样从空中滴落下来。有时候，他很迷惘，男护士们觉得他很冷静，而他此时也失去了冷静。

他想，如果他不提起鲜血——当然，他没有义务提或者不提起任何事情——那么，他就有可能解脱自己，逃出封闭的大门。他很确定，他想出去。他是有生活目标的。他应该朝着目标前行，不要围着这张固定的床打转。他有义务过自己想要的生活，而此时他并未履行这个义务。那些与他交谈的人有些急躁，一遍遍地向他解释他的义务。那些声音跟鲜血一样，像是真的，也像是假的，他本人发不出那样的声音，也控制不了。这些声音和社交室里嗡嗡响的声音不同。这些声音进不去他的大脑。他聆听着这些声音。他知道，其他人听不到。

他把药藏在鞋里。他需要一个清晰的头脑。他的头脑时而混沌时而清晰。他的头发白花花的一大团。他的黑胡须坚硬扎人，摸起来像铁丝。他是个大个子。他安静地坐在床边，等待着，等着看鲜血流下来。

第4章

　　弗雷德丽卡放弃了学校的教职，因为在那里她不能好好教学。1968年整个夏天，学生制作横幅，游行示威，还多次召开会议，讨论事情的本质。他们设了路障，把行政大楼包围起来，还编写了长篇累牍的文件，包含一长串条件，要求把学生从思想禁锢中解放出来，还要为他们进入"大环境"做好准备。所谓"大环境"，就是职场。塞缪尔·帕尔默艺术学院的学生对新近开设的文史课程充满敌意，其中包括弗雷德丽卡开设的文学课，也包括哲学、社会学和心理学等课程。有人从文史学科办公室的门下面塞进去了一张字条，字条上写着："我们要求文学与哲学课的内容应该与珠宝设计有关。"

　　传统面临着坍塌。有人将艾伦·麦尔维尔讲维米尔的幻灯片都扔进了酸水缸里面，还贴了一张字条，写着"失踪的贵妇"。文史学科的负责人里奇蒙德·布莱是布雷克的狂热支持者，他也站在学生这一边。在一场长达36小时的激烈讨论中，他鼓励学生敢于担当"愤怒的老虎"，去干掉那些"说教的马"，他认为老师不应再进行独裁式的说教，所有课程都应是开放式的探索或交流，晦涩难懂、毫无关联的课程都应该停止，就像弗雷德丽卡教的玄学派诗歌课。在弗雷德丽卡教的当代小说课堂上，那些艺术生始终在追问，他们到底为什么要学文学，这不是白费劲吗？她回答不了。她知道，对事物有兴趣比毫无兴趣要好，生物学或者核裂变如此，文学也是如此。但她发现，她越来越难以维持学生的兴趣，尤其是现在的学生不学习，只会胡说八道。她说，既然是当代文学班，大家可以商量着选定一部当代小说，然后一起来讨论。有人提议《查泰莱夫人的情人》。经过长时间的讨论之后，这个提议终于被采纳。于是，研讨就开始了，弗雷德丽卡坐在后排，那不是独裁者的位置。没有人说话。没有人说话。弗雷德丽卡问是否有人读过《查泰莱夫人的情人》这本书，但没有一个人读过，或者说，没有一个人愿意承认自己读过。弗雷德丽卡站起来。她说："要是我教这本书，我就应该已经会点东西。你们中间，应该有个别人已经会点东西。既然如此，我们就透透气吧，应该是午餐时间了。我还有我自己的事情。我先走了。"

弗雷德丽卡瞪着他们。学生们也用桀骜不驯的眼光注视着她，不给她留任何情面。她走了出去。沿着走廊，她来到了里奇蒙德·布莱的办公室门前，敲开了门。

"又遇到麻烦了？"他感觉到了弗雷德丽卡的满腔怒火，所以有点幸灾乐祸。

"不算什么。我要辞职，立即生效。"

"你不至于这么死板吧，弗雷德丽卡。这是个亢奋的年代。你怎么能这么死板呢？你要向这些热情的年轻人学习。"

"你说得没错，"弗雷德丽卡说，"问题是，这些都不是我想学的。我在错误的时间，来到了错误的地方。好吧，你说的我都同意，我的年龄已经不适合待在这里了。有谁想永远二十岁？我需要学习，但学生不应该是这样当的。"

"好吧，"布莱平静地说，"立即生效？"

"立即生效。"

为什么要这样呢？弗雷德丽卡后来问过自己。的确，她想学习，她善于思考，她也确实是一位好老师，相比听课的学生而言，她对她教授的内容更感兴趣。但也不是说她完全不在意听课的学生，只是孰轻孰重，她有自己的评判标准。但她也不知道自己到底想要干什么。她想研究隐喻，写一篇论文，但这个项目无法启动，因为她是一个带着孩子的单身女人，不可能获得研究资助。她羡慕阿加莎，阿加莎不但事业成功，而且，她所做的决定能够改变很多人的生活。但阿加莎说过她一度感觉自己变成了她的工作，她就是一个"公仆"，不管她是否喜欢这个名称。不过，对此她也不是很确定。阿加莎是定格了的。反观她自己，在某种程度上，她已经变成了一个没有轮廓和架构的建筑物，虽然在她自己和别人的眼中，她都十分优秀。她想过是否有选择。没有选择。没钱就有问题，如果只能勉强糊口，那么，她也许会制造一场金融危机，迫使自己采取行动。和大多数自由职业者一样，她最喜欢做的事情就是打开装着支票的信封。有些是她为报纸撰写短评的稿酬。有些是鲁珀特·帕罗特寄来的，她帮鲍尔斯与伊登出版社读了一大摞庸俗小说。还有些是她做课外辅导的报酬。支票有粉色的、灰色的和鸭蛋色的，有3英镑7先令6便士的，也有1英镑12先令7个半便士的，够给利奥买一条裤子，给自己买一条连裤袜，买一本艾丽丝·默多克的小说，还可以买洗洁精、苹果、玫瑰花和葡萄酒。

那么，辞掉学校的工作后，钱从哪里来呢？人家是怎么做的？她问了她的朋友托尼·瓦特森和艾伦·麦尔维尔，托尼在《新政治家》

周刊上有自己的专栏。托尼说他会问一下编辑。艾伦表示完全赞同她的决定，但他帮不上什么忙。弗雷德丽卡还与诗人休·平克聊过，休曾经在鲍尔斯与伊登出版社做过兼职。休说，出版界几乎没有女性，但有一些女作者，他一直相信她最终会成为作家。弗雷德丽卡说，和她住在一起的是阿加莎·蒙德，她希望休能帮忙安排一下，让阿加莎将童话故事寄给鲁珀特·帕罗特看一看。"故事已经写完了，"弗雷德丽卡说，"如果可行，接下来她会写续集。莎斯基亚和利奥还在等着听。但我写不来。我不是当作家的料。"

休说："你写得很不错。这是我目睹的。"

弗雷德丽卡说："那不是写作，闹着玩罢了。"她的戒备心很强。

休是弗雷德丽卡唯一展示过她的手稿和杂记的人，她将这些称为"叠层"。不过，她只给看了一部分，主要是一些玩笑或文学观点的阐释。

"这种玩法很有时代性。"休说，"跟巴勒斯和杰夫·纳特尔一样，不过有所不同，你就是你。"

"里面有一些私密的内容是有关我个人的。只有几行。"她没有给他看。

在写这些东西之前，她就想到了"叠层"这个词。这表明她希望生活有层次感，各个层面相互独立，包括性爱、文学、厨房、教学、报纸和找对象等。她没有将利奥列进去，这不是说利奥不属于她残缺生活的一部分，而是因为他是独立、完整的。最近，她在教他读一些书，但这些书已经教得太晚了。怎么才能让一个词汇量很大、见识很广的男孩对爸爸洗车、妈妈做蛋糕这么简单的内容感兴趣呢？她开始记录一些这样的感想。

她从书桌里面掏出笔记本，拿给休看。最后一部分是在塞缪尔·帕尔默学校的大字报。

打开，收听，退出。

艺术就是生理的高潮，可以炸毁城墙和资产阶级的条条框框，可以炸开资本的锁链。

学生网络，连接大环境。

教学是一种压迫。

我们要求你教的文学课应该与珠宝设计有关。

闭嘴，接受改变吧。

别用什么大脑。高兴怎么说就怎么说，别来跟我说什么音节，都是扯淡。

要布置作业，就让我们去采蘑菇，别让我们读莎士比亚。在成为智者前，要先学会干蠢事。

每天给墙壁刷一遍，有什么颜料就用什么颜料。

休翻了翻。弗雷德丽卡站在一旁，很紧张。他笑了。他笑着。他看到了劳伦斯和福斯特的那个部分。"那些是我前夫的律师写给他的信。"

休说："这就像私密的《易经》。也许不算私密。但很特别，个性化的《易经》。能拿给鲁珀特看看吗？"

"还没有写完。"

"未完，就是本质。"

弗雷德丽卡答应了。休是她的"叠层"体系的一部分，是她的朋友之一，而在阅读和写作方面，他是弗雷德丽卡唯一的朋友。但是，他永远不会发展成为情人。休本人并不这样认为。弗雷德丽卡想到约翰·奥托卡尔，她努力不去想到性爱。从秋季学期开始，他就要去约克郡工作。

＊

最后给弗雷德丽卡提供工作，给她开支票的人，竟是埃德蒙·威尔基。

威尔基对大脑的活动和认知的本质还很感兴趣，成功进入了当时规模不大、很开放、处于"无政府主义状态"的英国广播公司。如果有好的想法（不好的想法也行），无须过多官僚主义的评审程序，都能够拿出来试试。威尔基负责一个文学猜谜游戏节目，名叫《片段》。游戏的规则很简单。四个猜谜的人、一名主持人和一名演员，他们围着一张桌子就座。演员引用文学作品中的名句，猜谜者要猜出名句是出自哪部作品。当时，许多人以为这就是电视节目的发展趋势，或未来的热门节目类型之一，茶余饭后的思维竞赛很文明，是斯文版的斯诺克或网球。弗雷德丽卡没有电视机，但她意识到了，这么下去不是回事儿。利奥经常哭闹，因为他的朋友们都可以在电视上看到蝙蝠侠和神秘博士，但他看不到。弗雷德丽卡在电视问题上并不特立独行，尽管她的记者朋友托尼·瓦特森发表过激动人心的演讲，他说，对于今后所有的选举，一块小小的屏幕可能决定最终的胜负，但是，她仍然不觉得电视是非常重要的东西。她觉得，整个晚上被动地盯着屏幕看，那是罪恶的，哪怕是看新闻，看讽刺作品，或者看嘉宾辩论，等等。同样是这些东西，肯定有更好、更高效的体验方式。也就是说，她是个老派傲慢的个人主义者，就害怕自己随了大溜。《片段》的节目制片人对于文学片段的出处以及关于这些内容的讨论很感兴趣。

威尔基告诉弗雷德丽卡，她可以先来试镜，可能的话就来参加这个节目。他解释说："我们找不到足够的女性来参加这个节目，因为她们不会玩这种游戏。你可以事先做点准备，做介绍的时候，我们可以说你是记者。"电视节目在四个地方录制，有时候在电视中心，有时候在曼彻斯特。感觉跟参加派对一样，里里外外营造出很浓厚的文化生活气息。弗雷德丽卡猜到了马维尔的《花园》、亨利·格林的《爱着》、奥登的《1939年9月1日》以及《理智与情感》中一段晦涩难懂的话。她没能猜到拜伦的一段话，她一直不太喜欢拜伦，她也没猜到《董贝父子》中的段落，对此，她耿耿于怀。虽然节目组不容易找到能参加节目的女性，但弗雷德丽卡对于自己被邀请继续参加还是十分惊讶。威尔基对她说："你不害怕镜头。这已经很不简单了。你没有怯场，有什么说什么。"

弗雷德丽卡想，谁害怕镜头呢？说她不害怕镜头，那是因为她没有把镜头太当回事。她看不到自己在镜头中的样子，也不想看到。不断有小额支票寄来。弗雷德丽卡乘火车去曼彻斯特，车厢内都是诗人、历史学家和思想家，他们一直在讨论如何创作战争题材的作品。

威尔基不经意地提到，他希望弗雷德丽卡能去参加一个新节目的试镜，这个节目和电视机有关，谈论电视机给人们带来了什么，有什么影响，包括对政治、科学乃至艺术的影响。他说："我已经帮你报名试镜了。你需要做个采访，问一些问题。你肯定会表现得很出色。"

"不，我不会。我不会采访。"

"你不怯场，脑筋转得又快。节目需要你这样的女知识分子。一般的女性不行。"

"我不这么认为。"

"不管怎么说，你都要去试镜。积累点经验。你不知道未来会发生什么。"

"我不知道。"

"你现在还在干什么，弗雷德丽卡？"

"我不知道。"

"好吧。"

威尔基的新节目叫作《镜中奇缘》。试镜地点不在电视中心，而是在伊斯灵顿的一个大仓库里，那里是临时演播室。弗雷德丽卡对于这次试镜不是很上心，没做什么准备。她穿着一件深绿色的衬衫，袖口和领口都是白色的。通过参加《片段》这个节目，她发现黑色或者条纹衣服不上镜。她还发现不能轻易相信那些端着化妆品、胭脂、海绵、眼线和睫毛膏的姑娘。她看着镜子里的自己，觉得那就像一个凶悍的娃娃。这让她不由得想起了什么。想起了什么？想起了谁？迪士尼《白雪公主》中的那个邪恶王后。他们说，打光可以提亮她的肤色。光线不亮，大概有十名试镜者，两名是《周日》报刊的记者，一名是女小说家，还有一名是女演员。那时的电视节目主持人要么是嗓音甜美的女性，留着利落、精致的发型，口才出色，显然受过良好的训练，要么是表情严肃的男性，他们的口音都一样，都是广播大厦里的那种腔调。

试镜是两两一组。弗雷德丽卡意外发现了亚历山大·韦德伯恩，她很不高兴。他原来是在广播电台，后来跳槽到了教育电视，从而进入了英国广播公司。他跟弗雷德丽卡解释说，每一组试镜者都要互相采访。"甲先采访乙，然后乙再采访甲，每次五分钟。"他说，"我们尽量男女搭配。你的搭档是米基·英庞。他是一个流行诗人。"

"我知道。利奥在学校里朗诵过他的作品。"

"他在我们英语教学节目组。十分自大高傲。当然，跟他在一组对你有好处。"

弗雷德丽卡点点头。米基·英庇是一个英俊的年轻人，一头金色的卷发留侧分。他穿着T恤，印着布莱克[1]的《跳蚤幽灵》，画的周围有一圈纽扣。弗罗多永生！要做爱，不要打仗！胡……胡……胡志明。核泄漏、核泄漏。精神病会死人。压迫就是束缚牛和虎的律法。废除学校晚餐。他走动起来动静很大。

他们用掷硬币的办法来决定先后顺序，弗雷德丽卡输了。如果她仔细想一下，她就会发现，谁先提问对谁不利，因为后提问的人有时间总结第一个人的观点。他们面对面坐在两把帆布椅上。米基咧着嘴笑，友好而又俏皮。弗雷德丽卡看着他。场记板"啪嗒"落下，录制开始。

"你是从什么时候开始写诗的？"

"我还是婴儿的时候就开始了，我是在婴儿车里开始写诗的。婴儿车就是我创作的战车，是我灵感的源泉。一切都是诗。现在依旧如此。"

"那么，在学校的时候，你肯定很受老师喜欢吧？"

"我是老师的宠儿。我随口就能说出童谣。但是，我被体制束缚了。"

"体制？"

<hr>

1　威廉·布莱克（William Blake，1757—1827），英国诗人、版画家，英国文学史上最重要的伟大诗人之一。作品主要有《纯真之歌》《经验之歌》等。后期的作品《先知书》陷入神秘主义。——编注（本书中注释如无特别说明，均为编注。）

"体制是绑在身上的绳索，是杀死想象的凶器。事实与数据，国王与王后，度量衡，鸡蛋和骨头，都是狗屎。噢，亲爱的。我不应该跟你说这些，对吧？"

"不知道。我觉得不说也罢。你难道就没有发现，任何事物都有好的一方面吗？"

"他们把我关在精神病院里，姑娘。都是折磨。"

弗雷德丽卡想，一共五分钟，我应该问问他的诗，不能谈教育。但是，看他现在的架势，就像一只蝴蝶在阳光下展开翅膀。

"那么，您会怎么教育年轻人呢？"

"我不会去教育他们。我会给他们自由，去找寻他们想要的东西。想学什么就学什么。"

"科学呢？那是需要基础知识……"

"听着，亲爱的，科学不是什么好东西。地球最终会因科学而毁灭，核爆炸的蘑菇云可能炸翻我们所有人，要么，凝固汽油剂也能烧毁地壳，导致禽类灭绝，农药使用过度，最终会毒死海里的所有鱼类，毋庸置疑。科学只为两种东西服务，那就是人类的贪婪和盲目的傲慢自大。因此，不要教孩子学科学。要教他们做人该做的事情，做爱、画画、写诗、唱歌和冥想。我写了一首反对科学的诗。你想听吗？"

"好吧，如果不长的话。"

金属人穿着白色的衣服，

闭着眼睛，在挂百叶窗的房间里，

用金属爪，阻挡天空的阳光。

孩子们在森林里自由跳舞，

他们嗅到了阳光和雨水的气息，

他们唱歌跳舞，歌颂树根和花朵，
编织魔幻的花圈。

金属人充满了仇恨，
他们用铁链将孩子们捆住，
他们守着大门，将孩子们囚禁在痛苦之中。

孩子们双眼通红，充满愤怒，
他们炸毁了囚禁他们的大门和锁链，
焚烧了金属人的眼镜和外套。
金属人只能在雨中，赤身裸体。

孩子们教会金属人如何玩耍，
让他们了解人体的古老奥秘。
赤裸的男人跪下忏悔，
大雨冲刷着一切，只留下纯真和青春。

"所以，你认为年青一代可能拯救世界，让世界不至于被科学家毁灭？"

"听着，我知道，他们正在拯救世界，就在此时。他们正在自发拯救世界。他们想用身体的高潮，抵挡炸弹和辐射的冲击。他们只要永不屈服，就能够做到。通过改变人们的认知，我们就可以改变一切。"

"你们要改变政治吗？"

"政治只是第一步。我不要像死人一样，穿着深色的套装。歌手，以及说者和听者，都穿着色彩艳丽的服装。不会再有辩论。大家可以一起冥想。这是捷径。"

"但是，有很多棘手的问题要解决，比如人口问题。如何养活全世界这么多人。"

"改变了意识，亲爱的，你就能改变一切。可以创造出新的面料、新的色彩、新的款式、新的种植方式，你知道的。我们可以通过新的方式，分享地球上的一切事物。你说呢？"

"但是，年轻人也会变老。"

诗人皱了皱眉。

"拭目以待吧。我想，我们会发现，年轻其实是一种状态，所以，真正的年轻，是内心的年轻。我相信精神能胜过物质。人会变老、会死去，我认为这是因为人们默认自己会如此，人们不知道如何改变，所以不会抗拒。但是，我们要学习如何改变。我们要学习如何永葆青春。"

"停。"亚历山大说。

相比弗雷德丽卡，米基·英庞为采访做的准备更少。他靠在椅背上，闭上眼睛，前后摇晃，过了一会儿说：

"好吧，那么你想聊什么？"

"可以聊聊我的教育观。我的教育观跟你不一样。我相信，通过学习才能认知世界。我认为，认知不是凭空而来的。"

"你太紧张了，我知道。一见到你，我就看得出来。你应该很有东西。"

"很有什么？"

"很有文化。"

"没错。我读过大学，研究过文学。我相信，如果你对别人的想法以及他们的思维方式有所了解，你自己的想法会更加完善。"

米基闭上眼睛，摇晃得越来越快。躺椅咯吱咯吱作响。他含混不清地说：

"都是垃圾。历史、过去，一路走来像一场噩梦，像在跟尸体交配。姑娘，无论你叫什么名字，你肯定想和活人交配。毫无疑问。我也一样。然后，自然而然，你就能写出诗歌，灵感会喷涌而出。你以为我不懂，对吧？"

"我喜欢你的诗，"弗雷德丽卡说，"读了你的诗，我很开心。我儿子也很开心。"摇椅突然不晃动了。

"听着，别再兜圈子了。向主歌唱，所有的星星都一起歌唱。这位女士喜欢我的诗。敲钟吧。这个狂妄自大的婊子居然喜欢我的诗。"

"你知道我是谁吗？"

"大概知道。你是个老师，你是个狂妄自大的婊子，一本正经的知识分子，我了解你这种人。"

"但是，我这种人……是你要采访的人……"

"谁？听她在说什么。这个狂妄自大的婊子，她在说什么。她在唱什么高调？她居然用了宾格代词。你以为我不懂吗？他们早就逼着我学过了，你用不着跟我谈什么语法。"

"我注意到了，你诗里的语法用得很优雅。"

"你说什么？优雅？你认为我的诗很优雅？你在扯淡。"

"不，你才扯淡。不过，你写的诗确实很有趣。"

摇椅摇晃的速度越来越快。

"停。"亚历山大说。

摇椅突然向后倒，米基摔得四脚朝天，后背让椅子顶伤了。他的表情却是快乐极了。

后来，威尔基邀请弗雷德丽卡到电视中心观看这段采访视频，他们坐在一个没有窗户的房间里，盯着角落里的电视机。威尔基说："我就说吧，你一点儿也不害怕镜头。你看看别人，包括你那个喋喋不休的搭档，从他们脖子的肌肉和眼睛的转动，你就可以看到恐惧。但你不会。你看。"

弗雷德丽卡说，她看上去不显得紧张，可能是因为她没有准备要看回放。威尔基说，想要成为专业人士，她就必须看回放，然后始终保持这样放松的状态。

她几乎认不出自己。她突出的骨头和大嘴巴还算上镜，镜头加深了她浅棕的发色，变成了深红，她的眉毛也被化妆师精心打理过。米基·英庇虽然脸上堆着笑，但他呆滞的双眼透露出怒火。在屏幕上，弗雷德丽卡的眼神愉快，充满好奇，撇着嘴巴，很俏皮，很有意思。

"你还记得我扮演伊丽莎白时背诵的那首民谣吗？裙子被剪掉的女人，天啊，怎么这个样子，那不是我。"

"不是别人。你具备成为名人的所有条件。我原来还以为你不会认真听别人说话。"

"我们年纪都大了。我是当老师的。我还是个母亲。"

"这份工作归你了。大家都没意见。"

"但我不想成为名人……"

"哦，弗雷德丽卡。我想，我想，鸟儿不能总待在窝里吧。这就是未来，哪怕是暂时的，难道不是很有趣吗？我有两种生活，一种是做研究，另一种是这个。你到底想要怎么样？"

"我不知道。鲁珀特·帕罗特想出版我的杂记。他说马上就要出。我不知道他是怎么知道的。当然，那不算是一本书，不是一本真正的书，我也不是作家。我之前所受的那种教育培养不出来作家。

米基·英庇没有说错。"

"好吧。你心里有数就行。我们可以预付你一笔订金，这个节目不会连着做好几个月，但会在这里开很多次评审会，我希望你来参加，发表一些意见供大家参考。你的思想很新颖，可能启发新的艺术形式。"

他将带子倒回去，重新播放。弗雷德丽卡注视着自己在屏幕上的那张脸。就在英庇再次阐述年轻的哲理的时候，她的那张脸分明是一张女人的脸，不是小姑娘的脸。机敏，成熟。这张脸对她本人也很有吸引力。她很少有这种感觉。

威尔基阐述了他对于《镜中奇缘》这个节目的创作理念。后来回想起来，弗雷德丽卡发现这是她第一次全神贯注地听他讲话，也是威尔基第一次认真严肃地和她讲话，她既不是佩服得五体投地的听众，也不是刻薄爱抬杠的争论对手。早在1953年，他就夺走了她的贞操，不过，那种事情无关紧要，起码她自己认定如此。在人们的眼中，他一直是个才华横溢的人，他研究过知觉及认知学，如今已成为公众人物，是电视节目的制作人。弗雷德丽卡记得，在试镜那天，他穿着一件粉红色的衬衫，衣领是白色的，打着黑白相间的领带。此时，他戴的眼镜很大，方框，看上去有点笨重。一头黑发比之前长了一些。弗雷德丽卡觉得他偏胖，这样的打扮不是很搭配，但不至于让人讨厌。

威尔基一本正经地说，电视机将从方方面面改变每个人的认知。在有些方面，改变会很明显。这些小小的电视机，将是未来政治生活的主要场所，对此，那些大人物心知肚明。"如果和对方脸贴着脸，要聊对方的私密话题，包括他们吃什么，怎么抚摸女友的乳房，怎么安抚哭闹的婴儿，你要懂得怎么迷倒那个人……"话都是这么说的，也必须这么说。如果要影响大众，就必须一步一步来，因为目标看不见。"表面一定要诚实，虽然实际上手段会更加龌龊。"威尔基说。

届时，电视必将改变整个世界。美国人无法取得越南战争的胜利，症结在于电视机。电视机不断播放着越南战场爆炸的影像，以及世界各地的饥荒。麦克卢汉用"地球村"来形容电视机的作用。他认为，电视机让地球变小了。他说，你会注意到，未来我们会越来越多地说起"地球"这个概念，因为在宇宙中，地球非常小，像一个蓝色、赭色和绿色的旋涡。

弗雷德丽卡说，她已经注意到了，当代小说总会提到房间角落里的电视机，闪烁的屏幕上播放着另一个世界的画面，士兵和坦克，炮火连天。她认为电视机可能会取代19世纪小说所描绘的壁炉，在狄更斯的小说中，人们都围着燃烧的炭火，大声朗读故事，那个气氛真温馨。

威尔基说："你很留恋小说里的世界。没错，的确如此。在我的脑海里，还有柏拉图的洞穴，洞穴里面有火光，有阴影。"

"小说不会消失。"

"拭目以待吧。"

"我们需要用语言描绘的画面。"

"的确如此。但是，我们正迈入一个新的时代，画面将取代语言。如今，所谓的电视艺术，都是其他恶俗的艺术形式搬到电视上而已。给孩子看的木偶戏，穿三点式的家庭生活剧，艰深晦涩的史诗片，背诵诗歌的午夜节目等。

"现在电视是彩色的。彩色的，你要记住。"威尔基的黑白领带凸显了玫瑰色衬衫下隆起的小腹，"也有讲艺术的节目，有讲电影的片子，但是，这些节目在屏幕上播放，应该要经过艺术设计，应该五彩缤纷，红色、绿色、靛蓝色。而且，电视艺术的主题应该充分体现色彩，从政客的嘴，到月球上的陨石坑，从显微镜下的血细胞，缓慢生长的胚胎，到绽放的花朵和茂盛的森林，随着技术的进步，这一切都可以编织成伟大而真实的精彩生活画面。另外，也可以设计关于电视的节目，你刚才说到，房间角落里的电视机，就相当于从前的壁炉。可以说说电视如何改变我们的世界观，可以分析一下我们受到刺激后的反应，例如婴儿看到别人的脸，塘鹅看到反射在水面上的喙，坐在沙发上的人看到有巧克力涂层的冰激凌等。电视可以播放图像，也可以思考。如今，既然可以在屏幕上播放线虫的大特写，可以用无数个彩色光立方体显示它们体内移动的影像，那么，拍摄黑人歌手演唱会的现场直播还有什么意义？谁还要看剧场的拱门？谁还需要去现场凑热闹？"

威尔基说，《镜中奇缘》将是第一部关于电视的电视节目。他不仅想要打造一档重要的谈话节目。他想通过这个节目倡导一种全新的思维方式。

"话说回来，"他说，"人们会在这个节目中看见你的脸，听见你的声音，所以，你必须有一台电视机。一台全新的彩色电视机。而且，你必须收看所有内容，运动赛事、卡通动画，乃至越南战争。"

弗雷德丽卡问起色彩。黑白电影好像更有深度，这样说起来是不是有点矛盾？相比而言，彩色的更让人激动。跟看照片一样。黑白的更有理性。

威尔基说，莱昂纳多一直在怀疑，色彩只是暂时的幻象。线条、光和阴影，才是描绘现实所必需的要素。"但是，不管我们喜欢与否，色彩斑斓的彩色电视机终究要进入我们的生活。人们会忘记他们此时此刻拒绝彩色电视机的嘴脸。回头我送给你一个。"

"利奥会很开心的。"

*

后来，很多年之后，曾经三十岁就觉得老了的弗雷德丽卡到了六十岁时居然没有觉得自己老了，她回想起跌宕起伏的年轻岁月，感觉那是十分遥远的事情，好像温和、充满希望的50年代还没有结束。

在历史上，要过几十年的时间人们才能认识到更年轻的一代像蘑菇一样疯狂涌现，如果说60年代的年轻人不记得世界大战，很快，更年轻的一代就会不记得越南，再往后的年轻人就会不记得马尔维纳斯群岛。那些现在看起来像老古董的脸部彩绘、发型、头带和手脚上的铃铛，在利奥这一代人的眼中，却有着怀旧的价值，代表着他们梦寐以求的自由，他们经常宣扬和歌颂自由，认为自由一定是存在过的，可能在某个地方存在过。弗雷德丽卡觉得，既然她对于那段时光的记忆那么模糊，也许，所有人对三十岁时候的记忆也都很模糊，不管是在1868年三十岁，还是在1968年三十岁。这时候，大家都很累，为了过好日子，为了过上有意义的生活，大家都在不停地打拼，大家也都在消耗已经不年轻的身体，让年青一代生活得更好。她自己年轻时期的记忆，就像一张张绣了密密麻麻的图案的地毯，跟艾略特一样，有第一次品尝香蕉、瓜、鲸肉、龙虾的美好回味，有从毫无关系的事情想到的考试问题，也有让她感到羞涩和恐惧的不专注、未得到满足的性欲。50年代的地毯由五颜六色的细线编织而成，其中大部分色彩柔和，为浅黄褐色和鸽子灰色。60年代的地毯像一个渔网，编织极为松散，只有一些零星的色彩鲜艳的塑料卡在上面。其他所有东西都可以通过网格流过去，融入汪洋大海。

她记得约翰·奥托卡尔的大腿。映在窗户上的两张脸，他的脸和保罗的脸。

她也记得刚看彩色电视的那几周。她看电视并非因为威尔基说了那些话，而是因为色彩。她有时坐在床垫一头，有时手脚缩起来侧躺着，总是目不转睛地盯着屏幕看。六十岁时，她想得起来的是：

绿色的草地网球场上有两个穿着白衣服的运动员，球场的边界也是白色的，运动员在几何图形的边界内移动。

有一个节目是绘画节目，眼睛不停地转动，手在纸上不停地画，随之，白纸上出现黑白虚幻的边缘、轮廓和阴影，镜头里的那张脸变成了经过分析处理的图案。

还有一个关于使用显微镜的教育节目，载玻片涂着海蓝色和紫罗兰色凝胶。

第一次看彩色的斯诺克台球直播。在绿色球桌上，粉球光洁明亮，蓝球和天空一样湛蓝，红球轨迹清楚，母球是象牙白色。

亚马孙爬虫学家早期拍摄过一部影片，他用斑斓鲜艳的色彩，拍摄了潜伏在森林枯枝里的致命巨蟒、被树叶上闪闪发光的水滴倒映出来的金色毒蟾蜍、在树荫下扇动蓝色翅膀的大闪蝶、群居的蚂蚁和蜂兰花的完美伪装。

还有越南的热带雨林中的熊熊火焰和一股股浓烟。

她已经记不得当时穿过什么衣服和用过什么家具，但她都还记得这些东西，也记得那时写过哪些评论，吃过什么午餐，心存什么希望。

最重要的是，她记得有一个女人，对她而言，阅读就像飞翔对于麻雀一样容易，但她教不好一个本已识字的八岁孩子阅读，这个孩子总是盯着简单的单词看，仿佛这些单词是迷宫，是陷阱。她和利奥坐在一起的时候，她想起她自己的童年时代，那时，词语就像万花筒中的图案一样，变换成不同的几何形式，意义十分丰富。她想起了掌握一些基础词根"ch""qu""wh"的愉悦心情，很快，她又通过逻辑顺序提前掌握了衍生词，那时的感觉就像面对还没有铺展开的地毯，以后可以在上面跳舞。她不能想象这个不会阅读的小男孩的聪明脑袋里在想些什么。他看到了什么，或者没有看到什么，他到底哪个环节出了问题？她试着将心比心：她上学的时候，总会算错算术题，想不通小数点应该放在什么位置，不过成年以后，她倒觉得靠常识就可以放对位置。但是，她想不通他哪里不懂。她无可奈何。学校说自然而然会好的，但她不相信。她自己的灵感不断迸发。她自己可以，但无法替他包办。她可以教任何人从一首诗歌中挖掘出原来看不见的东西。但她不明白利奥看不见什么。关于1968年，你还记得什么？蛇，斯诺克，一张白皙而严肃的脸，皱着眉头，骄傲的双眼满含泪水。

第5章

夏季学期末，杰奎琳·温瓦尔去找莱昂·鲍曼，去谈她想去他的实验室做博士后研究的事。莱昂·鲍曼正在研究小猫和鸽子的视觉皮质。他今年四十出头，神采飞扬，头发浓密黑亮，长长的睫毛，棕色的大眼睛，圆润的脸颊像苹果一般红扑扑的，嘴唇也饱满红润。

杰奎琳说，她想研究记忆生理学。她想了解神经元"学习"后会发生什么样的变化，记忆在细胞中是怎么保存的。她对蜗牛有一个实验构想，实际上是一系列实验。蜗牛有个巨型神经元，相对容易解剖和观察。她认为可以对蜗牛进行巴甫洛夫式的训练。她说，她认为蜗牛既可能习惯于电击的影响（坎德尔在海兔身上做的实验也想证明这一点），也对食物味道的好坏很敏感。她想测量神经突触学习前后的变化。她想研究神经递质和电子信号的传递。

莱昂·鲍曼说，他不太相信她能训练蜗牛。神经元研究很有前途，这是实话。如果她想测量动作电位，就需要精通高深的数学。她的数学水平如何？他的表情出卖了他，作为一个男人，他想当然地认为女人会低估从事实验室科学的困难。

杰奎琳说，她对蜗牛非常了解，她饲养过蜗牛，在训练蜗牛方面已经取得了一定的成就，她养的蜗牛知道要吃什么、不吃什么。她觉得自己有证据。她把记录递给他。她说数学是个难点，但也不是克服不了。

"为什么要从这个角度研究记忆呢？"鲍曼问，"为什么不采用雅各布森的方法，他认为研究记忆的方法就是研究RNA分子，昂加尔认定，记忆是在蛋白质链中传递的，你为什么不听他的呢？"

杰奎琳说，她一直对赫布的观点比较感兴趣，大脑之所以产生记忆，实际上是在受刺激的神经元之间建立了新的联系，或者增强了联系。赫布将大脑看作一个系统，光点闪烁，而通电连接之后，闪烁会变得更加清晰，持续时间更长。他在1949年就提出了这个观点，当时，想研究神经元和突触的行为方式无异于痴人说梦。但是，到了今天，这种研究就有可能了，而且用很简单的方法就可以做到。她想验证一下赫布的观点是否正确，即大脑是否会成长，是否会自我塑造，"还有，这是怎么实现的"。

接着，杰奎琳提到了日本神经学家萩原的实验，还有约翰·扎卡里·杨对章鱼眼睛和大脑的研究，这些研究都很有趣。她用自己觉得合适的形式，有足够学术气息的方式，描绘了一个她所憧憬的世界。莱昂·鲍曼整理着桌上的文件。他说，实验室里没有人专门研究蜗牛，然后，他提到了圣地亚哥和普利茅斯。

杰奎琳说："从人们的眼睛里面找到他们对你不感兴趣的证据，本身就是一项有趣的生理实验，就像照片。脸总有僵的那一刻，按下快门之后，照片也定格了。我不知道那算什么。眼睛就是眼睛，如果还活着，那就还活着。我们如何知道眼睛是否在看什么？"

"明白。我没有在看你。更确切地说，我在看你，但没有在注意你。"

"这倒没错。而且，我们一直在说的，都是我的生活。"

"我的那些博士后学生都很优秀，比你更优秀，他们的生活我都顾不过来，我有什么理由关心你的生活？"

"没有。你没有理由。我……我能感觉到，您认为我是一个无趣但挺能干的好学生。我不是这样的。我是个执着的人，很努力。我想研究真正的科学，您的那种科学。"

"以我有限的经验来看，执着的女人都不是优秀的团队成员。"

"女人没有很多机会。我并没有指望您因为我的执着接受我。只希望您见我一面。"

"我见了。"

他笑了。

"还有，温瓦尔小姐。女人往往会因为自己的生理需求，造成工作半途而废。我怎么知道你会不会那样？"

"你当然不知道。但我不会。"

"你有男朋友吗？"

"没有。"

她看得出来，他忍着没问为什么。她等了一会儿。她觉得，他们是在玩一种游戏，涉及眼睛和其他小动作，可能还有气味，如果她是男人的话，她就不会玩，当然也不必玩。她知道她的性别是个问题，是个障碍，她想看看能否加以解决和克服，她想她取得了一定的进展，除非有更好的候选人出现，并磨灭掉她这次留下的印象，她将会在实验室里占有一席之地。莱昂·鲍曼的眼睛笑眯眯的，但眼珠子背后的大脑已经留下了关于她的记忆。

她认为，我们永远无法完全弄清楚，两个人交谈的时候到底会发生什么。

她认为，我们每个人都可以给认知添砖加瓦。

最终，莱昂·鲍曼让她在1968年秋天进了实验室。

＊

锡达芒特

精神病医院，卡尔弗利

由：基兰·夸瑞尔，资深精神病医生

致：精神分析医师医学博士埃尔维特·甘德

亲爱的埃尔维特：

你的来信以及关于"灵虎会"的文章均已收悉，十分感谢。我很惊讶，说到那种精神激荡的场面，你的语气居然如此平和。你没有过激，就像你最近的工作一样，但你也不会主动拒绝。对于通往地狱或者天堂的所谓精神之旅，我总体是怀疑的，但我认为，让人们吃药，让他们精神空虚，那也不是正道。你和我都要面对的问题是，真正追求精神的人，无论"精神"是什么，都跟真的疯子很像，都是短路了的人。我们可以说，我们根本就不清楚什么可以叫作"理智"，什么可以叫作"正常"，谁又说得清楚？

我一直在考虑这个问题，你的文章来得正是时候，因为我遇到了一个困扰我但你可能感兴趣的病人。他也可能会让"灵虎会"们感兴趣，因为他确实出现了"精神"上的问题。

他叫兰姆。他说他叫约什·兰姆。他大约四十岁，说话有北约克郡的口音，像受过教育的人。他的相貌让人过目不忘。他身材高大，留着一头亮白的直发，长长的脸庞，深色的眉毛，睫毛下有一双宽大的黑眼睛。身上毛茸茸。他留着胡须，直挺挺，像灌木丛一样。他的胡须不是白色，而是五颜六色，有黑色的、棕色的和红色的。

他对自己的生活不愿多说，有时说他记不得了，有时候说他分不清哪些是记忆，哪些是魔鬼的谎言。说这些话的时候，他都很愉快，语气和缓。他一直在当老师，流浪过，在医院当过搬运工，就这些是清楚的。他流浪的时间很长，有时在农场打打零工，有时靠乞讨填肚子，他说他像拿着讨饭碗的苦行僧。这不是他第一次来锡达芒特。他进进出出。他第一次来的时候，我还没有来。

他有幻听和幻视。有几次，他整天躺着，默默地哭泣。他都忘了要吃饭，他不闹，只是不吃饭。幻觉强烈的时候，他就站在角落里，背对着墙，大喊大叫，手舞足蹈。有时反复地鞠躬，频频鞠躬。有时候，他非要戴着一顶宽边的油布帽子，要是有人拿了那顶帽子，他会变得很吓人。我不明白那是为什么。戴上那顶帽子，他就安静下来。我让大家都别作弄他。

大家都不知道他的来历。他说他的父母已经死了。他说他记不得他们了。有时，他说他之所以失忆，是因为接受过电击疗法，这个说法是有一定道理的。我认为他肯定记得父母，为什么呢？

我问他们去世时他多大了。大多数时候他都说他不记得了，但有一次，他的情绪有些激动，有些幻觉，不那么戒备，他说"十一岁"。我趁热打铁问，他的父母是否一起去世的。他说："哦，不是。"这就是他的原话。"不是一起。先后，隔不久。"其余的我什么也没再问出来。他看着你的眼神，就好像他给你提供了重要的线索，但是您实在太笨，领会不了。眼神不凶。他这个人不凶。他很自重。

　　他曾经在我的一个组里面。我称为"问题组"。这个组里面有只会哼哼的，也有死活不说话的。如果我不带头，他们会一整天你瞪着我、我瞪着你，谁也不吭声。他不那么迷离，不像是精神分裂症。我很早就注意到，他是个善于观察的人。他常常比我先知道什么情况下会爆发，谁会爆发，谁在生气。所以，我有时让他替我讲话。不对的话，我会纠正。大家都听他的，都愿意听他说。一开始，我以为可能是因为他看上去很神秘。他很整洁，身上干干净净，跟大家都不一样。有一个女人遭遇家暴，一直在哭。还有一个女人，浅薄简单，碰到深一点或难一点的问题就躲，但她一直在数落那个遭遇家暴的女人，说她是活该，自找的。我本来打算写"兰姆突然说……"，但实际上，这样说是错的。她对兰姆说："你说呢？"

　　他说："你别那么自以为是，人家遭遇不平，你别这么说人家，不然下一个就是你。这种事情哪儿都有。邪恶是主动的，会找上你的。我直说吧，能躲就躲。别责怪她了，不然她更受不了。"她对他千恩万谢，好像他给了她什么宝贝。当然，你可能会反驳说，所谓邪恶是主动的，没有人要负责，这种观点非常危险。好吧，他只是在安慰人家。当然，我从不对人指手画脚。那也不是我的职责。因此，他们都信任他，他也就乐于说。他做得很好，但他好像始终是个外人。也许这就是他做得好的原因吧。那是他的角色要求。我的职责在于指出他哪里说得不对，但我不大愿意说。

　　他今天要做定期评估。他说他想出院，但当我问他要去哪里、想干什么时，他微笑着说：

"听上帝的吧，但你别以为我又疯了，我非常想离开这里。"我问他为什么我听了这句话就会认为他又疯了。他说，圣女贞德就是因为得到上帝的指示而被烧死的，然后也因此被圣化了。他很平和地说，这里就是囚牢。

他正在读圣奥古斯丁和克尔凯郭尔的书。我问他为什么要读这两个人的书，他说他们知道什么是邪恶。我问他什么是邪恶。他回答说"烤羊肉"。这是双关语，他的姓兰姆就是羊肉的意思。他说，在锡达芒特待久了，他渐渐变成海象。我想他是指他长膘了。氯丙嗪会使患者发胖，这个也跟爱哭有关。他经常哭。另一方面，他可能没有受过学前教育，不懂得怎么跟这些人打交道。

什利夫博士在病历里写道，兰姆说话前言不搭后语，根本不明白他在说什么。在做评估的时候，他拼命想多说话，因为他想离开。我问他是否觉得自己受到上帝的召唤。他说："有许多人被召唤，但被选中的人很少。我是被鄙视和拒绝的人。"

为什么？我说。他平静地说："因为我告诉他们，我可以看到空中流着基督的血。""确实如此，你知道的。"他很愉快地加了一句。我又感觉他觉得我笨，不能领会他的意思。（我是笨。我觉得让人家觉得笨对我有好处。只要我自己偶尔觉得不笨就可以了。）

我想跟他聊聊圣奥古斯丁。我对这个圣人了解不多，我依稀记得他是非洲人，好像是一个宿命论者，我是在安东尼·伯吉斯的小说里间接了解到的。兰姆说他（圣奥古斯丁）出卖了他的主人。耶稣吗？我问。兰姆说，不是，是洞察世界本质的先知摩尼。邪恶的本质。圣奥古斯丁出卖了他，他又说，摩尼教掌握真理，但他背弃了他们，去皈依混浊的基督教。（混浊？作为一个善良的弗洛伊德主义者，你怎么理解他的这句话？）然后，他说了一些我无法理解也无法记录的东西，那些东西说出来怎么有人能懂呢？诸如："我父亲在燃烧，像天堂里的智天使，也像地狱中的小鬼，他会指明道路……"

我问他，是说他真正的父亲吗？他说："什么叫'真正的'？"然后，他就不再说话了。

他没有暴力的记录，尽管他的样子好像马上要采取暴力。每个星期天，教堂里总是要提到鲜血和火，但大家都觉得这是宗教语言，没有人认为牧师说这种话很奇怪，应该闭嘴。

他是个值得尊重的人，我本能地感觉到了。

如果他是"灵虎会"中的一员，他可能会（当然我是胡思乱想的，别当真）发现是谁或者是什么在跟他说话。他说什么人也没有。（他想离开这里，因此，他知道他必须让人觉得很正常。）但是，在我们谈话的过程中，我看到他好像听到了什么（我装着没有在注意他），好像有什么东西从通气孔那儿跟他说话。他不提，我也没有说破。

我认为他不应该待在病房里，不应该整天陪着那些可爱又讨厌的疯子。

关于这个人，我可能没有完全跟你说明白，虽然我已经很努力了。我真希望你能跟他见一面。我得决定怎么处理他了。

你一如既往的朋友，
庞修斯·夸瑞尔

埃尔维特·甘德致基兰·夸瑞尔的回信

我亲爱的基兰：

听起来你的兰姆真是很有意思，我发现，对于他，你不再像描述其他病人那样总是干巴巴。他很有可能在"灵虎会"的窝里占有一席之地。这也许不是一个好的比喻，因为老虎不会待在窝里。我们且看吧。我也来讲讲一名患者吧。这名患者让我伤透了脑筋，这可能是我加入"灵虎会"聚会的最大原因。他们称之为聚会，是因为这个团体的源头是贵格会。实际上，创始成员都是贵格会的成员，他们取这个名称，纯粹是自嘲，这个名称来自贵格派诗人克里斯托弗·莱文森的一首怨气十足的诗歌。在这首诗里，莱文森质问：那些东西都去哪了？激发了我们前辈的火焰和理想去哪里了？让他们面对着光芒激动得颤抖的初心去哪里了？莱文森写道：

> 对于那只手，大地就像火焰一样，很容易就熄灭。
> 听到上帝的名字，每棵灌木都会有反应，
> 也许你会发现，灵虎会已经变得温顺。

他说，贵格会已经成为"绅士与整洁"的代名词，他们对上帝的描述也不敢越雷池一步。

> 他们的上帝是正义的？正义的！过于温顺了。
> 广大的社会工作者，没有创意，只会照本宣科，
> 作为情人，也都太胆小，太有教养！

我和你，聪明的朋友，都读过欧文·戈夫曼的《避难所》，深知面对社会工作者的那种感觉。不过，这种人有值得称道的地方！实话实说，尽管他们渴望激情，但我发现"灵虎会"的创始成员都太"绅士"，太"整洁"。他们可能也希望在丛林耍耍威风，但这已超出他们的能力。不过，他们吸引了一批狂野的灵魂，包括我的病人。他自称"扎格"，但他的本名是保罗。他"天生"是贵格会的人。最重要的是，他还有一个同卵双胞胎兄弟。他在一个乐队里唱歌，乐队名称很有趣，叫作"扎格和齐格齐格齐山羊"。扎格的双胞胎兄弟约翰是一位很受人尊敬的数学家，总穿着一身泯然众人的外套，他的工作是给没有灵魂的计算机编程。兄弟俩都说自己是文盲，对文学一窍不通，主要是因为他们小时候自创了一种语言，通过数学符号和音乐进行交流。他们以前住在韦林花园市，50年代跟父母一起参加过核裁军运动大游行，他们主要唱歌和弹奏乐器，扎格会弹吉他和吹小号，约翰会吹单簧管。根据扎格的说法，约翰去上了一个文学辅导课，老师是一个女的，叫弗蕾达还是弗朗西斯卡什么的。扎格说，他是想"学习正常的语言"，慢慢地，他开始和弗蕾达或是弗朗西斯卡有了男女之情。扎格还偷了那个女孩的一本《悲剧诞生于音乐精神》。尼采适合扎格。他从尼采的著作里得知，扎格瑞俄斯就是酒神狄俄尼索斯的前世，他还知道有半人半兽的森林之神，森林之神会跳舞。所以，乐队就叫作"扎格和齐格齐格齐山羊"。一个文盲歌手能取这样的名称很了不起。他有躁郁症，吸毒成瘾，性取向不明。一塌糊涂。我认为，在心理上，他没有和双胞胎兄弟分开。他非常自恋，但是，可以说，在他的意识里，他不是他自己，而是他的兄弟约翰。他告诉我，约翰是他的父母，是他的另一个自我。他好像读到哪一本书里说，同卵双胞胎是无性繁殖的一种形式。扎格坚信，约翰是受精卵，他是从约翰这个受精卵上冒出来的"芽"（他喜欢联想到被庇护在宙斯大腿里的狄俄尼索斯）。有时候，他会因此幻想自己是特别的英雄，他不是女人生的。有时候，他会说自己什么都不是，他只是约翰的影子，约翰的种子，约翰的幽灵，是约翰身上流溢出来的。跟所有的老虎一样，他对布莱克有所了解，另一只老虎是一位艺术史学家，叫作里奇蒙德·布莱，他是一位布莱克专家，我等会儿再做介绍。你应该想象得到，精神病研究机构特别不适合治疗这种有坚定信念的半魂人。他对我不感兴趣，不管说什么，总要落到缺席的约翰身上。我想，如果同时治疗两个双胞胎，效果会更好，但约翰没有问题。我认为，保罗－扎格因其双重自恋很可能是尚未觉醒的同性恋。约翰很坚决要做个"正常人"（这个词我不大敢用），我刚才也说过，他选择了那个弗朗西斯卡或是弗蕾达。听起来她是那类自大肤浅的聪明女孩，有过一段失败的婚姻，给约翰带来一个现成的孩子，一个打小没有父亲的小男孩。

扎格既肤浅，又非常有"魅力"。对于这个词，我想采用古老而神奇的词义。他唱歌的时候，真的很有魅力，很迷人。我见过他唱歌。唱歌的时候，他非常有气场。自从知道了扎格瑞俄斯的典故，他就爱穿着豹皮衣服唱歌，戴着金银色的蛇形装饰品。他的粉丝会向舞台上扔血淋淋的肉、动物内脏等。下了舞台，他就一塌糊涂，自我分裂，使性子，经常哭闹，有时接连几天或几个星期一动不动。他说没有约翰，他就很危险。"他是大地，我就是闪电。"当然，他的这种说法有些模糊的含义，就好像他想击打约翰，甚至是要刺穿约翰。也许，如果我同时治疗兄弟俩，我会认为约翰的沉默是必要的，是有益的。但是，从扎格的痛苦来看（他的痛苦并没有表现得十分明显，而是隐藏在骨子里），约翰的行为具有可怕的破坏性。

是扎格建议我参加"灵虎会"聚会，说可以"见一见"约翰。扎格说服（恐怕是威胁）约翰参加了几次聚会。我必须非常谨慎，我还没有突破约翰的防备，或是看透他的沉默背后有什么名堂。我有时确实会想象（我知道想象有害于我的职业），双胞胎中"正常"的那一个，可能比表面上看起来"不正常"的那一个脑子更混乱，更疯狂。我知道，扎格让约翰吃了很多苦头。但是，他不希望得到我的帮助，尽管我倒是很乐意。

本周末有一次"灵虎会"聚会。他们在四便士聚会。四便士位于贝德福德郡，是一个农舍，但那里没有农场，是两位创始成员弗兰克和米莉·费舍尔的家庭财产。最近，"灵虎会"跟另一个不知道是什么的团体来往很多，这个团体叫"欢乐伴侣"，是"欢乐之子"组织的内部社团，负责人是一位风度翩翩的圣公会牧师吉迪恩·法勒。看着就像两条变形虫，假足延伸出来，彼此要吃掉对方一样。在我们这个时代，我们又产生了社团意识，希望打破你我之间的界限，但是，现在的社团确实很奇怪，像原始的宗教，我觉得它们就是原始的宗教组织。你可能想得到，我在其中，也在其外。这个周末过后，我会再给你写信，看看这张新的婚床是否能成为温床，让你的兰姆的灵魂健康成长。扎格让约翰答应了要来参加聚会。像你这样眼光毒辣、明察秋毫的人，是不是也相信真的存在精神觉醒？我想应该是吧，但是，你也许会觉得我是先入为主，是在胡说八道。我干吗要开这种危险的笑话？我感到不安。抱歉。你在落款写了庞修斯。但我不想成为做精神分析学的该亚法，或者恶习不改的扫罗。我们不能谨守正统的教条。我们必须对新智慧敞开胸怀。等着我的下一封信吧。

你的同好，
埃尔维特·甘德

话说，基兰，这是之前说好的关于"灵虎会"聚会的报告。聚会有一些"毛茸茸"的时刻。这是个新词，我还不太了解它的全部含义。我想应该不会用错吧。我会像研究案例一样，力求全面描述整个过程。你知道，我痛恨所谓"客观"和"超脱"，这种主张纯属胡说八道。不过，你大概不乐意听到太多埃尔维特·甘德医生的灵魂的尖叫。凭我对你的了解，你即使板着脸，心里即使有恐惧，也会工工整整地记到纸上。

人物：弗兰克和米莉·费舍尔夫妇，"天生的"贵格会成员，家庭富裕，五十出头，参加过教友救护队和核裁军运动大游行。丈夫是银行官员，太太是助理校长。都是事业有成的人。还有两个贵格之虎聚会的常客，一个是四十来岁的女士，是否未婚我不清楚，名叫帕提恩·库珀，还有一个年轻点的男人，叫布林斯利·路德，算是社会工作者吧。他们都有相同的症状。他们都带着很深的怨气。他们想进行一场革命，而他们想反抗的对象，却是善良、理性和友善。对他们来说，进行这样的革命是困难的，因为他们俩都很善良、理性和友善。到底是天性还是文化，那都无关紧要，他们确是这样的人，我不觉得那是伪装的。因此，他们的怨气是纯粹的，未经掩饰的。你可能会说，好吧，大部分"灵虎会"成员也会说，所谓的善良和理性都是扯淡。要我说，你和"灵虎会"都要小心。有时候，这些东西是真实的，或者接近真实，或者部分真实。

然后，"灵虎会"的成员也信奉其他教派，有些也是圣公会的成员。有一个常客叫加农·阿德尔伯特·霍利教士。他宣扬上帝死了，上帝不存在了，教会是没有前途的。他写过两本书：《有神无神》和《我们的激情和基督的激情》。他自称是"训练有素的性治疗师"。他不说是受谁训练的。差不多五十九岁。情绪激动，一嘴烟牙，头发乱糟糟，说话时唾沫横飞。然后就是我提到的吉迪恩·法勒，"欢乐之子"及其内部社团"欢乐伴侣"的创始人。留着铲子形的黄色胡须，蓝眼睛里透着真诚，和蔼到略微令人作呕。好吧。我以后再解释那个形容词。（与此同时，不必深究怎样才是"令人作呕"，反正埃尔维特·甘德有这种感觉，但也非一直如此，头脑还是有点清醒。）

法勒带来了他温柔可爱的妻子克莱门茜，还有一个叫鲁茜的助手。鲁茜以前是社区的护士，温顺得可怕。相貌可爱，表情平静。背后留着一条长长的金色辫子。听从上帝（或者吉迪恩）的安排。沉默寡言。

3号牧师。一个胖男人，留着浓密的黑胡子，身穿黑色毛衣，叫丹尼尔·奥顿，负责接听城市的自杀热线。（他与霍利教士在一起工作，工作地点在教堂地下室里。）

有一位艺术史家，里奇蒙德·布莱，是布莱克预言的信徒，因为塞缪尔·帕尔默学校的学生闹革命，所以感到恐惧，经常颤抖，总在做深刻反省。

还有一个是我的病人，名叫艾莉（这是《水宝贝》中死去小女孩的名字），浑身上下一身白衣，跟修女一样披着白色面纱，胳膊和腿上都缠着绷带。

还有之前说过的一对双胞胎。贵格会善于吸引精神错乱的人，并且善待和尊重他们。在浪漫主义时代，他们接纳了弑母犯玛丽·兰姆，对她非常仁慈。他们对艾莉很好。他们趁扎格不注意，熄灭了他在楼梯上点起来的火，也没有多说什么。（扎格可能不是故意的，但这就是那些人的反应。）

还有谁没被提到吗？有，一如既往，我忘了没什么特点的布伦达·平彻。她跟着法勒来的，但我觉得她不是"欢乐之子"的成员。她身材娇小，棕色的皮肤，即使在这个环节中见过她，到了下一个环节，你准会忘记她长什么样子。我不了解她干什么工作。

你会觉得，这些信徒经历过思想的洗礼（灵魂的洗礼）和升华之后，通通从事照顾人的工作。有时，我觉得世界上所有人都是照顾别人的人，中间混杂着我们看不见的资本家、剥削者、老爷们和压迫者，那些人属于另一个物种，大家都是自然而然会厌恶的。

周末聚会有既定的流程或者形式，偶尔会偏离一下。我不反感固定的形式，我支持限定心理分析时长，按照时间表来，也一定要付费。弗洛伊德说过，这样做有好处。然而，有些"灵虎会"的成员认为这样很荒谬，这本该是精神放纵的聚会，为什么只在周末安排一天呢？为什么要排日程呢？

我们以礼拜开始，也以礼拜结束。在中间环节，大家安静地坐着，像冥想一样，然后，那些感受到圣灵（或自我或本我）召唤的人要说出他们得到的信息，其他成员静静地听着。我很期待中间的环节。我喜欢安静，喜欢那和谐的呼吸声。聚会的目的是利用周末，让成员们加深理解，希望大家看到新的光芒，也学唱新歌。

还有其他的活动。最基本的是解决问题的活动（有时类似于毛泽东的自我批评），每个人把各自的"小问题"讲出来，大家一起解决。你会立即认识到这种事情的本质和隐藏的陷阱，就是让人出丑。举个例子，霍利教士通常抽特别冲的那种黄烟，米莉·费舍尔认为他不应该在聚会的时候抽烟。他说，抽不到烟，他就犯瘾。她说她有哮喘，她担心她的肺。然后，他们同时决定各自做点让步，互换了位置。我没抽烟斗，也不提烟斗这茬儿。这个牺牲值得赞扬。但是，人不应该炫耀牺牲。（这就是贵格派通常的立场。）

另一种活动被称为"疯会"。大家一起玩类似于精神会客厅的游戏，那是法勒想出来的，他特别擅长出这种点子。目的是缩短彼此的距离，摆脱常规的视角。（扎格建议吃点麦角酸，但贵格会反对这种东西。）我觉得，法勒是想让大家比平常更闹腾一些。我觉得，他的这些孩子更喜欢基督教搂搂抱抱的那种感情沟通方式。他果真制定了一个问候规矩，所有人必须彼此拥抱，希望借此打破隔阂。（想想全世界大多数人的生活习惯，像英国人这样不乐意接触别人的，确实有点奇怪。）我很欣赏法勒的技巧，对于男人，他通常会拍拍背，对于女人，他会把她们整个人都抱在怀里，像是在保护她们。他非常自恋，也非常外向。所有人都碰过我。霍利教士口臭很重，贵格教友一般轻轻抱一下，布莱笨手笨脚，一边咯咯笑，一边扭动着身体，他很不自在，平彻跟我握了一下手，她似乎不明白问候的目的，鲁茜在我脸颊上轻轻亲了一下，艾莉碰了我一下就退，扎格在我脸上拍了一巴掌，他的兄弟在我背后从腋下抱了我，胖子丹尼尔只是跟我握了下手，我以为他会对男人熊抱，而且，他握得很轻，一碰就分开，像蜻蜓点水。接着，大家又来一圈，看看我们是否有所放松了，当然也有可能变得更僵硬，这在理论上是可能的。

"疯会"另一个项目是做一个思想传递的原始实验。思想传递者写下或画出他们想要传递的内容，接收者通过冥想，试图接收那份内容。我说这是超感官知觉，是常见的科学试验，然后被温和地提醒要闭嘴。结果好坏参半。霍利教士画了"燃烧的灌木丛"，结果两个贵格会成员"收到"了，扎格和鲁茜也收到了，里奇蒙德·布莱说他也收到了，但他的说法有点可疑。

"疯会"还有一个项目，就是绘制自己的"精神形象"。约翰和扎格画了相同的几何图案，约翰想掩盖却掩盖不住，他们画的是多面体里套着多面体，有很多层，很复杂。约翰说，他们小时候经常玩这种游戏。有点意外的是，他说通过数学可以看到上帝。"上帝就是数学，一切事物都存在数学。"

扎格说，多面体代表"全面的接触，所有的点彼此连接，实现无限接触"。约翰不喜欢这个说法。他说他们俩画相同的图案并不奇怪。"我们俩以前经常画这个。"扎格说，"我们俩都画过各种各样的形状和图案。不过，这个算是最复杂的图案，你说对吧？"约翰说："没错。我也觉得比较复杂。我们自然而然都选择复杂的图案。这只是巧合，别说是什么超自然现象。"扎格说："你也可能画别的，有几百种图形可以选。我觉得你会选最复杂的。"约翰说："所以你在揣摩我的想法。这也一点都不奇怪。"

丹尼尔·奥顿画了一棵树，没有叶子，根须很长。吉迪恩画了一个手持烈焰宝剑的天使。霍利教士画了一个十字架，上面有一个黑色的人形孔。艾莉画了一个小圈，就像字母"O"。平彻小姐画了三个苹果，像学生的素描作业，很漂亮，阴影错落有致，很有空间立体感。

你可能在想，那么埃尔维特·甘德画了什么呢？我当然是画了我的烟斗。差不多是临摹了凡·高的烟斗。烟灰倒出来，旁边有一颗发了芽的洋葱的那一幅。我在下面用法语写着："这不是烟斗，这不是埃尔维特·甘德。"法勒说，写字就算作弊。我说，事先没有规定，这点小聪明就不算作弊。里奇蒙德·布莱画了一只悲伤的绵羊，我想他是想画布莱克的《小羔羊》。他说，既然威廉·布莱克可以用图像和词汇组合成一个标志，那么，马格利特也可以这么做，同理，埃尔维特·甘德也可以这么做。

聚会人群里有各种各样天生的领导者，他们经常变换角色。费舍尔夫妇的地位不容置疑，虽然他们一直想要否认，但这是他们家的房子，聚会也是他们的倡议。法勒是一位天生的领导人，他很想当带头人，他带来的人都很喜欢他，都沐浴在他的温暖之中，他也享受到了他们的温暖。霍利教士无所谓。他独来独往，自得其乐。可以这么说，他的快乐在于观察他人的行为并进行理论阐释。我的艾莉和法勒的鲁茜，忘我地为别人服务。鲁茜天生是个女仆。里奇蒙德·布莱也想当领导者，但他知道自己做不到，所以就听人家的。不管作为什么身份，他都要参与进来。跟别人打成一片。

扎格的个人魅力巨大，比其他所有人加在一起都还大，他魅力最大的时候，就是人家叫他唱歌的时候，一唱起歌来，他就像个耍蛇的人，其他人都像蛇一样，跟着他翩翩起舞。他大吼一声："我的激情有谁懂？"吉迪恩·法勒说："你想要什么，我都给你。"他是想说，你要的是我，对吧？"灵虎会"让两种人走到了一起。这是好事。

这里有领导者，也有观察者。心理分析师埃尔维特·甘德是观察者。这个人总是跟大家保持一定的距离，始终在观察，试图理解别人说的话想表达什么意思，想掩盖什么，可以怎么来理解。从黑暗的学生时代开始，他就被训练成怀疑主义者，疑心重重。真是天晓得。他自己也跟着拍手和画画，对此，他感到很别扭。丹尼尔·奥顿也是一个观察者。但他的观察似乎不遵循任何规则，据我观察，也没有任何动机。他是沉默而深刻的信仰者？还是和他的同事一样，是无神论的教士？对他我不是很了解。我问他结婚没有，他回答说："我妻子1959年去世了。"对话结束。这个话题到此为止。他不想再说什么。他负责洗洗刷刷，看到地方乱了，他就清理，看人家在争吵，他就去灭火。他发现艾莉在抵御着什么，一直往他的身边靠。她也注意到了。平彻小姐也是个观察者，我猜想。她看上去十分普通，好像是来自另一个星球的使者，假扮成了人类。

最后的议程是"启发灵感"。原理就像诗歌，或者管弦乐队一样。某个人先起个头，后面一个一个跟上。贵格派的成员先开始，通常都是他们开头，他们引用了《圣经》中讲到"从圣灵所生"的人的段落。"夫风任意而吹，尔闻其声，不知其何来何往，凡由神圣生者，亦若是。"意思是说，我们必须放弃自己的意志，随风而去。扎格即兴创作了一首轻快动听的歌，调门很低。连艾莉也说了几句。她没有站起来发言，反而是低下了头，把面纱往下拽，用缠着绷带的手拉着。她说："应该有一个安全的地方，我们听到什么声音都不怕的地方。"我发言了吗？我没有。我不发言。但是，在沉默中，我听到了呼呼的声音。之后，每个人都很庄严，就像暴雨过后，被雨水冲刷过了一样。他们（我们）一致同意，大家应该再努力一把，实现艾莉的愿望。费舍尔夫妇说想要建立一个舒缓社团，像莱恩的费城协会，但会稍有不同。他们说很钦佩莱恩，但不太认可他的做法。我又听到"毛茸茸"这个词，不是他们说的吧？是谁说的？他们说，他们这个舒缓社团是开放式的，但是会有一部分核心成员，他们既会照顾别人，也会接受别人的照顾。没有"病人"，没有"医生"。

法勒问，"欢乐伴侣"不是理想的社团吗？其他人很难回答他的问题，原因是他们不信任他。所以，他们都看着我，说我的见解和智慧很重要，跟教会的智慧一样重要。我突然成为关注的焦点，因为我不是吉迪恩·法勒。我说我会想一想。天啊！上帝啊！基兰，我们念到上帝的时候，总是最不相信他的时候。当然，自然神学家会把这种非自觉的文化习惯当成上帝存在的证据。好吧，上帝知道，我根本不想加入法勒的抱抱社团或者拍手社团。我在想，他身上满负荷的能量，能不能用到别的地方，像电流接到地上？我们希望别人成为什么样的人？霍利教士的荣格希望在雅利安人的身体里找到健康的雅利安人精神，通过曼荼罗和太阳崇拜找到他们的雅利安人的精神。但是，我们可爱朴实的弗洛伊德扎根在战前资产阶级的维也纳，那里阴冷、发霉，东西都罩着布，人们都穿着西装三件套，像斯托克波特的会客厅。你知道我是在斯托克波特长大的吗？我不希望资产阶级主义成为永远的常态。那么，在哪儿呢？要是这件事真搞成了，配备一个（或者两个）富有想象力的精神科医生，加上几个头脑清楚、有理想的贵格派成员，我们就可以给像艾莉这样的人，还有你的兰姆，创造一个真正安全的场所。

年轻的路德问在座的灵虎会成员，谁愿意花一点时间跟进落实这个设想。约翰·奥托卡尔表示他不愿意。他说他没有闲工夫。然后，他补充说："我可能要搬走。我马上要搬走了。"我是第一个听明白的，可是，后来的事实证明，扎格才是第一个听明白的。

另一个不愿意带头的人，是我本以为可能成为中流砥柱的丹尼尔·奥顿。我感觉他有丰富的经验，而且头脑清楚。他说："我不行。"霍利教士说："太奇怪了，丹尼尔。这种事情本应是你的工作，应该是由你来召集的。"奥顿又说了一遍，不行，我不行。

他要离开的时候，我在门厅里偷偷问他为什么要那样。他看着我，脸上的表情让我只能理解为他在生气，不然我不知道该怎么形容。他说："我不适合社团工作，甘德先生。至少我是这么看自己的。"我说："但是，你是社团的成员……"他说："正是因为我是社团的成员，我才认识到了这一点。"这时，我们身后传来一声喊叫声，约翰·奥托卡尔从我们身边冲过去，跳上摩托。他肯定就是开这辆摩托来的。我问扎格发生了什么事。扎格说："他就是一坨屎。他把自己变成了屎。"我太累了，无法分析他的隐喻。也许，这就是他的本义。这封信可能太长，让你受累了。你慢慢看吧，不着急。都已经到结尾了，还提这样的建议，我是真蠢。

你永远的，

埃尔维特

＊

蜗牛研究者呈三角形分布。马库斯抬起头，发现三个人差不多站成了等边三角形，然后，杰奎琳走远了，使得形状不那么标准，她身后两条看不见的线条拉长了。

三个人散开，都很安静，距离不远不近，各自做着数学计算。三个人都在从数学的角度思考着秩序（和无序）的问题。

唯一天生的数学家马库斯捡起一只树丛蜗牛的空壳。蜗牛壳闪烁着光芒的角质金，上面绕着巧克力色的线圈。这个斐波那契数列让他感到困惑，这真是大自然的造化。蜗牛壳、鹦鹉螺、蜘蛛网，树枝和树枝上的细枝，向日葵花盘。取一个数字，与前一位相加，把得到的和与前一位再相加。1，1，2，3，5，8，13，数字会跳跃性增长。

开普勒说过，随着数列延续下去，这些数字彼此之间的比率，会越来越接近黄金分割的比率。0.618034是生命几何学中的一个神秘常数。马库斯曾经和卢克讨论过，卢克是数学领域的门外汉，但他是富有想象力的博物学家，他们讨论过有没有可能找到植物叶序或蜗牛增量的数学规律。他手里的那一个以及周围的那些蜗牛壳，似乎都遵循柏拉图的事物秩序构架，这种构架就像一张光滑的网，包含着大量的信息。

杰奎琳的数学难题才刚刚开始。她需要掌握微分方程，绘制并测量蜗牛大脑腹侧表面对称巨型细胞的动作电位。她要把微量移液器插入制备好的细胞，注入氯化钾，然后接通电脉冲。细胞周围结缔组织的致密层出现了麻烦，很难用酶软化，也很难用手解剖。电极很难插入，也很难固定。她必须重新调配化学剂、调整机器，然后再尝试一遍。她弄得一塌糊涂，制备工作失败了。美丽而富有秩序的生物神经系统变成黏糊糊的一团。除了细胞制备之外，示波器也有问题，制作电压钳以进行精确的测量也出现了问题。这些切、剥、解剖等工作，也许会对研究学习与记忆的生物化学有所启发。蜗牛知道如何移动，如何选择想吃的食物和躲开不想吃的食物，如何交配，以及如何冬眠。这些神经元中存在一张地图，能解释这些知识的来源和学习的过程。在高沼地，她的脑海里有一个解剖的幻影。在她的面前，墙上的蜗牛通过收缩、扩张肢体向前滑动，张开精致而神奇的嘴巴，伸展着闪闪发光的触角。

卢克的数学问题简单一些。他的问题主要在于统计，六个粉色的，十二个有宽条纹的，两个粉白色的，一个黄色的，这些数字可能有意义，也可能没有意义，因为这些数字要跟爱德华时代的前辈和维多利亚时代的牧师所记录的数字加到一起。所谓蜗牛壳上的螺旋花纹和颜色记载着蜗牛的基因密码，随着DNA螺旋被发现，这个美妙的设想不经意间成了隐喻，只是说起来好听，不再具有实用的意义。随着电泳技术的发现，人们可以把蜗牛的肉体（或者随便什么尸体）碾碎，通上电就可以进行测绘，这为实验室研究提供了一条捷径，彻底取代之前的局部观察、记录和猜测。卢克了解这一点。他正在用电泳技术分析蜗牛、蛞蝓和其他生物。但是，这并不能替代近距离观察生物在自然界的行为以及生物之间的关系。

他通过自身身体的平衡来观测世界，他也是一种生物，跟石南丛、杂草丛和荆棘丛中的生物一样。他注意到，空气中有刺鼻的泥土气味，洞穴入口处有新翻开的泥土，草根暴露在外面，草皮是被什么翻起来的？东西都在动，地平线上有一只绵羊，有一条细长的深色珊瑚虫，芦苇丛中泉水汩汩流动，苔藓，蜗牛，蜗牛的痕迹，漂亮的金色蛞蝓。

他注意到，三个人组成的三角形也在不断变化。不用看，他能感觉到杰奎琳前进的方向。他自问这是怎么做到的，然后感知到是自己性欲产生的微弱电流。而作为博物学家，他本身就对事物的移动很敏感。他天生敏感。他在想杰奎琳的身体是否感知到了马库斯，就像他感知到了杰奎琳一样。他会接收到这些电流吗？他感受不到。马库斯不通电。

在甘纳·奈比新盖的鸡舍旁，有一只牧羊犬哼哼叫着，从草甸上向他们跑过来。那是雪莉，露西·奈比的狗。雪莉跑了过来，绕着杰奎琳的脚踝转圈，喷着粗气，拱着她的小腿。杰奎琳四处张望寻找托比亚斯，那只把自己当成狗的绵羊。托比亚斯沿着一条小道向他们跑过来，那通常是羊踩出来的。杰奎琳向它吹口哨。她喜欢这只羊，它有一种坚定而又迷茫的野心。托比亚斯靠近她，有点提不起精神的样子。杰奎琳伸出一只手摸摸这只羊，然后发现她的手掌沾了鲜血。鲜血正从两只角中间的头骨上渗出来。杰奎琳还发现，整只羊浑身浸透了红棕色的血液，黏糊糊的，有很多血。杰奎琳跪下来，手指伸进羊毛里。样子看起来很可怕，其实伤口很浅。侧腹和臀部上的血好像不是它自己的。

杰奎琳喊了一声。卢克走过来，看着这头不停颤抖的畜生。杰奎琳问他们是不是应该用车把羊送回邓维尔庄园。卢克说他不知道。也许，他们应该去看一下鸡舍的情况。雪莉似乎也在催着杰奎琳往鸡笼那边去，又是推又是拱，一直哼哼叫着，听起来很凄惨。雪莉脖子一圈银白色的毛上也沾着血，但有可能是被托比亚斯蹭到的。他们决定不回头去开卢克的车。踏着灿烂的晨光，他们带着狗和羊，沿着那条小道向鸡舍走去。走过一个小山丘，穿过一小片杂乱的荆棘，他们看到了那个丑陋的鸡笼，像个大箱子，上面盖着铁皮，墙是用防腐木做的。他们继续往前走。

露西·奈比正在鸡笼前，捡着鸡蛋。显然，她刚才把满满的一篮子摔在地上了。有些鸡蛋幸好没有破，洒落在她的周围，她正在捡，她的身边还有一堆蛋黄、蛋清和蛋壳的混合物。她跪在混凝土地上，头发散下来遮着脸，正忙着捡鸡蛋。他们走近，看见她满头的血和散开的蛋黄。她抬起头，目光呆滞，一只眼睛肿得睁不开，鼻血滴到衬衫和马裤上，两边脸颊都被打肿了。她一身狼藉，身形难辨，费劲地在地上摸索着，从蛋壳、蛋清和蛋黄里找完好但脏兮兮、滑溜溜的鸡蛋。

杰奎琳跑上前去，扶住她。

"怎么回事？露西，怎么了？谁伤了你？"

从鸡舍的门后面传出一个人的声音。

"受伤害的不是她。进来看看，我要死了，血快流光了，这头蠢母牛把我害惨了。"

卢克走到门边。他听见成排的母鸡咯咯地叫，慌里慌张地撞得笼子嘎嘎作响。空气中弥漫着鸡屎和羽毛的味道。里面很暗。甘纳·奈比坐在门里面，蹲着，紧握着拳头。他也是血淋淋的。他的手和脸都沾着血，他的衬衫也溅了血，他的裤子被血浸透了。

"她直冲我来，"甘纳对卢克说，"拿着铲子——我的那把好铲子，不锈钢的，尖锐无比——把我的腿捅了一个窟窿，还捅了我的肋骨。我要她血债血偿。快去叫医生。快点，帮帮忙，我就要死了。"

"你把露西怎么了？"

"起码我没有拿铲子捅她。帮帮忙，小子。"

卢克上去帮忙。他脱下了甘纳恶心的长裤，脱掉他的衬衫和背心，折叠成垫子，也撕下一条做绷带，把他的腹部包扎起来。果然，甘纳左肋有一个很糟糕的三角形伤口。卢克给他弄了一个麻袋当枕头，然后回到杰奎琳那里，背后的那个人气呼呼地一直在骂她。

露西的样子很可怜。她一直在哭，很有节奏地抽泣着。她不听劝阻，一直在地上捡鸡蛋。不管他们问她什么，她都是一边痛哭一边回答，根本听不清她在说什么。卢克说他要去把他的汽车开来，把甘纳和露西送去医院。她猛烈地摇头，用滴着血的手指将他推开。杰奎琳说，他们应该分工，一路人开车去邓维尔庄园，去叫救护车，一路人留下来陪着甘纳。她看着马库斯。卢克已经沿着小道跑过去了。他体格健壮，跑得快。露西呻吟着，身体不停摇晃。杰奎琳说，马库斯就留在甘纳身边吧，救援一会儿就来。看着点伤口上的绷带。

马库斯没有回答。他的脸色苍白，缩着肩膀。他干燥的嘴巴张开又合上。露西捡起一个完好的鸡蛋，然后又把它丢掉。听到鸡蛋落地蛋壳碎裂的声音，马库斯瑟缩了一下。杰奎琳说：

"你可不能晕。我们只有三个人，一个都不能少。甘纳不会伤害你的。"

"不会。"他好不容易说出声来。

"也许，你最好和露西、卢克一起去。"

她没工夫多想。她本人去庄园肯定更有用处。她知道马库斯不害怕甘纳。他害怕的是甘纳的伤势会恶化，甚至有生命危险，要是那样，他该怎么办呢？参加女童子军的时候，她拿到过各种急救奖章，可是，对于眼前的情况，她心里也没底。她是个很有担当的女孩。马库斯的镜片上蒙着一层水汽。她揽住马库斯的肩膀。"你和露西一起去吧。照顾好露西。我陪着甘纳。" 卢克开着车过来了。马库斯努力克制自己，可是他的手还是不停地颤抖。他向露西伸出一只手。

"跟我们走吧。"他说。

露西往后晃了一下。马库斯讨厌和别人有接触。他握住她沾满血的黏糊糊的手。他自己的手毫无知觉。他紧紧握住那只手。露西也用力握了，但力气很小，几乎觉察不到。他把她搀起来，半扶半抱地塞进车里去。露西很瘦弱，轻得像羽毛。刚碰露西那一下，马库斯非常难受，后来就好了。马库斯也进了车，车里充满血腥和硫黄的气味。他抓住她的手，一直抓住。她缩了一下，但没有把手抽出来。卢克载着他们走了。

杰奎琳回到甘纳身边，他昏昏欲睡，但嘴上还是不饶人。他说，不应该丢下他不管，他有可能死在这儿。杰奎琳看得出来，甘纳其实不这么想，尽管她觉得他可能说对了。她把手放在包扎得很紧的绷带上，压住流着血的伤口。

"应该把她关起来。她还伤害了我的孩子。"

"伤害？怎么伤害？"

"她打孩子，虐待他们。孩子们想帮我。他们想把耙子夺走。她拿着耙子要打我。她反过来打孩子们，她就是要我的命。她就是要用耙子打死我。应该把她关起来。"

"你怎么她了，甘纳？"

"跟你说过了。你自己看吧。她是要我的命来了。我没有打她。

没有用耙子打她。也没有用铲子捅。你看看，到底是谁要谁的命，这很明显，太明显了。她伤害了孩子们。她有毛病……"

他喃喃自语："我就是骂了她几句……"

他的声音渐渐消失了。下巴再也合不上了。杰奎琳摸着他的脉搏，他的脉搏越来越微弱。他的血静静地淌着，也有部分流在体内。

卢克把车开进邓维尔庄园，停在院子里。这个农家院子的外围是石头房子，石头都是灰色的，阴森森，整个感觉好像一座堡垒。庄园建于17世纪，后来增加了一些现代化的设施，有挤奶棚、储藏室、散装箱、老式牛奶厂，屋顶是石板盖的。后门开着。所有屋子里都静悄悄的。露西呻吟了一声，身体变僵了。马库斯鼓足勇气，伸出一只手，揽住露西。她低声表示拒绝，挣脱开来。

卢克说："待着，别动。"他感觉，在那扇虚掩着的门的后面，可能有什么不好的情况。他下车走了进去。

他走上坑坑洼洼的台阶。后门直通厨房，厨房里的窗户不大，很高，横梁很厚重。白色的墙壁上溅了不少血迹。卢克闻到了暴力的气息，四周一片寂静。他隐约感觉到，在这房子的某个地方，可能有人在苟延残喘。光线透过不平坦的窗户玻璃照射进来，变成了灰色的。卢克像小偷一样蹑手蹑脚地走过厨房，穿过一个小门，再经过一个双开门，像马厩的那种门。此时，他站在一条地面铺着石头的走廊上。溅在石头上的血迹闪闪发亮，中间还湿着，边缘已然凝固。这些石头也被一代又一代人的靴子踩得坑坑洼洼。卢克小心翼翼地穿过隔开仆人生活区和庄园主建筑的门，发现面前有个正方形的入口，有两层楼高，周围的光线依旧灰暗，但是，沉重的门上方有彩色玻璃，光线从彩色玻璃射进去，就成了紫罗兰色、琥珀色和绿色，里面地上星星点点的血迹一目了然。他仔细听着。现在可以听到呼吸声了。他感觉到有人在。

有一条宽阔、平坦的楼梯，直通阳台。卢克在屋顶找到了三个孩子：卡拉、埃利斯和安妮。他们穿着双螺纹针织睡衣，天蓝色的睡衣上印着白色的小羊羔和白色的雏菊。三个孩子都浑身是血。年纪最小的安妮被血浸透了，血正从她的身上滴滴答答地流下来。卡拉和埃利斯坐在地上，背靠着装有护板的墙。卡拉八岁，埃利斯五岁，头发都像甘纳一样，浅金色的。安妮躺在另外两个孩子的膝盖上，鲜血盖住了她的脸。孩子们浅金色的头发都被血染红了，指甲上也都沾了血污。三个孩子都还有呼吸。卡拉和埃利斯的蓝眼睛睁得大大的，可能因为惊吓，所以呆滞无神。他们望着卢克。卡拉的小手抓住了安妮的肩膀。因为太用力，她的指关节发白。卢克问他们电话在哪里。他们盯着卢克，浑身发抖，一声不吭。他弯下腰去听他们的呼吸，然后跑到楼下去，找到一间看起来像书房的房间，房间里椅子翻倒了，电话听筒垂在半空中，不停地晃荡。他把听筒放回去，接好线，拨通了999，说明了他的位置、孩子的情况，还有甘纳的位置。他回到孩子们身边，再次听听他们的呼吸，安妮的呼吸断断续续，很微弱。然后，他从儿童房里找来了毯子，盖在孩子们颤抖的肩膀上。他想过出去找马库斯和露西，最后决定不去。他在孩子们的旁边坐下。卡拉和埃利斯只是头皮破了，安妮的伤势好像很严重。

卢克盯着下面的彩色玻璃。左手边的图案是一个男人手持宝剑，站在两座山峰之间的黑暗山谷里。天空阴沉沉，有一只恶魔向他扑来，恶魔长着翅膀，但没有羽毛，牙齿尖利，头上有角，脚上有爪。在右手边的玻璃上，湛蓝的天空下，一个男子戴着一顶蜗牛壳似的头盔，在蓝紫色的河里，向金黄色的城堡游去，城墙上有些缝隙，从缝隙里伸出了几只黄铜色的长喇叭，看起来很别扭。城门上方有四盏圆灯，摆成四叶草的样子，代表四季的含义。有一只初生的羊羔在绿草上蹦蹦跳跳。一只蜜蜂，途经一枝向日葵，飞向一个六角形的蜂窝。在深金黄的地面上，有一堆玉米。雪中有一棵冬青树，结着红色的浆果，树叶翠绿，树旁边点着篝火，猩红的火舌盘旋上升。

他听到远处传来警车和救护车的警报声，越来越近了。救护人员进来把孩子们都带走，会把他们带去洗干净、缝合伤口，里里外外地检查一遍。他们从儿童房里找到了血淋淋的耙子，在鸡舍里找到了血淋淋的铲子。他们用担架把甘纳带走。甘纳身上的绷带彻底变成猩红色。露西也被带走了，她披头散发，一言不发。他们到农舍去，测量、记录、看血迹、勘察物品损坏情况。卢克、杰奎琳和马库斯都接受了问话，虽然受到了惊吓，但三个人还是很有条理地讲述了事情的经过。

卢克紧绷的神经放松了，他想，风暴总算结束了。可是，事实并非如此，这只是暂时的停歇。其实，真正的开始还没有到来。

*

那个名叫约什·兰姆的男人是锡达芒特精神病院里少数几个会读当地报纸的人。报纸放在社交室里。他坐在表面光滑的棕褐色的扶手椅上，读着《卡尔弗利邮报》关于邓维尔庄园事件的描述，报道称发生了一起针对整个家庭的暴力袭击。奈比先生和三个孩子都受了重伤，包括受到惊吓的奈比太太在内，全家人都在医院接受治疗。警方正在调查中。他们希望孩子们好转后能协助警方进行调查。目前，警方不打算就这次袭击事件（也许是多起袭击）询问其他任何人。报道附有一张邓维尔庄园的照片，庄园坐落在高沼地，显得十分安宁。没有奈比一家人的照片。

一个新来的女人坐在另一只椅子上，双手交叉放在腿上。她不跟任何人说话，两眼呆滞。工作人员通常用"亲爱的"加上教名称呼病人，这样显得亲近。新来的这个女人被称为"亲爱的露西"。露西是圆脸，脸颊红润，却是饱含沧桑的模样，眼角有些下垂。她头发蓬乱，但约什认为平常可能不是这样。头发上有凝固的血污，所以结成一缕一缕的。还没有凝固的血顺着柔软的脸蛋流到嘴角。她穿着蓝色衬衫，胸前被血浸透了，血还滴落到紧紧并拢着的膝盖上。过去，他会仔细研究血滴和血流，辨别那是不是真的。此时，他认定那只是幻觉，而且，他也无从辨别，眼前的一幕实在匪夷所思。

他觉得他应该和亲爱的露西说说话，可是，他的手和膝盖也都在发抖。回忆的片段纷纷涌入脑海。他清楚地记得那些画面，他也知道，他的视网膜上有一层血雾，慈悲地隔开了他和那些画面。但是，想到那些画面，他就失去了勇气。他恐怕自己承受不住。他祈求神赋予他力量。血更鲜艳了，流得更快了。

护士走到他身边。

"来一杯茶吗，约什？你脸色有点苍白。"

护士看起来像被一片红雾笼罩着。

"那个女人。"

"她受到了惊吓。她遇到了不好的事。"

"你说得对，我的脸色肯定苍白。脸上有颜色不是什么好事，让颜色去死吧。"

他喜欢开那些只有自己听得懂的玩笑。他喜欢让人觉得他是在咒骂，其实，他说的是实话。

护士笑了："喝茶可以治百病。"

"我讨厌喝茶。"

"没错，你讨厌喝茶。我应该记住这一点，对吧？那么，来一瓶好立克吧。"

他喜欢好立克，甜甜的，有麦芽香。他爱吃甜食。他想到了先知以西结，以西结吃下了经卷，他觉得非常甜，跟蜜一样甜。

他把和饮料一起送来的氯丙嗪藏进袜子里。会有合适的机会和那个女人说说话的。他只要耐心一点。

*

基兰·夸瑞尔致埃尔维特·甘德的回信

亲爱的埃尔维特：

我越来越怀疑，我非常希望得到你的许可，我希望对患者产生感情。医生的疏离感，是一种非常不自然的心理状态，会产生各种各样的不良影响。在早些年里，我肉体受苦，精神备受折磨，几乎绝望，疏离感对缓解那时候的伤害非常管用。这是生存的工具。我因此进入了精神病学的领域。我们表面上为患者提供人与人之间的接触，人性的温暖，实际上，那都是经过巧妙计算的模仿，没有血肉，没有爱，没有欲望。当然，这不仅是治疗的需求。这是原始的公平正义，理论上，我所有的患者都有权利获得我全部的注意力，但是，我并非对所有人都有同等的兴趣。诚实对于为人处世很重要吗？必定如此吗？

说了这些废话，我就是想告诉你，我最近在研究约什·兰姆的病史，就是我跟你说过的那个人。他有些复发的症状，开始产生幻视、幻听。连着三天，他叽里呱啦讲个不停，听起来他一个人就像是一整个陪审团。我真希望我不用工作。我敢肯定，如果有时间仔细听的话，他的胡言乱语里面还是有一定道理的，不过，乍一听绝对是胡言乱语，什么光明与黑暗，什么浑身血迹，什么永世与双胞胎，什么牙齿和爪子，都是什么乱七八糟的。我们必须把他隔离起来。他睡不着，其他人也睡不好。可能需要花几天仔细听才能明白他在说什么。很多时候，他都一动不动，只是嘴上没完没了。好吧，我就这么说。我怎么知道他在说什么呢？

不管怎么说，他冷静下来了。他说，他们让我别动。所以，我做出一个大胆的决定，邀请他回到治疗小组来。治疗小组似乎起到了好的作用，让他稳定下来。

我们有一个新成员，一个三十几岁的女人。从她丈夫遇袭住院后，她就加入小组，一直到现在。她很安静，实际上，她一句话都不说。她用一把不锈钢铲子捅了她的丈夫。据说，她丈夫长期对她实施家庭暴力。她有三个孩子，都在夫妻决斗中受了伤。最小的一个很可能会失明，很惨。现在，孩子们正在接受治疗。丈夫声称他的妻子突然用耙子攻击了他和孩子们。他说这个女人突然发疯。警察面临的问题是，两个大孩子中有一个支持父亲的说法，另一个则肯定地说，父亲先用耙子打母亲，然后母亲把耙子抢了过去。至于是谁伤了他们，孩子们也说法不一。一个说是爸爸打的，一个说是妈妈。露西始终不说话。自意外发生以来，她一直沉默。一个字都不说。她很温顺。她被指控人身伤害罪，在审判之前，她要一直待在锡达芒特。她同意参加我们这个小组，至少，人家让她去哪里，她都老老实实地跟着去了。还有另一个女人，脾气很暴躁，一直想激她说话，指责她没有参与感，太高傲，破坏了氛围。露西坐着，一动不动。我觉得她不清楚她是在什么地方。那个脾气暴躁的女人名叫米拉。跟大家一样，她也指望兰姆带头，她问他，难道不是所有人都说话，治疗小组才有效果吗？他说——当时，我不敢用笔记录他们的发言，怕被当成治疗小组的带头人或者团队的记录天使，现在我只能尽可能回忆——兰姆说：

"那可能是另一个世界，空间太大，情况太复杂，说几句话根本不管用。你可以听到邪恶的风吹来，能嗅到血，能看到鲜血，一般的话语就好像头皮屑掉到脚边。在她听来，你的抱怨就像是枯叶沙沙地响。你说的话在这里可能很有分量，但在她那里，完全两回事。你应该好好听听她的沉默。"

米拉说她很抱歉。这可是头一回。

露西眼中满含泪水，望着他，张开嘴，舔了舔嘴唇，但没有发出声音。

他对露西说：

"你得知道，在这个世界上，善与恶是平衡的。你得知道，邪恶不会退居次席。邪恶的力量很强大，能将人击垮。你得知道，你不是恶人，但你是一个战场，邪恶在你身上厮杀，它要占有你。"

差不多是这样的话。他说的话写下来看着很平淡，但当时的气氛十分感人。露西泪流满面。我的眼睛感到一阵刺痛（事实如此，可记入病历）。在小组里，他是个很有"魅力"的人。我想写一篇论文，阐述一下何为魅力。你当然也很有魅力。

我觉得我没有那种魅力。我就是没有。

埃尔维特，之前我跟你说过，我一直在研究他的经历。我找到了些好东西。有一次，他不小心说了，他曾经在纽卡斯尔接受山姆·克拉布的治疗。所以我找克拉布拿到了他的病历，你不知道我费了多大的劲才拿到。多亏了克拉布做了非常详细的注解，我终于弄清了约什的身份。

他的本名不是约什·兰姆，而是约书亚·拉姆斯登。1928年出生于达灵顿。他的父亲约瑟夫·拉姆斯登是一个小学老师，兼任卫理公会的牧师。约瑟夫·拉姆斯登1939年5月被绞死于达勒姆监狱，理由是谋杀了他的妻子内莉和六岁的女儿鲁茜。克拉布的病历里说，约瑟夫声称他见到一位天使，天使让他杀死全家，这样他的家人就不用目睹即将来临的大屠杀了。根据克拉布的病历记录来看，他似乎将自己当成了牺牲以撒的亚伯拉罕，还有牺牲女儿的耶弗他。他拒绝援引精神失常为自己辩护。这些是大概的叙述，克拉布没有提供更多的细节。不过，我想，查一下当地过往的报纸，应该能找到更多的信息。我拿到的这个病历里，克拉布没有明说约瑟夫·拉姆斯登是个什么样的人，或者约书亚对他有什么评价。

在战争期间，根据克拉布的病历记录，约书亚说自己被"转移"到了后方，跟一个叫艾格尼丝·兰姆的"阿姨"住在一起。真有这个人吗？这么说是不是太武断了？他服过兵役，当过飞行员，后来因病退役。这一场病让他住了两年医院，具体病情不明。1950年代，他在杜伦攻读神学学位，再一次因为生病半途而废。克拉布说，约书亚觉得他能听到神的召唤，神要他去担任神职。我应该告诉过你，约书亚在读圣奥古斯丁和克尔凯郭尔的书。他说，他一直认为自己是个流浪汉，自愿过贫穷的生活。我不知道该不该告诉他，我已经查到了这些事情，这些他始终坚决拒绝告诉我的事情。

埃尔维特，你说这是什么样的人生？你体会得到吗？估计不行。他曾经有个家。也许是非常普通的家庭，也许不是，谁知道呢。转眼这个家就没了。母亲和姐姐惨死。爸爸入狱。当时还小的约书亚本来也可能会死，也有可能不会。克拉布没说约书亚是怎么逃过那一劫的，也没说约书亚是否了解这场谋杀。然后，经过漫长的司法程序，他的父亲也死了，死得还更惨。对于这件事，我不知道他了解多少，别人告诉他多少，他自己又猜到了多少。以我的经验来看，这种事情是没办法完全保密的，总会走漏一点风声。他当时是怎么想的？他觉得自己是什么人？出于我们的职业习惯，我们都很想问问，像他这样的人，是怎么活下来的？

我得说，他是我见过的最善良、最文明的人之一。他自己完全混乱，像被卷入风暴之中，但他似乎拥有一种真正的智慧。我不知道接下去该怎么办，但是，如果说有谁是我希望帮助、治愈、使之康复的人，那一定是他。这就又回到开头的话题了。我们并非对所有的患者一视同仁。这个患者稍稍与众不同。

当然，这些经历解释了他为什么对露西·奈比的命运和她家发生的惨剧那么感兴趣。她一来，他的幻觉就出现了，很巧合，对不对？他在报纸上了解她的遭遇，这件事就钻进了他的大脑里。

也许，只是也许，他和她都应该去参加你们那个贵格派舒缓社团，他们可以从中受益。那边一切都好吗？

第6章

学校外墙上出现了许多贴画和海报，它们大小和样式各异，颜色和风格也各不相同。有小的、方的、白色印刷的，都很冗长。

> 如果一个知识分子满足于为他准备的贫民窟，甚至为此自鸣得意，那么他一点用处也没有。
>
> 当资产阶级经济学家看到了物质之间的关系（商品的交换），马克思揭示了人与人之间的关系。——列宁
>
> 与所有正确的理论一样，毛泽东思想在实现之前就声称是正确的，并且是可以实现的，因为它是正确的。

这些标语上面都印着一行很小的字："高沼地'反大学'非正式出版物"。它们被有序地粘在门上、柱子上、黑板上、布告栏上，像跳房子游戏的网格、洛林十字架，或是圈叉游戏的井字格。还有长长的塑料彩带，玫粉色的、黄绿色的、蕉黄色的，缠在窗框上、树枝上、球门柱上和垃圾桶上。

不容忍压迫性的宽容。

教学大纲就是压迫。挣脱强权。

学生是新一代无产阶级。

教学是剥削行为。

不要向教育屈服。不要让人牵着鼻子走。静坐，凝视四周，放飞你的思维。

也有一些图画，有些画在床单上，盖在讲台上，有些画着艳丽的花朵、赤身裸体的人和喷发的火山。

嗑粒药，治百病。

你只需要肚脐眼。

自由在于对屁眼的正确使用。

别思考了。

艺术即高潮。

知识是人们的一种幻想。

走进过去。我向你保证。可怕的事情已经发生了。

两个塔楼之间散落着一堆堆宣传单。

"反大学"来了。反知识，反愚昧，反教学，反学生，反短裤，反基督，反佛陀，反菠菜，反资产阶级，反艺术，反反艺术，反交通运输，反塑料，反肉，反精神病学，反威基诺浦，反炎症，反茶叶，反资本主义，反汉堡，反起泡啤酒，反口袋里的超重货币，反白色或其他任何热技术，反反对。（反，即本能。）

威基诺浦和霍奇基斯开会讨论这些抗议现象。秋日的空气有点儿冷，副校长室窗外的草坪上，草叶都变得脆硬了。他拿着一只包豪斯银壶，给霍奇基斯倒了咖啡，他很信赖霍奇基斯，因为他们都是理性、惜字如金的人。他喜欢这个流线型的壶，咖啡倒出来的曲线很漂亮，在蒙德里安的抽象画前尤其招人喜欢。这些都是复杂文明的微小改良。

"您认为源头在哪里呢，文森特？"

"我不知道。我没听说过'反大学'有什么固定基地，也不知道谁是领头。"

"您没有情报来源。"

"没有。我想应该不是学生会。今天早上晚些时候，我们跟尼克·特费尔开过会。他没提起这件事。"

"我很好奇，他们怎么指名道姓地单独攻击我。"

"不能说单独，你跟基督和佛陀并列着呢。"

"还有菠菜。菠菜有什么好反的。"

相对而言，北约克郡大学受第一波学生起义的影响较小。威基诺浦和霍奇基斯的观点与众不同，他们认为，学生要求在管理层中加入他们的代表有一定的道理，所以，他们邀请了学生会主席尼克·特费尔和另一位学生选举的代表加入管理层。他们不是每次都来参加会议。

霍奇基斯说："当然，如果是校外力量，那么情况就很可能会升级成另一番光景。"

"我认为，我们不要激化它。我觉得，这些标语还是留着吧。以后，他们会自己换掉的。他们并没有违法。大学应该捍卫自由。"

"嗑粒药？"

"没有说是哪种药，对吗？"

"不是铁胶剂。"

威基诺浦又倒了些咖啡。他很平静地说："这里面有些话很有趣。"

然后，他提起了计划在1969年盛夏举行的身体与思维研讨会，那就是这个学期的期末。

"我很高兴，我收到了艾琴鲍姆和平斯基的回信，他们都接受了我们的邀请。艾琴鲍姆的演讲题目暂定为'先天思想及其在学习理论中的作用'。平斯基说，他的演讲主题是'人工智能和认知心理学：秩序与喧闹'。"

"学生都反对他们俩。"

"真的吗？"

"在美国，艾琴鲍姆被人家扔鸡蛋和烂水果。平斯基在巴黎演讲时，现场一片喇叭声，他的声音全部被淹没。"

"大学必须坚持言论自由。禁止任何一个人发声都是危险的。正因如此，我们才要给予'反大学'话语权。学生不上学校的课，都挂科了，自然就会醒悟。"

"我同意。但我们也不能太笃定。"

"总比激发矛盾要好。"

"我同意。我们都同意。我们可能要悄悄引导尼克·特费尔对这些问题发表意见。"

威基诺浦又倒了些咖啡。

"文森特，你要宣读一篇自己的论文吧？"

"《维特根斯坦和数学的危险的魅力》，可以吗？逻辑、语言、康托尔的无穷思想、维特根斯坦对弗洛伊德的评价等，都会贯穿起来。"

"我很期待。我们先看看应该跟年轻的特费尔说些什么。"

尼克·特费尔是一个黝黑的男生，外表干净整洁。他穿着灯芯绒外套、格子衬衫，打着一条红色领带。头发剪得很短，窄窄的后脑勺修剪得干干净净。他似乎更加关心如何改进食堂和酒吧，对"反大学"的这些华而不实的标语不那么感兴趣。他的父亲是锅炉工会的官员，来自桑德兰。他是学历史的，不算是一个出色的学生，他之所以选择历史专业，只是他在学校里历史学得相对较好，他花了很多课余时间为卡尔弗利工党工作，也给卡尔弗利青年社会主义者做演讲。作为学生政治家，他是一个务实而又包容的人。

他坐在威基诺浦的书房里，讨论即将到学生会演讲的人选（迈克尔·富特，罗纳德·大卫·莱恩）和到大学演讲的人选（安东尼·克罗斯兰，恩斯特·戈布里奇）。终于提到了身体与思维研讨会。威基诺浦提名了几个主要发言人。声音十分平稳，没有一点情绪。他说这次会议将让这所大学确立学术中心的地位。特费尔出于礼貌对这个想法表示了一定的热情，说艾琴鲍姆和平斯基都会吸引到大量的听众。霍奇基斯暗自笑了，他问特费尔是否了解所谓的"反大学"。

"我想我知道风从哪里来。我认识他们中一两个人。"

"是我们大学的学生吗？"

"有一些是。但不全是。有些是已经毕业的学生。"

"你了解他们接下来有什么动作吗？"

"我不知道，真的不知道。除了大字报，我认为谁都没有真正接触到所谓的'反大学'。我没有发现有什么实际活动。只听到雷声，没看到雨点。"

"我看就这些大字报也变不了天。但是，如果影响到学生的学业，情况就不同了。"

"我相信，他们会跟你们说的，如果有下一步行动的话。我们支持言论自由。"

"大学也一样。"

特费尔汇报了上次学生委员会会议提出来的问题。

"学生们要求修改教学大纲。他们觉得，我们必须比其他地方的学生更积极，比如说扩大学习范围。"

"你还有一年的时间去做。现在的大纲是你们之前选定的，改起来没那么容易。"

杰勒德·威基诺浦的声音清脆，此时让人感觉有一丝讽刺。

"学生们特别问道，外语是否能变成选修课程。"

"是吗？为什么？"

"因为有些人觉得很难。他们想要节省时间学习重要的新知识，像一些理论，文学理论、政治理论。"

"我一直说，一个不懂得其他语言的人，是不可能真正理解自己的语言。"

特费尔说："那么，我就这么回答他们，在攻读第一个学位的时候，没有一个学生能学完所有的东西。"

"我只能接受这个现实。但是，我相信，有些东西对于理解人的思维活动至关重要，掌握了这些东西，其他的自然会迎刃而解。我认为文学理论没什么意义，还不如多掌握一点语法和句法知识。"

"语法是精英主义，语法是个控制系统。"

"胡言乱语。"

"副校长，这是大字报上说的。"

"语法怎么就代表精英主义呢？和标准发音混为一谈了吧？"

"这不是我说的，是大字报上写的。"

霍奇基斯说："那就有必要向学生团体解释一下，说明我们对语言的要求。"

威基诺浦说："无论是对于学生，还是其他任何人，语言的重要性是不言而喻的，大家都必须讲得清楚，讲得漂亮。"

"你是个完美主义者。"霍奇基斯说。

副校长说："我是一位现实的完美主义者。"

"这个要求很有现实意义。我完全同意。"

特费尔说："尤其是英国文学专业的学生，他们很讨厌花时间学习语言。他们说，这感觉就像回到中学时代一样。"

"我们都要学语言，这是一辈子的事情。"

"而且，"霍奇基斯温和地说，"他们也不能说语言在现实世界里毫无用处，至少，活着的语言还是有用的。"

特费尔说："我没有说我同意他们的观点。我明白您的意思。我只是转达他们的观点。这是相当一部分人的观点。我必须转达。"

副校长说："我很失望。"

开头还不错，这时渐渐变得不愉快了。

"反大学"确实有个基地。是两辆大篷车和一辆朵儿露营车，停在一个叫格里芬街的地方。格里芬街在原来的罗伊斯顿庄园的边上，那里有一排差不多已经废弃的农舍，院子外面草木丛生，再外面就是高沼地的旷野。"反大学"打算等资金到位后再翻修农舍，改建成学生宿舍。有一间已经住了两个研究生，一个是政治历史学专业的格雷格·托德，另一个是人类学专业的沃尔特鲁特·罗斯。

住露营车的是一个流浪的民族学方法论[1]者阿夫拉姆·斯尼特金。斯尼特金曾告诉托德和罗斯，他正在深入研究英国的法院程序。托德

_____

1　民族学方法论，是指一定社区的社会成员在社会互动中所遵循的规则的社会学研究。民族学方法论是20世纪60年代发展起来的微观社会学学派之一。

和罗斯怀疑他同时也在研究他们俩。不过他们不太介意。所谓民族学方法论，是指从被研究者所属族群的内部来研究他们这个族群，研究族群成员的行为方式。他们认为他有权利进行这样的研究。

一辆大篷车由马匹拉动，这是一辆真正的吉卜赛大篷车，长轴，台阶很高，窗户拉着帘子。住在这辆大篷车里的人是黛博拉·里特，她不是北约克郡大学的学生，也不是什么其他学校的，尽管她不时在各地学习比较宗教学、人类学、民俗学和心理学。另一辆大篷车曾经是白色的，椭圆形，像一只鸡蛋搁在车轴和支柱上，由一辆多用途越野车拖着。这辆越野车的主人是乔蒂·苏提斯，他比其他人年龄都大。他去过海特阿什伯里嬉皮街，和巴黎第十大学的学生一起待过，访问过哥本哈根的公社，并与柏林的K1公社保持着联系。两辆大篷车就在院子老篱笆的外面。严格来说，那里不是大学的地面。黛博拉的马叫作维瓦斯瓦，非常胖，很温顺，身上有深灰色的斑纹，球节毛茸茸，鬃毛蓬乱，用一条长长的绳子拴着。黛博拉和乔蒂·苏提斯真是一对，他们都身材高大，脸上带着微笑，金红色的头发披在肩膀。苏提斯还留着金红色的胡子，胡须很细。他穿着深色衬衫，上面绣有火焰和玫瑰，只扣了最下面一只纽扣。黛博拉赤着脚，穿着长长的裙子，外面套着印度丝质束腰外衣，额头上缠着五颜六色的织带。托德和罗斯穿着牛仔裤和T恤衫，他们容貌不同，喊的口号也不同。

"反大学"的老窝就在格里芬街的五间废弃的农舍里。书桌是用砖块和薄板搭的。打字机吧嗒吧嗒地响着。黛博拉在厨房里用豆子、米饭、草药煮了几大锅粥，上面漂浮着番茄皮。厨房里有一个简直用不坏的粥罐。

在副校长发出身体与思维研讨会邀请的同时，"反大学"的核心小组也向有可能加入的师生发出了邀请，当然，在这个时候谁也没有想到两者会这样同步。格雷格·托德写信给伦敦政经学院和埃塞克斯大学那些心有不满的理想主义者，沃尔特鲁特·罗斯写给欧洲的学生领袖，而黛博拉·里特则写给各个公社、医院、艺术学校和团体。他们在信中说，请带上食物和床上用品。我们要追求自我表达，打破人为限制，创造一个自由的空间。在等待回复的同时，他们给大篷车刷了一遍油漆。那辆吉卜赛大篷车的四面变成了银色和松绿色交织的森林，挂满了金色和银色的水果和深红色的石榴。鸡蛋形的大篷车缠上了彩带，上面画着漏斗、蛇、梯子、藤蔓和爬山虎，有橙色的，有令人难以接受的粉红色，有漂亮的蓝色，还有深浅不同的绿色。整整一个晚上，他们都在争论是否应该向潜在的教师建议课程主题，最后的结论是这样不对。如果大家都碰巧选择了相同的课程，那只能证明这个课程确实是需要的，而且真正能给人启发。他们印了传单，传单上写着，来分享您的知识吧，深刻的也好，基础的也好。上至宇宙，下至果酱，从所谓的疯狂，到素食烹饪，从咒语到武装抵抗，到资本主义的灭亡，再到甜豌豆的种植，一切都是可以研究的。世界丰富多彩，"反大学"也是如此。我们可以深入了解卡尔·马克思，探索毛泽东思想，看手相，解读塔罗牌的秘密。全人类的生命就在这里，即便此时不在，以后终究会在。来吧，带上你们的食物、床上用品、音乐和艺术。

一个下午晚些时候，罗斯、托德和黛博拉·里特坐在厨房里，抽着烟，烧着香，切着洋葱，讨论资产阶级国家的衰落和无产阶级的发展。黛博拉不停哼着曲子，让正在说话的格雷格·托德感到很不高兴。有一个人从大学那边走来，出现在院子外面。那是一个穿着黑色衣服的女性，身材高大，偏胖，正在急促而又笨拙地走着。她走近时，沃尔特鲁特·罗斯刚好从厨房的窗户望出去。罗斯本人又小又瘦，通常穿着紧身的黑色毛线衣和紧身裤，像是不在跳舞的芭蕾舞女演员。跟一般瘦弱的女人一样，她看不惯身材丰满和结实的女人。

她说："一个胖女人。"

"我们认识她吗？"格雷格·托德说。

"有点眼熟。但我不确定她是谁。她带着一条狗。一条胖牧羊犬和一个胖女人。"

"没有人爱的胖姑娘。"黛博拉·里特说。这是一句诗。

"不一定。"格雷格说。

"很有资产阶级腔调，这倒是一定的。"沃尔特鲁特说。

那个女人敲了门，很用力地敲了好几次。

"我可以进来吗？"

"进来吧。"

他们在烛光下工作。沃尔特鲁特打开门，顿时出现一个庞大的黑影，也吹进来一阵风，蜡烛的火焰在风中摇曳。

"关门，"格雷格·托德说，"我们喜欢里面污浊的空气。"她站在那里，和他们懒散、惬意、温馨的氛围格格不入。她穿着一件黑色的宽大外套，像斗篷，有开口没有袖子，剪裁精巧，编织的纽扣孔表明这是一件学院装，也让人联想起巫术。在外套下面，她穿着紧身短上衣和长袍开衫。她的一头黑发浓密光滑，眉毛被刘海儿遮住了。

她的嘴唇是深红色。

"请问有何贵干？"格雷格说。

"我看到了你们发的消息。我想为你们、为你们的团体效劳。"

没有人叫她脱掉斗篷。

"我叫伊娃·塞尔凯特。我想教书，我会用这个名字。我还有别的名字，但我在这里将用伊娃·塞尔凯特的名字教书。"

"你想教什么？我们没有一定要任何人教任何人任何东西。"

"我主要是想向大家介绍古埃及人的智慧、塔罗牌的解读、天文奥秘，以及卡巴拉主义者的宇宙论。"

黛博拉·里特往火上扔了一把树枝，树枝熊熊燃烧起来。

"我认为这种课程已经很多了。我自己就会解读塔罗牌、看手相和占星预言。"

伊娃·塞尔凯特满头大汗。她的脸发光了。她举起一只手，手上戴着几个大戒指，戒指有紫水晶的，也有蛋白石的。她擦了擦手。

"我想脱下外套。"

"我知道你是谁，"格雷格·托德说，"我想起来了。你是他的老婆。你是威基诺浦太太。"

"那又怎么样？"伊娃回答说。她样子很凶，却也惹人同情。

"我们不要你，"沃尔特鲁特·罗斯说，"你是敌人。"

"我以为你们来者不拒。我还是有些本事的。看来这里都是不识货的。"

"反正我们不要你，"格雷格·托德说，"我们这里不欢迎太太。"

奥丁和弗里格被关在门外，门内就可以听到它们俩在拼命挠门。伊娃·威基诺浦似乎有点不知所措。她似乎认为，如果她足够坚定，这里的人就会对她有所改观。显然，她认为他们一定会接受她。

"你让我们感到很不舒服，"黛博拉·里特说，"你不该到这儿来。我们……我们认为您不应该再留在这儿。"

两条狗还在挠门。

沃尔特鲁特·罗斯说："先回去吧。一切都还没有开始。我们启动以后会和你联系。但是，你看到了，我们这儿还没有什么事。"

"我知道有。"

格雷格打开门："你误会了。我们会联系你，不是这么说的吗？我们会联系你，可能会。现在请回去吧。"

她说："我会再来。"她灼热的脸皱了一下。他们知道，他们本该替她感到惋惜，但他们没有。他们都巴不得她赶紧走。

经过长时间的尴尬的沉默之后，她走了。

乔蒂·苏提斯后来也来了，那时天已经黑了。黛博拉把炖好的豆子盛进陶艺盘里。他们把那个不速之客和她的来意告诉了他。格雷格·托德说："我知道她是谁。她就是威基诺浦太太。一进门，她就说她要上课，教塔罗解读和占星术。一个疯老太婆。她就一直站在那儿。"

黛博拉哼着歌。

沃尔特鲁特突然说："除了豆子还有别的就好了。净吃豆子，等会儿肠子要爆炸。"

"会放屁，"格雷格·托德说，"会放屁，但很好吃。"他说话很圆滑。

乔蒂·苏提斯一边吃着豆子，一边在思考。

"毕达哥拉斯说，它们是净化灵魂的食物，"黛博拉说，"而且很便宜，也好吃。"

沃尔特鲁特说："有肉就好了，肉很好吃。"她相信人类是食肉动物，仅此而已。

"吃肉就是谋杀。"黛博拉平静地说道。

"你们跟她说了什么？"乔蒂·苏提斯问。

"我们把她轰走。我们说得很清楚，我们不想要她。"

"我很惊讶。"

沃尔特鲁特说："她有些情况，不太好。"

"我还是很惊讶。你刚刚错过了一个好机会。如果要打破或者推翻一个压迫性体制，一个自我构建的权力中心，最有效的做法应该就是吸引结构内部的同情者，可以称为皈依者，或者盟友。真的，你错过了一个好机会。"

黛博拉说："她不是皈依者，也不是盟友。她有自己的盘算。"

苏提斯说："从政治上说，她是什么样的人无关紧要。她是副校长的老婆。她有很大的用处。"

"所以说，'反大学'是刻意的革命行为吗？"格雷格·托德问，"还有更大的战略？"

"哦，我觉得，这是毋庸置疑的。更大的战略就是打冷枪，慢慢耗，让它动摇，最终实现颠覆。只要有机会，都必须瞅准机会。必须时刻盯着。那个女人既是武器，也是漏洞。你们本该对她表示欢迎。"

"你没看见她，"沃尔特鲁特说，"否则你就不会这么夸夸其谈。"

"战争无关性格问题。"乔蒂·苏提斯说。他放了个又长又响的屁。

"我告诉过你，"沃尔特鲁特说，"吃太多豆子，肠子要爆炸的。"

第二天早上，威基诺浦家的管家走到早餐桌前说："太太，外面有一个年轻人，说要见你。"

伊娃·威基诺浦穿着深红色的天鹅绒睡袍。

"叫他等会儿再来。"

"他带来了一束鲜花，一大束。"

伊娃跟着管家走到餐厅门口。乔蒂·苏提斯站在大厅里，外面庭院里放着一大束野花，里面有洋地黄、阿鲁姆百合、欧芹、晚毛茛、法兰西菊、泻根和龙葵。

他笑容可掬，灿烂、友善。"这些是给您的。昨天您去我们那里，有些人不太礼貌。我们很过意不去。我们没想到您会去，有点不知所措。希望您能接受道歉和这些野花，等我们开始启动，希望您再光临。我们希望您知道，您会得到热烈的欢迎。"

伊娃伸手去拿花。杰勒德·威基诺浦跟着他的妻子出去。

乔蒂·苏提斯也冲着他微笑。

"我是来赔不是的。我有一两个朋友对您太太不够礼貌。你们不会见怪吧？"

"不会。"伊娃缓缓说道。

"这是谁，伊娃？"

"我不知道。我没见过他。"

"他说的是什么事？谁对你无礼？"

"几个学生。没什么大不了的。送这些花来，倒显得夸张了。善意，当然有，但夸张了点。他们都挺好，真的，就是年轻，不懂事。"

第7章

埃尔维特·甘德致基兰·夸瑞尔的回信

我亲爱的基兰：

你对荣格学说中的"巧合"感兴趣吗？我这里有一个巧合的例子。本周，我同时收到了来自同一地方的两封信，都邀请我发表论文。一封来自你们新大学的副校长，他邀请我去参加6月的身体与思维跨学科研讨会。届时，与会者将有化学家、哲学家、语言学家、神经学家、文学家、社会学家、心理学家等。他要我作为心理分析领域的专家发表讲话，任何形式都可以。副校长说我将是"研讨会的支柱"。我想他本人是个语法学家。

另一封信来自一个自称"北约克郡反大学"的团体。信上说，他们定期召开会议，讨论各种体制内不讨论的问题，他们希望我去做一场关于心理回归疗法的演讲，任何形式、任何时间都可以。他们说，当前最紧急的是改变传统的思维方式。大学信纸的信头是红色和黑色的，上面画着龙、树木（可能是雪松）茂盛的小丘，好像还有喷泉。"反大学"的信纸是绿色的，画着一双眼睛，睁得滚圆，我不知道那是邪恶之眼，还是一双紧盯着邪恶之眼的眼睛，或者是一双邪恶之眼瞪着另一双邪恶之眼。

神秘的象征意义让我印象深刻。也可能是我想多了。副校长说，主演讲人是霍德·平斯基和西奥巴尔德·艾琴鲍姆。副校长真勇敢。这两个人都是狂热的决定论者，虽然平斯基的政治立场绝对是左派的，但他的心理状态不是。德国人艾琴鲍姆的过去让人恶心。

无论如何，接受这两个邀请，既是我的职责，也将是我的荣幸。当然，同时接受这两个邀请，既方便，又讨好人，但我可能没有这个勇气。你知道，除非面对自己忠实的听众，我这个行业的人是不愿意发表什么讲话的。我感觉，克服传统群体恐惧，是个事关荣誉的大事情。

人必须面对不同的世界观（宇宙和反宇宙），具备分析能力的人不应该惧怕哲学家、神经学家或激进主义者。我应该去北方看看。届时，我希望与你见面，聊聊兰姆先生的事情。

确实很难想象那段过去对幸存者有多大的影响。你说那个男孩那年十一岁。你说他从未提起过他的父母或姐姐。在那种可怕的事件发生时，他还没有到青春期。他开始懂事的时候，战争刚好爆发，大家都不得安生，这对他来说也许是好事。他很可能什么都不记得。或者说，他下意识拒绝回归这段记忆。如果我们打破平静，硬是让他回归那个恐怖的事件，我们是否有能力再把他带出来？我们是否会帮他融入社会？他必将无法正常生活，甚至难以回归当前的平静，目前他有些幻听、幻视，到时他恐怕连这些东西都听不到、看不见。

我想跟他见个面。

作为一个专业人士，我们崇尚真理，相信知识的力量。

但是，我的第一感觉就是他最好能忘却。你说对不对？

你永远的朋友，

埃尔维特

*

约书亚·拉姆斯登没有忘却。他全都记得，他会想起，但他从未提起，从未跟任何人提起。每当他想起这段往事，他会自言自语地说，他全记得。这表明他知道自己记得，但无法从记忆中走出来，无法摆脱痛苦。

实际上，所谓"全记得"和全面回忆还是有所不同。他所记得的，是身体感官（眼睛、耳朵、鼻子、神经）所感受到的一个个小细节。这些记忆会时不时地苏醒，或者毫无预兆地在他脑子里翻滚，时间久了会让他窒息，使他的心脏剧烈跳动，模糊他的视线。他觉得这些记忆就像是穿过毛毯破洞的耀眼光线，或是扎根在水下泥泞里的水草。其余的一切——时间织就的毯子，事件沉淀的淤泥——他都用比较中庸的字眼来描述，这样就能抵挡那段可怕的过去对他的冲击。他知道，一旦身体的记忆被激发，他就抵挡不住了。一个个片段串联在一起，像一条令人难受的可怕项链。随着年龄增长，这段记忆越来越模糊，那条项链会逐渐失去毛刺，他有信心能够再次忘却。可怕的记忆像恶霸一样欺压着他，他稍有不慎，防备不够，就会狡诈地向他袭来。

首先袭向他的大腿。他还是一个有婴儿肥的大孩子，穿着短裤，有点紧。他记得，他站在那儿，双腿的肌肉都在颤抖、跳动，他还活着，但无法自控，一会儿感到热，一会儿感到冷，又感到潮湿。这些年来，他一想到那个傻乎乎的男孩，想到他裸露着大腿，不知所措，就感到非常难过。

他还记得她们的尸体并排躺着。有人将她们的手交叉在胸前，有人将她们的眼睛合上，但她们的身体和脸一点也不安详。她们的嘴张着。他妈妈的嘴巴歪着，假牙已经脱落，粉红色的睡裙被撕裂了，一侧乳房露出来，上面有很多划痕。他姐姐的眼皮和额头严重瘀青肿胀。他母亲的手做着支撑的姿势，好像想要抓住什么。他姐姐的双脚很苍白，蓝色的血管清晰可见，不过她平常也是这样。他感到很难过，在他的心里，在他的印象里，他妈妈总是戴着假牙。他姐姐的双脚也惨不忍睹。一想到睡裙上的污渍和糖果条纹的睡衣，他就感到难过。

他的身体记得他们所住的房子的气味，有点甜，有点腐朽，也记得气味的每一次变化。

他渐渐意识到，这个记忆会摧毁那个婴儿肥男孩的过去，比电击疗法更厉害，使他的过去支离破碎，鲜血淋淋。他想回忆那个女人或女孩的模样，但他只想起来床上的那些"东西"。还好，他想起了那个笨手笨脚的男孩，后来，他想起她们在走路，在吃东西，在抚摸他。大约一年后，他做了一个木偶妈妈和一个木偶姐姐，她们面带微笑，跟平时一样。在他的眼里，她们跟往常一样，看到摇曳的影子，他就想起了她们结实的肌肉，从嘴里突出来的假牙，松软的脚趾和手指。

当时的他懵懵懂懂，但也许知道发生了什么。他依稀看见他第一次在同学家过夜后回家，自己开门进了房子。他记得是母亲私自放他出去的，她没有告诉严厉的父亲，不然父亲肯定不会让他走。他没有很多朋友。这情有可原，他不能出去玩，周末他得去教堂上宗教课。有个男孩邀请他去家里玩，他就去了。他不记得那个男孩的名字和脸。他记得离开时他对那个男孩的母亲礼貌地说了声"谢谢"，还记得她说"下次再来"。他记得自己谨慎地高兴着，他没做任何奇怪或愚蠢的举动，他受到了欢迎，他像一个正常的男孩，没有出洋相。他记得这个，是因为他为自己举止得体感到高兴。他仍然沉浸在男孩母亲温暖的笑容之中，仍然期待再次接受邀请，但如今没有人会叫他去玩了。时光一去不复返，他让那个天真的婴儿肥男孩务必记住那段过去。这就像你走楼梯，已经走到了头，你却以为还有一步，所以踩空了。这让你全身血管都在沸腾，得设法平静下来。

一遍又一遍，他回想起那个婴儿肥男孩在客厅里大喊"我回来了"，然后开心地跑上楼去找她们，想告诉她们这件好事。他是多么无知啊，真可怜。

他找到她们时，不知道为什么，他决定等到父亲回来。等了一会儿之后，他可能回到了自己的卧室（这部分他记不清了），躺在床上，睡着了，他记得应该是这样的。

当那个婴儿肥男孩醒来时，已经是深夜了，天非常黑。从睡梦中醒来，他以为，这个可怜的傻瓜，他真的以为自己做了个噩梦。他的房间，还有他的东西，在黑暗中还显得很正常，但那是他正常生活的最后一天。他的睡袍是睡袍，他的干树叶还是干树叶，他的存钱罐就是一个红色的罐子，跟邮筒一样。他跟这些东西一起待了一段时间（从那时起，他就不记得时间有多长了，只记得白天过后是黑夜，然后接着是白天）。他不记得男孩何时离开卧室去确认自己是否在做梦，父亲是否已经回来了。男孩希望父亲已经回来了。但他记得，家里空荡荡，这个可怜的家伙蹑手蹑脚地走下楼梯，踩在油毡地毯上，身体剧烈颤抖着，打不开那间卧室的门，那扇门肯定是他自己关上的。

他终于打开门，她们还在。但他的父亲不在，父亲本应该来帮他的。

他站着，背对着放着尸体的床，凝视着夜色。他想起来，那个浑身颤抖的可怜男孩就是他自己。他记起了那段过去。

外面很黑。黑得并不均匀。有些像墨水，有些像缓慢流动的沥青，有些像乌黑的面纱。仿佛由一条条汹涌的黑色潮水编织而成，在蔓延，有些潮水在涌动，有些潮水在碰撞。窗户不结实，根本挡不住，甚至房屋和砖头也摇摇欲坠。外面咆哮腾跃的，吞咽吸气的，就是真相。他的脑袋里有一个罐子，或者说有一个洞，柔软又暴躁的黑暗想要从里面跑出来，跟周围混到一起。他的头颅和头发，像那栋破房子的砖头、灰泥和屋瓦一样，正在分崩离析，实在不堪一击。

他看到了月亮。那是一弯细长的残月，跟镰刀似的。在汹涌的黑色中，他看到了月球的黑暗面。

他看到了窗户的玻璃。那是一扇框格窗。在窗户的玻璃上，他看到了那个可怜的男孩的脸庞。那张脸颇有贵气，比他自己这张脸好多了，他的脸浮肿，又有疤痕，他甚至不愿照镜子。在那张脸上，鼻子挺直，紧皱的眉头下有一双漆黑的眼睛。头发是白色的。如今，除了白色，他已经记不得那头发还有什么别的颜色。他记得，他看见另一个人站在黑暗中的时候，他整个人都是白色的。另一人也穿着白色的衣服，在黑暗中颇为显眼，上面有美妙的褶皱，最深处难以见底。在一片混乱之中，那另一个人懒懒散散地站着。那个可怜的男孩听见他说：

"伸出你的手臂。"

于是，他伸出了手臂，抓住了一个乌黑的球，非常沉重，热乎乎的，像是从炉子里掉出来的煤渣。

那另一人说："拿着它。像这样。"他拿不住，太沉重了。

"你可以的。我们必须拿着。"那另一人指着黑球的侧面，他看到有一小束光从一端照到另一端。那是一束柔和又寒冷的微光，像是空洞的反光，也像透过黑色窗帘射进屋子里的阳光，也像黑色皮革被划开了一道口子。

那另一人说："就是这样。"

他不知道自己站了多久，一直拿着他几乎拿不住的球，外面，黑色的潮水还像虎狼一样咆哮着。他知道，如果他能拿住，他就可以继续待在那儿，他必须待在那儿。

黎明时分，那另一人叫他下楼。他走到厨房时，那另一人告诉他继续往下走。于是，他走下石阶，进入煤窖。

那里有一大堆煤，他爸爸好像挖到了这堆煤的中心。朝阳从煤窖上方栈道的一个圆形孔照进来，这是煤窖的唯一窗口，一袋袋煤就是从这里倒进来的。阳光照在煤堆的斜坡上，闪闪发光。地面铺了一层厚厚的煤灰，也在闪闪发光，比煤块稍微灰暗一点，但比玫瑰更多彩，闪着紫色、绿色、靛蓝色的光，像街上的一摊油。他爸爸的脸和手都沾满了煤灰，浓密的眉毛、胡须和睫毛上也满是煤灰。他穿着周日布道时穿的黑色套装，里面还穿着一件白衬衫，没有领子，也没系领带，衬衫上沾满了污渍，蒙了煤灰。他的喉结很大，布道时会上下滚动，此时却颤抖着、抽动着，黑色的煤灰下面透着红色。他坐在地上，下巴放在膝盖上，不停地咳嗽。约书亚记得，他有哮喘病。如今，他的肺里已经填满了灰尘。他清了好几次嗓子，用沙哑的声音说：

"你去哪儿了？"

他就是一个严厉的家长。这样的人都觉得外面的世界会污染内心的纯洁。

"我出去了。在外面过夜。"

他不记得自己是否说过这句可怕的话，也可能只是想说却没有说出口。"妈妈说我可以不用回来。"

"你本应该在这里。"煤堆上的那个稻草人说。

此时，他又想起了那个男孩孱弱的大腿，那两条爱颤抖的腿此时也沾上了一道道煤灰。他没有和爸爸对视，低头看着地上的煤灰，等着迟来的死亡宣判，或者等着迟来的巴掌。

他不敢和爸爸对视，而是盯着他红色的脖子，他的喉结，以及他那件凌乱不堪的无领衬衫。

"别人接近你，"那个人说，"可能是有企图的。"

他站起来，像个泥人，也像他在窗边拿着的脏兮兮的黑球一样。

"走。"男人说，"去叫警察。"

接着，他动不了，也说不了话。

"我跟你说……"他爸爸喘着气，不停咳嗽，说不下去。

男孩转身，手脚并用地爬上楼梯。他出了门走到街上。小男孩通常走这条街道去上学，妈妈也从这里走着去买东西、去寄信，小女孩会拉着妈妈的手，在门前的台阶跳上跳下，或者透过地上格栅里的窗口往煤窖里看。他按照爸爸的指示，沿着黑乎乎的街道一直走，在高街十字路口看到一名警察，他走到警察身边，拉了拉他的衣角。这个警察很高，头上戴着头盔，因此看起来更高。他正挥舞着手臂指挥交通。他不记得警察的脸长什么样。

"我爸爸让我叫你去。"

他不记得警察是怎么回答的。

"我爸爸叫你马上去我们家。"

他的声音和他脏兮兮的脸蛋让警察相信了他。

他一定是和警察一起回家的，但他不记得了。后来，他没有在这个家里睡过觉，但他不记得在艾格尼丝姨妈来找他之前他是在哪里睡觉的。他记得体内有汹涌而令人作呕的黑暗。他知道，他必须努力去忘却，一定要麻痹自我，一定避免去感知。

后来，有些记忆像梦，有些却不是。他一直都知道，肯定知道，他爸爸到底是怎么回事，但他不知道自己是如何知道的。艾格尼丝姨妈实际上是他妈妈的一个远房表妹，她将他带到达勒姆郡一个以采矿为生的村庄。她就住在那里。她总是嫌他脏兮兮、臭烘烘的，总是站得远远的，叫他去洗干净。她的一张小脸圆圆的，布满皱纹，充满怨气，留着一头铁灰色的齐耳卷发。他不记得她是否跟他说过他为什么要去那里。

他爸爸批评、责骂和处罚他的日子一去不复返，这个角色已经被姨妈取代，日子跟在北方上学时一样难熬。希特勒的坦克已碾轧过波兰和比利时，开向法国。大家都对新闻很热衷，这个男孩（现在叫兰姆）也看过很多报纸。他记得在公共汽车候车亭和乡村商店看过报纸，因为他在这两个地方都呕吐了，还因此被打了屁股。他爸爸的脸和阿道夫·希特勒的脸出现在同一页报纸上。"拉姆斯登拒绝援引精神不正常为自己辩护。他说：'是主叫我去做的。大屠杀就在眼前。主让我寻找一条通往救赎的捷径。'"再往后面，那则新闻又说，"拉姆斯登不想上诉。他说：'我知道要被判绞刑，我准备好了。'"他在煤窖里看到过爸爸的脖子。姨妈和报纸都没告诉他绞刑什么时候执行。他想知道吗？他害怕知道。有时，姨妈在听收音机，战争新闻刚刚报完，一听到他来，立即关了收音机，他知道她不想让他听到那个消息。有好几个星期，甚至有好几个月，他都没和任何人说过话。长大后，他偶尔跟人家说他姨妈十分固执，铁定了心，让他的日子平凡枯燥，日复一日，都没有变化。她的小心思令人钦佩。她想让他变得迟钝，成为一个平平凡凡的人。她苍白的脸仿佛一个面具，几乎没有一点儿表情，让他看不出那一天有什么不同寻常，让他意识不到那一天的事情有多么骇人听闻。

有时，在医院和教堂里，他觉得他曾去牢房看望过爸爸。他记得当有人打电话叫他去探望爸爸时，他脑海里翻江倒海，不知道自己是否会去探望。爸爸还活着，但很快就活不成了。如果他知道当时的情况，他们要如何面对彼此？他们是怎么面对彼此的呢？他很清楚地记得，那个男人坐在一张黑色的桌子后面，旁边站着僵硬、沉默、呼吸沉重的警卫，警卫端给他一杯难喝的茶，他啜了一口。父亲却艰难地咽下去，喉结不停抖动。他记得看见了爸爸的《圣经》。这是爸爸个人的《圣经》，封面采用柔软的皮革，有个镀金十字架，他很高兴爸爸在牢房里有属于自己的东西。他记得窗户开在墙上很高的位置，一小束灰色的光线照进来，那个窗口就像煤窖上方的圆孔窗。他头脑清楚的时候，认为这次探望其实并未发生过，是他臆想出来的，因为这个可怜的男孩存有心结，而且，自小灌输的宗教思想也教导他尽量去爱、去尊重并原谅爸爸，与爸爸分享恐惧，尽力帮助爸爸渡过难关。他记得床上的尸体，也记得房间里的气味，记得当时的感觉，这个记忆就像黑色的波浪，翻滚着，惊涛拍岸，溅起一片片水花。他无能为力。

他宁愿相信那一幕并没有发生过。然而，他的记忆始终给他强烈的挫败感，他感觉对不起爸爸。他记得他们一句话也没说，记得茶水难闻的气味，记得陶器上的裂痕，也记得警察说："抱歉，该走了。"他认为，是因为他盼望着做一件好事、一件正确的事，他才编造了这个"记忆"。他是按电影和冒险故事的情节编造的。他爸爸一直反感虚构小说，敦促他读《圣经》，他说《圣经》足以满足所有需求。在学校的一堂《雾都孤儿》阅读课上，约书亚·兰姆朗读到奥利弗和费金在死囚室里的那个恐怖片段时，大闹情绪，弄得很难堪。是谁带他去电影院看《仁心与冠冕》的？不是姨妈，他不记得了吗？看到丹尼斯·普莱斯平静地坐在死囚室写忏悔书时，他又感到恶心，吐在前面男孩子的肩膀上。他开始认同父亲的观点。讲故事就像雕刻偶像，会让恶魔和谎言之父有可乘之机。

　　他知道父亲曾想跟他交流，他很肯定。那几天，他比姨妈早下去吃早饭，收到了两张寄给自己的明信片，他立即把它们藏在了作业里面。那是浅灰色的绒面卡片。墨水渗进了卡片，上面印着横线，但他爸爸用不着。有一张提到了《圣经》，《创世记》第22章、第6章、第7章和第8章。没有落款。可能是他爸爸认为写上"爱你的……"会让他无法接受，会吓着他。第二张写着："我想把我的《圣经》给你，希望你时时翻看，也希望你因此记住我。我写了一封信，希望能交到你的手上，你可以等到长大懂事之后再看，到时，你是否原谅我无关紧要。"

　　在他的想象中，这样的信不会写得很工整，写这封信肯定极为艰难，爸爸的手肯定在颤抖，所以字体肯定歪歪扭扭。可是，他没有收到过什么信。

　　明信片在他身边保存了一段时间，他将它们从一本书转移到另一本书中，主要是《小男孩的自然之书》《英雄的生活》和《基督教传道实录》。他从未将它们放进《圣经》或祈祷书里面。他不常把明信片拿出来看。它们就像有毒的物质，但他有责任留着它们，看着它们。他十几岁时的一天，他不确定是哪一天，他生着病，四处寻找却怎么也找不到明信片。他翻开一本本书，一遍又一遍，他不是想找到那些明信片，而是迫切想要停止寻找，将它们跟他保存的其他东西放到一起。他没有找到。他知道姨妈会定期检查他的东西，看看他的房间里面有没有灰尘、香烟、粗俗的笔记，他有没有做出其他什么恶行，当然，这些都是她想象出来的。他从未跟她说过明信片的事，她也从未和他提起过。

《创世记》第22章、第6章、第7章和第8章。

亚伯拉罕把燔祭的柴放在他儿子以撒身上，自己手里拿着火与刀。于是，二人同行。

以撒对他父亲亚伯拉罕说："父亲哪！"亚伯拉罕说："我儿，我在这里。"以撒说："请看。火与柴都有了。但燔祭的羔羊在哪里呢？"

亚伯拉罕说："我儿，神必自己预备做燔祭的羔羊。"于是，二人同行。

爸爸想说什么呢？是不是想告诉他，就像亚伯拉罕无条件服从神的命令献祭自己的儿子，爸爸也要献祭自己的妻女？或者他想说，他不信任神，但神救了以撒，也救他自己的儿子。他们是同行的。他们在一起。他软弱的灵魂想在父亲感到恐惧的时候陪伴着他。我儿，我在这里。哪里？

那个男孩知道，大屠杀就是燔祭的意思，之后这个词才被用于形容罪恶。父亲说得对，也有事实证明，另一种大屠杀即将来临。在纳粹德国对钢厂和铁路的袭击中，那幢举行了"献祭仪式"而如今已经空荡荡的房子化作了一堆灰烬。她们本该死在那场突袭中，但她们死得早了。至于他，一个婴儿肥的男孩，约书亚·拉姆斯登，也就是后来的约什·兰姆，曾先后两次死里逃生。他被转移了，而他本是无法被疏散的。

1939年底，儿童从可能成为空袭目标的城市被大规模疏散，艾格尼丝·兰姆趁机将这个外甥转移走。在安置疏散儿童的乡村社区里，大多数人无父无母，一无所有，他并不显得与众不同。从村子前往文法学校上学，孩子们要乘坐棕色巴士，在学校里，学生们像迷失的灵魂，都看不见他。许多男孩因奇怪的口音而被嘲笑，或因各种奇怪的习惯而遭戏弄。约什·兰姆也不例外。老师们都是老头和妇女，因为年轻人都被征召入伍了。他不记得当时的那个男孩是否和任何人说过话，但他认为一定说过。他还记得一些课程，拉丁语课是谢波德老先生教的，他白发驼背，戴着金丝边眼镜。经文课的老师是精力旺盛、脾气火暴的西比尔·曼森女士。

他认为，在那段岁月里，他还是一只"幼虫"，一只蛹。他知道，是人家让他知道的，他成了幸运儿。在那段岁月里，有很长一段时间，他都没有再看到那个在黑暗中和他说话，叫他拿着黑球的人。他一直活于姨妈编造的日常灰雾和无知之中，她是想避免他乃至她自己再受那个可怕的回忆所伤。他感觉自己被紧紧地裹在一张皮囊里，而在皮囊里面，真实的自我跌倒摔了跤。那张皮囊像牛羊的角，也像羊皮纸，在里面，他没有形状，好像茧被过早弄破，而他就像从蛹的身体中流出的黄色乳状物。时不时地，他会被路上的石头绊倒，有时咳嗽得特别厉害，人家会拍打他的背部。有时，他会挂在健身房的单杠上，他爬得上去却下不来。此时，他会看到皮囊裂开，黑暗再次展现在他眼前。有时，透过映着自己身影的商店橱窗往里看，里面没有那辆怪异的汽车，没有寻常的路人，没有警察，而编织"疯狂"的织布机正唧唧作响，飞速运转。他的卧室里没有镜子，实际上，姨妈的房子里没有镜子。她讨厌梳妆台。所以他很少看见自己。他已经没有婴儿肥了。他穿着长裤。

在战争年代，经文课就是诵读《圣经》，也就是讲故事。拉丁语课要求背诵单词，很枯燥。曼森小姐和谢波德先生都是好老师，他们知道怎么让学生记住课堂里教的知识，并且能让这些知识融入学生的自我之中。曼森小姐说到了上帝的大爱，并向他们讲述了《旧约》里的故事，包括纯洁的伊甸园中的男人和女人、蛇、苹果、无花果树叶、围墙、大门和手持火焰剑的天使。她跟他们讲了诺亚方舟和大洪水的故事。他们在练习本上画了漂浮在海上的方舟。约什·兰姆画的是一个暴风雨的夜晚，方舟在漆黑的水面上行驶，船头点着灯，天上有一轮银月。他的想象力得到了表扬。他们还画了罗得的妻子。她回头看所多玛和蛾摩拉的大火时，变成了一根盐柱。他们画了长着巨大白色翅膀的天使。曼森小姐带来了凡·埃克、乔托和弗兰·克雷科画的天使，让他们看看另一个永恒世界的美，人们向往之极的美。她跳过了诺亚醉酒的丑态和所多玛的罪恶。他们都画了彩虹。上帝向诺亚承诺，他会永远关爱世间及世间的居民。铁路、钢厂以及城市中心都被扔了炸弹。曼森小姐说，人是邪恶的，审判日终将到来。

然后，她讲了亚伯拉罕和以撒的故事。他们都画了荒野中的夏甲，还有让母亲回头看自己孩子的天使，母亲太爱孩子了，不忍看着他死亡，所以抛弃了他。曼森小姐说，你们必须相信主。夏甲的信念不强。亚伯拉罕的妻子九十岁高龄才生了儿子以撒。当时人们的想法不一样，才有了祭献以撒的故事。

这事以后，神要考验亚伯拉罕，就呼叫他：亚伯拉罕。

他说：我在这里。

神说：你带着你的儿子，就是你独生的儿子，你所爱的以撒，往摩利亚地去。在我所要指示你的山上，把他献为燔祭。

还有一幅画，一个男孩背着柴火，一个成年男子拿着刀，有一个天使，还有一只公羊，公羊的两只角被卡在荆棘丛中。

整个故事充满了超自然的意志和来去自由的力量，男人希望对公羊的存在做出合乎自然的解释。男孩第一次被迫争论。他从不争论。在男人记忆中，男孩从未说过话。但是，他没有画柴火，也没画天使的羽毛。曼森小姐在书桌之间走来走去，看见他的本子上什么也没有画。她弯下身。她有一头火红的头发，梳着内卷的童花头，在眉毛上面拱起来，活脱脱像两只羊角。她穿着滑稽的花呢套装，有些地方是锈色的，也有些地方是绿色的，闻起来有樟脑丸的味道。她戴着一副玳瑁框眼镜。

"兰姆，没有灵感吗？你一向都很用功的。"

"老师，我不喜欢这个故事。"

"兰姆，这是神的旨意。不管你喜不喜欢，你都得去了解，去理解，从中获得灵感。你有什么顾虑吗？"

"老师，主为什么要引诱亚伯拉罕？我认为魔鬼才会引诱人，就像在伊甸园里一样。他为什么要命令……为什么要呼叫……亚伯拉罕怎么能……杀死……"

"他爱的儿子？神要求亚伯拉罕做出最大的牺牲，《圣经》就说他爱他的儿子。兰姆，我们都要做牺牲。不爱，就无所谓牺牲。按神的旨意，亚伯拉罕必须做出最大的牺牲，那么，他就要献出他所爱的儿子。我们周围的人们也在牺牲，在奉献，年轻的男人离开家园，去为自由而战，他们的妻子和母亲就要想得开，因为这是必需的。"

"但是……"

"兰姆，你还有'但是'？"

她是个好老师。她真的想知道他还有什么问题。他后来觉得，她像谢波德先生一样，散发着魅力的光芒。但是，光芒一照到他身上，就像进入了黑洞。

"但是，我认为，说'引诱'也没错。引诱人，就是让他们去做本不应该做的事。他不应该这样做。"

"主祷文教导我们要呼唤主，希望主'指引我们不受诱惑'。引诱的意思，是让我们接受考验。"

"也有让我们别怎么样的意思。我们希望主提醒我们不要被引诱。不要引诱我们。"

"我们不如亚伯拉罕高尚，不如他强壮，不如他圣洁。我们没有那么纯粹，不敢把一切都交给神，完全听从他的旨意。"

"我认为……"男孩慢悠悠地说。

"兰姆，你接着说。"

"我认为恶魔控制了上帝，他赢了。我认为……我认为是恶魔叫他这么做的……"

"不，不，神是不会作恶的。上帝就是善的化身。他让亚伯拉罕有好的结果。当他准备手起刀落时，天使挡住了他，以撒没有死。"

"可能，以撒会恨他一辈子。"

"不，不，他也是被神选中的，他是一个圣人，他相信自己的父亲，也相信天父，就是上帝。如果听从神的旨意既轻松又愉快，就不是值得歌颂的美德了。"

黑暗在他的体内和体外沸腾着。他闻到了樟脑丸和羊毛的气味。然后，曼森小姐让他看了一张明信片，帮助他们感受并理解这个故事。

后来，他才知道明信片上印的是伦勃朗的《燔祭以撒》。天使从乌云后面探出身子，右手抓住了亚伯拉罕粗壮的手腕。那把锋利的弯刀非常干净，悬浮在空中。亚伯拉罕脸上留着大胡子，本来表情十分专注，但他显然被那个影子吓住了，他回头看着天使，抛下了男孩。除了一块遮羞布，男孩几乎全裸，背靠着木柴，看不见他的脸。亚伯拉罕的左手，像吸盘一样，吸附在男孩的脸上。男孩的头向后仰，男人看不见他的脸，男孩也看不见刀，只能看见伸长的脖子和白色的喉咙。那是谋杀，令人扼腕。约什·兰姆看着这幅画面，感到非常难过。他眼睛直直地看着，肌肉一阵痉挛，他呕吐了，吐出了白沫，差不多要把肠子都吐出来，他陷入了黑暗，黑暗中一点也不平静，而是一片喧嚣。神很坏，神是邪恶的，他嘶吼着走了。至于他是向空中嘶吼，还是冲着他脑袋里的黑洞嘶吼，他不知道，也没法问。没人再跟他提起过这件事。他记住了这件事，至少。

　　后来，他总是认为，正是因为这件事，他陷入了跳不出的泥潭。所有人都会讲述自己的人生故事，夸大其中的一些细节，故意遗忘另外一些细节。所有人也都喜欢谈所谓的因果循环。"我有一位出色的拉丁语老师，他教的语法就像咒语，捕捉了我的心，我因此成为神学家。因为我选择了拉丁语，我就放弃了地球、肉体和空间等科学。"所有人都对纯粹的巧合感兴趣，而巧合也成了许多"果"的"因"，巧合和因果似乎都披上了神圣的外衣。在图书馆，我们随手拿起一本书，打开这本书，翻到某一页。我们大多数人会问，我为什么会刚好拿起这本书，为什么会刚好翻到这一页？我们会感到很好奇，很激动。《天方夜谭》里写道，一个人的额头上写着他的命运，所谓命运，就是由天性和性格决定的。一个男孩，一个男人，像约什·兰姆，也可以叫他约书亚·拉姆斯登，曾经在窗户玻璃上看到自己的身影，在窗户玻璃抵挡不住的黑暗中跌跌撞撞，他可能将意识清醒的生活片段连接起来，形成个人命运的吊桥，形成一条狭窄的通道，通道上照着光，而吊桥的下面是惊涛骇浪。

在约什·兰姆上学期间，战火肆虐，到处都是尖叫声，不时有炮弹扔下来。每个人都有自己的宿命，有人运气好，所以他们的房屋可以躲过劫难，他们可以安然无恙，有人运气不好，所以美好的生活灰飞烟灭。孩子们到处跑，双臂张开，像黑色的翅膀，像空中轰隆隆的喷火式和飓风式战斗机。所有的人生都有一个刺眼的"现实"，那就像梦幻一般，不同于寻常。

他读过一些古老的故事，说巨蛇霸占大地，无能的神被打败了。他读这些书的时候，轰炸机就在卧室的屋顶上方轰鸣盘旋，越来越近。他知道这些书讲述的才是真相。1968年，哈梅林广场的孩子们安然坐在炉火边的沙发上，吃着烤面包蘸蜂蜜，听着黑暗宿命和世界大战的故事。他们被黑暗短暂笼罩，激动而颤抖，就像游泳者一头扎进冷水中，浑身湿透后迅速跑回沙滩，湿漉漉的头发和皮肤在阳光下闪闪发光。利奥和莎斯基亚，萨诺和克莱门特也会受伤，也要遭遇命运。但是，他们可以背靠软垫，挨着炉火，吃着面包、牛奶和蜂蜜。约什·兰姆从古老的神话中获得慰藉，神话描绘了他所在的世界。

爸爸寄给他的明信片找不到了，明信片上面提到了《创世记》，他认为爸爸的明信片和伦勃朗的油画和他在教室里的发作有关系。他差点就成了"牺牲品"，又差点被大火烧死。很久之后，有一次住进精神病院，人家叫他做"艺术治疗"。他画了一幅天空，一轮圆月被手掌形状的乌云遮住了，像有一只手抓住了月亮，遮住了月亮的光芒。他感到很快乐。此时，他知道那代表着什么，这块污渍，标志着什么。小时候，他还不明白。

他开始听到了一些声音，在圣经课上发作后不久，他命运的故事就告诉他了。这些声音不在他的脑子里，而是在外面，像夏甲和亚伯拉罕的天使说的话。有时，好像是他"偷听"到的。这些声音在吵架，像他的爸爸妈妈在吵架，其实他们很少吵架。他挨了姨妈和老师的骂，因为他听他们说话的时候总是侧着头。他学会了一动不动地听别人说话。那些声音响起来的时候，他就听不到外界的声音。有个声音很特别，他说那是引诱者的声音。吐字清晰，不容置疑，言简意赅，像是在发号施令。它叫他往校车前面走，叫他打开窗户，走进黑暗。他知道那里还站着另一个人。他有什么好怕的呢？那个声音说。有一个哽咽的声音，断断续续地说，"不要""上车""记住"。但没叫他记住什么。有时，它们都尖叫起来，吹起口哨，他会用手堵住耳朵。他本可能将听到这些声音的事情告诉姨妈，但那些声音提醒他，这样会让他的姨妈更觉得他有问题。

引诱者说着口齿清楚的英语。那另一个人回来了，给他黑球叫他拿着、和他长得一模一样的那个人，他说拉丁语，他一开始没认出他。男人相信，男人知道，男孩听到了拉丁语，他听不懂，得记下来，查查字典才知道意思。

谢波德先生说，语言的多样性告诉我们，我们的世界观是不完整的。你肯定能学会将英语准确翻译成拉丁文，也能将拉丁文翻译成英文，但是，你绝不能认为两种语言是一样的。说拉丁语的人思维方式与说英语的不一样。一方面，词法和句法会影响思维方式。另一方面，有些单词无法翻译，仅在本土语言中说得通。再说，后来的语言吸收了拉丁语的形态和词汇，才演变成另一种语言。孩子们，学会拉丁语，就能更好地了解这个国家的历史和起源，更好地加以保护。拉丁语是思考和说话方式的蓝图，是日耳曼语的基础。在英语里面，"翻译"这个词的两个词根来自拉丁语，一个表示"转移"的意思，另一个表示"携带"的意思。另一个英语单词"演变"（transmute）的来源差不多，也有两个词根，都来自拉丁语，第一个也是"转移"的意思，另一个是"改变"的意思。

他告诉他们，所谓的浪漫语言，法语、西班牙语、意大利语、葡萄牙语等，号称是来自英语，其实也是来自拉丁语。对于许多事物，英语都有两种很准确的表达方式，因为英语是一种美妙的杂交语言，盎格鲁–撒克逊语、北欧语和日耳曼语都算是英语的起源。

孩子们，我希望你们可以用拉丁语思考，有一部分人能用拉丁语思考就很好，偶尔用一下也行。

这样，你们就不会想当然地认为英语就是万能语言。

男孩知道他有两个自我，一个是内在的，另一个是外在的，谢波德先生的这些话让他想到另一个世界，一个不一样的世界，这个世界使用一种不同的语言，采用不同的规则。变换世界，是摆脱束缚、重塑自我的一种方式。他听着。

他们一起唱谢波德先生编的曲子，歌词是夺格的拉丁语介词。

A, ab, absque, coram, de

Palam, clam, cum, ex和e

有时候是in, sub, super, subter

他们谈到由介词组成的单词。谢波德先生说，你们当中有许多人是被转移的"避难者"（evacuee）。在这个英语单词里面，有"向外"的成分（e），也有"排空"的成分（vacuus）。由"排空"可以联想到"空间"，可以再联想到"空无"或者"虚无"，由此衍生出"真空吸尘器"的概念，也就是将污垢吸进空物之中，"真空瓶"的概念也由此而来，就是利用镀银给液体保温的瓶子。

男孩曾经对自己的命运做了自己的描述，一开始他用了"转移"这个词，后来他认为他是被人家驱赶到了"虚无"之中。此时，他意识到事实可能与此相反，他本就来自虚无。

提到"排空"的生理含义时，教室里发出一阵窃笑。谢波德先生说，他很高兴他们已经懂得了那么多。是的，人可以通过身体的各种管口排空肠胃。他告诉他们"管口"这个词的起源。首先这个词的关键在于"口"（ora），引申为"开口"，指任何具有开口的东西，例如罐子、管子和伤口。祈祷（Orare）即说话，跟"口"有关。演说家（orator）耍的就是"口"才。一个信天主教的男孩说，请为我们祈祷（Ora pro nobis）。谢波德先生说，你已经会用拉丁语思考了。好孩子。

他们的家庭作业是寻找以e或ex开头的单词。谢波德先生说，首先，你们想到什么单词就记下什么单词，不用查字典，写完之后再查字典。将这些关联起来，找到它们的关系。我觉得这比玩彩票更有趣。先生，彩票Lotto也是拉丁语吗？有个机灵的孩子问老师。不是，谢波德先生说。Lotto是古英语，起源于Llot，有命运的意思。抽签就是赌运气，抽取碎木片或短稻草决定命运。也可能是古斯堪的纳维亚语，hlant，指"祭品的血"。这个词很可能说明法语和意大利语都来源于英语。对应的拉丁语是sors或sortis，就是"卜卦"的意思。维吉尔卦占卜宿命，随机打开一首维吉尔的诗歌，第一眼看到的那一行便是神意。巫师（sorcerer）是卜卦专家。卜卦就是算命，算命就是猜测命运。

学生们记下来的词语有blackberries at harvest（收获时节的黑莓）、lots（签）、sortes（卦）和orpieces of an infinite jigsaw（拼图的碎片）。还有educate（教育），孩子们，所谓教育，本义就是"带领

出去"，我的职责就是带你们走出黑暗，走向知识的光明世界。

还有eject（驱逐）。他说，被转移的避难者，实际上就是被驱逐离开家园的人。谢波德先生说，这个词起源于jaces，"扔"的意思，像扔标枪一样。

然后，皮肤黝黑的橄榄球队长沙特克说："Execute，执行的意思。"

他耳边又响起口哨声。他只是偶尔会听到，不是总能听到。

"Ex后面加上sequor，就是服从。你可以执行命令，包括人和神的命令，沙特克。"

"执行的对象也包括人，先生。处死一个人也可以用这个词。"

"就是剥夺人的生命。执行判决，就意味着剥夺一个人的生命。判决的英语单词是sentence，起源于sententia，观点或者裁决的意思。"

驱逐，疏散，执行，还有教育，都不错。

谢波德先生说，可惜没有人想到eximious或egregious。Eximious是褒义词，意思是"杰出的"。ex后面加上imere，就是"取出"或"突出"的意思。我非常喜欢egregious这个词，因为我的名字谢波德（Shepherd）的本意是"牧羊人"。egregious起源于ex加上grex，gregis的意思是"群"。所以，这个词也表示"与众不同""卓尔不群"或"脱颖而出"的意思。这个词可褒可贬。可以说极好，也可以说极坏。孩子们，像绵羊、手和嘴这些实体，是许多抽象词汇的基础。这是人类大脑的运作方式。我们的祖先都是牧羊人、农民或泥瓦匠。

也有勇士，先生。

对，也有勇士，沙特克。

牧羊人的拉丁语是Pastor。由此可以联想到pastoral（田园生活），与乡村有关。接着可以关联到congregation（集会），人群，聚集。

不是在讨论"执行"这个词的时候——当时，他紧紧抓着办公桌，并强忍着——而是在谢波德谈到egregious这个词时，他再次发现，他抽到的签好极了。语言可以用两台织布机来编织，一台织平常而显眼的表面，另一台织奢侈而隐匿的底。由此，他领会到了其中的奥秘。艾格尼丝和兰姆都绝非偶然。他姓"拉姆斯登"，这个词的意思是长角的野兽的巢穴。公羊的角被卡在荆棘丛中，那只倒霉的公羊，那是命中注定的，它注定要被驱逐、被杀害、被流放。曼森小姐是基督教徒，她要替脾气温和的兰姆说话，说兰姆是人类之子，但他也是公羊，他知道可怕的真相，他的父亲（亚伯拉罕）和戴着假发的怪物所执行的命令（怪物处罚他就是处罚人类之子），就是被恶魔所控制的神的命令。无能的天使，卡在荆棘丛中的长角畜生，都面对着他们无法克服的力量，如果它们对他有恶意，这些力量可以将他处死，将他像大便一样排泄掉，或者像药剂一样射出去。

第8章

　　相比于童年，他对青少年晚期的事情记得不那么多。休克疗法似乎已经抹掉了他的许多记忆，那些充满疑惑而痛苦的记忆。他在1943年入学，当时，二战局势开始扭转。等到1945年，英国一下子恢复了平静，他也拿到了高中毕业证书。1949年，他考入杜伦大学，成为一名神学专业的学生。所有这些事都有记录在案，他的履历实在很单薄。但是，他的记忆很不一样。

　　他的姨妈每个星期天都带他去圣约翰教堂做晨祷。姨妈从不缺席，但总在仪式结束后就带着他匆匆离开，生怕有人提出什么不好回答的问题。在姨妈看来，去教堂是日常生活的一部分，但她想努力隐瞒他的存在，总是叫他坐在后排，有别的礼拜者提议让他坐到前面，她都马上断然拒绝。他依稀记得，他的存在让姨妈感到羞耻。听到他口齿清楚地大声唱起圣歌，她就涨红了脸，深深地低下头。那时，他喜欢唱歌。教堂不大，有一段时间他参加了唱诗班。他知道，姨妈看见他穿着白袍站在上面就感到厌恶。他记得，那时，他除了穿着白色的唱诗袍，头发也是白的。他的头发是什么时候变成白色的？比起穿着不合身的灰色正装，宽大的唱诗袍很干净，有浆洗过的味道，裹在里面显得不那么突兀。他记得，有一次他独唱《羔羊颂》，好像出了可怕的情况。但他不记得是什么情况，他只记得牧师那双慈祥的眼睛里充满了疑惑。

他对教堂也很疑惑。他觉得这个让他左右都不对的地方很危险，却又是切实存在而备受认可的。有时，他觉得教堂是个堡垒，可以抵御外界魔鬼，有时，他又觉得教堂本身就是魔鬼的力量源泉。教堂承认魔鬼的存在，反而滋养了魔鬼，让魔鬼变得更强大。这是一栋古老建筑，有一个方形的塔楼和一个圆形的门廊。教堂里面有两扇花窗，其余的窗户都是浅灰色的玻璃。有一扇花窗比较旧，描绘的是耶稣受难像。钉在十字架上的那个人身形瘦弱、扭曲，头上缠绕着荆棘，耷拉着，肋骨裂开，双手双脚被巨大的铁钉钉死在深色的木头上。血流进他的眼窝，顺着脸颊滑落，肋部的伤口不断涌出鲜血，血从双脚沿着木头流下，从被铁钉穿透的脚掌流向深钴蓝色的天空。他神色平静，仿佛戴着面具。头顶有一轮黑色的太阳。那扇窗户很小，他孑然一身，没有哀悼者，没有酷刑者，也没有天使。窗户很昏暗，只有在特别明媚的午后，才能看得清画像的细节。

另一扇花窗属于前拉斐尔派的风格，色彩鲜艳。画中人长着一头金发，身穿白色长袍，微笑着张开双臂，身上缠绕着柔枝翠叶，上面挂着一串串葡萄，色泽明亮，如红宝石，如紫水晶，中间夹杂着不自然的深蓝色。在他优雅纤弱的裸足下有一条飘带，上面写着："我是真葡萄树，我父是栽培者。"这个人像树精，他的手指和树枝融为一体，树须和他的头发、胡须夹杂在一起，难以分别，在他的脖子上和腰间到处游走，缠绕着他的手腕。

教堂外的暴力想要进来，就会从那扇旧花窗进来，像洪水的手指，先伸进来，到处摸索，伺机破窗而进。黑暗弥漫。

那个牧师叫丹尼斯·利特尔。他个子矮小，身材细瘦，留着一头金发，没有结婚。他认同高教会派对仪式感的重视，但没有大胆说出来。在他身上，约书亚·拉姆斯登没有发现任何真正的灵性，只有焦虑和向往。他不知道，约书亚总结过（他不知道他得出了什么结论）宇宙中有哪些妖魔在作怪。教堂的墙壁虽然厚实，却无法提供可靠的保护。约书亚·兰姆不止一次幻想，教堂就像一个密封好的纸袋，里面装满了空气，鼓得很高，魔鬼拍一下手，就像孩子把袋子拍破，发出一阵轻响，袋子里的空气释放了出来，随即融入更大、更猛烈的气流之中。丹尼斯·利特尔有一幅《羔羊的颂赞》复制品，原作是荷兰人扬·范·艾克的作品，是《根特祭坛画》的一部分。

羔羊站在猩红的桌子上，温柔而庄严，头上发射着一束束金光。可爱的天使跪在它的四周。羔羊的胸口有一个边缘整齐的洞，鲜血不断地从洞口流出，流进身前的金杯，深红的血装满了杯子，四周闪耀着金光。男孩看到羊身上的那个圆孔就感到恶心。他想，大概就在那个时候，他看到鲜血喷涌而出，先是一点一点地滴，接着一股一股地流，到后来像瀑布一样。鲜血从教堂的白色墙壁上流下来，流过画框的玻璃。

丹尼斯·利特尔喜欢约书亚·兰姆。他鼓励他争取获得认可。姨妈艾格尼丝·兰姆却反对，她认为，她参加晨祷、教堂义卖和惠斯特牌会就足够了，对他也是足够了，没必要大张旗鼓。约书亚·兰姆不知道他是否希望获得认可。那时，他开始沉迷于教堂礼拜和《圣经》所使用的不同语言。他喜欢向利特尔先生背诵一些陈词滥调，这些话就像用旧了的硬币，在这些圆圆的硬币上，维多利亚女王头像已经模糊不清，那个时候，找零都要用这种小硬币。"我向主祈祷，愿主赐予我们灵魂和肉体所需的一切，愿主怜悯我们，宽恕我们。愿主在灵魂和肉体上拯救我们，助我们抵挡危险，使我们远离一切罪与恶，远离幽灵般的敌人和永恒的死亡。"这种话他学起来很轻松，背诵得也很有感情。丹尼斯拍了拍他的肩膀，表示赞许。他的手指紧张地敲击着他的肩膀。正装垫肩很厚。男孩似乎听到了一个遥远的声音，隐隐约约有个呼声，他听到了，却不予理睬。有一次，那只手颤抖着，轻抚了他的脸颊。他把它推开，眼睛看着下面，这种动作从此不再有了。

他开始写一些宗教的故事。"约书亚带领以色列人离开亚兰，不再用祭物赎罪。他说，我怀里抱着沉重的黑球，看见一束光，像刀一样劈开了它。"他的笔在练习本上沙沙作响时，似乎有人在他耳边低声絮语。不要写。还没到时候。这是危险的。停下。时机未到。写作并没有让他感到舒服一些。

他读《旧约》的《约书亚记》，想寻找线索。他想知道自己为什么叫约书亚。这个名字是他父亲起的，这是千真万确的，是在洗礼时起的，在为他的坚振礼做准备的时候，有人提起这件事。也许他小时候有教父和教母，但他不知道他们是谁。他跟丹尼斯·利特尔说他的父母去世了。他很擅长回避有关父母的问题。但是，每当他挡开了这些问题，他自己也变得麻木，有气无力。

约书亚是一个愤怒的审判者。有一个人手里拿着剑，站在他面前。你是来帮助我们的，还是要帮助我们的敌人？约书亚问。这个人是耶和华军队的元帅。约书亚·兰姆想，他是天使。耶和华指示约书亚攻打艾城，杀戮，扔石头，放火焚烧，强迫行割礼，包皮堆积如山。约书亚质问迦米的儿子亚干，问他是否取了当灭的物。亚干说，他拿了一件好的示拿衣服、两百舍客勒银子和一条金子，藏在帐篷里。于是，约书亚和所有以色列人都用石头将亚干和他的家人砸死，

"之后，用火烧死了他们"。

约书亚与石头很有缘分。他把艾城的王吊在树上，埋在石堆里。他用"没有磨过铁器"的整块石头筑了一座坛，在这坛上给耶和华献祭。他将摩西所写的律法抄写在石头上。他吹响羊角，使耶利哥的石墙倒下。他使日月停留，带领以色列人击败、杀尽敌人。耶和华帮助约书亚攻打敌人，"从天上降大冰雹，砸在敌人身上，一直降到亚西加。被冰雹砸死的，比以色列人用刀杀死的还多"。

> 日头停留，月亮止步，直到人民向敌人报仇为止……
> 在此之前，在此以后，耶和华没有听见过像那日的祷
> 告：因耶和华为以色列而战。

《约书亚记》没有说被杀的敌人干了什么。他们是敌人，这就足够了。

约书亚这个名字太沉重，就像石头一样重。他的仁慈只表现在为误杀人者设立逃城。

"使那无心而误杀人的，可以逃到那里。这些城可以作为你们躲避报血仇者的庇护所。"

报血仇者在黑夜的掩护下悄然靠近。报血仇者带走了他的父亲，他的父亲也是报血仇者，父亲受报血仇者的肆意摆布，听见了扔石头、放烈火时毫不留情的兴奋的叫嚷。逃城只接纳无心杀人者。他的手上已血迹斑斑。天气不好时，他会闻到血，他衣服的褶皱里、结块的头发里和指甲缝里，都有血的气息。

丹尼斯·利特尔认为，读《圣经》对男孩的成长是有益的，且能安抚人心。他告诉他们，每样事物都含有神的旨意，善必将占据上风，带领人们走出历史的黑暗。耶和华与我们勇敢的飞行员和航行者

同在，与苏联红军同在，击败德军，横扫东欧。公正的和平就要来了，耶和华不会让他的人民失败。嗜血的纳粹分子终将落败。

　　约书亚会用石头打他们，然后烧死他们。
　　仁慈就是一张耷拉着的嘴，嘴上伤痕累累，假牙掉出来一半。

　　人们要他相信，那个被钉在木头上虚弱无力的人就是上帝，那个幽灵般的朋友将自己化为血和肉，成了燔祭，成为一只献祭的羔羊，而他不是要献祭给幽灵般的敌人，而是耶和华军队，是报血仇者。这些人见到这血肉会满足，会停止向生者砸石头、放火或者埋葬活着的人。

　　男孩曾想过，邪恶的不是约书亚的上帝，而是他自己，他是邪恶的，因为他看不真切，读书也不得法。教堂是一个平静温和的避风港。是他带进来了暴风雨。幽灵般的敌人在他耳旁絮语，说约书亚的上帝才是邪恶的。他需要精神上的补给，需要仪式，需要献祭。

　　他第一次参加了圣餐。教堂里传来一个声音，清晰、神圣而且有力："不要吃肉。不要喝血。这是错的。"

　　他看见，不让他吃的是一块带着鲜血、肥瘦相间的肉，不让他喝的是一杯发臭、浓稠的血。

　　他向丹尼斯·利特尔的跟前挪了挪。他病了很长时间，那是他第一次住院。这件事他基本记不起来了。对于那个已经成为教会理念宣传对象的孩子，他感到很遗憾，非常遗憾。他觉得教会的生活充满了讽刺，他非常蔑视。教会认为，所有的孩子都应该是，不，肯定都是争取的对象，灵魂的战场。然而，如果一个孩子听见和看到了窗外的可怕力量和痛苦，他就不会接受教会的全部影响，只能被送进医院病房。在病房里，疯子们哼唱着，捉着想象中飞舞的苍蝇，有的躲藏在自己的床下，向别人扔掷自己的食物。

他读到过，中了利刃的致命一击，公牛奄奄一息，斗牛士还不断地用标枪刺它，让它浑身插满标枪，温热的血顺着它的腹部成股流下。男孩在医院里也"奄奄一息"，变得很"正常"。他受过惊吓，也曾反抗过，但被人麻醉过后，变得迟缓。当然，男孩始终处于半饥饿状态，因为他确信，给他的大部分"食物"都是毒药。他记得清晰、神圣的声音，让他不要吃肉饮酒的低声劝告，于是，他以水煮蔬菜和苹果馅饼为生，对猪油和牛奶是否可以食用充满怀疑。但是，那个时候，他不知道那神圣的声音来自哪里。还没到学习的时候。这个迟钝的梦游者，在医院里受尽了命运的摧残，心死了大半。离开医院后，他把自己伪装得像正常人一样。他也去领圣餐，但他反复告诉自己，这是面包，这是面包，这是面粉和水，这是面包。而且，他仿佛受到了神的感召，开始研究神学。

即使是在他最为痛苦的那段日子里，虽然他的躯干已经老朽，皮囊里的那团火已不再燃烧，他仍然知道自己是父亲的儿子，必须承担自己的职责，直面危险，对抗邪恶与黑暗。

杜伦当地有很多石头，有很多石头建筑。杜伦大教堂和杜伦主教居住的城堡是用石头建造的，耸立在威尔河湾的石头岬角上。在杜伦这座不大的城市中，不论身处何处，抬头就看得见大教堂和城堡。石头城堡没有磅礴之势，也没有直上云霄，但十分庄重，让人震撼。街道由鹅卵石铺成，连接着通往绿宫的鹅卵石小路。约书亚·兰姆将一切都串联在一起，对于个别无法自圆其说的，他选择遗忘。他想象着自己拿起陈旧的鹅卵石，握在手中，准备向罪人扔去。在他的想象中，克伦威尔的士兵进入教堂中殿，这些罪人被打得头破血流，四处逃窜。中殿，在拉丁语中是"船"的意思。大教堂是停在亚拉腊山上的方舟，搁浅的方舟。在这座石头城里，神职人员和矿工都是男性。大学生也以男生为主。在这小石头城里，大教堂、神学院、教区每日都有条不紊地运转着。到了一年一度的杜伦矿工节，矿工们会放下手里的活，从矿井里出来，举着色彩鲜亮的横幅，在寒冷的黎明时分聚集，然后踩着鹅卵石，成群结队地走进赛马场，尽情狂欢。

神学家们不会参加狂欢，也不会在镇上烟雾弥漫的昏暗酒馆里吃饭喝酒。他们会聚集在专属的公共休息室和教会食堂里。约书亚·兰姆觉得，他们中有些人的信仰软弱，有些人只是尽职尽责，有些则很焦虑。那个年轻人也曾有过他认为很幸福的时刻，但这些幸福乱了他的心神，毁了他。他记得曾经坐在贝利街上的小房间里细细琢磨，他的姨妈厌恶他，但自从他被转移到这里，他就不以为然了。他感到自己更加干净了。肉欲变少了，没那么猥亵了。他吃得很少，想要增加轻盈感。时不时有声音劝告他，不要吃肉，不要喝血。步行去上课时，他经过一家鱼店。他看见新鲜鲱鱼闪闪发光的眼睛，看见鲭鱼石板灰和橄榄石绿相间的波纹，泛着水银般的光泽。

他感到恶心。他想象着挤牛奶的景象，他蹲在有气味的牛肚皮下，用手挤压温热的乳头，牛奶从乳头流了出来。想到这儿，他咽了口水。于是，他感到更加轻盈。此时，耳边的低语又响起来，像鸟儿飞下楼梯，从他身边掠过，也像大教堂圆柱之间的电线一样嗡嗡作响。

他没指望过会有朋友。他有过一个朋友，可是，朋友的妈妈笑着关上门后，他所渴望的平凡生活也宣告到此结束了。四周一片黑暗，床上躺着尸体，他看着窗外，他知道这段友谊已经走到了尽头。他彻底想明白了，决意成为孤家寡人，再也不需要他人。

但是，和他一起读书的那群年轻人并不知道这点，他们也不像他的姨妈那样，把他当作畜生。这是一群信仰基督教的年轻人，他们徒步去看哈德良长城，或去参观密特拉神庙的时候，很自然地带上了他。他们叫他饭后去喝咖啡或者可可，询问他关于道义问题的看法，例如神职人员的独身（有些高教会派的成员反对神职人员结婚）、罪恶的本质、耶稣复活的真相等。他发现了一种奇怪的现象。他很少说话，可是，当他说话时，周围嘈杂的人声会顿时消失，大家都转过头，睁大了眼睛盯着他。他们全神贯注地听他说话，四周一片寂静，他能感受得到，他喜欢这种安静。他似乎有一种力量，可以用他的声音传递他的思想，让周围的所有人都听见。他感到很兴奋，这是他第一次感到危险的幸福。

第二次来自阅读。有一段时间，至少有一年，他记不清了，那段有序的生活在他的脑海中已经支离破碎。那时，他是一个好学生，一个非常出色的学生。他坐在图书馆里，翻阅修道士和圣人所留下的书籍，骄傲地读着拉丁文和英文。他写了几篇有关教义学说和基督教历史的文章，见解很深刻，但是，这些文章后来都在那个声音的要求下烧了，消散在风中。他依稀记得那个带着寒意的劝诫声，那个不容反驳的口吻，显然不属于某个人，只在教堂合唱的和睦歌声响起时，才有那样的感觉。他的钢笔在笔记本上书写着，他在图书馆里和图书馆外找到了平衡，在神圣与平凡的生活之间找到了平衡。在那段日子里，他读过比德的著作。谈到这个人，他的同学们总怀着浪漫主义。这个神圣的地方，就是比德工作、离世和埋葬的地方。比德的坟墓在加利利礼拜堂内，简单朴素。墓碑之下，乃圣人比德之遗骨。他读到比德描绘的那只麻雀，从黑暗中飞进明亮的屋内，又义无反顾地飞出去，消失在夜色中。他很感动。

耳边的声音说，阿德奥达图斯。

意思是"上帝的恩赐"。他觉得这是在指他自己，上帝的恩赐，上帝要他去当神父。

他后来发现，阿德奥达图斯是圣奥古斯丁儿子的名字，十五岁时他就去世了。圣奥古斯丁记录了他与儿子的对话，写在著作《论教师》里面。在锡达芒特的床底下有两本写满了批注的书。一本是克尔凯郭尔的《恐惧与战栗》，另一本是圣奥古斯丁的《忏悔录》。两本书里都夹着很多约书亚自己的手稿。他知道，不论是当时还是此时，这些都是写给他自己的，既是要自救，也是要自我毁灭。这两本书都是他的导师约翰·伯吉斯博士推荐的，后者更喜欢人们称他伯吉斯神父。

伯吉斯神父也像谢波德先生和曼森小姐一样充满魅力，但他比后两者更有魅力。基于他的经验，他很了解自己的魅力，也知道该怎么运用这种魅力，必要时，会很巧妙地隐藏起来。他皮肤黝黑，一双黑眼睛，清心寡欲，穿着黑色衣服，戴着宽边黑帽子，留着修剪整齐的方形黑胡子。他觉察到了约书亚·兰姆有烦恼，却不知道背后的原因。于是，他选择以静制动，决心找出约书亚灵魂深处的秘密。他不问，不逼他，只是默默地听着约书亚说的每一句话。偶尔，他也会说一些很肯定的话。这种话很少，所以记忆特别深刻。"像你这样的人，面临着不可抗拒的圣召……"或者"我知道，你的精神世界里波涛汹涌"，或者"你以后会成为一名好牧师。我发现别人都信任你，会跟你说悄悄话，而你沉默寡言，会保守别人的秘密"。

听到伯吉斯神父这样说，约书亚·兰姆才反应过来，人们居然特别信任他。这倒是真的。有一个同学跟他倾诉了整整一个晚上，他有很多疑惑，希望他帮助排解。还有在威尔河畔散步的时候，另一个同学手搭在约书亚的胳膊上，问他晚上偷看年轻男人的身体是否很邪恶。还有一个叫雷吉·布思的板球运动员跟他一样是伯吉斯神父指导的学生，他的未婚妻在雷丁读书。雷吉曾经把未婚妻的来信读给他听。在信中，她兴高采烈地讲述了自己怎么受到其他男人的追求，并疯狂地抨击教会的虚伪。约书亚听着，先把这些问题放在心里的一片空地里，然后逐一梳理，从各种角度加以审视。

他感受不到"同情"，他的内心并没有因为这些问题而泛起任何波澜，他从未想过要帮人家抚平伤口。他很坦诚地跟同学们说他的想法。他告诉第一个同学，这些疑惑都必须说出来，不能掩盖，否则，这些疑惑会变成困扰他的恶魔。他跟第二人说，他必须分清现实中和想象中的年轻男性。他梳理了那个未婚妻来信中的问题。"这里说明她很担心……这里是想伤害你。别回信。"你怎么知道？雷吉问。约书亚说，我能感受到字里行间的情绪。

但是，他自己绝不会敞开心扉，让伯吉斯神父听到他流露出了什么样的情绪。他的心被严严实实地包裹了起来，不让任何人看到。可是，在这严严实实的包裹里，不知是从哪个地方流出了让人喜出望外的线索或者说是疯狂的碎片，到底是什么，他本人也不知道。他一次又一次回想起亚伯拉罕和以撒的故事。善良的上帝为什么要引诱他选中的仆人去杀人呢？

伯吉斯神父建议他读一读《恐惧与战栗》。在这本书里面，克尔凯郭尔回顾了亚伯拉罕和以撒的故事，将亚伯拉罕奉为信仰的骑士。这不是因为他顺从上帝的旨意，而是因为他完全信任上帝。对普通人来说，献祭自己的儿子简直不可理喻，是疯狂的。

在医院里的这个男人为那个婴儿肥男孩感到可怜，男孩站在床边，盯着床上，大腿不停颤抖。同样，这份感情也给予大教堂图书馆里的那个青年学生，他正在写一篇叫《正因为荒谬，所以我才相信》的论文，他想让伯吉斯神父开心。这个学生因为吃得少，身体瘦弱，尽管还算不上瘦骨嶙峋。兰姆——拉姆斯登总是能从外界、从很遥远的地方审视自己。

这位瘦弱的学生写道，克尔凯郭尔认为信仰和疯狂是紧密相连的，就像一体两面。他引述原文说："我能够容忍一切，即使那个恶魔比带给人们恐惧的骷髅、白骨还要可怖，即使疯狂会在我眼前披挂着愚人的衣装，我也能够一眼看破，知道应当穿起这套衣装的，正是我自己。只要对上帝的爱在我心中胜过我对俗世幸福的追求，我就能够拯救自己的灵魂……但是，我无法依靠自己的力量去获得名为有限的半点东西，因为我不断地用尽自己的气力去放弃所拥有的一切。"

对于这段话，这个瘦弱的年轻人好像是看懂了。在论文中，他很兴奋又很谨慎地解释道，根据克尔凯郭尔的说法，无限放弃的"悲剧英雄"和"信仰的骑士"之间存在区别。所谓"信仰的骑士"，就像亚伯拉罕一样，完全信赖神秘主义，思想狭隘且轻信，失去以撒和再次得到以撒没什么区别，他都不会质疑。后来，他又跟他的听众解释了一遍。

他说亚伯拉罕的信仰让克尔凯郭尔感到恐惧。

他说："他懂得，作为个体而存在，并与普遍性相联系，以此为家是非常美好的。当他想在那里停留时，支持他的人们就会张开双臂欢迎他。但是，他也知道，在那高高的山上，有条蜿蜒而孤寂的小径，小径陡峭而险峻。他知道，孤独地存在于普遍性之外是可怕的，行于其间不会遇到一个旅行者。他十分清楚自己身在何处，以及如何与人们发生联系。从正常人的角度来看，他简直是个疯子，无法理喻。用'疯子'一词来形容他，不过是一种温和的说法。如果不这样看他，那他就是伪君子。他在这条小径上走得越远，就越是虚伪得可怕。"

这个瘦弱的白头发年轻人告诉他的听众，在《恐惧与战栗》这本书中，最为大胆的是把骑士的信仰和有产者的市侩相提并论。这样，人们"在一切事情中都能找到快乐，并且参与到一切事情中"。他简直就像一个收税员。他留心自己从事的事务。他按部就班地去教堂，由衷地唱赞美诗，尽情使用自己的肺脏。"到了下午，他去树林里散步，他对见到的一切都感到愉快，在熙熙攘攘的人群中、在新式的公共汽车里、在海湾上……"

　　约书亚虽然还年轻，但他有生以来不长的岁月有大半是在大风呼啸的荒野中度过的。他说，事实上，一个人面对世界能这么愉快，真是很不寻常，就像神在创世的时候一样。克尔凯郭尔还有一个精妙的玩笑。他接着描绘了无诗意、非悲剧、有限的人。

　　"傍晚，他回家去，脚步如同邮差那样不知疲倦。回家的路上，他忽然想到，妻子肯定已经为他准备好了一道热乎乎的佳肴，例如烤羊肉加蔬菜……他其实一文不名，却坚信妻子已经为他准备好了那道美味佳肴。倘若妻子的确如此，那么看他吃那道菜时的样子，就会使上等人心生妒意，使寻常人跃跃欲试，因为他的胃口比以往都要好。奇怪的是，即使他妻子没有准备那道菜，他也照样开心。"

　　年轻人停下来，举起双手，像大教堂壁画里的卡斯伯特和奥斯瓦尔德一样，手心向外，向听众伸去。他记得那条肥硕的大腿，此时，他也想起来了，或者以为他想起来了，那双几乎透明、骨节分明的手。你可以看到手指围绕着红色的光。他为这些粗糙的指关节感到惋惜。年轻人讲道时重复说这句话："奇怪的是，即使他妻子没有做那道菜，他也照样开心。"

　　开朗的资产阶级准备吃什么。烤羊肉。不仅是羔羊肉，还有羔羊的头。由此，人们不禁联想到双角卡在荆棘丛中的公羊，以及由它替死的以撒。那是一道平淡无奇的烤羊肉加蔬菜，却有一个男人一想到它就流口水，而且，即使没有这道菜，这个男人也会"照样开心"。

约书亚说，这是本书的神秘之处。无忧无虑的快乐与无忧无虑的信仰之间存在紧密的联系，后者不急不躁，不问将来，也无须考虑将来。想一想百合花的生长和麻雀的坠落，没有神的应许，都是极其困难的。但克尔凯郭尔知道，悲剧简单得多。

"那悲剧英雄，伦理学的宠儿，完全是个凡人，是个我能理解的人，全部事业都完全公开的人。我若是再进一步，总会迎头撞见那个神与恶魔的悖论，因为沉默既可以是神所做，也可以是恶魔所为，它既是神圣的，又是邪恶的。沉默是恶魔的诱饵，一个人越是保持沉默，恶魔就变得越是可怖；但沉默又是神与个人之间的交流方式。"

此时，这个口若悬河的年轻人突然闭上了嘴。他知道，听众已经开始战栗，他搅动了他们的内心，他和克尔凯郭尔的话语已经渗入他们的血肉之中。伯吉斯神父对他说：

"说得不错。但你始终要记住，临摹别人的思想，很有可能成为捷径，因而使你失去自主描绘的动力。"

他当时并不明白这句话的意思。后来，他意识到"他的"克尔凯郭尔是由羊羔的头、小丑的服装、恶魔和蜿蜒的小径所构成。他试图去重读，去回想。但是，书里的内容继续破坏他的记忆。若一个人的记忆只能间歇运转，那么，他连书都读不好。

有一段时间，不知道具体长短，他相信自己拥有信仰。事实上，日常使用的动词"相信"与闪烁着金色光环的"信仰"之间，存在多么巨大的鸿沟啊！他在大教堂里沿着威尔河徘徊，摸着大石柱，认识到自己的信仰很坚定，因此一阵狂喜。他看到大教堂北门的青铜圣殿门环，上面刻着燃烧的野兽或恶魔的面容，不禁大声笑起来，他约书亚来到这里真是一个有意义的巧合。有人在这里建了一栋石砌的"逃城"，逃命的人可以在这里躲避报血仇者，他们可以在这里得到片刻的喘息，寻找保命的出路。

他正按要求在写一篇论文，阐述圣奥古斯丁如何看待恶的本质和起源。圣奥古斯丁认为，无限善良、强大的上帝创造了整个宇宙，而人类的意志存在缺陷，人类的欲望太过偏执，黑暗因此降临。人类的意志被污染了。"人间尚有一线光明；前进吧，前进吧，不要被黑暗所笼罩。"圣奥古斯丁的灵魂处在"一片陷阱密布的巨大森林"之中。这位圣人挣扎在记忆的囚笼之中，而他的记忆散乱无序。"我的天主，记忆的力量真伟大，它的深邃，它的千变万化，真使人望而生畏；但这就是我的心灵，就是我自己；我的天主，我究竟是什么？我的本性究竟是怎样的？真是一个变化多端、形形色色、浩无边际的生命！……因为我的内心一片黑暗……"习惯，即被世俗污染的记忆，将美德拒之门外。然而，全能的上帝知道谁有信仰，谁没有信仰，谁会升入天堂，谁又要忍受炼狱之火。

约书亚得知圣奥古斯丁年轻时曾误入歧途，信奉摩尼教。摩尼教认为恶与善同等强大，甚至恶超越了善。他们相信，在时空之外存在一个王国，那里光明永恒，后来黑暗物质入侵王国，吞噬了光明分子。光明首先召唤亚当去战斗。魔鬼打败了亚当，把他摧毁、吞噬，又让黑暗笼罩、限制光明，创造了一个世界，人们不知道自己的体内有光，却想要逃回原来的光明世界。受难耶稣是光明派出的第二个使者，全宇宙都可以看见他的受难过程。他是每一棵树上的果实，等待着人们来采摘、吃掉。光明必须再次完全摆脱黑暗的束缚，必须复位。为此，作为光明之子的人类必须停止繁衍，不再吃荤，不再杀生。否则，光明会继续受到黑暗的束缚。

救世主正在经历救赎，结果如何令人担忧。每个觉醒的人类灵魂也正在经历同样的斗争，希望释放光明分子。

圣奥古斯丁与信奉摩尼教的青年时期彻底决裂。作为一个勇敢、充满斗志的圣人，他意识到摩尼教倡导被动、沉默和顺从，那是对上帝的侮辱。所谓被囚于丑恶的肉体和灵魂之中的光明分子，实质上只是堕落的灵魂。堕落，一切都已堕落；凡可救赎者，皆被强大而可怕的上帝之子所救赎。于是，他斗志昂扬，向老盟友猛烈开火。

约书亚·拉姆斯登读了那首亵渎神灵的摩尼教赞美诗。

> 我无所不在，是辽阔天空；我是基石，是世界的生命；
> 我是树木的汁液，是物质之子底下的甘泉。

他信仰基督教不久，不过是心血来潮，经不起考验，那份信仰就像玻璃里面的小气泡一样，闪闪发光。

他吃得很少，也睡得很少。在黑暗中，他清醒地躺着，四肢摊开，让灵气在血管中快速流转，像是一群致命的气泡，或者零散的水银球。他没有烦恼，反而感到神清气爽。他躺着，听耳边的低语声。他记得，每次入睡他都会很快醒来，醒来的时候都会感到窒息，好像有一只手用力捂住了他的鼻子，把他的嘴巴和鼻孔弄得青一块紫一块。他会闻到生肉的味道，还有若隐若现的腐烂的气味。他会浑身扭动，想要挣脱那只手。惊恐之间，他血液里的光明分子会猛然倒流，心脏里的血液都被排挤出去。

那天夜里，另一个他来了。他醒了，挣脱了那只压住他口鼻的手掌。这时，有一个声音告诉他站起来，向外看。于是，他走到窗前。一轮满月挂在天上，柔和的银色月光洒在山上和湖面上。另一个他站在外面，在黑夜中冲着他微笑，飘动的白发和月光交相辉映。他脸色苍白，有些地方有阴影，像月亮的表面一样。出来，另一个他说着，一边向他招手。月光很亮，犹如白昼。出来。

于是，他走到街上，一边走一边穿上雨衣和拖鞋。他跟随着另一个他，从贝利街转入棕牛巷，一路急行，来到绿宫。杜伦古城堡和大教堂之间的草上洒满了月光，一片靛蓝，有成千上万体内藏着光明的生灵在那里散步、舞蹈，有男人，有女人，有天上飞的，有水里游的，他们像海蛇或灵巧的鱼一样散发出光芒，像海底的磷光，也像满身的鳞片，闪动着朦胧的绿、蓝、银、紫。他们成群地舞动，迎着月亮，像河面上成群飞舞的小虫，像一群原本黑色却被照得透明的椋鸟，也像火焰喷起来的火花。他们化成石柱、岸线和小片森林，融成光明的一体，然后又变回舞蹈的人、水中游的和天上飞的生灵。他本可以一直站着，看着眼前的一切，他不知道自己站了多久。另一个他站在他身边，对他说："脱掉鞋子，你站的地方是神圣的。"于是，他脱掉了鞋子，凉爽的月光落到他的脚上，穿过了他的双脚，脚下是静谧的修剪过的三叶草。

另一个他说，他是神，是"神我"，他就是道。他在太阳和月亮的光体结合时的朔望日回归。

他把沉重得无法承受的球放到这个瘦弱年轻人的怀里。这一次，球里流动着冰冷的光。就在这时，球的重量变得无法估摸，似乎要飘浮起来，和那群生灵一起盘旋而上。他用手指轻轻点击球的表面，球面好像是流动的液体，泛起了微波，轻轻地拍打着岸边，但球面也有金属的光泽，触手冰冷、光滑。年轻人身体晃动了一下，光着的双脚岔开，把球抱稳。他感到自己快熔化了，神我的出现令他欣喜异常。神我也和他一样笑着，深蓝色的眼睛里深邃悠远，白色的眉间充满喜悦之色。他站在那里，捧着沉重之球，神我悄悄地对他说，他已经误入了歧途，尽管他内心的抉择是正确的。他被选中去追随真正的先知摩尼。摩尼受尽折磨，最终殉道，因为他知道光明是脆弱的，而黑暗凶狠、强大。摩尼知道没有确定的结果，《旧约》里的残酷上帝已经被黑暗占有、控制。黑暗的贪婪和肉欲融进了血液，因此上帝对肉体和鲜血产生了欲望。基督的死亡在时空上是徒劳的，加重了原本的恶，壮大了黑暗的邪恶力量。摩尼在世时，真正的信徒们以为，人们戒荤、禁欲后，光明分子会从纯净的肉体回到月亮，再从那里回到太阳，最后回到被隔绝的光明王国。

当他站在那里看着五彩细线上下翻飞织成光幕时，神我告诉了他更多的故事。

神我说，埋葬在这里的圣卡斯伯特也看到过一道升起的光柱。但他的描述不完整，还被有误导性的《圣经》所蒙蔽。你必须阅读我们的书籍，这些书七零八落，四散各处，就像我们的身体和历史一样，你必须重新整理我们的故事，并且记述下去，直到光明与黑暗彻底分离，直至纯洁变得纯洁，堕落被排出体外、彻底消除。

他怀里的光球破裂了，变成无数个明亮的碎片，飞了起来，像流星，像射向满月的箭，消失在空中。

回去时，他赤脚走在鹅卵石上。银光汇成细流，聚成水坑，在鹅卵石上盘旋、流动，这些鹅卵石似乎已经化为河床。

此后，他听到了更多的声音，更清楚的指示，指引着他前行。他还听到了一些鬼魅的引诱声，指引者跟他说过这种情况不可避免，一旦"通路"打开，黑暗生物就会蜂拥而入。他必须受苦，别无选择。

他记得，有一段时间，他也不记得有多久，他一直像个幻影，匆匆往返于自己的房间、大教堂和图书馆之间。他借了一些有关摩尼教的书，读到了诺斯替主义的各个派别，有马吉安派、巴西里德派和埃及瓦伦廷派。在诺斯替主义中，光明王国是普累罗麻体系，由二十八位阴阳成对的移涌[1]或众神排列组成。

---

1 在诺斯替派中指至高神溢出的一批精灵或存在物。

索菲亚是众移涌中最年轻的一位，她嫉妒元神可以不借助伴侣自己生产，于是自行堕胎，却没有能力赋予形态，因为只有阳性"心灵"努斯才可以赋予阴性形态。被普累罗麻抛弃的堕胎成了形，称为"下界索菲亚"，即天界索菲亚的女儿。下界索菲亚恐惧、悲伤、困惑，并苦苦恳求，这些情感都幻化为了灵体，恐惧变成了灵的本质，悲伤变成了坚实的物质，困惑变成了恶魔，恳求变成了一丝悔恨。

从这些灵质里，德穆革创造出了坚实的宇宙，位于天界的下方，混乱不堪，被黑暗笼罩。约书亚·兰姆不断读下去。在他的脑海里，光明与黑暗纠缠争斗，火星四射，丁零咣啷。黑暗盘绕着巨蛇之躯，露出长牙利齿，向光明袭来。脆弱的光明颤抖着，不断退却。他抓住中殿里巨大的立柱，稳住摇晃的身体，在风暴中勉强站立。

他没有写到圣奥古斯丁关于恶的起源的讹误。他想写下他所"看"到的世界，移涌和魔鬼的世界，但在这个体系中，那么多名称都相似相连，互补又矛盾，他怎么也梳理不清。神学家们命名时不费吹灰之力，就如恶魔产生血肉、肌腱、血浆、屎尿一样容易。

神我告诉他，之所以有这么多名称，那是魔鬼织造的罗网，语言是人造的，是人类遮挡光明的纱布。神我告诉他要按摩尼所说的去做。要戒荤，食素，禁欲，不杀生。要敬仰创世时的光明分子。要竭尽全力释放光明分子，使它们脱离黑暗的禁锢。

伯吉斯神父说，他关于诺斯替主义宇宙论的文章令人费解，建议他停止相关的学习。伯吉斯神父对这个瘦弱的年轻人说，这种学说像《启示录》一样，会分裂他的心灵。在精神修行的某些阶段，两者都是诱惑，都是映射疯狂思想的镜子，让人无法摆脱自我，无法听到外界的声音。他告诉这个年轻人，在某些时候，被这些思想所诱惑是很正常的。年轻人被"诱惑"一词激怒了。他想到肉乎乎的手指、厚厚的嘴唇和浓浓的肉汁，肉欲强烈而污秽，与光明而纯净的丝缎截然相反。光明的丝缎织成一个迷宫，把他困在其中，同时也给他提供了走出迷宫的线索。

他听到耳边的声音告诉他，他发声的时刻来临了。他必须在绿宫发声，在他曾看到光明之路的草地上发声。他必须告诉人们，务必让光明与黑暗彻底分离，他必须告诉人们走向至善的路径。

于是，他站了起来，但他的声音听来像幽灵的哀号，也像高音长笛的声音，飘飘扬扬。天色阴沉，冷风拂过他的白发，他觉得自己的身体已被穿透，他只剩下一副骨架。几个人聚集在草地上，有人在嘲笑他，也有人坐立不安。不远处高耸的杜伦大教堂很有压迫感，似乎随时要对他不利。他抬头看着大教堂，身体有些发颤，似乎看见大教堂的石块重重地落下，一块又一块，把他砸得粉碎。他说不出话了。他用手抱着头，跪倒在地上，想躲避掉落的石块。他们再次把他送进了医院。他们放他出来的时候说，显然是课程压力太大了，他承受不了，可能内容也不合适。他们说，他应该回家，回到艾格尼丝·兰姆身边，要重新考虑是否从事神职工作。伯吉斯神父送他搭火车去达灵顿。他说："你太累了，你过于执着，简直被神灵附体了。你的信仰太过激烈了。我相信，总有办法让你充分表现。但是，你目前必须保持平和，吃饭、睡觉，像普通人一样，去看看电影、踢踢足球，去认识一些朋友，和他们喝喝啤酒，先好好过日子，慢慢康复。"

"我不是基督徒，"约书亚·兰姆说，"我信摩尼教。"

"所有人都信过摩尼教。"伯吉斯神父回答说。他的语气非常平静。火车喷出浓烟，在空中扬起一片烟尘。火车开动了。

约书亚·兰姆在第二站就下车。他收拾了几样必需品，放进书包里，把手提箱留在了站台，走向乡下。

他讨厌艾格尼丝·兰姆，讨厌她家的灰色轮椅，讨厌她家油腻腻的碗，讨厌她家里遮光的厚窗帘。

他走了。他零零星星做了些园艺活儿，偶尔在农场上干点零工。偶尔他会走进图书馆，也会跟臭烘烘的流浪汉坐在一起。他还帮人家种蔬菜水果。偶尔，他会不明不白地住在医院里。他看到鲜血流淌着，上面洒满了月光。有时，他觉得自己什么也不是，也许是一个无家可归的流浪者，也许是海上漂浮的一件废物，也许只是一个稻草人。有时，他觉得他的时机还没有到。

*

锡达芒特的花园围着高墙，墙头上插着长钉和碎玻璃。在花园里面，小径弯曲，修剪过的灌木错落有致，草坪被围住，但很宽阔。天气晴朗时，那些人家信得过的病人可以在碎石路上散步，或者坐在周围的石椅和木头长凳上休息。在离医院主楼较远的一个角落里，有一个长满了常青植物的小丘，上面有一架吱嘎作响的秋千，支架好像是紫杉木，也好像是月桂。秋千的旁边有一棵巍峨耸立的雪松，可能因为这个原因，这里也被叫作"雪松山[1]"。

小丘和外墙之间有一排山毛榉树篱，树篱后面有一堆肥料，有一条园丁专用小路通往那里。这条小路光线不好，十分阴暗，但仍然有人在那里放了一张椅子，就在小丘下面。坐在那里什么也看不到，只能看到交错的山毛榉树枝和树篱外面的围墙。这个阴暗的地方向来是孤独者的避难所。也许，这就是存在那只凳子的原因。也许某个园丁清楚在封闭的场所里面有个清静之地有多么重要。露西·奈比一有机会出来就会到那里去坐坐。她坐在那儿，凝望着山毛榉的枯叶和围墙上锯齿状的碎玻璃片，枯黄的树叶在风中窸窣作响，碎玻璃反射着阳

---

1 原文为Cedar Mount，音译为"锡达芒特"。

光，亮闪闪的。快到冬天了，她感到一种寒冷的透亮。她穿着外套，湿木椅上长着青苔，把她的外套弄脏了。

她决心寻死，偷偷把药藏起来，想积攒到一起吃，可是，她并不知道那些是什么药，有什么作用。药片被藏在信封里。她有一个塑料瓶，装了水。她最担心的是，她是否攒了足够的药，是否有足够的水，可以让她一下子把药都吞服下去。傍晚，天色渐沉，浅蓝色的天空变得暗淡，还染上一抹玫瑰色。她非常仔细地环顾了四周，这是最后一次了。她特别注意到了逐渐减少的绿色，注意到了明亮的碎玻璃片，也注意到了叶子的霉味、树脂的气味和冷湿的感觉。她双手冰冷，摸索着塑料瓶和信封。她要像吹灭蜡烛一样结束自己的生命，当然会更加困难一些。

她喝了一小口水，咽下一粒药，又往嘴里放进一粒。

身后传来树叶的沙沙声，继而听到了脚步声，脚步声很轻，像鸟儿飞落到枝头。她转了一下身子，冰冷的手指正准备将一头红一头绿的胶囊放进嘴里。他悄无声息地从小丘上面走下来，头上的白发在幽暗的紫杉树枝中间闪闪发光。他浑身都是白色的，白胡子、白衬衫，好像也穿着白裤子。他没有穿大衣。他说：

"他们让我来找你，把你带回去。"

她没有说话。自从她不再说话以后，她发现生活尽管没有变得更好，至少是简单了许多。眼前这个白色的身影形状不断变幻，周围五颜六色，这可能是由于她流着泪的缘故。

"有人告诉我，"他说，"不是那些人，是一个声音告诉我，让我马上到这里来找你。我知道是怎么回事。我了解你的心情，因为我也有过。在我们离开这个世界之前，我们还有一些事要做。你一定要帮我，我也会帮你，我能够帮你。"

她坐着一动不动。那个瘦小的女人蜷缩在驼毛外套里面，逐渐回过神来。她的头发乱七八糟，脸冻得粉红，眼神疲惫，双脚沉重，手里还拿着胶囊，就在干裂的嘴唇边。一阵风拂过山毛榉，树叶沙沙作响。脚下的泥土散发着淡淡的植物腐朽的气味。那个男人低头看着她，风吹动了他的白发和白色衬衫，让他看上去寒冷而洁白。

"听着，"他说，"白昼转成了黑夜，会有一轮满月。我会跟你说光明的故事，这样，你就懂得什么是光明，什么是黑暗，外面的那个世界是什么。在那里，光明和黑暗都很强大。我们还有些事要做，但你不知道是什么事，因为没有人告诉过你。我会告诉你。你就好好听着。"

胶囊还在她的嘴边。她的眼眶湿润了。她知道他这个人讨厌接触其他人。她是怎么知道的？但是，看到她孤苦伶仃，他就来了，用明亮而冰冷的手，从她冻红的手指里拿走了胶囊，然后握紧她的双手。天色渐渐暗了。月亮十分皎洁。他坐在她旁边，叫她抬头看月亮。月光下，围墙上的尖玻璃看起来和流淌在石头上的小溪很相似。

"我们必须跟毒蛇一样聪明，"他说，"我们现在必须回去，然后想办法离开这里。我会把我知道的一切都告诉你，我会告诉你我们应该怎样活下去。这些药你还有吗？"

她拿出信封。

"不，我不要。我自己也有。放着，等你特别想用的时候再用。我想，如果我们知道有办法出去，我们就有勇气留在这里。收起来吧。"

此时，她向他挪动了一下，像个孩子想要拥抱。

她感觉到他一开始很不情愿，后来放弃了戒备，不再和她刻意保持距离。他抓住她的手，把她搂进怀里，将自己冰凉的嘴唇贴到她的额头上。

"我在这里，"他说，"记住，我在这里，别害怕。"

"你是谁？"她问。

"我也不知道我是谁，等人家告诉了我，我就告诉你。"

第9章

利奥说："萨诺说，他在电视上看见我妈妈了。"

"在那个点，他早该睡觉了。"弗雷德丽卡说。他们从学校走着回哈梅林广场。

"我猜，你没告诉我你上了电视，是因为不想让我熬夜等着看你。"

"我记得，我可能告诉过你，但你一如既往地心不在焉。"

"你都说了，你是记得你可能告诉过我，其实就是没告诉过。"

"好吧。"弗雷德丽卡说，"这是私事。"

"哈哈，私事！"利奥笑着说。

克莱门特和萨诺的妈妈玛丽·阿吉蓬在广场的对面冲他们喊："难得在这美丽的花园里看到你。"维多利亚·安普尔福斯家门前的台阶刚翻新过，她站在门口，对弗雷德丽卡表示祝贺。

"你很有想法，弗雷德丽卡。我很佩服你的勇气。"

弗雷德丽卡朝她淡淡一笑。

"他们都在电视上看见你了，就我没有。"利奥说。

"我也没有。"弗雷德丽卡说。

他停下脚步，抬头看着她："为什么？你怎么没看呢？"

"我是害怕看见自己的模样。我怕我会觉得自己的样子太傻。"

"萨诺不觉得你傻，不过，你总是在弄头发。他喜欢你的睫毛。"

"萨诺说他喜欢我的睫毛？他才七岁啊。"

"他觉得你的睫毛很好玩。可能是像毛毛虫。他说电视上有毛毛虫，但他没讲那是什么。"

"我像你这么大的时候，"弗雷德丽卡一边开门一边说，"每次看到我们的妈妈戴着滑稽的帽子来学校，我们都恨不得找个地缝钻进去。真受不了。可是，细想起来，你会发现所有的帽子都很滑稽，所有小孩都觉得妈妈戴着帽子的样子让人受不了。帽子要么太大，要么太小，要么太花哨，要么太性感，要么太保守，要么太滑稽。有多少对母子或母女，就会有多少尴尬。我们都希望妈妈到学校来，但又不想让任何人看到自己的妈妈。"

"我不介意你上电视，我很开心，说实话。大家都很惊讶，当然，他们会开一些玩笑，但这没关系。因为他们就是爱开玩笑，他们总是嘲笑某人戴的帽子。"

《镜中奇缘》就是一个精心设计的玩笑，开玩笑的对象是电视机，电视机就是一个"盒子"。一开始，盒子活像一个壁炉，壁炉里烧着煤炭，有时候是木头，火焰飞扬，也有灰烬冒着青烟。这种盒子进家门之前，壁炉曾经是家庭活动的中心。火焰熄灭后，壁炉里面雾气缭绕，而这个壁炉的外壳是镀金的，制作精美。烟雾散去后，镜中的世界就呈现在眼前了。首先映入眼帘的是一个旋转的杰纳斯钟，接着是一张笑嘻嘻的脸。里面还有很多一模一样的蘑菇、蜘蛛网和窗户。盒子的背面很像一面凸窗，或者是一面镜子，镜子上映着一面凸窗。盒子中间又装着一个透明的盒子，弗雷德丽卡就坐在里面，摄像机时不时露了出来。在节目过程中，这个密闭空间的四周不时有动植物在漫步、飞奔、发芽或盘绕。那些玫瑰、百合、巨型毛毛虫和移动的棋子，都是由塞缪尔·帕尔默艺术学院的学生们制作的，他们曾设计制作了《黄色潜艇》中的蓝心恶魔和亮黄色烟囱。

服装是劳拉·阿什利早期的花裙，料子采用棉布和灯芯绒，上面点缀着经典的维多利亚式花饰，颈部和手腕处有荷叶边。弗雷德丽卡有时佩戴鲜红的玫瑰花蕾站在青苔色的地上，有时佩戴淡黄色的樱草花站在靛蓝色的地上。为了去参加节目，她理了一个维达·沙宣波波头，随着节目取得巨大成功，她的红头发越来越长。她看上去就像一个机灵、懂事、成熟的爱丽丝。

就像刘易斯·卡罗尔[1]的棋盘一样，威尔基是有明确布局的，他要搜集和扩散思想、图像和联系。弗雷德丽卡的角色是固定的。每周只讨论三件事：一个物体、一个想法和一个人的生死存亡。这是为了区别于常规的新闻节目，诸如时事、政治、艺术、科学、奇闻逸事和讽刺等，并希望呈现独特的视角和观点。每期节目都有一位嘉宾参加全部三件事的讨论，另外邀请一位嘉宾参与某一件事的讨论。

1968年的最后一个季度做了三期节目。第一期节目作为开场，讨论的三件事分别是查尔斯·道奇森、"无稽之谈"和一面古董镜。第二期的讨论事项是多丽丝·莱辛《金色笔记》中的"自由女性"形象、乔治·艾略特和保鲜盒。第三期节目的主题是"创造力"、弗洛伊德和毕加索的一件陶瓷作品。后来的节目在视觉和内容方面都有了

---

1 刘易斯·卡罗尔（Lewis Carroll，1832—1898），原名查尔斯·路特维奇·道奇森（Charles Lutwidge Dodgson），英国数学家、逻辑学家、童话作家、牧师、摄影师。所作童话《爱丽丝漫游奇境》（1865）与《爱丽丝镜中奇游记》（1871）为其代表作品，通过虚幻荒诞的情节，描绘了童趣横生的世界，亦揶揄了19世纪后期英国社会的世道人情，含有大量逻辑与文字游戏及仿拟的诗歌。

创造性的发展。他们主要采用60年代流行的"派乐地"（诙谐模仿）手法。弗雷德丽卡先是扮成白雪公主躺在玻璃棺材里面，随后，她又扮成美人鱼，举着镜子坐在玻璃罐中，在街头表演，再接着，她扮成一个糖屋中的女巫。有一期节目的主题是"性爱"，她被关在一个用七道挂锁锁住的玻璃盒子里，就像精灵老婆一样，但是，精灵老婆很容易就逃脱了，在一棵棕榈树下勾引了谢赫拉莎德的未婚夫和她的弟弟。他们也讨论过DDT（杀虫剂）和占星术、记忆和革命、《过去的死亡》和精神分裂症、教养和天性、语法教学、莎士比亚和陀思妥耶夫斯基、比顿夫人和劳伦斯（劳伦斯是讨论性爱主题的那期节目的主题人物，那一期节目的主题物品是锁）。

在第一期节目中，和弗雷德丽卡对话的嘉宾是乔纳森·米勒和理查德·格雷戈里，理查德做过1967年英国皇家学会圣诞讲座，主题是"眼睛与大脑"。在讲座中，他让听众做视觉拼图、玩镜像游戏，还表演了魔术。他还利用电视来测试观众对大脑如何构造眼前世界的认知和预想。米勒谈到很多事情，包括《爱丽丝漫游奇境》中的维多利亚时代行为在孩子视角中的意义，以及对于小门、丢失的钥匙、秘密花园、数学游戏、言语过激、照片和镜子、表面和内涵、自我和他人的精神分析解读。他还谈到了超现实主义者对爱丽丝梦境的钟情，以及卡罗尔对双胞胎的兴趣。

他说，爱丽丝生长在维多利亚时代，卡罗尔利用她的视角，展现了一个由成人规则统治的狂野世界，这个世界充斥着尔虞我诈，也有强烈的感情和难以理解的习俗。弗雷德丽卡说，她是个典型的英格兰经验主义者。她不会困惑，不会被骗，也不会感到不安。她相信她是真实存在的，尽管她拉长了脖子，被鸽子认为是一条毒蛇。卡罗尔从一个孩子的视角审视这个世界。

他们从经验主义出发，讨论什么是理性，什么是无稽之谈。理查德·格雷戈里拿到了第一期要讨论的东西，一面维多利亚时代的手镜，背面是银的，装饰着葡萄串、葡萄藤叶环和卷须。他说镜子有古老的含义。维多利亚时代的玻璃，让他联想到古代摩尼派教徒在宗教仪式中使用的镜子，摩尼派教徒认为，他们有责任释放被困在物质里面的光明，光明分子从摩尼教徒身上射泄出来后变成各种植物，而葡萄就是其中的一种。他说，至于摩尼派教徒如何处理被囚禁和被射泄的光明，目前没有人搞得清楚。科学家亚里士多德认为，女性在经期照镜子，会使镜子的表面多一层血红色。根据亚里士多德的解释，这是因为血管密布的明眸与光滑明亮的铜镜之间存在着紧密的联系。明亮的空气是传播这种联系的介质。表面上看是无稽之谈，实际上有深刻的意义。

桌子是为茶会而准备的。桌上放着一个巨大的银茶壶，壶面映着三张脸，就像画廊里的一面哈哈镜，把弗雷德丽卡照成了一个长着鸟嘴的女巫，米勒变成了双颊丰满的卷发酒神巴克斯，格雷戈里变成了一个巨大的普鲁托。桌上还放着各种银制和玻璃制的盘子，盘子里有毛毛虫，毛毛虫在镜子上爬行，有分节的、条纹的和竖毛的，眼睛乌黑发亮，嘴上长着角质，颜色不一，有橙色的，有金色的，也有绿色的。

理查德·格雷戈里说，实际上有两个爱丽丝，一个是来自仙境的爱丽丝·利德尔，另一个是她的表妹爱丽丝·雷克斯。道奇森曾用一只橙子捉弄过雷克斯，她右手拿着橘子，但从镜子里看是左手拿着的。"要是我在另一边，"那个聪明的爱丽丝说，"橘子不就是在我的右手吗？"格雷戈里说，他由此产生了到另一边去看看的想法。他阐述了镜子的逻辑要点，镜子只会左右倒转，不会上下颠倒。道奇森有个朋友叫约翰·亨利·佩珀，他曾经在舞台上使用部分反射镜，让演员一会儿凭空出现，一会儿凭空消失，一会儿一个变成俩，或者变成透明的幽灵，和柴郡猫本事一样大。镜子自身有不合逻辑的逻辑。米勒谈到镜子和照片的偶然性，说这两者都是因为玻璃上有一层银雾而显影的。他们待在一个玻璃盒子里，后面有好几面镜子，镜子上映着格雷戈里、米勒和弗雷德丽卡的魅影，镜头就对准这些魅影。毛毛虫在万花筒里很不安分。

弗雷德丽卡说，她的两位嘉宾让她想到，爱丽丝经常听两个温和的动物讲故事。一个是鹰头狮，另一个是假海龟。可能也不算很温和。三月兔和制帽匠，亨吉斯和霍萨兄弟，海象和木匠，红方皇后和白方皇后，特威丹和特威帝孪生兄弟，她说着，垂下了眼睛，突然间好像看到数学天才奥托卡尔和他孪生弟弟的脸清晰地映在地下室的窗户玻璃上。乔纳森·米勒接了她的茬儿，迫不及待地说卡罗尔就是道奇森，他发明了很多文字游戏，类似"重复排版"游戏和"会合填词"游戏[1]，海象（Walrus）能变成木匠（Carpenter），命令（Demand）能变成鸬鹚（Cormorant），厨师（Cook）能变成晚饭（Dinner）。

第一期节目很顺利，两个男人非常聪明，面对镜头时毫不紧张，对弗雷德丽卡也十分友好，让她发挥得淋漓尽致。她搭乘BBC的车回家，在地下室里，迎接她的是一张空床，她的小儿子睡着了。在黑暗中，她看着窗户玻璃，面对着自己的影子，挤出一个得意的笑容。她想到了爱丽丝和她自己。她觉得自己像个机灵的孩子，而那两个人则是博学多识的人，学问比她大得多。她自己没干什么，倒是他们提

---

1 会合填词游戏，由刘易斯·卡罗尔发明，目标是通过保留局部字母，多次变更其他部分，使一个单词成为另一个单词。如，Walrus保留rus，变成Peruse，再保留per，变成Harper，再保留arpe，最终变成Carpenter。

出了那么多见解，挑起那么多话题。她感受到了童年的那种冲劲。我要，我要，我要，她大喊着，就像一只嗷嗷待哺的雏鸟。她曾经以为，她就想当一个女人，就喜欢做爱。她学过很多知识，以前，她囫囵吞枣学了很多，她胃口很好，不怕消化不良，当时，她觉得那样没什么问题。现在看来，那是有问题的。那两个人思维活跃，自得其乐，就像济慈笔下的麻雀一样，在沙砾路上蹦蹦跳跳，自顾自地啄食。

她看着窗户玻璃上的影子，屋里很暗，她的影子轮廓并不完整，只有一些亮点，但看得到嘴巴。她很喜欢这样。她想到亚里士多德所谓"血红的镜子"，浑身就起一阵鸡皮疙瘩，她觉得其中有神秘的地方。女人与血，血和性爱。格雷戈里说，亚里士多德认为精液和经血是一样的。她心里原有像爱丽丝那样的冲劲，不过如今已经动摇、萎缩了。她曾经很想当演员。她想演戏，演戏的时候，她就可以模仿那些平时做不出来的优雅动作。她曾经是爱丽丝，但愚蠢地想成为朱丽叶，想成为苏格兰的玛丽女王，甚至想成为埃及艳后。她幻想着自己就像一艘船，满载着莎士比亚关于生命和爱情的描述。此时，她的脑海里浮现大茶壶和碟子里的毛毛虫，窗户玻璃上的影子好像在嘲笑她。哦，不，不要，弗雷德丽卡想。弗雷德丽卡的影子好像就要折射到全国，变成无数个弗雷德丽卡，个个熠熠生辉。我不想演戏。我要思考。我要看透。我要保持好奇心，要让好奇心越来越强。

第二期节目的主意是弗雷德丽卡自己想出来的。她的灵感来自利奥。她费了一番周章才弄了洋葱马铃薯炖羊肉，利奥却不要吃，还阴阳怪气地引用了《爱丽丝漫游奇境》里的台词。他抑扬顿挫地说："爱丽丝，这是羊肉，羊肉，爱丽丝，把刚认识的人切了，那是不礼貌的。把腿肉拿走！"他叫喊着。他又用自己的话说："我认为吃肉是错误的。我要吃素食。"

"我希望你别这么想。希望你别搞到营养不良。看看你的牙齿，你已经进化成杂食动物了。看看你的犬齿，利奥。起码要把里面的蔬菜吃掉。"

"我不爱吃烧过的蔬菜。"

"我不喜欢你现在这副德行。我烧了好几个小时，把肉从骨头上切下来就费了我很大的工夫。"

"切的时候，你想过这只羊有多可怜吗？你知道它很痛苦吗？"

"知道。我当然知道。我是为了你，你在长身体，需要蛋白质和维生素。"

"要让孩子长身体，就要杀害羊？"

"没错。"

"你有做大米布丁吗？"

"有。"

"你要是让我直接吃布丁，我就不再唱'晚饭晚饭我要大米布丁'。如果你不说先吃点炖肉吧，我就好好吃。"

他知道她明白她自己是个不称职的母亲。她吃了洋葱马铃薯炖羊肉，味道好极了。

"我认为你应该支持我吃素食。"

"你也得吃豆子和坚果。"

"我不喜欢坚果。"

"我知道。"

"吃豆子会放屁。"

"没错。"

"反正，你就是喜欢烧饭。我听你跟阿加莎说，烧饭会让你放松。你说烧饭是实际的活儿。"

"如果我烧的饭你都不吃，只会嬉皮笑脸，我就不喜欢烧饭了。"

利奥勉强扒了几口："羊是不是不如虾？虾是不是不如李子里的幼虫和莴苣里的蛞蝓？"

"我不知道。怎么都在问这样的问题？"

"我敢打赌你不会为了你自己杀死一只羊。"

"当然不会。"

"也不会杀害一只母鸡。"

"是的。"

"我们不用杀母鸡。母鸡会给我们下蛋。"

"说'给'不恰当。它们天生要下蛋的。"

"但是，就算我们把鸡蛋拿走，它们也死不了。我却可以吃鸡蛋。"

"你会腻的。"

"鸡蛋可以做很多很多东西。大米布丁里有鸡蛋吗？"

"没有。只有大米、牛奶和糖。"

"多么纯净啊。"利奥说。

他很会聊天。他仔细观察过鸡蛋、牛奶和羊肉。他看得目不转睛，脸红了，流汗了。

第二期节目取名为"自由女性"。弗雷德丽卡从《金色笔记》中莫莉和安娜的章节获得了这个灵感。这两个女人都没有男人，一个独居，一个带着孩子。她请来的嘉宾有小说家朱莉娅·科贝特和潘妮·科穆夫。潘妮曾经给一本叫《阿尔忒弥斯》的新时代女性杂志工作，她和弗雷德丽卡的老朋友托尼·沃森在一起，托尼现在是一名工党记者兼评论员。托尼有时会给《阿尔忒弥斯》撰稿，这本杂志力求覆盖女性感兴趣的所有方面，而不仅是爱情、化妆、时尚和体重等。

托尼写过几篇关于全面教育的文章，分析过单性别教育的优缺点。在一篇文章中，他虚构了首位女性总理，预计她将在2020年掌权。故事中的她是个北方人，毕业于红砖大学，曾在劳资裁判庭做律师，同时也是一位母亲。"在我的水晶球里，我看不出她的丈夫是什么模样，"托尼写道，"有可能是一个默默无闻的教师，有可能是一位声名显赫的外科医师，也有可能是政治家、记者或者工会领袖。他们都尊重彼此的工作，都不会像王妃一样甘愿退居后宫。"

潘妮·科穆夫的父亲是一名匈牙利政治思想家，1939年逃亡到英国。她曾在牛津大学读过政治、哲学和经济学，专门深入研究过女性毕业生的新型焦虑，这些女人一般都在家带孩子，经常一个人在厨房里弄吃的，鲍尔比等专家警告说，母子长时间分离会对孩子的成长造成不可挽回的伤害。她们的脑子里充斥着劳伦斯的意识形态，心里惦记着粒子物理学、休闲社会学、劳动价值论等，手上却是肥皂泡、蛋奶酥、果泥和脏兮兮的尿布。这就是生活的全部吗？她们会问，但至今还找不到答案。潘妮·科穆夫很喜欢烹饪。在业余时间，她会研究罗宋汤、鲑鱼、鸡肉韭菜汤、豆焖肉、猪蹄和鸡冠的做法。她对烹饪很有研究，学问做得很深。每周，她会在《阿尔忒弥斯》上推荐一顿五道菜的晚餐。面包、法式小点心、汤、沙拉和砂锅菜等，所有食材都是她到市场和熟食店亲手挑选的，然后自家酿制、烘烤、制作。

朱莉娅·科贝特比弗雷德丽卡和潘妮年长一辈，是个女性主义小说家。她的小说主要反映女性的生活，书名都是她那一代人耳熟能详的，虽然大同小异，都和"囚禁"有关。《明亮的监狱》《玩具盒》《小鸟说，我出不去》《冰冷的窗框》《鞋中的生活》。小说还引用了一系列颇为惊悚的童谣。《爱撒谎的人》《爸爸去打猎了》《露茜的口袋》。小说还引用了菲利斯·普拉特的作品，菲利斯是鲍尔斯与伊登出版社的惊悚小说作家，她的作品为朱莉娅的小说添加了一些黑暗元素。《她在室内》《进入我的客厅》。朱莉娅·科贝特是《玩具盒》和《鞋中的生活》的作者。她最近的一部小说叫《再高一点》。

> 把我荡得再高一点，俄巴底亚！
> 把我荡得高高的，我永远不会掉下去，
> 把我荡过花园的墙，再高一点，
> 俄巴底亚！

　　小说描述了一段幸福的婚姻，丈夫是一名老师，鼓励他的爱妻通过函授获得学位，他把妻子也培养成了一名老师。可是，在她怀孕后，他离开了她，找了一个更年轻、更漂亮的学生。像朱莉娅·科贝特的其他小说一样，《再高一点》的故事也是苦乐参半的。比起《金色笔记》的凶残和暴力，虚无更让弗雷德丽卡害怕。

　　"自由女性"将玻璃盒子变成了一个透明的玩偶之家，门窗上画了孩子们的涂鸦，显得天真无邪。有很多钥匙和钥匙孔。在玩偶之家里面，三个女人围坐在一张餐桌旁边，桌上铺着一块粉红和白色交织的仿锦缎塑料布。桌子上有几只陶碗，有一只碗里堆满了蛋，有一只盖了茶布，下面放着生面团。桌上有一盘果酱挞，糕点花上有一双红色的眼睛，可以送进烤箱了。还有几个母鸡形状的鸡蛋杯子，套着保温罩，像毛线帽。桌子上还有很多精细的银器（大多已经失去了光泽），比如骨髓勺、纽扣钩、方糖夹、烤面包架、滤茶器、干酪刀，还有浸湿的抹布和装珠宝的胭脂罐，都不知道要干什么用的。还有打蛋器、木桨、果酱锅、温度计、开罐器、开瓶器、螺杆和其他戳戳撬撬的工具。随着镜头拉近，观众就像看到一个妇科手术室，里面还放着一整套餐具。

在节目过程中，屏幕上出现了一些卡通人物，有的慢慢飘过，有的快速闪过，主要是《爱丽丝漫游奇境》的厨房场景。烤羊腿上挂着纸饰，滴着油，咧着嘴，鞠着躬。调味瓶里装着盐、胡椒和芥末，细长的腿在跳动。一条比目鱼静静飘浮在透明的餐盘上。点睛之笔是将这些卡通人物与一群维多利亚时代的天使融合在一起，这些长着翅膀的天使笑容可掬，但它们没有躯体，有时变成迷你柴郡猫，有时像成群的苍蝇，在屏幕上厨房的角落里嗡嗡作响。

和那两个博学女性在一起，弗雷德丽卡就是爱丽丝，一个聪明伶俐、喜欢探究的姑娘。威尔基说，和这两个女人在一起时，他希望她主导一场畅所欲言的咖啡派对。一般而言，女人得到了重视，就会畅所欲言。弗雷德丽卡问，摄影师和演播室的工作人员都是男人，数百万看不见的观众，在他们的注视下，她们怎么能畅所欲言呢？威尔基向她保证，这非常容易。我看上你，就是因为你不怯场。

回想起来，那期节目就是一场滑稽的模仿，根本不是咖啡派对。

弗雷德丽卡从一个连弗洛伊德自己都无法回答的问题讲起。女人想要什么呢？

爱。朱莉娅·科贝特说。

爱、承诺和家庭，还有就是性爱和放荡。潘妮·科穆夫说。

只有性爱是长久的，弗雷德丽卡说，因为性爱会导致生育，这是一个漫长的生物过程。如今，有了避孕药，女人可以和不同男人做爱，也可以选择是否生育。

这是否会改变女性对待男性的态度？朱莉娅说，对于男人，女人不只看性爱，她们更在意其他的品质，例如他们是否善良、是否乐于倾听、是否会准时赴约等。行为举止也是一个方面。弗雷德丽卡说，达尔文说过，男性是否"美"，取决于女性的性选择。所以，如今的世界充斥着女性杂志，用女人做广告，所谓女为悦己者容，真是咄咄怪事。潘妮说，会注意女人衣着的人，大多都是女人。弗雷德丽卡说，世界小姐、穿着泳衣和细高跟鞋的充气模特，还有色情书刊，这些都是给男人看的。潘妮·科穆夫说，孔雀和山魈的尾巴很漂亮，那是用来吸引雌性的，但我们没有举办男性选美比赛，这的确很奇怪。

女人会看什么？朱莉娅问。她装得小心翼翼。男人都穿得一本正经，黑色是主基调，头发剪得很短，胡子刮得干干净净。

潘妮说，现在不再这样了。他们留长发了，很多人都穿着华丽的衬衫，脖子上挂金戴银。趋势正在改变。

她们讨论了男性身体的各个方面，设想女性陪审团会怎么做评判。她们也提到了男性内衣品牌Y-front的广告。提到男性的屁股，她们一开始有点羞涩，然后越说越兴奋。弗雷德丽卡说有一个艺术专业的学生，他穿着紧身牛仔裤，裤子上故意开了洞，洞的位置开得恰到好处，露出柔软亮丽的紫色内裤。三个女人不禁大笑。她们一致认为，现代女性有自由选择权，可以挑选男人，跟原始社会一样。但是，她们跟祖母那一辈不同，大多数人跟上一代人也不一样。

她们以后会怎么样呢？朱莉娅·科贝特问。对这个问题，大家要拭目以待。女人想要孩子，女人必须照顾孩子，在某种意义上讲，这会让所有的性关系都变得很紧张。

潘妮·科穆夫说，有了避孕药，就可以一直做爱，没有了后顾之忧。

弗雷德丽卡说，身体希望孕育生命，但大多女人不想。我想到了《白雪公主》里皇后看到雪地上鲜红血滴的场景。我们害怕流血，却更害怕不流血。也许，我们都是自相矛盾的。有了避孕药之后，堕胎也将成为一个选择。再也不必将性爱和生育混为一谈，女人的选择越来越多。你们会选择堕胎吗？

不会，朱莉娅说，我觉得，如果我愿意的话应该是可以的，但我不愿意这么做。至少我现在是这个想法。

潘妮·科穆夫摇了摇头，表情有点呆滞。于是，这个问题又还给了弗雷德丽卡。你愿意吗，她问，你愿意吗？

弗雷德丽卡的脑海里浮现了利奥的脸。我可能愿意，她说，我觉得我有这个权利，也可能不会这么做。

随后是一阵沉默。朱莉娅·科贝特说，天使来了。

卡通小天使们翩翩起舞。小猪宝宝从襁褓里向外张望。

屏幕上播放了一组乔治·艾略特的相片，她是本期节目的专题人物。她的脸很长，那是一张马脸，牙齿也很不整齐，低着头，把头埋在乱糟糟的鬈发下面。坦尼尔画的丑公爵夫人头像从屏幕上一闪而过。弗雷德丽卡尖锐地指出，她认识一个人，他认为可以围绕这位伟大的作家出一道考题。他引用别人的话说她是一个"骨瘦如柴、喜欢说教的女人"。于是，她们继续展开讨论。然而，她们的讨论基本都围绕着"女性美"这个话题打转，也许是因为她们也上了屏幕。朱莉娅说，艾略特惩罚了她笔下的美丽人物。不，弗雷德丽卡说，她惩罚的是那些不当利用美貌的人。海蒂、冷酷的罗莎蒙德和冷漠、恐惧、醉心权力的关德林。她的热血女主人公也都很漂亮，像是多萝西娅和玛姬。但是，除了性爱和婚姻之外，她们还想要其他东西，而性爱和婚姻打败了她们。她惩罚了她们，朱莉娅说，她惩罚了高尚的多萝西娅和感情冲动的玛姬。她让多萝西娅嫁给了一个二流记者，以溺水惩罚玛姬的性行为。她未能塑造出一个自由、富有创意且性感的女性典范。她无法给她的读者带来任何希望。

"她就是个自由、富有创意而且性感的人，"弗雷德丽卡说，"她一定是英国女公众人物中最淫乱的，最后，维多利亚女王让人按她书里的描述画了一系列画像，他们还想要把她葬在西敏寺。"

"她没有生孩子，"潘妮说，"她知道避孕药、海绵和醋的作用。"

"她抚养了刘易斯的几个儿子，"弗雷德丽卡说，"她赚钱供他们学习。"

"她就像一个男子汉，"朱莉娅说，"她养家糊口，像家里的男人。"

弗雷德丽卡说："她没有让多萝西娅创办大学，也没有让玛姬写书。"

"她解释了原因。女人都很精明。"

"漂亮的女人，"朱莉娅说，"都贪得无厌。她们要瓷器和锦缎，要整整一抽屉床单和桌布，满棺材的漂亮耳环，海蒂就是那样。就像现在的广告界。一切都变得华而不实，而人们都眼巴巴地想看看白色蕾丝、缎子或欧根纱下的那张脸，开始想象着掀开盖子后那个赤裸的身体是什么样的。大家都喜欢你，会给你一大桌子东西，我们也得到了很多。然后，你会发现，那些东西就像捕鼠器里的奶酪，而你就在厨房里，周围都是这种东西。凝视着窗外，小说中的女人总是凝视着窗外，思考着如何摆脱困境，如何获得自由。"

弗雷德丽卡说："本周，我们要讨论的主题物品是……特百惠碗。我们这里有三只不同颜色的碗，因为我们决定不了选用哪个颜色。"

三只碗在屏幕上并排显示出来，分别是珍珠粉色、鸭蛋蓝和淡柠檬黄。照片底色都是白的。碗身是半透明的，但很厚实。线条干净、纯粹、整齐、一致。它们的影子一模一样，鸽灰色的，很漂亮，碗身上印着优雅的抽象画。

朱莉娅说这些碗很好看，线条简单，轻巧实用，是解放人类的利器。你们看！她指着桌子上那些乱七八糟的东西，清洁银器很烦琐，那些东西快要把人变成奴隶了。我记得战争期间那些丑陋的电木制品。但是，只要用得上机器，我们就能节省时间，关键是如何利用时间。洗衣机的线条也十分简洁，我只要按一下开关，它就会开始转，然后，我就可以开始写作。我同意，如果我要当法医学律师，这倒是没什么用处。

潘妮·科穆夫觉得它们很丑。她说她喜欢传统的陶器和鲜艳的珐琅。她说这些永远不会腐烂的玩意儿会占据陆地，继而会漂浮到海上。太平洋上已经漂浮着塑料杯。那些都是对人类有害的。

弗雷德丽卡说那些东西都是空的，只有外壳。她想起了装百叶窗的房间，她想到了女性原型。就是容器。就是圣杯。本来是空的，后来渐渐装满了。问题是装了什么。

潘妮·科穆夫说，它们没有生育能力，她想起了荷兰帽，想起了童年时代的水桶和铁锹。但这些都不是玩具，潘妮·科穆夫说。

朱莉娅说，小女孩应该玩塑料杯子、沙子和水，做蛋糕、果馅饼和布丁。男孩应该建造桥梁和大楼。

弗雷德丽卡说，想象的蛋糕比真实的蛋糕更诱人。影子蛋糕。这些就是影子碗。

想到厨房，她发现了一个奇怪的现象：在维多利亚时代的小说里，女孩子都很聪明，有吸引力，有人情味，但变成女人后，她们就成了怪物、恶魔或受害者的代名词。简·爱和玛姬成年后就没那么可爱。"砍掉她的头！"红心王后大喊。公爵夫人畏缩不前，爱丽丝"响亮而坚决"地说："一派胡言。"卡罗尔说，他把红心王后塑造成了"激情的化身，她无法控制自己的情绪，总有一股无名怒火"。厨师和公爵夫人也好不到哪儿去，《镜中奇游记》里的王后都有严重的性格缺陷。也许我们不应该长大。

三个女人盯着那三个无聊的空容器。我们希望自力更生吗？弗雷德丽卡问另外两人。越来越多的人希望。如果大家都变独立了，如果婚姻不管用，如果男人是可有可无的，那么，我们会变成什么样的人呢？朱莉娅说，我们不可能像上个世纪的那些伟大女性那样，例如弗洛伦斯·南丁格尔和艾米丽·戴维斯。我们的生活可能像玛丽·沃斯通克拉夫特所向往的那样，可以和自己喜欢的男性约会，有属于自己的空间和时间。潘妮·科穆夫说，最近的科学研究似乎证明，在某些情况下，冷冻卵巢可能有助于实现孤雌生殖。可是，我们根本用不着这样，她说，我们有选择权。我们会选择什么呢？

弗雷德丽卡轻轻敲了一下特百惠碗，发出一阵空洞的嘎嘎声。我们需要仆人，如果我们有了孩子，那么他们会选择什么。你不可能把所有的劳动都省掉。

潘妮说，如果我们真正自由了，男人就会变。

变成什么样？朱莉娅问。

他们会变得更温柔，更和蔼，更优雅吧。我也说不准。

三个女人表情都有点困惑、有点猥亵，她们发出一阵有点紧张的笑声，节目也宣告结束。

弗雷德丽卡后来回想起来，她们都是没长大的女人。当时，她们的气质就是那样的。潘妮·科穆夫的脸小而方，有点像小狗，留着波波头，在学生式的刘海儿下面，一对大而黑的眼睛闪闪发光。朱莉娅·科贝特年龄较大，她眼睛明亮，眼角有不容易觉察的鱼尾纹，她用银色别针将红色头发一绺一绺地别了起来。她戴着很多漂亮的银戒指和手镯，脖子上戴着一条银制项链，项链上有花和心形饰品。但她穿了一件淡红色的连衣裙，胸部下收紧，长度刚刚及膝，很像一个小姑娘。她的妆容像洋娃娃一样精致细腻，睫毛浓密、黑油油，画着蓝色的眼影，嘴唇是粉红色的，颧骨上打了一抹腮红，十分优雅。潘妮·科穆夫嘴唇是深色的，眼影银紫混合，脸庞煞白，看起来好像一直在发火。她穿着一件紧身套头衫，外面套着一件类似弗雷德丽卡学生时代穿的无袖制服，胸脯小巧而坚挺。弗雷德丽卡自己穿着一件半透明的靛蓝色衬衫，领口和袖口雪白，这身装束也是在模仿女学生，带有一点挑逗的意味，她还用爱丽丝的靛青色发带扎着日益变成紫铜色的头发。在衬衫里面，她穿了一条绸面的灰色长裙，扎着一条宽宽的黑色松紧带，脚上穿着一双高跟靴。有点像变装，或者滑稽模仿（模仿什么呢？），或者戴着面具。她们之所以精心打扮，似乎是为了隐藏内心的真实想法。她们时不时会大笑，但笑声有点不正常。威尔基说他很满意。他说，他会接到投诉。弗雷德丽卡说她不明白为什么。有伤风化，威尔基说，血滴和冷冻卵巢，说出来就不是很好。令弗雷德丽卡感到惊讶的是，他的判断是正确的。观众越来越多。

第10章

女人想要什么？

十七岁的弗雷德丽卡未曾想到，如今的她竟也想禁欲。自从约翰·奥托卡尔去了卡尔弗利，她就一个人睡了。她用消瘦的胳膊抱着消瘦的儿子，闻着他头发上的独特气味，感受着他肌肤的温暖，这时，她才体会得到身体的愉悦。在《镜中奇缘》节目中讨论过性爱之后，她隐约感到有点奇怪，她为什么不那么惦记性爱了？说实话，她有时也会想做爱，但会感到一些不安。以前不会这样。她曾经说过，身体是希望受孕的。她果真怀上了。她的身体对威尔基有过向往，她满怀爱恋地看着他开始发福的身体、充满智慧的脸庞。他会要她吗？但威尔基喜欢年轻的姑娘。节目拍摄结束时，那些姑娘穿着迷你裙，甩动着秀发，花枝招展地等着他。威尔基骑着一辆兰美达踏板摩托，姑娘们一个个地坐在他身后，紧紧地搂着他的腰。1953年，她也坐过威尔基的摩托，她也是这样搂着他。那已经是十五年前的事了，但又恍如昨日。这让她想起参演《阿斯翠亚》的日子，她很渴望得到亚历山大·韦德伯恩，却被迫装纯洁，跟他保持着距离。如今她获邀去国家肖像艺术馆观看弗洛拉·罗布森饰演伊丽莎白一世的经典影片，她的怀旧情绪就更加强烈了。于是，她邀请亚历山大和丹尼尔一同前去。

就在去艺术馆的前一天，约翰·奥托卡尔从卡尔弗利打来电话。他说周末他要来，如果她在的话，他想要她。通话突然充满了性欲。利奥去他爸爸那儿了。弗雷德丽卡对阿加莎说，约翰要来。阿加莎从未向弗雷德丽卡透露过自己的私生活。除了莎斯基亚的教育问题，她没说过她碰到过什么麻烦，更没有提到过她对升职有什么向往或者对常务次官有什么意见，总之，阿加莎从未跟弗雷德丽卡谈论过她自己的性生活，甚至从未提过她是否有性生活，所以，弗雷德丽卡和阿加莎相处总是不那么自然，始终小心翼翼。约翰有一次跟她说："你们肯定在背后议论我……"弗雷德丽卡回答说，没有，实话实说，从来没有。为了让他安心，她还说："你仔细想想就知道了，阿加莎是不会说那种话的。"约翰听到这句话就笑了。

他来了。小房间里充满了激情和快乐，充满了激烈的身体碰撞，和往常一样，也跟往常有点不一样，两人的身体被再次唤醒，融合、分开、再融合，大汗淋漓。弗雷德丽卡的感觉和往常一样，她感觉很真实，也有一些新鲜的感觉："这是平常的感觉。"她觉得，这是十分真实的感觉。她也感受到有些不属于自我的东西。她像在独行。

"我们以后怎么办？"约翰问，"我们不能像这样分开，你会受不了的。"

弗雷德丽卡看着身旁躺着的心爱的男人，她肯定是爱他的，但她不知道该怎么回答。因为她隐约感觉到，她需要一个心爱的人，但她的需求就像朱莉娅·科贝特说的那样，女人都想披上白纱，用洁白无瑕的婚纱遮盖充满渴望的身体。

她不知道怎么回答，因为她知道她乐于和约翰两地分居。这样，她既可以偶尔像这样疯狂做爱，也可以完全忘却这些。她有点恶意地猜测，约翰之所以不高兴，并非因为他们不能每天晚上整晚都躺在一起，而是因为她在躲着他，而且他能察觉到，他不在的时候，她可能更加意气风发。

他们为弗洛拉·罗布森和伊丽莎白一世拌了一下嘴。约翰说，他的时间就这么一点点，她没必要去。弗雷德丽卡说她想去。约翰说，你就是想见那些男人，那个亚历山大什么的，还有丹尼尔。弗雷德丽卡说，别胡说，我只是想见伊丽莎白。那个都铎王朝的暴君，约翰说，你随便哪天去都能见到她。

别，弗雷德丽卡说，别乱吃醋了。你也别想把我关在房间里。要是这样，我们就算走到头了。

不是吗？

不是。你知道，我心里只有你。除了你，就没有别人。

于是，他跟她一起去了艺术馆。分手时，他亲了她一口，然后，他的手霸道地搂着她，顺着她的后背，摸到她的屁股，然后才放开她。这是在宣示她是属于他的。她感到一阵眩晕，定定神，然后进去看伊丽莎白。

按威尔基的想法，第三期节目是圣诞节的最后一期，主题应该是"创造力"。来自拉荷亚的认知心理学家霍德·平斯基已接受杰勒德·威基诺浦的会议邀请，正在牛津大学宣讲题为《从噪声到秩序：意义的建构》的论文。威尔基说，邀请平斯基和心理分析家埃尔维特·甘德一起来，效果肯定很好。"无意识的思想，是一个由电路和二进制逻辑门构成的系统吗？"威尔基问，"还是说，那就是本我，一头在黑暗中咆哮的野兽？"

弗雷德丽卡说她害怕埃尔维特·甘德。她说她曾在《巴别塔》审判中看见过他，他就像一个演讲家，夸夸其谈。他说话抑扬顿挫，很有节奏感，弗雷德丽卡说。他总是扬扬得意。她没有说他想分析奥托卡尔兄弟，这样一来，她自己就成了他分析的对象。威尔基说，两位科学家都恃才傲物，性格鲜明，但都很适合上电视。你会发现，他们俩一个是冰，另一个是火，他对她说。到时，你很有发挥空间。

在这期节目中，玻璃盒子换成了按规律排列的一个个小箱子，仔细看就可以发现，那些像是塑料鸡蛋盒。在桌子旁的三把椅子后面，约翰·特尼尔画的蛋头先生"坐"在格子墙上，摇摇欲坠。桌子上放着鸡蛋。在前景中，卡通版的蛋头先生被一群卡通鸡绕着圈追逐，两只卡通眼珠躲在一副眼镜后，观察着哪一个先出现。还有现代版的怪兽，原型出自《爱丽丝漫游奇境》，柔软黏滑，有点像獾，有点像蜥蜴，还有点像开瓶器；还有会飞的绿色猪；还有鸵鸟蛋、费伯奇彩蛋和几抽屉的蛋。

经事先同意，两位嘉宾讨论的话题是弗洛伊德。

主题物品是毕加索的一个陶瓷作品。但那不是真品，而是一个做工精良的赝品。在那个时候，电视台不会给毕加索的真品上保险。

埃尔维特·甘德有一张长脸，头顶光秃秃，表情僵硬，像极了一只鸡蛋。厚重的上镜妆容使他的脸色看起来更加苍白，他的眼眶比原先更加深邃。他有两个典型的表情：眼皮耷拉下来时，像在沉思，一动不动；抬起眼皮时，黑色的眼珠闪闪发光，十分勾人。

他的动作很多，有时用长手指打手势，有时耸着肩，有时噘着大嘴，要么就是咧嘴大笑。他穿了一件用蓝色扎染印度棉布做的肥大衬衫，绣着镜面星空曼荼罗，脖子上挂着一条皮制项链，项链吊着一弯银色新月。

霍德·平斯基个头很高，皮肤白净，五官十分匀称。在接待室，弗雷德丽卡握住他的大手，对他的印象很不错。他长着一头北欧人的金发，脸形棱角分明，颧骨高低正好，长长的嘴巴松弛有度。指甲修剪成方形，很优雅。他穿着炭黑色的法兰绒西装，里面是天蓝色的衬衫，系着一条印有可逆立方体的黑白相间领带。人们看不见他的眼睛，因为他戴着一副厚框眼镜，蓝色的镜片十分厚实。他一开口就为这副眼镜做解释，他说他戴眼镜不是为了耍帅，而是因为他"视力不好，我能阅读电脑打印出来的文字，但是，我看你们就模糊不清"。他说话有美国东海岸的口音，声音很放松。他不用眼睛看他们，而是用其他身体部位观察着威尔基、弗雷德丽卡和甘德。

直播时，弗雷德丽卡请他们俩说说他们认为什么是创造力。

平斯基做了一个科学的定义。创造力是新思想、新阐释的源头。他说，他同意诺姆·乔姆斯基的观点，人生来就会运用隐喻，进而构建语法体系、形成思想，就像河狸天生就会筑堤、鸟儿天生就会筑巢一样。孩子可以造出无数个他们自己从没听过的新句子，这恰恰说明这种能力是与生俱来的。有创造力的人提出新的想法，就跟小孩造出新的句子一样。有些很有用，有些会让人惊讶无比，有些则会在事物之间建立意想不到的联系。平斯基的工作包括设计计算机程序，也在实验室里做实验，目的是研究可能产生新想法的思维过程，从而模拟思维，观察做出选择的过程。

甘德说，科学家们始终把科学发现作为创造力的标志。然而，伟大的艺术作品，既独一无二，又具有普世价值，每个人都可以做不同的解读，也很难将其归类，这样的作品才能真正体现人类的能力。他说，你永远都无法设计出一个程序来"解读"《李尔王》，你也永远无法用程序来模拟贝多芬音乐中的"悲怆之情"，皮耶罗·德拉·弗朗西斯在《基督受洗》中实现了数学精度和宇宙哲学的完美平衡，这也是电脑程序做不到的。

平斯基说，甘德不仅要解释他是怎么知道贝多芬的音乐中有"悲怆之情"，还得解释那究竟是什么，以及人们是怎么知道他们都能理解的。

甘德说，伟大的艺术作品，是无畏、有意识的智者对不成熟、无意识的乌合之众的冲击。弗洛伊德已经说明，无意识是指没有时间或空间感觉。无意识的能量来自享乐原则和欲望，而非现实。伟大的艺术家就像俄耳甫斯，闯入地狱，拥抱他无法言说的邪恶欲望和恐惧，也就是我们所有无法言表的邪恶欲望和恐惧，将它们纳入意识，形成图像，从而可以反复思索。因此，索福克勒斯思考了，并创作了《俄狄浦斯王》，淫荡而凶残的俄狄浦斯依附在所有婴儿身上。索福克勒斯通过创作，让大众了解俄狄浦斯，也让我们得以体验到恐怖的美与秩序。因此，莎士比亚创作了《哈姆雷特》，以展示自相残杀、弑父、乱伦和压抑的根源，甚至在更深一层，寻找所有生命回归惯性的愿望，探索生命本能都是冷漠的死亡本能的秘密。他摆脱时间和空间的黑暗根源，进入有序的有机世界，创作了抑扬格五音步诗，用时间和空间的节奏，展现有意识者的恐惧。

我是弗洛伊德主义者，不信奉荣格的学说，埃尔维特·甘德说。但是，我最近得出的结论是，弗洛伊德的宗教批判是有一定局限性的。我认为，荣格将伟大的艺术品视为曼荼罗，那是正确的，通过这样的形式设计，我们就能够追求真理。

平斯基面带微笑，说他没有那么大的野心。但他相信，认知心理学，不是精神分析。相反，如果甘德博士不介意的话，他认为认知心理学就是一首诗，语言很有诗意，不精确，但能产生共鸣，他相信认知心理学可以解释曼荼罗的几何结构，也可以解释抑扬格五音步诗的规律性和非规律性。他对大脑能同时运行多种功能感兴趣，对意识对模式的描绘和排列也感兴趣。

他说，有一个有趣的计算机程序叫作潘地曼尼南，潘地曼尼南是心理学家的日常喜剧诗，这个名字虽然不高雅，但它来自《失乐园》中的地下万魔殿，又叫作"无回城"。这个程序有各个层次的机械恶魔，是由我们设计的，我们就是这些恶魔的主人，设计初衷是为了识别随机信息高峰的模式，从而在纷扰中建立秩序。这取决于所谓的"并行处理"。有些"数据恶魔"可以识别图像并发出警示。有一些计算恶魔能够识别已识别图像的簇群，然后发出警示。有些认知恶魔代表可能的模式，收集计算机的警示。还有决策恶魔，根据最强的警示来识别刺激。这个系统可以学习，可以识别印刷的字母，也可以识别莫尔斯电码。总有一天它也能解开《哈姆雷特》和贝多芬《第三乐章》的奥秘。

但不能挽救生命，也救不了理智。甘德说。

平斯基说，它能把科学家团体组织起来，伸张正义，或进行艺术创作。它能使我们更清楚地认识自己，能教我们不要曲解自己。不管你说得多么好听，我都不能确定弗洛伊德所谓的无意识是否存在。我认为那是恐惧或愿望的化身。

弗雷德丽卡将对话引向弗洛伊德这个人。弗洛伊德满脸胡须，戴着眼镜，黑眼睛，看上去很聪明，又很忧郁，还有一丝犹豫。她说这种气质是最好的，可以替代蛋头先生作为背景。

甘德对弗洛伊德的描绘，跟他刚才提到弗洛伊德对俄狄浦斯王和哈姆雷特的理解，语气大致相同。他说弗洛伊德是个无所畏惧的英雄，说他的自我分析是前所未有的发现。他说，弗洛伊德颠覆了他那个时代的文化体系，改变了人们对自己的身体、思想、欲望和恐惧的认识。

他也改变了日常生活在人们心中的意象，弗雷德丽卡说，改变了广告的形式。之前，广告有意识地利用无意识的性隐喻，如今却公然讽刺性隐喻。

甘德有些茫然。摄像机镜头对准了平斯基的蓝色眼镜。弗雷德丽卡心里嘀咕，他到底看不看得见广告？

平斯基说，他感觉弗洛伊德对潜意识的浪漫描写，削弱了对潜意识的机制的各种实践探索。因为我们所有人都必须认识到，我们的生活中存在种种思想、观察和刺激，在任何时候，我们都只能接受或利用其中很小一部分。那就像彗星的尾巴一样，彗星的尾巴就是由冰块、石头和气体火焰构成的巨大风暴。人类头脑最大的奥秘之一，就是记忆的储存。有些事情我们经历过，却又忘记了，但我们知道，总有一天我们能把记忆找回来。一个名字，一件事。为什么一个记忆会比另一个更清楚。这是怎么回事？记忆的运作机制是怎样的？

甘德说，弗洛伊德相信，想要在特定的神经细胞里或者大脑的特定位置找到特定的想法和兴奋源，都是要失败的。

那是在以前，平斯基说，但是，我们可能都认同，两个学科都在研究思维双重性的排列，这里面名堂很多，有理性和直觉，有逻辑和先验，有现实和自闭。回到本期节目的话题，本期节目的话题是"创造力"和"约束"的对立，创造力是不合理的代名词，是混乱和杂乱的。用计算机术语来说，我们称之为并行和顺序处理。它可能对应弗洛伊德所谓的"初级过程"，而不是"次级过程"。初级过程会"入侵"理性，造成短暂的失误，即弗洛伊德式的失误，这可能就是"创造性"的失误，或者直觉。最后，我们可以借用弗洛伊德的分析法，描述记忆和遗忘的机制，揭示它们之间的关系。我想讲一个弗洛伊德式的故事。

甘德把指尖放在紧闭的嘴唇上，垂下眼睑。

霍德·平斯基讲的故事，也是弗洛伊德讲的故事，从某种意义上讲，也是维吉尔讲的故事。这个故事和其他故事也有关系，包括弗雷德丽卡的故事。这个故事听起来很有趣，也涉及生物学和人类历史，像一块石头扔进黑暗的水池中荡起的涟漪。

弗洛伊德在火车上碰到了那个年轻人。弗洛伊德认识他，他是个犹太人，有学术背景。于是，他们开始交谈（弗洛伊德明确说他忘了是怎么开始的），话题是他们的社会地位。"我们都属于同一个种族。"那个年轻人说，他那一代人"注定（他是那样说的）是要萎缩的，无法发展自己的才能，也无法满足自己的需求"。

在热情洋溢的讲话之后，他引用了维吉尔笔下狄朵的一句话，意思是狄朵发誓她的后代一定会找埃涅阿斯复仇。但他引用的句子是错的：

必有复仇者来自朕之骨肉。[1]

　　弗洛伊德纠正说：必有人来自朕之骨肉而成为复仇者[2]。那个年轻人又说，弗洛伊德认为"没有什么是无缘无故被遗忘的"，那就请他用这个理论来解释他为什么忘了一个不定代词。这就是火车上的心理分析游戏。弗洛伊德让他围绕"有人"（ALIQUIS）这个词进行自由联想。

　　他把这个词一分为二。A（无）+ liquis（液体）。
　　他接着又说，剩余、液化、流动、流体。您有什么发现吗？
　　没有，弗洛伊德说，你继续。
　　这个年轻人轻蔑地笑了一声，有点不高兴，但他还是接着联想。
　　他想到了特伦特教堂的西蒙的遗物，从圣人的遗物，他想到犹太人的血祭仪式遭到的责难。他想到了一个说法，说被屠杀者就是未来救世主的化身。他又想到了意大利一家报纸上的一篇文章。题目叫作《圣奥古斯丁论女人》。
　　弗洛伊德等了等。
　　他又想到了别的很多圣人，西蒙、本尼迪克特。他想到了欧利根。
　　他想到了圣雅纳略，想到他死后凝固的圣血每年液化一次的奇迹。
　　弗洛伊德指出，圣奥古斯丁和圣雅纳略的名字跟一月和八月两个月份有关。
　　他想到了加里波第威胁牧师，说他希望液化奇迹尽快发生。
　　他又想起一件事，犹犹豫豫地说："有一位女士的消息我们俩听了

1　原文为Exoriar (e) ex nostris ossibus ultor。
2　原文为Exoriar (e) ALIQUIS nostris ex ossibus ultor。

都会很尴尬。"

"她的月经停了。"弗洛伊德说。他把日历、血液、血统、儿童献祭和挺身而出的复仇者都联系到了一起……

弗雷德丽卡说，压缩、凝结和相互联系，让这个故事像一件艺术品。

甘德说，也可以说，这种受外力驱动和凝结的联系，可能产生艺术品。

平斯基说，在大脑中的某个地方有一个机制来检索这样的联系，像潘地曼尼南一样。弗洛伊德是一台异常清醒的计算机。

他们笑了。

接着，他们开始讨论那件毕加索的作品。那个陶罐是弯曲的，腹部饱满，立在雌鸟的爪子上，细腻的喙上有一个鸡冠，还有女性坚挺的乳房和皱巴巴的肚脐。手柄是一根弯曲的尾巴。陶罐质地是白陶，涂了黑漆，画了一双邪恶而专注的眼睛，有漂亮的乳头，还有一副羽翼。他们三个看到陶罐都笑了，在这时候，笑似乎是最恰当的回应。平斯基将它拿起来，凑到眼前，透过蓝色的眼镜扫视着它。

弗雷德丽卡读了一段毕加索儿子的描述，说在瓦洛里，毕加索会从制陶工人车上拿走还没做好的花瓶。

"我父亲抓住它，拧了一下脖子，捏了一下肚子，把它压在桌子上，把脖子折弯。于是它就变成了一只鸽子，变成了一只母鸡。他双手动作非常快，转眼间，头部就已经成形了。他又拿起铅笔，在表面画了几笔，眼睛和羽毛的质感就出现了。他的双手非常敏捷，非常果断。"

弗雷德丽卡说这是一个切实的隐喻。女人中的雌鸟。雌鸟中的女人。甘德说，我们之所以喜欢多形体，有性的原因，即童年时的性欲，也有宗教原因，即想要融入宇宙。看看洞穴壁画中的人兽混合体就知道了。平斯基说，聪明的节目设计者知道，这个"雄鸟-雌鸟-女人"三位一体的花瓶，模仿了卡罗尔笔下的三不像怪兽和会飞的绿色猪。他说，獾、蜥蜴和开瓶器的混合，则是模仿了拉斯科洞穴的雄鹿人和丛林猫头鹰人。通过开瓶器的机制，实现了喜剧化和无害化。

弗雷德丽卡说，这都跟蛋头先生有关。他引入了"混成词"的概念，认为言语应该像他说的那样，不能胡闹。创造性的压缩能带来强烈的快感，让她始料未及。雌鸟和女性一体（Hen / woman），在家可以缩略成mome（From – home = mome）。

平斯基说，蛋头先生认为自己是语言大师。他不是语法学家，就是反语法学家。

甘德邪恶地笑了："看看这个语言大师的下场。混在一堆破烂蛋壳里面，再有创造力，也不可能组合成什么东西。"

过分敏感，这个蛋头先生，过于自信。

弗雷德丽卡面对摄影机比从前更加自信了。她面带微笑，对着镜头告诉那些看不见的观众，说她希望他们喜欢这样的头脑风暴，他们从俄耳甫斯闯入地狱，聊到压缩的隐喻，再到彗星的尾巴，从弗洛伊德狮身人面像般的脸，聊到毕加索有创造力的手指，再到蛋头先生对言语悲剧性的过度自信。她不明白人们为什么那么关心隐喻、心理联系或伟大的艺术作品。但是，她还有更多的隐喻和故事需要思考，她的世界更加丰富。她说，她记得，到了午夜，他们的脸消失了，屏幕变黑了，几乎看不到光线，创造的神话就开始了，人世的蛋会在原始的混乱中孕育生命。

接待室在地下，充满了污浊的烟雾，到处沾满灰尘，像是一个毫无用处的地方。在日子好的时候，这里有一辆手推车，车里装满了酒瓶子，有威士忌、杜松子酒、伏特加、红葡萄酒和白葡萄酒等。有几张低矮的桌子，旁边摆放了几只沙发，套着蓝红色相间的套子。弗雷德丽卡坐在平斯基旁边，一方面是为了能够和他套近乎，另一方面是为了避开埃尔维特·甘德。平斯基喝了一大杯冰镇的金汤力。弗雷德丽卡说希望他喜欢这个节目。

"我告诉你，"他说，"能在电视上说出连贯的句子，已经很难得了。我估计这个节目不会长久。主要有两个原因。人类会逐渐习惯快速思考。插播广告会打断我们的思考。"

他的语气很和蔼。他的牙齿洁白、整齐。

弗雷德丽卡犹豫了一下。

"我们那是视觉游戏。到处都是游荡的卡通动物，还有透明的屏幕。鸡和鸡蛋，以及蛋头先生。"

"你是想问我能不能看见它们吗？"

他用指尖摸了摸毕加索的罐子。这个罐子随着他们被送到了接待室。

"我仍然是视觉动物。我要把这个东西的有机整体，包括肉体和羽毛，放到几何平面上来看。我必须教自己用手指思考。这里，这两个小乳房，非常光滑，而这里的黏土比较粗糙。手指从人形曲线滑入禽类曲线的转折点时，你会得到不一样的惊喜。但是，我目前还是用眼睛思考。"

埃尔维特·甘德悄悄地踏过地毯，径直走了过来，坐在弗雷德丽卡的另一边。

霍德·平斯基突然说："你想看看我看到了什么吗？"

他把那副沉重的眼镜递给弗雷德丽卡。

"我建议你看看这杯金汤力。"

她先看了看他的眼睛。他的眼睛是淡蓝色的，瞳孔很大，眼球突出。他满脸微笑。

她戴上眼镜，上面依然还留有他的体温。

那杯金汤力变成了深蓝色的洞穴，变成了让人眩晕的楼梯，像淹没在蓝色的北冰洋里面，变成了墨和水的混合体。幻觉让她感到恶心，也喘不过气来。

"他看到了什么，你都看不到，"埃尔维特·甘德说，"你的眼睛跟普通人的眼睛一样。"

弗雷德丽卡摘下眼镜，还给平斯基。

"感觉像盖着一层冰。"

"这就是金汤力。"

威尔基来了。他对平斯基说："在50年代，我做过一个翻转透镜的实验，做了一个星期。后来我一直呕吐，差点恢复不过来。然后，我做了一系列有色镜片的实验，观察它们的饱和度，一个颜色十天。"

"我看过相关消息。"

"你有没有想过换换颜色？"

"我喜欢蓝色。我只用蓝色的镜片。"

在电梯里，埃尔维特·甘德抓住了弗雷德丽卡的胳膊。

"我有一两句话想跟你说。"

"我得回家陪我儿子了。"

"我知道你不想听我说什么。就几句话，没什么害处吧？"

"你是个明白人。"

他笑了。他们沿着电视中心好像没有尽头的环形通道向出口走去。夜幕已经降临，他们站在院子里，甘德抬手指了一下周围。

"在我眼里，这里始终像一个防御工事。高墙大院，与世隔绝。广播大厦和这个新造的圆筒，都像托尔金的塔楼，里面通道交错，顶部的红灯像闪动的眼睛。罗兰公子来到了暗塔。这是一个封闭的领地。所有的玻璃幕墙都朝着里面。"

"这里是要和全世界对话的。"

"从这里散发出去的思想波和无形的声音，还有幽灵般的脸，让我的许多病人深感不安。在爱迪生和马可尼之前，疯子就知道有无线电波。弗雷德丽卡，你不想让我谈论那对双胞胎吧？"

"那是我的隐私，不关你的事。"

"哦，但是，双胞胎哪里有隐私？关系到扎格，就关我的事。"

天色越来越暗，深蓝色的城市天空中映着钠灯的红光。弗雷德丽卡转过身去面对着他。

"请你不要打扰我。保罗和扎格这对双胞胎，还有他们那些和宗教有关的事情，我都不感兴趣。我不喜欢。"

"这是你的真心话吗？一个人怎么能用如此苍白的语言评论精神的力量？世界正在酝酿巨变，人类的视野将发生重大的变化，精神力量将焕然一新，你认为，随随便便说'我不喜欢'和'不感兴趣'就可以阻挡吗？"他模仿着她的腔调，不是十分到位，但他满脸微笑。他灰色的头皮上映着红色和金色的光。

弗雷德丽卡说："也许，苍白、平常的语言才是最有表达力的。"她打了一个冷战。她的身体似乎要塌下去。甘德拥有超凡的气场。他散发着魅力，迷人又令人厌恶。她想他不是巫师，而是地精。一个侏儒地精。

"我知道你是好意……"

"不，你不知道。你甚至觉得我不怀好意。但你肯定在想我可能是对的。"

"不，我没有。我不会考虑这种事情。行了吗？我要回家，我儿子在等我。"

"你一定要考虑考虑。你需要朋友，需要盟友。"

"我会尽力照顾好自己的。"

"你太渺小，太无知。"甘德说。

一辆黑色出租车开到他们身边。弗雷德丽卡上了车。

"我可以跟你同行吗？"

"我家在伦敦南边，我知道你不会去那里。"弗雷德丽卡用力拉上了门。他站在那儿，满脸微笑，衬衫上的镜面装饰物在汽车大灯的照射下闪闪发光，汽车大灯扫过他的光头，他的光头也闪闪发光，然后又逐渐暗淡。

第11章

　　进化塔的生理学实验室里有一个小隔间，就是杰奎琳的工位。透过狭小的蜂窝花纹窗户，可以清晰地看到螺旋花纹的内部曲线，可窗户不高不低，低头看不见草地，抬头望不见天空。莱昂·鲍曼喜欢安静，讨厌人家干扰，所以给她隔了一个小间，就像蛋壳一样，日光也照不进来。她的工作开始有了进展。她培养了好几种大蜗牛食管下神经节制剂，先暴露蜗牛的大型神经元，再用精密的微量移液管，交替注入氯化钾和盐水。问题是，氯化钾会阻塞吸量管。她自制了一个简易电压钳，让短暂的电流通过细胞膜，测试细胞膜的阻力。细胞解剖失败了好几次，因为细胞表面覆盖着一层层的结缔组织，如果不剥离这些结缔组织，就无法穿透细胞膜，除非打碎移液管或使细胞破裂。

　　生物的碎片有一阵一阵的电活动。霍奇金和赫胥黎在20世纪50年代初曾经怀疑细胞表面存在离子通道。他们认为，通过细胞膜（更像一层黏稠的可伸展性油脂）上的这些孔，化学物质可以渗透到细胞中并导电，这就是生命，杰奎琳认为这就是思想。大脑向断裂的触角和足传输信息，就在大脑的某个地方，思想与物质合而为一。

她曾想，如果可以训练蜗牛按照巴甫洛夫条件反射定律学习，回避某些刺激，同时寻求其他一些刺激，那就有可能实现记忆的电化学反应。体验过快乐、痛苦、贪婪或逃避的细胞，可能会发生变化。因此，除了做成制剂的幽灵蜗牛外，她还在各个实验养殖区放置几盒活体蜗牛。起初，她好奇蜗牛会不会对光线产生反应。她向蜗牛养殖箱里射入非常明亮的光线，然后伴以电击。可是蜗牛在壳外的行动轨迹很难控制，所以结果并不理想。不过，她还是很想知道，蜗牛在冬眠的时候和积极交配觅食的情况下是否会产生不同的反应。

她觉得，对蜗牛进行食物厌恶训练可能效果更好。她养了不同种类的蜗牛，用胡萝卜喂，再用土豆喂，有些添加了很不好的味道，另一些没有添加。在实验组中，她放入了轻剂量的蜗牛毒剂，蜗牛吐白沫、抽搐，甚至死亡。然后她使用一种氰基葡萄糖苷，这种物质是在蜗牛喜欢吃的植物中发现的，不过她提高了浓度。效果似乎好多了。她有几个圆形塑料碟子，底部有孔，中间有一条两厘米长的通道。经过训练（轻微中毒）的蜗牛会躲开这半碟土豆，未经训练的蜗牛则四处爬，大体如此。有时，它们会缩在壳里一动不动，但还活着。

这个办法意在检测到携带有毒土豆记忆的蜗牛，了解到记忆从神经元传输到神经节，再到蠕动的嘴。这只是实验的一小步，表明不可见的物质或其代表如何存在于神经元、突触、电流、大脑和身体的分子中。胡萝卜、土豆、情人的体味、孩子的头发、热力学第二定律、李尔王的怒吼。

莱昂会时不时进来看看杰奎琳进展如何。他对她的电压钳大加赞赏，还说食物厌恶训练很有意思。

他说："有一个人，昂加，他用电击训练老鼠避开黑暗。他说他在研究一种叫作恐暗肽的记忆分子，恐暗肽就是怕黑的意思。他想提取恐暗肽，注入其他老鼠体内，他预感老鼠会有相同的反应。我觉得有点像涡虫。不靠谱的实验，没前途的学科。到头来，你还得研究哺乳动物的突触。"

"我明白。可我还是直觉赫布是对的。学习可以加强神经元之间的连接，创造新的连接。感觉就是这样的。"

"你还是不明白。" 莱昂说，思考着杰奎琳的盒子里面的阴暗，好像从没见过似的。他总是这样说。

"我明白，我自己就怕黑。冬天，我会放慢脚步，就像这些蜗牛，是天生的冬眠者。"

"好吧，现代社会竞争激烈，你别太敏感了，这样不好。"

他故意站得很近，她只得靠着凳子。

"你需要休息，换个环境吧。我要去都灵参加一个关于视觉皮层的会议，要一起去吗？系里可以赞助你，你还能认识一些科学家。冬天要多晒晒太阳。"

他的手臂轻轻拢着她的肩。杰奎琳听说过莱昂·鲍曼喜欢邀请女毕业生参加会议的事情。一个女毕业生愤愤地说，他把她关在卧室里，像发情的公鸡，后来却没有让她升职。杰奎琳说："如果实验有了进展，离得开我，我就去。"

"好，"莱昂说，"我写的新论文你肯定会喜欢，写得很棒。幻灯片你帮我做，你做事我放心。"

飞机上，他坐在她旁边，不怎么说话，用滑尺计算着。杰奎琳说，高尔顿能记住整个滑尺，脑子自动运算，这是怎么做到的？

莱昂笑了。

会议的第一天，她觉得自己误会了他，他好像真的只把自己当助手。他们住在同一家酒店，但不在同一楼层。他介绍意大利人、美国人、德国人给她认识，在他们面前对她的研究赞不绝口。她喝了几杯基安蒂红葡萄酒，道了声晚安，然后就回去休息了。

一小时后，门把手转动了。她没多想，就起身去打开门。

"是我。"他穿着衬衫长裤，笑着说，"我能进来吗，你是在等我吗？"

"不知道。"

"拜托，起码让我先进去再说，就说点悄悄话。"

杰奎琳退到一边。她感觉他急不可耐，拖沓的前奏让他很不耐烦。她想，可能是因为这一套他早就玩腻了，没什么大不了的。可是对两个人都没什么大不了吗？真的吗？

"我带了瓶酒。"他的语气中透着一丝难以察觉的厌倦，好像一句话也不想多说了。

杰奎琳尽力保持头脑清醒。她很困，毕竟吃饱了，也喝多了，脑海里回荡着一个声音，干吗不接受呢！身体暗示她，那样能让自己睡个好觉，而大脑在嘲笑自己防线太弱。她欠身，坐在床沿。

莱昂在她身边坐下，喝了一大口，然后递给她。

"我一直在关注你，"他说，"你很矜持，你很……"他一只手挥舞着，夸张地勾勒出女性的身体曲线，而后放在她胸前，"你要是不穿衣服，简直迷死人。"

"住口。"杰奎琳说。

"你看着有种岁月静好的感觉。不用紧张，你很迷人，是那种内敛的美。"

"够了，"杰奎琳说，"好了吧。"

"你不怎么说话。"

"我不知道该说什么。"

"不说，那你要做什么呢？想让我走，说一声就好。不要听别人瞎说，我从不强人所难。"

杰奎琳的脸颊发烫，脖子上的皮肤红如火烧云一般。莱昂·鲍曼浑身散发着撩人的气味，刺鼻而燥热。很快，她觉得纵然内心反感，也无力抵抗。她微微并拢双腿，欲望反而更加强烈，下体湿了。她抬起手，拉着他的手放在自己胸前。脑子里有个声音在说，好吧，做吧，那就做吧，但是他不能再说下去了，不然就改变主意了。

她转头看着他，手移进他的衬衫。他的肌肤有磁性，让人欲罢不能。

"性感。"她喃喃地说。

"什么？"他说着把脸埋进她的头发里。他脱掉她的睡衣。

"性感，是性，也是记忆。"

他笑了，而她已经一丝不挂。

"尤物，"他说着，双眼放光，"天生的美人，诱人的肌肉线条，真美！"

他起身，脱衣，视线从未离开她。杰奎琳别过脸去。他双唇殷红，私处勃起，鲜红欲滴。她双眸紧闭。

他不疾不徐，轻车熟路，声音充满磁性，说她"很紧"，又说："肯定不是第一次吧。你多大了？"

"二十九，不是第一次，"她说，"关灯吧。"

"没什么女人喜欢开着灯做，"莱昂·鲍曼说，"就算是你这样怕黑的棕色小尤物。"

这是他最温柔体贴的一次。杰奎琳承认这是事实。

他抚摸着她的每一寸肌肤，她的身体既紧张又愉悦，一阵阵的。他的指尖拨弄着她的阴蒂，她体内翻江倒海，拱起身子，呻吟，期待高潮到来。他说：

"你吃药了吧？她们都吃，这个年代。"

"没，"她喘着气说，"我没吃。"

"什么！你不早说。我呢？刚才我吃了吗？"

他从她身上抽身。她颤抖着，身体酸痛，张开。她隐约听见，感觉到他在口袋里翻找东西。"我吃了吗？刚才有吃吗？"

她听到橡胶盖子打开的声音，砰的一声。

"你应该早说，"他说，"我以为你不用再吃。"

杰奎琳没心情想这些。她的身体迫切渴望他继续。

"永远别忘了吃这些东西。"他磁性的声音在她的耳边喃喃说道，"好了，刚刚到哪儿了，接着刚刚……"

找回节奏花了点时间，多亏了他，杰奎琳想。她高潮了，紧接着是他。

他高潮时呻吟地喊着："啊，好姑娘，好姑娘。"

就像骑手在鼓励胯下的马，她觉得。

"好姑娘"这三个字总是萦绕在她的耳边。

"非数学"小组是威基诺浦组织的一个学会，每两星期聚一次，一起学习数学，威基诺浦本人也常参加小组学习。"非数学"是"非数学家的数学"的简称，小组活动地点在数学塔的一间教室里，数学塔的塔基是立方体，接着上面是圆柱体，塔尖是金字塔式。小组经常中途休会，转战酒吧。最初的想法是设立一个论坛，提出并解决非数学家的数学问题。马库斯·波特从不缺席，有时，计算机系的雅各布·斯克鲁普教授会跟他一起来，最近是约翰·奥托卡尔陪他来。奥托卡尔在编写程序，然后慢慢输入大型计算机。

杰奎琳和卢克都靠马库斯·波特和约翰·奥托卡进行数学运算，杰奎琳观测到的电活动峰值、卢克的群体遗传学研究中复杂而优雅的变量模型，都靠他们转换为方程式。卢克称不上是天才，但绝对是一位出色的数学家。在酒吧，他会和马库斯分享自己的想法，马库斯一边听一边用修长的手画着图表，然后连成网格，都是凭直觉做的。杰奎琳的数学不是很好，马库斯要临时给她讲解微分方程，约翰·奥托卡尔则教她用FORTRAN语言编写程序。多年之后，个人计算机的屏幕荧光闪烁，在每张学生书桌上嘀嗒作响，人们再难想起大型计算机嗡嗡响的光辉岁月，它们曾装满了晶体管，输出一叠叠打孔卡。为了完成计算，卢克和杰奎琳必须等他们打开计算机，可能要等好几个小时，甚至好几天，如果编程、数据记录或是算法出现一点点错误，那么等待的时间就白费了。

非数学小组的另一位常客是哲学家维森特·霍奇基斯，他正在撰写一项研究报告，研究路德维希·维特根斯坦对数学逻辑的厌恶，而实际上，维特根斯坦特别擅长数学逻辑。霍奇基斯不怎么说话，人们都记不清他的长相，他好像不是活生生的人，只是机器中的幽灵罢了。可以肯定的是，他个子不高，秃顶，脑壳四周的头发也很稀松，头发的颜色记不清楚。有时戴眼镜，有时不戴。他声音洪亮，说话牛津腔，这让大家有点意外。他喜欢坐在窗边，背对着窗户，面部光线阴暗。他是个善于观察的人。

莱昂呻吟时哼哼的那些话不断撩拨着杰奎琳，"好姑娘"。耳边经常响起 "好姑娘"。他提醒过，她二十九岁了，不再是小姑娘了，很快就过了轻松自然分娩的年纪了。她本以为这不过是一夜情，完了就完了，可是他勾起了她内心对性的强烈渴望。他认为，她不吃药，平时只会一个人埋头工作。在实验室里，他盯着她，好像一切只是时间问题，只要他提议或是想要……

就像霍奇基斯说的，她来非数学小组，树起了"几面飘扬的谨慎小旗帜"。她更精心打扮了，一件新的巧克力色绒面革外套，里面是新的金色套头衫。马库斯、卢克和杰奎琳之间时而融洽，时而别扭，逗得霍奇基斯私下乐了好一阵子。杰奎琳靠近马库斯，他就立马后退，要是她不理他，他又上赶着跟她搭讪，好像只有她懂自己。他们是儿时玩伴，可相处起来也会觉得不自然。霍奇基斯注意到，卢克也在用主人般的目光看着杰奎琳，不过眼里透着沮丧和脆弱，杰奎琳看了看马库斯，微微耸肩，然后在卢克身边坐下，这一幕很有意思。她绘声绘色地向卢克讲述她的研究，即蜗牛厌恶训练，卢克喜出望外，仿佛一幢窗口都挂满灯笼的房子。霍奇基斯觉得，就是这么简单。到目前为止，一切都很简单，为什么呢？他并不想探个究竟，理性的他好奇心并不强。天啊，他们怎么这么笨呢！他喜欢思考，觉得自己是没有灵魂、不生不灭的观察者。

但他知道，自己也有问题。他之所以观察，是为了分散注意力。那晚，雅各布·斯克鲁普在说一个记录随机刺激的新程序，这种新程序可以确保计算机记录的"随机性"是真正随机的。霍奇基斯看着杰奎琳趴在卢克的笔记本上，卢克的鼻子触着她的秀发。这不是随机发生的。他看着皱着眉头的马库斯，但始终没有看懂马库斯。马库斯思维敏捷，目光犀利，他很欣赏这样的人，但他不知道马库斯想要什么。他平时总以为人们想要什么他都看得懂，并引以为豪。他终于看清了马库斯瘦削的脸庞，他的鹰钩鼻轮廓分明，一副大眼镜像窗户一样，平稳地架在鼻子上，眼镜背后有一双忧郁而机警的眼睛，但因为镜片反光，他很难看到那双眼睛。

卢克比观察力敏锐的霍奇基斯更快注意到了杰奎琳的困扰，知道她为什么刻意要靠在他身边。他想，肯定有人惹了她，他瞥了一眼马库斯，马库斯显然不知情。在桌子底下，卢克碰了一下她的手。她没有挪开，反而靠得更近了。他可以感受到她的强烈欲望。他可以拒绝迎合她，但他把手轻轻地搭在她的手上。她的手颤抖着，然后抓住了他的手。

然后，他开车送她回住处。他们坐在车里，卢克想说"我爱你"，想把她抱进怀里。他说：

　　"你有心事。"

　　"你看出来了？"

　　"我不是白痴，杰奎琳。我爱你。你知道的 。"

　　"我不知道该怎么说。"她用力地摇了摇头。她握住了他的手，又一次，他感受到了她的渴望，几滴眼泪顺着她的脸颊滑落："我总是活得小心翼翼，一步一步，勤勤恳恳，中规中矩，如今……如今，我突然觉得自己老了，可是我从未真正了解过自己。"

　　"你还年轻。"

　　"我不是小姑娘了。"

　　"对，我知道。"

　　"卢克，我肯定疯了，我应该听你的，不知怎么回事，我感觉自己是在作茧自缚，我想通了，我想干平常人干的事，好好享受生活，而不是整天思考。"

　　"我不明白。"

　　"我知道，知道，问题就在这儿。我总是想一些抽象的东西……"

　　"我觉得你目标清晰，一点也不抽象……"

　　"不，不，那只是个想法。现在我想经历，我想……我想……"

　　她开始号啕大哭，然后搂住他的脖子。

　　"让你看笑话了，不好意思。"她说。

　　"没关系。"他说。他不确定是不是真的没关系。他抱住她，让她的脸埋进他的衣服里，然后抚摸着她，就像安抚受惊的小动物，过了一会儿，她不哭了，身体也不颤抖了，静静地挨着他。然后，她渐渐放松地躺在他怀里。

她说："我们可以……"

"你好像很犹豫。"

"没有。我只是有点……被自己搞糊涂了，脑子一片空白。我没有犹豫。我想试试。"

卢克最近买了一幢小小的石头房子，就在加什丘陵的半山腰，俯瞰着芬贝克村。房子有个名字，叫罗德比。往上是荒野，往前是冈吉阿普裂谷，在邓维尔庄园的石墙上，成群的蜗牛在石缝里面过冬。据卢克所知，甘纳·奈比的伤快好了，露西·奈比还在锡达芒特。庄园就像蜗牛一样，在寒风中瑟瑟发抖。孩子们住在一个当老师的朋友家里。

在卢克心里，他的石头房子是隐居的栖息地，也是野外工作站，或者是前哨。和其他讲师一样，他在朗罗伊斯顿有宿舍，包括一间小卧室、一间书房和一间浴室，这是牛津的规矩。床上铺着色彩鲜艳的芬兰床罩，墙上挂着马蒂斯画的蜗牛，还有一台电视机，他感觉很舒适。加什丘陵的房子却很简陋，有几张旧松木桌、一个古老的石头水槽、一张狭窄的床，没有窗帘。他喜欢阳光和月光照进来，洒在自己身上。他平时不怎么出门，邻居和路过的人都不怎么能见到他。

这儿有一间大客厅，一间低矮的厨房，两间小卧室，一间毛坯的浴室，还有一个伸向荒野的露台。房子周围环绕着一圈凸出去的石头，房子的地面铺着大石板。墙壁很厚，窗户很小，嵌在石头墙壁里面。房子里面都只刷了大白墙。他摆放了各式各样的梳妆台和长凳，上面堆满了箱子和标本罐。

芬贝克是一个很小的村庄，有几幢灰色的房子。这些房子都围着一座桥，桥下是湍急的小河，从旷野上奔流而下。河边有石阶，但很容易被淹没。村里有一家小卖部，没有邮局，小卖部出售切片面包、牛奶、温斯利代尔奶酪和周围农场的新鲜蔬菜，还有肯德尔薄荷蛋糕、厚袜子和皮革上光剂。卢克的房子和那个村子隔着一片树林，再走过一片石头地，便是他的房子。他决定邀请杰奎琳去他这幢房子里过周末。他们俩都是聪明直率的人，虽然有点尴尬，但都意识到杰奎琳已经做出了理性的决定，她要重新考虑他们的关系问题，她不希望再折腾了。卢克认为，他们彼此太了解了，容不下"应有"的紧张和试探。他们是老朋友了，这种关系对新恋人来说不太有利。

他想过制造一点惊喜。他开车去了他的房子，觉得这里太荒凉、太凄清。他开始装饰房子，忙上忙下，像一只凉亭鸟，他想到这个比喻就乐了。他首先想到花，去了卡尔弗利的一家花店，那里有卖讨厌的秋海棠，圣诞节前常用的一品红，还有属于外来物种的山茶花。他看了看，转身走了。他比较喜欢中国产的人造丝绸质银莲花，最后，他买了深红色、深紫色和白色的，这种花不需要他照顾，还能长久保存。他还买了几个蓝色的玻璃盘子和碟子，几只绿色的玻璃杯子。他把自己零零星星收集的羽毛、贝壳和石头塞进汽车后备厢，他一直都想着要把这些东西带到那边去。他买了几个普通的白色盘子，还有锻钢盘子来炫耀一下。他买了不少油灯，思考再三后，又买了几条火红色的床单，两条深绿色的被子，一件有佩斯利花纹的火红色床罩。他从一家旧货店里淘了几个旧瓶子，有蓝色的、绿色的、棕色的，洗了洗，然后用茶巾擦干。再买几瓶酒、一条羊腿、一些优质全麦面包、豆子、烤土豆。旧货店的最里面满是灰尘，有一个高大的黑漆花瓶，可能是中国产的，插满了孔雀羽毛。

他喜欢自己奇怪的姓氏，皮科克，意思就是"孔雀"。这个姓氏来自不拘一格的英格兰曾祖母，她是约克郡人，她提出将自己的姓加入丈夫的姓中，作为让她去哥本哈根的条件。莱斯加德-皮科克一家都是虔诚的信徒，是格兰德维格的追随者，都是新教徒，支持教会改革。他记得，小时候得知"皮科克"就是"孔雀"的意思，知道那是一种超凡脱俗的鸟后喜出望外。

如今，卢克一想起这个名字，大多时候想到的是大孔雀蝶翅膀上的"眼睛"，很奇特，看不见东西，却炯炯有神。他已渐渐淡忘了那种鸟，那种拖着长长的尾巴的鸟，缓缓张开尾巴，羽毛五彩缤纷，形成一面颤颤巍巍的"大扇子"。但是，他突然不想把这些羽毛留在灰蒙蒙的旧货商店里面，所以买下了羽毛，带回丘陵，用手指仔细梳理，把卷曲的地方全部捋直，恢复原来的花纹。那双眼睛继续闪烁着绿色、蓝色和金色，灿烂夺目。

他自得其乐，而且越来越着迷。他把战利品刻意又随意地摆放，有些放在玻璃壁橱里，有些靠在长凳旁。他还布置了一组贝壳、花园葱蜗牛、树丛蜗牛，几只小小的扁卷螺，几只巨大的白玉蜗牛。这些摆设让人眼花缭乱，一般人会觉得不可思议。梳妆台上有个果酱罐，样子平淡无奇，罐里插着绸质银莲花。空药瓶放在浴室的架子上，架子被仔细擦洗过了，浴室里还挂着一面新镜子，镜子框是浅色的木框。房子里还有几堆海滩鹅卵石，几列古老的石头，这些都像奇怪而笨重的生物，像以前从殖民地带回来的大象。还有一些蕨草干。还有三个头骨，一个是狐狸的，一个是獾的，还有一个是鼬的。

他点亮油灯，大的油灯上面有灯罩，小的是凯利灯，有玻璃嘴和沉重的底座，金黄色的光芒照亮了四周的东西，羽毛丝滑光亮，石头闪闪发光，贝壳也有了光泽，玻璃看得见棱纹，骨头白花花的。他的园子在房子的后面，那是一小块地，有一堵高墙可以遮风挡雨，里面有一棵苹果树，一小片醋栗树林，一个药草园，一小片罗甘梅林，一个花坛，他还发现有簇缎花，缎花在丹麦语里的意思是"犹太人"，在英语里的名字叫作"诚实"。多年生的"诚实"芳香浓郁，而这些是两年生的，是机会物种。缎花结短角果，果实成熟后果壳开裂而脱落，留下有光泽的隔膜，就像透光的羊皮纸。他折了一把，花了一些时间把种子抠掉，娇弱的嫩枝像挂着一个个透明的"窗户"。这种植物的法语名称听起来像是"教皇的货币"。他将这些"窗户"跟孔雀羽毛混在一起，插在黑色漆花瓶里面。他想，眼睛和单孔窗户在一起看起来非常漂亮。他把花瓶放在通往卧室的楼梯的拐角，上方有一个石架子，架子上放着一盏凯利灯。

杰奎琳不能开车。星期五晚上，他到公交车站去接她。在车上，她很紧张，穿着棕色的新夹克，双手交叉放在大腿上，目不转睛地盯着上坡的公路、黑黢黢的树林和沼泽地上方的夜空。风很冷。树木沙沙作响。有猫头鹰在叫。两人开始谈论猫头鹰，一开始兴致盎然，不一会儿就关上了话匣子。这时，别墅的窗子映入她的眼帘，透着暗金色的光。

他说："我无法背着你跨过门槛。"不过，他牵着她的手进了门，她环顾四周，欣赏着屋里的灯光，这时他们还手牵着手。他让她坐在桌子一端的高背椅子上，他去把快要做好的饭做好。她安静地坐着，看着他。他一直觉得她的衣着很得体。她浑身上下里里外外都是棕色的。里面是金棕色的高领毛衣，外面套着一件巧克力棕色的绒面皮革夹克。下身穿着一条驴棕色的直筒裙子（野外工作的时候她不穿裙子，总是穿裤子）和温暖的深棕色连裤袜，那是用绞线编织的。她长着一双大长腿，很迷人。在柔和的灯光下，她的头发闪闪发光，像黑色的蜜糖，像糖蜜，像马栗。不招摇，但熠熠生辉。他穿上围裙，一边做饭一边哼着曲子。她乌黑的眸子一直追随着他，头偏向一侧，像一只机警的鸟。

桌上铺着蓝绿相间的芬兰织席，上面放着崭新的玻璃酒杯，海绿色的杯子里冒着气泡。碟托上点着蜡烛，桌子上有一瓶红葡萄酒。他的围裙是紧身的，蓝白条纹。他挥舞着叉子和烧烤铁棒，烤土豆插在金属三脚架上，羊腿在烤盘里滋滋作响。他把羊腿拿出来，放到盘子里。肉汁沿着深红色的沟往下流，他的叉子刚才就插在那个地方。他把流淌到烤盘里的肉汁倒掉，把烧焦的碎肉刮出来，汁水像煮沸翻腾的红酒。热腾腾的羊肉香气扑鼻，肉上撒着大蒜和迷迭香。他盛起熟透的球芽甘蓝，装上盘，端到桌子上。杰奎琳坐的椅子有扶手，不容易动弹，只能看着一个金红色胡须修剪整齐的维京人穿着围裙，像家庭主妇，也像屠夫，挥舞着刀切割羊肉。他的刀刃在空中来回舞动。

他说："你必须沿着肉的肌理切，要朝同一个方向……"

杰奎琳说："没想到你会做饭，还做得这么好。"

"我想让你看到我不一样的一面。"

他一边切肉一边说：

"我想让你看到我顾家的一面。我不需要雇管家。我很专业的……"

"啊，卢克……"

"开玩笑，开玩笑。"

他继续切着肉。羊肉切开，是棕红色，完美的切片，肉的表面有一层淡红色的血。

他挥舞着刀：

"给我的女士。"

他把切片整齐地码在她的盘子上。他在餐桌旁边忙前忙后，一会儿拿红醋栗果冻和胡椒粉，一会儿将绿色的球芽和栗子混在一起搅拌，一会儿从陶罐里拿烤土豆。

"好姑娘"杰奎琳的耳边响起这三个字，"给我的女士"这几个字也在耳边回响。

"太多了，我吃不了这么多。"杰奎琳说，"我胃口小。"

卢克咧嘴笑了："你忘了？我们在荒野的那些日子，都吃厚厚的三明治。"

"很香。看起来就很诱人。"

"味道真的很不错。"卢克说。他坐了下来。他穿着一件很喜庆的羊毛衫，深蓝色的，上面印着油画，但他忘了脱下围裙。他可能有舞台管理者的直觉，把菜摆在桌子的两头，这样，他们就可以面对面坐着，他们确实一直四目相对。杰奎琳问了一些有关买这幢房子的问题。卢克觉得纳闷，不知道她为什么要问这些无聊的问题，但他礼貌地简短回答了她，不过他心不在焉，明显是在敷衍。

然后，他问她研究做得怎么样了，她激动地讲了好几分钟，讲述了通过人工干预使鼻涕虫和蜗牛厌恶胡萝卜或马铃薯的相对优势，还有诱发可测量厌恶的最佳方法。

然后，他提到莱昂。他对她好吗？

"很好。"她低下乌黑的头。她切下一小块肉，放进嘴中咀嚼。"他很感兴趣。"她说。她是指他对蜗牛很感兴趣，说完才后知后觉地发现这话有歧义。"对蜗牛。"她还是做了补充，想说清楚。然后两个人都陷入沉默，默默地吃。卢克又给她夹了一些肉，但杰奎琳的盘子里还有一半没吃完，也可以说她刚吃了一半。关键是你怎么看。卢克努力回忆以前跟她这么亲近的时候聊过什么，但他想不起来了。

卢克说，得知艾琴鲍姆接受了威基诺浦明年夏天的会议邀请，他很开心。他告诉杰奎琳，艾琴鲍姆将重新定义什么是"本能"，他在响应筑巢方面做得很出色。哪些蛋形的物体和什么颜色会触发海鸥、麻雀和家禽的筑巢行为？它们会孵猩红色的蛋吗？一只蛋要多大才不能被称为蛋？相比普通的蛋，鸫鸟似乎更喜欢巨型蛋。银鸥能认出自己的宝宝，但认不出自己的蛋。它们老远就能认出自己的配偶，五十米开外也可以。他正在研究触发卵识别和配偶识别的原因。

后来，卢克希望自己没有提起过这个无聊的话题。他走到杰奎琳身边，把手里的不锈钢串递给她，串上满是肉。忽然间，他觉得自己像一只雄性海鸥，衔着一条鱼，去讨好一只雌性海鸥。杰奎琳拒绝了，肉很好吃，但她不想再吃了。卢克撤走了肉，但他不想让她离开，便端来了奶酪，奶酪吃好以后又端来了自制的柠檬馅饼。这会儿，他们融洽地谈论了威基诺浦召集的会议，还提到反大学的规模不断扩大。

卢克开始受到一连串幻象的困扰：他似乎看到几只雄性鸟儿，趾高气扬，喙里衔着虫子、小肉块或者不停扭动的银鱼和鳗鱼，摇摆着尾巴，膨胀的喉咙像气球，鸟冠竖着。他也似乎看到了激动的棘鱼和乌贼，它们囊状的身体在一会儿深红色和玫瑰色、一会儿琥珀色和淡蓝色的海浪中散发出连续的红晕。他也看到了蓝色的塘鹅，他曾经观察过这种鸟一段时间，冬天会飞来，在空中盘旋，它们体形硕大，色彩鲜艳，脚是蓝色的，和游泳池的水一般蓝，它们会给心仪的对象象征性地衔来一根树枝，表明它们能在无法筑巢的地方筑巢，鸟蛋能立在赤裸的岩石上。

他给杰奎琳端来一盘苹果，他想起凉亭鸟，凉亭鸟最喜欢用一种有萨克森之王之称的天堂鸟的羽毛。这种羽毛很少见，鸟到四岁才长得出来，是亮蓝色的，毛杆精致，末尾呈细长三角旗形，这羽毛比鸟的身体长几倍。雄性凉亭鸟会争抢这种稀有的材料，将它们跟蕨草和嫩枝编制在一起，构筑天堂似的花园。他开始把自己所有的行为看作仪式化举动。他本可以跟杰奎琳讲个笑话。但是，从仪式上讲，杰奎琳算是他的听众，所以他不能讲笑话。

她不想吃苹果。她说，她已经很饱了，晚餐很好吃。

他倒了杯红葡萄酒，像是献殷勤的信天翁。她接过酒，头微微侧向一边。她理性地决定，喝到微醺也不错。她感觉卢克想干什么，但猜不出是什么，又觉得他们的沟通模式让她不宜多问。她注意到，这一切是他安排好的，他一直在餐桌和厨房之间忙前忙后。她希望他的计划里，她可以动一动。她希望和他一起忙活，这样今天才有意义。她小口抿着酒，她想酒精会让她亢奋的大脑慢慢迷糊。

卢克坐在桌子另一头时，看起来就像以前那个熟悉的卢克，熟悉得不能再熟悉了。他端着食物向她走来时，满是胡须的脸忽暗忽明，当他穿过烛光，走向强烈的灯光，浑身被炽热的灯光照亮时，则显得很陌生，甚至有点像魔鬼。

她记得，最近有一项研究表明，在基布兹村一起长大的孩子成年后不会结为夫妇，因为他们似乎都认为这是原始的乱伦禁忌，尽管他们没有什么亲缘关系。他们娶村外的妻子，或嫁给村外的丈夫。她想到了包办婚姻。如果配偶是完全陌生的人，感觉肯定有所不同，包括恐惧、希望和激动等情感反应都有所不同。

她正努力理性地筹划着自己的婚姻。这些想法不能跟卢克说。

该睡觉了。卢克说：

"我们上楼吗？"

杰奎琳点头。

"就是个普通周末。"卢克说，"我没想要发生什么。当然，我是期待的，但我想慢慢来。"

杰奎琳点头。

卢克伸出手，牵着她站起来，离开椅子，走向楼梯。她偎依在他旁边，像一只水鸟在水上盘旋，扭动着脖子。他仿佛看到了玫瑰、李子和蔚蓝色的狒狒生殖器在他眼前一晃而过。

她在楼梯的拐角停下脚步，孔雀羽毛和"诚实花"在凯利灯下闪闪发光。

她不由自主地说："常听人说，房子里放孔雀羽毛会带来厄运。"

卢克说话的声音很轻："不祥之物？这是迷信，无稽之谈。"
"是啊。"

小卧室很冷。透过小窗户可以看到外面的星星和云朵。佩斯利的被子，鲜艳的床单，看上去很温暖。没有前奏，他们抖抖索索地脱掉衣服，直接钻入被窝。他们一起工作的时候，他曾想象过她一丝不挂的身体，想象过各种细节，但她匆匆盖上了被子，他几乎什么也没看到。不过他能感觉到。他的手摸过她的每一寸肌肤，从锁骨开始，顺着脊背，到乳房和肚脐，再到侧身、翘臀，最后到私密部位茂盛的毛发。她也抚摸了他，有点羞涩，双手颤抖着。这就是他所期待的。他很小心，非常小心，情不自禁地开始亲吻她的脖子，然后粗糙的胡须融入她柔软的秀发里。他不由自主想起一些不愉快的事，而且每一个细节都清清楚楚，这很荒谬。希曼斯基1913年研究过巨型罗马蜗牛漫长而复杂的相互刺激系统。罗马蜗牛是雌雄同体，但聚集在一起的时候会相互伸出饥渴的阳具，随后受精的一对蜗牛会吸吮对方的阳具，吸收其中的钙质。他触摸着杰奎琳的阴唇，脑海中却浮现出罗马蜗牛，螺旋的壳，摇摆的触角。他就像是一个中世纪僧侣，饱受魔鬼制造的幻觉的折磨。他可能给作为工作伙伴的杰奎琳讲过那个笑话，用笑声驱除了魔鬼。但是，这个时冷时热、沉默寡言的陌生女人是另一个人，这是另一个问题。

此时，杰奎琳的脑海中回响着"好姑娘"三个字，体内躁动不安。卢克双臂抱住她，紧紧地抱住她，开始有节奏地抽动，低声问道："这样行吗？" 这句话恰好刺激了她，随后他就完全失去控制了。杰奎琳扭动着身体，既渴望又拒绝高潮来临，身体终于微微颤抖了一下，就像轻轻地打了个喷嚏。卢克抱着她，上下抚摸着她的身体，一遍又一遍。射出了像蜗牛黏液的"恋矢"之后，他仿佛看到自己的手指正在梳理凌乱的孔雀羽毛，捋直卷曲，重现眼睛，然后拿着刀顺着一个方向切肉，让分子有序排列。"亲爱的？"他叫了一声，此时，杰奎琳那通红但微微忧郁的脸靠在他的肩膀上，吻了一下。他感受到了炙热的眼泪。

这个绵长的拥抱承载了太多。卢克知道要慢慢学习节奏，不知道杰奎琳会不会给他们两人更多的时间去磨合。吃早餐的时候，他们坐在车里，本来应该缠绵悱恻，却各自分开坐着。他本想问"下周末你还来吗"，欲言又止，终于鼓起勇气说了出来。杰奎琳说："我考虑一下吧。"这句话不咸不淡，但听着像是直接判了死刑。

杰奎琳默默生着自己的气，她这样不对，是在糟蹋人家的好意，自己太任性了，在给卢克添堵。她要为自己的人生理智地做出决定，这是她自己的人生，事关重大，但她似乎无法做出任何决定，不管是理性的还是冲动的，都无法决定。

在接下来的几个星期里，她的工作进度慢下来了。莱昂注意到了，他走向她坐的长凳，站在她身后，摸了摸她的肩膀，然后摸了一下她的胸部。他说：

"一切顺利吗？你气色不太好。"

"我有冬季抑郁症，怕黑。"

"你有黑眼圈，休息几天吧。"

"怎么能休息？实验要一直盯着。"

她已经一个月没来例假了，算起来应该是两次例假没来了。她频繁地进出洗手间，看看内裤里或者卫生垫上有没有棕色或红色的印迹，是不是有红色条纹或血滴。可是，内裤和垫子都是洁白的。她以前也出现过类似的情况，她知道过度期待会让月经推迟。她经常出去散步，走很长的路，回家就冲进洗手间，希望感受到小腹处的疼痛、阵痛。可是，没有，第二天也没有。就像高塔上的守望者，在雪地上寻找异样的踪迹，却什么也看不到，一天天过去了，还是没有丝毫变化。

在这段时间里，她偶尔和卢克共进晚餐，聊得很开心，提到未来时，时而用"我"，时而用"我们"。他感觉她心性不定。

最后，她去了大学的医疗服务中心。一个女医生用手指伸进去，托起子宫颈。

"对，没错，"她说，"错不了，祝贺你，为了进一步确认，我们要做个测试。"

杰奎琳回到进化塔，拿了一堆有关胚胎学的书。她翻到细胞分裂的图片就目不转睛地看，她也看到了海马状弯曲细胞链的图片，细胞上有巨大而无神的眼睛，她接着看到了胚胎期的四肢和逐渐退化的尾巴，手指脚趾呈透明状，跟青蛙脚趾一样，嘴巴形状诡异，很快就初具雏形。信息在细胞之间快速传递，细胞分裂成长越来越快。她感受到一种疼痛，那是想象中的疼痛，新的细胞是入侵者，紧紧依附在她孤独的体内，利用她的血液，吸收她的营养，复制她的DNA。那是一个生物。不只是一次例假没来那么简单。那是一个新的生物！

她知道，了解了这些，一切就简单多了。她习惯把希望和恐惧都留给自己，但知识需要分享。大约晚上8点，她穿上外套，出门找卢克。

她没有什么想法，更没有什么感情，她只是要解决当务之急。

他在朗罗伊斯顿的家，她已经很久没去过了。她匆匆穿过黑暗的草坪和院子，他的小房间很明亮、很温馨。他坐在办公桌前，正在修改文章。她走进来，站定，靠着刚关上的门。不知怎么了，她感觉很冷，抓紧外套的衣领，顶着下巴。

"我好像怀孕了。"杰奎琳鼓足勇气对卢克说。

他起身。她看上去既狂野，又瑟缩。他没有触碰她。

"真的吗？太好了。"他说。

"很意外。"

卢克的想象力开始发散。他似乎看到一个棕色头发的小男孩，一个红头发的女孩，两人的面孔融汇在一起，形成了一张新的面孔。他说：

"高兴不足以表达我的心情，有点可笑，你……"

她站着。

"杰奎琳，你想……"

"对，我……我想，确实很意外。"

"我想，我想，我们应该结婚，尽快，我会照顾你……和孩子。我会支持你的工作，因为我知道你很有前途，会成为真正的科学家……"

她开始哭泣，肩膀微微下垂，是释怀还是绝望，她也不知道。

"你愿意结婚吗？如果你愿意……"

"哦，是的，我想我没有更好的选择了吧。我愿意，嫁给你，我想……"

他说："我真想翻个跟头，猛地打开窗户，朝着夜空大喊：'她要嫁给我，她要嫁给我，还怀了我的孩子……你不知道有个孩子多好，真是……'"

他说："快，你最好到床上坐着，喝一口白兰地。哦，杰奎琳，我真希望你幸福。"

"真的。"

"我明白。我们可以让……他或她……幸福……"

杰奎琳的脑海里没有出现皮肤、头发或者笑容的意象。她只看到忙着分裂成长的细胞。她看到了果冻般的手指，眼袋凸起。

在非数学小组，杰奎琳对坐在身边的马库斯说："我想，我要嫁给卢克了。"

霍奇基斯坐在他们身后，正埋着头看书，听到她这句话，兴致盎然地抬起头来。

"太好了，"马库斯说，"这是大家都希望看到的结果。"

"真的吗？"

"真的，大家都说……"

"他们也说过这件事？"

"都在说。"马库斯含含糊糊地说。霍奇基斯觉得，在这种情况下，没有人能像马库斯·波特那样装得若无其事。她非常渴望知道他是怎么想的。他用了一个很普通的名词，非常模糊——"大家"。他不敢和她对视，而是越过她的肩膀看向远方。他看见杰奎琳微微颤抖了一下，就像雨中的小狗一样。关于计算机编程的会议结束时，他看到她与卢克一起离开了。卢克的手搂着她的肩膀。第一次。霍奇基斯对马库斯说："你了解艾伦·图灵的数学逻辑学说吗？"

"我了解他早期的学说。怎么了？"

"我在写一篇关于维特根斯坦1939年数学逻辑讲座的论文。图灵去听过许多次讲座。讲座后来演变成了两人的论战。维特根斯坦曾经多次因为图灵没有来而拒绝开讲座。有个性，两个对立的天才。"

"维特根斯坦说了什么？"

"以后再说吧。来点咖啡？"

卢克和杰奎琳开始商量以后的日子。他们坐在卢克温馨的小房间里，讨论要不要买房，或者是租大学公寓，什么时候结婚，什么时候告诉杰奎琳的家人。卢克介绍了他父母的情况。他父亲是一名路德教会的牧师，他们父子俩吵过架，因为卢克没有宗教信仰。

"他希望我们在教堂结婚。"

"我以前经常去教堂，后来不去了。"

"你不想在教堂结婚？我觉得我无法忍受任何一家教堂。即使我一遍一遍地告诉自己，那些废话不会伤害任何人。"

"我一直以为我希望……我应该希望……我确实想过……选一个良辰吉日。不过这有点滑稽，因为……"

她摸了摸肚子。

"所以，不要教堂婚礼。我们有没有邀请过谁？要不要搞一个派对？还是私下告知？"

"我妈妈比较在意。"

卢克说："也许我应该去拜访你妈妈。"

结婚涉及很多陌生的无关的人，但他们与细胞的分裂和繁殖有关，和他或她有关。

杰奎琳："我们看电视吧？有一个新节目，马库斯的姐姐弗雷德丽卡·波特在节目里当嘉宾。最近一期说得真好。他们结合卡通动物和现实想法，主题是镜子……"

弗雷德丽卡用轻佻诙谐的话语谈到自由女性、模拟厨房、妇科与美食、女人派对、下午茶，还谈到更私密的话题，避孕药、堕胎、男人以及白布上的经血。月经的问题已经进入了卢克和杰奎琳的生活。杰奎琳说着会时不时地笑出来，那是一种嘲笑。卢克感觉她很放松，在讨论结婚事宜的时候，她并没有那么放松。说到茉莉娅·科贝特的时候，她一直在笑，笑得前仰后合。茉莉娅对女人的纱巾很不以为然。卢克渐渐严肃起来，就像父亲一样，不过他自己并不喜欢这种严肃。他看着杰奎琳的笑容，没来由地讨厌那个粗俗不堪的弗雷德丽卡·波特。她的脸占据了整个屏幕，浓妆艳抹的眼睛，系着束发带，假装清纯，还装傻地笑着。他本能地站起来，关掉电视，就像击退入侵者一样。

"别关，"杰奎琳说，"很好玩的，以前没有过这种节目。你不喜欢吗？"

"不喜欢。我很讨厌，低级趣味，粗俗。"

"你是男人，可能不习惯看女人谈论女人。"

三位女士严肃地互相传递着特百惠的碗。

"别太激动，"杰奎琳说，"这是新节目。"

"真是个自以为是的女人。"卢克说。

"什么？"

"我不喜欢她。"不知道为什么。

"很多人都不喜欢，"杰奎琳说，"我觉得没人会喜欢她。她把人们都惹毛了，讨厌她已经成了一种流行，不过她会红起来的。"

"这是什么事儿！"卢克说。他想嘲讽，却听不出这个意味。

杰奎琳没有告诉莱昂她要结婚了。莱昂带着一则招聘信息来找她，工作地点是爱丁堡，问她想不想申请。她低头看着凳子，说了感谢的话，还说会考虑一下。

“电压钳能用吗？”

“能用，我修好了。”

“你太厉害了。”

“我说了吧。”

“加油，姑娘加油。”

孕检出了一点波折。有一次测试没有结果，又收集了一个标本，送去检查了。第二次测试结果送到大学的医疗服务中心，服务中心通过部门间的信件往来将结果送达杰奎琳，她从部门秘书手里顺利拿到了报告。

结果是好的，她肯定怀孕了。

她突然想去洗手间。她骨盆疼，膀胱也痛，特别不舒服。

内裤上有一条浅浅的红褐色印迹。

然后，血流了出来。先是一小股血液，她看了一眼，看到一团胶状的东西，有白带，像子宫颈，也可能是子宫内膜。她看不到生物短暂停留的任何迹象，就冲走了。又来了一股，接着又一股。她坐在厕所里，哭了。她坐了很久，也哭了很久。鲜血和泪水从她体内喷涌而出，她吓坏了，颤抖着，哆嗦着。情绪是一种不可言说的、一发不可收拾的肉体反应。她吓坏了，不是悲伤，也不是哀悼，更不是愤怒或恐惧。

她出来时告诉秘书，她觉得不舒服，要先回家了。

“你脸色很不好。”

莱昂路过，看到她耷拉着涨红的脸，说他可以做证，她脸色确实很不好。

“要我帮忙吗？”

"不用。好吧，请你，或者请别人帮忙，看看第二排盒子里的蜗牛有没有食用、食用了多少胡萝卜和马铃薯，要在5点的时候看，5点左右。"

"我会去看的。别哭了，亲爱的，没什么大不了的。"

杰奎琳去了进化塔的高层，卢克的办公室。他和一个学生在一起，见到杰奎琳绝望的表情后，立即让学生先行离开了。

"进来吧，亲爱的，坐，发生了什么事？"

她背靠着门站着，双手紧握，指甲掐进肉里，眼睛哭得红肿，即使镜片挡住了，也能很明显得看出来。

"我是来跟你说，搞错了。没有，我没有，我没有怀孕。即使怀过，也再也不会怀孕了。"

"先坐下吧，没关系的，我们还是可以结婚的，而且……"

"不，我就是来跟你说，我不能结婚，我不想结婚，我不能结。我很想结婚，但是我不能。这一切都是个错误。"

眼泪顺着脸颊哗哗地流下，嘴角抽动着。

"你情绪不好。等会儿再说，先冷静一下。"

他想抱住她抖动的肩膀。她猛然扭动身子，将他推开了。

"别，不要。我们了解对方，你知道我是当真的。我知道我想要什么，我知道。"

"为什么？"

"不是非得要什么理由。我自己清楚就行，我知道。"

他想抚摸她，但她迅速转身，挣扎着跑过走廊，进了电梯。全身血液沸腾。她回到家，就上床睡觉了。

第12章

电波通过空间传播，将人脸化整为零，再通过空气，然后通过电子管传输，使图像，或者你也可以说是"印记"，在闪烁的电视机屏幕上重新显现出来，人们一般不知道它从哪儿来，它似乎潜伏在角落的橱柜里，趴在屋顶上，依附在天线上面，或者随风飘荡，乘着微风掠过云层，披着阳光、月光和星光。卢克·莱斯加德-皮科克坐在他朗罗伊斯顿的房间里，脑海里萦绕着支离破碎的希望，他按下一个平常不怎么碰到的按键，就看到了弗雷德丽卡·波特那张僵硬而颧骨突起的面孔。她冲着他微笑，好像认识他似的，他则怒冲冲地瞪着她。他告诉自己，他不会再立马把电视关掉，因为节目里有平斯基，他即将参加威基诺浦的会议，卢克对平斯基很感兴趣。实际上，他发现弗雷德丽卡可以当他的出气筒。

跟所有电视观众一样，他首先看到的是人脸，然后是他们的思想。那是个咄咄逼人的女人，她说话斩钉截铁，脖子很长，下巴老是侧向一边，让人误以为是在卖弄风情。动画片里爱丽丝的形象，像一条会飞的毒蛇，窥视着鸟巢。平斯基戴着眼镜，让人看起来有点难以

220

捉摸。

卢克也不喜欢这个话题。他不喜欢"创造力"这个词，也从来没有用过这个词。他认为，心理学家在这个标题下讨论心理活动，那是不准确的，不可能准确。他们富有诗意地提到公鸡，让他觉得过于夸张、愚蠢。"你们全是在扯淡。"他冲着电视机数落他们，他不喜欢这两个人。

他认为毕加索的"雄鸟－雌鸟－女人"就是怪物。然后，平斯基开始讲述弗洛伊德和那个年轻男人的故事，那个年轻人听到他的女朋友流了血，很焦虑。听到这样的巧合，卢克感到一阵恶心，浑身颤抖，他讨厌这个话题。他想到了自己没有成形的孩子，他在哀悼那个孩子，这让他自己也感到有点奇怪。他觉得，在公开场合借学术讨论的名义就月经和怀孕夸夸其谈，弗雷德丽卡是够庸俗的。《镜中奇缘》居然和他自己的现实生活联系在一起，这让他尤其反感。他不喜欢荣格所谓的"共时性"理论，也就是超自然的巧合。他是个理性的人。他是个理性到狂热的人。

实际上，他不喜欢听说人有"创造力"，这是有宗教背景的。这几天，由于眼瞅着要结婚，他一直惦记着父母，要是举办婚礼，他父母是要来的。他之所以想起父母，也有遗传方面的因素，他那个想象中的孩子肯定携带有他父母的基因，他们的基因将与杰奎琳的父母的基因相结合，从而形成一个新的个体。他们本来要做"祖先"的，现在做不成了。

他一直记得他在朗厄兰岛的宗教背景。小时候，他父亲就告诉他，上帝创造了世界，上帝也迟早会摧毁世界。他父亲托戈·莱斯加德是吟游诗人、神学家兼世界历史学家格伦特维的追随者。格伦特维将基督教思想融入他的北欧神话写作中。"众神之王奥丁，白色基督。"格伦特维写道。

小时候，他曾经问过父亲："为什么世界有物，而不是无物？"

他父亲回答说，这个问题表明他确实有灵气。他解答说，世界因为主的创造而有物，证明上帝是仁慈的。上帝每时每刻都在体现他的仁慈。

小时候，卢克既有理性，又虔诚地相信上帝。耶稣曾经是他的朋友，比其他人类朋友更像好朋友。他曾经尝试做个虔诚的信徒，但这并没有阻止他的好奇心不断膨胀。到了青年时期，他开始发现坚守信仰很难，他的信仰开始产生了动摇。阳光明媚的一天，他在树林里走着，受过良好教育的他，看到从天而降的光芒，就联想到在扫罗前往大马士革的路上，突然天上发光，耶稣显现在扫罗面前。除了他所看到的，即光芒引发的联想，他们讲给他听的故事都是故事而已，都不是真实的。看到了光芒，他似乎突然觉得一切都是真实的，非常清晰，非常具体，虽然有点神秘。他看到苍蝇和蠕虫、叶子和根，它们似乎都被赋予了奇怪的形状，其实它们的形状并不奇怪，它们本来就是这个样子。他认为信仰宗教就像戴着半透明的眼镜，现在，这副眼镜已经被清洗干净了。

他的经历并不罕见。但是，他和反过来皈依宗教的人有一个共同点，他有教条主义的倾向，有走向极端的倾向。在他的新世界里，人类的故事也被清洗干净了。跟人类的故事没有必要关联的其他思想也一起被清除了。出于强烈的宗教情怀，他特别讨厌所谓的"人择原理"，这个原理主张宇宙从无限大缩成无限小，恰使人体和大脑成为宇宙的中心。大多数艺术品他都不喜欢，他也讨厌大多数没有宗教意义的人类故事。他不读小说，也不读史书。他的成长是逐步进化的，他的想象力富有弹性，但全都以事实为依据。他发现，从科学上讲，生物学家和他一样，推崇实用的不可知论。不知为何，物理学家反而更容易建立或维持信仰。

他觉得弗雷德丽卡手里的毕加索的雄鸟—雌鸟花瓶很可笑，甚至有些淫秽。花瓶是泥土做的，在上面画了眼睛。那就是一件工艺品，是无中生有。对他而言，实在的东西总是更有意思。他觉得弗雷德丽卡本人也很可笑。她是在浪费她的生命。他非常讨厌她，他很喜欢这样。这让他忘却了悲伤，反而浑身充满力量。他反而比以前更温柔、更善良。杰奎琳的拒绝让他进入另一个自我的空间，在这个空间里，他是个愤世嫉俗的人。

因为愤怒，他感觉浑身充满力量，简直有力没地方使。他收拾了行李，冒着黑夜开车驶向荒原，回到加什丘陵。他的车穿过阴森森的松树林，出了树林，就到了他的房子所在的山腰。他的房子冷冰冰，黑乎乎。他进去，点亮油灯，点燃了一把火炬。他的影子在他面前，像一个留着络腮胡子的魔鬼，从地板延伸到白花花的墙上，再延伸到天花板上。他点燃炉子，想起了凉亭鸟的装饰。他想他应该会全部铲掉，表明他放弃物质享受的决心，他要把东西都堆起来，什么骨头，什么贝壳，他都要一把火烧掉，然后在灰烬上踩上几脚。

之后他又觉得东西就是东西，都是死的，所以他什么也没做。它们该怎么样就怎么样吧，他以后也不想动它们。于是他打乱了原来的美学安排，把所有东西都搬到了一起，或者说是胡乱地扔到了一起。他把孔雀羽毛和"诚实"树枝从花瓶里拿出来，他要把它们扔到露台上。他似乎看到自己愚蠢而得意扬扬地撕毁他好不容易做出来的羽毛闪烁的眼睛和映着月光的窗户。接着，他把这些东西扔了出去，外面已经起风，冷飕飕的，羽毛和树枝在山腰上飞跑，有绿色的，有金黄色的，有珍珠白色的，这些都曾经承载着他的希望。杰奎琳说了什么来着？"经常听人说，房子里放孔雀羽毛会带来厄运。"胡说八道，迷信，垃圾。这些羽毛让达尔文恶心过，但还是很可爱。如果雄性多于雌性，就有雄性遭到拒绝。不过，至于雄孔雀为什么要付出这么大的代价，把自己进化得这么漂亮，仍没有明确的解释。

他想到了有性繁殖的胚胎，在这种胚胎中，分裂出来的细胞是四边形的。他认为性行为是昂贵的、多余的，他已经不是第一次这么想了。只要能够单性繁殖，细胞分裂的效率就比有性繁殖要高一倍，付出同样的力气，可以繁殖两倍的后代。这样说起来简单，而其中的数学道理就复杂多了。他想到了他的蛞蝓实验，他用巨型黑蛞蝓和巨型红蛞蝓做过实验，这些实验似乎证明了，某个海拔以上的蛞蝓种群是单性繁殖的，它们基因完全相同，生活十分和谐。而生活在较温暖环境或者生活在不同环境中的蛞蝓，无论雄雌，都会自相残杀，甚至互相残食。也许，性行为的好处跟环境变化、生活难度有关？跟相互的距离有关？也许，他可以写一篇题为《性行为的代价与多余的雄性》的文章，在威基诺浦的会议上宣读。这应该很有趣，并且他可以借此阐述一些重要概念，比如亲缘选择、自私和利他主义。他是男人和女人在一起创造的，他觉得有点尴尬，这不是自相矛盾吗？男人和女人都是成双成对的。当然还有许多别的繁殖方式：微寄生雄性、芽、雌雄同体。他看着"诚实"。"诚实"也叫"犹太人的钱"。一扇无中生有的窗户。一只没有种子的种子荚。被宏大的人类叙事给污染了。空的种子荚就是空的种子荚。性爱就是性爱，是传播，是侵略，（几乎）乐趣无穷，千变万化。

他站在黑暗中，站在寒冷的露台上，外套领子竖着，挡着风。他倾听着寂静，寂静之中有些细小的声音，树枝沙沙作响，有急促的脚步声，微弱的动物鸣叫声，因为他的到来，那鸣叫声戛然而止。他感觉他的房子像方舟一样驶向漆黑一片的水域，驶向空中。天空中繁星点点。

第13章

基兰·夸瑞尔致埃尔维特·甘德

　　您的信已收悉，非常感谢，也感谢您与灵虎会协调。我将亲自开车送我的两名"病人"去四便士，将他们交给您，交给这个社区来照顾。我说过，关于露西·奈比未来的问题将变得越来越尖锐。她的丈夫甘纳伤势刚刚痊愈，他坚称是露西袭击了他和他们的三个孩子。有一个孩子问题还很大，精神状态很不稳定。至于另外两个，有一个说露西袭击了甘纳和孩子，另一个说是甘纳袭击了露西和孩子。有证人说在鸡舍发现了甘纳。鸡舍离农场很远，他在那里干什么？然后他们找到了露西，浑身是血，显然惊魂未定。他们说，她正在捡散落在地上的鸡蛋。没有人相信，警察还有社会学家和医学专家都不相信是露西先动了手。甘纳有酗酒和殴打妻子的恶习，当然大部分是传闻。而且，暴力发生的时候，他没有喝醉。露西始终保持沉默，法院无法真正采取什么行动，不能起诉任何人寻衅滋事，也不能决定孩子的未来。甘纳当然主张说她保持沉默只能表明"她的狡猾"。我个人觉得，这句话很有道理。她没办法开口。我们决定将她带到四便士，这里的氛围更人性化，我们希望，一些温暖的关怀、更开放的环境能有利于让她开口。

我也把约什·兰姆带来了。原因有所不同。在锡达芒特待了太久，他体内的某些东西正遭到扼杀。目前，他就像一只长着人眼却被困住的野兽。他有权忘却可怕的个人历史，这里的氛围更轻松、更温暖，可能更适合他，灵虎会对精神的追求和他更契合。我想他会让你着迷的。老朋友，我不想说我是一位昆虫学家，要为你提供一个精选标本。相反，如果这个生物是有翼生物，那么它就是笼中的鹰，或者是被囚禁的天使。他不能算是一个人，但他被驯服了，很警觉，他被摧残够了。我希望他重获自由。

我会非常高兴见到你。我也可以借此机会到高墙外面去看看。精神病院的墙对所有人而言都是墙，不仅是"病人"。所有人的舌头和面部表情都会僵化，注意力会不集中，跟受到皮下注射和电击一样。我需要好好休息下，体验一下生活。你们那里始终有意料之外的体验。

你永远的朋友，
基兰

亲爱的阿夫拉姆：

我随信附上三盘录音带，请惠存。请把它们放到安全的地方，以免一时冲动把带子拉出来，给草丛做装饰，或者缠绕到你的头上。我非常清楚地记得在伍尔沃斯采访的带子有过怎样的遭遇。如果你们反大学能够复制，同时不损害材料，我将不胜感谢，并会支付相关费用。

你要是想听听录音带，你会注意到里面有几段空白，但那不是因为录音带有问题。因为这是贵格会"会议"的秘密录音，他们的会议通常是沉默一会儿，然后有人即兴说几句话，然后再沉默。至于这些即兴说的话有多少即兴的成分，还是不尽相同。有些似乎是经过充分准备的，和通常的布道一样。对此，我会进一步研究。

我不确定我所观察的到底是治疗团体，还是宗教团体。这里有各种公认组织的各种要素，有正式的身份，也有非正式的身份。有些贵格会的教友也是医疗工作者或者社会工作者。至少有三位英格兰教会的神职人员，其中一位肯定是某个团体的"领导人"，那是一个团体中的团体，既是英格兰教会的内部团体，称为"欢乐之子"，同时也是灵虎会的内部团体，不管是老虎还是孩子，都想吞了对方，那么，被吞掉成为团体中的团体，和吞掉人家成为大团体，哪个更好呢？肯定有人对组织派别做过社会学研究，我想深入看看他们的成果。但是，在这里我是一个"成员"，有身份限制，尽管我不清楚我到底属于什么组织，因为组织的边界在不断变化。

你的上一封信非常有趣，你提到在反大学这样反方法论的环境里用民族学方法论编写民族学方法论教学法，这简直是矛盾得不能再矛盾了。我认为你很幸运，在那个环境里面，你至少在做一些事情，一些实质性的事情。你是民族学方法论家。你是反大学的一部分。如果你正在观察和分析，有关人士都拭目以待。至于我，在某种程度上说，在很大程度上说，我属于无关人员，至少我默认是无关人员。我希望以个人的身份参加任意某个小组的活动，在哪个小组，就是哪个小组的成员。我不会以社会学家的身份参加社会学研究小组，这样的小组目标明确，组织纪律鲜明。要是我参加某个小组，我可能影响小组的进程，我自己也不能好好观察。但是，也可以说，作为小组的成员，我的存在不可能不产生影响。我是一个有血有肉被看得见的女人，不是陪审团的墙上一只看不见的虫子。这样，我就可以避免利益冲突。例如，对我来说，很显然，"快乐之子"的领导人吉迪恩·法勒是通过有意识、半意识或无意识的性操纵来统治或领导大部分成员的，他的手段包括承诺、威胁和引诱。这些人似乎认为，受到他的关注是令人兴奋的事情，好像获得了"特殊"的待遇。我相信这主要是指性交，当然是跟女性性交，我也观察到，他正将他的魅力延伸到男性成员的身上。你会在录音带上听到他关于爱的各种言论，他说爱"没有界限，没有规定，没有例外"。他所谓的"爱"，总是包含"性爱"的概念，在他在嘴里，"性爱"也包含"爱"。

他的用词和心理分析家埃尔维特·甘德有异曲同工之妙，这很有意思。这两个人都善于引起性欲，根据职业行为准则，他们是不能和患者或教徒发生性接触的，但是，他们都利用这种戒律来诱发欲望。我的问题是，作为女性成员，我必定是他们勾引的对象，那么，如果我严格保持科学距离和客观性，这对我所观察的民族学方法论小组有什么影响？当然，这不是一个假设的问题，已是既成的事实。吉迪恩·法勒多次抚摸我的屁股，在一个忏悔环节，他还指责我

"麻木"和"愚蠢"。埃尔维特·甘德盯着我的眼睛，像是在给我催眠，他说我很"迷人"。这很麻烦，因为我本不想引起人家的注意。你明白了吧，阿夫拉姆？我碰到了困难，而这个困难有方法论的意义。我一直将这两位心理学家作为我的理想楷模，他们俩入院后表现很正常，都自称理智清楚，也说他们是心理学家，当然，疯子经常有这样的错觉。你知道吧？因为没有人相信他们，他们都很难说服人家让他们出院，而且精神病院的制度不允许误诊，也杜绝欺诈。但是，作为治疗团体或者宗教团体的卧底观察者，我也许不能表现得那么正常。我得问问自己，如果我要玩真的，我是要拒绝牧师和医生，还是要屈服于他们，也许，集体生活会推着我朝那个方向前进。如果我是认真的，却被他们排斥，那么，我很可能要离开小组，就不能够继续观察了。

如果我要为继续开展研究而屈服，我就应该努力改变小组活动的方式。不过，我不知道我是否有这个勇气。我必须说明一下，我发现吉迪恩·法勒的"魅力""活力"和所谓的"冲动"都是刻意演出来的，我得好好分析一下我为什么会得出这个结论，但我没有被这些东西所打动。相对而言，我更喜欢甘德博士，但他认为自己代表狂野的力量，是一个人，我觉得他不是很在意有没有人被打动。我更怕他揭开我的"面具"。

这里有一个人，另一个神职人员，他带领教众通过电话做忏悔，在我看来，他的魅力更大，如果他愿意的话，他更能诱惑我。不过，他关闭了自我，刻意的，像关水龙头一样。那不是科学的视角，只是人的视角。他叫丹尼尔·奥顿。有时，我觉得他已经看穿了我，只是在等着看接下来会发生什么。丹尼尔·奥顿也是一个观察者。他比我更善于观察。我不知道他在观察什么。他能看透人们的情感，抽象的情感，这样说不会自相矛盾吧？如果有人吵架，他会制止。因为他知道该怎么办，不是因为这样做就更有面子。他跟法勒和甘德不一样。他似乎和性爱沾不上边。他很胖，你可能会说他很丑。如果我们都必须有伴侣，我会选择他。我并不认为没有欲望的人"性感"。不焦虑的人才性感。他不焦虑。他很忧郁，我认为他可能被伤害过，但我没有任何证据。这是我设身处地后的猜想。

好吧，阿夫拉姆，请善待我的磁带。拜托。我相信你。如果你对我有趣的流程问题有看法，请告知。

此致！
布伦达

埃尔维特·甘德致基兰·夸瑞尔

老朋友，很高兴能见到你。我感觉我们组建了一个团体中的团体，这是个分析天才的团体，很棒，也有点遗憾，因为这意味着我们没能全情投入，没有诚心祈祷，没有失去自我（意识）。根据我们的约定，我向你报告两个新人的状况。

他们俩都没有太多动静。我感觉就像在动物园的爬行动物区，等着看盘成一团的蛇会不会动。我很惊讶我会如此联想，这个联想可能让你不高兴，但这是自然而然产生的，我觉得压制自然的意念是错误的。当然，每个人都盯着他们，等着他们做出什么动静，但都掩饰得很好，让他们不至于觉得大家不欢迎他们，认为他们是粗鲁的入侵者。露西坐着，她总是坐在一只硬背椅子上，她始终不去坐那只漂亮的太师椅，总是躲在很远的角落里。她的膝盖一直并拢，嘴唇紧闭，双手紧握放在膝盖上。一位贵格会的女士给她带来了一小束鲜花，放在她的腿上，但她似乎没有因此受到影响。她紧张地瞥了一眼，但没有伸手去接，后来似乎忘记了这些鲜花的存在。她站起来的时候，花掉到地上。

约什·兰姆会回答人家的话。他还会微笑，不是很舒展，但算是礼貌的回应。我注意到，他说的话大部分是重复别人跟他说的，只是稍做修改，就像在玩语言游戏。

"今天天气很好。"
"天气确实很好。"

"我们要改变精神面貌。"
"能感受到大家希望改变。"

"世界快走到尽头了。"
"看来世界是快走到尽头了。"

最后一句话是我杜撰的。不过，按当时的情形，他肯定会说出这样的话。

很奇怪的是，谈到电视，他就变得开朗起来，甚至热情洋溢。对于农舍里面应不应该允许放电视机，小组里有争论，一开始大家很客气，但是争论变得热烈后，大家就没那么客气了。

那里目前有两台电视机，一台在公共休息室，那是大家娱乐休闲的地方，另一台在学习室里，特殊小组会不定期在那里就特殊主题举行会议。我不知道你短暂访问那个地方的时候是否参加过相关的讨论。许多贵格会的成员认为，生活应该注重思考，电视机是不必要的干扰。他们认为电视机是"无关紧要的""商业的"，甚至是"庸俗的"。四便士的主人弗兰克和米莉·费舍尔意见有所不同，他们认为，宗教人士应该入世，但不能庸俗，而是应该超越世俗，要比一般人更关心社会工作，警惕他们的"客户"所依赖的"精神流食"。崇拜布莱克的里奇蒙德·布莱认为大家争论的水平太低，内容粗俗，所以时不时地表明他的厌恶。我必须说明我是感兴趣的，他们在争论的时候，我就直截了当地表达了我的兴趣，因为我将要参加一档叫作《镜中奇缘》的新节目。我要跟霍德·平斯基和女主持人一起讨论"创造力"的主题。她叫弗雷德丽卡·波特，原来她就是扎格的双胞胎兄弟约翰·奥托卡尔喜欢的人，他有时说她是弗雷达，有时说她叫弗朗西斯卡托。我的节目是第三期，我有点紧张，我也是个自恋的人，所以我想看看前两期节目，我就在四便士看了这两期节目。扎格是支持电视机的。当然，他希望能够和他的"扎格和齐格齐格齐山羊"乐队一起在电视机上唱歌跳舞。他很可能认为电视机是全球狂欢的媒介。吉迪恩·法勒持反对态度。他说，"快乐伴侣"应该就够了，大家可以通过彼此的眼神和言语，实现心灵的沟通。他们必须制订自己的救赎计划，也就是说要避免诱惑，也不能掉进陷阱里去。我认为，吉迪恩赞成将两个电视机的插头拔掉，把两个屏幕都砸碎，当作誓师仪式。（射线管？你们懂得那玩意儿的原理吗？）

于是，他们举行了一场民主会议，就这个问题进行激烈的争辩。露西来了，她坐在平常的角落里，坐姿也跟平常一样。兰姆来了，表情十分严肃。尽管我认为他不会成为盟友，但我还是问了他的意见。我想听他开口说话。

我希望我有一个录音机，能够录下他的话。我记得他差不多是这样说的：

"通过这种机器，我们能看见以前看不见的东西，它能把图像从一个地方传输到另一个地方。可以穿透墙壁，可以沟通思想。这东西并非可有可无，虽然里面都是一些可有可无的人在聊一些可有可无的事情，话题都是毫无意义的物质追求。与其说可有可无，不如说是可怕的。它会改变意识的本质，既能改变无知和愚昧的人，也能改变聪明的人。它可以让我们见识整个世界。世界末日到来的时候，我们可以通过电视看到无坚不摧的海啸，可以看到地狱似的大火，直到那边的眼睛被淹没，或者被熔化，那时，我们自己的眼睛也差不多完蛋了。我们不能也不应该忽视它的作用。我们有时候用得着它。这是一种不好不坏的东西，就是一种电器。我们应该了解它的利弊，而不是躲避。这就是我的想法。"

这一段话，如果写下来，就是一篇优秀的演讲，介于荒谬和犀利之间。说真的，剔除一些逻辑错误，再以理性和宽容的态度看待一些小问题，他的话简直像一把刀，直逼人心。每个人都看着他，吉迪恩若有所思地说，电视机确实是一股力量，可用于善恶两途。当时，他自己就在电视机里面夸夸其谈，通过电视机，他的信众扩展到了整个讲英语的世界。最终的决定是留下电视机，然后，兰姆先生恢复平常彬彬有礼的沉默，而在所有人的眼里，他就是一颗随时可能爆炸的炸弹。他接下来会说什么？他要布什么道？听他刚才说的那些话，他就像一个布道者。

*

约什·兰姆，也就是约书亚·拉姆斯登，在阁楼的演讲室看了第一期《镜中奇缘》，其他观众包括埃尔维特·甘德、霍利教士、里奇蒙德·布莱、丹尼尔·奥顿、艾莉和保罗－扎格。"快乐伴侣"也在娱乐休闲室里看了这个节目，算是出于友情陪那些人一起看吧。娱乐休闲室里的观众包括布伦达·平彻和所有贵格会成员。演讲室里很暗，家具不多。天花板是斜的，透过没有遮盖的天窗，可以看到一轮新月。

没有两个人踏进同一条河里，也没有两个人看到同一个电视节目。里奇蒙德·布莱一直在说那些图片真巧妙，他对帮助绘图的学生也赞不绝口。霍利教士身体往后靠，抽着黄色的香烟。艾莉说，从小，爱丽丝就让她感到害怕。甘德身体向前倾着，看得很专注，特别注意嘉宾谈话的风格。保罗－扎格身体不停晃动，不停跳动，好像他能看到别人看不到的图像，偶尔伸手指向屏幕，他的手指上画着画，每只手指都画着一朵不一样的圆形曼荼罗。他喊了一声"哈！"，然后，他就越说越起劲。"这就是她，"他对甘德说，"她非常自我。黄油不会融化。你也觉得黄油不会融化吧。好吧，我可以告诉你，黄油会软化变成糊，然后会起泡沫。"

谈到镜像，关于双胞胎兄弟的话题，让他兴奋不已。他用锋利的食指戳了一下甘德的肋部，对他说："嘿，这很有诗意啊。一个明，一个暗，一个甜，一个酸，两个是一个，一个是两个……"

约什·兰姆一双黑黝黝的眼睛转过来，看着他，手指放在嘴唇上。

保罗-扎格闭上嘴。

丹尼尔很替弗雷德丽卡担心。她会不会很尴尬？后来，他发现自己多虑了，她很聪明，在两个聪明男人和镜子之间游刃有余，光芒四射，于是他开始放松下来，身体往后靠，朝黑暗处凝视。他没有说，那是我死去的妻子的妹妹。不用让他们知道。

约什·兰姆的思维慢慢接触到了具体世界，但他发现很难接受快速移动的物体，或者说得快的话。所谓的具体世界，有棕色的电视机壳和灰色的屏幕，还有嘶嘶作响的电流，电流在他大脑中来回穿梭、激荡。他发现他很难看清楚玻璃盒里那些时而出现、时而消失的生物。他看到了蠕虫和蜥蜴，但不知道它们是从他身上掉下来的，还是在里面从无到有冒出来的。跟往常一样，他看到了几滴血，然后是大片血。在理查德·格雷戈里讲述亚里士多德对经期妇女和镜子的联想之前，弗雷德丽卡挥舞一面手镜，镜子上装饰着银色水果，布满了鲜血。

后来，其他人说他们也看到过这些东西。

他听到理查德·格雷戈里说摩尼教徒用镜子。他没有感到惊讶。当然，事实肯定如此。他还听到乔纳森·米勒提到刘易斯·卡罗尔的字谜游戏，他想不通的是，在这个世俗世界，面向真实的观众，这些游戏到底传递了什么信息。然后，他开始看到强烈的光芒，他的头开始嘶嘶作响，感觉很危险。经过努力，他终于恢复了平静。屏幕散发着金黄的光彩，明亮夺目，让他身边几个人的肉体显得那么令人难堪。霍利教士污渍满满的牙齿和唾沫，丹尼尔的腹部，甘德的光头，艾莉像棉絮的头发，里奇蒙德·布莱松松垮垮的下巴，尤其是保罗-扎格那双可能是涂画过的鱼眼、那双光芒闪烁的爪子和一头油腻腻的金发，在金黄色光彩的映衬下，看起来像一幅漫画，充满扭曲、失败和罪过。

节目结束后，他找了个借口留在那儿，陪着电视机。保罗-扎格的过度兴奋让埃尔维特·甘德分了心，所以兰姆想留也就留了。大家都走了之后，他再次坐下，又把那东西打开了，房间里充斥着甘德的烟斗味和霍利教士的口臭。已经很晚了。屏幕上只有银色的雪花，光的碎片在混乱地旋转着，像箭头一样进进出出。

他走近屏幕。因为距离非常近，他的呼吸吹到屏幕上，可以听到咝咝的声音，他感觉到它的力量渗透到了他的指尖和毛囊中。他的白头发立了起来。他的杂色胡须呈扇状散开。他在光线碎片中间看到他幻影一样的脸，他好像看见一个人飞速朝他奔来。屏幕上的那个人像一个潜水员，不过是从水下深处冲出表面。

"他"站在阁楼的地毯上，一双白花花的脚很漂亮。那张脸是拉姆斯登的脸，但也很漂亮。这个人的身上洒满光线，既五颜六色，又是无色的，或者说是白色的。

"就要开始了，"他对拉姆斯登说，"此时此地，就要开始了。"

"害怕。"

"当然。很不容易。要面对，坚持住。"

他伸出双臂，像是要抱住一只黑暗或者明亮的球。他拿到的东西很小，很小的一个球，放在他的手掌上，非常冷，又很重。

看起来好像很温暖。看起来像一只眼球，覆盖着鲜活、脉动的血丝。好像知道有人看着，血丝跳得更厉害了，但摸起来很冷，而且一动不动。

他被告知，肉体眼球干净的时候，性灵的眼睛就会看得很清楚。

人的肉体如果干净，就会显得轻盈、对称，丑陋的印象会像鳞片一样从身上剥落。

"你要把信息告诉他们。让他们变得干净。你要把光线从黑暗中分离出来。"

他隐约看到了他即将失去的东西，或者已经失去的东西。一下子就回到了十一岁那年最后一个"正常"的日子，大腿肥胖，好吃好喝，笑声爽朗，都很正常。

他被告知那些东西都不是真的，是幻觉，是肿块，样子很恶心。

他看到了他自己的脸，头上顶着一个用骨头或荆棘的幻影编制的巨大皇冠。他抬头看着形状像指尖似的月亮，一小束光从电视屏幕中跳出来，穿过他，所以，天空和浓密的空气都在闪闪发光，像一群鱼。

"你会告诉他们的。"神我说。神我融合在光线中。他跌倒了，像个木偶一样，嘴里吐着泡沫，不停地抽动。

丹尼尔回来看到他躺在地上，喊了人来帮忙，把他送回房间，放到床上。

丹尼尔不知道他为什么回去。他就知道他回去了。他知道要保持呼吸道通畅，要把舌头压下去。

后来，他认为自己可能救了他的生命，但没有机会用天意来加以解释。

布伦达·平彻致阿夫拉姆·斯尼特金

　　我希望你收到了我寄给你的磁带。里面有非常难得的好资料。我本想把它们留在这里，但是，如果被发现会非常尴尬，当然，这个项目也会戛然而止。我想你此时正躺在大篷车里，盯着车顶，那里好像有看不见的景象。请发挥一点想象力，给我来一点消息，让我放心。拜托了，阿夫拉姆，请你振作起来。我必须承认，我也想听听社会学家的声音。在这里，我感到有些孤独，有些困惑。可以这样说，伪装是很累的事情，甚至可能让人迷失方向。

资料非常丰富，这就是问题的一部分。我禁不住诱惑，我一定要向你大致描述一下现在的情况，包括一些假设，等到我认真分析磁带上的数据，这些假设才能得到验证，希望你妥善保管那些磁带。之所以说这些资料非常丰富，是因为每个人对宗教术语和文献的用法截然不同，而我认为这些术语和文献是支离破碎的，存在一些矛盾。当然，其中大部分与吉迪恩·法勒有关。霍利教士是一个所谓"上帝已死"的神学家。我对他讲的语言一知半解，不能明白他的意思。我有时会尖锐地批评自己。在我的脑海中，没有与"无中创有"或"从无中创世"相对应的图像。我是个实用主义者，我想。

不过，对于法勒，我能领会他的意思。昨天的"敬拜会"，我有录音，最能体现法勒的特点。贵格会教徒知道如何传达精神和道德思想，长话短说，他们比较尊重别人，我喜欢这些人，但法勒似乎还不懂得怎么避免长篇大论。我可能需要对数据进行认真科学的分析，但我认为，我对他的思想有直观的感知，而直观的感知应该作为民族学方法论实地调查的一种方法。

在录音的开头，你会听到奇怪的声音，沉重的脚步声和呼哧呼哧的声音，这是每次敬拜会开头的触摸问候，这是一个必需的环节。也就是说，你必须触摸所有的人。渐渐地，法勒的衣服会越来越华丽，英国国教的气质越来越少，我的录音无法体现这一点。在录音的这次会议上，他穿着白色的羊毛长袍，领口敞开，看起来有点鼓鼓囊囊。长袍绣着阿兹特克人或者说秘鲁人的主题图案，色彩非常艳丽，有大片的桃红色，有大片的宝石绿，也有零星的黑色和黄色。他下身穿着普通的蓝色牛仔裤。我认为有点太紧了，不会很舒服。真的，阿夫拉姆，他的裤子很紧，拉链都快拉不上，针脚都爆了出来。他的屁股又肥又大。脖子上围着好几条链子，有青铜链子和皮带子，吊着各种符号，其中，十字架（顶部弯曲）只有一个。手腕上有太阳，有月亮，有代表男性和女性的符号，还有类似星象符号的东西。还有鱼、双胞胎、箭矢和大水罐等。好吧。我会列出一个准确的清单。但我不喜欢靠近他，这些东西都缠在他的头发和胡子上，等等。

因为新成员的加入，触摸仪式变得更加复杂，这很有意思。他们俩都非常拘谨。一两个星期前，约什·兰姆突发过癫痫。法勒问候他的时候，他伸出手指去摸他的脸颊，谁向他问候，他都用这种方式回应，对我和对法勒都一样。那个女人，露西·奈比，则一声不吭。我等会儿再说她的事情。她成了大家八卦的话题。她遭受过家庭暴力，自从孩子和丈夫受了重伤，她就基本变成了哑巴。大家都努力要让她开口。她看起来非常善良，连一只苍蝇也不忍心伤害。但她受不了人家碰她一下。总体而言，小组的成员都对此表示尊重，和她保持一定的距离。有人进入距离她三英尺的范围内，她会浑身颤抖。吉迪恩·法勒抚摸了她的头发，像在驯马一样。她并没有反过来抚摸他的头发。

我觉得法勒将兰姆当成了竞争对手。这没有科学的依据，只是一种感觉。他很在意他说话的时候兰姆有什么反应，自从兰姆来了以后，他就更加夸夸其谈。

在录音带上，有一个贵格会的成员谈到布莱克和他的老虎和小羊羔，另一个谈到保持安静的好处，然后，你就可以听到吉迪恩·法勒的长篇大论。我认为他最喜欢说的一个词是"同伴友谊"。另一个是"欢迎"。再一个是"无边无际"。他一直在说要打破界限。

我觉得，许多现代宗教运动都热衷于打破宗教和"正常"的日常生活之间的界限，实际上是要把婴儿和洗澡水一起倒掉。宗教发展的基础是神秘感、距离感和仪式感。法勒曾经穿着法袍站在祭坛上，祭坛上有围栏，教众都碰不到他，如今，那个围栏被象征性地拆除了，祭坛上的屏风也被拆除了，烧毁了。过去，他常常拿着象征性的威化饼站在圣坛前面。如今，围栏、桌子、面包、葡萄酒以及他本人都失去了神秘感，失去了神话的色彩，因此，他必须更加卖力，才能保持他的魅力，保持这群人对他的热情。他的话很多，你能在录音带上听到他的声音。请你拷贝好，收到磁带后要给我确认，我有些不放心。他讲到旧教堂的事情，说教堂如何保持开放，来者不拒，让大家都能吃饱肚子，而且让精神世界和日常世界的边界一直敞开着。他的慈爱还在硬皮三明治里，面包片是由他切的，熟火腿也是他切的，他干这些活的动作都很夸张。我想问一下，他选择放火腿，是否因为他想破坏犹太人关于猪肉的禁忌？他像一个"东道主"。他确实有将自己等同于上帝的倾向。他喜欢引用那句话："凡劳苦担重担的人，可以到我这里来，我就使你们得安息。"不知道这句话里的"我"是谁，是耶稣基督，还是吉迪恩·法勒。

他还强调开放性。他说："敞开你们的胸怀。"我看到他的裤子前裆快要撑开了。好吧，说这种事情很粗俗。他也说："真理必叫你得自由。"他所谓的"真理"，就是每个人都应该对自己的罪过进行全面、公开的忏悔，你会听到，"罪过"这个词在他的嘴里变成了好几个，诸如"严重过失""过失""错误"等，甚至包括"不幸"。同伴的友谊会愈合伤口。"我会减轻你们的负担……我会驱逐恐惧和阴影，你们将生活在光明之中。"这是他的原话。

今天，他超越了人的界限。他的布道很顺利，有一两个人在抽鼻子，还有一两个露出天使般的笑容。于是，他决定试试有没有奇迹，我觉得。他拐弯抹角地提到"我们亲爱的同伴之一"，说她的内心非常沉重，很痛苦，她心里的那根弦无法松弛下来。他说，无论你伤害过谁，无论你被谁伤害过，同伴的分享会开启冶愈的进程，忏悔会让你重获自由。他说，耶稣驱逐了魔鬼，在同伴友谊的帮助下，你可以摆脱痛苦。他走到露西·奈比跟前，两只大手重重地抱住她的肩膀。

效果不是很好。这样说算是轻的。她奋力挣扎，像是恶魔刚刚钻进了她的身体，而不是从她身体里跑出来。如果那里有人不相信她是哑巴，我想他们必须承认自己很失败，因为我认为她会始终板着那张可怕的面孔，只会在内心无声地尖叫。他抱住她几分钟，她的表情越来越痛苦。我想他以为她是在跟魔鬼搏斗。我个人认为，是他在折磨她。我想他以为他一放手她就会崩溃。他说："这个进程的效果正在显现，痛苦的诞生……"这也是原话。你听听磁带。我不敢播放出来，我怕有人偷听。但是，她并没有崩溃。她站起来，像狗刚从泥泞或水里爬起来一样，她颤抖了一下，转过身，走了出去。他说了一句像是"把眼泪藏在眼里"的话，但实际上她并没有流泪。她就是非常生气。

埃尔维特·甘德跟着她，过了一会儿回来，坐了下来，什么也没说。

晚上，我们看了一个电视节目。主持嘉宾（是这么叫的吗？）是弗雷德丽卡·波特，她是《巴别塔》审判中的证人，当时你录过音的。约什·兰姆癫痫发作的那天晚上，我们看了第一期《镜中奇缘》。这期节目的主题叫作"自由女性"。这是一个聪明的创意。她让一群女人旁若无人地谈论她们做女人的方式。这种公开的聊天跟我的女人派对录音带形成很有趣的反差。她也参加过女人派对。舞台上的女人派对，被秘密录音的女人派对。她们聊了女人的经血，我一直以为不可能在电视上聊这种话题。他们用碗作为主题物品，让这些碗乃至厨房用品都有了仪式感。只要成了讨论的对象，什么东西看起来都会有所不同。这让人们想起了吉迪恩·法勒要努力消除的那种神圣感和神秘感。我在此就不再赘述我的女人派对。这样的女人不是很多，女人也不怎么跟女人聊天。当然，露西不算在内。我怀疑，她们都可以讲一两个关于吉迪恩的故事，但我觉得她们没有讲。她们也可能讲了，但我没有听到。我可能被同化得还不够。但是，我不会为了民族学方法论让他操我的，阿夫拉姆，我是有底线的。他的爪子很热。他既过分自信，也充满焦虑。我差不多该停下来了，以免你觉得我在胡说八道。如果收到我的磁带，请告诉我一声。

埃尔维特·甘德致基兰·夸瑞尔

我感觉，我在全彩电视节目中的表现还不错。当然，住在四便士的人都印象深刻。你的约什·兰姆的癫痫病已不再发作，回到了我们中间来。我们小组发生了一些变化，可以说是剧烈的变化，我需要从专业和个人的角度向你做个汇报。你可能想象得到，这些变化涉及你的两个病人。

昨天举行敬拜会，约什采取了行动——我只能这么形容。上个星期，"牧羊人"吉迪恩·法勒又发表长篇大论，主题是"甜蜜和平淡""开放和接触"。今天，约什回应并驳斥了他，话语中并没有提及法勒。他讲的话很难录下来。他的语气很温柔、平静，很笃定，好像他跟小组的每个成员都很熟，他就像在跟每个成员亲切交谈。他说的话你在信里已经提到了。他说我们低估了邪恶与黑暗的力量。他称赞贵格会教友的直觉，因为教友们感觉，我们所有人都有内在的光明，但他责备教友们太温良，他们没有认识到外在黑暗的恐怖。他说，我们都在给自己讲一个善良、万能的造物主的故事，造物主会分享我们的痛苦，会治愈我们所有的伤口。其实，这是一个人类的故事，我们对黑暗感到恐惧，这个故事用来抵御恐惧。他说，贵格会教徒们的内在光明就像是在核爆炸后的冬天点亮台灯，然后拉上了窗帘。他说，造物主没有将地球做成一个漂亮的带围墙的花园，供人类居住。这里是用混乱物质构筑的，被囚禁在里面的光线暗淡、痛苦。他重复了一两遍，我们跟自己讲的故事是错误的。他说，《约伯记》的故事更好，在这个故事里，上帝与撒旦一起折磨约伯。他说，黑暗物质与被囚禁的光线打仗了，两边势均力敌。我们不是在雏菊之间跳来跳去的小羊羔。我们是血淋淋的替罪羊和不知所措的牛，平时好好饲养，等着被"世界之主"屠杀。我复述得不好。他是个神学家。我不是。

他说这些话的时候声音始终很细，甚至很可爱，然后突然坐了下去。

吉迪恩·法勒站了起来，说这是摩尼教的理念，而我们是基督徒，不能信他们的那一套。他语气暴躁，不像从号角里吹出来的那么清澈。我马上就意识到，是约什故意诱使他这么说的。约什又站起来，说先知摩尼已经凭直觉掌握了真理，真理是他的神我揭示给他的，神我是他在光明世界的双胞胎兄弟。他被活活剥皮，说是要让他感受痛苦，因为掌握真理而被嘲讽，在贝拉斐的城墙上，他被人家往肚子里塞草[1]。他知道真理会沉沦，苦难不会自动救赎灵魂，邪恶可能会占得上风。他的"大道"得以保存，沿着丝绸之路传播到了东方，颇受中国佛教徒的青睐。他的大道就是苦行之道。善不是自然而然的。根据摩尼的故事，自然世界是由邪恶黑暗创造的，而邪恶黑暗吸收并扭曲了"光明"。他设计了释放光明分子的方法。兰姆承认，摩尼的故事是一个神话。耶稣基督也是一个神话，但在历史及其信徒的生活中，这个神话已然成为一个真理。摩尼的神话也是真理，但那是一个屡受挫折和屈辱的真理。如今，物质原子的分裂可以产生可怕的破坏性能量，肉眼看不见的疾病像云又像雾，侵蚀着我们的肌肉和骨头，摧毁着山川树木，那么，也许摩尼的启示和

1　274年，摩尼在贝拉斐城因异端思想而被下令处死，其尸身被剥皮、塞以干草，悬挂在城门口，用以警示摩尼教徒。

摩尼的方法是值得重新考虑的。我们需要极端的补救措施。

我很想知道，如今我们听不到他音乐般动听的声音，看不见他严肃而富有魅力的面孔，感受不到他的思想的潜在威胁，体会不到他真正的恐惧，那么，这句话有没有真理的成分？是真理吗？贵格会成员还有其他人都骚动了，就像强风刮过的水面，也像暴风雨中的玉米田。我忘了说，他讲到了他自己谜一样的故事。他说，我知道，我幸免于难，没有被闷死，也没有被刀子捅死，我得救了，但被送到了黑暗之中，看到黑暗里面有光明在闪耀。他说，至于这些事情意味着什么，我会在适当的时候告诉你们。故事有时是有用的，包括我们自己的故事，有时却是有害的，我们要看到清澈的光，不再受个人因素的干扰。他说，人们可以摆脱个人生活的影响，并生活在光明中，即便这很难做到。

我一直想着肯特伯爵对老疯子李尔说的话，他说，当着他的面他愿意叫他主人。李尔问"什么意思"，肯特回答"权威"。那就是兰姆有而吉迪恩没有的东西。我应该能够对所谓的"权威"进行心理分析，我感到这很有趣。我应该可以说，他本应代表着圣父，甚至圣母，但他没有，你知道的。他有一种"别碰我"的气质。上帝保佑，他是一个死里逃生的人，因为他是一个"他者"，所以无法接触。在吉迪恩组织触摸问候的时候，他会碰到你，也会碰到我，但他修长的手掌摸在脸颊上感觉冰凉凉的，像捂着冰块，却有点灼烧感，也像冰一样透明。不是黏糊糊的那种，而是干燥和冰冷。轻飘飘。你可能想再摸一下，因为这只手蕴含着绝对的镇定感，即使在暴风雨中也纹丝不动。

我一直滔滔不绝，因为你必须知道他弄出了什么名堂。

他就是一块干冰。上周，吉迪恩曾试图让露西开口。兰姆说完后没有坐下来，而是站着转过身，就像经过艰苦的比赛获得冠军的运动员一样。他直视着她。她站起来，很镇定，穿过人群朝他走去。她跪在他面前，向他伸出双手，而且开口说了话。她只说了几个字："我一辈子。"然后重复念叨着这几个字，"我一辈子。我一辈子。"目前还不清楚她是想告诉他说她一辈子都在等他，还是说愿意将她一辈子奉献给他。她的声音一开始很微弱，充满恐惧，随后不断升高。

接下来就是高潮。吉迪恩极有耐心的助手克莱门茜·法勒站起来，走到露西身边。她是一个很好看的女人，但穿得不好看，她穿着一身黑，黑色长裙，黑色套头衫，脖子上围着黑色的围巾，头上也包着围巾。她走路像梦游者一样，手脚颤抖着。我不认为那是在表演，但也不能百分百确定。总之，她走到露西旁边，也在她旁边跪下，跟她一样伸出双手，说了跟她一样的几个字。"我一辈子，我一辈子。"她说。这没头没尾的话成了仪式性的宣示。看到这一幕，我的小艾莉也站了起来，加入那两个女人的行列。艾莉手腕上缠着几根白绷带，像棍子一样的细腿穿着白色的棉袜。"我一辈子，"她说，"我一辈子。"

他就在那里，神圣不可亵渎，三个女人围着他。还有其他人，不包括我。但那已经足够了。所有人都说："我一辈子。"好像大家都知道这是什么意思。

他说："今天，我要用我的真实姓名，我不叫兰姆，而是拉姆斯登。我是约书亚·拉姆斯登。"有一两个人跟着念了这个名字。

他非常优雅，不碰他们的身体，而是朝这些人的头上挥了挥手，画了一圈，大约是要祝福他们，也要叫他们起身。那是谦逊与权威的巧妙结合。

然后，露西让兰姆叫我告诉你，说她愿意回来，并出庭回应甘纳的指控，她愿意做证。兰姆说她有必要这样做，因为她已经知道了她必须重新开始，要放下过去的包袱，轻轻松松进入未来。她的目光总是跟随着他，尽管身体没有跟着。又是一个神圣不可亵渎的人。此情此景，我想起托马斯·怀亚特爵士写的关于安妮·博林的诗句：不许碰我，因为我是恺撒的人。我貌似很温顺，但实际很狂野。他们是一对狂野的人。

我一直在思考，这是什么样的社团体验？目的何在？展示魅力？传播超俗的视野？可以说是要传递精神的力量吧。我想到了荣格和弗洛伊德。面对这样的精神动荡，你会想到荣格，他的世界充满危险，他用在审美方面让人反感的词汇描述精神之旅，例如气质、视觉和地狱之旅等，这必然招致人们的嘲笑，但他无畏无惧。当晚，荣格跟恶魔和动物做了斗争，还说我们所有人都应该下地狱，跟母亲团聚，跟死者为伍，去听他们讲话，然后我们才能形成完整、健康、理智的自我。他说自己可能被集体黑暗及其图像（故事）原型所摧毁，我一直不喜欢"集体黑暗"这个词，但这正是兰姆要让我们看到的，表明他曾经去过隐秘、黑暗的地方。有一些很奇怪的巧合。他说，他在《镜中奇缘》节目上看到了血淋淋的镜子，他还说在讨论卡罗尔的时候提到了双胞胎和朔望，那就是一个征兆。当然很奇怪。这个世界很奇怪。我们亲爱的老顽固弗洛伊德，连同他的头脑和学说，一直待在资产阶级色彩浓厚的维也纳，待在那间发了霉的客厅里面。他设法减少精神体验的巨大差异和陌生感，他尽量进行科学理性的解释，但这远远不够。

扎格和我一直在试验麦角酸的迷幻效果。我见到了弗洛伊德哲学中没有提到的一些美丽的生物，一些幻想的空间，一些恐怖的怪物。天使和牧师的恩宠，腐肉和一堆臭东西。蒂莫西·莱雷认为，对每个人来说，这都是见识无穷宇宙的捷径，我不敢苟同。我想，我同意约什·兰姆的观点，苦行是必需的，我们要走进这些世界，这也是修行的一种方式。

好吧，基兰，他说到他差点被闷死，差点被刀子捅死和被驱逐到黑暗之中的时候，我也哭了。不过，我早就知道那是怎么回事。他们不知道。他正向他们揭开他一点点的谜团。

布伦达·平彻致阿夫拉姆·斯尼特金

你有收到我的磁带吗？我有一种可怕的感觉，最近一次录音是迄今为止最重要的一次，但这次录音有缺陷。似乎有很多咔啦的杂声。那是约什·兰姆的演说，我不愿相信那些话对我的机器的影响有对那群人的影响那样大。关于人和魔鬼被剥皮的有力阐释。听着，阿夫拉姆，你必须将这张磁带复制好，用质量好的磁带。务必和我联系，告诉我你那边有多少东西。我不能全部写下来，这样做感觉怪怪的。务必保持联系。失去了它，我也会失去理智。

基兰·夸瑞尔致埃尔维特·甘德

　　我觉得，露西的问题在某种程度上已经得到解决。她今天早上出庭了。他们想在圣诞节休庭前解决这件事，众所周知，这边的法律程序很慢，所以这个决定让大家觉得很意外，这些法官太好了。拉姆斯登（我们叫他拉姆斯登吗？）获准和她一起出庭，给她提供精神上的支持，因为大家都不知道，如果他不在的话，她会不会又不说话了。法官已经和三个孩子中的两个谈过，他们仍然提供不同的证词。他们分别是9岁的卡拉和6岁的埃利斯。卡拉说，露西拿着耙子去找甘纳。"因为他一直在家里闹。"埃利斯说，甘纳打了露西，然后露西咬了甘纳，接着甘纳拿起耙子，露西抢走他手里的耙子，打了他一下，然后他就跑了。没有人提到在这几个月里孩子们的交流会对他们的证词造成什么样的影响。孩子们没有出庭。有人担心最小的那个，叫安妮吧，可能有一只眼睛会失明。我跟你说过。有些人显得怒不可遏。根据他们的证词，特别是甘纳的证词，他们必须起诉露西。

　　甘纳率先做证，他给自己做证。他身材魁梧，怒气冲冲，走路的时候身体稍微偏向一边，证明自己受过伤。他的伤口可能已经愈合，但他看上去还是绵软无力。他说他知道自己不是一个完美的丈夫，但他没有干那种事情。他没有打孩子。露西的神经病发作了，她大喊大叫，还拿了耙子到处乱打。耙子打到了他的脸。他的脸上确实有伤疤。律师问他，既然孩子们有危险，他为什么会跑到鸡舍那里去，他说他把摩托放在那儿，他要骑着去找警察。他说他离开的时候孩子们很好。他说他觉得她不会伤害孩子，她以前没伤害过孩子。律师问他事情是怎么开始的，他说那是因为他嫌厨房太脏，这是事实，露西就是个懒婆娘，他骂她是个懒婆娘。但是他只是骂了她，没有打她。他说："她身上没有伤。"不幸的是，这是真的。

发现他们的人提供了证词。发现露西并报警的是两位科学家，都是研究蜗牛的学生，一男一女，还有一个数学家。他们说甘纳知道孩子们受了伤。那个女科学家杰奎琳·温瓦尔说："他一直在说，孩子们受伤了，伤得很重。"她说，她追问了他，但他说的内容有点前后矛盾，可能是因为他流了太多血。但是，他肯定说过孩子们受伤了。律师问她，他说这些话的时候是什么语气？他有没有说是谁伤害了他们？我很佩服律师，在询问剧烈情绪乃至暴力事件的时候，他们始终能保持"客观""中立"的语气，这是一种超凡的能力。温瓦尔小姐做证时用词精确，而又不带感情色彩，是个模范证人，她说他肯定没有说是他伤害了孩子们。她说，他的语气可以说是愤怒。不管说到什么，他都是怒不可遏的样子。她说，他实际上也没有说是露西伤害了孩子们。他更在意自己的状况。考虑到当时的情况，这可能算是自然的反应。他非常清楚，露西是想要他的命。她说，他说这句话的时候也是怒气冲冲。一个大男人被一个小女人追杀，那是一种耻辱。他很愤怒，因为那是他自己的铲子。她寥寥数语就让大家感觉到，甘纳当时完全失去了理智。但是，她没有说他说过他伤害了孩子们。

轮到露西做证的时候，大家都很温和。她在被告席发言，有一个社工坐在她旁边。我和拉姆斯登分别坐在法庭的两侧。她说话的时候一直看着他。她的声音很小而且沙哑，好像她都不知道自己说出来了没有。

她说甘纳拿耙子袭击了她。她说他经常打她，特别是在他喝酒的时候。不过，他当时没有喝酒。没错，她追着他跑到了鸡舍，用铲子捅了他。她那样做是在自卫，当时他们吵得很凶。他本来是想要用重物打她的。他拿的可能是扳手，没错。她一直没有直视前方。她在哭。是的，她很害怕。是的，她为自己的生命感到恐惧。

那么，她为什么离开孩子们？她看着拉姆斯登，希望他教她怎么回答这个问题。她说，她不知道，她记不得了。

是谁伤害了孩子？她又看着拉姆斯登，她回答说，是甘纳伤害了他们。她补充说："他总是随意伤人，不过脑子。"

不是她自己伤害了孩子吗？

不是，她说。

她伤害过他们吗？

她开始摇头，摇得像拨浪鼓。"你为什么要这么问？为什么？我不会。我没有。他们是我的孩子。"

"他们也是甘纳的孩子。"

"他要伤人的时候，不会想到这个。"

那么，她为什么跟着甘纳到鸡舍那边去，却把需要帮助的孩子们丢下？

她盯着拉姆斯登。

"我不知道。都完了，当时我知道一切都完了。人并不是一直都那么理智的。"

"你什么意思？什么完了？"

"都完了，都完了，一切都完了。"

她的那张小圆脸上写满了痛苦。包括我在内，所有人都很同情她。她被判犯有伤害他人身体罪，被判处缓刑，条件是必须去精神病医院接受治疗。显然，警察、社会服务机构和法院都偏向露西。警察抓过甘纳几次，有几次是在酒吧打架，有几次是以危险方式驾驶摩托。甘纳说，他不想在这儿待着了，然后咚咚咚地走了。房子和土地都是露西的，不是他的，所以，人们一直认为他跟露西结婚就是冲着这些东西来的。现在事实证明，他们实际上没有结婚，因为他在冰岛有一个合法妻子。在他们"结婚"之前，他是一个海员，不是农民。

不过，埃尔维特，我第一次感到纳闷起来。到底是谁伤害了孩子？到底发生了什么？我们都提出了审慎、中立、探索性的问题，也表达了我们的困惑。我不知道是否有人知道那天发生了什么，以后又会怎么样。

但是，我需要赶快见到你，和你说说话。露西建议将邓维尔庄园交给灵虎会，建立一个宗教或者治疗社区中心。实际上，她是想交给约书亚·拉姆斯登。如果那些贵格会教友来了，我想是有好处的，没什么坏处，对许多人来说确实有很多好处，当然也有潜在的危害，不小的危害。我需要见你一面，当面讨论拉姆斯登的心理状态，说"健康状态"似乎有点过头，也要讨论一下露西的情况，现在让他们俩都出院是否合法，我还想讨论一下新小组的定位。

拉姆斯登很有自信。他说："这是我们做好事的机会。"有时候，我们必须冒一点风险。不是吗？

第14章

秋季学期结束时，非数学小组就沦为一个鸡肋，活动地点在布雷斯福德的阿格斯之眼，基本上由四个人组成，分别是文森特·霍奇基斯、卢克·莱斯加德-皮科克、马库斯·波特和约翰·奥托卡尔。马库斯被卡尔德·弗洛斯教授任命为召集人，奥托卡尔则代表大学的计算机专业。

霍奇基斯解释说，由于行政管理事务繁忙，副校长不能前来参加。他说，反大学运动不断发展壮大，就像米甸的东道主一样。塑料帐篷像蘑菇一样不断从地下冒出来。大篷车和露营车来来往往。北约克郡大学的学生纷纷加入了反大学的课程。乔蒂·苏提斯的半情景主义者定期与学生会主席尼克·特费尔开会。现在，学生针对四年制课程发起了正式的抗议活动，尤其反对强制学生学习数学和语言。霍奇基斯用拖着尾音的牛津腔说："他们比较关注贴近生活的理论和实践。"他坐在木头长凳上，靠着靠背。

卢克问反大学在教些什么。霍奇基斯说，阿夫拉姆·斯尼特金曾经发起并主持了一场长达13个小时的会议，讨论那样的人造论坛是否应该或者可以讨论什么东西。人们还充满热情地参加反对考试的辩论会，以及一门说是要"剥去压迫性结构神圣外衣"的课程。他们连续观看36小时的电视，主题是"反对消极的消费主义"，最后，电视被情绪激动的人们拿锤子砸成碎片，还被烧成灰烬。

威基诺浦夫人还开设了几门课程，吸引了来自北约克郡大学内外的众多听课者。她的讲座主题包括"神秘的身份""神示占星术""古代世界的秘密智慧"。她还主持关于手相术、解梦、风水和占星术算命的"互动会议"。

卢克说，杰勒德·威基诺浦要么就是傻瓜，要么就是圣徒。

霍奇基斯说他肯定不是傻子。他可能是个圣徒。他是一个天生的自由主义者，认为自我表达是一种权利，他还认为，最终，学生们都能够明智地运用口才和理性。

"理性即压迫，"马库斯说，"数学塔的墙上有一张海报就是这样说的。"

霍奇基斯说，他是学监，分管世俗事务，也许应该有所作为。这意味着，他得拥有权威和权谋。"这都不符合我的个性。我更喜欢坐在这里，读读维特根斯坦的书，喝喝啤酒。我认为学者都不善于行使权威。至于威基诺浦的妻子，她不是他的个人财产。她没有签署过要保持沉默的誓言。"

卢克说，他认为副校长将利他主义推到了荒唐的高度。霍奇基斯说，卢克的灵魂似乎正承受着痛苦，对此卢克没有回应。没有人提到杰奎琳的缺席。约翰·奥托卡尔仍在努力开发复杂的程序，希望能够帮她分析动作电位波动，但是，非数学小组开展活动至今，他没有跟她说过一句话，也没有过问她的任何事情。卢克在撰写关于性别和利他主义的论文，涉及的数学问题同样复杂，约翰也在帮助卢克解决数学难题。卢克对约翰·梅纳德·史密斯的研究非常感兴趣，史密斯认为，物种有性生殖的代价高于孤雌生殖，尤其是消耗的能量。那么，生物为什么不采用发芽或克隆等简单的繁殖方式。他已经确定北部的黑蛞蝓是自体受精，克隆繁殖，种群分布比较分散。南部的红蛞蝓通常是雌雄同体，采用有性繁殖，会为获得性优势而相互残杀，甚至相互蚕食。如果你带一大桶温和的克隆蛞蝓回家，它们会相安无事。相反，如果是一桶红蛞蝓，它们会相互绞杀，最后只剩下一两只通过自然选择的强者。如果将它们放在炎热干燥的环境里面，黑蛞蝓会相濡以沫，彼此抱在一起，而红蛞蝓则因为相互不信任而各自缩成一团。

霍奇基斯指出，生物学家对"利他主义"这个词的解读让人不安。所谓"利他主义"，是指人们对他人的社会关怀，甚至是爱。例如一个人会为朋友牺牲性命。这是杰勒德·威基诺浦说的（如果属实的话）。这不仅涉及种系的延续。

"我们长大以后，"贵格会教友约翰·奥托卡尔说，"都会学习云雀妈妈，假装拖着受伤的翅膀，将猎人引走。有人说，这表明爱和利他主义在自然界也都是存在的。"

卢克说："对于数学原理，你比我更精通，但我认为这是个以小博大的概率问题，云雀妈妈通过自我牺牲，保证她的基因得以繁衍。从统计学的角度来看，母爱不算是最完美的爱。同卵双胞胎之间的爱才是，就像克隆的黑蛞蝓一样。"

约翰·奥托卡尔慢条斯理地说："同卵双胞胎的一个，既是另一个的母体，也是另一个的兄弟姐妹。这是有性繁殖之后的孤雌生殖。"

卢克正准备就亲缘理论进行深入的阐释，这时他意识到，对约翰来说，同卵双胞胎的问题涉及他的个人问题。他说：

"比尔·汉密尔顿一直在研究恶意的数学原理。他在人类之外的生物界寻找恶意取得成功的例子。恶意不同于自私。伦理与生物学格格不入。我认为红蛞蝓是没有恶意的，母鸡在拥挤的鸡舍里互相残杀也一样，最弱者是被残杀的对象。"

"替罪羊。"霍奇基斯说。

卢克说："替罪羊是一个宗教概念。宗教是阐释人间现象的体系，并不细究因果关系。"

"人类是有恶意的，"约翰·奥托卡尔说，"人类喜欢搞迫害。人类会组成团伙，迫害异类和弱者，会拔苍蝇的翅膀，烧死猫。"

"人类发明了自我牺牲和朴素的友善。"霍奇基斯说，"尊重别人。伦理的单元存在于两足动物的皮肤，而不在螺旋中的分子。"

约翰说："要维持伦理，宗教信仰是必需的。"

卢克说："没有人可以用谎言来捍卫真理。"面对这个狂妄的言论，平常说话一本正经的霍奇基斯说了一通充满嘲讽又很激愤的话。小组讨论会演变成什么样子将无从得知，因为它被打断了。

一个女人带着一个孩子出现在了酒吧门口，他们手拉着手，头发颜色火红。那是弗雷德丽卡和利奥，他们母子俩是被温妮弗雷德叫到北方来过圣诞节的，他们来找马库斯。她大步朝他们走来，看样子，她很高兴见到他们。他们见到她却不那么高兴。她打断了他们的谈话。

利奥兴高采烈地叫："约翰……约翰……"由于约翰看上去很凶，皱着眉头，所以他有些怀疑，试探性地问："你是约翰吗？还是保罗？我知道你就是约翰，对吗？"

"这有关系吗？"约翰语气很冲。

"妈妈问……"弗雷德丽卡对马库斯说，她环顾左右，"你们都在这里，真好。杰奎琳呢？我想这时候蜗牛正在冬眠。天这么冷。我本来就想和你谈谈，卢克，我想问你，你有没有兴趣参加一个电视节目……"

卢克站了起来。

"没有，"他说，"我不想去。我得走了。"

"我回头再跟你具体谈谈……"

"不必。我认为，用非常简短的句子和非常简单的词汇来表达复杂的思想，同时还插科打诨，那是在胡闹。毫无意义。我得走了。"

他走了。弗雷德丽卡凝视着他的背影。酒保走过来，说利奥是小孩子，不允许待在这里。约翰·奥托卡尔说："来吧，利奥，我领你出去。"

弗雷德丽卡垂头丧气，将妈妈的话传达给了马库斯。霍奇基斯坐在长凳上，靠着靠背，看着这对姐弟，觉得亲缘选择理论对他们好像不起作用。这个女人也长着一头红发，但她精力充沛，咄咄逼人，和那个弱不禁风、沉默寡言的数学家截然不同。当时，他并不知道，马库斯也在想他和弗雷德丽卡怎么看都不像一家人。马库斯觉得，斯蒂芬妮还在世的时候，他们姐弟三人的关系比现在密切多了。就这样，他想起了她的不幸逝世，他一直都在克制自己，让自己不去想这件事。他不需要自我牺牲。只要当时他头脑清楚及时切断电源就够了。但他没有做到。他面无表情地盯着啤酒杯，说他马上就回去，他会打电话给妈妈，他有些事情……

"我们在吃饭，"霍奇基斯说，"顺便讨论一些事情。"

马库斯抬起头，然后又垂下去。霍奇基斯想，他对人不感兴趣，直到现在，他也没有认识到我对他很感兴趣。

弗雷德丽卡站了起来，她已经不知不觉地破坏了这个和谐的团体。她转身出去找她的儿子和情人，对于这个情人，她也不知道该怎么办。

这家布雷斯福德唯一的餐馆很拥挤，说是意大利餐馆，但名不副实。霍奇基斯开车将马库斯送到荒原上的一间旅馆，叫作"约克玫瑰"。饭厅布置得很精心，烧着一大堆柴火。地上铺着地毯，走路没有声音。这里还有三对夫妇，都很安静。桌子上铺着白色的锦缎桌布，银白色的烛台上点着蜡烛，天花板中央挂着一盏非常明亮的吊灯。霍奇基斯问吊灯能否调暗一些。绿色的窗帘上印有白玫瑰和野蔷薇的图案，霍奇基斯点了一瓶白勃艮第酒、一碗菠菜汤和一份烤比目鱼，马库斯也点了这些。

"不用这么为难。这是不得已的利他主义。我有个问题，需要你的帮助。而且，你看起来也饿了。"

"真的吗？"

"真的。"

马库斯搅拌着汤。霍奇基斯觉得他从不正眼看人。他是一个单子。要跟他说这些吗？最好不要。他看到马库斯换另一种方式搅着汤，小心翼翼地喝了一口，然后擦了擦嘴。霍奇基斯想，我不能用肉的美味来勾引他，于是给了他一个面包卷。他说：

"我想，也许你能帮我解释一下康托尔的无限集合。"

马库斯放下汤匙，喝了一口酒。

"1939年，维特根斯坦做了一次关于数学基础的讲座。他质疑了康托尔的对角论证法，可以说是猛烈的抨击。"

马库斯抬起头来。

"为什么呢？"

"你能解释一下吗？我不了解基本概念，就无从思考。"

"好的。"马库斯说。他笑了，笑得很温柔，虽然略带腼腆，憨态可掬。

他做了解释。对角论证是一种将有限集与无限集相关联的方法，可视化为几何图形。如果可以一一对应，则两个无限集是对等的。也就是说它们具有相同的"基数"。例如，所有偶数的集合，或所有自然数的集合，1、2、3、4等。它们可以用一组对角线来表示。他伸手到夹克口袋里摸出来一个信封，画了一个分叉的网格。霍奇基斯拿出一本皮边笔记本。他们弯下腰，头凑到一起。马库斯的头发有青春的气息，他的皮肤散发着金缕梅婴儿肥皂的淡淡气味。他纤细的手指在纸上有力而自信地画，画出一条条线。他的铅笔折断了，霍奇基斯把自己的笔递给他，看着他调整握力，测试笔尖角度和墨水的流畅性。那是一支粗短的笔，颜色斑驳，黑色夹杂着午夜蓝色。在马库斯的掌控下，这支笔画出了一连串蜘蛛网，看起来也像一副鱼骨架。

"然后，就可以系统漂亮地排列有理分数，就像这样……"

霍奇基斯看着马库斯自信的手指编织着网格，好生羡慕，感觉自己就像一个笨拙的孩子，看着一个轻巧而敏捷的孩子在体育馆里，系着绳索在空中飞舞，而他自己连绳子都系不上去。

"明白。我差不多明白了。你说的时候我就明白了。这与哥德尔不完全性定理有关系吗？"

"有关系。"

马库斯又画了一些线，喝了两杯酒。他解释了连续统假设，他还说康托尔疯了，人们认为，正是这个假说害他发疯的。这时，他的脸上笼罩着阴影。他放下霍奇基斯的笔。

他说："我能理解。"

"数学会让人发疯吗？"霍奇基斯轻声问道。马库斯抬起头，目光离开了鱼骨头架子，离开了盘子上的白花花的眼睛和比目鱼张开的嘴巴，与霍奇基斯四目相对。

"为什么维特根斯坦讨厌对角论证？"

"你提出了一个我无法解决的问题，我不理解他为什么讨厌。他简直把对角论证当作了妖魔鬼怪。他说那是一种魔咒，就像巫术一样，数学家就像中了邪，他们觉得对角论证的数学和逻辑是连贯的，所以认为那是真实的，不可辩驳的。数学家希尔伯特说：'没有任何人能把我们从康托尔创造的乐园中驱逐出去。'维特根斯坦曾经在课堂上对学生们说，他从未想过要把他们从中赶出去。他只是要证明，那不是乐园。那简直是一片沼泽，充斥着哲学的鬼火和混乱，以及虚幻的形而上学。他说，看明白了以后，他们会自行离开，维特根斯坦说他们会离开。我认为你想留下来？"

"非常漂亮。"马库斯缓缓地说。

"真实吗？"

"我觉得很真实，我甚至觉得比现实世界更加真实。"他环顾四周，"尽管都是数字，但比这个汤啊，蜡烛啊，汤匙啊，火焰啊，都更加真实。"

他仿佛看到那些液体、固体和气体，那闪闪发光的银器以及蔬菜的纤维，分解成旋转的分子，那是由颗粒运动形成的。他抬起头，刚好碰到了霍奇基斯好奇的目光。

那个哲学家说："据我所知，有些数学家认为，有穷数是真实世界中凭直觉可以发现的真实事物。但是，他们并不都认为完全无穷集也是真实的。也许是心理幻影。虚构的？你跟我说说。"

"不好说。很难说清楚。"马库斯不善言辞，"实数可以在纸上画，也可以在脑海里进行实验。但我觉得无穷数不行。无穷数可能只是大脑中的闪光，要考虑数字，我们是需要大脑的。"

他已经很久没有跟任何人谈论事物的本质了。他隐约地意识到霍奇基斯的存在。霍奇基斯看着他用手指在白色锦缎上画圈，还刻意表现得更加温和。

马库斯犹犹豫豫地说，康托尔的证明，还有无穷集，确实都像宗教。这个词让他感到很苦恼。他说，有穷数是可见的宇宙。即使我们对有穷数及其性质的描述是错误的，但它们也是存在的，肯定是不完全的。无穷数就像天使一样，是形式的形式。

"维特根斯坦讨厌天使吗？他是否认为天使其实就是恶魔？奇怪的是，对于无穷数，我全身都可以感受到，不仅是我的大脑，那不纯粹是大脑的事情。我感觉我和它们是一体的，不是在观察它们的旁观者。我有可能会摆脱不了它们，因为它们是人类编造的。"

他朝霍奇基斯微微一笑，霍奇基斯觉得他罕见的微笑既纯真又美丽，他似乎变成了另一个人。

"你听得懂吗？"

"要用类比的方法。我要用其他东西——我确实能明白的东西——来代替我不懂的无穷数。但我知道用全身去思考，用头脑去观察。两者之间既有联系，也有区别。"

马库斯叹了口气。

"天使是虚幻的。燃烧的天使拿着剑，站在天堂的大门口。我要告诉你一些我不会告诉别人的事情。小时候，在解数学题的时候，我经常幻想看到一个花园，这很管用。也许不能叫作幻觉，我确实看到了一个花园。花园里有各种各样的数学形式，树权啊，山丘啊，喷泉啊，这些都是。天使般的树权、山丘和石头。它们有不同的颜色，有些没有颜色，是透明的。我过去常常把问题带到花园里，想从中寻找答案，不知道你是否能够理解。"

"我不太能理解。"霍奇基斯实话实说。出于职业习惯，他一直都实话实说。"我倒是联想到了一种实际尺寸的弹珠机，它肯定跟你说的不一样。那是像听不见的音乐吗？还是完美但未经演奏的交响乐的乐谱？"

"弹珠还行。弹珠机确实也让我产生那些联想。它不会完全静止。喷泉周围环绕着蜿蜒的小路，螺旋状的树枝环绕着树木。我认为，那些树权状的东西，有生命的，没有生命的，都存在。有生命的包括动物的树突和支气管之类的东西，没生命的有破碎的晶体或雪花。"

"你现在还能看到花园的景象吗？"

马库斯微微发抖，耸起肩膀。

"我十几岁的时候得了病。自从那段糟心的经历后，我就再也看不见花园了。"

"你被赶出了天堂。真可惜。"

"我真的以为我疯了。"

他不再看着这位哲学家了。霍奇基斯风轻云淡地跟他说，弗朗西斯·高尔顿收集了许多人写的叙述，他们说在幻觉中看到过风景、色卡纸或者楼梯，然后以此为基础进行数学计算。他们很惊讶地发现自己并非异类。高尔顿本人也有幻觉。

"他可以在幻觉中看到一把尺子，也看得到尺子上的刻度。"马库斯说道。

"你正在研究思维机器，在研究计算机和大脑的关系吧。"

"没错。但没有成果。这都跟概念形成和决策有关。我喜欢机器能识别图案，但人工智能跟交换机和离散模块有关。关键在于数字运算。有一种原始的自动机可以模拟有限次数的大脑运算。不过，我想要……"他犹豫了一下，"我想要……"

他不习惯于按自己的喜好去思考，如今却说到他自己想要干什么，这很新奇，他一时不知道怎么说下去。

"你想干什么？"

"我想要……研究数字和事物的必然关系。我想要弄明白，为什么有些东西会呈现斐波那契螺旋式增长。树上，细枝环绕着粗枝，粗枝环绕着树干。雏菊花和向日葵也一样。还有蜗牛和松果。数学要和物理学和细胞生物学相结合，而且……我想要解决叶序的问题。"

霍奇基斯说："艾伦·图灵对这个很痴迷。据我所知，他想象中的思维机器，是卡尔德·弗洛斯作品的幕后功臣，对你的数学也有作用。维特根斯坦说，整个数学逻辑系统，就是所谓遵循人类规则的'语言游戏'。图灵说，如果微积分中存在矛盾，那么，用它建立的桥梁就迟早会倒塌。"

马库斯好像可以看到那座桥梁，以及桥桩和桥拱，然后又似乎看到这座桥分崩离析，灰飞烟灭。

他说："这不只是游戏。"

"图灵口袋里装满了松果，他四处走动，想证明叶序的奥秘。他希望能够改进他的机器，无论是真实的还是虚构的机器，他想要解决诸如此类的问题，如胚胎的生长、斑马皮肤、飞蛾翅膀、羽毛上的规则图案……"

"这个我不懂。我们确实需要更快更好的真实机器。但是，我觉得我们可以……"

"那么，你应该为此努力，对不对？人生很短。"

"我不懂物理学。我也不懂细胞生物学，太难了，非常恐怖。"

他的眼睛里放出了光芒。

"你应该和威基诺浦谈谈。他也对斐波那契数列很感兴趣。他支持跨界。他希望你也研究物理学、细胞生物学和算法……"

霍奇基斯叫了巧克力蛋奶酥，菜单里形容它是"邪恶黑"。马库斯又放松下来，甚至变得兴高采烈，他说卵泡膨胀的数学原理也很有趣。霍奇基斯用舌头卷起热饮料和脆面包皮。

"你对所有事物都感兴趣，就对人不感兴趣。"

"我不善于和人打交道。"

"杰奎琳喜欢你……"

"她很努力。她精力充沛，但她过得很不好。"

"她不是要和莱斯加德-皮科克结婚吗？"

"出了一点问题。她很不高兴。"

"和你没有关系吗？"

马库斯坐在座位上，扭动着身子，很不自在。

"不，不，和我没有关系。"

　　霍奇基斯明白，他们的关系很脆弱，如果他想维持这样亲密的关系，他就不能再继续八卦下去了。他感觉他的血液在嗡嗡作响，他好像进入了另一个极端的世界，那里有透明的树木，一排排天使站在闪亮的钉子头上，忧郁、泪汪汪、闪闪躲躲的眼睛上面长着长长的、无色的睫毛。他用漂亮的鱼钩在平静的海上钓鱼。这种感觉就像巧克力的苦味一样令人愉快，也像马库斯酒杯中晃动的白色、金色、草绿色混合的酒。他告诉过马库斯，语言和爱是通往无穷集的途径。马库斯没做出任何回应。在那一刻，他的喜悦更加强烈了，尽管他最终追逐的可能不是天使，而是无穷沼泽中恶魔般的野火。

第15章

布伦达·平彻致阿夫拉姆·斯尼特金

　　此时此刻，我们聚在邓维尔庄园。我们自称"治疗社群"，但是，至少在社会学家们眼里，我们明显像是一个原始的宗教小团体。虽然我觉得这非常让人激动，可是，说实话我有点害怕，因为这种近乎激情的集体热情是那么陌生。我会继续录音，做科学记录。这个地方十分偏僻，寄信很不方便，要是能收到你的回信该多好啊。如果你就在我所想的那个地方，或者你之前在那儿，那我想我们相隔不远。阿夫拉姆，看在上帝的分上，请你回信好吗？你知道吗，现在我哪儿也去不了，你怎么不回信呢？如果没有书信来往，我们怎么交流呢？我会设法混进购物小分队，肯定有人要去购物的，希望去购物的时候能把这封信寄出去。

　　大家已经在谈论食物自给自足了，想自己种地。不过有两个问题：第一是冬天来了，我们正准备庆祝冬至，在冬天耕地种田简直是天方夜谭，有的人却暗自庆幸；第二是摩尼教徒不种田，他们认为种地会伤害地球和生物。有几个晚上，约书亚·拉姆斯登曾以"温和的摩尼教徒"为题进行演讲，或称"布道"。摩尼教徒分为选民和听众，选民从不耕地，不伤害任何树木或生物，只吃听众提供的食物。听众为选民提供食物，以此积累功德。约书亚的演讲颇有魅力，他说他觉得我们所有人都是听众，没有一个人是选民，不能装作是选民。他还说，摩尼教徒相信进食就像性行为一样，会囚住物质中的光明，而吃高级生物会"流失"更多的光明，所以摩尼教徒只吃蔬菜。这与贵格会教友不谋而合，许多贵格会教友都是素食主义者。同样，约书亚也没有规定任何人必须做什么事情，只是说明他打算做什么。

眼下团体正发展融合成社区，原因有二：一是繁重的劳作；二是仪式。

繁重的劳作反而简单，起码开始是简单的。我曾经提到过，那座房子原来是露西·奈比的。从法律上讲，现在房子也是她的财产，尽管她提到过"赠送"。自从她和丈夫闹得不可开交之后，房子就一直关着。现在房子里一片狼藉，好在内置的古董厨具还算完好，不过所有卧室的家具和椅子都遭了殃。我们把所有东西都搬到贝丘（我不确定贝丘是什么地方，只知道类似于一块农家空地），燃起大火烧掉。我们烧了很多椅子、桌子和床上用品，包括儿童乐园的家具和婴儿床。有一两个贵格会教友说得有理，他们说这些东西都还挺好的，要是送给有需要的人，可能更好。但是，露西和约书亚（在吉迪恩、克莱门莴和霍利教士的支持下）说，这些都是腐败的家神，被欲望和愤怒污染过，它们被毁灭了，新世界才会到来。我们捣毁了很多精美的盘子、杯子和碟子，换上了普通的白色陶器和灰色毯子。最后，大家提出要自己做锅、做衣服，这能保护物质中的光明吗？我不知道。我不知道摩尼教徒会用合成纤维做什么，也不知道约书亚·拉姆斯登会说他们做了什么。一方面，很多事情在切实发生，例如捣毁物品和素食主义，与此同时，他又解释说很多东西是象征性的，例如关于物质中的光明的现代科学理论、煤炭的植物起源，以及光合作用等。他实在左右为难。

现实中，听众常常谈论性爱的话题。真是令人吃惊啊！我们有很多繁重的体力劳动，主要是拆除仆人阁楼。这个17世纪的庄园有很大的改建空间。以后，阁楼的墙面不会再贴墙纸，也没有颜色，只有大白墙和几面镜子，但是，用来反射光和夜空的镜子挂得太高，大家没法从镜子里看到自己。拉姆斯登主张两性应分房睡，目前处于摸索阶段的他需要当地已婚夫妇的支持。可我觉得，他是希望有专门的女性和男性宿舍或房间，这样就不会有孩子了，可是他对那些有孩子的人又非常宽容。露西·奈比有三个孩子，他们目前没有再搬进来住。至于最终会不会搬进来，我们拭目以待。说实话，现在我们是非法占用他们的房子。我住一个隔间，睡的床像医院里的病床。给你写信的时候，我点了火把照明。一个人太孤独了，大家都这么热情，和他们在一起，我觉得自己就像一个骗子或伪君子。我想知道不带讽刺意味的"激励"是什么意思，我想要一个答案。

昨天举行了一场"放生"仪式。不过农场里的许多动物都是高沼地绵羊，并不需要放生。

露西说，有一只绵羊叫托比亚斯，不管她走到哪里，它都跟着，就像一只小跟班。她回来后抱着它哭了很久，以为它已经被杀害了，或者已经不记得她了，说它怎么变得骨瘦如柴。它睡在牧场边上，身上的气味闻起来像湿地毯的味道。

我们去鸡舍放了所有的母鸡。鸡舍分两种：一种是多层的铁丝网笼，用于养下蛋的母鸡，每一层的铁丝网地板都是倾斜的，母鸡下蛋后，蛋会滚出来，捡起来很方便，这里的母鸡相互啄光脖子和胸前的羽毛，很难看；另一种是大棚，里面有一大群童子肉鸡，棚里开着暗红色的微光，放着音乐，想让它们安静一点，它们也会互相啄掉羽毛。棚的外壁有进料的孔，里面的鸡站在网格上，粪便都拉在脚下。大棚里的鸡全部被宰杀之后，会清理一次粪便，一年一次。我们打开两个鸡舍的时候，露西显得很紧张，她说甘纳要剪掉鸡喙，但她觉得不该剪掉。这些鸡确实都留着喙，所以我想，它们也许可以在冰冻的泥土中刨食。

仪式既有搞笑的成分，也有催人泪下的场面。我们走过一排排的铁笼子，逐个打开门，把母鸡一只只抓出来。母鸡咯咯地叫着，在一片嘈杂的尖叫声中，克莱门茜·法勒象征性地宣布："走吧，你们自由了，祝福你们！"接着，我们对所有的母鸡都说了同样的话，母鸡拉着屎，摇摇晃晃地逃开，但最后都被抓到院子里，放到地上。放生需要很长的时间，我们决定分批放，一天放一批。农场工人都走了，他不喜欢我们搞的这些事情，所以我们得自己喂鸡，笼子里外的鸡都得喂。笼子外面的鸡喜欢簇拥在一起，渐渐有了母鸡该有的样子，咯咯地叫，喜欢四处张望，脚下刨着食。很多母鸡会回到鸡舍，不过大家觉得可以让它们回去，毕竟鸡舍是它们熟悉的小天地，所以鸡舍的门一直开着。第二天，我们打开了肉鸡大棚的门，关掉了红灯，在外面撒了很多食物，如玉米等。可怜的家伙怕光，畏缩不前。

还是克莱门茜·法勒聪明，她小心翼翼地穿过鸡群，站在鸡群的后面，坚定地说："走吧，你们自由了，祝福你们！"她挥着手，抖着围裙，做出驱赶的动作。肉鸡纷纷往门口走，挤成一团，咕噜咕噜叫着，到处都是挥舞着的翅膀。克莱门茜身上满是鸡的白色羽毛，看起来像一个活生生的图腾，也像是一个雪人。有几只鸡大胆越过门槛，眨着眼睛，接着，后面胆子大的越来越多。第一批出来的无法缩回去，因为有一大群鸡堵在门口，过了一会儿，到处都是鸡。显然，它们也喜欢自由。它们还不大会刨食，脚都刨肿了，很是可怜。我不是鸡群社会学家或心理学家，这里也没有人是，不知道这些变性生物可以恢复哪些本能，还有哪些本能再也无法恢复了。我发现，鸡跟人类差别巨大，人和鸡之间不存在共鸣，人通常都不喜欢鸡。我无法解读它们的眼神，它们的声音让我感到焦虑，我甚至觉得，它们天生就是让人感到焦虑的。鸡四处散开，如今到处都是鸡。

据我所知，这个农场和大多数农场一样，建了自己的"鸡舍"，养鸡生蛋，供家人日常食用。会生蛋的母鸡可谓是娇生惯养，脾气大得很，对入侵领地的其他母鸡寸步不让，直接朝它们扑过去，开始厮杀。拉姆斯登说最好不要干涉，伤亡是难免的，还有人在议论死鸡是吃掉还是埋掉。有些人说，鸡是人类生计的一部分。

养鸭倒是相对容易些。他们在河边建了一个鸭舍，四周设有围栏。我们打开围栏的门，发现少了一只鸭子，不知是被狐狸叼了，还是鸭子自顾自出去快活了。

明天我们要放生火鸡。火鸡棚里大约有100只火鸡，其中有虹彩火鸡，也有朴素的白色火鸡，都很能吃，长得肥肥胖胖，准备圣诞节宰杀。不知道门打开后，它们会去哪里，去干什么。让我们拭目以待吧。

羽毛遍地。

等有人开卡车去买鸡饲料的时候，我就搭车去寄这封信。但是，如果我们不卖鸡蛋，哪来的钱买鸡饲料呢？当然，我们还可以捡不少鸡蛋，鸡舍里面和荨麻丛里都有。

有人说要和外界隔绝，不过只是说说而已。这段时间有不少人来来往往，包括心理分析师埃尔维特·甘德，还有一两个贵格会教友、霍利教士。他们都是周末来，来这里度假，也来协助建设和拆除工作。至于最终会如何发展，顺其自然吧。从一开始，这便是一个观察自发群体活动方式的良机，是上帝赐予的机会。我是不是不该说"上帝赐予"？

我想知道，如果我们先关上门，与外界隔绝，在关门之前，你是否能找到来这里的路？万一我有东西要给你，或者有事情要告诉你，万一……所以，我们应该开放一些区域，欢迎访客和学习者来，鼓励互赠礼物。在其他区域，我们应该保持严肃、沉思和与世隔绝。如此一来，双方都能互致好意，也可以感受到对方的好意。不过，这样的好意大概率不会长久，我真心希望能够长久，真的，只希望能长久。

阿夫拉姆，你这个浑蛋，你为什么不回信？没有几个社会学家能有我这样的研究条件，我正亲身体验一个新的宗教组织的形成，我能验证韦伯和涂尔干的个人魅力理论，验证集体之间的对抗，我还可以研究群体心理学。但作为研究对象的一部分，我受到了一定的制约甚至污染，我需要一双客观的眼睛。晚上，我坐在这里胡思乱想，先是想象与约书亚·拉姆斯登做爱。若是果真如此，这个想法也不错，这说明什么？约书亚体格清瘦，满头银发，一双黝黑的眼睛，十分帅气。很多女人都嫉妒露西，约书亚不关心这种事情，可有的是人关心，比如克莱门茜·法勒。她一直盯着约书亚看，我看不懂她的表情，即便是看懂了，也证明不了什么。

　　问题是，阿夫拉姆，我很害怕。我做我该做的，因为我只是局外人，不是当事人，而且我做得还不错。我明白，民族学方法论要求进行现场观察，而我就在现场。但是，如果周围的人都在沸腾，我就很难保持冷静。没用的朋友，你说对吗？狐狸在叼母鸡，如果我的伪装被揭穿了会怎样呢？可这是迟早的事。我需要更亲切、诚实一些。看在上帝的分上，我想要写信，可是我越来越迷信了。阿夫拉姆，看在塔尔科特·帕森斯的面子上，请回信好吗，或者直接来见我，这样更好。

埃尔维特·甘德致基兰·夸瑞尔
1968年12月23日

　　我谨慎的朋友，这是我关于"邓维尔庄园的听众"的非正式报告，随信附上约什·兰姆（约书亚·拉姆斯登）和露西·奈比的正式健康报告，似乎露西已经成了圣露西亚，即光明少女。时间自会揭晓一切。西拉！

　　我们刚刚庆祝了冬至。自从我写了那句话以后，我一直坐着，看着沙漏中的沙子往下漏，看了无数次。镶着金边的乌云从空中掠过，断断续续下了几阵雨，银色的水珠闪闪发光。我和扎格私下吃了一点迷幻药，庆祝冬至。我现在有点晕，真希望我没有吃那种东西，脑子里叮当作响，闪着光芒，怎么能向你呈现真实的记录呢？我必须努力才行，亲爱的，我会尽力的。迷幻药很可能让我看到事物的本质，哪怕只是瞥见，独自感受。

我看到了潜伏在土堆边缘的东西，在跳舞圈外面，骷髅的边缘。我看到了。

天上和地上还有很多东西。

羊肉，有很多羊肉，但我们是素食主义者。

抱歉，基兰，我有点走神。我得醒一醒。

我们举行了冬至庆祝仪式，亦即听众入列仪式。为了让你了解仪式的意义，我需要告诉你摩尼对于宇宙起源的说法。西拉。每天晚上，我们都在旧大厅里聚会，围着火炉和烛光讲故事和聊天。吉迪恩想把讲故事的环节变成个人忏悔环节，但这个环节被约什·拉姆斯登给占了，他大讲特讲摩尼教的故事和宇宙的故事。他讲得很好，有学者的怀疑精神，有诗人的激情，甚至有强大的催眠功能。事情非常复杂，我的朋友，真的非常复杂，但我会化繁为简。

起初，宇宙分为两"界"，"暗界"与"明界"，两界相互分开。明界即光明王国，位于东方、西方和北方，由"大明尊"统治。那里生长着"生命之树"，树上开着花朵，每一朵都非常艳丽。光明王国由五种物质组成：气、风、光、水和火。大明尊周围环绕着"十二永世"。他们住在"荒芜之地"的"荒芜之气"中。

黑暗王国就像被光明王国装在杯子里，倒置其中。黑暗王国位于南方，那里生长着死亡之树，那是物质，不是光，代表死亡而非生命。"死亡之树和生命之树的差别就像国王和猪的差别。"拉姆斯登朗读了一段话，那是摩尼在描述宫殿里的国王，猪在污秽里打滚，吃着肮脏的东西，像"蛇一样"在到处拱。黑暗王国到处是沼泽，大大小小的坑，还有海湾和黑暗的水池。空中烟雾缭绕，那是要命的毒药。黑暗王国也由五种物质构成，分别是烟、火、风、水和黑暗，居住着龌龊的动物和魔鬼，两只脚的、四只脚的，空中飞的、水里游的和地上爬的，应有尽有。黑暗之王被称为五芒星，因为他融合了所有代表恶魔的形状，变成了一条龙。死亡之树上到处都是虫子，它们吃树的果实，果实压迫着树枝，反正一切都是那么不和谐。

黑暗王国的原则，请你注意，基兰，是力比多或欲望的放纵。拉姆斯登说到"力比多"这个词的时候，他冲着我微笑，这是甜蜜而伤感的笑容，若有若无，样子可爱极了。西拉。

两只脚的恶魔在黑暗、烟雾和臭气中随意地晃来晃去，一旦瞥见光明，就欲望膨胀。

于是，它们躁动不安，入侵光明王国。

与此同时，光明不知道如何是好，因为光明已经习惯了平静与和平。

所以，光明化整为零，变成了放射物。于是造就了生命之母，即"善母"，也造就了"先意"，先意用五种元素武装自己：气、风、光、水和火，这五种元素一起造就了光明少女。先意披上这副由光明少女造就的盔甲，出发与黑暗搏斗。

先意被黑暗击败、驱逐。无极地狱吸走了盔甲上的光明元素。

这副盔甲就像是诱饵，引诱黑暗依赖光明。

然后，光明王国派出了许多小神来营救先意，并成功救出。小神的名字都非常抽象，而且他们都是一个整体的组成部分。

于是，遭囚禁的光明得救了。这个过程很复杂，我要跳过许多细节。生命之神即造物主用战败的恶魔创造了地球，剥下恶魔的皮化为天空，用恶魔的骨头化作山脉。总而言之，物质就是黑暗。

纯净的光明则留在空中，即亘古不变的太阳、阴晴圆缺的月亮、忽明忽暗的星星。

然后，故事开始变得色情，但拉姆斯登没有戏谑，他看起来依然十分严肃，继续娓娓道来。

造物主唤起了十二位光明少女，即十二星象。然后，造物主和光明少女在阳光和月光下赤身裸体出现在雌雄恶魔面前，这让恶魔们兴奋不已，他们射出了原先吞下去的光明。光明即刻变成种子，落到地上，沉入黑暗王国"罪恶"的污泥中，就像酵母掺到面团之中。罪恶之泥里生出了五棵树，这五棵树繁衍出了各种植物。

雌性恶魔本来已经怀孕了，看到造物主的美丽之后，却流产了。她们的胎儿跌落到地上，吃树上的光明芽，生存下来，形成了动物界。

因此，光明存在于植物之中，也存在于动物体内，不过动物体内的光明少一些。

第一个人类亚当，是两个恶魔的孩子，夏娃也是。他们的出生是由黑暗王子促成的。亚当是宇宙的复制品，体内有物质的光明，就像一头刻在微型戒指上的大象。可能是中国人的说法，人类不增不减地复制了宇宙。

亚当对他的黑暗血统和来自地狱的肉体一无所知。

光明耶稣以信使的身份来到他面前，向他揭示了他的真实存在：要么吃，要么被吃；要么害人，要么被人害；要么干人，要么被人干；要么自己发臭，要么闻别人身上的恶臭。光明耶稣让亚当吃了生命之树上的果实，亚当大声呐喊，拉姆斯登说，这是理解摩尼教宇宙的关键所在。他像一头发疯的狮子一样吼叫："制造我肉体的人，去死吧！我诅咒将我的灵魂囚禁在肉体里面的人，诅咒那些无法无天让我受到奴役的人。"

摩尼认为性和食物是万恶之源，按照他的说法，夏娃的前两个孩子该隐和亚伯都是魔鬼之子，而不是亚当之子。亚当只有一个儿子，那就是塞特，他是人类弱点显现的时候怀上的，是我们人类的祖先，光明元素至今仍然被困在人类体内。摩尼和拉姆斯登认为，人类世界就是一团污秽，带来邪恶的并不是人类的罪过，而是黑暗魔鬼，我们则扮演着帮手和挑唆者的角色。我们必须释放光明，但是，释放光明的办法令人痛苦，近乎自我毁灭。尽管如此，我们还是必须尽力而为，拉姆斯登说。于是，他制定了两种仪式：见面时握右手，他说，摩尼教徒之所以遵循这个仪式，是因为造物主或活灵唤醒先意的时候会握住右手；抚摸"三个封印"，即嘴巴、手和乳房。封印的嘴巴不能吃肉喝酒，封印的手不能伤害任何含有光明元素的生物，封印的乳房就是性贞操和戒欲的证明。这些仪式相当优雅，取代了吉迪恩的触摸要求，减轻了一些人的心理负担，抑制了另一些人的躁动不安。说实话，吉迪恩似乎被拉姆斯登的热情、创新和远见（共同的愿景）所感染，所谓"共同"，肯定包括我自己在内，当然也包括扎格。不管我们有没有服用迷幻药，都会受感染。

　　我们昨天举行了冬至庆祝活动。冬至是一年当中夜晚最长的一天，我们决定在午夜点燃篝火。霍利教士认定交换仪式上应有"金枝"，他提出用篝火点燃一棵死树，作为重生的象征。他还提出了萨伏那洛拉式的篝火创意，每个人都往火里撒点东西。于是，我们围绕一棵疙疙瘩瘩、枯萎的苹果树搭起火堆，这棵树已经有好多年不结果实了。这棵树就在果园的边上，我有想过，火可能会越烧越旺，把那些李子、梨和山楂树也烧了。不知道我有没有告诉过你，摩尼教徒认为耶稣根本不是被钉死在十字架上的，关于十字架的记载是象征性的，其实，受难的耶稣被钉在光明十字架上，它用囚禁着光明的树木、葡萄藤和植物制成，光明就被囚禁在果实和鲜花里面，我们每吃一个苹果，光明囚禁的时间就更长。即便如此，我们还是用旧家具和鸡舍上拆下来的木头搭起了火堆。我好像跟你说过，我们已经放生了所有鸡鸭，肉鸡大棚就像托尔金书里描绘的恶魔藏身处，那盏大大的红灯像恶魔的大眼睛，长着白色羽毛的野兽在血红的灯光中挤成一团，不停地叫喊。现在一切都结束了，但它们的脚受了伤。

夜里，人们组成队伍去点燃篝火，大家推举露西将火把塞进火堆里面，然后，我们每个人都往火里扔一件自己的珍藏品。露西先扔，她扔的是结婚戒指，接着是克莱门茜·法勒，然后是吉迪恩，他们没有过对视。克莱门茜整晚都在烤果子、烤土豆、烤奶酪，给大家送大杯的苹果汁、苹果酒、可可、泉水。扎格扔了一只泰迪熊，他说，大家都看得出来他喜欢这只熊，这只熊都快被玩破了，看着它在火中烧焦皱缩，心里很不是滋味。女人们有的带来了衣服，漂亮的裙子和毛衣，有的带来了戒指和手镯。我呢？你会问吧？社区一直对我有影响，虽然这种影响越来越小，但我决定随大流，所以我扔了一本十分喜爱的《梦的解析》，书里有我密密麻麻的笔记和批注，这可谓是真正的牺牲，可是这里没有一个人能理解这本书对我意味着什么。实际上，我很想知道换作是你，这将意味着什么。

　　我们每个人都扔了东西。火焰熊熊燃烧，我想你能够明白，光明元素从燃烧的柴堆重返空中。扎格拿出来好几件保暖外套，我认为那是阿富汗皮毛，亚麻色的皮革上面用金色的线绣了太阳、月亮和花朵，内衬是蓬松的羊毛。他给拉姆斯登和吉迪恩披上外套，自己也披上一件，再戴上西藏山羊皮帽子，帽边有耳罩和流苏。此时，我们每个人都能优雅地接受一切。没有人会觉得羊毛和素食主义矛盾，大家都像牧师一样。

　　那棵树烧得很旺，大家都很满意。我们围成圈，跳了点舞。霍利教士朗诵了邓恩《圣露西节的夜祷》中的诗句："这是一年的午夜，也是一天的午夜。"

他把我毁灭，而我重生于

虚无、黑暗、死亡；种种无生命的东西。

　　然后，他即兴做了一次小布道。漫长的夜晚中，他做了许多次即兴的布道，大家都听得全神贯注。其他人也说了些什么，包括我自己说的，我就不跟你转述了，因为迷幻药的作用，我也记不太清了。不过，我记得霍利教士说的话。他将邓恩充满情欲的绝望曲解成对死神的祈祷，希望我们所有人通过体内的光明元素得以重生。宗教人士总是善于曲解，也许他们看透了真相，或者某个真相，而我们一般人都看不见。

　　他们肯定经常嘲讽我们的无知。英国人善于嘲讽，似乎我们只能拥有高超的能力，将荒诞的事物当成护身符。是的，我们很荒诞，我们大多是英国中年人，有些人精心打扮过，有些没有，我们经常围着篝火走，偶尔翩翩起舞，唱着不知所云的赞美诗，随意地挥舞着手臂。霍利教士指出，露西就是露西的名字，但她也代表着光明，是光明少女，她把庄园让给了听众们，必定受到祝福。那可以算是餐后致辞，也可以算是异教徒的赞歌。我看到他可怕的牙齿在火光下闪闪发光，我没有笑出来。克莱门茜（这是她的第一个错误吗？）说露西不是少女，而拉姆斯登（他穿着长袍，头上洒着红光，之前没说过话）说，从现在开始，她就是少女，因为冬至是个转折，从此万物更新。实际就跟他说的一样，这可能是巧合吧。她站在那儿，身上是火红的羊毛，分明就是一个活泼的小女人，有一只绵羊靠着她的大腿（她养了一只羊，叫作托比亚斯），头上银丝渐多，用发夹夹着，小圆脸上流淌着泪水。

　　拉姆斯登说，世界正在变得光明。母鸡在我们周围咯咯叫，火光、热气和人们的躁动惊醒了它们。不远处有一只狐狸咳了一声。我听到了一只猫头鹰的叫声。空中到处都是火光，火光之外是点点繁星。我感觉，我感觉，为什么不？为什么不让老虎熊熊燃烧，让羊羔熊熊燃烧？生命之树和死亡之树为什么不能熊熊燃烧（苹果树枯萎的树枝正喷出火焰）？为什么不能像人类曾经想的那样唱歌、举行有意义的仪式、制定宏伟蓝图？我并没有嘲笑的意思，我感觉自己是神之子。

　　黎明时分，我们决定从燃烧的篝火中抽出一根火把，去点燃庄园大厅壁炉里的火。扎格说他去，他说他喜欢点火。没有人和他争，事实上，他好像说出了大家的心声。于是，我们跟随他回到大厅，他点燃了壁炉的火（说实话，火是用打火机点燃的）。

　　清晨，我们都回家睡觉了。

第16章

　　为庆祝圣诞节，一家人给那棵树做了装饰。那是一棵浓密的云杉，挂着一些松果，闻起来还有湿树脂的气味和树液的生命气息。这几年，他们都在树上悬挂马库斯用金黄色铁丝给斯蒂芬妮做的六边形和多面体。参加聚会的人越来越多，有比尔和温妮弗雷德，还有斯蒂芬妮的孩子，威尔和玛丽，还有弗雷德丽卡和利奥，以及刚刚到的丹尼尔。阿加莎和莎斯基亚也来了，今年他们住在弗雷亚斯加斯。与霍奇基斯聊过后，除了传统装饰品之外，马库斯还制作了新的装饰品。他制作了金银螺旋形和抽象的分层松果，斐波那契天使。他在树上缠绕了一条大"蛇"。根据马库斯的命令，威尔随机挂红色、蓝色、绿色、白色的彩灯。他大声歌唱《露西在缀满钻石的天空中》。弗雷德丽卡对阿加莎说，从前到现在，她都不会相信她的父亲会让家里响起流行音乐，何况像这样一遍又一遍没完没了。阿加莎说，她听到比尔本人也哼着《他和她的孤独情事》。"这是一首好诗。"阿加莎说。"是的，但你不能指望他会欣赏。"弗雷德丽卡说。

　　威尔十四岁，他之所以唱歌，是因为唱歌就不用说话。他像父亲一样胖，皮肤和父亲一样黝黑。玛丽十二岁，在教堂的唱诗班中担任独唱。这是她初潮的第一天，她听女同学们说这是诅咒。她经常自己躲起来，充满敬畏地盯着毛巾上的鲜红血迹。毛巾是她自己买的，她没有跟温妮弗雷德说过什么，温妮弗雷德是奶奶，无论她有多么慈祥，她已经老了，女人的事情跟她没什么关系了。她也没有跟同学们说过什么，尽管她经常听到她们在谈论这种事情。这是隐私，是奇怪的事情。她需要一个知己，所以她想到了弗雷德丽卡，但最终还是把她排除在外。因为她不是一个有同情心的人，她不会听她说这种事情。她想她可能会告诉文静和蔼的阿加莎·蒙德，她看样子是一个会保守秘密的人。她想到了白雪公主的故事，她的母亲曾在雪地上看到三滴血，如愿生下了一个女儿，头发像乌木一样黑亮，皮肤像雪一样洁白，但白里透着红。她母亲粗心大意，让电冰箱给电死了，玛丽从不想起她，算是对她的惩罚。她唱着克里斯蒂娜·罗塞蒂的《凛冽的隆冬》。歌词里很多白色的事物，大雪纷飞，奶水充足的乳房，还有一只羊羔。她自己的乳房正在发育，以后也会这样。她会跟阿加莎说。她们会认真讨论她应该做什么，应该注意什么。

后来，阿加莎告诉弗雷德丽卡，玛丽跟她说过悄悄话。"她是幸运者之一，"阿加莎说，"她挺好的，非经期没有出血，不会痛经，好像都没有什么感觉。"

"真的吗？她看起来还那么小。"

"当然是真的。虽然年纪还小，但她已经步入女人的行列。"

"我真失败，阿加莎。只要我是个人，她就应该告诉我，而不是告诉你。没有跟我妈妈说，也应该跟我说。"

在圣诞节期间，人们很容易想起死者。在弗雷德丽卡的眼前，斯蒂芬妮的影子忽隐忽现，这种感觉甜美而可怕。

阿加莎说，初潮是人生中的重大事件，不跟家里人说是正确的选择。她也知道弗雷德丽卡不是可以托付的人。

弗雷德丽卡本想对阿加莎说，这个聚会不是真正或者严格意义上的家庭聚会，是不完整的，就像正方形的两个侧面，或者像理查德·格雷戈里的悬浮立方体幻影，人们发现，这种立方体具有各种不同的属性。但是，她没有说出口，因为只要跟阿加莎说这样的话，必将触发一个她们俩未曾讨论过的话题，那就是莎斯基亚下落不明、名字不明的父亲。弗雷德丽卡觉得，相比其他人家的孩子，莎斯基亚更像是孤雌生殖的产物。

在弗雷德丽卡的童年，比尔·波特一直在谩骂所谓的"童女生子"。他动不动就大叫，那些所谓的修道士怎么能编造出这样的混账故事，让一个没有被碰过的完好无损的处女生下所谓的"道成肉身"，这不是给她的未婚夫戴绿帽子吗？他会咆哮着说，上帝的意志变成了肉身，但那是处女身上的肉，不是有血有肉有感情的生命。这些可恶的修道士，他们杜撰的故事令人作呕。弗雷德丽卡曾想叫他闭嘴，但最终接受了他的观点。圣诞节前夕去喝下午茶的时候，在唱赞美诗之前，她再次听到了他的声音，她想他是想要做一年一度的抗议。但他没有。他是在考四个小孩的圣经知识，利奥、莎斯基亚、威尔和玛丽，他发现这几个小朋友的《圣经》知识很匮乏。他们知道牛和驴的故事，但对无辜者的大屠杀一无所知。他们知道天使对牧羊人唱歌，但不知道有路西法，更不知道路西法的堕落。他唱了《弥赛亚》中的以赛亚预言，但孩子们都一脸茫然。他背诵了一段：

"豺狼必与绵羊羔同居，豹子与山羊羔同卧。少壮狮子，与牛犊，并肥畜同群。小孩子要牵引他们。

牛必与熊同食。牛犊必与小熊同卧。狮子必吃草与牛一样。

吃奶的孩子必玩耍在虺蛇的洞口，断奶的婴儿必按手在毒蛇的穴上。

在我圣山的遍处，这一切都不伤人，不害物。因为认识耶和华的知识要充满遍地，好像水充满洋海一般。"

孩子们个个一脸茫然。比尔说："再也没有人读《圣经》了。"

丹尼尔说："我本以为您会觉得这种事情没什么大不了。"

"如果没读过《圣经》，他们怎么读得懂弥尔顿、劳伦斯、狄更斯或者艾略特？"

"《圣经》不是为了这个目的写的。如果现实不需要，就必须重新考虑。《圣经》不属于文学的范畴。如果霍利教士说得对，上帝已经死了，那么，我们必须打破原来的神话，然后重新设计内容。"

比尔想，他这个说法既好气又好笑。他说：

"你不能全部推倒重来。"

"为什么不能？这就是革命。"

"什么革命？"

"学生就在闹革命。他们想要一个新世界。他们说，那个新世界，我们是无法想象的，因为我们沉迷于没有生命的过去。您和我都是。"丹尼尔笑着对岳父说，但他黑着脸。比尔曾经红色的头发已经变成了银灰色，他的脾气也小了。他咧着嘴笑了，但不是真的开心。

夜里，他们准备出发前往教堂参加午夜歌会，比尔穿上了衬着羊毛的外套。

弗雷德丽卡说："你不……你不是一直都不去的吗？你不会去的吧？"

"你是在命令我不要去吗？"

"我只是就事论事。您不能连这个也禁止吧？"

"我想我应该去听孙女唱克里斯蒂娜·罗塞蒂的诗。丹尼尔说了，旧的秩序即将消亡。"

"我不是在预言。我也是就事论事。"

"你是要跟我们说，你的想法都已经变成事实了吗？"

"不是。"丹尼尔说。他戴上了牧师领，作为一种象征，但他不确定那象征着什么。"我没有这个意思。我只是一个人，一个牧师。"

"但是，你必须说你很高兴我加入你们这群羊。"比尔说。

"不行。恐怕我不是那么高兴。你是颠覆的化身。但我很高兴我们能一起去听玛丽唱歌。"

于是，波特一家人走进圣卡斯伯特教堂。弗雷德丽卡牵着利奥的手，尽管他的年纪已经不小了。他们是一个不完整的家庭，跟阿加莎和莎斯基亚一样。利奥收到了父亲寄给他的一个非常大的包裹，他把包裹带来了，没有拆开，放在圣诞树下面。威尔没有跟父亲一起走，而是跟温妮弗雷德一起。比尔和丹尼尔在一起。玛丽和唱诗班在一起。教堂里挂满了冬青和常春藤，冷杉和松树的树枝，还有金色的装饰球和银色的星星。可以闻到各种熟悉的味道，有树叶的味道，有蜡烛烟熏的味道，石头也有了一点温度。

教堂里有很多人。今年新增了邓维尔庄园那边的人，主要是听众里的圣公会教友。吉迪恩带着克莱门茜，霍利教士穿着宽松的黑色大衣，鲁茜领着一群孩子，包括露西·奈比的三个孩子，他们戴着针织帽，最小的那个戴着粉红色眼罩，另外还有三个。此外，教堂里还有一两个孩子。吉迪恩和克莱门茜有四个孩子，都二十几岁了，这些孩子都没有来，只有丹尼尔注意到了这一点。吉迪恩和霍利教士也戴了牧师领。吉迪恩穿了扎格在庆祝冬至时送给他的刺绣皮毛外套，皮革上绣着金色的太阳和花朵。弗雷德丽卡觉得，克莱门茜穿着黑色天鹅绒的长大衣，看起来像一个邪恶的女王，至少从背后看很像。她头上戴着一顶黑色的天鹅绒帽，垂着猩红色的丝绸流苏。教友们偷偷看着她，他们都对庄园那边的事物很好奇。

杰奎琳·温瓦尔比较晚到。去年，她是和波特家的人一起来的。今年她就一个人，看起来像是生病了。她没有戴帽子，低着头做祈祷，然后抬起头，看见鲁茜，鲁茜看到她这个老朋友，笑得很灿烂，那张茫然而严肃的小脸一下子就变成另一个样子。

唱诗班鱼贯而入。管风琴响了起来。莎斯基亚说他们看上去像天使，确实如此，他们穿着白色的长袍，饰以荷叶褶皱，很轻盈。他们都端着蜡烛，蜡烛放在玻璃杯里面。他们的年龄各不相同，有些是已经当妈妈的，有些可以喊阿姨，有些是退休的神职人员，有些是脸上还长着青春痘的少年，还有些是小孩子，像玛丽。他们白色的领口系着猩红色的丝带。弗雷德丽卡联想到了断头台，丹尼尔想到了献祭的羔羊，看到女儿，他突然感到十分悲痛，他的女儿长着圆圆的脸，金红色的头发，很安静，很放松，动作准确，后来他才发现，他是因为斯蒂芬妮而感到悲痛，斯蒂芬妮就像幽灵一样萦绕在女儿的四周。女儿的眼睑，她的脖子，她金色的脸颊，到处都有斯蒂芬妮的影子。他摇晃了一下身体。玛丽就是玛丽，是个活生生的人。他是丹尼尔，还活着。他看到她的舌头伸出来湿润了一下嘴唇，她准备要唱歌了。

他们唱了《冬青与常春藤》。

冬青树繁茂生长

　　就像百合花一样圣洁

　　玛丽生下了甜美的耶稣基督

　　成为我们亲爱的救主

　　冬青树结了浆果

　　像血一样红

　　玛丽生下了甜美的耶稣基督

　　要为可怜的罪人救赎

　　玛丽唱高音部。她稚嫩的声音飘到石头屋顶，在屋顶盘旋，然后降落下来，在石室里飘荡。烛火摇曳，忽暗忽明。玛丽的影子像幽灵一样，在石壁上晃动。她没有动，是烛火在动。他们唱了《三个国王》。丹尼尔哼唱着有关没药树的一段。

　　悲伤，叹气

　　流血，垂死

　　密封在冰冷的石头墓穴里面

　　哦，哦

　　奇迹之星，黑夜之星……

　　牧师的样子像个农夫，他叫弗雷亚斯加斯学校的女校长戈登小姐朗诵《希伯来书》的开头。她读得很好，读出了克兰默大主教的节奏，读出了神秘感，读出了无限和永恒，让永恒的神之子栩栩如生。圣保罗认为，天使没有这样的魅力。

神既在古时借着众先知多次多方地晓谕列祖；

就在这末世借着他儿子晓谕我们，又早已立他为承受万有的；也曾借着他创造诸世界。

他是神荣耀所发的光辉，是神本体的真像，常用他权能的命令托住万有。他洗净了人的罪，就坐在高天至大者的右边。

他所承受的名既比天使的名更尊贵，就远超过天使。

所有的天使，神从来对哪一个说："你是我的儿子，我今日生你。"

又指着哪一个说："我要做他的父，他要做我的子。"

再者，神使长子到世上来的时候，就说："神的使者都要拜他。"

论到使者，又说："神以风为使者，以火焰为仆役。"

弗雷德丽卡总会被天使所感动。她仰望教堂的屋顶，那些石头小天使正凝视着她，天使的翅膀和羽毛都是石头的。这些都是神奇的飞行生物，半人半鸟，是临界的生物。她目光转向阿加莎，阿加莎杜撰了恐怖的北方神鸟啸鹟，编成了一个故事叫作《北国行》，她觉得阿加莎善于编织神话和寓言，能够构建隐喻的世界，而她弗雷德丽卡只能面对现实，做一些缝缝补补的工作，不过，她依然能够看到连接点，这还是不错的。

戈登小姐继续平静地朗读着：

又说，主阿，你起初立了地的根基，天也是你手所造的。

天地都要灭没，你却要长存。天地都要像衣服渐渐旧了。

你要将天地卷起来，像一件外衣，天地就都改变了。唯有你永不改变，你的年数没有穷尽。

听啊，天使高声唱……
神性穿上血肉体
道成肉身何奥秘

丹尼尔只是觉得他的声音好听才唱歌，他听到吉迪恩在他身后亮着金嗓子，唱歌的声音比他更大、更清晰，他旁边还有一个人唱得很别扭，声音都含在嗓子里面，出不来，像走路的时候地板嘎吱嘎吱的声音，那个人是比尔·波特，他在弗雷亚斯加斯教堂唱查理·卫斯理的赞美诗。

牧师宣布，他们很荣幸欢迎著名的咏礼司铎阿德尔伯特·霍利教士，他是新一代神学家中的佼佼者。在此欢乐时刻，霍利教士答应讲几句话。他会阐述道成肉身的含义，尤其是在充满疑问和麻烦的年头。他想说明，事物之所以改变，是为了保持永恒。

霍利教士从后面走上讲坛，经过丹尼尔身边的时候，脚下的地板发出嘎吱嘎吱的声响。丹尼尔闻到了他身上的气味，那是一股难闻的烟味，几年、几个月、几个星期、几天和几个小时前抽的烟味都有。跟丹尼尔和吉迪恩一样，霍利教士也戴着牧师领。他披一头长长的白发，像个嬉皮士，也像个族长，甚至像天使。他首先郑重其事地说，他知道他之所以出名，是因为他接受了"上帝已死"的神学观点并积极加以阐释。所谓"上帝已死的神学"，这是一个悖论，然而，所谓的神学，即研究上帝旨意的理论，也就是人类对于上帝的理解，本身就是一个悖论。

他站在讲坛边缘，身体探出讲坛，在一头白发下面拱着黑色的肩膀。他笑容可掬地说：

"我看得出，你们所有人都在想，这老家伙肯定要夸夸其谈几个小时，我们等不到吃肉馅饼了。好吧，我跟你们说，我不会夸夸其谈。不过，我还是想说几句有意义的话，而不只是客套地劝告你们要行善，像羔羊一样迷途知返。这里是教堂，教堂是神的房子，是为神建造的，是用来传播信仰和希望的，没错，教堂里装满了爱，要促成爱的成长，培养人们对爱的渴望。

"但是，上帝在哪儿呢？在日常生活中，在我们做祈祷的时候，在最近未救赎的恐怖历史中，我们何处能够遇见他，在哪里可以找到他？

"神学家都主张上帝和地球有一定的距离。刚才那位杰出的女士朗读的那段话表明，上帝曾经与人类直接对话，他和亚伯拉罕和摩西说过话，后来，有一阵子，他派遣天使接触人类和先知，他通过天使发号施令。但是，最近他不见了踪影。他消失了。尼采宣布上帝已死，还用通俗易懂的话语，描述了世界在上帝死后的状态，正因如此，尼采让人们都感到非常不安。"

他笑得很灿烂，但是，善意的光辉被他的一嘴黄牙和松弛的下巴给抵消了，他非常明显就是一个俗人。他说，在道成肉身的那一刻，上帝就倾空了自己，就是所谓的"虚己"，同时收缩了自己的永恒，将无限注入有限的肉体。阿德尔伯特·霍利说，上帝变成了人，永恒就变成了历史，无限变成了有限。圆变成了带箭头的线。原来无始无终的东西变成了生命伊始的婴儿，脐带上还充满了鲜血，双眼还看不见，嘴里就含着奶，血液和牛奶注定会消散，每个人迟早要面对苦难和死亡，有人认为，上帝已死的神学是希望所有凡人都学会活在当下，因为不存在天堂，但也不用害怕地狱，这个世界上也没有地狱，对此，在生命的每个阶段，我们都会有所觉悟。但是，霍利教士说，我要对你们说的是，当上帝死后化成了肉身，那么，他就变成了历史，每一天，我们都在为他神秘的诞生而欣喜，当然，我们也为他神秘的死亡而悲痛，他的生死已经变成无穷地有限。

他笑得非常灿烂。弗雷德丽卡感到不耐烦。这些言论有点意义，但也不是很有意义，最终还是一场语言游戏。不过，咏礼司铎认为有一定的意义，那是什么呢？她皱着眉头。

他们又唱了几首赞美诗。玻璃杯里的蜡烛摇曳得更加厉害。最终，玛丽站起来唱了一首《凛冽的隆冬》，在她唱歌的时候，唱诗班的其他人纷纷拿起蜡烛，把烛火熄灭，只剩下过道交会处的圣诞马厩周围几根高大的蜡烛还烧着。她的歌声很嘹亮。对音乐几乎一窍不通的弗雷德丽卡也感觉很好听，她能理解歌词的意思，同时感觉玛丽的歌声让歌词得到了升华。

　　　　凛冽的隆冬

　　　　寒风瑟瑟

　　　　大地如铁

　　　　水硬如石

　　　　初雪已来

　　　　雪儿纷纷

　　　　雪儿纷纷

　　　　凛冽的隆冬

　　　　永恒的季节

这是一首好诗，各种自然的元素被描绘得栩栩如生，包括雪、雨、冰、铁、石头，那个形容词"凛冽"也让人感觉身临其境。弗雷德丽卡想，"寒风瑟瑟"，瑟瑟既是风声，也是人声，让人感觉仿佛有一个女人抱着一个男婴。大地在呻吟。最后还提到了"永恒"。

> 我们的上帝
> 天堂留不住他
> 大地也撑不起他
> 当他莅临……

弗雷德丽卡很喜欢这段话，言简意赅，简洁明快。"撑"这个字说得好，恰如其分。大地既不能让他立足，也不能让他活着。

> 天使昼夜敬拜
> 荣耀神子
> 竟为童女所生
> 安卧冰冷马槽

玛丽唱到了天使，接着是处女之吻，牧羊人和羔羊，人心，她的歌声越来越甜美。她的父亲看到她的喉咙在颤动，嘴唇一张一合，歌声就从牙缝中间飘出来，可爱的脑袋也随着节奏左右晃动，浓密的金红色头发像瀑布一样自然地飘扬，在烛光下闪闪发光。在他的旁边，比尔·波特不停地咳嗽，看样子很不舒服，他有痰，但因为喉咙干燥，痰贴住了喉咙，咳不出来。斯蒂芬妮·波特已经死了，但是，这个闹着别扭的老头的生命透过斯蒂芬妮，与自己，与自己年老的母亲和不知名的父亲的生命糅合在一起，构成了新的生命，此时，那个新生命就在他们的前方，在摇曳的烛光下唱着关于牛奶、羊毛和雪花的歌。

他为什么叫她玛丽？这是一个普通的名字，但很有分量。他想起了阿德尔伯特·霍利的说法，他说上帝已经把自己从天堂"倾空"了，但他不大能懂。比尔又咳嗽起来，丹尼尔觉得，上帝也已经悄悄离开了这座石头房子，只有在他缺席的时候，他才在场，正因为如此，那个别扭的老人才能够跨过门槛，曾经把这些石头融为一体的生命气息，曾经敦促"把你脚上的鞋脱下来，因为你所站之地是圣地"的声音，此时已经消散，火也熄灭了。

　　"我能给他的，是我的心。"玛丽唱完这首歌，然后低头吹灭玻璃杯里的蜡烛。她一直弯着腰，隐在蜡烛升腾的轻烟中。

　　丹尼尔能听到自己的心脏在剧烈跳动，能感受到浑身的血液在往上涌。这就是生命，但总有一天，这一切都将停止。

　　比尔清了清嗓子。

　　"就像一个天使。"他说。

　　"嗯？"丹尼尔稀里糊涂地应了一声。

　　"她唱得像天使一样，我们的玛丽。"

　　"是的，"丹尼尔说，"没错。"

　　"她不是遗传我们这边的。我们都是音盲。"

　　后来，他们站起来，绕着圣诞马厩吃了馅饼。这个圣诞马厩的主色调是白色和金黄色的。里面摆放着大型的意大利白釉瓷器雕像，作者是德拉·罗比亚工艺世家的后代。场景的主体是马厩，那是用真稻草和木头做的，里面的雕像洁白，造型优美。处女玛丽披着白色的面纱，面无表情的公牛和瘦骨嶙峋的驴，全都是白花花的，摇篮里胖乎乎的婴儿也是雪白的。圣约瑟夫站着，他一直是站着的，一副心里充满困惑的样子，和周围格格不入，像个多余的人，双手握在一起，胡子雪白。摇篮旁边偎依着一只白色的小羊，白色的鸽子落在茅草屋顶上。另一种主要色调是金黄色。屋梁上方悬挂着一颗金箔做的大星星，周围有几个金黄色的天使。四周堆着用填充丝绸做的金苹果和涂成金黄色的冬青树和常春藤，让这个地方看起来像个舞台，但如果是舞台，就应该有地灯。苹果和树叶周围亮着罩在玻璃里的夜灯。

"很漂亮。"莎斯基亚说。

玛丽回到他们身边，她脱掉了长袍，气喘吁吁。吉迪恩和克莱门茜急忙向她表示祝贺。威尔站在黑暗的阴影下面，跟爷爷站在一起。吉迪恩喝了一口热果汁，提起他对邓维尔庄园那个新社区的感觉，他说精神就像酵母菌，他还说，被放生的母鸡和火鸡活力四射。

"可惜你们没有看见，不过可以想象到它们一出来就到处乱跑，都想振翅高飞的样子。不过，它们的羽毛差不多都被啄光了。这是意料之中的场面，那简直……"

鲁茜说："光秃秃的脖颈上又重新长出绒毛来了。"

吉迪恩抚摸着她的金色辫子，她的辫子就像一条长蛇，她还是小姑娘的时候就很长，现在她已经变成大人了，但辫子还留着。

"我们都深有感触。那里就像一所古老的修道院，像教堂一样，里面住着一群沉思者，也有想逃离浮华世界的人，还有一些人则是正在人生的十字路口，他们要看看……我们想给孩子们提供开放日，给他们讲故事，这个由鲁茜负责，我们会祈祷，也会唱歌跳舞……"

杰奎琳·温瓦尔问吉迪恩和克莱门茜他们自己的孩子怎么样。弗雷德丽卡正被罗塞蒂简洁而有力的用词和玛丽的美妙声音感染着，也急于回家，所以虽然她看着杰奎琳，但显然心不在焉。她都不一定认得出来那个人是杰奎琳。她曾经是一个光彩照人的女孩，皮肤是坚果棕色的，如今已经成为一个精明的女人，但看上去好像被"掏空"了。她比以前更瘦，骨头更凸出，嘴巴也比以前更严实。这是她应有的样子。从前的散漫消失了，她聪明能干的本色显露无遗。

吉迪恩说，他的孩子都很好，挺好，他们正满世界跑，他们要寻找属于自己的道路，但经常摔跟头，跟别人家的孩子一样。"杰里米远在印度，他正寻找精神的归属。塔尼亚与一群很棒的设计师一起，在伦敦卡纳比街经营一个新潮服装店。黛西正在接受培训，她想做一个社会工作者。因为她皮肤黑，所以她想为黑人社区工作。多米尼克住在人家家里，和那些靠福利生活的人混在一起。他也在寻找自己的道路，寻找适合他自己的道路。有时我希望他们都尽快找到适合的生活方式，赶紧安顿下来，我就是一个资产阶级老古董。不过，我很欣赏他们的勇气。必须的。"

克莱门茜·法勒看着丹尼尔，然后转移了视线。她知道，丹尼尔知道多米尼克曾多次因收受赃物而被捕。但她不知道的是，丹尼尔知道塔尼亚喜欢吸食大麻，同时也吃迷幻药，量越来越大，现在已经变成了一个傻子。她知道丹尼尔不知道他们已经有两年没有收到杰里米的消息了，也不知道他是活着，还是死了。她烧毁了杰里米寄来的一封信，他在信中说他可能永远都不会回来，他希望能安心，在寻找精神归属的时候，必须切断和俗家的一切联系。她呆呆地盯着白瓷雕圣母玛利亚和她那个白白胖胖的新生儿。她知道丹尼尔知道黛西是个取了白人名字的黑人小孩，已经和她的养父母断绝了关系，回到了所有邻居都是黑人的地方，但关于她的身世，她编了一个不实的说法。

吉迪恩抚摸着鲁茜的辫子，并向杰奎琳伸出双臂，丹尼尔还是他的助理牧师的时候，他组织了一个青年小组，杰奎琳当时是这个小组的成员。他说：

"你一定要去见见那些听众，杰奎琳，亲爱的。鲁茜会很高兴的，我们都会很高兴。"

杰奎琳躲开了他的拥抱。

"去吧，"鲁茜说，"你应该去听约书亚·拉姆斯登的演讲。他是一个非常奇妙的人。他是最……你可能无法想象。你一定要去亲眼看看。"

她的脸色苍白，但很亢奋。她的声音很尖。

"我可能会去。"杰奎琳回答说。

"还有丹尼尔。还有马库斯，你们都得去，都去，"鲁茜说，"去看看我们在做些什么，都是新鲜的，切切实实的，都是你们闻所未闻的。"

杰奎琳说，她正做一个复杂的实验，她一个人走不开。

"你也去吧，"鲁茜对玛丽说，"我们经常唱歌。你的歌声很可爱，他们会喜欢的。每个人都会喜欢你。"

她靠在吉迪恩的肩膀上，冲着他们微笑。

后来，他们记住了这一点。

第二天早上，在圣诞树下的礼物中，有两本阿加莎送给利奥和莎斯基亚的书，两本书一模一样。莎斯基亚首先找到了。利奥坐在一堆金箔纸上，盯着他父亲给他的礼物，那是一辆很大的机械化坦克，里面装着枪支，会发出火光，会冒烟，还会喷射"子弹"。莎斯基亚很平静地打开那本书。那是阿加莎写的《北国行》，这本是样书，要等新年后才上市开售。书套的设计很夸张，主色调是黑白的，有一些深红色和猩红色的部分，特别醒目。深红色的字跨越白雪皑皑的山顶，覆盖着白雪的炮塔，上面有一群黑色的小公鸡，背后是红色的天空。左下角的荆棘丛中有一群旅行者，只能看到它们的侧影，在中间，啸鹟展开白色的翅膀在空中盘旋，它们长着鸟的脖子，女人的脸，人的头发。莎斯基亚轻轻叫了一声，然后将书抱在胸前。阿加莎说："你看看前面的献词。"

莎斯基亚翻到那一页，读了献词："献给听过这个故事的莎斯基亚和利奥。我爱你们。"

一直盯着坦克的利奥抬起头。

"你也有一本。"莎斯基亚连忙说，"你也有一本。是献给我们的。"

利奥从包裹堆中爬过去，找到了那个包装整齐的包裹。他解开缎带，将包装纸折叠起来。他仔细研究着封面，然后翻到题献页。莎斯基亚抱住了她的母亲。她说："我没想到，没想到。"

"好不容易守住了这个秘密。"阿加莎是个喜怒不形于色的人。她善于保守秘密。

莎斯基亚说："真的印成了书，感觉完全不同。"她打开书，随便读了一段。

　　"到了荒野，书本知识就一点用处也没有。"小厮对王子说。

　　"你就等着瞧吧，"阿特格尔说，"书里有各种各样的记载，也都很有用。只是我一直被关在书房里面。以后就不一样了。"

　　"我们要一起去，"朵儿·特罗斯托说，"而且，我们要装作是一家人，这样就不容易被怀疑。你们就当作是兄弟俩。"

　　"这是个好主意。"阿特格尔说。

　　"说起来容易做起来难啊。"马克说。

　　"等着瞧吧。"阿特格尔说。

大家都说她读得很好。利奥翻开书，脸几乎凑到了书上。

"没有活人见过啸鹤，"画眉鸟说，"听到它们的声音，人就活不成了。它们飞得很快，在空中滑翔，像灰色的影子，它们的声音……"

他飞快地盖上书，跑过去吻了一下阿加莎。

"谢谢您，"他说，"提到我。"

他的脸很烫，树上的灯光照在他的脸上，五彩缤纷。他飞快跑出房间，但小心翼翼地关上门。弗雷德丽卡一直拉长耳朵仔细听着，她听到他悄悄爬上楼梯。丹尼尔和温妮弗雷德向阿加莎表示祝贺，他们拿过莎斯基亚的书，仔细看了看，都说这本书很棒。

比尔对弗雷德丽卡说："他根本不知道怎么念，对吧？他是背下来了。"

弗雷德丽卡发现自己已经热泪盈眶。

"他不会承认的。我不知道该怎么办。他的脾气跟你一样，很高傲。"

"你得抓紧想想办法，否则就晚了。最好是让别人来，你自己不行，至少刚开始的时候换一个人教他。我去跟他说，可以吗？我也可以先跟弗雷亚斯加斯学校的玛格丽特·戈登谈谈。她总是让学生先自己阅读，然后才让他们发表意见。她会对他们做训示，她说他们不应该那么被动，他们要利用最好的时光好好学习，要先打好基础。现在这样是不行的。"

弗雷德丽卡盯着他。热泪盈眶。

"你不能一边教他一边埋怨他。我来试试吧。假期很短暂，也做不了太多事情。就算开个头吧。我的脾气已经改了。我现在很有耐心。而且，我以前也是一个好老师。他让我看到自己的影子，弗雷德丽卡。一开始，我也碰到了一些麻烦……"

"真的？"

"我也爱耍小聪明。硬背下来。他的表情我一看就明白，这是我玩过的把戏。"

弗雷德丽卡一直都不知道父亲跟她儿子说了什么话。她只偷听到开头几句，比尔的声调很平和，像是大人跟大人的谈话，然后，她就悄悄地离开了。后来，她看到他们两个人一起走进村庄，两个矮矮壮壮的人，一个意气风发，另一个在走下坡路。他们去拜访了弗雷亚斯加斯的女校长玛格丽特·戈登，后来，戈登小姐来找弗雷德丽卡，就利奥的阅读问题进行专业的诊断。利奥蹦蹦跳跳地回来了。然后，他和比尔一起进了比尔的书房。她听到儿子的声音，他在练习发出一些原始的声音。先是 A、B、C、D，然后断断续续念了几句话：蛇在树下，吃苹果。我看见龙。我看见，园子里，树下有一个男人和一个女人。苹果在树上。蛇在笑。把苹果递给女人。

戈登小姐说，在这种情况下，一开始要重点解决语音问题。你的儿子不存在重度阅读障碍，他写字颠倒，但他对字母和形式的记忆很正常。他需要被好好教育，让他分辨字母的声音，似乎你们给他太多自由了，在练习看图说话的时候，他想怎么说就怎么说。我怀疑，叫他识别"飞机""房子"和"机器"，他都会有点压力。他跟我们大多数人一样，需要精确的思想形式，他的发现和发明需要加以组织或分类。我们大多数人都是先记住字母，不考虑字母的意思，主要是记住字母的声音。我们大多数人也是通过视觉和听觉记住乘法表的。许多现代教师希望孩子们自己去发现乘法和除法的规律，这是不切实际的，叫孩子们按自己喜欢的方式组织排列字母表也一样，都行不通。有些学习方式比较刻板，但不能说是折磨或抑制。那是一个工具，也是乐趣。对于像你儿子这样的孩子，因为他们的记忆方式很特殊，这是很必要的。手段和目的要区分开来。学习字母不是单纯为了学习字母，而是为了使用它。掌握知识本身就是人类的乐趣之一。像学习画透视图，或者学习在水面漂浮。

戈登小姐身材很高，头发像一团白羊毛。她穿着一件绿色的羊毛连衣裙，表情严肃，但很和蔼。她带来了一盒手工做的阅读卡，那是她为像利奥这样的孩子专门制作的，卡片上的词汇很有趣，有儿歌和冒险故事，不光是洗衣服然后开车去商店购物。后面的卡片有顺口溜。"我凝视着树枝，但听不到声音。"她把那盒卡片交给比尔。爷孙俩又把自己关进书房，一起唱着歌。弗雷德丽卡听到利奥在楼梯上就唱起来了："一只傻八哥站在刺骨的雨中唱歌。雨哗啦啦地下。雨在唱歌。雨在风中飘洒。"

比尔告诉弗雷德丽卡，利奥进步非常快，已经走上正轨。弗雷德丽卡禁不住流下眼泪。

"我自己都搞不懂是怎么回事。玛格丽特·戈登就说他会变好的。他会学习。他会跟上。果然是真的。"

"我们再过十天就回伦敦。他还回去原来的学校。"

比尔说："你不考虑让他在这里多待一段时间吗？在弗雷亚斯加斯上学，他会很开心的。很适合他。还有威尔和玛丽……"

"不行。"

"考虑一下吧。他不会永远留在这里。只要一个学期，变化就会很大。像他这个年纪的孩子，都去上学了。"

弗雷德丽卡哭了，哭得像个即将和父母告别的小孩子。过了一会儿，比尔笨拙地将手放在她下垂的肩膀上。

"你是我的孩子。我也很在乎你。你想怎么样就怎么样，我们不强制。"

"我应该想怎么样呢？"弗雷德丽卡大喊。利奥走进来，眼睛睁得滚圆。他从来没有见过他的母亲哭泣。他挺起胸膛，盯着比尔。他问："怎么回事？"

比尔说："没什么。真的。我会照顾她的。你走吧。哦，我不是要赶你走。我的意思是说，真的没问题，你不用担心。"

他们相互打量了一眼。然后，利奥走了。弗雷德丽卡擦了擦眼泪，还抽着鼻子。比尔说：

"他很精明，反应非常快，跟狐狸一样。他这个年纪就能这样，已经难能可贵了。"

"没错。"

"别再哭了。我们会解决好的。"

约翰·奥托卡尔去韦林花园市和父母一起过圣诞节，现在回到了约克郡。保罗–扎格跟听众待在一起。利奥在门口迎接他，看见他，一下子跳进他的怀抱里，一边哭喊着："约翰，哦，约翰，约翰回来了！"比尔和温妮弗雷德也对他表示欢迎。阿加莎和莎斯基亚不在，她们去北约克郡大学拜访与阿加莎有过职业接触的熟人。喝完茶后，比尔带利奥去做阅读练习。利奥对约翰说："我在读爷爷和戈登小姐专门为我制作的文件……"他说，"和阿加莎的故事有关。书已经印出来了，你一定要看看，我正在读……"

"他很开心。"大家都离开后，约翰对弗雷德丽卡说。他将她抱在怀里，抚摸着她的头顶，抚摸着她的脊背。她获得极大的快感，浑身发抖。"你开心吗？你圣诞节过得好吗？"

弗雷德丽卡说那是一个奇怪的圣诞节。她说，这么多人凑到一起，但都是不完整的家庭，有两个单身母亲，丧妻的丹尼尔，剩下的就是爷爷奶奶和孙子孙女。她笑着说，圣约瑟夫也很尴尬，那个婴儿不是他的孩子，还有那些天使、那头牛和那头驴。她跟他说戈登小姐和比尔·波特携手解决利奥的阅读问题，已经取得了惊人的成果。她没有提起斯蒂芬妮。她说比尔建议让利奥留下来，在这里上一个学期，但她不知道他是不是认真的。她说这个想法很有道理。她说她不知道该怎么办。她说她该对利奥的奇特生活负责。约翰·奥托卡尔聪慧的手指抚摸着她的颈背，让她心里涌起一股暖流。她问约翰圣诞节过得快乐吗。

约翰说不是很快乐。他就是一个象征。他父母更关心保罗。他们担心保罗在吸毒，在想他过得怎么样。约翰·奥托卡尔说："我就是他的影子，看到我，他们就想到他。我就在他们跟前，也可以说不在，因为我就是我，我代表我自己。对他们而言，看到一个孩子，就想到另一个孩子。"

"真的吗？"

"哦，是的，是真的。"

他把话题转回到利奥的阅读问题。弗雷德丽卡说，利奥说他的大脑像一个镜子迷宫，他看到了镜像文字，他写的就是镜像文字。她对约翰·奥托卡尔说，留在这里他会很开心。大城市不适合容易紧张的孩子。他比较偏执，对某个想法很容易接受，对别的就比较抵触。

约翰说："我觉得，这跟他的环境有关。我认为我们应该结婚，你应该在这里找个工作，也许大学里面可以找到工作，利奥可以在这里上学，我们应该成为一家人，一个男人和一个女人，有一个孩子，至少有一个孩子……"他微笑着，但显得挺紧张的，有些不安。弗雷德丽卡怒不可遏。

"这样说来，我是可有可无的。"

"不，亲爱的，你听我说，你再想想。你不希望他待在大城市，对吧？我来了，我们团聚了，高沼地的空气很新鲜，大学那边也生机勃勃。"

"那么，我算什么呢？"

"我不是说利奥和我会占据你的生活。我是说，我认为，你在任何地方都可以，你想干什么都可以，你是一位很棒的老师，你可以在这里当老师，我是在征求你的意见，因为你是我的宝贝，我非常珍惜，我必须试试……"

他语气比较平和，但他很不安，他对结果是悲观的。他的悲观情绪让弗雷德丽卡充满了自责，但奇怪的是，她因此产生了短暂的伤害欲望。

"保罗呢？"她问。

"保罗跟听众在一起。我必须有自己的生活。"

"我就是你的生活？"

"没错。"

他双手抱着她。她的身体很暖和。但她的心很冷，很不开心。

"成为电视名人很重要吗？"约翰问。他的表情装得很无辜。

弗雷德丽卡大叫："不。那就是工作。很有意思的工作。"

"有意思"是个很傻、很不管用的说辞。约翰抚摸着她的侧腹。她可以感觉到自己的内脏在收缩，脑子一片空白。她似乎看到一个男人、一个女人和一个男孩手牵着手走过高沼地。她想起了奈杰尔，想起他的凶悍。她之所以和奈杰尔结婚，是因为她听从了自己身体的呼唤。她没有什么资本了，她已经生了利奥。约翰的温柔会让她再来一次吗？她想要什么？她很讨厌自己。

就在这时，门铃响了。那是杰奎琳·温瓦尔，她是来请丹尼尔和马库斯，也要请约翰，因为他们发现他在这里，反正这里有什么人都要请，请他们去邓维尔庄园参加听众的活动。去看看鲁茜，她说，以前去比较方便。丹尼尔早就知道她要来，他从房间里出来，说他已经准备好了。他去找马库斯。他以为马库斯会不想去，但马库斯也说他已经准备好了。杰奎琳问约翰是否想一起去。约翰看着弗雷德丽卡。

"我不想去。我不喜欢宗教。我不喜欢凑热闹。你知道的。"她对约翰说。

"我想去，我要去看看保罗的情况怎么样。我答应爸爸妈妈说我会去看看。杰奎琳说得没错，大家一起去比较安全。"

"他们不会咬人吧？"弗雷德丽卡说。

"可能会，"丹尼尔说，"说不准。我们就去看看。"

弗雷德丽卡忽然发现大家都走开了，只剩下她和杰奎琳在一起。她礼节性地问对方的工作进展怎么样，可是她没想到对方的回答很具体，提到了神经递质、轴突、钙离子，杰奎琳说方程式很复杂，所以马库斯的帮助非常有必要。弗雷德丽卡没有完全听清对方在说什么，但回应了对方的热情，她的应答声音很高，修长的脸上也显出迫切的表情。杰奎琳原来一直很友善、很温和，但现在她看上去很不舒服，说话的语气越来越冲。

"你身体出问题了吗？"弗雷德丽卡趁杰奎琳歇口气的时候问。

杰奎琳明白弗雷德丽卡不明白她都说了些什么。她剩下的热情都消失了。

她说："有过一些问题。现在挺好。我在等明确的结果……"她礼貌地说，"我在电视里看到过你，妙语连珠。真有意思。"

"这是一份工作，我的谋生手段。"

她们很警惕地看着对方。她们俩都感觉脑袋里有一个寒冷的空间，需要保护这个空间，却又害怕这个空间。杰奎琳曾想过跟弗雷德丽卡描述流产时的慌乱，但她随即认定沉默是金。弗雷德丽卡不适合当闺密，即使两个人努力调整角色，女人之间的悄悄话也说不出来。弗雷德丽卡担心杰奎琳会知道自己想要什么，知道自己在干什么，甚至比她自己知道得更多，这不是一种令人愉快的感觉，过去，她曾经可能是家里最聪明的人，而且，过去杰奎琳充其量是个聪明的小女生，是马库斯的朋友。她本可能要问，你是否觉得很难受，作为一个知识分子，也作为一个女人，你会被自己的身体所困扰吗？但是，她并没有说出这样体贴的话，而是说了一句冠冕堂皇但跟这个风马牛不相及的事情：

"你应该来参加我们的节目，跟大家介绍神经递质等。"

杰奎琳说，这种事情说出来大家可能难以理解。弗雷德丽卡感觉不大舒服，觉得这句话里面带着刺。

其他人回来了，都穿上了斗篷，戴上了羊毛帽子，准备去邓维尔庄园。威尔也想跟着去。丹尼尔想劝阻他，但他找不出什么好说辞，只好说那里没什么好玩的，丹尼尔一直不知道该怎么跟威尔沟通。威尔说他喜欢鲁茜，也没有理由不去看看那个社区。他说，鲁茜特地邀请过他，说他一定要去。

去邓维尔庄园的行程，要坐半个小时的乡村公共汽车，然后再步行半小时。马库斯坐在威尔旁边。杰奎琳觉得他可能是在躲避她，并非出于敌意，只是因为人们对非数学组的热情高涨到让他感到不知所措。约翰·奥托卡尔独自一人坐着，凝视着窗外霜冻的高沼地，沟里积着雪，地平线上的天空是银灰色的。刚开始，公共汽车沿着山脊蜿蜒而行，两侧是沼泽地，沼泽地的另一边是山谷。杰奎琳发现自己和丹尼尔坐在一起。有一段时间他们俩都没有说话。然后，他们聊起了听众形成团体的过程。杰奎琳说鲁茜很激动。她问丹尼尔是否有兴趣加入。他说不，他不喜欢加入团体，对领导人也不太感兴趣。她是知道的。

"你是教会的人。"

"谈不上。对我来说，教堂就是一堆石头。我梦里经常出现废墟。我就在轰炸现场，在废墟里面工作，听到声音，但看不见面孔。我在那种地方比较适应。"

"你很关心人，"杰奎琳说，"显得我不那么在乎。"

丹尼尔默默地坐着，公共汽车轰隆隆地往前开。他说："你气色不大好。真的和以前不一样。要保重自己。"

"我的工作进展很顺利。不断有新发现，例如记忆的化学反应，这对大脑的研究影响很大。如果出了问题，人会很痛苦，正常的时候则非常漂亮。"

她干笑了一声接着说："我妈妈说，在圣诞节还需要工作，我实在太累了。她说，我应该放松一下，到处去看看，找个人结婚等。她说我已经不小了。只要我连着说两句关于细胞结构的话，她就不想再听下去，就扭头去清洁烤箱，然后规划下一个假期。她说我把自己掏空了，没有一个男人会看上我。真的，她就是这样说的。烦死了。很奇怪，我怎么会跟你说这些？"

"这是我的工作，我乐于倾听。她就是表达了对你的期待。这是她的权利。但是我想说，你自己要把握好，目标要清楚。"

"我本来要嫁给卢克的。我一开始答应了，后来又拒绝了。他很生气。我也很不开心。我没有告诉妈妈。"

"你为什么拒绝？"他随便问，没有先入为主的答案。她如实回答。

"因为我不想嫁给他。因为……因为我想专注于工作。我不想分心。我没料到会这样。我一直以为一切都会水到渠成，工作、生活和性爱等。结果却成了这样。"

丹尼尔静静地坐着，没有说安慰的话，比如说一切都会改变，或者说她心目中的好才是真正的好。他用宽大的身躯倾听着她的心脏跳动，感受着她的头部转动，抓住她的手指放在她的膝盖上，先紧握，然后放开。过了一会儿，她好像要回答一个他没有提的问题，她说：

"我以为我怀孕了。我以为是怀孕了，那么就有必要结婚。事实上我没有怀孕。这样我就不能结婚。从头到尾都是我一厢情愿，我想做个有人情味的人，到头来什么也做不到。"

"我明白。"

"我害苦了卢克。"

"我感觉他很坚强。"

"他正在写一篇有关细胞减数分裂和男性过剩的论文。"

丹尼尔笑了。杰奎琳的脸朝他转过来，也露出了崭新的笑容，虽然她显得小心翼翼，若有所思。

"你可以笑，"她说，"如果你发现自己没有人情味，会感到震惊。我一直以为我对人很感兴趣……"

"关心人的方法很多。"

"好吧，你就很关心人。"

丹尼尔从窗外望着大地，地上的草和蕨菜都冻住了。他没有回头看杰奎琳，就说：

"如果你总是这样，每个人在你眼里都是发条断了的手表，你肯定会变得精确而冷血，像科学家盯着显微镜观察细菌。你会变得像医生那样无情，像钢铁那样又冷又硬。你不会拥有正常人的爱情。"他沉重的头转过去看着儿子的后脑勺，观察敏锐的杰奎琳发现他的脸颊肌肉绷得很紧，"你不会像正常人那样去爱。"

"我好像没有听你说过你自己的事情。"

"我这种职业，没有好处，可能真的没有。"

他们静静坐着，公共汽车继续轰隆隆地向前开。他们想到一块儿去了。杰奎琳说：

"吉迪恩对自己很感兴趣，七情六欲也很丰富。"

"是的。他的感情非常丰富。"

"我很担心鲁茜。"

"我明白。你一直很关心她。"

"吉迪恩就没有那么关心。"

"不知道。我想应该没有。"

"那个新人，丹尼尔。他是什么样的人？叫约书亚·拉姆斯登吧？"

丹尼尔没有马上回答，公共汽车压到了石块，颠簸了一下。

"他是一个虔诚的人。他爱光明，爱上帝。他有病，偶尔会发作，发作的时候很可怕。他……"

"他怎么了？"

"哦，我要说的是，他很危险。但我没有权利这样说。我就是根据经验来判断，觉得他有暴力倾向。也许他已经好了，这次不会。你知道什么是分裂。他是个好人。真的，他本性很好……"

突然间，杰奎琳似乎看到了示波器产生的锯齿波，越来越密集、尖锐，她看懂了其中的美感和含义。物质电荷穿过了单个巨神经元，产生了联系。她笑了。丹尼尔问怎么了。她说他的话让她看到了自己的形象。他说："这就对了，你要看到自己最好的一面。加油，姑娘。"他感到她的肩胛骨松了下来。

公共汽车在山脊的顶部停下，把他们放下来。他们一直往下走，进入山谷，可以看到远处的米默冰川湖在寒风中闪烁着光芒。杰奎琳和马库斯都知道那是什么地方，因为他们经常来这里数蜗牛。现在感觉不一样了。杰奎琳看着马库斯，马库斯的手插在口袋里，低着头。她问他是不是担心鲁茜。他耸了耸肩。

"你很喜欢鲁茜。"杰奎琳说。

"是吗？"

"我想她也感觉到了，但你没有说出来。"

"那有什么意义？她心里还有别的东西。这些东西。"

马库斯需要见到鲁茜，因为他害怕霍奇基斯。那个哲学家让他的自我感觉产生动摇，他本来就脆弱。他坐在摇曳的烛光下，他让马库斯的意识出现恍惚，他就像一条毒蛇盘绕在马库斯的意识里面，用闪闪发光的眼睛盯着马库斯的意识，然后吐着信子跟他的意识对话，然后悄悄地溜出来，然后现出原形。然后，马库斯注意到，关注的火焰笼罩了他，他感觉浑身透明，像在燃烧。他觉得很热。他不喜欢这么热。他希望撤退，他感到自己就像被加热到快要熔化的玻璃。

他需要记住想碰鲁茜的感觉是什么样的，他还想抚摸一下她金黄色的辫子，抚摸一下她柔嫩雪白的皮肤。

他并没有指望能说服鲁茜离开那些听众。他只是想见到她，他需要她帮助他找回自我的感觉，找回自己的天性。他默默地对这片覆盖着冰霜的荒原说，我需要一个指示，一个小小的符号，仅此而已。

他以为和杰奎琳一起聊斐波那契数列会很有意思。她似乎已经解决了问题。

他们来到邓维尔庄园的时候，大家都在等着他们。此时，电话还维系着社区与外界之间的联系。克莱门茜·法勒打开了门，她穿着白色围裙，笑得很灿烂。她打开门，他们就闻到了烤面包的香味，闻到了烤饼干或者蛋糕的甜味，是红糖的味道。其他听众聚集在入口大厅，站在石板地上，卢克·莱斯加德-皮科克与受伤的孩子们在一起，在上方的阳台上看着他们。用石头和木头建成的房子里面温暖而明亮，点着蜡烛和装在碗里的夜灯。常青植物编成的花环里面有冬青、紫杉和常春藤。保罗-扎格跳出来，拥抱了他的双胞胎兄弟。霍利教士握着丹尼尔的手，他用的是摩尼教的握手方式，鲁茜穿着白色连衣裙和白色长筒袜，伸出温暖的脸颊让杰奎琳亲吻，并对马库斯露出灿烂的笑容。吉迪恩·法勒拥抱了每一个人，同时拍拍他们的背。他穿着刺绣的羊皮，金红色的头发披散在肩膀上。霍利教士也穿着羊皮，不是很合身。大厅里很冷，尽管灯火通明，烤箱里还散发着诱人的香气。

他们走进饭厅，饭菜已经准备好了，正等着他们。有一张长长的桌子，可以坐大约三十人，大家挨得近一些的话可以坐三十五个人，桌子旁边摆着折叠椅。桌子上铺着一大块白桌布，上面堆满了各种食物，包括热喷喷的面包条，放在盘子里的小圆甜饼，好几碗鸡蛋，各种水果放在木碗里，有苹果、梨、李子，以及水煮梅子、海棠和黑莓，都是本地的水果。大家都随便坐，只特地留了位置给某几个人。露西·奈比和克莱门茜·法勒坐在桌子的一头，露西穿着宽大的白色围裙，她们俩中间空着一个位置，大概是留给约书亚·拉姆斯登的。丹尼尔坐到桌子的另一头，这一头的正中位置是霍利教士的，丹尼尔坐在他的旁边。吉迪恩坐在侧面的中央位置，两边分别坐着鲁茜和艾莉，几个贵格会教友坐在他的对面，他们周围坐着一群孩子，除了露西的三个孩子，还有另外三个孩子。杰奎琳坐在丹尼尔旁边。马库斯想坐在鲁茜旁边，但没有如愿，因为她身边一直有孩子。埃尔维特·甘德走向约翰·奥托卡尔，邀请他坐到他的旁边。约翰谢绝了，他去跟贵格会的教友坐在一起。甘德跟着他，从背后对他说：

"我们用餐的时候会听音乐，也有朗诵诗歌和宗教经典的环节。扎格会为我们演奏乐器和唱歌。如果你愿意和他一起表演，我们会感到很荣幸。"

"我没有带黑管。"

"我们有一支。巧吧，米莉·费舍尔刚好带了。演奏一曲应景的音乐吧？《王者之舞》怎么样？"

保罗将刚刚组装好的黑管递到哥哥的手中，哨片是新的，木管上过油。

克莱门茜·法勒和露西·奈比走去厨房，端来了两锅热气腾腾的汤，她们把汤放在侧桌上，汤勺也放在那里。

杰奎琳旁边坐着一个女人，那个女人说：

"汤是我们自己做的，就地取材。土豆、韭菜、豆芽、荨麻、西兰花、胡萝卜、牛奶、山羊奶和少量马麦酱，还加了一些草药。很不错。素的。你是素食主义者吗？"

"不是。"杰奎琳说。

"你是贵格会的吗？圣公会的？还是其他教派？"

"我是做科学研究的。"

"你觉得研究科学和信仰宗教矛盾吗？"

"我不知道有没有本质的矛盾。但对我来说，确实是矛盾的。"

"那么，你来这里干什么？"

"来看望一个老朋友。"

"一个女科学家，容易吗？你有没有碰到什么问题？"

这个身材矮小、皮肤黝黑的女人没完没了地问，让杰奎琳很生气。她说：

"我来问你。你为什么来这里？你是做什么职业的？"

"哦。"布伦达·平彻重新摆了她面前的餐具，"我是一个探索者、研究者、旁观者。"

"你住在这里吗？"

"我住在这里。我是原始团体的成员。丹尼尔认识我。"

丹尼尔含糊地说他认识。他好像曾经了解过她的职业，但他已经忘记了。接着，她把杰奎琳晾到一边，隔着杰奎琳问了丹尼尔一系列问题。她问他目前好不好，对社区有何看法，对摩尼教有什么看法……

约书亚·拉姆斯登进来了。他站着，表情严肃地看着餐桌四周的人，目光扫过每一张脸。大家都认为，他的目光射进了他们的大脑，搜索到了每个角落，梳理了每一个纠结的地方。马库斯看到鲁茜脸红了起来，笑了起来，虽然她的手和吉迪恩的手一起放在桌上。杰奎琳觉得这个男人很帅。房间漏风，跟入口大厅一样，虽然大家都挨着坐，菜汤也热气腾腾，但房间里还是很冷。吉迪恩坐姿庄严，占了比别人多的空间，就像达·芬奇《最后的晚餐》中的耶稣一样。拉姆斯登一动不动地站着，像一根柱子，使得其他人也都一动不动。他说："吃吧，不要吃太多，因为我们的身体只是寄托精神的临时场所，是我们的躯壳，总有一天会灰飞烟灭。我们吃着大地恩赐的果实，应该怀着悲戚和感恩的心，我们要想到，总有一天我们不再有身体上的需求，只有纯洁的光明。在吃被人类捕获的活物的时候，心里要想着光明。"

约书亚在讲话的时候，马库斯感到有个身材肥胖的人悄悄在他的身边坐下。他听到一个熟悉的声音说："很好，很好，汤的味道很好，在烧的时候我就闻到了。"

马库斯对旁边这个人的身体气息很熟悉，没有任何变化，酸气中透着焦虑。他也熟悉那个人的笑声，轻松之中蕴含着紧张。他甚至熟悉那个人屁股上的肥肉，很柔软。他没有抬头。他几乎停止了呼吸。

那个人是卢卡斯·西蒙兹，正是这个人对他的关注，宗教方面的关注，乃至色情的关注，导致马库斯早年陷入恐惧和精神错乱。卢卡斯注意到了身边这个人是谁。他又开始喋喋不休。

"是你啊！我一直在祈祷，希望能再见到你。果然是你。你怎么在这里？你会留下来吗？我一直在想你在哪里，过得怎么样，你对我有什么看法，对我怎么评价，你心里是否……

"这是个好地方。经过了这么多磨难，终于有地方可以让我歇歇了。马库斯，这个人可以看透本性。你说你要留下来吗？你也……"

"不。"马库斯说。他奋力抬起头，看到远处的约书亚·拉姆斯登，那个人也看到了他。那个人好像可以感受到他的恐惧、厌恶和担心，看透了他瘫痪的灵魂。

拉姆斯登站起来。

"我们等一会儿会听音乐，"他说，"我们就吃饭，不要说话，扎格和他的兄弟会用音乐将我们的思想带向光明。我们会忘记自我。"

约书亚·拉姆斯登坐在很远的地方看着他的人民。他看到了和谐与不和谐，看到了冷和热，看到了恐惧与欣喜，看到了贪婪与节制。他的目光落到一个人的身上，那个人就会抬起头看着他，目光里充满渴望和信任。他看到一张张面孔、一个个人的周围都环绕着某种精神物质。他不认识的马库斯被冰柱笼罩着。冰柱亮晶晶的，但是会融化。刚才在他旁边坐下的那个人像被架在火上烤的动物，浑身冒着汗水，从里到外，把卷曲的头发和羊毛衣服都浸湿了。布伦达·平彻总是像一团没有眼睛的毛球，颤抖着。看过吉迪恩身上流淌的牛奶和蜂蜜之后，他的目光抵达丹尼尔·奥顿。

眼前是一片鲜血，他不想看也躲不掉。血从丹尼尔的黑发中喷涌而出，顺着他浓密的眉毛和肥硕的脸颊流下来，反射着光芒，他喝绿菜汤的时候，鲜血落到了他的嘴角，然后流到他粗壮的脖子上，积在毛衣的领子上，然后溢出来，流到肩膀上，再流到毛衣下面的胸部和腹部。眼前的景象十分清晰，他看到了每个细节，他看到了从浓密的发根不断冒出来的血流，看到了滴到脖子上的血滴。那不是幻觉，他看到了红色的血液在汩汩流出，闪闪发光，然后凝结成血块。那是故意让他看到的，绝对不能说出口。他觉得丹尼尔就是一座火山，喷发黑暗物质，不断涌出的鲜血就是熔浆。他脑袋里闪过一个念头，也许这表明他是一个恶魔，一个恶魔。他拒绝了这个念头。这个男人很胖，他不喜欢胖男人，他看到胖男人就恶心，而这种感觉不值得他去抵抗。他认为，鲜血是他自己的恶念，是他把鲜血倒在丹尼尔的身上，那不是丹尼尔的血。丹尼尔在吃东西。他举起勺子，绿色的菜汤从象牙似的牙齿之间经过像地毯一样但黏糊糊的舌头，进入了令人恶心的黑暗洞穴。丹尼尔切了一块面包，微笑着对杰奎琳说，热乎乎的黑面包真好吃，然后在面包上涂了一层厚厚的金色奶油，然后咀嚼着，咀嚼着。约书亚·拉姆斯登放下自己的勺子，他没有喝汤。突然间，鲜血不再喷涌了。丹尼尔原来闪闪发光的表面变得暗淡无光。拉姆斯登从克莱门茜·法勒制作的黏土高脚杯中拿了一点水喝。露西问他是不是不饿，他说不饿，他的饭量很小，已经饱了。

大家听着音乐。他们演奏了《王者之舞》，然后演奏了《冬青树和常春藤》，是即兴演奏，黑管演奏人声部，吉他声上下左右跟随。两具身体一起摇摆，两只金黄色的头颅频频相互点头，脚趾踩着节拍，手指翻飞。不过，扎格的嘴角挂着欣喜若狂的笑容，约翰紧紧地吸住哨片。一位贵格会女士对另一位说："两位天使。"哦，太阳在升起，鹿儿在奔跑……

饭后，大家聚集在一起跟客人告别，因为冬天天黑得早，他们必须尽早出发，才能赶上最后一班公共汽车。马库斯设法走到鲁茜身边，鲁茜正在帮助清理桌子。卢卡斯·西蒙兹一直跟在他后面。丹尼尔轻拍卢卡斯的肩膀，把他转过来，问他过得怎么样，然后果断把他拉走。

"嘿，鲁茜。"

"很高兴在这里见到你。很高兴在这里见到这么多老朋友。"

"你开心吗？"

她淳朴的眼睛和他淳朴的眼睛相对，她的手颤抖着，像画中的天使一样，双手交叉放在胸前。

"不是显而易见吗？不是很好吗？不仅显而易见，这是真真切切的……"

他伸出一只手，颤抖着，碰了她一下。她耸了耸肩。他说："你开心，我就开心。"

"你看起来真的很开心。以后常回来。最好加入我们。我想，这里是生活的希望，你只有一次机会。"

她比从前更丰满，还是很漂亮。他脑子里面一片空白。他看到房间另一侧的卢卡斯·西蒙兹穿着毛衣和法兰绒，他感觉又湿又热。

"好吧，你走好。"鲁茜说着转身走开。

"我们会一直关注你。"马库斯说。

"别那么说……"鲁茜说，"听起来很吓人。我很开心。我会为你祈祷。"

她拿着一堆盘子走了，她的辫子在她身后不停摆动。

在门口，约书亚·拉姆斯登对丹尼尔说：

"你不想加入听众的行列吗？"

"不想。"

"你的那些老朋友，霍利教士和吉迪恩，他们都很看好你。"

"我是在教堂地下室认识咏礼司铎的。我很想念他。"

"他和玛丽一样，选择了更好的角色。"

"算了吧，拉姆斯登先生。我是个俗人，你懂的。庸俗。土。"

"可怜的俗人。"

"我喜欢做个俗人。"丹尼尔咧嘴笑着说。威尔站在他的旁边，盯着拉姆斯登。

"你的儿子？"拉姆斯登问，"你看他的表情……"

丹尼尔很害怕。他的恐惧有点莫名其妙，但很强烈。他说："我们得走了。我们要去赶公共汽车。"

拉姆斯登点点银白色的头，目送他们离开。

他们上路了，往山脊上爬。在银灰色的天空中，白色和珍珠色的鸽子正飞往邓维尔庄园，飞往它们的窝。他们碰到了成群的被放生的母鸡，受惊的母鸡咯咯叫着四处乱跑。中间有一两只胖乎乎的火鸡，也咯咯叫着。远处有一只绵羊在尖叫，还有一条狗在吠。

"你不喜欢他。"威尔对他父亲说。他很少跟父亲说话。

"不至于。他是好意。他是个好人。"

"你对他不是很客气。"

"什么叫客气？"

"他想……跟你做朋友。你拒绝了他。"

"我不针对他个人。我觉得这里的事情有点危险。"

"我觉得很热闹。新鲜。不无聊。"

"好吧，如果不无聊是你唯一的标准，那么……"

"你都不好好听我说话。"

"你也没跟我说什么呀。"

"怎么没有。我说话的时候你都没有好好听着。"

他们继续往上走，碰到了更多的动物，有几只绵羊、一头小猪、一群黑色的小母鸡，全都往下面走。

第17章

1月，鲍尔斯与伊登出版社出版了《北国行》和《叠层》。《北国行》没有受到多少关注。它被归到科幻小说类，列为大龄儿童读物，评论大多比较温和，但大多数评论都是在圣诞节之前发表的。相比而言，《叠层》得到的评论多得多。评论的标题有"错乱而已""剪刀加糨糊的世界"和"聪明女人的《易经》"等。也有几篇评论弗雷德丽卡本人的文章，说她是"一个新红人"，"在镜子前装得天真无邪"，"在业余时间搞创作的聪明女人"。不管喜不喜欢《叠层》，评论家都认为这本书透着"聪明"。恶意的评论会说她"肤浅"，给她的"聪明"加限定词，例如"小聪明"和"卖弄聪明"等。友好的评论则认为她的切割技巧可与巴勒斯和杰夫·纳特尔相提并论，但与这些大师相比，这位女作家缺乏穿透性或者颠覆性的创想。他们都质疑最终的整体是否超过碎片的总和，他们得出的结论是可能没有超过，她只是很聪明而已。

弗雷德丽卡让《标准晚报》的记者拍摄了照片，她靠在地下室的栏杆上，脚下一双长筒靴，上身一件大外套，头顶是俄罗斯风格的毛皮帽子，样子有点像安娜·卡列尼娜。哈梅林广场的邻居们有些在家里透过窗户看着，有些推着自行车或者踩着足球，围在摄影师的背后。弗雷德丽卡也让《新星》杂志拍摄了一组照片，现场摆设了《镜中奇缘》的场景，有一面面镜子、屏幕和透明隔板，上面都投射着她的脸。她穿着一件短袖、紧腰的绿色羊毛连衣裙，领子洁白，显得非常端庄。刊登出来的照片都很棒，充斥着几何碎片，具有骨感，棱角分明，一双双眼睛目光炯炯，红色头发就像扩散的涟漪。"这些碎片，使我免于毁灭。"文章开头引用这句话作为图解。这句话一直萦绕在弗雷德丽卡的脑海里，她拒绝用这句话作为她这本新书的概况，因为这句话太老套，几乎每个人都在引用艾略特的这句话。她的脑海里一直有个形象，那是海滩上的一艘船，就像一幅立体派的画，被一堵用碎石、鹅卵石和天使雕像碎片筑成的墙包围，墙体坚固，墙上有古代希腊女神的翅膀，还有以弗所的戴安娜的乳房。她知道海滩并不存在，船也不存在。只有一幢废弃的楼塔，阿基坦王子在里面。这些也都是套话。

她没有跟父母说过她写了这本书。她对于父亲的感觉，就像她这一代人对于利维斯博士的感觉一样，不管她做了什么，都进不了他的法眼。按他的标准，那是她的个人笔记，照理是不能公开出版的。她也没有想过把发展写作事业作为不去北方的理由，她不认为自己是一个作家，也不认为她会把写作当成职业。她目前没有在写什么，也没有计划继续写下去，这种断断续续的笔记，谁都能写，真的。她对自己的作品有一种强烈的厌恶感，尤其是出版了之后，但凡是作家，应该都会有这种感觉。有一次，她在公共汽车上看到一个学生在读她的书，她很高兴，这是当然的，废话，但她自己从来没有翻开来读过。封面很漂亮，采用埃舍尔式的错觉图案，一把把剪刀的开口都像鬼脸。她也没有给比尔和温妮弗雷德寄去一本。他们可能已经注意到了它的存在，但他们始终没有提起。

　　大多数初出茅庐的作家都想给父母一个惊喜。真正的作家就不一样。

　　弗雷亚斯加斯的来信渐渐增多。这些信都不是写给弗雷德丽卡的，而是写给利奥的。信封里主要装着阅读练习，有精心设计的拼读法和元音练习，也有难辨的反直觉的语音练习，例子都取自阿加莎的《北国行》。情景都是利奥所熟悉的，句子也是他听到过的，不过，因为精心的设计，不是很熟悉那个故事的人也能看懂。信里也有给利奥和弗雷德丽卡的练习说明。例如，这些用于练习c、ck、s、qu。这是长元音练习。于是，母子俩坐下来一起读。利奥居然读上了瘾。整整一天时间，他都在学习含ph的单词。Phish、phunny、phood、elephant、pheasant、cornphlakes，弗雷德丽卡笑了，利奥也放声大笑。弗雷德丽卡告诉他"笑"的单词laugh怎么写。他笑着说："太多了吧。"他写成了lauph。

　　他说："萨诺说他妈妈说你在电视上很好笑。你是故意搞笑吗？"

　　他面露忧色。

　　"俏皮吧。说搞笑也对。人都应该笑出来。"

　　"那好吧。她说你语速太快了。"

　　"在电视上每个人说话都很快。"

　　利奥放心了。

　　《镜中奇缘》成了新频道BBC2台的常规节目。威尔基想把网撒得更广一些，他挑的话题既不可预测，感觉也没什么意义。1969年的第一季度，参加节目的嘉宾有下面几个：

　　一个是本杰明·洛奇，他曾经制作过亚历山大·韦德伯恩的话剧

《阿斯翠亚》和《黄椅子》，还制作了一部根据"残酷戏剧"理论改编的《钦契一家》，该剧将在海豚剧院上演。一开场，他就说起废除张伯伦勋爵戏剧审查权的事情。同场嘉宾是小说《巴别塔》的作者裘德·梅森，这本小说被审定为"淫秽图书"，打了官司才保了下来，目前销量稳定。讨论的主题是审查制度，主题人物是劳伦斯。主题物品被放在弗雷德丽卡面前的一个圆盒子里，盒子上系着一条深红色的丝带。她把东西拿出来，那是一大团富有弹性的黑色卷发，在屏幕上看不清楚是真的还是假的。洛奇和裘德讨论了正在上演的音乐剧《长发》，嬉皮士留着长头发，学生也流行留长头发，谈到肯尼思·泰南在《哦，加尔各答》中公开露阴毛，也谈到萨克－马索克喜欢貂皮衣，他有恋物癖和同性恋倾向。当初出庭的时候，裘德·梅森被要求剪掉油腻腻的灰色长发，如今又留了一头长发，又不梳理，头发一绺一绺的，都绕成了结，活脱脱的一个淘气鬼。弗雷德丽卡戴着深红色的爱丽丝发箍，头发梳到背后，显得很端庄。在布景上，红心皇后喊着"砍掉他的头"。

随后的节目讨论了睡眠、地下世界（地铁、彼得·潘的迷失男孩以及爱丽丝的兔子洞）和战争英雄（嘉宾是一个口齿伶俐的将军和一个受过勋的流行歌星）。有一期节目讨论德国人，主题物品是一块博伊斯的"羊脂球"，嘉宾是一个德国电影导演和一个在战争影片中扮演德国将军的美国演员。有一期的主题是"局外人"，嘉宾是柯林·威尔森和口齿伶俐但长相凶恶的詹姆斯·鲍德温。

还有一期节目很有趣，话题是婴儿，嘉宾是一位自然分娩专家和一位儿童心理学家，讨论的内容是鲍尔比的依恋理论，以及他这一代人受到的影响，他们这一代人，尤其是女生，碰到经期的问题，再怎么哭喊，也没有人管。这期的主题人物是威廉·布莱克，他在诗中写道："宁可扼杀一个襁褓中的婴儿，也不要让未出场的欲望滋长。"

他还有一首诗的题目叫作《婴儿的快乐》。主题物品是一个骨质磨牙圈，上面挂着几个像小丑似的小铃铛，样子有点吓人。坦尼尔画的《爱丽丝漫游奇境》中"小孩变成猪"的情景不时在屏幕上出现。讨论很深入，他们谈到了感性的崛起造就了嬉皮士的"花癫派"，在理性时代遭到压抑的婴儿天性也得到了重视。

威尔基突发奇想，想做一期关于球类运动的节目，花了很长时间去寻找口齿清楚的斯诺克、网球、足球和高尔夫球员，他说各种运动的规则、空间和身体局限性都会让观众很感兴趣。最后，他找到了一个研究动力学和轨迹的物理学家和一个诗人，这个诗人也是牛津大学的教授，同时槌球也玩得很溜，这两个人进行了一场十分精彩的对话。主题物品是从博物馆里借来的一个中世纪"剑球杯"，剑球游戏是一种古老的游戏。弗雷德丽卡一直鄙视体育运动，尤其是团队项目。突然间，她注意到了人类的创造力，她以前都没有关注过。

提出一个无知的问题，或者做出一个愚蠢的评论，都会让自己露馅，她可不愿在别人面前露馅。于是，她学会了避重就轻，她看得懂坑在哪里，知道哪些是要点，哪些是她弄不明白也说不清楚所以不能碰的。她也在练习临时记忆和中短期记忆。过程令人兴奋，但结果差强人意。

她已经成为名人，在街上，在商店里面，去学校接利奥和莎斯基亚的时候，她都会被人家认出来。参加派对的时候也一样。大家都说认识她，其实都和她不认识，他们也都自以为她还没有开口他们就知道她会跟他们说什么。她一直以为成为名人是令人兴奋的事情。报纸上说，名人自带光环。可是，她发现了一个大问题，人越红，做人的真实感就越少。她的脸成了一张面具，一张胶片，一个投影，成了她和人们之间的隔膜，她再也听不到他们的真心话，看不到他们的真实面目，不能直截了当地和他们说话，对他们而言，她已经成了某种符号，某种死的形象。做完"童贞女王伊丽莎白一世"那期节目之后，她梦见了伊丽莎白女王晚年的妆容，她的脸上至少涂抹了一英寸厚的粉，一双黝黑的眼睛深深地陷了进去。做这个梦也许是能被预料到的。她梦见自己也涂了那么厚的脂粉，像戴着一副面具，正走过哈梅林广场。面具背后那个真正的女人戴着胸罩，衬衫敞开，而下身完全裸露。这个身体是她的，也不是她的，在一定意义上，她也是一个充满怜悯和焦虑的旁观者。街上的孩子们围着她，对着她赤裸的小屁股和光溜溜的脚丫子指指点点，嘲笑不已。

给补习班上课是另一回事。她还在给那群成分混杂的成年人讲课，他们时不时会产生一些争论。她先讲了陀思妥耶夫斯基的《白痴》。这个故事的情节变幻无常，超越常理，本身就充满争论。结局和高潮一样伟大，从头到尾都令人满意的小说不多，这是其中一部，读完这本书你不会感到失望，不会觉得意犹未尽，想象力没有丝毫减弱的迹象。弗雷德丽卡问同学们，这是因为陀思妥耶夫斯基不知道上一个情节发生了什么也不知道下一个情节会发生什么吗？有没有可能他自己都不知道小说里的角色是好人还是坏人？他的批注显示，在整部小说里面，他一直在变换情景。不过，尽管叙事结构变幻不定，弗雷德丽卡仍然觉得故事很完整，充满激情，让人进入忘我的境界。故事隐含着一个西方神话，梅诗金公爵是基督的化身，他是白痴，但很善良，这个人物让弗雷德丽卡很感动，她读《新约》的时候都没有这么感动过。

在教《了不起的盖茨比》的时候，她读了一段杀手穿过叶子发黄的小树林来到游泳池边找到盖茨比的场景：

……如果这一情况属实的话，他那时一定感觉到了他已失去了他原来的那个温馨世界，感觉到了他为这么长时间只活在一个梦里所付出的高昂代价。他那时一定举头望过令人恐怖的叶片，看到了一个陌生的天空，他一定不由得战栗了，他发现玫瑰原来长得是那么怪诞，洒在几乎不存在的草上的阳光是那么生冷。这是一个新的世界，物质的，然而并不真实，在这里可怜的魂魄，呼吸着空气般的梦幻，东飘西荡……就像那个灰蒙蒙的、古怪的人形穿过无定形的树木，悄悄地朝他走来。

弗雷德丽卡很喜欢这段话，她在上面做了整整齐齐的笔记，这也是这堂课的成果。她写道，要注意"新世界"和"没有真实的物"这两个说法对于美国文学的含义。她写道，盖茨比用他柏拉图式的自我概念，他的浪漫和梦想，创造了一个属于他自己的世界，而这个世界正在瓦解。

把这段话朗读出来的时候，她感受到了这个段落每一个词的全部力量，简单，清晰，这一段话讲的是"毁灭"和"瓦解"，但整体性很强，很流畅。她感受到了一种神秘的力量，脖子后面纤细的发丝都竖了起来，这是原始对完美文明的反应，身体认识到了心灵的存在。

她说到一半停了下来，然后又急忙接上。她对他们说，我也是刚刚才认识到这一段话有多么美好。想想那些形容词，看起来都那么简单，但都是最恰当的。你们看"陌生"这个词，想想创造了自己的天地的那个人，他一个人就是他一家。再看看"令人恐怖的叶片"，叶子光秃秃的，有点吓人。"玫瑰原来长得是那么怪诞"。美好大自然的象征，因为一个描述心理状态的形容词就瓦解了，这也是一个历史悠久的美学形容词。

接下来，用"生冷"形容阳光。他怎么想到的？生的就是冷的，没有加热过的，生的就是光秃秃的，没有加工过的，生的就是还没有熟的。"几乎不存在"这个概念，表明这是一个混沌的世界，要么是时间的开端，要么是时间的结束，此时的世界没有条理，没有秩序。除了这些感性的形容词，例如"怪诞"和"生冷"，还有一些理性的，例如"新的""物质的""并不真实"，实实在在的"物质"分解成了东飘西荡的"魂魄"和"梦幻"，像"空气"，却又不是空气，最后化成了"无定形的"树。

"无定形"是个消极的词汇，但这个希腊词含有积极的成分，即形状、形态、变形、形态学、睡神摩耳甫斯。菲茨杰勒德所做的，说白一些，就是推翻艺术和文学的习惯和传统，瓦解上帝创造的美丽花园在人们心目中的固有形象，他销毁了树木的形状，让天空和草地褪色，让玫瑰失去自然的美。

弗雷德丽卡狠狠地盯着全班同学，他们也盯着她，然后笑了，那是一个会心的笑，司空见惯，大家都很快乐。在此后的日子里，她时不时地回味这个时刻，她感受到空气中的变化，她脖子上的发丝竖了起来，这是她首次当真地阅读她认为自己早已懂得的每一个词。此时此刻，她知道她该做的事情就是教学，她所懂得的，包括偶尔懂的和先天就懂的，就是如何理清词语的顺序，从而构建世界，构建思想。和这种揭示真理的真正技巧相比，对着镜头微笑是很粗俗。

然而，还是然而。高尔基染色的试剂片，斯诺克球炫酷的运动轨迹，新生儿呱呱落地，乡村的杀戮（她下一期《镜中奇缘》节目的主题）等，这些都存在于教室之外，图书封面之外，但这些都是真实的。这些也是真实的。

第18章

　　春季学期伊始，北约克郡大学总事务委员会召开会议，讨论身体与思维研讨会的筹备情况。出席人员包括副校长、学监霍奇基斯、各学院的各系主任和两名学生代表，学生会主席尼古拉斯·特费尔以及玛吉·克林格尔。反大学的动向也是议题之一。

　　会议在议事厅举行，议事厅位于八角形行政大楼的顶部，里面有一张铺着血红色皮革的八角形桌子和几把御座似的椅子，还有几只瓷花瓶放在八角形的底座上，看起来孤零零的。会议由文森特·霍奇基斯主持。会议开始之前，他一边喝着咖啡，一边很平静地跟威基诺浦说："我收到了霍德·平斯基的一封信，这封信让我感到很不安。我想您应该看看，但我认为不适合在这个场合讨论。"

　　"他还打算来吗？"

　　"哦，来的。我想他是要来的。他有一个道德方面的问题。我想您应该关心一下。"

　　尼克·特费尔距离他们不远，也没有在跟人家说话，他听到了他们的谈话。他本就对平斯基有所疑虑，他所代表的学生也都有，他正好准备在会上提起这个问题。乔蒂·苏提斯曾经跟他说过，根据多个国际学生组织的可靠信息来源，霍德·平斯基在思维过程、记忆和记忆丧失方面的研究，是由美国中央情报局秘密资助的，可能会用于审讯和洗脑。

"先把问题提出来，不用说得很严重，看看他们怎么说，不用上纲上线。"苏提斯说，"我们也不知道我们是该抗议，不让他来，还是等他来了以后好好搞他。他会不会来？了解一下。也给他们一个下马威。"

尼克·特费尔很不喜欢乔蒂·苏提斯和他说话时的神态。苏提斯甩了一下红色的长发，笑嘻嘻地就给他发号施令，像一个领袖，像一个贵族，特费尔觉得他更像出身豪门的纨绔子弟，随心所欲。与此同时，他也发现苏提斯拥有一种他非常欣赏的品质，他很能干，不管什么事情，他都能搞定。反大学运动的大篷车四处蔓延，显而易见，这种做法非常管用，能够吸引到学生，壮大声势，还经常能弄出一些新花样来，例如放放烟火，搞搞成人派对，开一次长达3个小时的讲座讲讲克鲁泡特金，或者完成一次感觉剥夺实验。

尼克·特费尔的父母都是工匠，都是社会主义者。他父亲在电厂工作，他母亲是裁缝，专门帮人家改衣服。他信仰一个没有社会阶层差异的世界，他主张所有人都应该住在大小差不多一样的房子里，都有一个布局差不多的花园，和邻居一起接受同样的教育，这些都应该是理所当然的。他信奉工联主义，但自从坦克开进布拉格之后，他就对苏联的任何东西都失去了希望。他本能地厌恶文森特·霍奇基斯那种夸张的牛津腔，而他这个脾气对接下来的事情肯定会有影响。

他风风火火的脾气促成了北约克郡大学图书馆的静坐示威。大学图书馆仍在建设，一些古籍善本还保存在朗罗伊斯顿的图书馆里面，那是一个优雅的地方，对人员出入有严格的限制。新图书馆在语言塔里面，有地下仓库，当时就只有一个小阅览室，桌椅数量也有限。图书馆馆长都不喜欢人家在图书馆里看书，而图书馆是根据图书馆馆长的建议设计的。杰勒德·威基诺浦爵士虽然很不情愿，但也承认了这一点。学生代表多次去向副校长投诉，说图书馆阅览室的椅子和桌子都不够，藏书量也不够，大学是新大学，地方偏僻，去城里的大图书馆很不方便。校方的回复说，书会有的，在适当的时候会有的。特费尔说，学生在校时间不长，可能等不到"适当的时候"。他自己忙于学生会的事务，很少坐下来看书，但他想看书，他的同学们也都想看书。在反大学兴起之前，特费尔在图书馆大楼组织了一次静坐示威，占据了所有的楼梯和几乎所有空间。他们坐了十天，过程很平静，没有闹事。后来，大学买了大量的打折图书，重新规划了借书台和目录查询区，阅览室的空间也增加了一倍。这一事件对威基诺浦和特费尔都有很大的启发。威基诺浦知道特费尔是讲道理的，也是有决心的。特费尔知道光在嘴上说是没有用的，行动是必要的。学生们推举他参加这个委员会，他很高兴，但也战战兢兢。这也是嘴上说说的事情。他必须确保取得切实的成果。否则，该行动还是要组织行动。

群体情感是有传染性的，会改变思想，这是真的，对随后的事情切实产生了影响。尼克·特费尔本是个中间偏左的英国人，精明、多疑、务实。但是，反大学运动在鼓吹革命，说现在就可以发起革命，今年、这个月都可以，他们声称所有的权威都是坏的（乔蒂·苏提斯说是邪恶的），都必须被打倒，教学就是对同样有价值、同样有天赋的人过度行使权力，而这些思想都让他动了心，正在他的血液里激荡。大多数年轻人认为妥协是错误的，不应该有妥协的心理。尼克觉得，他对这位副校长的尊重，虽然很勉强，也可以说是一种妥协，而这是不应当的。他厌恶霍奇基斯的牛津腔，这反而让他感到庆幸。他听到霍奇基斯说收到了平斯基的来信，却又说不想在会议上讨论，他不由得对这封信的内容产生浓厚的兴趣。

霍奇基斯说，会议筹备的进展令人鼓舞，他向副校长提交了一份拟提交的论文和发言人名单，里面有已经确认，也有待定的。他给每人分发了一份复印件。

身体与思维研讨会

霍德·平斯基

加州大学圣地亚哥分校

《思想的形式：完全形态、图示理论，大脑如何组织思维？》

西奥巴尔德·艾琴鲍姆

格鲁内瓦尔德研究中心

《野生和驯养动物的本能与学习》

莱昂·鲍曼

《记忆的神经学研究》

雅各布·斯克鲁普

《机器会思考吗？》

卢克·莱斯加德–皮科克

《性与蛞蝓：有性繁殖的生物学缺点》

克里斯托弗·科伯

北约克郡大学动物行为研究所

《学习歌唱：孤单鸣禽和群居鸣禽的行为差异》

格里赛尔达·布拉格
林肯中心音乐教授
《音程的自然程度》

埃德蒙·威尔基
《维米尔和毕加索：感知行为的代表性》

阿德尔伯特·霍利教士
《关于道成肉身诠释的演变》

布伦丹·克里弗
皇家外科医师学会会员
《动物还是植物：持续植物状态的意识》

文森特·霍奇基斯
《什么是哲学？维特根斯坦、数学和语言游戏》

杰勒德·威基诺浦爵士
《深层结构和表面的流畅：关于世界语的畅想》

　　这份名单得到了普遍的认可，特费尔没有说出他对平斯基的疑虑，所以大家讨论的重点是少了哪些人。英国文学教授科林·雷尼指出，这份名单显然将文学排除在人性的概念之外。文森特·霍奇基斯说，他刚刚收到杰出学者拉斐尔·费伯博士的来信，他想讲讲《普鲁斯特和记忆》《生物和文化》。科林·雷尼说这是个好消息，但他觉得英国文学不应该缺席。莱昂·鲍曼说，劳伦斯开口闭口都是血液和精液。他想干什么？从鲍曼迷人而色眯眯的笑容中，尼克·特费尔永远看不出他是在开玩笑，还是认真的。科林·雷尼说爱丁堡有一位杰出的劳伦斯专家，他发表过几篇文章，对劳伦斯的血液意识做出了深刻的分析。大家一致认为应该找这个人。鲍曼提起法西斯主义，以及关于优等和劣等血统区分的危险理论。没等他进一步发挥，霍奇基斯赶紧问还有哪些领域没有涉及。在场的唯一一位女性、《人类学读本》的作者米娜·拉舍尔斯说，如果没有人类学家的参与，这个研讨会就不完整。她主动请缨，说她愿意讲讲不同文化中的身体装饰和肢体语言。包括装饰性的切割和现代发型，她说，当然也应该有心理学家，精神分析家更少不了。应该有人讲讲皮亚杰的儿童发展观。威基诺浦说，斯提福兹语言教学调研团队有个优秀的学者，他会去找他。

"精神分析呢？"鲍曼问，"这个很时髦啊。埃尔维特·甘德怎么样？他很会吸引观众，像个耍蛇的人。"

霍奇基斯有点不痛快地说他联系过甘德，甘德也说要提交一篇论文，题目很有意思：《游乐场的镜子：精神分裂症患者对自己身体部位的感知》。可是，这段时间，他一直跟那些在我们周围扎营的人在一起，给他们讲扩展意识。霍奇基斯的声音比平时更低沉。尼克·特费尔说他不觉得这有什么关系。许多人都在反大学运动中发表了有趣的演讲。可能是受到自己清脆的声音的鼓舞，他紧接着又说，历史和政治学显然被遗漏了。他提议请人讲讲工厂作为人类隐喻的历史，题目可以叫《从手到头再到嘴》。威基诺浦抬起头，笑着对特费尔说，这个想法很好。特费尔先生是否考虑代表大学做个发言？尼克急忙说他没有时间，他没有准备，他有自己的工作，学业压力也很大，他要参加考试。这时，他突然觉得自己的声音很讨厌。他闭上了嘴，满脸通红。

鲍曼说："考虑到反大学包围着我们，还渗透到我们中，我们是不是应该请个人讲讲星体和以太体？这样，我们的领域就更加完整了。"

现场响起一阵沙沙声，气氛很紧张。尼克·特费尔对自己未能搞清楚鲍曼是什么来历感到非常恼火。鲍曼自己会心一笑。

威基诺浦说："你们许多人可能都知道，我妻子正在大讲特讲这个话题，对象是他们那些人。每个人都有自己的信仰和言论自由的权利。恐怕我不能说服自己如果有人来讲这个话题，我们的会议就会更完善。"他皱了一下眉头，"当然，任何事情都有一定的好处……"

霍奇基斯看着副校长，副校长表情严峻，他肯定是在思考安排关于星体和以太体的演讲对听众有什么好处。要安排还是可以的。他之所以非常尊敬这位副校长，是因为他很开明，能够发现所有东西都有好的一面。他本人也经常看到威基诺浦夫人身穿黑色衣服，披着紫色天鹅绒斗篷，光彩照人地给一群大人物做演讲。

"我觉得，大家也都同意这超出了我们的审议能力范围，"他说，"目前进展很不错。我们先停一停，喝杯咖啡吧。"

咖啡室比会议室低一层。大家都走进电梯，只有尼克·特费尔待在原地。霍奇基斯把文件都放在桌子上了。他想偷偷看一眼霍德·平斯基那封"让人深感不安"的来信。他仔细倾听电梯的声音，听到电梯停了，就迅速翻阅霍奇基斯的文件。他未能按乔蒂·苏提斯的建议给委员会提出难题，这份内疚感让他翻得更快。

亲爱的文森特：

我说过，我很高兴有机会在一场盛大而激动人心的会议上发言。然而，有一个问题，经过深思熟虑，我想应该请您注意。这个问题涉及西奥巴尔德·艾琴鲍姆。您是否知道，跟大战期间留在德国和奥地利继续任职的其他学者一样，他被指控有所谓的"褐色历史"。他的事情还没有经过深入的讨论，在我看来，他的身上装着定时炸弹。我附上了他在1940年写的一篇论文，论文研究主题是从众心理和天生的奴性，他特别讲到培育改良个体的必要性，我个人认为这是很可恶的，这是不加批判的社会达尔文主义和近乎狂热的优生主义。这篇文章是用德语写的，而且只在期刊上发表，但是，文章里的许多词汇和德意志民族社会主义工人党的恶心口号如出一辙。完全可以这么说，他是为了获得纳粹政府的好处。我们可以很肯定，艾琴鲍姆的工作没有受到这个党的干扰，相反，廷贝亨就因为抗议解雇犹太教授而被关进荷兰的集中营里。

我不是说我拒绝和这个我没见过面的人站在同一个讲台上。他干得很棒，从来没有人要求他为自己辩护。我也不是说，在必要时，我不会拿他自己说过的话来和他对质。

我最担心的是，目前，学生对各类演讲者的反应很不稳定。在我们国家，他们认为右翼政客、相信遗传智力差异的人、军事历史学家都是扯淡的家伙，拒绝听他们的演讲是正确的。我听说，您自己的学生已经变得越来越吵闹，越来越活跃。我相信言论自由，我觉得这是第一位的权利。他们通常不会这么想。我觉得您应该读一读艾琴鲍姆的论文，希望您三思而后行。我想我不应当替您做任何决定。

此致
敬礼！

霍德

尼克·特费尔不懂德语。他看着影印版的艾琴鲍姆论文《英雄与牧群》。他想过把整个文件偷走，也想过乘电梯下去找一台复印机。这样似乎太危险了。他拿出日记本，抄下了论文标题、期刊的德文名称和出版日期，再把这封信读了两遍，特别记住了"社会主义工人党的恶心口号"，然后下楼去喝咖啡，此时，人家都差不多喝好了。

喝完咖啡，副校长说，他觉得他们已经取得了实质性的进展。这次研讨会将向人们展示新大学的宗旨，大学要成为一个范例、一个网络、各个学科和各种思想交叉发展的缩影。霍奇基斯用更狂热崇拜的眼神看着威基诺浦，他知道他在想什么。他肯定在畅想血液的流动、基因的历史、神学上的确定性和不确定性、人类和动物的语言、肌肉、骨骼、大脑、思想和感觉之间错综复杂的关系。威基诺浦博学多才，博闻强识，能同时记起很多情境下的细节。他对细节的热情充分体现在大学校园的规划之中。他对椅子和走道的设计很感兴趣，他很在乎这些东西对他的小世界的意义。他对显微镜、望远镜、计算机和美学理论都感兴趣。霍奇基斯常常想，他就是一个天真的理想主义者，他不明白真正控制宇宙的野蛮力量对他的认知领域不感兴趣，倒是会为之感到震惊。他不像大多数副校长那样认识到，对于这次研讨会，他的大多数同事考虑的是各自的专业领域和政治权力是否得到增强，是否会被忽视。跟他说起来，他也就明白了。

尼克·特费尔说，他觉得他应该提一下，学生们感觉四年制多学科课程对他们而言压力巨大，所以有很多怨言。他们许多人不喜欢学数学和语言，但这两门课又是必修课。他们感觉很为难。

霍奇基斯说，他愿意跟他们讨论一下这个问题。

委员会也讨论了反大学的问题。反大学正在扩张。现在已有两大块大篷车和帐篷营地，两边一直都很吵闹，唱歌的、打鼓的，持续不断。北约克郡大学的学生们说是没有时间学习数学和语言，但都争着去听关于性爱、占星术和无政府主义的讲座。

"他们没有违法。"威基诺浦说。

"严格来说，他们违法了，"霍奇基斯说，"他们占用的那些小屋，是盖在大学的土地上。对他们那些贴画和海报，我不知道校方是什么态度。"

"你应该知道。"莱昂·鲍曼说。

霍奇基斯想说，激怒大学，让大学报警，是反大学的伎俩，是他们刻意为之。他决定不报警。作为学监，他理应更加关注在大学校园和附近农田发生的事情。他知道，如果这些地方发生扰乱治安或者危害健康的行为，而大学放任不管，自然就会引起警方的注意。他说："我可能应该礼节性地去拜访一下他们。"

鲍曼说："这样可能就承认了他们的占屋者权利。要看你怎么说了。"

"他们可能真的拥有占屋者权利。"特费尔说。

"他们认为自己有这个权利，对吧？"鲍曼问。

特费尔没有回答。鲍曼问那块地的主人有什么意见。

"这块土地的主人是甘纳·奈比夫妇，"霍奇基斯说，"因为出现了一些法律问题，奈比先生已经离开了。奈比太太一直在住院，最近才出来。现在，她的家里成立了一个治疗社区，在邓维尔庄园。她已经收到了不少信，都在跟她说那块土地的使用问题，但据我所知，她都没有给予答复。这块土地从未被真正使用过，尽管时不时地有绵羊跑到那里去吃草，有些来自她的农场，有些来自其他的地方。"

"我觉得，目前，我们还是拭目以待吧。"威基诺浦说。

"如果我们继续不予理睬，"霍奇基斯噘着嘴笑着说，"他们也许就会拔营搬走。"

特费尔一直盯着威基诺浦，一脸茫然，霍奇基斯说完这句话时笑了一声，才把他给唤醒了。

"拔营"是对任何针对"反组织"的潜在瓦解的准确隐喻。有人买了两顶大帐篷，也许是偷的，也有可能是借来的，那是通常举办婚礼或花展用的那种帐篷。其中一顶被漆成了血红色，悬挂着锤头镰刀横幅，也挂着小铜铃。门口竖着一面标语牌，上面写着"毛泽东马克思帐篷"。有一张海报印着切·格瓦拉的照片。帐篷里面分成一个大的演讲区（标注"自带椅子、凳子、垫子、地毯等"）和几个小组讨论区。另一个帐篷画着艳俗的迷幻丛林和温室花卉的图案，粉色、淡紫色、石灰色、香蕉色、天蓝色、橙色，色彩缤纷。门的上方悬挂着一块由黛博拉·里特精心绘制的木板，表明这里是"宇宙移情智慧教学中心"，木板上画着莲花和巨大而茫然的眼睛，但被涂鸦所覆盖，涂鸦既完全也分别否认了这几个字的意义。不是每个人都可以教。智慧虚无缥缈。宇宙是一粒沙子。移情即入侵。

在教学中心里面，有可移动的帆布墙和彩色纸屏，有一个地方铺着垫子，天鹅绒的垫子，盖着印度床单，有一个给音乐家站的圆形讲台和一堆给听众用的蒲团，有一些地方像露天的场子，宣讲关于生物饮食和糙米的内容，有一个唱片机，还有一个给手、头发和其他身体部位染色的彩绘专家。装在碗和桶里的浮动蜡烛点燃着，红色玻璃和黄铜罩里的吊灯也亮着，到处都很亮。两顶大帐篷都用摇摇晃晃的石蜡炉取暖，散发着石蜡、熏香和咖喱的气味，也可以闻到污水的气息（这种混合气味在反大学的校园到处飘荡）。

帐篷和农舍门口的布告板上每天都会贴讲座的海报，农舍都是"核心人物"住的，他们不想用"行政"这个词，还有一半的人不喜欢"委员会"，讲座有时候如期举办，有时候最终没有开，有些开了一分钟就结束，就说了一句"如果你们认为我可以告诉你们任何有用的东西，你应该三思再三思"，有些持续了四五个小时，有些讲座的听众多达六十人，有些只有两三个人。

那是冬天，雨雪天比较多，海报上的讲座介绍被雨水、雪水冲成一条条墨水，有时候也被吹到树林和灌木丛里面（没有人认为需要把它们收回来）。树林和灌木丛也挂着塑料制品碎片，随风飘荡，像栖息的鬼魂，也像褪了色的骑士三角旗。有一些更相信神秘主义的反大学运动成员认为，这些飘带碎片像西藏的经幡，其他人认为这不是什么好东西，是资本主义炫耀性消费的罪证。没有人搬梯子去把它们取下来。

特费尔和玛吉·克林格尔冒着雨，穿过泥泞小路，两边是大大小小的帐篷和木屋，还有一些麻袋。玛吉·克林格尔穿着一件草莓色的迷你裙，一件蓝色紧身套头衫，上面缝着银色深褐色的星星，最外面套着一件透明的连帽雨衣，也是短款的，差点盖不住她草莓形状的臀部，臀部下面是两条紫蓝色的大腿，大腿上满是鸡皮疙瘩，再下面是一双白色的塑料雨靴，雨靴上沾满了泥巴。她头上套着兜帽，帽子里面的头发就像美杜莎的毒蛇。走在她身后的特费尔自言自语地说："迷你裙只适合苗条的女人。"玛吉·克林格尔是一个会看英语书的二年级学生，她之所以当选，是因为副校长说过，有两个学生代表总比只有一个学生代表好，他们想说什么都可以，可以跟人家讨论项目，也可以辩论。特费尔发现克林格尔是个累赘。他更担心她对他的评价，她是否支持他没那么大关系。在大学委员会会议上，她一句话也没说，而是一直在那里抠身上的东西，两腿一会儿叉开，一会儿并拢。她化了浓妆，眼线画得很细致，腮红是深褐色的。脂粉下面是一张小巧而匀称的脸，有一双聪颖的灰色眼睛，但因为她的假睫毛和刘海儿很长，他从未看见过她的眼珠子。但是，他注意到她一直在看着乔蒂·苏提斯。他们走进农舍区域的时候，他自言自语地说，她已经变成"一只向导犬"了。

一间农舍外面贴着一张手写的讲座海报，讲座介绍是这样写的：

"正确的理论是事实，因为那是正确的理论。"

"资产阶级意识形态分析。英国哲学和经济学批判。"

"我看到了一个崭新的天堂和一个崭新的世界。年轻人厌恶父母的实利主义和狭隘思想，那我们应该去哪里寻找现实？我们可以改变思想，思想可以改变物质。真的。来听听吧。"

"星座和气质关系密切。本周，我们将谈论天蝎座。可以私下咨询塔罗牌、透视力和规避凶祸的相关事宜。"

玛吉·克林格尔对最后一个讲座很感兴趣。她停下来看，特费尔则停下来等她。她说她可能会去听关于天蝎座的讲座。"我是天蝎座。"她说。特费尔说可能有点意思。他对伊娃·威基诺浦很好奇。

格里芬街农舍里面声音嘈杂，烟雾缭绕，让人昏昏欲睡，大家都东倒西歪。现在到处都是成堆的纸张，有黄色的，有紫色的，有海报，有小册子，有打字稿，也有手写文件。空地上放着几只烤瓷漆的波兰盘子，有猩红色的，也有墨蓝色的，盘子上还装着吃剩一半的咖喱和水果皮。有两个石蜡炉，壁炉里焖着火，尼克和玛吉进来时，炉子里冒着浓烟，房间里既冒着热气，也有从外面吹进来的一股股冰冷的风。打字机咔嗒咔嗒地响着，那是格雷格·托德在写一篇关于英国历史著作中潜在意识形态的文章。可以听到勺子的哗啦声。黛博拉·里特在用熬酱锅煮汤，汤里散发着浓郁而宜人的杏子味和孜然香。托德披着一条格子呢毯子，像斗篷，头上戴着一顶深红色的针织帽子。沃尔特鲁特·罗斯在和乔蒂·苏提斯争论。他们叽里咕噜的，说的那些话有点挑逗性，也许就是在调情。格雷格·托德时不时不安地抬起头，然后更用力地打字。"一种文化，如果文化的教条假定自我组织是可恶的、贬义的""自由的静态概念，本质即免于神经官能症""治愈一个人，意味着接受反叛或殉难……""虚假意识""虚幻的自我中心"……

"啊，特费尔。"乔蒂·苏提斯说。这时，黛博拉的一句话刚说了一半，就被他打断了。"来汇报情况？"

尼克·特费尔揉着手腕。他非常清楚，苏提斯将他当成了他在目标机构的代表和傀儡。他读过革命者的手册，苏提斯对他的直接目标表现出似是而非的兴趣（摆脱数学和语言，减少考试，改善图书馆），假意取悦于他，从而诱导他帮助他们更彻底地颠覆秩序。苏提斯认为他是将军手下的一个马仔。这个没问题，反正他自己知道他不是。他们可以相互利用。反大学的存在可能帮助学生从僵化的制度中解放出来，对不对？

他知道，这不是他来这里的原因。发生剧烈变化的可能性，像一块力大无穷的磁铁一样吸引着他。他不知道会发生什么。他不想退缩。他主动坐了下来，向苏提斯提供了他想要的信息。平斯基认为艾琴鲍姆是纳粹分子。他提起那篇令人很不安的文章。他复述了平斯基来信中他所记得的一些内容："许多词汇和德意志民族社会主义工人党的恶心口号如出一辙""培育改良个体的必要性""社会达尔文主义""优生主义"。

"太恶心了，"沃尔特鲁特·罗斯说，"必须阻止他来。"

"也不能让平斯基来。他是中情局资助的。"

"我们都不知道这件事。"格雷格说。

"那更糟糕，"沃尔特鲁特说，"不是公开的，就是隐蔽的，那就更糟糕。"

黛博拉·里特放下勺子，也凑了过来。

"我们应该组织一次游行。"

"我支持。"尼克·特费尔说。

"等等，等等，"乔蒂·苏提斯说，"时机还不成熟。"他接着对尼克·特费尔说，"你要设法弄到艾琴鲍姆的那篇文章，再把它翻译出来。"

"你们自己去弄吧。你在德国有人。我只是一个学生，图书馆里也没有收藏德国旧期刊。"

"用微缩胶卷吧。"苏提斯说。他的眼睛闪烁着光芒，争论让他快乐。

"好吧。我去买微缩胶卷，假设我买得到。然后他们就知道我们果真对此感兴趣。这可真是个聪明的主意。"

"他说得对，"格雷格·托德说，"还是叫德国人帮忙吧。"

"然后我们就可以组织游行。"沃尔特鲁特说。

"等等，等等。让他们来，再搞他们。先低调点，等他们来了，我们就扑上去。切·格瓦拉说，我们要坚持不懈地批判，然后，等敌人都到齐了，我们就发动总攻。我们要一下子抹掉机构的神圣色彩，揭露他们腐朽的权力结构。我们要把杰勒德爵士的圆桌会议变成女巫的安息日。"

"最终目标是什么呢？"尼克·特费尔问。

苏提斯笑了。特费尔从未见过他笑得这么开心、这么灿烂。"我们追求的目标，先是无政府状态，然后是自由重组，组建一个新天堂，一个新世界。"

玛吉·克林格尔也跟着笑了。特费尔提起精神，语气坚定地说，他个人的目标没有那么远大。他真的不能接受像平斯基和艾琴鲍姆这种支持邪恶实体或者得到邪恶实体支持的人。

"你说是'邪恶'，对吧？"乔蒂·苏提斯说，"'邪恶'不是'不正确'。邪恶不是常用词汇。认识到邪恶的存在，是组建一个新天堂和一个新世界的重要环节，我们烧毁这个世界之后，就能实现我们的宗旨。"

特费尔有些恶心地意识到，苏提斯刚刚嗑了东西，脑子还是飘飘然的。特费尔自己是一个谨慎的人，他自控力太强，所以做不了那种"试验"。然而，然而，那股硫黄味的烟雾，还有炉子里火焰的噼啪声，都让他很感兴趣。不妥协又怎么样？把整个腐朽的结构都拆了又怎么样？把自以为是的所谓权威拉下马又怎么样？他想到优生主义者在奥斯威辛集中营干的那些事，想到了中央情报局在越南干的那些事，也想到了格罗夫纳广场上拥挤的骑警，虽然他没有去过那里。

"我们不能让他们来，"格雷格·托德说，"我们必须表明立场。"

"我们必须让他们来，"苏提斯说，"我们要低调，先隐藏好，好好规划我们的运动，届时一举击破，我们必须让警察放下武力，要让媒体揭露这两个人，揭露这些坏人，还有他们的权威机构……"

尼克·特费尔说电视会转播整场会议，埃德蒙·威尔基会来拍摄。

"我们可以劫持摄制组，"黛博拉·里特说，"我们要让世界掌握真相。"

此时，除了杏子的气味，又增加一股糖蜜燃烧的味道。她会去继续烧汤。苏提斯冲着尼克·特费尔咧嘴大笑。

"你今天干得很棒，"他说，"真厉害，发现了大秘密，尼克·特费尔。继续密切关注他们的动态。我们在营地等着你。你要留下来等喝汤吗？"

尼克感到窒息，他意识到还没到吃饭的时间。他说不等了，他必须马上就走，然后带着玛吉·克林格尔一起离开了。

玛吉说，她想去讲座中心看看有没有占星术的讲座。占星术很有意思。

"占星术是胡扯。"尼克·特费尔说。

"还有更胡扯的呢，"玛吉说，"占星术历史悠久，挺准的，很有意思……"

尼克想，去看看威基诺浦太太也是不错的。她是副校长盔甲上的弱点，肯定是。知道她在干什么，可能会非常有用。

教学中心的占星术讲座场子很昏暗，帆布屋顶挂着一盏灯，散发着干草色的光线，铸铁三脚架上临时放了两盏带玻璃灯罩的装饰性银色台灯，在地上留下几片深红色的光。左边是一张铸铁小桌子，桌腿有明显的埃及要素，像挺着高耸胸脯的狮身人面像，漆成了金色。小桌子上面放着地球和天体，另有一个星盘，还有一只银色花瓶，瓶子里插着几根孔雀羽毛，还有一些埃及特色鲜明的小雕像，雕像有猫、圣甲虫、盘绕着的蛇、安卡、长翅膀的信使，还有一只河马。河马底色是明亮的蓝绿色，上面画着花朵和树叶。另外还有几本皮革装帧的书和一些布满灰尘的文件。演讲者站在一个黄铜讲台的后面，这个讲台就像一只展翅的雄鹰。讲台的主柱是一条覆盖着鳞片的龙，爪子上抓着一个球体，让老鹰保持平衡。龙似乎没有头。这个令人印象深刻的物体似乎是由两个来源不同的部分拼凑而成的。在演讲者的身后，随风摇晃的帆布墙上画着一张星空图，黑底金面的黄道十二宫非常清晰，张牙舞爪的巨蟹，摇头晃尾的双鱼，庄严的白羊，迟钝的金牛，抱在一起成为一体的双子。星空图是手工自制，但画得很好。讲台上挂着一只用黑色纸板做的蝎子，蝎子的身体涂了金色，尾巴是深红色的珠子，随时准备出击，螯钳大张。演讲者的两边分别蹲着一只肥胖的边境牧羊犬，一只叫作奥丁，一只叫作弗丽嘉，它们的鼻子贴在爪子上，尾巴垂在地上，眼睛眯成两条缝，昏昏欲睡的样子。桌子下面有一只水盘，金底黑字写着一个"狗"字。狗的气息与周围玻璃容器中各种蜡烛和香的气味混杂在一起。

尼克·特费尔和玛吉·克林格尔到达的时候，关于天蝎座的讲座已经开始了。观众不多，但都很痴迷，有几个留着飘逸长发、戴着神秘头带的年轻女人，也有几个穿着印度衬衫的长发男子，其中两个脖子上挂着铃铛，还有几个穿着大衣身份不明的人。尽管演讲者身后的石蜡炉在烧着，帐篷里热气腾腾，混杂着狗味和香气，听众们还是弓着背，抵抗着外面的冷风。有些听众坐在东方方格呢坐垫上，也有坐在地毯上的。民族学方法论者阿夫拉姆·斯尼特金在入口附近，坐在他自己带来的一张野营凳上，整个人就像一堆卷曲的毛皮。他像杂草一样的长发跟胡须融为一体，身上的阿富汗夹克绒毛乱成一团，他穿的靴子里面也衬着绒毛。他在记笔记，这是为了不让人们注意到藏在他宽大外套里嗡嗡作响的录音机。他的嘴唇微微张开着，脸上总挂着善意的微笑。他手上有好几个研究项目，其中一个是关于"魅力"的研究，研究那些自认为有魅力的人，那些认为别人有魅力的人，受到别人魅力影响的人，以及能够制造魅力的人对魅力是怎么定义的。不过，魅力是否存在尚待证实。

伊娃·威基诺浦算是有点魅力的。她穿着宽松的黑色长袍，外面披着一件黑紫色的天鹅绒披风，头上罩着好莱坞式的大兜帽。她长着一头直直的黑发，剪了埃及式的刘海儿，闪闪发光，可能是因为没有洗头而油腻，或者是涂抹了发油。她的嘴唇涂着深血色的唇膏。她有一双黑褐色的大眼睛，眼睑涂成金色，黑色的眉毛和睫毛都很浓密。她的皮肤苍白，没有一点血色，有点像死人。她的脖子上挂一串金链子，链子上挂着一块雕刻精美的镀金护胸甲，护胸甲的周围挂着小铃铛和小吉祥物。她看到玛吉·克林格尔和尼克·特费尔在门口犹豫不决时，便举起双臂，像蝙蝠或大鸟一样，双手挥了一个圆圈，招呼他们进来，样子更像要拥抱他们。

"最可怕、最没有吸引力，但也许是最强大、最富有诗意的星座……"

"欢迎，欢迎你们。请找个垫子坐下。我们正在讨论一个深奥的话题。这是天蝎座，大多数人，男男女女，都不希望自己是天蝎座，如果我们能自由选择的话，当然，我们都没有这个自由。"

"蝎子是一种无情、可怕的昆虫，骨骼外露，藏在石头下，栖息在沙漠里面，尾巴尖是一根可怕的毒针。按古老的传说，这种昆虫最霸道的季节，是地球上的阳光逐渐减弱的秋季，那是分解和解体的季节，那是分崩而非合成的季节，那是活细胞死亡变成排泄产物的季节。

"天蝎座代表水，但又不同于双鱼座所代表的活泉水，不是上涨的潮汐，不是生命的源泉，也不同于阳光灿烂的巨蟹座海洋，而是黑暗深处的水，光线穿透不了，物质腐烂，与烂泥混为一体。蝎子避光，它们是黑暗生物。由于与黑暗势力的联系，蝎子一直被视为宇宙邪恶势力的特殊切入点。蝎子用毒液麻痹猎物，罔顾生物圈的和谐，试图全部占为己有。天蝎座的人有很强的恶意，以苦为乐。这是反复观察后的结果。你可能会想，我们也应该问，那些属于这个黑暗星座的人，该如何化解命运的凶险和局限？

"这个以后再说吧。因为我也是天蝎座，多年来，我一直觉得我的世界是黑暗的，我的天空是低沉的，快垂到了大地。但是，有些深奥的教义对这个星座有不同的解释。不是完全不同，但也改变了这种半神昆虫对我们的性格和生活的影响。

"布拉瓦茨基夫人在《秘密教义》中描绘了一个远古的时代，据说，那时候的人们只知道有十个星座。那是世俗的人们。同修们一直都知道有十二个。很久很久以前，当人类首次被分成两性之际，原来的天蝎座也一分为二，分成天蝎座和处女座，在《秘密教义》中，这两个星座之间存在必然的联系，分别代表黑暗和光明。你们会说，经过这个一分为二，不也还是只有十一个星座吗？除此之外还有一个不为人所知的星座，对世俗的人而言，那是希腊人添加的，即天秤座，是黄道十二宫中唯一人造的、没有生命的东西。这个东西我不想多说。我想要说的是，我们黑暗的天蝎座有希望与纯洁而光明的处女座结成对。这就是阴和阳的关系，阴阳对立，但阴阳也会互生互化。

　　"古埃及有一个伟大的统治者，叫塞莱克，意思就是'蝎子'，这个名字的阴性形式是塞尔凯特，这是白色女巫保护神的名字，白色女巫即女巫医。我本人出生在埃及，娘家姓塞尔凯特，这并非偶然。也就是说，我两次受到蝎子女神的眷顾。我们天蝎座的人是阐释者，这个星座与神秘主义、直觉和神秘学的关联异常密切，这是强大女性发挥聪明才智的领域。天蝎座也一直与男性性行为的破坏性联系在一起。这种生物不管是形状，还是从尾巴上排出的有毒液体，都可以给我们足够的联想。但在神话里面，蝎子可能主要代表女性智慧和权力的破坏性。

　　"处女神阿尔忒弥斯派一只蝎子去杀死入侵她的私密小树林的猎人。然后，她把蝎子和猎人都变成了星座，分别是天蝎座和射手座，在天空中，天蝎始终追逐着射手。毁灭者塞特杀害并肢解奥西里斯后，女神伊希斯逃亡，与七只巨蝎相伴……圣约翰把危险的教派称为'蝎子'，但他并未理解蝎子的深奥含义……"

　　尼克·特费尔犹豫着是否应该告诉副校长夫人，跟她说蝎子不是昆虫，而是一种蛛形纲动物。他轻声对玛吉·克林格尔说，他们应该回去了。玛吉没有同意。她说她想要让副校长夫人给她看一下星座。

所以，他们一直等到讲座结束。讲座结束后，副校长夫人走下讲坛，在一张桌子边坐下。观众既不想接近她，也没有马上离开。玛吉走到桌子前，请副校长夫人给她看看星座。威基诺浦夫人说，想看星座，她得下次再来，要专门找她一下。她需要记下许多许多细节，包括日期和具体的时间。"你当然是双鱼座的。"她斩钉截铁地说。

"我……"玛吉说，"你是怎么知道的？"

"你气质活泼，像春天一样，对未来充满希望。温柔，善解人意。你穿的透明外套，是双鱼座的天然选择。"

"我呢？"尼克说。他有点不耐烦，他受不了这里的各种气味，不喜欢跟这些人挨着这么近。"我是什么星座的？"

"你说话的语气很冲，样子看起来很精明。你是射手座。"

"不对，"尼克说，"我和你一样，是天蝎座的。"

"我不会看错。你的生日是哪一天？"

"11月23日。天蝎座。"

"肯定不是。从发际线来看，你就是射手座。当然，你有强烈的天蝎座气质，你性情急躁。你的星相很有意思。你本性似马，笨拙而温顺，但你有似战士般的猎人的头和手，可以射出可怕的箭，越可怕，就越鬼鬼祟祟，与天蝎座相近，天蝎座的毒刺更精细。这是一个危险的组合，既有动物的性情，也有人的机敏和精准。我想你自己肯定已经有所了解。"

尼克总是把学生会里面的那些人比作漫画家劳笔下的工会成员，像马一样又笨拙，又难以驾驭。他干笑了一声，然后问："我会马到成功吗？"

"我不是算命的。我不知道你的目标是什么，我认为你自己也不知道。你一旦知道自己的目标，你就是一个很厉害的角色。我占卜性格。我不预测未来。"她苍白的脸上露出一种不祥而轻佻的笑容。尼克想，她见过我去拜访副校长，她是在逗我玩。他突然感觉到了威胁。

"好吧，再见。"威基诺浦夫人说。他的嘴巴还来不及动一下。

阿夫拉姆·斯尼特金的录音机嘀嗒了一下，说明录音结束了。他轻咳一声，把嘀嗒声掩盖掉。尼克带着玛吉一起撤了。

第19章

　　跟那个学生领袖一样，学监也觉得，从道德和政治两方面讲，他有必要观察观察反大学的进展。他也知道应该关心一下伊娃·威基诺浦在干什么，在传播什么，当然，他的出发点完全不同，这主要是与他对杰勒德·威基诺浦的忠诚和喜爱有关。他清楚自己难以胜任渗透反大学或者与之对抗的任务。他本是一个开明的人，甚至是一个自由放任主义者。他之所以接受学监的职位，是因为每个人都有义务在一定的时候行使权利，不应始终在思考，也是因为他希望为学生提供一些方便，创造一个更开放的环境。他更擅长处理自己紧张的本能行为，例如限制、压制、排斥等，对于为反对而反对的教条主义，他知道这种情况，但完全不能理解，所以不知道如何应对。后来，在回顾1969年上半年的时候，他想，如果他没有一反常态地突然坠入爱河，情况会不会有所不同。他注意到了他对非数学小组的马库斯·波特的感情，他明白那是什么样的感情，也认识到那不可能有结果。但是，他丝毫没有料到这份感情会变得那么强烈。

　　从学生时代，他就知道他喜欢男的，不喜欢女的。上学期间，他有过各种各样的体验，既有单相思的，也有短暂而巧妙的身体实验。此后，他就没有太惦记感情的事情，他一心扑在研究上。作为剑桥大学的教授，是很容易进入同性恋行列的，那里的人整天在谈论鸡奸什么的，关系混乱，分分合合。他跟这帮人混在一起，却从未参与过淫乱，没有受过蛊惑，心里很坦然。他很自豪，他本能地守着一条底线。他嘴皮子很溜，总能恰当地说笑，很多笑料他都懂，也经常跟人家八卦。但他发现，他是一个天生的苦行僧，而且相貌平平。他觉得他不应该那么在意外貌，还专门写了一篇论文分析哲学家的长相，大家都觉得很好玩。

文森特·霍奇基斯心想，作为一个欲望不强、不怎么勇敢的人，他可能沦落成了一个不合时宜的单身主义者。他还秉持着典型英国式的审美道德信仰，他要禁欲，就不应该声张，不能那么外露。他不穿朴素的工装，不会只喝自来水，假期里不会整天锻炼身体。他也不想像维特根斯坦那样，房间就摆设躺椅和牌桌，那是短暂存在的象征。他相信保护色，所以，他家里的家具很精致，挂着优雅的浅色亚麻窗帘，收藏了用现代玻璃制作的酒瓶，里面装的都是好酒。他系佛罗伦萨的领带，穿手工制作的鞋子。他喜欢开玩笑，但会确保这些玩笑没有恶意。他经常一个人待在房间里，只是别人不怎么了解而已，而当他一个人待着的时候，他都表现得好像里面空无一人，连他自己也不存在，他只是一个专注观察、自我纠正的脑袋。他可以说是脱离了身体的躯壳，但他对自己的身体非常在意，从脚指甲到牙齿，他都始终保持得很干净、很漂亮，但这也不是替任何人着想的。他喜欢叫人家猜测他喜欢谁、他和谁做了什么。到了真刀实枪的时候，他反而显得很拘谨，他的朋友们都嘲笑他。他自问，他一个人待在房间里放飞思想感受到的强烈快感算不算是性快感？他觉得可以算是，他又想，这是不是自恋，是不是同性恋。他对这个事情很感兴趣。他也好奇，一个爱思考的女人，她的感觉到底有什么不同，但他不认识这样的女人，再想也没用。

从某种意义上说，他一早已经准备好爱上马库斯·波特。此前，他爱上了拉斐尔·费伯，这段感情持续了两年，但没有任何行动，他时不时为此感到心痛。他不想被拉斐尔发现。拉斐尔本人基本上是禁欲的，他有些过分敏感，部分原因在于战争期间，他家人所在的城市被敌人侵占，他的家人曾经被关进战俘营。但是，拉斐尔利用自己明显的禁欲主义释放魅力，诱惑他人。他很贪婪，但伪装得很好。他喜欢被人家爱，不管是男人还是女人都好，尽管他的回应时断时续，说断就断，说停就停。他喜欢挑逗，先后撤，再前进，然后再退、变脸，不断后退又前进，像是在跳舞。如果霍奇基斯跟他玩这个游戏（当然他没有），他就是个可笑的蠢货。他利用自己的智慧，始终跟他保持着距离，所以他们的关系拖得比一般的更长，因为距离感激起了拉斐尔的性好奇心，始终牵引着他。霍奇基斯也被拉斐尔的甜言蜜语和可爱的长发所吸引。他希望一个人占有拉斐尔，其他每个人在他眼里都是情敌，拉斐尔也优雅而悄悄地鼓励他维持这样的想法。

于是，他们都没有明说，但该跳的舞蹈还是得接着跳。这两个人是朋友，以前是朋友，以后也还是朋友。这种关系既原始又文明。霍奇基斯决定来北约克郡任职的时候，在一定意义上，他是为了打破这个魔咒，但拉斐尔一反常态，表现得很激动。他每次见面和分手都要碰一下他的这个朋友，这是前所未有的。有一天他深夜来访，问了一个关于维特根斯坦的严肃问题："他确实和他那些年轻人睡过觉，对吧？你应该知道吧。"

"他不明白这有什么不对的。他觉得很自然。如果他认为他不应该跟他们睡觉，那是为他们好，不让他们产生困惑。"

"你怎么看？你自己呢？"

"我希望永远都不要有徒弟。"

"你是个好人，文森特。你想和我睡觉吗？"

"我失眠，睡不着觉。"霍奇基斯故意装糊涂。听到这句话，拉斐尔的嘴唇张开，像一只鸟，正准备去啄人家，或者准备要歌唱。

"你有想过要和我睡觉吗？"

"你知道的，有。"

"我们试试吧。整天动脑筋，四体不勤，对人不好。"他记得，文森特当时坐在火炉旁，全身僵硬，肌肉一动不动，用大惑不解的目光看着他的朋友。

"你认为这样会有什么结果呢？"

"我不知道。我想，这正是我感兴趣的原因。"

"我们都知道，"哲学家说，"满足了欲望，是欲望的终结。"

"性交后，动物皆忧郁。性交后的平静，不值得我们追求吗？"

"说得没错，"文森特笑着说，但他有点生气，"性交后的忧郁确实很平静，值得勇敢追求。"

当时应该是拉斐尔主动，但他没有。文森特有点尴尬，有点生气，但欲望强烈，激情澎湃，浑身燥热，于是，他主动发起了性爱，笨手笨脚，很快就结束了。后来，他一直记得这次性爱，但想起来总是感到焦虑和羞耻。事后，他搂抱着拉斐尔纤细的身体，吻了吻他的锁骨，对他说："这种事情，本不该发生。"

拉斐尔薄薄的嘴唇碰了一下他的秃顶，那是他自己最不喜欢的身体部位，接着，拉斐尔的手指又摸过他隆起的腹部，那是他另一个引以为耻的地方。

"我明白。这是罪过。我们以后别再提这件事了，好吗？"

"我会杀了你，拉斐尔·费伯。"

"不，不会。你会感到欣慰的，你总有一天会明白。"

他确实感到很欣慰。他恢复了自我，遮盖了赤裸的身体。慢慢地，欲望终于消退了。

那么，马库斯·波特怎么样？霍奇基斯是个好老师。马库斯是个木讷的人，连话都说不清楚，而他居然在这个学生身上发现了巨大的智慧宝藏，他为此感到十分自豪。马库斯跟他说一些模糊的概念，他会换一套措辞，稍加引导，这个学生似乎就醍醐灌顶。他不是一个爱炫耀的老师，苏格拉底一定是个爱炫耀的人，维特根斯坦肯定也是，尽管他很刻意地自我克制。他善于观察。看到别人学会思考，理清思路，那是他最开心的时刻。和维特根斯坦不一样，他也不爱那些所谓单纯或者顺从的人。他爱的是那些不如意的人，神秘兮兮的人，甚至是迷失的人。他之所以参加非数学小组，主要是为了观察马库斯·波特超常的智慧，而其他人似乎都看不到。他发现马库斯对数学和思维的形式非常敏感，马库斯的那双手苍白到几乎透明，看似软弱无力，但偶尔会突然动一下，与此同时，朦胧的眼镜后面会闪烁出光芒，这就是生机勃发的马库斯。

他还注意到，马库斯的身体很有表现力，是深邃思想的外在表现。一些看似偶然的手势，苍白的脸上貌似抽搐的表情，都有深刻的含义，仿佛他的身体不是他这个人的，而是一个特殊的空间。他终于看懂了他瘦削的肩膀和裤子里面臀部笨拙的线条，知道他长长的手指为什么要插进细密而毫无个性的头发，他的脸部肌肉僵硬，正面总是腼腆地躲着人，那双明亮而空洞的眼睛在灰白色的睫毛下面闪烁着。他曾想让他放轻松，行动可以更自如一些，不过，文森特感觉他的笨拙更是一种优雅的表现，但这样终究欠缺自由，他想让他像法国人说的那样，自如生活。他希望他不要畏缩。他很想知道他是什么时候开始变得这样畏畏缩缩，为什么会这样。

文森特·霍奇基斯对马库斯·波特的家庭情况不大了解，只知道爱出风头的弗雷德丽卡是他的姐姐，而刚听说这层关系的时候，他简直不敢相信自己的耳朵。他不喜欢弗雷德丽卡，他认为她很傲慢、很自负，缺乏优雅的气质。她可能觉得她那样的风风火火是性感，其实，她弟弟的文静却有魅力得多。关于他们姐弟俩，文森特·霍奇基斯心中有一个弗洛伊德式的故事，弗雷德丽卡一直寻求人们的关注，希望成为众人瞩目的焦点，她说她是个聪明人，而她感兴趣的人都是重要的人。父母一定是串通好了。但他不知道还有个已经去世的斯蒂芬妮，因此把她排除在他的这个童话故事之外。他也不知道马库斯对她的死亡负有什么责任。

他知道有个人，一个男人，曾经对马库斯做出不恰当的举动，这一半是直觉，一半是通过马库斯吞吞吐吐的只言片语推断出来的。马库斯之所以拒绝进一步的亲密，是因为他不是同性恋吗？还是因为他害怕？这会不会影响亲爱的马库斯对自己的认知？而他又该怎么办？他不擅长勾引人家，或者向对方示爱。他觉得他应该做自己最擅长的事情，当好老师，好好倾听，全神贯注，看看会发生什么。

在语言塔和进化塔之间的空中飘浮着不少纸片，有一张刚好落到学监的身上，这张纸片肯定飘过一个水坑，先落地再飞起来，沾了烂泥，像画了一条黑色的带子。这张纸片贴到他的胸前。纸上写着：格雷格·托德和沃尔特鲁特·罗斯要主持一场叫作"杂谈"的讲座，讲座的话题包括："英国文化是惰性的，为什么？""维特根斯坦等普通语言哲学家的隐含意义""为什么我们没有社会学家？""激进的批判"……纸张的底色是暗粉肉色，字是深红色。霍奇基斯觉得是该去听听。于是，他邀请马库斯·波特和他一起去。他想，除了高营养的食物，他还应该给他一些别的东西。马库斯看样子十分惊讶。霍奇基斯解释说，他需要马库斯给他做掩护。他想要混到观众里面去。马库斯回答说他不行。他跟什么都混不到一起。他对英国文化一无所知，什么惰性不惰性的，他都不懂。

"我需要精神支持。"学监说。

"我不会支持别人。碰到麻烦，不管是什么麻烦，我总是躲。"

"没错。所以人家不会提防你。刚好给我做掩护。"

在他的印象中，在他之前，没有人和马库斯当面讨论过马库斯是什么样的人。他那张苍白的脸上持续浮现焦虑的表情，偶尔有一丝快乐掠过，很不容易觉察。

他们出发前往教学中心。两个人都穿着粗呢大衣，兜帽向前拉，遮住了半张脸。霍奇基斯因为内心正燃烧着爱情，一路都兴高采烈，感觉他们俩就是披着精灵斗篷的霍比特人。他们在昏暗的灯光下经过一个又一个帐篷，蜡烛的火光照在地上，亮一块暗一块的，他们可以听到铃铛叮叮当当的声音，地上有些沟槽，散发着一阵阵的气味。此时，他又感觉他们像"基督徒"和"忠诚"，正要通过"名利场"。

他们经过伊娃·威基诺浦的场子。在熏香中，她的声音很低沉："白羊座是好战的星座。白羊座的人精力充沛，对未来充满信心。一般的公羊生活在大地上，但白羊会飞上天。它也不像庞然大物的金牛，金牛沉重的蹄子踩在泥沼和腐殖质里面。白羊是炽热的，羊毛上闪烁着光芒……"

另一个场子的上方写着："悲剧从音乐精神中诞生。"里面有一群音乐家在演奏，部分是东方音乐，部分是爵士乐。他们都戴着镀金面具。保罗-扎格坐在中间，他穿着镶有大面积亮片的短上衣和银色长裤。他的金发飘逸不定。他戴着半个面罩，上面有山羊角，也是镀金的。

有个小孩从他们面前跑过去，他戴着珠子，头发乱糟糟的。拐角有一个场子，摆放着纸做的苹果树和纸做的鹅，有一扇柴门，是胶合板做的。那是"鹅妈妈的果园"。"儿童故事和酷似儿童的多年生植物，第二童年，厌世，傻瓜和智者，结束就是新的开始。"在场子里面，黛博拉·里特坐在一只摇椅上，大声朗读：

> 阿特格尔只听到声音，但看不见影子。画眉鸟不停地说，像在自言自语，像在骂人。除了这清晰的声音之外，阿特格尔还听到一些微弱的声响，甲虫在啃枯木，蜘蛛在吐丝织网，苍蝇撞上了蜘蛛网，在网上挣扎着。他听到虫子缓慢而冰冷的鸣叫声，虫子正在一层层腐叶土之间蠕动着。他听到蜗牛在阳光下从壳里探出来的声音，也听到了蚁巢里饥饿的幼虫极轻的叫声……

马库斯闻到里面弥漫着污水的气味。霍奇基斯低着头小声说，他本人也许要对此负一点儿责任，虽然这块地方属于邓维尔庄园。

马库斯身体变得僵硬。

霍奇基斯问他是否知道这里在干什么。

马库斯吞吞吐吐地说，这里的气氛很热烈，宗教色彩浓厚。他想起了卢卡斯·西蒙兹，然后告诉他的同伴说这里有他的一个朋友，一个叫鲁茜的女孩。他说："我担心她。"他这种话人家不大会相信。

这时，他的脑海中浮现了卢卡斯·西蒙兹的脸，红彤彤的，笑得很灿烂，随后又被强压下去了。他叹了口气。霍奇基斯没说什么。

"杂谈"讲座在"毛泽东马克思帐篷"里面举办，大约有三十五个听众，其中有几个——不算大多数——是霍奇基斯自己的学生。

阿夫拉姆·斯尼特金坐在角落的一只凳子上，微微地笑着。里面有几只校园长椅。霍奇基斯和马库斯一起坐在后面一只长椅的一头。马库斯收缩着肩膀，瘦弱的胳膊夹在两腿之间，像一只栖息的蝙蝠。文森特·霍奇基斯似乎看到了他的骨骼，像透明的象牙。

托德和罗斯针锋相对。霍奇基斯觉得，他们的观点都很尖锐。托德指责英国人误将被动的惰性等同于经验主义的怀疑论。英国人躲避概念，躲避思考。罗斯回应说，历史的原因让英国人摒弃了革命的思想。自17世纪爆发内战以来，英国没有发生过任何骚乱。资本家、资产阶级和遗留的贵族相互勾结，让工人阶级相信改变是不可能的，也是不可取的。现代法国哲学关注的是创造新概念的条件。英国人否定了创造新概念的必要性和可能性。

托德反过来说，你看看现代英国哲学。维特根斯坦是智者，他认为智者应该指出，哲学始于陈词滥调，也终于陈词滥调。同样是智者的奥斯汀赞扬日常语言，她认为常识是智慧的宝库。先不管是谁的日常语言，这样的说法事实上等于对实际现状的自满的认可。维特根斯坦逃离欧洲大陆，离开欧洲的喧嚣，躲进一所富裕的英国大学里玩语言游戏，他的语言游戏之所以见到成效，是因为他们认为存在一种不变的思想体系和一种不变的社会背景模式。

沃尔特鲁特·罗斯说，在英国，所谓"日常语言"像一个面具，里面盖着一个让人窒息的决心，既不让问题超越扶手椅、网球和糖果、假想的犀牛，也让"有苹果"还是"有一些苹果"变得没有任何区别。面具外面的人们都在受苦，他们生活在机械重复之中，也要面对饥饿或无聊，思想僵化。他们不相信有可能发生改变，因为他们不知道语言是一种武器，可以用来进行一场革命，为彻底推翻这个体系做准备……

霍奇基斯的几个学生热烈鼓掌。其中有一个发言说，他之所以来学习哲学，是想要区分善恶，理解爱是什么，什么叫意义，但他不能理解"蟋蟀"和"如何烧鱼"的语义学含义。格雷格·托德听完为他鼓了掌。他看着霍奇基斯，霍奇基斯发现，托德很早就发现了他，也知道他是谁。

"你，"格雷格·托德说，"你觉得呢？"

有几个学生转过身来，发现了霍奇基斯。"你说得有些道理。"霍奇基斯说。

"你说得有些道理。"沃尔特鲁特·罗斯不仅重复了霍奇基斯的话，也模仿了霍奇基斯的牛津腔，像羊在叫。"英式的中肯，非常吸引人。"

霍奇基斯迎着她冰冷的目光，在她灰色的眼睛里面，他看到她对他充满仇恨。那不是针对个人的仇恨，但是，渐渐地，那就演变成了个人对个人的憎恨。

"我们不欢迎你，"沃尔特劳特·罗斯说，"滚。"

"这是一个自由的国家。"霍奇基斯说。他不由自主地笑了笑。

"问题就在这里，"格雷格·托德说，"这不是一个自由的国家。英国不是一个自由的国家，也不是一个公正的国家。不支持我们的人，就是反对我们的人。"

"这是好事情，"霍奇基斯说，"有支持的一方，也有反对的一方，双方展开辩论，不涉及个人，对谁都没有害处。"

"我们不想跟你辩论，"格雷格·托德说，"我们还有其他要紧的事情。"

学生中间响起一阵阴沉的低语声。霍奇基斯突然意识到，马库斯坐在他身边，他的情绪也发生了变化。马库斯觉得非常尴尬。他想，我不能连累别人。他站起来，对马库斯说："走吧。"然后，他们就离开了帐篷。他听到了沃尔特鲁特·罗斯在帐篷里激动地喊着：

"当权派总是把言论自由挂在嘴上。言论自由是一种外在的表现，代表一种神秘的绝对价值。他们用所谓的言论自由来压制质疑，让所有的信仰变得索然无味，千篇一律，而事实上，我们有切实、紧迫也是正当的理想和追求，我们要付诸行动。自由不是嘴上喋喋不休，没有行动的自由不是自由。自由意味着改变，要改变就需要行动……"

他们路过教学中心的蔬菜三明治酒吧，但没有进去，而是直接回到了布雷斯福德。他们走进阿格斯之眼，在非数学小组经常坐的那个角落坐下，点了香肠和土豆泥。霍奇基斯有点紧张，有点兴奋。他在想他是否应该对那些革命者采取什么措施，如果应该，那么应该采取什么措施。对信仰自由的他而言，他们只是粗鲁而已，粗鲁不是一种罪，就是一种行为。对于马库斯，他还没有明确的想法。马库斯默默地喝着香堤啤酒。

"当然，他们关于维特根斯坦的说法是错误的，"霍奇基斯说，"跟他们一样，他也受不了剑桥的生活方式，原因也大体相同。他是一个禁欲主义者，极端主义者。在大战期间，他做过医院搬运工，然后做了实验室助理。实际上，他对闪电战的'创伤休克'的研究贡献很大。他的第一个贡献就在于日常语言的使用。他建议不再使用'休克'这个词，他说这不是医学诊断，这个词没有任何意义，反而掩盖了他们真正应该关注的问题。"

马库斯说，维特根斯坦不同凡响，也很善良。霍奇基斯觉得此刻是一个机会，可以和他聊聊他感兴趣的事情。

"他是个好人，近乎圣人，难以企及。一般人做不到他那样。他喜欢年轻男子，尤其是非常非常聪明的年轻人，听得懂他的话，但也喜欢淳朴、乖巧的年轻人，天生的好门徒。然后，他就像道德暴君一样掌控他们的生活，要求他们去工厂或者修车行工作，因为这样的工作是纯洁的，道德上是干净的，不会受到污染。"

马库斯刚要伸手去拿叉子，突然把手收回来。霍奇基斯微微颤抖着，发现自己管不住自己的嘴巴，他越说越激动。

"很奇怪，真的，图灵，就是参加那些数学会议的另一个天才，图灵也是这样。他想改变自己。战争期间，他和一位女密码学家订了婚。他常常拿松果给她看，跟她探讨斐波那契数列。但他自己搞砸了。他结交了一个年轻男子，这个年轻人抢劫了他的公寓，他报了警，结果警察将他送上法庭。是性方面的问题。"

马库斯默不作声。霍奇基斯感觉他有自毁的倾向，于是用冷酷而真实的见解填补了沉默留下的空白。

"他当然被判有罪。他要么服刑，要么自愿接受激素治疗。治疗是要降低他的性欲。他们给他注射了大量的雌激素。女性荷尔蒙，我想你肯定知道。然后他变胖了，都长出了乳房。他开玩笑说他是提瑞西乌斯，雌雄同体，但我觉得这件事已经把他逼疯了，我知道还有其他类似的案例。他失去了思考的能力。"

他脑海里又闪现那个温文尔雅的大男孩悬梁自尽的情景。

"我想他肯定受到了一些压力，据说女性在月经前会感受到那种压力。不过，他的压力是永恒的。他自杀了。他吃了一个浸泡过氰化物溶液的苹果。1954年。"

马库斯依然默不作声。

"他就自然界的图案提出了一个假想，包括斑点和条纹，像斑马皮、蝴蝶眼、孔雀羽毛和神仙鱼等。那天我们谈到了天堂花园。他认为，这些形态是通过两种物质的物理反应形成的，一种物质要流动、扩散，但受到另一种物质的抑制，这种物质他称之为'毒药'。"

"我想到过类似的情况。数学很难。"马库斯的声音清晰而平淡。

"不要觉得一切都是不自然的，这样不好。如果没觉得不自然，觉得不可接受也不好。"

马库斯抬起头，迎向霍奇基斯的目光。他张开嘴，又闭上。维特根斯坦也不知道该如何描述他的头发或眼睛的颜色。根本没有颜色。给我一个信号吧，文森特·霍奇基斯想。他感觉他的锁骨上乃至腹股沟都冒着汗珠子。人总是想在一段关系开始之前就将它毒害，怎么能用这样攸关生死的故事来开始这段关系呢？

"规律变了。"马库斯说。他挪了挪身体，稍稍远离了霍奇基斯。

"对不起。"霍奇基斯用"日常语言"说。

"不用。"马库斯快速而又不失礼貌地回答。他说："羽毛图案非常复杂，色彩斑斓，图案里有钩状，也有环状，有时，在一只鸟儿的尾巴上，每根羽毛的图案都不一样。"

"再来一点香堤？"

"不用。"

*

那时是春天，那里不是黑暗的高沼地，而是山谷下面的树林，银色的桦树正吐着芽，粉红了一大片，黑乎乎的荆棘也冒出了一点点嫩绿的生机，甚至开出了一朵朵白花。院子里的观察者看到山脊上有个身影，正大步流星地走着，那个人穿着黑色衣服，衣襟在风中飘荡。他高抬着头，蓝天上挂着一个黑色的圆盘，他的手臂不时张开，那时就像一个稻草人，也像一个牧师在向太阳致意。鸟儿从树林里冲出来，在空中盘旋着，好像那个人有很大的魔力。乌鸦也用力拍打着翅膀，朝那个人飞了过去。那个人出现在邓维尔小道的远端，站在那儿朝大家挥了挥手，然后又消失在小道的树荫里。

树林里大部分地方都黑乎乎的，到处都是落叶和枯死的欧洲蕨，不过，新芽正在一点点冒出来，斑叶阿诺母的杯罩还紧紧地闭合着，有灰色的风铃草，还有几朵风信子。灌木丛里时不时传出沙沙声。有动物在四散奔逃。是半野生的母鸡，羽毛脏兮兮，曾经在鸡舍里面被啄得脖子光溜溜，血淋淋，现在又长出了绒毛。如果这些母鸡的祖先是原鸡，那么它们在原来所处的丛林里面肯定没有天敌，毕竟它们脚上长满鳞片，惊慌的时候只会笨拙地跳跃，发出很大的声响。路上有骨头、爪子和散落的鸡毛，表明有许多被杀掉、被吃掉了。它们咯咯地叫着，紧张的黄眶眼睛从灌木丛中向外眺望。这两条狗冲着它们轻吠，但它们自己也很胖，叫了几声就喘不过气来。"嘘！嘘！"威基诺浦夫人轻蔑地斥责它们。她脚步沉重地从一群金黄色的小鸡中间走过去。再向灌木丛的深处走去，一只火鸡正大口大口地吃着东西，竖着蓝绿色的尾巴。奥丁和弗丽嘉向后撤了。走到了小道的尽头，他们发现一群白鹅挡住了路，它们昂着头，长长的脖子上有一圈圈赘肉，这些鹅拥挤成一团，呱呱地叫着。威基诺浦夫人停下脚步，轻轻地叫了声"嘘"。克莱门茜·法勒和保罗-扎格从房子里出来，克莱门茜扔了一把谷物给那些鹅，低声安抚着它们。

"它们是传统的守护者。"

"你们是修女？"威基诺浦夫人表情严肃地问。

"不完全是。我们是一个社区。"

"我知道你们是谁。我来了。"

她没有说她是来干什么。是来参观的？是来学习的？没头没尾。

"你认为你能……管好你的狗，要拴住，它们吓到鸭子和鸽子了。"

"不需要拴。它们很听话。奥丁，弗丽嘉，别吓唬人家。过来。"

它们真的走了过来，趴在地上，咧着嘴笑，毛茸茸的肚子贴在地上。"你有什么需要吗？"克莱门茜用教区牧师的口吻问她。

"你们不是说欢迎所有探索者吗？我是占星专家。"

"很厉害，"保罗-扎格说，"我看你表演过。"

"我不表演。我只交流。我帮人家指点迷津。"

"我明白。我说错了。在那里表演的是我。表演是我的特长。"

"我见过你。"

"喝茶，"克莱门茜说，"请进，谁来我们都欢迎。我去泡茶。"

受到奥丁和弗丽嘉的惊吓，一群鸽子飞到了空中，一只颈毛蓬乱的鸭子也飞了起来，飞到半空中。威基诺浦夫人皱紧了眉头，克莱门茜本想说什么，但她觉得还是小心点儿为好。她低着头穿过低矮的门，走进了邓维尔庄园。

第20章

埃尔维特·甘德致基兰·夸瑞尔的回信

非常感谢你促成了约书亚·拉姆斯登（亦即约什·兰姆）和露西·奈比的释放。"释放"似乎用词不当，因为在那个非同一般的社区里面，一个是主人，另一个是这个社区的中心。我们这个专业的人都不指望情况会进展得那么顺利，甚至也不一定知道该做什么，我该怎么说呢？那不是狂喜，但我和扎格的酸楚经历确实和狂喜有一些相似之处。这是一种希望。伴随而来的是害怕，我是一个悲观的老医生，来自外面黑暗的世界，所以，我害怕希望会和所有的幸福感一样转瞬即逝。我们都以不同的方式虔诚地祈祷基督变相显荣，让我们一样获得重生，现在，我们正在重生的边缘，这非常可怕。一个重生的灵魂能干什么呢？我们如何度过无尽的日子？我们还没有到那一步，我感到很庆幸，因为我还没有做好心理准备。我的手指上还散发着烟草的气味，我的腋窝和腹股沟还有臭味，我并不完美。圣奥古斯丁说："上帝赐予我纯洁，但并非今日。"我就是这么想的。还不到时候。我害怕看见光芒，就像一个男人害怕耗费精子，所以无限延迟高潮的到来。然后呢？然后呢？我曾经跟我那些所谓的"病人"一起读过邓恩的一首诗（我现在发现，他们许多人都处在世界的边缘，肯定要被作为病人来看待）。你知道那首诗吗？题目叫作《影子的一课》。这首诗说明了这位坚定的弗洛伊德追随者已被彻底拉进了荣格的世界。它描述了一种情感关系的机制，跟我刚才提到的延迟高潮一模一样。

爱以饱满不移的光照临世界
但它正午若过，下一分钟就是夜

　　摩尼教的教义里面有些对立面。光明对黑夜。我们都奔向光明。但是，我们接近光明的时候，我们会变成一股青烟随风飘逝吗？有时候感觉很有可能。

　　不过，也许我们会到达一种状态或者阶段，届时，生活在强烈的光芒中是可以承受的，甚至是必要的。早期的种种症状很难描述。首先是一种感觉，即我们不是单独的生物，而是一种"存在"，我认为我们都有这种感觉，有些人断续地感知，有些人则一直感知到。贵格会教徒已经做好了准备，他们达成了共识。无论我们是在工作、在唱歌、在跳舞、在倾听，还是安静地坐着，我们都会摒弃隔阂，超越自我，完美同步。我知道，这是无法用文字形容的。情况就是这个情况。我注意到的另一个症状，我们许多人都提到过，就是我们都经历过普通事物的变相。我该怎么跟你说呢？轮到我准备早餐的时候，我摆好了餐具，我看着桌子上的叉子和勺子，在灯光的照射之下，我感觉这些金属制品是那么美好，每个位置也都恰到好处，好像我是一个画家，把由光线塑造的形状拆开，然后重新组合在一起，顺着光线看这些新的形状，感到十分惊讶。有一条撕开的面包卷，它的表面和里面的材料，包括缝隙和柔软度，以及我的舌头尝到的美味，都让我吃惊不已。往窗外看，我发现了难以置信的启示。凹凸不平的玻璃，一个泡沫，一道流淌的雨水，在庭院里奔跑的白色鸟儿，和高沼地交界的黑暗线条，湛蓝空中的云卷云舒，都是那么可爱。我知道其他人也有这样的感受，如果不是一直有的话，大多数时候都有这样的感受。我们讨论过。吉迪恩·法勒和他妻子做的家常饭菜，我们所有人每吃一口都觉得无比美味，我们就像饿死鬼一样。在吉迪恩的眼里，所有的女人也都变了相。他天性如此。他说人体无比美丽，听了他的话，一些相貌平平的人都笑得很开心，走起路来昂首挺胸。

你可能会问——这是你的职责——约书亚·拉姆斯登呢？他的魅力就像瀑布一样从天而降，就像烛光一样照亮四周，偶尔也像阳光一样普照大地。行走在我们中间，他就像一盏潜水中的照明灯落到黑暗的海洋深处，穿梭在海藻丛中。我打赌，如果你碰他一下，当然，他不喜欢人家碰他，你肯定会像触电了一样。他像一根刺，像火焰。事关性爱（弗洛伊德总是认为事情都跟性爱有关），他会躲避，会"变相"。真的，他反对任何形式的性行为，跟基督教的纯洁派和摩尼教一样。他是个禁欲主义者。在晚上做演讲的时候，他经常谈到退缩、倾空和自我毁灭。我知道，许多宗教领袖要求别人保持贞操，他们是中心，别人都要围着他们转，他们是能干的人，而别人都是无能的，他们是所有孩子的父亲，一切欲望都要由他们来实现。原来的我会说，他的敏感实质上是一个悖论，说得直白一些，就是越得不到，就越想要。我不知道他是否意识到了这一点，我也不敢问，这很有趣。

其实，真正的感觉不是那样的。感觉他已经到过某个地方，那里超越了世界的边缘，超越了个体化，那是一个极端的地方，既令人神往，也令人望而却步。他知道我们想知道什么也害怕知道什么。他是我们的法宝，没错，就是我们的法宝。他跟我们说的话很尖锐，也很漂亮。我们倾听着经验的声音，那是苍白的语言所无法表达的，语言总是苍白的。

总之，他从一个闷葫芦变成了一个话匣子。

今天，我们接待了一位奇怪的访客。很不可思议，那人居然是伊娃·威基诺浦，副校长的妻子，她在反大学开占星术讲座。吉迪恩希望这里能成为一个中世纪的驿站，一个救助漂泊者的宗教场所。他巴不得把每个人都拉进来，他会通过细心的照顾吸引他们，这个愿望近乎病态，我有时觉得很讨厌。可是，说实话，我们都不是那种让人讨厌的人，他有一头白金色的长发，留着胡子，宽松的白衬衫上挂着各种宗教标志，看起来很气派。衬衫上的标志有安卡、毒蛇、十字架、鱼钩，还有一个塑料美人鱼。总之，他欢迎她进来。她穿着黑衣服，黑乎乎的一团，一点也没有光彩，虽然她因为走了不少路脸上已经出了汗，不过，她的黑发上还有点油腻的光泽。她带着两条狗，摇晃着屁股，很让人讨厌。边境牧羊犬本是美丽的野兽，如今却变成肥胖、顺从的格林纳，这本身就很让人讨厌。

这两条狗的名字分别叫作奥丁和弗丽嘉，但我猜她更喜欢埃及，在精神上。她剪了一个埃及发型，穿着黑衣服，衣服上有不少紫色的饰带，外面还披着黑色斗篷，像女祭司似的。还有指甲，血淋淋的指甲，很不协调。扎格的指甲染成了彩虹色，每一片指甲都闪烁着五颜六色的鱼鳞状（这是我听说的），有珍珠蓝，有紫色，有黄色，有橙色。真正奇怪的是……原谅我，我说话有些跳跃，真正奇怪的是，扎格似乎在反大学跟她建立了某种关系。这个怎么说呢。他们是共谋，肯定没错，但这样说还差点意思。她对他动手动脚。好吧，亲爱的基兰，写这些东西就像是在做精神分析，我本不再相信感情，我现在想说他们的感情有多么邪恶。

我看到这个女人就感到恶心，她对扎格动手动脚，扎格拍拍她的手，很性感地冲她笑笑，她要离开的时候，他拥抱了她。吃午餐时，他们挨着坐在一起，聊到双子座、孪生灵魂和炼金术，又是荣格，以及雌雄同体的贤者之石表现为水星，在彩色光线的照耀下，看起来是白色的。她吃了很多克莱门茜做的素牧羊人馅饼，有时滔滔不绝（我想在她的反大学课堂里她一定就是这样的），有时沉默不语，像火山在积累热量。我们有个成员叫卢卡斯·西蒙兹，他是所谓的"社会工作者"，当过老师，也在像你们那样的机构工作过，可能就是锡达芒特，卢卡斯·西蒙兹也懂得炼金术，知道水星是雌雄同体的，知道神秘合体，他笑容可掬，像狗一样向他们献殷勤，就想加入他们的谈话。霍利教士说用这种材料炮制幻想很容易，那几个人几乎要朝他脸上吐口水，骂他一顿是少不了的。

女人们都不喜欢她。艾莉走过去坐在桌子的另一头。克莱门茜非常卖力，像一个尽职的家仆。她表现出基督徒的谦卑，像女主人待客一样殷勤，但她心里窝着一团火，她的目光没那么明亮。至于露西，通常她只有当约书亚·拉姆斯登在场的时候才有精神，但是，奥丁和弗丽嘉恶意攻击她的宠物羊托比亚斯，这让她心神不宁。托比亚斯是听众中的一员。它是吃素的，浑身毛茸茸，脾气非常好。我们这里有几个孩子，有些是贵格会教徒自己家的孩子，有些是来上陶器、编织、烹饪和故事写作课程的，这些课程都是克莱门茜开设的，她是想借此向外界表明，这里的人们都是理智的，都是好人。神经比较紧张的人喜欢和托比亚斯玩，托比亚斯会非常非常温柔地用头顶他们，还会任凭他们给它的羊毛打结。它又叫又撕咬，但还是被逼到壁炉边，样子很可怜。伊娃·威基诺浦命令大家不要加以理会。她说这两条狗是牧羊犬，天性如此。吉迪恩说，这只羊也认为自己是一条狗，她说这样不合适，她大喊："奥丁……弗丽嘉。"但没有得到任何响应。

也许算是幸运，就在这时，拉姆斯登进来了。他气场十足，他一进来，大家就都冷静了下来。她很喜欢他。吃午餐时，我听到她对扎格说，他的头发白得像羊毛。他皱着眉头在克莱门茜和露西之间坐下，那只羊缩在他的椅子下面。有时候，我觉得他之所以迟到是因为他不吃饭但不想被人看见他不吃饭。一个人可能生着病，传统意义上的病，我们专业概念中的病，但在我们这个时代，他还是可能成为精神领袖。俗话说，解决问题的路径，不是绕过去，而是穿过去。不能看表面。我想这也适用于那个女人。

我希望她不要再来了。当然，我知道她还会来。她好像相中了他，她被他吸引住了，她不会放手。他看起来很平静，但并不快乐。

也许，对于我们的新生活，她是必要的组成部分。你知道什么叫集体。你知道，有搅和的人，集体反而会更有凝聚力，这是不是就像珍珠中的沙砾？也许，她会让我们炸开，像臭气弹一样。也许，在我们驾着银色的热气球飞向空中之际，她就是一块黑乎乎的镇重物，拉着篮筐和炉子往下拽。这些天来，由于胃酸过多，也因为精神极端主义的过度氧化，我经常哗哗地流泪。我爱一个人坐着，心里把那个愚蠢而危险的女人想象成不值钱的东西，自己偷着乐，有时还笑出声来。请上帝原谅我。基督教不是讲究仁爱吗？这是怎么了？人们已经不信仰仁爱了，基兰。你看看扎格，他急不可耐地等着酒神式的肢解和释放。不理解副校长怎么能和她一起生活了这么久？他怎么能忍受她丰碑似的四肢和他在同一张床上燃烧？他怎么能和那两条退化了的狗一起坐在壁炉旁呢？我感觉婚姻就是一个谜，炼金术士以及伊娃·威基诺浦和卡尔·荣格会说那叫作"神秘合体"。

拉姆斯登看到了伊娃，认定她是一个对手。她看到了他，就径直走向他，在他身前站住，低着头，几乎贴着他。挨得太近了。他想退后一步，或者把她推开，但一动不动。两条狗突然从她的身后蹿出来，毛发竖起来，龇牙咧嘴，尾巴转着圈。它们又看到了托比亚斯，托比亚斯和露西一起跟在拉姆斯登的后面进来。托比亚斯发出惊恐的尖叫声，然后又退到了壁炉边。奥丁和弗丽嘉紧跟在它的后面，把它逼到了墙根。

"赶紧，叫你的狗回来。"拉姆斯登喊。

"这是它们的天性，"伊娃·威基诺浦说，"歇歇吧，亲爱的。到妈妈这里来。到妈妈这里来。"

奥丁和弗丽嘉同时吼了一声。托比亚斯吓得直哆嗦。伊娃·威基诺浦在沉默、一动不动的观众面前跪下，揪了一下两条狗的屁股，把它们不停摇晃的尾巴拽过来。

"坏狗。坏狗。妈妈很生气。"她说。她的声音厚重，不像妈妈在跟孩子说话。两条狗终于被牵走，露西轻轻地叫了一声，跪下来安抚脚踝流着血的托比亚斯。伊娃·威基诺浦回来了，还站在拉姆斯登身旁。她的右脸颊上有一块血迹，还有木灰。

伊娃·威基诺浦说："它们原本就是牧羊犬。看管羊是它们的天性。我希望你不要叫我们走。"

她的气息吹到他的脸上，很热。他能看到她黑洞洞的喉咙。她呼出来的气息很潮湿，有肉汁和酸牛奶的气味。他本想退后一步，但始终一动不动。她脏兮兮的脸上一对幽黑的眼睛盯着他。

"我觉得，你的身上有我需要的东西，或者说，你就是我要找的人。"她低声说，但语气急切。她在讨好他，与此同时，在她的脚边，那两条狗也很温顺地趴着。她在他耳边悄悄地说：

"头发白如羊毛，是这么写的。我眼前一片红，哦，没错，我好像看到了血，那是主降临的迹象，那是玫瑰色的汗水，红色的泪水，我知道你是谁。"

他真想把她送走。他日常的自我是脆弱、像幽灵一样的存在，但他知道她是一个"江湖骗子"，一个会摧毁精神力量的真幽灵。他的灵魂知道她看见了他，他的头发白如羊毛，他的身体沾染了鲜血，他变成了她所想要的样子。他不敢让她碰到，她一直在逼近他，她的气息一直吹到他的脖子上。他害怕自己会生气，他自认为他没有生气过，心里有气也从未发作。他知道听众都害怕他生气，这是对的，这是大家共同的秘密，因为他从未对他们发过火，从来没有，他只有耐心、温柔和谅解。

他看着那个女人，看到了血影。小时候，他看到了血，幼小的心灵受到了惊吓，此时，他看到鲜血从浓密的黑发中流出来，顺着她宽阔的脸颊和粗壮的脖子流下来。他感觉她就像黑暗物质在光线尽头凝聚而成的一个黑球。她笑着，好像看透了他的心思。

"我研究过神秘学，"她说，"我看得透。不要拒绝我。"她说，"每个人的身上都有光明的种子，你知道的。"

"坐下吧，"他说，"欢迎你和我们一起吃饭，我们对每个人都是热情欢迎的。但是，狗不能去碰羊。"

"到妈妈这边来。"她说着把视线从他的脸上挪开，他们之间的电流连通就断开了。

他跟他们一起坐在餐桌旁，但他没有吃东西。那天他一点也没吃，其实每天都吃得很少。他知道，他们吃着精心烹制的大餐时，他们喜欢他和他们在一起，他会稍微尝一两口东西，燕麦片、扁豆勺、麦粒什么的，这样他们会很开心。人活着就要吃饭。但是，他的身体很奇怪，似乎不需要吃东西。他感觉他的身体变得透明了。有时，他们吃饭的时候他会和他们说话。他说摩尼教尊重被囚在种子和苹果里的光粒子。他告诉他们，和光粒子一样，灵魂被囚在肉体躯壳里面，通过修炼和减轻肉体，就可以释放出来，和光明会合。他刚要说话，整个房间的空气就变得很凝重，因为所有人的注意力突然集中起来，就像打雷之前能量集中在避雷针的周围一样。他看着他们仰起的脸，他们的脸上闪烁着柔和的光芒，他看到了温暖的淡金色。但是，他们的眼睛和张开的嘴巴像一个个黑洞，尤其是他们的嘴巴，他们的牙齿湿漉漉，他们似乎要把他吞噬掉，就像火焰吞噬掉蜡烛一样。

他们吃的就是他，他是一个神学家，知道这是什么意思。这段时间，在吃饭的时候，吉迪恩还要分面包，提着篮子逐个分，面包皮和面包屑还散发着热气，这很有仪式感。他被他们吃掉之后，他会变成光吗？会完全消失吗？还是会破碎成一个个光点然后四处飘散？他不是神，他是一个存在，他不了解自己的本质，他只知道人家说得不对。神我知道他是什么，但已经有一段时间没人看见神我了。如今，有半具埃及木乃伊出现在眼前。他看到吉迪恩的面包上有血。他没有跟他们说过那是什么血。就像他压制愤怒的火焰一样，血也要被压住，直到它最终喷射而出，淹没一切。

他们正在倾空他，倾空他的骨髓，留下像冰、像玻璃的透明躯壳在阳光下行走。

黑夜里，他几乎一直在行走。他不吃东西，也不睡觉。他祈祷着，如果那可以被称为祈祷的话，他仰着白色的头和苍白的脸，走过黑暗的牧场，走向苍白的星星和白色的月亮。满月时，他走得更快、更远。他不相信光会从满满的桶里流向像井似的月亮，他对行星系统和现代宇宙理论有所了解，虽然不多。他知道，月亮的牵引力造成地球上的潮汐，而地球的核心是岩浆，他也知道苍白的光线牵引着他，激发他的生命力。他知道人体需要睡眠，也需要食物，他也知道他的身体有反叛倾向，不想睡觉，也不想吃东西。他的能量属于冷能，另有源头。他内心的火焰越来越小，已经变成针头那样细小，像没了气的打火机，喷嘴只会冒火星。他感到他的血液就像打火机里的燃气，他当然清楚血液里面有红细胞和白细胞，他似乎看到他的血管是透明的，危险的红色变成了白色，苍白的光明种子消灭了试图吞噬它们的血红色，然后一点点从血液里逃逸出来，逃到无辜无害的空气之中。他行走之后会打个盹。如果身体十分疲惫，他就不做梦。他不喜欢做梦。

　　他还建立了所谓的"守夜制度"。他喜欢一动不动地坐在地板上，面对着空荡荡的电视机，他喜欢让电视机开着，但什么影像也没有，满屏都是雪花。他设计了一种精神运动，将血液倒入电视机的玻璃屏幕之中，让雪花将它吸掉，血液消失得无影无踪，像什么也没有发生过似的。他没有跟人家说过血液的事情。他把最隐秘的东西藏在心底。他很强大，也很脆弱。他偶尔会允许某些听众在黑暗中守夜。露西来了，她静静地坐着。卢卡斯·西蒙兹也来了，但他被赶走了，他被颇为客气地告知他扰乱了电视机的信号。这句话是玩笑话，也不是玩笑话。吉迪恩不常来，也有两次被要求离开，因为约书亚能从他的衣服上闻到性爱的气味。他没有说明理由。他说吉迪恩的内心不够平静，吉迪恩留着山羊胡子的脸微微一笑，接受了他的判断。鲁茜时不时会来，霍利教士也来，他被禁止在那里吸烟，但身上有股很强烈的烟味。克莱门茜也来。扎格也来，但待不长，长时间不动他受不了。

　　伊娃·威基诺浦不期而至的那天晚上，他焦躁不安。他走进守夜的那个房间，赶走想陪他守夜的人。我想要一个人待着，他说，他没那么软弱，不至于需要他们的理解，因此他说话的语气很坚决。尽管如此，露西还是大胆说了一句"我想和你一起守夜"，他说"今晚不行"，然后摸了摸她的头发和颤动着的红脸颊。她吻了吻他的手指，然后就走了。于是，他独自一人待着，心潮澎湃。

　　他打开电视机，但没有像往常一样坐下冥思。他焦躁不安地走来走去，他发现电视机的光线映射到黑暗的窗户和天窗上，感觉就像幽灵一样。他脱下鞋子，站在映射和原点相交线上，头转过来又转过去。他感觉浑身充满力量，仿佛这个空荡荡的房间是他毕生追求而热爱的地方。神我的脸出现在黑乎乎的窗户和明亮的电视机屏幕上，虽然模糊，但笑容可掬。他我说，出来吧，外面的月光很美，这句话他以前也说过。拉姆斯登看到满月挂在天窗上方，非常漂亮，穿越云海，光线皎洁，令人眩晕。他走了出去，目标明确，光着脚，充满自信而又悄悄地拉开后门的门闩，默默地大踏步穿过院子，来到树林里，高耸而茂密的树枝遮住了月亮，他继续走到沼地上，在那里可以看到皎洁的月亮穿过一片片白云，而被月亮穿越的白云就像死皮一样脱落，也像枯死的睫毛掉落，留下一只硕大的银色眼睛呆呆地张着。他光着脚，穿着白色的衣服，穿过石南丛向他走来。他的头发闪着白光，他的笑容很轻松。"你已经获得了启示。"他我说。他的声音听起来极其舒适、悦耳。你已经获得了神界的启发，现在，你应该下凡去启发他人。你会很难过，很痛苦，但是，如果你回去，你就能救他们。救他们，也是救你自己。

你会和我一起去吗？他问他我。他我的笑容越发灿烂。我必须去，他说。我是行刑者，也是拯救者。我要去的。我们一起降落到黑暗之界。

然后，他知道他在月光下大发脾气，然后被扔到石南丛中，口吐泡沫，骨头和牙齿嘎吱嘎吱叫着，浑身瘀青，血流不止。

然后，他们一起走了很长一段路，进入一个石洞，石洞很深，洞口比虚无缥缈的月亮小，接着比针头还小，再接着就什么也看不见了。他的脚很冷，凹凸不平的阶梯又冷又滑。他鼓起勇气问他我，他是不是已经死了？他再也看不见他我了。他我爽朗地回答说，他没有死，没有，但他们正在死人堆里走，等他和他们说上话，他就知道死亡是怎么回事了。我知道死亡是怎么回事，他告诉他我，我当然知道死亡是怎么回事。他我告诉他，他不知道自己曾经被排斥过，被转移过，被消灭过。他我告诉他，死者就挂在树木埋在地下的根上，他们离不开它。他们有自己的月亮，但那是临时的，你可能看不见。那是他们用偷来的光做的假月亮。他们在脑子里面制造假的生命，尽管他们放手会更好。

过了很久，也许很短，反正这段时间长短难以估量，他开始认识到死者就像黑色的水果，像收了翅膀的蝙蝠，像一捆捆的管子，挂在跟铁一样坚硬的巨大根结上，他抬头就可以看见这些根结，这些树根就像巨大的盲虫一样在地壳中挪动，根上面还长出了毛发，毛发越来越密，哪里有缝隙就往哪里伸。死者有时会焦躁不安。他闻到腐殖质的气味，他记得这种让人反胃的气味。

他们就这么走着，走着。他在那个地方待了很长时间，他意识到了，跟他我这么密切的相处，会让人窒息，非常折磨人。他问，死者是否有脸？他我说，他们的脸是假的脸。凭着意志力，他们贴上了一张假面。你会看到脸。他说他不想看到脸，他我很爽朗地告诉他这不是想或者不想的问题。神我的声音让他想起了什么。他想起了他父亲在教堂里跟他说什么对他的灵魂有益。他不想看到被绞死的父亲，但他的嘴说不出这些话。在梦里，或在幻想中，或在梦幻中感到无助，是任何有点意志或者思想的人都无法理解的。

转过一个拐角，他们看见了一轮假的月亮。月亮被一根不那么结实的铝线悬挂在屋顶的上方，看起来像一只银色气球，但有一边没吹满气，面上皱巴巴的，粗陋地涂画着灰蓝色的假大陆、假陨石坑和假海洋。假月亮散发着微弱的光芒，就像廉价餐厅里的荧光灯管。

一堆破布上坐着三个人。他认得其中两个人，一个穿着肉粉色的睡衣，一个穿着发了霉的睡衣，他发现神我说得没错，他们的脸都是假的。他们举起手臂，无力地指向他，就像站不稳的布娃娃一样。他们的脚很脏，看起来比假的脸颊和眉毛更有肉感。第三个人看起来很健康，生机勃勃。她的头发闪闪发光，眼睛也闪闪发光，她的嘴和指甲涂成深红色。她原本轻松自在地坐着，向他伸出有力的手臂，似乎要拥抱他。破布堆的周围撒着潮湿的锯屑，有各种各样的小生物在锯屑中跑来跑去。有蠼螋、蛞蝓和背着螺旋壳子的白蜗牛。还有蝎子。粉红色的肥胖，黑色的忙忙碌碌，黄褐色的懒洋洋，但尾巴都耀武扬威地举着。

他妈妈开始和他说话。她的假牙从嘴里突出来，她不停地说着，她的话语落在她的假牙上，噼啪作响。伊娃说，我可以解读她的话语。我们做母亲的欢迎你们。我们把孩子从小养大，我们独自，独自，帮助你们……她没有说我们帮你们干什么。但我知道。

他妈妈的牙齿又噼啪作响了一会儿。他的姐姐挣扎着举起一根绵软无力的手指，指着她身上的伤痕。他发现，即使死人会说话，他们也不会呼吸。他不知道没有呼吸的话语会这么污秽。三个人中只有伊娃一个人在呼吸，她的气息很长，很缓慢，感觉很困倦，硕大的乳房不断起伏，吸气、呼气、吸气、呼气。

那个地方有一股难闻的气味，他告诉神我，他不喜欢这个女人。

"这不是喜欢或不喜欢的问题。你不能拒绝她。你总有需要她的时候。你需要她。她不是你在这里看到的样子。也不是那边的样子。她本质如此。总之，你必须接受自己本不想要的东西。"

接下来，他断断续续记得，神我在假月亮的照耀下，微笑着拿出一把刀，肢解了他。他感觉不到疼痛，他看到了整个过程，剥皮，剥离神经，活体器官被放在颜色古怪的陶碗和花瓶中，这些是通过神我的眼睛看到的，他的身体没有感觉到疼痛，只是越来越困惑，感到各个部分被分离开了。他的痉挛更像是一种温和的不祥预感。后来，他变成了一具被刮得干干净净的活骷髅，像一层红色的薄膜贴在新鲜的象牙上，他从头骨里往外看，充满好奇。神我说，他还要将骨头分解开，从大到小堆成一列"石冢"。"如果你能把所有这些部位重新拼装起来，把神经穿回去，把肌肉连起来，"神我微笑着说，"你就会发现你能爬上树，爬上天堂，跟你深入地底一样。然后，在天上，你会明白如何为即将产生的神秘和即将到来的圆满做好准备。"

他自己的声音在血淋淋的牙齿中间噼啪作响："要是我不能呢？"

"那么，肉体会腐烂，然后骨架会分崩离析，四处散落。但我觉得你行。你具备了那个能力。"

他把自己重新拼装起来，颤抖着，在脑壳里听到很久以前那个大腿肥胖的男孩在唱歌，枯骨，枯骨，连接着……这一切都栩栩如生，肋骨上方手臂末端的手指在收拢骨盆，在连接臀部。他蹲在树根下，把整张皮盖在胸部和臀部光滑血腥的表面上。然后，他发现他能站起来，他的力量异常强大，他的感官变得十分敏锐，他听得到几英里外的虫子在松土，树梢在微风中对着夜空沙沙作响。他爬了上去，像猴子一样敏捷，像树蛙一样灵活，也像瞎鼹鼠一样顶破地面，他变成了狨猴，变成了蛇，变成了蜥蜴。他往上爬，再往上爬，真正的月亮在他的头上，洒着银色的光芒，他站在树顶上，在黎明到来之时不停啼叫。

他们在沼地上找到了他，他受了伤，失去了知觉，嘴巴在流血，手指插进石南丛的泥煤地里，指甲折断了。他们把他带回邓维尔庄园，前两天，他不知道那是什么地方，不知道周围的人是谁。第三天，黎明时分，他睁开眼睛，看到一个被清洗过的世界，鲁茜坐在他身边，看着他。她穿着一件苍白的衣服，扣以方形的肩章，褶裥下垂，像运动长衫，也像希腊长裙。平时他很喜欢鲁茜。他喜欢她挑剔的表情，她的沉默寡言。他动了动受伤的舌头，告诉她说她是光明少女。她似乎没听见，于是他挪动了一下身体，又说了一遍，说得更清楚。她的眼眶湿润了。她用手背擦了擦。他叫她不要哭，他没事。她点点头，泪水哗啦啦地流下来。

布伦达·平彻致阿夫拉姆·斯尼特金

如今，阿夫拉姆，给你写信可算是一种真正出于信仰的行为，就像这个地方日益增长的热情一样，不合常理。组织的某些东西正在壮大，我一直在绞尽脑汁，但想不出来会是什么。在这里我找不到任何图书馆。最近听说许多邪教都存在群体性行为，或者领袖有权和每个人睡觉然后生下很多孩子，这种事情似乎是他们团结在一起的纽带。我们的情况有点奇怪，我们的领导层有点分裂。拉姆是个精神狂热分子，也是禁欲主义者，老头子吉迪恩骄傲自大，我想他不是很理解他是怎么跟拉姆搞在一起的。

当然，这也都跟女人有关。吉迪恩之所以来到这里，是因为克莱门茜抛弃了他，克莱门茜之所以来到这里，是因为她爱上了拉姆，所有女人好像以同样的方式爱上了拉姆，包括和吉迪恩发生过性关系的那些。我想她们睡觉的时候都会想象吉迪恩就是上帝，甚至这个自以为是的老傻瓜也会这么想。有几个男人也爱上了拉姆。一两个星期以前（差不多吧，时间在这里感觉不是很真实），拉姆经历了一次"精神旅行"，其实，他患有相当严重的癫痫症，那次刚好发作，醒来后，他传达了各种指示、禁忌和修行方式，其中大部分是要折腾我们的身体。于是，我们现在整天在挖土、搬土，我们要建造一个巨大的围墙，要把我们和外面肮脏的人群隔离开来，以免被他们污染。此外，我们吃得越来越少，因为拉姆开展了禁食竞赛，他说身体要懂得自我否定才会健康成长。埃尔维特·甘德也说，老鼠实验和草原长寿部落的事实表明，节食有利于长寿。号召节食伤害到了克莱门茜·法勒，因为她对社区的贡献是面包和饼干。不过，她很善于自我调整，现在学会做精致的小份汤和蔬菜拼盘，几乎不含卡路里，需要慢慢咀嚼，这样反而更有仪式感。又要挖土，又要节食，我已经变得非常苗条。你可能会认不出我来，你这个老懒汉，我是虔诚的拉姆追随者，一想到你因为过度放纵而堆积起来的肥腰就感到恶心，尽管有时夜里我会在梦中叫你的名字，阿夫拉姆，有时我会感到害怕，你为什么不给我写信？你这个浑蛋。

如今我变得苗条了，我明白了通过体力劳动和节食，可以达到性高潮，也可以达到精神的高潮。有时我躺在床上想，畅快淋漓地干一次会有多么幸福啊。我躺着。我头脑清醒地躺着，跟大家一样，想象着拉姆会看上我，让我给他破戒，我想象他来到我的床前，站在那里，笑容可掬，他的阳具上下抖动，而我心急如焚，渴望他上来，我可怜的阴道不停地收缩，但里面始终空荡荡（有时我自己解决，但没什么用）。听着，阿夫拉姆·斯尼特金，你这个浑蛋，我给你写这些淫秽的文字，是为了表明我并没有融入这个社区里面，虽然我为了做民族学方法论观察而深入这个社区的内部，这也是为了惩罚你，因为你从来都不回信。如果我不了解你，我早就放弃了，任何有理智的人都会认识到这是一种暗示，表明对方不想收到这样的信。但我真的了解你，我想你肯定是一边看着信一边傻傻地笑着，在想我目前的状况有多么好笑。不是的，你这个浑蛋，你就是浑蛋，阿夫拉姆·斯尼特金。这不好笑，这很可怕。

如今，这已不是一个治疗团体，而是一个充满活力的邪教，那么，邪教的结局是什么，邪教会突然崩溃。从理论上说，除了崩溃，他们没有别的路可走。他们越来越不能容忍异类，大家越来越同步，包括月经之类的东西，我想就此做一点研究，但至今没有任何收获。大家穿的衣服越来越趋同。白色亚麻衬衫加连衣裙。这里有一个叫艾莉的女孩，她是甘德的"病人"，我们现在不允许说谁是病人，只能说是精神探索者。她发明了一种非常复杂的新技术，在白色的衣服上绣白色的花样。太阳、月亮、葡萄、雏菊和其他跟摩尼教有关的东西。要打各种各样的结，还有很耗时的缎面绣（我打赌你不知道那是什么，我以前也不知道）。慢慢地，所有的椅子、桌子和床都套上了白色的罩子，上面都用白线绣了白色的装饰。当然也有不易觉察的血迹，那可怜的人们，会自己扎自己，这很经典，以示决心。大家喝水的方式也很特殊。另外，霍利教士读的是17世纪的诗歌，关于光明的种子等。他读诗的声音，就像一个铰链嘎吱嘎吱作响，但此时这个地方充满了仁爱，每个人都充满仁爱，认真倾听着。

对于这个团体什么时候会崩溃，我已经有了自己的理论。吉迪恩的乱交不可能不结果实，这是从动物隐喻变成植物隐喻。然后呢？因为他干的不是他自己的老婆。然后呢？这里面的一个难题是拉姆似乎不知道吉迪恩走到了哪一步。也许他是让吉迪恩作为他的代理人，替他做这件事，但是，就民族学方法论而言，这是个站不住脚的理论，我不应该在没有证据的情况下提出这个说法，我确实没有证据。

还有，我认为我们会被关死在里面。我们正在建那个围墙。我可以预见拉姆会仪式性地锁上大门，把绵羊圈在里面，把山羊赶到外面的高沼地上去。目前，来来往往的人还很多。那个对布莱克特别感兴趣的里奇蒙德·布莱常来，他看样子很开心，也很困惑。副校长那个可怕的老婆也会来，每次来都不太平，她会给人家看手相（其实她不会看手相，她是研究星座的）。我认为埃尔维特·甘德的作用很大。可以说，他和我一样，对这里的事情主要出于专业上的兴趣。他会出去开讲座，但比以前少了。我认为他反对封闭。但这里的一切都让他很兴奋，这是他跨越界限的机会，是开展精神旅行的途径，他可能觉得他必须坚持到底。他喜欢扎格，扎格经常拿石头砸自己，需要帮助。我想我们没有了他也可以，但是他组织的歌咏晚会，像霍利教士的诗歌朗诵，已经成为我们日常仪式的一部分。有些贵格会教徒很擅长此道，他们喜欢用宗教沉思的眼光看待生活，似乎这是自然而然的事。他们还为从外面来的年轻人举行小型聚会，他们来听故事，也做一些纸板手工。

问题是，如果我们真的被关在里面，我们很有可能会饿死，因为我们的饮食不足以维持生命。我该怎么办？如果我不能坚持到底，这个项目就完蛋了。但这真的很可怕。这就像电线塔上的一个盒子，上面写着"高压线危险。请勿靠近"。但我已经在里面了。我给你写信，你却不回，你这个浑蛋。除非这些信都被秘密扣了下来，交给由拉姆、吉迪恩和甘德组成的委员会审阅和评判。不会，他们不会干这种事情，那纯粹是群体心理引发的妄想症。这些信几乎都是我亲自放进邮箱的，不是吗？那么，你为什么不回信，你这个浑蛋，你这个浑蛋。我该怎么办？

第21章

世上最难的事，莫过于羽毛恢复光泽、让眼睛重放光彩、让人走路挺起胸脯。卢克·莱斯加德-皮科克开始准备撰写论文，阐述减数分裂的代价，对于这篇论文，他打过一点腹稿，但此时他发现有一大堆相关和不相关的事实和数字需要厘清。有些科学家提出了一些非常尴尬的问题：在达尔文的理论框架中，相对于孤雌生殖或者萌芽，有性生殖到底有哪些适应性裨益（如果有的话）？他们的答案都很难让人满意，但同时也耐人寻味，令人生气，令人兴奋。

卢克阅读过关于榆树种子靠风力传播和鳕鱼子在水中漂浮的论文。他了解蚜虫的生命周期，知道蚜虫会自我克隆，实现单性生殖，而到了生命的最后时刻，雌性蚜虫会克隆出雄性并与之交配。他知道草莓和珊瑚生长缓慢，知道牡蛎等无柄生物的习性，也知道鳕鱼、椋鸟、微小海洋生物、蜗牛等争夺领地、群居以及死亡频率与后代数量的关系。他研究过雌雄同体和克隆体。他也掌握蚂蚁和金龟子世代更替的精确细节，他还希望掌握它们的分布、竞争、统计优势、基因和染色体遗传的理论模型。

有若干条新道路在他面前展开，这些道路都很诱人，他似乎看到了一群群相关形体，有些从他眼前飞过，有些则缓慢移动。他的数学比较一般。他想要罗列问题就需要帮助，更不用说回答或修改问题了。他拉住了约翰·奥托卡尔，还占用了那台大型电脑，原本分配的时间不够，就要求延长使用时间，他请约翰出去喝酒，让他帮忙把关于生命、死亡、繁衍和不朽的根源的问题转化为优雅的等式和一串串数字。面对有耐心、平时不大言语的约翰，他抛出了一连串的计算要求。其实要在身体与思维研讨会上发表的那篇文章，也不需要这么多的运算。

　　在往返电脑房的路上，他时不时会遇到杰奎琳，她也带着一捆捆打孔的卡片和一沓沓打印好的纸张。他们之间的气氛仍旧有些冰冻。他问她的工作是否进展顺利。有那么一会儿，她的脸上堆满了得意的神色。是的，她说，很顺利，已经见到了成果。她脚步轻盈。放在一个月前，他要是发现某人这么得意扬扬，他会感到心痛。如今，他的注意力全在轮虫动物和带翅膀会飞的种子上面。

　　有一天晚上，时间相当晚了，约翰·奥托卡尔来到他的公寓，提交了一大堆早就该提交的运算结果。几个星期来，卢克一直在跟约翰讲达尔文理论中的利他主义和利己主义，向他灌输无情的自我繁殖和无害的蛞蝓克隆。他注意到奥托卡尔状态不大好。他闪亮的金发已经留到了齐肩。非常干净。他是想把头发留成一面帘子，把脸藏在后面。卢克说他肯定是工作压力大，累了，所以请他进去，给他倒了一杯威士忌。他在看电视新闻，伦敦政治经济学院的学生在组织抗议活动，政府内部也正在就是否允许非官方罢工展开争论。正当约翰·奥托卡尔拿起杯子的时候，电视屏幕上出现了《镜中奇缘》的节目现场，壁炉、玻璃盒子、孪生兄弟特威丹和特威帝，弗雷德丽卡·波特穿着珊瑚色配白色的丝绸衣服。卢克记得，奥托卡尔似乎和弗雷德丽卡有些关系。他曾经称她为"我的女朋友"，当然，这在卢克看来是一种极其不恰当的称呼，尤其是对于这个性格乖张的女人。所以，他没有站起来切换频道。约翰·奥托卡尔坐在扶手椅上，两腿伸直，面无表情地盯着屏幕。卢克觉得他的情绪很低落。

那天晚上，弗雷德丽卡的嘉宾是作家罗伊·斯特朗和摄影记者露辛达·萨维奇，露辛达·萨维奇穿着一件严肃简约的毛衣，戴着一副黑框眼镜。讨论的对象，即主题物品，是一张伊丽莎白时代的肖像袖珍画，画中的女士脸形精致，留着一头柔软的金色鬈发，珍珠项链和耳环闪闪发光，穿着蓝色天鹅绒衣服，背景是绿色的树叶。这张肖像画短暂占据了整个屏幕。这个人当然就是伊丽莎白一世，终身独身的"童贞女王"。弗雷德丽卡宣布，他们要讨论的中心话题是"相似和繁殖"。这是威尔基的建议，他还有更深奥的想法。

三个人围绕伊丽莎白的肖像画展开讨论，他们一致认为女王的肖像画类似于圣像，大多数都是复制品的复制品，并不是直接当着女王的面画的，罗伊·斯特朗得意扬扬地指出，她的肖像既是供人崇拜的神物，也是巫师扎针施法的对象，要是一个活人被扎那么多针，肯定要死于非命。不出所料，这位摄影记者接着提起某些文化下的人们不愿意被拍照，认为每拍一张照，照片每多一份拷贝，他们的生命力就会减掉一分。弗雷德丽卡说情况确实如此，居然有人这样害怕自己的肖像被传播，这有点出乎意料。他们谈论了切·格瓦拉的那张标志性的脸，学生宿舍里、被反大学占据的农舍里和他们的帐篷里都挂着他的头像。

按威尔基的指示，弗雷德丽卡想将这个概念细分成不同的词汇，再分别加以讨论。相似。近似。繁殖。复制。她说，我们都有一张独一无二的脸，然而，我们都是家族基因的复制品，所以，我们的脸都免不了带有家族的特征。这句话吸引了卢克的注意，不是说这句话有多深奥的理论，而是因为他心里刚好惦记着克隆和二倍体合子。罗伊·斯特朗说到伊丽莎白和都铎王朝的兄弟都长得很像，有同一个家族的相似性。摄影记者提到安迪·沃霍尔，他画的肖像都很相似，玛丽莲·梦露，伊丽莎白·泰勒，她们似乎都是机械复制的符号。玛丽莲·梦露出现在屏幕上，闪烁着银绿色、橙色、紫色，甚至有令人震惊的粉红色。罗伊·斯特朗说，他之所以选了这张肖像画，是因为这个人很独特，她的个人经历和世界观迄今为止都很神秘，然而，她就在眼前，尽管因为画家的风格如此，他画的人物似乎都长得一个样，但她仍是独一无二的。弗雷德丽卡说，每天在地铁上，她都会看着那一张张脸，每一张都是独一无二的，不可复制的。她自己都感觉这句话说得太夸张，奉承的意味十足。卢克倒是觉得她说得很好，因为她已经触碰到了他所研究的问题。如果人类采取无性繁殖，地铁上的那些人就会像黑蛞蝓一样，都长成一个样。

约翰·奥托卡尔骂骂咧咧地说：“他妈的。她怎么跟那两个人在一起还能夸夸其谈呢？”

一开始，卢克以为“那两个”指的是罗伊·斯特朗和露辛达·萨维奇，想不出他们为什么突然成了坏人。奥托卡尔不会是嫉妒他们吧？然后，他意识到“那两个”是刘易斯·卡罗尔笔下的孪生兄弟特威丹和特威帝，用硬纸板剪成的兄弟俩分别站在弗雷德丽卡的两侧。他曾经看到保罗-扎格时不时地在校园里徘徊。他的头发和他哥哥的一样长，长的速度也一样快。有一次，在一个昏暗的夜晚，他把保罗误认为约翰，而那个人看到了他的狼狈相，本来迷茫的脸上一下子就绽放出幸灾乐祸的笑容。露辛达·萨维奇说，总有一天，我们的墙上都会挂满我们所爱的人的肖像，这些肖像串联起来会讲故事，就像电视屏幕一样。卢克站起来，关掉电视机。他想问约翰一个问题，但想不出来应该问什么问题。他说：

"弗雷德丽卡什么时候再到北方来？"

"我不知道。复活节假期吧。她会带利奥一起来。他们会拍摄你们的研讨会。她说的。具体什么时候我不清楚。反正她会来的。"

就这几句话，约翰说得磨磨蹭蹭。卢克问："你不高兴？"

"没有。"

两人沉默了很久。约翰·奥托卡尔喝着威士忌，修长的四肢不断变换位置，摆成各种姿势。他说：

"我不爱说话。我到十一岁才真正开始说话。我和弟弟只说一些无聊的话，除此之外就谈数学。这不简单。他总把事情弄得复杂。"

"当然。"卢克不知道该说什么。

"我一直在想，我们就是克隆体。单性繁殖，一个生另一个，不清楚是哪个生哪个，不知道科学家能否弄清楚。你们那些事情，让我不由得去想。我不大懂生物学，只学过数学和计算机。我只知道计算油轮应该去哪里。你们的研究成果可以解释一切，从细胞和生物的角度。这让各种思想都变得毫无意义。什么善良，什么爱啊。也包括上帝。"

"我觉得我们不需要上帝。"

"我知道你会这么想。可是你不知道我怎么想。上帝总是存在的。这是一个前提。"

他说不出那是什么的前提。

卢克吞吞吐吐地说了件尴尬事，约翰在这儿，弗雷德丽卡在别的地方，这总是有些艰辛……约翰·奥托卡尔咄咄逼人地看着他。

"我来这里，是想让她下定决心，做个取舍。我也想离开他，我想独立。"

"但他在这里，不在别的地方。"

"我知道。关键是，他之前不在。起码我来的时候他不在。我是自己决定要来的，我要做我自己的事情。后来他也来了，好像上帝一直跟着他。这就像恐怖的命运。那些人本可能去别的地方，但他们来到了这里。当然，不存在任何命运，也没什么东西总盯着我们。只有基因，你一直都是这么说的。难得你喜欢琢磨这些想法。"他想要幽默，但不太成功，"我就不喜欢。我发现都是对的，但我就觉得没什么……意义。他是我的命运，这个事实不会改变，因为他是我的基因。我们可以互换，谁换成谁都一样。"

"再来点威士忌吧。"卢克说。他是个男人，一脸茫然。他说："我以为有另一个像自己的人是件好事。"

"哦，没错。只要那是唯一的人就行。我们出生之前……然后就复杂了。当然，他有了自己的乐队。我有实验室。有我，乐队会更好，音乐会更好，没我不行。"

"至少你想明白了。"

"你可以这么说。可以这么说。问题是我又如何是好？"

他一口喝光了威士忌，然后陷入沉默。

弗雷德丽卡果真回北方来过复活节，她带着利奥和他的祖父母和堂兄弟们一起来度假。埃德蒙·威尔基陪着她。他们要为拍摄身体与思维研讨会电视节目做一些准备。他们跟杰勒德·威基诺浦、文森特·霍奇基斯、亚伯拉罕·卡尔德·弗洛斯和莱昂·鲍曼开了一次会，商谈应该拍摄什么内容，两位大明星平斯基和艾琴鲍姆是不是愿意面对镜头接受采访，大学独特的建筑应该如何呈现。文森特·霍奇基斯自觉政治嗅觉很灵敏，他已经邀请埃尔维特·甘德加入他们的行列，这是因为他注意到甘德也在反大学里发表演讲，他演讲的主题是神话和心灵，他认为他可能带来反文化阵营的情报，了解反文化的态度，不管是善意还是恶意。甘德自己要在人文科学分会场发表关于身体部位的精神分裂感知的论文，在他之前还有一篇关于自闭症的论文和一篇关于早期概念形成的教育系教授的论文。

那天早上，霍奇基斯没有邀请尼克·特费尔，这不是大学机构的官方会议。会议在杰勒德·威基诺浦的书房里举行，书房里有一张红木桌子，桌子放在窗户边，俯瞰着清净的草坪。那是一个寒冷、晴朗的春日。学者们穿着各式各样的灯芯绒裤子和破旧夹克。威尔基样子最时髦，里面穿着一件紧身的深蓝色翻领毛衣，外面是铁灰色天鹅绒套装。不知道为什么，有点奇怪，甘德和弗雷德丽卡都穿着宽松的黑色羊毛开衫。不过，他们的相似之处到此为止。甘德上身穿着一件白色的羊毛衬衫，领口开着，下面穿着宽松的裤子。弗雷德丽卡穿着一件透明的黑色衬衫，下面是黑色长裙，裙子上绣着罂粟花和矢车菊。她的黑色蕾丝胸罩显而易见，几乎可以看见尖尖的小乳房，霍奇基斯用社会历史学家的目光看着。说实话，他从来没有料到过，在副校长主持的会议上，居然可以看到半裸的女人。在他的脑中，他把弗雷德丽卡记成了复数，虽然只有一个她。他想到了马库斯消瘦的身材。尽管如此，他还是认为弗雷德丽卡的胸部太小了。

威尔基对蒙德里安和伦勃朗的版画赞叹不已。比例多么完美啊！他说。美极了。副校长愿意以这些画为背景接受采访吗？威基诺浦说他不是特别想接受采访。他希望待在幕后。他收到了艾琴鲍姆和平斯基的来信，他们都很乐意接受采访，尽管平斯基说他不想与艾琴鲍姆一起接受采访，也不希望评论艾琴鲍姆。他耐心地等待着那个不可避免的问题。那是威尔基问的。威基诺浦答道，平斯基教授对艾琴鲍姆教授的一些观点持保留意见，不过那是他的政治观点，与研讨会无关。霍奇基斯看着威尔基，他很了解他，等着猎犬去抓住老鼠。威尔基躲开霍奇基斯的目光，平静地说没问题，他会满足任何诸如此类的愿望，有机会采访就很高兴。霍奇基斯感到有点不安。杰勒德·威基诺浦接着表达他的下一个观点。他说大学希望研讨会进程的录像尽量完整。我们知道你们必须有所取舍，他说，但是，电视录像是未来的媒介，我们在讨论身体和思维的关系的时候，如果能制作身体的视觉记录，由外及内呈现演讲者的思想，那将有很大的裨益，也有利于我们存档案。我们要成为这方面的先驱。

拥有大量影像资料，是每个电视导演的梦想，也是威尔基的愿望，所以他欣然同意了。他说，他希望他的拍摄计划，他最终的计划，能够体现这次会议的精神，他非常赞同这次会议的宗旨。霍奇基斯又坐立不安。

接着，会议讨论的要点变成了准备宣读的论文，论文的内容有纯科学、应用科学、人文科学、艺术、语言、数学、哲学，甚至体育。弗雷德丽卡心不在焉地看着外面的花园。芭芭拉·赫普沃斯的雕塑像镂空的蜗牛壳，看似沉重，却又轻盈。弗雷德丽卡想到了一个简单、平常却又鼓舞人心的念头：那是一个女人的作品，她用沉重的锤子、木槌和凿子将原本模糊的想象落到实处。此时，一个人和一个她能理解的话题，让她又焕发了精神，大家都看得出来。拉斐尔·费伯也要来，他的论文主题是普鲁斯特关于思维活动的隐喻。威基诺浦热情洋溢地宣布了这一消息，霍奇基斯挤出来一丝微笑，不过那是冷笑。他说他可以肯定这篇文章将是亮点中的亮点。

弗雷德丽卡仿佛看到远方有白雪皑皑的山脉，实际上那并不存在。她曾读过《指环王》给利奥听，她的脑海都被托尔金笔下的绝美风景和激烈战斗给占据了。那一整个上午，她都在喃喃自语："应该有人帮忙出谋划策，帮忙破除黑城的诅咒。"此时，她的脑子里一片混乱、支离破碎、备受震动。她记得有一个年轻得多的弗雷德丽卡，她认为在一个受宗教信仰支配的世界里，隐喻是联结虚构和现实的微弱光芒，尤其是在信仰力量和确定性即将终结的年头，在《失乐园》的时代。她记得曾经要求（也可以说是乞求）和拉斐尔·费伯合写一篇关于宗教隐喻的论文，但他拒绝了她，他说他是一个现代主义者，他用法语写作。想到这段过去，弗雷德丽卡愤愤不平，马拉美专家凭什么不理解《失乐园》？然后，她差点笑出声来。霍奇基斯注意到了她一闪而过的笑容，与此同时，他的脑海里闪过裸体的拉斐尔，也差点禁不住笑出来。

弗雷德丽卡看着聚集一堂的学者，她有点好奇，自己的脑子为什么会转得这么快，飘得那么远，而这些人讨论的事情都与她的心思无关，或者说关系不大。她想到她自己待在图书馆里，潜心探索隐喻的本质直至完全明白——她当时的理解与现在完全不同——想到这里，她悲从心生。她做了一个错误的选择。她就是一个聪明的隐喻，那个玻璃盒子也是一个很容易理解的隐喻，她坐在里面，就像西洋镜里的美人鱼，而她所提的问题都很浅陋，虽然乍一听起来很聪明。她把自己比喻成水上的蜉蝣，接着又比喻成蹦蹦跳跳的赤褐色蜻蜓。这聚集一堂的学者，在霍奇基斯的眼里是一群野心勃勃爱较劲的人，而在她的眼里则是一群天使般的人，致力于思考，思想深刻。弗雷德丽卡想着，双眼出神地盯着赫普沃斯石雕的镂空洞。

杰勒德·威基诺浦说，各个学科之间竖着人为的无形壁垒。他说，这样的壁垒是在大脑里自然而然竖起来的，将大脑分隔成不同的区域，分配给了形式、哲学、生物化学、语法，大学的各幢塔楼就是这种分隔的实体隐喻。他说，脑子里的形式就是脚手架，大学的楼塔就是瞭望台，从那里可以看到其他各种形式，而其他形式也跟塔楼存在各种联系。世界是极其多样化的，有无限多的形式，世界的组成元素很简单，但可以从无限多的角度加以看待，可以随意重新组合。

弗雷德丽卡心不在焉，他们说什么她都没怎么听进去，虽然后来他们说的每一个字她都记得起来，因为她只要一半注意力就足以记住他们说过什么话。她想到了约翰·奥托卡尔，他认为她应该到这里来工作，和这些人一起干这种事情。

文森特·霍奇基斯满怀爱恋地看着杰勒德·威基诺浦，在他的眼里，那个人就是巴别塔的建筑师。这个建筑师和人们想象中的不一样，他不是特别在乎混乱，更在意发现和沟通。

他对副校长的爱，透着勃朗宁的诗歌《语法学家的葬礼》的韵味。那首诗里说有一群中世纪的信徒背着他们干枯、迷恋细节、被时间击垮的老师，来到一座高山的顶峰，那是他最后的安息地。"让他在此安葬，让他在俗世料想不到的高处，生活和死亡。"在大多数人的眼里，那首诗是在讽刺痴迷细节而耗尽人性的生活方式。霍奇基斯认为，追求细节就是人性，而从本质上讲，讲究语法也是人性。他认为，杰勒德·威基诺浦不会因为他将这首葬礼挽歌用在他身上而感谢他。

突然间，书房里鸦雀无声，威基诺浦夫人在奥丁和弗丽嘉的陪伴下，挺身从窗前走过。她停下脚步，学院派三角帽下的那张大脸转过来，怒气冲冲地瞪着他们。她站了一会儿，然后转身离开，跺着脚穿过草坪，在潮湿的草地上踩出来一条小径。

等她穿过树篱之后，埃尔维特·甘德说："她非常卖力，在你们的影子组织里，她的声望很高。"

威基诺浦什么也没说。威尔基问甘德，她在教什么？甘德说，占星术。他接着说，最近，他本人对占星术也非常感兴趣。然后，他又说，这是一种古老的思想形式，经验形式，可以说，从古到今，世世代代的人们都是在这些形式的陪伴下走过来的。

霍奇基斯终于找到了说话的良机，他淡淡地问甘德是否知道反大学会针对研讨会采取什么举动。甘德说，他猜想如果允许他们参加的话，他们中的许多人可能会来参加研讨会。他心不在焉地说，他不认为他们会制造什么麻烦，他是不是想问这个？他认为他们有他们自己的事情，很忙。霍奇基斯觉得甘德气色不大好。他比从前消瘦了，显得苍老。不知道为什么，他似乎总是心神不定。

中间休息的时候，他们一边站着喝咖啡，一边聊天。威尔基和甘德都认为蒙德里安的画作都那么简单，简单得那么抽象，透着神秘感。威尔基说，他不清楚为什么人要把世界简化成最小的元素。就横平竖直的线条，只剩下颗粒和像素，这可能跟大脑的运转方式有关。也许，蒙德里安的画就是大脑运行图，那是蒙德里安的大脑，也是一般人的大脑。甘德不安地东张西望，最后盯上了伦勃朗的《研究中的占星家》。他说他最近越来越喜欢基本的体验形式。"原始"这个词很可能纯属扯淡。

甘德说，弗洛伊德最初是一名神经病学家。他画了一幅思维地图，就像一栋三层的房子，"本我"在地下室里横冲直撞，"超我"在屋檐下皱着眉头。甘德说，这终究都是关于个人的。荣格是个老骗子，老骗子都知道一些事情，例如集体意识，像弗洛伊德这样极度理性、没有幽默感的人根本不会在意这种东西。什么东西？威尔基问。甘德耷拉的眼睛朝天上看了一眼。上帝和魔鬼，甘德说，自然的力量，伟大梦想里的东西，不是那些家长里短的个人琐事，是形式背后的神秘因素，比如炼金术和占星术。他朝反大学营地的方向挥了一下手说，那些孩子，在大学外面，那些反文化的孩子们在玩精神的东西，好像这些东西就是彩烟，或者玉米娃娃，或者……或者……画着螃蟹、蝎子、公牛和羊羔作为生日礼物的杯子。

威尔基说，这没什么害处。

我认为还是有害的，甘德说，思想比个人更强大，精神生活的形式也更强大，会扭曲，会拉扯，影响巨大。

莱昂·鲍曼走上前来，说他希望威尔基能直播他宣读论文的现场，他的论文主题是关于神经元的化学传导和电信号传导。

威尔基说，哦，放心吧。他还惦记着那个心理分析师。他刚刚产生了一个有趣的想法。

副校长拍了拍弗雷德丽卡的肩膀，她非常惊讶。他想给她看一些东西，他说。他那张胡桃夹子似的长脸笑盈盈，自上而下看着她。"这是一个新项目。"他带着她走出书房，来到朗罗伊斯顿庄园的前厅，那里原本有个"吟游诗人画廊"，如今放着几只玻璃柜子。"我们要建一个博物馆，展示这个庄园的历史，以及这所大学的历史，"他说，"你看，这里大部分地方都还是空的。但这里有些东西，也许你会感兴趣。"

一只玻璃柜子里装着亚历山大·韦德伯恩1953年为《阿斯翠亚》设计的服装图纸。里面还有几件服装、男女演员的照片，有缎带和刺绣，裙撑和飞边，一顶狐狸色的假发，一条假珍珠和假珐琅的项链，有一张玛丽娜·叶奥的黑白照片，她正躺在一个巨大的垫子上，庄严高贵地等死。有玻璃和金属丝制成的王冠，还有乐器，有三弦琴、鲁特琴、管乐器和打击乐器。威尔基扮演瓦尔特·罗利爵士，那时的他比现在清瘦多了，一副狡黠的表情。还有亚历山大的照片，他拉着弗雷德丽卡和玛丽娜·叶奥的手。这是新伊丽莎白时代演员的合影。有一张费利西蒂·威尔斯的照片，那是她的中学老师，在一次巡演期间突然去世，照片的背后是贝叶挂毯。她举起手指着那张照片说，他演过英国盎格鲁–撒克逊时期最后一位君主哈罗德。玛丽娜·叶奥还没有死，但因为得了关节炎，双手扭曲成爪子，双腿也伸不直，整个人都瘫了。在一定意义上，她是被电视给救了，她在一系列惊悚节目中扮演恶毒、敏锐的女侦探，裹着薄纱，坐在扶手椅上，泰然自若。

还有弗雷德丽卡的照片，她穿着连衣裙，从喷泉旁边跑过，红色的头发随风飘荡，裙子也随风舞动，一双苗条的腿若隐若现。

她盯着那些空荡荡的连衣裙，还有一张张毫无生气的面孔。

时间没有停滞，没有。

所有照片都是黑白的（当然上面也有灰色）。

那些绸缎、尼龙和帆布都已经褪了色，但不是很厉害，上面也有点污渍。

她伸手摸摸身上那件花哨的裙子，用脚感受一下坚实的地面。

"有意思吧，"副校长说，"你有没有留点纪念品？"

弗雷德丽卡说应该没有，肯定没什么重要的东西。他们走回书房，去和其他人会合。

威尔基说他有一个绝妙的主意，他稍后会告诉她。

谁能告诉我，我是谁？

第22章

　　卢克·莱斯加德-皮科克去找约翰·奥托卡尔。他本来不必去找他，因为现在是上班时间，他应该守在机器旁边。卢克的计算工作量在不断增加。他穿过校园，校园里的人越来越多，楼还在一幢一幢地建起来，他问人们是否见过约翰·奥托卡尔。他在亨利·摩尔"王与后"雕像前的露天圆形剧场意外碰到了他。应该说是他们。

　　他们面对面跨坐在一只石凳上，这只石凳是特意为那些想坐下来欣赏雕像的人们准备的，坐在石凳上，也可以看到身后的高沼地。他们俩都穿着牛仔裤和彩虹色的粗呢毛衣，非常引人注目，但约翰最近似乎已经比较少穿这样的衣服。他们俩的头凑到一起，显然是在争吵，他们长长的头发不停地甩着，先是向前甩，然后向两边甩，向前甩是在表示强调，左右甩是表示否认。他们也甩着手臂，做着各种手势，动作很对称，从左到右，然后从右到左。他觉得他们就是一对镜像双胞胎，也就是同卵双胞胎，他一直想问他们，但一直没有问过。这个问题似乎过于私人化，也是个多余的问题。他们的膝盖碰到了一起。卢克抬头看看国王和王后，心想他们就像一张双头扑克牌，红心武士、方块武士。他分不清楚哪个是哪个。他觉得相互印证的重复现实似乎比单个的更不真实，而不是更加真实，这有点奇怪。

他走到他们面前，他们俩就都安静下来，两张脸齐刷刷地转向他，用同样充满疑问的目光看着他。

他看清了哪个是哪个，因为有一个人在拨头发的时候露出了指甲，他的指甲闪闪发光，蓝色、黑色、粉色、绿色，五彩缤纷。

他说他还有一个问题，他的数字碰到了一个新问题。保罗－扎格说："我们自己也碰到问题了。"他笑着说，他的笑容很可爱。不过，约翰还是双眼茫然地盯着他。卢克用平和的语气说，他很绝望。"绝望是一个相对的概念，"保罗－扎格说，"有绝望，还有更绝望的。"

此时，弗雷德丽卡·波特出现在他们的面前，她带来了她那个红头发的儿子，看起来胸有成竹，但也充满焦虑。卢克不知所措。保罗－扎格把手垫到屁股下面。两个双胞胎用同样的目光盯着弗雷德丽卡。

"你好，约翰。"利奥含糊地对双胞胎说。

"我在找你。"弗雷德丽卡对约翰说。

"好吧，"约翰说，"你没说要来。"

"我说过，就是没说那么具体。我也不知道具体什么时候能来。我来了。"

"我看见了。"

双胞胎占了整条石凳，别人只好站着。

弗雷德丽卡礼节性地问保罗他们那个社区怎么样。

"很棒，"保罗说，"我们正在建围墙。在圈自己的地盘。也就是说，我们即将成为一个封闭的领地。"

"封闭？"

"我们不出来，也没有人能进去。"保罗－扎格说，"我们还不怎么会种植。我们正在解决这个问题。"

卢克说:"围墙怎么建?"

"一圈套一圈,把我们的领地都围在里面,防止被利用和破坏。我们要保护好它。"

卢克问:"那整片地都是?"他去过高沼地,远远地看见一群人在挖土,有一辆白色小货车装满了木板开过去。

保罗–扎格说是的,那整片地都是。他说,卖力干活儿对身体和灵魂都有好处。然后,他对约翰说,我们大家都要面对选择。

"你还是要进进出出的,"弗雷德丽卡说,"你要出来演奏音乐。在那个帐篷里面,在反大学。我知道的,因为威尔去听过。他说你是最棒的。"

保罗–扎格在石凳上前后摇晃着身体。他说一切都会结束,一切都有结束的时候。他不知所云地说悲剧诞生于音乐精神,并故意向弗雷德丽卡眨着眼睛,弗雷德丽卡觉得他仿佛向她吐了口唾沫。

下面的砾石路上出现了卢克在高沼地上看到的那辆白色小货车。开车的人是埃尔维特·甘德,他把车停好,走到"王与后"圆形剧场。他愉快地向弗雷德丽卡点头致意,跟卢克打了个招呼,拍拍利奥的头,对保罗说他很高兴找到了他,他想顺道送他回庄园去。保罗站起来,低着头,双臂垂着。约翰挪动了一下腿,然后僵硬地坐在石凳上,在这些人看来,他就跟那个青铜雕像一模一样。甘德对他说:

"你想去吗?"

约翰没有回答。"还不想吧?"甘德轻松愉快地说。他对保罗说,他还不想去。

卢克对甘德说:"听说你们把那里圈起来了。"

"没错。这件事有一定的象征意义。我们要建设一个清净的地方,精神可以集中的空间。"

"集中营。"

甘德挥挥手，做了个不屑的手势。"皮科克先生，你不应当说这种话。这个笑话开不得。说话要小心，会伤人的。"

然后，他带着保罗走向货车，走到货车边上，他回头向约翰和其他人友好地挥手告别。保罗没有回头。货车闪着奇怪的光芒开走了。车上似乎贴满了镜子，一面镜子叠着一面镜子，都在反射光线。

此时，卢克想起他的蜗牛种群和他需要解决的数学问题，也想起他是来找约翰·奥托卡尔的。

约翰·奥托卡尔对弗雷德丽卡说："嗯，我要去吗？你觉得呢？我可以去吗？"

"别犯糊涂了。你不能去。这是胡闹，会越来越可怕。你知道的。"

"我知道，知道。你了解我的，对吧？你说那是胡闹，你是不是觉得你可以消灭和我一起长大的神？"

"约翰……"弗雷德丽卡说。

"我还是接着搞搞卢克的事情吧。"约翰说着拿过卢克手里的那一叠打孔卡。卢克张开嘴，正准备解释他碰到了什么问题，约翰就大步流星地走了。

弗雷德丽卡和卢克一起坐在雕像下面的石凳上。弗雷德丽卡想大喊一声，但在莱斯加德-皮科克面前不行，上次见面时，皮科克就让她碰了一鼻子灰。

她小声说："就是胡闹。"

"当然。但他不这么想，很明显。"

"我想不通怎么会有人相信……还那么死心塌地……"

"你想不通吗？我想得通。我以前相信过。现在不信了。我以前以为……有上帝。"他的表情很尴尬，"现在我看明白了，没有。没有什么是我们不能知道的，也不用敬畏什么。"

他们默默地在一起坐了一会儿。利奥百无聊赖，走开去看那个雕像。弗雷德丽卡说："我的表现不好。一直都这样。"

"不至于。他一直喜怒无常。这段时间我够折腾他的，我的数学问题。"

两人又陷入沉默，但不算很尴尬。卢克说："如果他们该死的围墙把我的蜗牛圈在里面……"

"他们肯定不会。他们肯定会让你进去的。"

"为什么？为什么肯定会让我进去？"

弗雷德丽卡陷入了沉默。卢克说："不会那么容易。他们有两个人。"

"不容易。"弗雷德丽卡想了想，"那简直是地狱。我肯定不会屈服……也就是说，不会让它……让他们……让它……逼我就范。"

"很难看出会有什么变化。"卢克说。他的表情既沮丧又满足，一个日子过得一塌糊涂的人，这种表情很常见。"如果人都集中在一个营地……就这个……"

"他来这里就是为了离开他。如今他又回去了。"

"他自己的活儿干得很棒，"卢克说，"不可或缺。我正在写一篇论文，要在研讨会上发表。我碰到了数学难题，而他的数学非常棒。"

"他很棒。"弗雷德丽卡说。她觉得他们不应该继续谈论她的问题，所以她问杰奎琳怎么样。

"据我所知，挺好。"

"据我所知"这几个字就构成了一个完整的叙述。弗雷德丽卡点点头。她问卢克论文写什么。

"性对于达尔文进化适应的弊端。减数分裂的代价，你懂不懂？就是受精细胞分裂形成受精卵。与其他繁殖方式相比，减数分裂要消耗很多能量。"

"什么其他方式？"

"孤雌生殖、克隆、发芽。"

"明白了。好吧，我不懂，但我很感兴趣。你宣读论文的时候，我会去听。"

"双胞胎就是一种克隆人。有些就是。其中一个可能是另一个发的芽，我们认为。他不喜欢我的这个研究项目。他不喜欢这个观点，这里面有宗教的因素，我们所谓的利他主义，其实就是一种自我繁殖的机制。他也不喜欢我关于男性多余的观点。"

卢克的脸上掠过一丝微笑，因为他想到他的证据和论据都非常完美，虽然也非常深奥晦涩。

"关键是，"他说，"我们要把情况说清楚，还原世界的本来面目。"

"哦，是的，"弗雷德丽卡说，"不知道我是不是应该去追他？"

"你想去追吗？"

弗雷德丽卡想了想："我得先想清楚。"

"你可以先让他帮我把数学问题搞好。"卢克·莱斯加德-皮科克说。

利奥走上前来抱住她。弗雷德丽卡心想，男人既不是发的芽，也不是克隆的人，每个人都是独立的个体。她在他的头发上闻到了干草和毛皮的味道。卢克·莱斯加德-皮科克在石凳上挪动了一下，然后站起来，转身走开。

"再见。"他说。

"好的，再见。"弗雷德丽卡说。

威尔和利奥走进教学中心。利奥受不了污水和熏香混合的强烈气味，皱起了鼻子。威尔已经长成一个沉默寡言而执拗的少年，肤色跟他父亲一样黑，身材更瘦小，一双黑眼睛跟父亲一样，嘴巴宽大，跟母亲一样，在外人看来，他经常闷闷不乐。他似乎很喜欢利奥，很乐意带他到处逛，尽管他们有五岁的年龄差距。

他说："你一定要听听，他的音乐能震撼心灵，要是他来的话。他来去无常。"利奥说了声"好"，但不是很热情。像他的母亲一样，他对音乐的魅力无动于衷。他们穿行在帐篷里面的土路上时，他跟威尔解释说，自从他有了新家，他就再也没有真正听过音乐了。他说他多了弟弟妹妹。他说，他去看过他的父亲，他不能去骑马了。苏蒂死了，家里给罗宾和艾玛买了新的小马，但是，对利奥来说，这些小马都太小了。他们给小马分别命名为谢洛夫和佩蒂·格里斯，简称雪莉和佩蒂，利奥说。我骑着的话，样子太滑稽，所以我不骑。即使有人叫我骑，我也不骑，实际上没人叫我骑过。真遗憾，威尔说。他侧着耳朵在听声音，他听到了。他在。威尔说。你得好好听听。他会让你大吃一惊的。利奥问威尔是否注意到了奇怪的气味。威尔说当然。习惯了就好。

利奥进入表演现场，发现那位歌手居然是约翰的弟弟，他感到很惊讶，不过，他马上意识到他被现场的气氛迷住了。他坐在一只很高的三脚凳上，俯身弹着吉他，吉他上系着深红色、金色和银色的丝带。他穿着小丑的短上衣，指甲涂成黑白相间，有些是白色底黑色旋涡，有些是黑色底白色旋涡。他的眼睑亮晶晶的。他的听众成分复杂，但都听得如痴如醉。有几个嬉皮士，有一大群跟威尔年纪差不多的男女少年，还有一群大学生模样的人。地板上放着拼布垫子，他们就坐在垫子上，跟东方人一样。天很黑。这一整天，天都阴沉沉，透过帆布射进来的光线很暗淡，昏暗中透着红色。利奥张开嘴准备说那个人是保罗，威尔做了个手势让他闭嘴，然后拉着他坐到垫子上，跟其他听众一样。利奥听着音乐。没有麦克风。乐器旋律很简单，接着，他听到了清晰的歌声。

利奥认为，如果让托尔金来描述这种音乐，他会说这就像一条小溪，有绵延不断的涟漪，偶尔有急流和漩涡。听众中有不少托尔金的粉丝，眉毛上装饰着银色的带子，穿着轻薄的衬衫，袖口垂着。利奥不乐意看见这些人。他们看起来有些不真实，像虚构的人物，眼前的情景，就像托尔金的世界的微缩版。他感觉到身旁的威尔在垫子上坐得很安稳，他看了他一眼，他的脸上挂着模糊而温和的微笑。

歌词并不模糊，也不温和，尽管旋律循环往复，没完没了。

啊，一与众，众与一
火焰中的火，冰柱中的晶体
头颅内的大脑，骨头中的红线
空气穿过，太阳下的影子。

火石上的火苗，月亮上的冰块
树叶中的绿色小粒，我们是众，我们是一
我们是一，我们是众，你袖子上的灰烬
我们被吃掉，我们完整无缺，我们回来，我们留下，我们离开。

大海上的一个泡泡，织布机上的一朵花
沃土里的一条虫子，黑暗中的白日之眼
我们是一，我们是众，我们是众，我们是一
我们纺丝，织完后剪断。

我是神，我是蛆，我是吟游诗人，我是琴弦

我是思想，我是物质，我是运动，我是东西

我是枪，我是子弹，我是众，我是一

我能杀死你，我能让你复活，你不在的时候，我是神。

啊，盛宴和火光，啊，山羊和皮毛

啊，羊角，指节，舞蹈，喧嚣

啊，一与众，啊，众与一

啊，跳舞和做梦，直到盛宴结束。

直到我们耗尽自己，盛宴结束，火光熄灭。

烧了我，烧了我，让我燃烧，让我发光

吃掉我的头颅，吃掉我的心，吃掉我的灵魂

我们是一，我们是众，我们是众，我们是一

我们是神，我们是淋巴液，我们是神，我们走了。

　　利奥看着保罗-扎格的脸，他的头发在不停摇摆，周围熏香的烟雾缭绕。他不想让他注意到他，他不想待在那里。于是，他悄悄离开了闭着眼睛随着音乐起伏摇头晃脑的威尔，侧着身挤出了人群。他深深地吸了一口气，仿佛忘记了这里有难闻气味。然后他告诉自己，真的，苏蒂总爱往稻草里撒尿，马厩里的气味比这里还难闻。苏蒂死了，他找不到一个人来倾诉他的悲伤。他漫无目的地走着，沿着内部通道的一条岔道，来到了一个三柱门，看到装扮成"鹅妈妈"的黛博拉·里特正在里面给一群小孩子读故事。他觉得他的年纪比这群小孩大很多，他们在讲的故事不适合他，这种故事会让他想起上学的日子。他不太喜欢纸做的向日葵，也不喜欢用硬纸板剪成的卷心菜。但是，他听到了一句他很熟悉的话，就转身回去听。

　　"虽然有点不可思议，"啸鹤对多拉克西列克斯说，
"我们还是有共同点的。"

　　阿特格尔觉得，鸟女和燧石蜥蜴确实有共同点，没有
哪两种生物比它们更相似了。鸟女长得很高，脖子长，羽
毛柔软，羽毛下盖着绒毛，蜥蜴几乎一动不动，只有金色
的眼睛会转动，就像煤烟中的两个闪光点。风吹皱了啸鹤
的羽毛，让她看起来很轻盈，像云一样，随时可能被风刮
走，在气流中散开、消失。相比之下，多拉克西列克斯又
矮又壮，在像石头一样的身体上，强壮的爪子收缩着，等
到它必须移动，才会伸出来。他黑色的背上好像一直有小
火苗在闪烁。

　　"我们都一样，这个也不是，那个也不是。"啸鹤悲伤
地说。啸鹤能表达许多种情绪，悲伤是其中之一。它们能在
风中欢快地尖叫，它们能相互责骂，它们也能和谐地歌唱。
多拉克西列克斯非常平静地自言自语。它只有两种情绪。一
种是冷漠，像死了一样，另一种是火暴，这时它会让每个人
都感到恐惧。此刻，它正处于冷漠的状态。

　　"我们不是鸟，也不是女人，"啸鹤说，"你不是蛇，
也不是石头。你的血管里流淌的不是血液，而是石光，我们
的血管里流淌的不是人类的仁慈，而是魔法、天空和空气。
我们永远不可能有伴侣，我们到底是想找男人还是鸟作为伴
侣，这个选择很艰难，我们不会放弃我们的羽毛。"

　　多拉克西列克斯说，硅石中形成了"结"，它和它的同
类就诞生了。他说，那就是蛋，我们就从这个蛋里出生。在

任何一座山脉，我们都找不到一个同类。

利奥站在门外听着。黛博拉·里特合上书，亲切地对利奥笑了笑，问他是否喜欢这个故事。

"哦，喜欢。这是我的故事。"

"你的故事？"

"我来指给你们看。"利奥说。他打开门，走了进去。

"这本书是献给我的。献给利奥和莎斯基亚，这里写着。这个故事还没有出版我们就听过了。"

"太棒了，"黛博拉·里特客套地说，"这么说来，你认识这本书的作者，对吧？她一定很有钱。"

"不是很有钱，"利奥说，"我们一起住在一个很小的地方，一个很普通的地方。我们不是一家人，但我们就像一家人。有两个女人，两个孩子，这个故事是讲给我们听的……"

威尔找到他想把他拉走的时候，他正兴高采烈地，用他母亲常用的傲慢语气，给那些孩子们讲述哈梅林广场的生活和逸事。威尔有点尴尬，还有一点恼火，他出于责任感中途离开了演唱会现场。他们默默地走回家，但心情都很复杂。

*

杰勒德·威基诺浦看着坐在早餐桌另一边的妻子。她狼吞虎咽，一叉一叉地吃着炒鸡蛋，黄油面包也吃得津津有味。他说：

"伊娃，我已经尽量不去限制你的自由，不去管你的所作所为。你要认识到这一点，要讲道理。"

威基诺浦夫人嘴巴不停地吃着，一边吃一边笑。

"请听我说。我请求你不要再这样做。"

她把嘴巴里的东西咽下去，然后笑着说："我想干什么，你都阻止不了。"

"没错，"威基诺浦很平和地说，"我阻止不了。但是，我以前从未要求过你让步，要求你体谅我。请你考虑目前的情况。研讨会马上就要召开。学生中间有不稳定因素。"

"哼。我这一辈子都在体谅你，随便你怎么心血来潮，我都顺着你，你总是最重要的。现在，我想说一些我自己的话，你却要阻止我。都是一丘之貉！"

不是的，他在心里告诉她。事实并非如此。不完全对。

"言论自由，"他的妻子说，同时，她又吃了几块吐司，"你支持言论自由，对吧？"

"哦，对。"

"那么，现在有人请我讲讲我自己的信仰，通过广播，或者在现场讲。你想阻止我吗？"

"不是好时候。"

"你是想说我讲的内容不合时宜吧？但是，你堵不住我的嘴，杰勒德，除非你采取强制措施，把我捆起来。手脚都捆住。"

他低头看着桌子，在抛光的木头上，他看到了自己像木头一样的脸。

他意识到，既然她不想听，他再说下去，结果只会适得其反。他想，如果他去找埃德蒙·威尔基商量的话——威尔基肯定考虑过所有这些问题，虽然这是他的个人问题——威尔基肯定会提出这个危险和荒谬的建议，果真如此，天晓得她会干出什么事情来。

伊娃似乎看穿了他的心思，像往常一样。

"那个年轻人来听过一次我的讲座，"她说，"他是在琢磨怎么对付我，毫无疑问，他要评估我的思想精神状态。他说讲座让他印象深刻。他说最近人们对占星术很感兴趣。"

"的确如此。"威基诺浦说。这是实话实说。

"好吧，"他的妻子说，"那么，他来听我的讲座就是自然而然的。我自然也是欣然接受。别再动什么心思了。"

杰勒德·威基诺浦被吓住了，他沮丧地低下了头。

约翰·奥托卡尔站在大学宿舍的门口，想阻止弗雷德丽卡离开。他们没有上床。弗雷德丽卡无法脱光衣服，她面前的这个男人对她的每一寸皮肤都非常熟悉，对她的里里外外都了如指掌。她想分手。她想离开。她甚至什么都没想。约翰在思考，也在说话，好像她准能听到他的话似的。他的声音在她的脑海里翻腾，就像水下有个很深的坑洞，水在洞底盘旋，隐约可以听到水流的声音。他说，以前好多年，他一直坚持去上她的课，就是去学习怎么说话，而现在他正在说话，她必须好好听着。她必须帮助他，她必须拯救他，因为他正在被撕裂，面临着毁灭。他说，她教他说话以前，他一心钻研数学，嘴巴里叽里咕噜的，他说什么都没人听得懂。也许就上帝听得懂，但弗雷德丽卡不喜欢上帝。他声音颤抖着说，他想成为平凡世界中的一个普通人，而她对他实现这个目标必不可少，她不能抛弃他。他想……通过工作稳步前进……但工作牵涉很多可怕的东西，对灵魂伤害巨大。我想证明个人微不足道，约翰·奥托卡尔说。他说得头头是道。弗雷德丽卡站在门口等着。"希望你能嫁给我，"约翰·奥托卡尔说，"我们会给利奥营造一个美好的家庭，你想做什么事情都可以，我不会妨碍你。"

曾几何时，他的优雅和自信让她心驰神往，如今，他的这些优秀品质都消失了。她感到了巨大的压力，更有一种非常强烈的冲动，想要逃跑、摆脱和离开。本能拉着她走到今天这个地步，如今她想摆脱，又是本能使然，这一切都与理性和人性无关。她等着他说完，但他说了很长时间，他已经变得能言善辩，而且，他似乎相信自己是在为自己的生命辩护。

然后，她说她得走了。

约翰·奥托卡尔说她是个婊子。

弗雷德丽卡说没错，她就是婊子，她觉得她是。她说，别挡道。

他满脸沮丧，低下骄傲的头，她走了出去。她打算第二天就回去伦敦。

她在床上哭了好几个小时，用枕头蒙着，害怕隔壁房间的利奥听到，不能让他听到别人哭得那么伤心，他受不了。

她好不容易睡着，然后梦见自己在树林间奔跑，身上的衣服被撕成了一条条，和一丝不挂没什么区别。有人在她后面追，渐渐接近她，从后面抓住她，把她举起来，掰开她的双腿，塞进去不知道是谁的阳具。有人在抚摸她的头发，她转过身想看看是谁，她讨厌在梦里做爱，她会反抗，不会随便缴械。她被举起来，举得很高，高得离谱，两腿之间始终夹着那个硬邦邦的家伙。她透过树冠的叶子缝隙看到了另一张脸，她的脑海里闪过爱丽丝与愤怒的小鸟相遇的瞬间。那是卢克·莱斯加德-皮科克的脸。他在笑。

*

副校长独自一人在客厅里看《镜中奇缘》。窗帘拉开着，夜空晴朗，空中星星点点，只有几朵薄薄的云，人间的灯光照射着天空。电视节目的背景是咧着嘴笑的柴郡猫，这只猫还咧着嘴，但笑容已经所剩无几，周围点缀着鱼骨和小星星。弗雷德丽卡穿着黑色的衣服，戴着一条绿色玻璃珠子项链。甘德坐在她的右边，穿着白袍，在白光的照射下流着汗。伊娃在她的左边，穿着一件暗紫色的天鹅绒长袍，领口是船形的，领子很大，镀成金黄色，嵌着钻石，肯定具有某种象征意义。她浓密的头发被打理得很光滑，喷了发胶，变得很硬、很脆，像酥皮饼的酥皮一样，焦黑色。

他一眼就看得出她很紧张。她的鼻孔张大，但呼吸很困难，她拿着揉成一团的纸巾轻轻擦着红红的嘴唇。她眉头紧锁，在又粗又嚣张的眉毛上方，额头正冒着汗珠。他没想到要担心她是否会害怕，是否会因为这次经历而再次犯病。他对自己很生气，他只关心她会说些什么，以及她会怎么说。

他看着弗雷德丽卡·波特，她肯定很有经验，肯定知道嘉宾是不是很紧张，肯定能应对自如。她先问了几个平常、简单的问题。占星术是不是像报纸上的算命专栏那么简单？占星术一直都有吗？除了天体的运动，是不是可以用来解释历史现象和人的心理？伊娃一如既往，生硬、怒气冲冲、略带威胁性地表达了她的观点。像一头公牛，他想，不，是一头母牛，看到粉红色的丝绸斗篷在眼前飘动，就扑了过去。只要张开嘴，她的心情就会好一些，每个人都一样。她说月球吸引海水形成潮汐，这对一般人来说很难相信，她说任何微不足道的生命都是宇宙运动的一部分。随着历史的演进，人们，有些人，已经掌握了这些运动和联系。用甘德的话来说，天文学是占星术的产物，跟化学脱胎于炼金术一样，对于古代的事物，大体有两种观点，一种是人性的观点，人性是一切的基础，有些错误不是单纯的错误，而是理解人类本性的线索，就像我们的基因和染色体一样。我们的梦也是如此。它们都有局限性，也都各有力量。

今天晚上讨论的人物是约翰·迪伊博士，他的神秘学理论及其对人类的影响是讨论的话题。他们谈到了这样一个现象，许多当代文化和社区不相信占星家，结果一无所成。甘德说，反文化运动熟知旧的精神形式，将旧的精神形式融入他们自己的创新，也就是革命，希望借此重返光明……

今天晚上的物品是一个文艺复兴时期的星象仪，黑暗的表面遍布各种生物，巨蟹、蝎子、公牛、羊，还有鱼。弗雷德丽卡说，小时候，她一直认为这些东西是写诗歌的素材，是虚构的东西，不存在，却又存在，因为大家说它们存在。她说，她无法真正理解这种星象仪，因为那不是真实的东西，虚无缥缈，是想象出来的地球表面，和地球仪截然不同。

威基诺浦夫人露出牙齿笑着，看到她的这个笑容，人们就绝对不会安心。她说，弗雷德丽卡小时候肯定是一个相当愚蠢的小女孩，因为这些东西是诗意的存在，也是那些——她夸张而轻蔑地挥舞手臂——所谓的分子等无法表达的真理。她说话的时候好像喉咙里有液体在流动。她说造物主想创造这样的一个世界，世界上所有的生物都有灵魂，与自然界每一个想象得到的方面都有极其深刻的联系。每一个被赋予灵魂的生物都有自己的形态，有钳子，有角，有手指，有触角，通过这些形式，他们和整个宇宙产生一定的联系。古老的神话都能体现这一点。现代人用感官来剖析一切，创造了一种新的无知。

"本能是理解自然秩序和终极智慧的必经之路，深刻而且明智，是普通人的所谓常识无法比拟的。没错，人类会飞，会游泳，但不自然，非常笨拙，对于地球，对于水，对于空气，那都会构成伤害。这些标志会引领我们返回到……"

镜头锁定了她那张宽大、急迫、紧张的脸。杰勒德·威基诺浦站了起来，似乎把那个玻璃盒子抱起来，或者砸碎它，就可以阻止她口若悬河，不让她继续胡说八道。弗雷德丽卡·波特很自然、很轻松地说：

"你知道，对我们这种凡人来说，这很难理解。你买了一个陶制马克杯，或者一个餐垫，或者别的什么东西，上面可能有你的星座，如果是巨蟹、蝎子或者鱼，通常会经过美化，羊或者牛也都画得不错。射手也行。但是，处女和双子总是做作伤感的形象，看起来像迪士尼的白雪公主，或者是大型的圣母玛利亚雕像，长着可爱的小娃娃脸。我知道，因为我是处女座。"

镜头离开了伊娃，自从弗雷德丽卡接过话茬儿，她的长篇大论就悄然中止，她就像水底下的水草，而弗雷德丽卡就像水面的泡沫，把水草给掩盖了。弗雷德丽卡冲着副校长笑了笑，她的笑容很现代，很平常，很让人安心。

威基诺浦夫人无法抗拒提出这个问题的冲动："你是处女座？真的吗？"

"你感到惊讶吗？"

"不，不会。我知道你是处女座。"

"处女座的人是什么性格？"

"处女座的人天性封闭。专注于内心，隔绝外界的干扰。天真无邪，没有坏心眼。这是理想主义，是要付出代价的。"

甘德也加入了对话，叫伊娃分析他在黄道十二宫中的位置。伊娃说他是射手座，战马和弓箭手的结合体，是动物，也是半神，是两种生物合而为一。他认为很正确。威基诺浦夫人的牙齿上沾了口红。渐渐地，他们三人的谈话进入了传统的轨道，并适时结束。

副校长本以为情况会更糟糕，这样的结果算是不错的。木已成舟，不必在乎有多少人会看到她。当然，很有可能，非常有可能，相比他就普遍语法的演化发表的演讲，她说的那些话对于电视观众更通俗易懂。他想起了诺姆·乔姆斯基举过的一个例子，一个完全合乎语法但毫无意义的句子：无色的绿色想法疯狂地沉睡着。想到这句话，他通常也会想到查尔斯·谢灵顿爵士关于"思想"的一个比喻，这个比喻更华丽，也更有意义。"大脑是一台被施了魔法的织布机，千百万织梭往复翻飞，织就的花纹转瞬即逝。"他想，他的研讨会开幕致辞必定会包含这两个例子。诗歌就像火石碰撞迸发的火花。星座和占星术没有特权，而是被过度频繁使用的硬币。面对平庸却勇敢的弗雷德丽卡·波特和马克杯上做作伤感的处女座，他笑了起来。哦，是的，电视屏幕上还出现了猫的牙齿、鱼骨、星星，恐怕还有他妻子的牙齿。她的项链边缘是锯齿状的。那就是一个玻璃盒子。一个新的比喻。

因为他的妻子身在伦敦，不在他身边，他就可以坐下来好好看书。他拿起他最近正在读的那本。和其他人一样，他迷上了这本书。

　　阿特格尔说："写在书上，不表示就不是真实的。书上说要注意每一个小细节，要仔细看每一块石头是怎么布置的，每一根树枝是怎么折断的。书上画了沙子被翻动的情形，也分析了脚印深浅的不同，哪种脚印表明脚步又重又快，哪种脚印表明脚步轻盈。"

　　"气味就说不清楚，"马克说，"你要是没有闻到过，不管人家怎么说，你都无法体会那是什么味，分辨不出来。"

　　"不一定，"阿特格尔说，"书上提到许多种蜂蜜的味道很像，有些像酒，有些像玫瑰，有些像石南，有些像报春花。还有各种鱼的腥味，你能闻得出来，哪些鱼腐坏了还能吃，哪些不能吃……"

"不过，你首先要闻过玫瑰的香味，要闻过腐坏的鱼。"

"这就是关键所在，"阿特格尔说，"在教室里，你什么也闻不到。只有文字。我喜欢文字。东西都在外面，在这里。两者当然是不一样的，但是你必须承认，文字还是有用处的。有时很管用。"

马克不得不承认，事实已经证明，阿特格尔的跟踪和捕鱼知识是非常管用的。

副校长继续往下读。这个故事很好。他能感受到外面的世界，似乎有很多东西在逼近。他继续往下读。

第23章

6月15日，研讨会顺利开幕。杰勒德·威基诺浦在中央大楼的大学剧场欢迎与会学者，并就大学的理念做了简短的发言。随后，在朗罗伊斯顿的前厅举行了欢迎派对，除了与会学者，电视记者也参与其中。学生已经考完了试。有些已经回家，有些留下来参加会议。与会学者用亲切的微笑面对尼克·特费尔组织的一小群抗议者，他们举着标语牌谴责考试，声称考试制度是不公正的暴政。派对提供的食物都备受欢迎，有北欧开放式三明治、红葡萄酒和白葡萄酒，以及适合夏季时令的水果潘趣酒。霍德·平斯基和西奥巴尔德·艾琴鲍姆都参加了派对，但彼此不说话。平斯基认出了弗雷德丽卡，她很高兴。他站在一根柱子的旁边，其实，他自己就是一根熠熠生辉的柱子，冰金色的头发，蓝色的眼镜，冰蓝色的衬衫，灰白色的亚麻夹克和裤子。那里曾经是"吟游诗人画廊"。

威尔基认出了艾琴鲍姆。他又矮又壮，似乎整个人都贴着地面，腿很粗。他不胖，但骨架大，肌肉发达。他满身上下都是皱纹，皮肤晒得黝黑，毫无疑问，他的大部分工作都是在户外。他戴着一副厚重的猫头鹰眼镜，一头浓密的白发和浓密的白胡子连成一片，包围着一双丰满而饱经沧桑的嘴唇。他是一个活生生的传奇。他研究狼群、家犬、狐狸和豺狼，对一系列野生和驯养动物的行为做出了经典的描述。他还跟踪观察了好几代家禽和野生鹌鹑，研究它们的学习模式、抚育幼崽和性交的行为、求偶仪式和替代行为。他住在一片德国森林里面，在一个湖边有一栋著名的木屋，他隐居在那里专注思考，周围的动物可能认为他是一种鹿，或者是鹅，或者是狐狸，或者是兔子，或者是乌鸦，或者是鸡，也可能是树神。他总是有办法研究动物的行为模式，但不屑于做科学实验。他未婚，据说跟他的助手都保持着一定的距离。

关于他的非议越来越多，因为他认为人类像其他生物一样，充满了"攻击性"，这是他的话，康拉德·洛伦兹则用德语称之为sogenannteBöse，即"所谓的邪恶"。据说他认为这就是本性，压制这种本性对动物，包括人类，都是有害的。他没有时间理会那些鼓吹善良和温和的人，对他而言，让狮子和羊羔和平共处是扯淡，除非狮子变了性，那是断然不可能的。相比后天的教养，他更喜欢先天的本能。本能是一种解释，也是一种存在的状态。有人从远处拍了他的照片，他赤裸着身体在灌木丛和树林中游荡，他黝黑的皮肤和树皮融为一体，难以分辨，但他的头发闪闪发光。孩子们听说有个人会和动物说话。在社会科学家的嘴里，他则是个反面典型，代表着不宽容，缺乏对人类社会的理解。

弗雷德丽卡看见了卢克·莱斯加德-皮科克，他站在《阿克泰翁之死》的石膏雕带下面。他正在和杰奎琳·温瓦尔、莱昂·鲍曼说话，三个人脸上都堆满笑容，但笑容的成分都跟鸡尾酒一样复杂。杰奎琳比从前更苗条，更俊俏。她穿着一件很朴素的肉豆蔻棕色迷你裙，只有身材苗条、非常有自信的人，就像她现在这样的，才会如此打扮。她系着一条柔软的猩红色搭扣腰带，腰带垂到臀部。弗雷德丽卡想猜一猜这三位科学家的关系，但猜不出来。不过，她还是走了过去。她和他们都认识。她很高兴见到他们。

她的到来似乎是鲍曼和杰奎琳离开的信号。卢克怒形于色。前段时间他过得很艰难，而且他还要在会上发表一篇有争议的论文，到了最后时刻，他仍感到十分紧张，这有点出乎意料。弗雷德丽卡春季拜访后不久，约翰·奥托卡尔就失踪了。有一天早上他没去上班，第二天早上也没去，然后再也没有去过。他的房间里没有留下任何私人物品，比如衣服、剃须刀、牙刷等，书和计算尺都还在书架上。卢克叫亚伯拉罕·卡尔德·弗洛斯去问埃尔维特·甘德那个失踪的计算机科学家是否在邓维尔庄园。这样拐弯抹角实属无奈之举，因为自从围栏建好，邓维尔庄园就算是关闭了大门，还切断了和外界联系的电话。甘德似乎还可以进进出出，霍利教士也是如此，他们俩还将在研讨会上发表论文。有一小撮失意的成员，大多是贵格会教友，也是灵虎会的创始人，已经离开了，从锁着的大门走向高沼地。此后几个星期，又有一两个人出来，他们坐火车回了南方。与此同时，有人看到步行者背着背包、拿着拐杖，穿过高沼地来到庄园，留着长发，看样子是寻求真理的教友，他们是从卡尔弗利和更远的地方来的。他们受到了欢迎。然后又有几个人出来。埃尔维特·甘德告诉亚伯拉罕·卡尔德·弗洛斯，不必担心约翰·奥托卡尔。他确实在里面，没有问题。卡尔德·弗洛斯问那他算是辞职了，还是请病假，还是怎样？甘德说，他当然需要帮助，这是我的专业意见。他会在里面找到自我，这是我个人的看法。关于他的薪水，那是你的事。

当时，卢克最关心的是他的计算问题，奥托卡尔的精神状态，不管是一个奥托卡尔还是两个奥托卡尔，不管他们出了什么问题，会不会好，都在其次。他费尽口舌叫马库斯·波特帮他解决一些分布和方程问题，马库斯帮了一些忙，但还不够。马库斯也在给杰奎琳和克里斯托弗·科伯帮忙，杰奎琳的研究对象巨大神经元产生了新的动作电位，克里斯托弗·科伯的论文题目是鸣禽的学习，特别是燕雀。科伯是高沼地野外研究中心的负责人，原本是蚂蚁研究的世界权威，后来进入了鸣禽领域，并与大学动物行为研究所的一些研究生合作开展研究。他的数学水平还不如卢克，随着会议日期的临近，他也十分焦急。他对艾琴鲍姆略有所知，对他的工作敬佩不已，主要是因为其中的科学成分。他不关心政治。他确实需要计算方面的帮助。

除此之外，那些听众把卢克的蜗牛给围了起来，他通常都说蜗牛是"他的"，尽管他本人非常清楚，那个地方的主人是露西·奈比，而且，要说蜗牛是谁的，首先应该是它们自己的。

卢克走到邓维尔庄园的车道入口。有两个非常消瘦的年轻人，留着长长的头发，穿着白色的上衣，懒洋洋地守着入口。卢克向他们解释说他的蜗牛在里面，他需要到里面做一些研究，也说明了需要待多长时间。两个守门人的身后聚集了一群鹅，试探性地展开了白色的翅膀，尖尖的头绕到脖子后面，像喇叭一样出其不意地嘎嘎叫了几声。两个年轻人说他不能进去，接着不再听他做任何解释。

他给甘德写了一封信，也给露西·奈比写了一封信，但都没有回音。卢克心想围栏不可能总是有人把守吧。于是，他趁黎明时分去过几次，悄悄去找他的蜗牛，不幸的是，那堵爬满蜗牛的石墙靠近甘纳放摩托的地方，也就是原来的鸡舍附近。卢克推断车棚和鸡舍可能还在使用，他透过围栏上的节孔往里面窥视。他听到母鸡在奔跑，还有凤头麦鸡，但没有人声。这里不是集中营。不会有武装警卫和瞭望塔。黎明前，他带着锯子和铲子又来了，撬下来一块松动的木板，开了一个他刚好可以钻进去的洞，然后再把木板放回去。他先观察了一会儿。鸡都扑腾着从他身边跑开了。鸡舍的窗户蒙着灰尘，门都敞开着。第二天，他又在黎明前来了一次，这次他背了一个背包来。出于无奈，他把车停在比较远的地方，背着包走了一段崎岖不平的路，翻过一个山头。幸好没有人碰过他开洞的那块木板，过了一会儿，他觉得安全了，就进去记录蜗牛的移动，在蜗牛壳上抹了蓝色，然后点了点蜗牛的数量。他越点越感到恼火。

在灵魂的黑暗角落，他把约翰·奥托卡尔的失踪归咎于弗雷德丽卡·波特，完全忽略他自己在其中可能扮演的角色，更不用说保罗-扎格的了。

他也看过《镜中奇缘》讲占星术的那期节目。看着这个节目，他已经失去了小心翼翼的善意，而是充满了半自动的敌意。

弗雷德丽卡不知道是否要提起约翰·奥托卡尔，他的缺席非常显眼。她对卢克笑着说她非常期待听到他宣读那篇关于性的论文。那是她在电视节目上固有的那种笑容。卢克则双眼冒火地瞪着她。可是，弗雷德丽卡好像比刚才还高兴，说她希望他能考虑录制一次私人访谈。关于性的话题肯定能吸引观众。卢克说，他对电视的存在感到遗憾，自从有了电视，什么事情都变得可有可无。甚至还更糟糕。更糟糕？弗雷德丽卡问。她还是那样喜气洋洋。

“你这样对得起副校长吗？你应该感到羞耻。你居然任凭那个女人胡说八道，在千千万万人面前出丑。”

此时，弗雷德丽卡好像看到空中有无数的真菌孢子，像是尘菌炸开了似的。她原本心情平静，现在却跌宕起伏，主要是因为她确实感到愧对副校长，副校长对她很好，不管她是否领情。

“别瞎说。占星术没有错。这是一种流行的文化。可以让人们用隐喻进行思考、分门别类。人们喜欢这样，这种方式很有美感。"

"不，没有。都是虚构的，不真实，还妨碍人们思考，是有害的。那个女人很危险。"

"她的脑子确实有点问题。但是，我认为她……她坦率地表达了她的立场。"

卢克说："这就像透过布满令人恶心的蜘蛛网的窗户往外看，然后说那就是天空真实的样子。"

"好吧，你是科学家。如果真的有蜘蛛网，你就应该面对它，好好去研究它。你不能说它不存在。它已经存在几个世纪了。"

卢克一时语塞，然后勃然大怒。

"扯淡！那是淫秽、不真实的思想形式。"

"那是我们的大脑炮制的。"

"但那是死亡的形态。真实的存在有趣得多。"

"所谓真实，也是你心目中的真实。"

"不，不是。真实就是真实。你别耍聪明了。"

"不是我要让她上节目的。是威尔基。他很顽皮，像无政府主义者。他也没错，我们收到了好几百封观众来信，人们都想听我们聊这些东西，占星术、炼金术和招魂术等。"

"所以说……"

"打住吧。我知道。我也讨厌埃尔维特·甘德。他比她危险得多，因为他是正常人，脑子没有毛病。"

他们躲不开约翰·奥托卡尔和保罗-扎格的阴影。

卢克说："为了这篇论文，我已经好几个晚上没睡觉了。文章太长，还没有完全理顺。"

弗雷德丽卡觉得不应该去安慰他，那样未免有些冒昧，也没必要说"没关系"这样不痛不痒的话。她说，嗯，她会去听的。除非学生把会议搅黄。

"就目前而言，只出现了一些标语，还有一次很温和的小规模示威游行。"

组织这次示威游行的尼克·特费尔正要去拜访黛博拉·里特、格雷格·托德、沃尔特鲁特·罗斯和乔蒂·苏提斯。他知道示威游行只是一个开头，他有些不安，怀疑还有一些他没有被告知的事情。农舍里的那个房间已经变了样，并没有因为行动即将开始而打扫干净，甚至变得更加杂乱。墙边靠着四个庞然大物，像铺盖卷，也像麦束堆，上面盖着旧毯子。格雷格·托德的书桌上堆满了装订好的复印文件。他和沃尔特鲁特·罗斯正在整理这些文件，要捆起来。

"我们找到他们了，"苏提斯说，"我担心他们不会准时。"

那个文件是西奥巴尔德·艾琴鲍姆在1941年发表的论文《英雄与羊群》，说具体一些就是论文翻译的节选部分。基于弗朗西斯·高尔顿《人类的才能及其发展研究》中的一个章节："合群和奴性本能"，艾琴鲍姆的论文探讨在群体中找到安全感的生物的群体行为，尤其是猎物的聚集对捕食者的影响。跟高尔顿一样，艾琴鲍姆对野生牛和家养牛的智力进行了比较，也拿文明人或有教养的人做了比较。高尔顿认为，群居的人类先祖有本质的"奴性"，而这一特质被一代代地继承了下来，人们倾向于逃避责任，缺乏独立思考的能力。他相信，推进民主，精心培育聪明人（优生学），会增加整个社会的责任感。高尔顿认为，现代家养的牛比野生牛更独立，因为更具攻击性和更任性的野牛，都不是经过狮子和豹子的考验生存下来的，而是自己繁殖的。艾琴鲍姆巧妙地转换了重点，或者说是换了一种说法，并且使用了和所谓"民族社会主义者"沆瀣一气的词语，暗示牛有优等和劣等之分，人也一样，有些是英雄，有些天生就是奴隶，迟早要遭到淘汰。

格雷格·托德为这份节选文件写了一篇洋洋洒洒的序言，印在所谓的"屎褐色"的纸上面。在序言的开头，他就开宗明义地质疑："像这样的人有权利在自由社会发言吗？"然后，他"解释"了论文里每一个有争议的术语及其政治含义，同时借题发挥抨击了高尔顿邪恶的优生学和选择性繁殖主张。他声称艾琴鲍姆所推崇的狼群出击仪式和普鲁士军刀仪式以及党卫军入会仪式息息相关。序言配了一张沃尔特鲁特·罗斯画的艾琴鲍姆卡通画像，一只流着口水的狼头趴在一只小卷毛狗的屁股上（暗指优生繁殖实验），外面围着一圈纳粹"卐"字标志。

尼克·特费尔吹了一声口哨，然后问他们是要封锁剧场，还是静坐示威，还是……

"我们要让他们出一身冷汗，"乔蒂·苏提斯激情四射地说，"我们要一点点地来，让他们不知道这些人是从哪里冒出来的，最终像洪水一样把他们淹没。"

"他们肯定知道源头就在这里。"

"不会，因为这里不是源头。别问了。你不知道的事情，就别和任何人提起了。我们要先搞一些小事情，给他们制造一些小烦恼，让他们以为差不多就这样了，当然，最终不只是这样。一个好的组织者可能会让自己的部队觉得他们走得不够快……不能乱，这很关键，要稳。"

"这些是什么？"

"这些是为大高潮准备的。你到时会知道的。"

他甩了一下长发，笑得非常开心。尼克·特费尔隐隐约约感觉受到了羞辱，也隐隐约约感到兴奋。他问：

"我们是不是不让他发言？"

"当然。不过，我们首先要吓吓他，也吓吓其他人。我们就是这样计划的。所以我们要示威，我们要一直闹下去。一步步达到革命的目标。"

他又咧着嘴笑了。

"在此之前，我们会放一些烟火，制造一点动静……"

*

霍德·平斯基致开幕词。他站在剧场中央，周围是一圈圈蓝色天鹅绒面料的座椅，他戴着蓝色眼镜，镜面闪烁，看不见后面的眼睛，他穿着天蓝色衬衫，白色外套隐约闪烁着光芒。开幕词的主题是"心灵物质的隐喻"。

他首先称赞了威基诺浦，他说，威基诺浦希望捕捉语言分支形式的成长历程，他自己深信，在人出生之前，语言就已经在他的大脑里面，随着大脑的发育而成长。假想语法的分支图形就类似于经过高尔基染色的树突和突触，在一定意义上，两者都是事实，属于物理和化学现象，也算是隐喻。"树突"来源于希腊语，这个名字本身就是一个类比。没有这样的隐喻和类比，人类就不可能思考，做比较的动作电位，一定是跟胚胎大脑中的语法形式分支一起诞生的。今天，他希望能彰显这些浅显而又美丽的隐喻，也就是人类思考的途径，让人们了解这些隐喻，发现其中的问题。

他本人也深信大脑、神经系统和思维是一回事。霍德·平斯基说，大脑是一台机器，里面没有幽灵，没有外来的看不见的灵魂，没有来自天堂、地狱或心里的精灵，一切都在层层叠叠波浪形的白质和灰质里面，在那些分叉和脉冲里面。曾几何时，精神分析学家，包括弗洛伊德本人，都是神经病学家，他们一直在寻找神经元放电的模式。但是，当今的人类科学已经远离了神经学，至少有一部分原因是他们不喜欢这些隐喻。思维哲学，其实就是对特定语言的批评。

他本人所感兴趣的思维科学的研究对象跟语言关系不是很大。我们给它命名，但这个名字既不包含这个对象，也不会加以限定。我们看不出其中的主要内容是什么，或者主要任务是什么。在物理学中，要理解原子的性质，可以拿太阳系中围绕太阳运动的行星做类比。这也会产生一定的理解障碍，因为电子、正电子和中子都不是围绕太阳运行的行星，根本就不像。

他谈到了大脑的机械图像。他说，"控制论"的英文名称"cybernetics"源于希腊文κυβερνητης，原意为"掌舵人"，这又是一个比喻，顾名思义，大脑就像引领设计精美的船只穿过汹涌波涛的舵手，也可能是一个系统的发明者，一台计算机，而这个系统管理着另一个系统。

他谈到了人们强烈反对将思维当作一种机制，或者说思维里面存在着一定的机制。他说这种反对有许多根源，而这些根源往往自相矛盾。有一个古老的说法称上帝就是钟表匠，世界运行如此流畅有序，背后肯定有一个伟大的设计师，这个设计师使得世界能够自动运转。后来，人们又害怕"自动机"的概念，对人造的、无生命的但会唱歌、会跳舞、会计算甚至会自我复制的"生物"或者存在物都很害怕。对于机器的这种恐惧引发了许多焦虑，伽伐尼在实验中发现死亡青蛙的腿在电磁场的刺激下会抽搐，这证明动物身体带电，这个发现让很多人备感焦虑。

人类交流的方式也包含一些隐喻，有人在使用，也有人反对使用。像程序、代码、信息、转录、加密、翻译这些词汇，并不是为了描述大脑神经元的运行或计算机的物理机制而发明的，而是来源于对写作和口头表达的客观描述，也就是说来源于人类语言，来源于语言交流。

他谈到了心理学的隐喻，所谓某种感觉、印象"进入"大脑，所谓外部世界在大脑内部的"再现"。他谈到文艺复兴时期有个美丽的想法，他们认为，继伊甸园中被命名为亚当的生物之后，在如今的自然世界、植物世界、地质世界中，可以说所有名称都是"上帝的签字"，名称都是事物固有的，可以说代表着它们的本性。

他谈到了来自计算机领域的机械隐喻。如果认同某些行为模式或者对刺激的反应、欲望和厌恶都是"固定连接"，那就模糊了心理学的生理本质，因为大脑里没有"接线"，而永久功能和记忆，与随机或"自由"运动的关系还是有别于计算机的决策模式。

他谈到，在神经生物学领域，将简单的电磁现象和化学反应、经济活动相提并论，或者说将所有人类活动等同于英镑、先令和便士等货币的淘汰和重复印制，那是有些危险的。霍德·平斯基说，其中的差异比共同点要有意义得多。之所以得出这个类比，是思想和语言的错位造成的。我们需要语言哲学来理清思想中美丽而致命的混乱，这种混乱不是设计出来的，而是天生注定的，是我们还是胚胎状态的时候就已经注定的，我们注定要与语言纠缠不清。可是，语言不等于思想，也不等于生活。

他最后简要总结了关于大脑活动的现有认知。众所周知，神经系统的激活主要是靠一系列化学信号和两种已知的编码形式，一种编码形式是分子连接和对称性的复杂几何形状，另一种是神经电脉冲的时间序列，这种脉冲过去被称为负能量，后来被称为动作电位。

他谈到了化学信号和编码研究的新进展，包括其长距离的扩散，例如在血液中的扩散。说到化学信号如何让几何形状相似的突触连接变得多样化，他变得严肃专业，但弗雷德丽卡跟不上了。

她意识到，虽然她明白他在说什么，他也说得很简单、风趣，但是，她对他谈到的内容一无所知。她知道神经元、突触、树突这些词汇，她也喜欢这些词汇，因为她清楚它们的词源。但是，尽管人类世界（可能包括她自己的一些祖先）发明了显微镜和望远镜等，解剖了组织、分辨了细胞，如果明天这一切都消失了，她不知道该从哪里着手，就算她"心"里装了很多《失乐园》的篇章（不管这个"心"是什么心，不管它是怎么起作用的）。

电，化学信号，几何。

心灵物质。

有人从她脚下塞进来一沓褐色文件。上面写着："狗屁文章。打开后风险自负。"越塞越多，从这排座位的一头推到了另一头。她捡起一份，发现里面是艾琴鲍姆的论文。第一波来了。

第一天晚上，大学安排了晚宴。同时，校园里举行了一场规模不大的学生集会，最终和平地解散了。霍奇基斯也拿到了一份"狗屁文章"，他问威基诺浦是否应该和艾琴鲍姆谈谈。他们达成一致意见，第二天再跟他谈。大学的工作人员还不知道论文是从哪里来的。

早上，人们发现亨利·摩尔的"王与后"雕像被破坏了。有人在夜里用深红色的颜料把雕像涂得面目全非。国王和王后的脖子上都挂上了"血淋淋"的带子，就像大革命时期戴着红丝带骄傲地走向断头台的法国贵族，但这边的带子还在滴"血"。国王的头盔也被涂得像血淋淋的鸡冠。王后的青铜腿上有一摊红色的油漆，就像她刚刚大出血了，大部分还很湿，最上面摸着黏糊糊。石凳上画了一只手，一只白色的手，精灵艾森加德的手，指甲是红色的。"这就是警告！"有人用精灵语写了这几个字。

卢克熬夜修改了他的论文。他经常告诫他的学生不要这么干。他删除了几个方程，这些方程他算得非常艰苦，可是如果没有这些方程，结论可能就不成立。到了最后时刻，他添加了一些关于人类社会的评论，他通常非常谨慎，不会做这样的评论。他照着镜子，用剪刀修了修胡子，修得更加硬气，更加有攻击性。早上，他穿上西装，又脱了下来，再穿上一件黑色罗纹毛衣，下半身是黑色灯芯绒裤子。他觉得这样显得苗条，但像个舞男。最后，他卷了一条画着孔雀羽毛图案的围巾，羽毛是翡翠色，带点好看的普鲁士蓝，孔雀的眼睛是白色的，中间有一点点紫色斑块，羽毛像飘浮在表面，底色是深红色。卢克把这些鲜艳的色彩都围到脖子上，出发前往剧场。他知道肯定会出问题。他已经投入了这么多，但仍躲不掉失败的命运。

剧场里可谓高朋满座，包括威基诺浦、平斯基、艾琴鲍姆和电视记者团队。卢克大步走上舞台。他说他的课题会让"诚实"花的群体遗传学家感到困惑。从生物学角度来说，实现自体繁殖、传递基因的其他方法成本似乎更低，严格的达尔文理论认为传递基因是生物体的功能之一，那么，有性生殖是如何进化的？为什么会进化？他说，我们都知道性交可以繁殖后代，父母生孩子司空见惯，但我们会忽视这样一个事实，性繁殖会减少细胞的数量，一个精子和一个卵子才能形成一个受精卵。为什么女性不喜欢单性生殖？其实，单性生殖会传递更多的基因。

他用制作优美的图表和幻灯片证明自己的观点，这些幻灯片展示了蚜虫非凡的繁殖能力。他谈到了扩散和领土，谈到了在空中飞扬的种子和在地上爬行的蠕虫，谈到了榆树和牡蛎，谈到了蚜虫和轮虫，谈到了草莓和珊瑚等无柄生物。他的思维活跃，思路清晰，谈吐风趣，他开了一些他原本不想开的玩笑。他谈到了男性付出的代价，并提到了查尔斯·达尔文写给他儿子的信,达尔文说:"现在,一看到孔雀的尾巴,我就想呕吐!"大家都笑了。他感觉到他们的注意力被他抓住了,开玩笑是他的一个手段,好像他正在织一张带电的蜘蛛网。他描述了他关于蛞蝓的研究,红蛞蝓和黑蛞蝓,红蛞蝓在山的南面,黑蛞蝓在山的北面,红蛞蝓性欲旺盛,攻击性强,黑蛞蝓温顺,通过克隆繁殖。

他锋芒毕露,无所畏惧,提到很多未知的和他尚未理解的现象,虽然这样做可能会弱化他的观点。他说,他不否认性是存在的,在某种程度上有助于适应进化,但他必须提出自己的观点。

利用他的机智,他否定了利他主义的进化论,所谓利他主义,就是群体选择论,主张利他主义对群体有利,生物可能"为了物种的利益"而做出特定的行为。他很有耐心、心平气和地解释说,生物之间的竞争是在小群体内部进行的,生物都面临着直接的存亡后果,在这种情况下,为某个理想而自我牺牲变得毫无意义。他说,如果你为了另一个人放弃自己的生命,那么,你的利他主义基因会随着你一起湮灭,除非那个人拥有你的全部基因。我们都不欢迎这种思想,因为我们在成长过程中都养成了克己忘我的信仰,如果有人打了我们的脸,我们会把另一边脸也转过去让他打,有些人认为这种高尚的品质来源于伊甸园或者天上的"先父"。

卢克·莱斯加德-皮科克想到了弗雷德丽卡,她居然说心中的蜘蛛网是真实的存在。于是,他说,你们可能会说,如果一种思想已经存在了很长时间,那么,它必定是适应存在的。你们可能会说,宗教和道德戒律之所以能存续下来,那是因为它们就像有机体,为生存而努力奋斗过。你们可能会说,基督教之所以能成为世界性宗教,那是因为基督教比摩尼教更适于生存。这可能是真的,因为摩尼教对食物和两性繁殖有严格的限制,所以,从本质上来讲,摩尼教的教规具有自我毁灭性质。可是，信仰不是有机体，生存取决于细胞的适应性，有机体通过细胞的逐步适应得以生存。我希望大家记住，平斯基教授昨天说过他反对滥用类比和隐喻，那样的思维方式是不严谨的。

文森特·威格斯沃斯爵士在最近出版的著作《昆虫生活》中写道，昆虫不是为自己而活，它们都要为各自的物种奉献自己的生命，都是各自物种的代表。根本就没有这种事。不存在"奉献"或者"代表"的问题。大家都知道，在一个蚂蚁巢中，所有的工蚁都是姐妹，是同一个母亲的女儿，有着相同的基因。它们没有所谓物种的高尚情怀。德国哲学家费尔巴哈想证明上帝是所有人类的化身，是大写的"人"，就像蚁巢里的蚁后。这些思想，不管是对还是错，都无助于在细胞分裂和遗传基因的层面上思考生存和健康的问题。思想不是细胞。虽然我们需要细胞来形成思想。

那么，思想从何而来呢？我们的压台演讲者艾琴鲍姆教授认为，物种的驯化就是退化，与野生的同类相比，它们的交流能力较弱。人类是例外，人类的交流能力已经发展到高得惊人的水平。我们总是喋喋不休，还会唱歌、吟诵诗词、画画、雕刻，使用电线、灯和各种扩音器，从绷紧的兽皮到收音机的旋钮。艾琴鲍姆教授描述过圈养生物的替代行为。群体遗传学家霍尔丹认为，动物学家可以将宗教描述为一种真空交流活动，宗教仪式就是一种替代仪式，人类通过这种仪式和不存在的听者进行交流。

卢克说，人类社会有赢家，也有输家，其他存在竞争的小群体也一样。女性属于输家。她们要独自承担繁殖的营养成本，供养受精卵的成长。人类社会的伦理和宗教传统通常源于人类有性生殖的模式。按照人类社会的制度设计，女人要服从于男人，小孩要服从于父母。然而，再仔细看看生命的存续状况，我认为最终的输家是多余的男性。看看疾病统计中的性别差异，以及所有年龄段的死亡率，大家就都明白了。

弗雷德丽卡看着卢克，又惊又喜。他看起来像一只金色小火兽，能从手指头喷出火花。他在讲台上走来走去，经常比画手指头，这个动作很有感染力。她知道他以前会怯场，此时，他与观众欢快地互动，吸引了所有观众的注意力，这让她十分感动。她想，他现在就像一只开屏的大孔雀，四处炫耀，她偷偷笑着跟自己说，他这样做正好表明男性再炫耀也是无益的。她想起了她做的那个梦。在梦里和人家做爱很别扭。那不是他的身体，是她想象的东西，她感觉很不同。有一次她问自己，是不是"爱上"了这个人？在她沉睡的大脑里，她和这个人的影子做爱了。他正忙着解释说这是一个敏感的问题。他很幽默但有一定攻击性地把伦理和浪漫的爱情都否定了。她纳闷杰奎琳到底把他怎么了？

演讲结束后，每个人都围过来祝贺他。艾琴鲍姆也伸出了一只手。"你就是'永远否定的灵魂'，"他说，"事情没那么简单。但你讲得很精彩。"

卢克容光焕发。他离开剧场时，有人把那篇小册子塞到他的手里。

接下来的两篇论文涉及记忆的生物学机制。首先是克里斯托弗·科伯宣读关于鸟鸣的研究论文。他播放了录制的鸟鸣声和自己制作的音乐效果。他描述了燕雀和金丝雀之间的区别，金丝雀需要听到其他鸟儿的鸣叫声才能学习，但只要听到同类的声音就能学会一首"优美的歌曲"，而燕雀不仅需要听到同类的歌声，也要听到其他鸟类的声音。孵出后三个月内听不到声音的燕雀只会发出持续的尖叫。即使教给它音符，但听不到燕雀的声音，它是永远学不会的，但是，如果给它播放燕雀的录音，即使是倒过来放的，它都能学会。对于一只鸟儿，只要破坏神经系统的左侧，就可以让它永远闭嘴，但是，因为鸟比人类更具可塑性，一只失声的金丝雀很有可能恢复它的歌喉。科伯看起来像一只毛茸茸的熊猫，他双手围住嘴巴，窝成杯状，就能发出优美的鸟叫声。

听众中有一个人大喊，那人是沃尔特鲁特·罗斯，他说："为了研究这点东西去囚禁和残害这些自由的生物值得吗？"

克里斯托弗·科伯非常平静地说："嗯，当然。研究总是必要的。"

"可耻！"沃尔特鲁特·罗斯大喊。

接着，听众中有人跟着大喊，有人反过来呵斥。科伯很平静地调高音响的音量，播放了一段各种夜莺的"大合唱"。他接着解释夜莺是如何发明新"歌曲"的，它们听到了不同的歌声就能学会，并做出一些改变，拼到一起以后，旋律就变了。听众不再叫喊，反而爆发出热烈的掌声。

那天最后一个宣读论文的是莱昂·鲍曼，他的论文涉及一场辩论，一方认为特定的神经元具有非常具体、精确的功能，另一方是整体论者或格式塔主义者，他们认为存在复杂交织的网络，其中各个部分相互影响，从而形成有机的整体。他解释说，在人的大脑皮层，每立方毫米可能有6亿个突触，整个大脑皮层共有1014～1015个突触。人类大脑通常不擅长处理庞大的数字。他说，如果你每秒钟数一千个突触，你需要三千年到三万年才能全部数完，更不用说区分轴突和树突的分支和主干了。然而，有些科学家只研究某个神经元组，例如阿尔文的海兔活动神经元研究，他在实验室里计算螺旋体巨型神经元也是如此，在某些情况下，也可以只研究某些单独的神经元。他谈到了特定细胞组在猫和猕猴的大脑中的位置，这些细胞组似乎对光源的角度和运动非常敏感，反应非常精确。他描述了蜗牛神经元的化学成分。黛博拉·里特在听众席中站起来骂他。她说，他所谓的"制剂"就是受害的生物。他没有权利牺牲可怜的猫或猴子，肆无忌惮地做这种推测性的还原研究。杰奎琳·温瓦尔坐在那儿，听着鲍曼描述她的研究结果，可以说，鲍曼占有了她的成果，连致谢都没有。这是她的研究成果，好几个月来，她不断尝试，不断犯错，失败和成功交替而至，如今，研究的成果却不属于她个人，成为实验室的集体成果。鲍曼的成果。她是一件透明的工具，仅此而已。

抗议责骂的声音此起彼伏。但是，鲍曼抬高音量，微笑着读完了他的论文。

会后举行了鸡尾酒会。杰奎琳站在边上，怒火中烧，她意识到，她的学术前途，她的蜗牛、她的示波器、她的实验室，都被握在鲍曼丰满细腻的手里。此时，卢克·莱斯加德-皮科克出现在了她身后。

"很酷啊，"他说，"那些都是你的计算结果吧。非常流畅。"

"到头来还是不关我什么事。"

"不管怎么说，干得很棒。这样听起来，注射钙的效果令人惊讶……"

"不像你想的那样。你可能以为这样会增加膜电阻……但似乎提高了渗透性……我还不能确定……"

"你应该自己去讲。"

"你的论文很棒。"

卢克咧着嘴笑了："被拒绝者的愤怒对大脑有益。"

杰奎琳含糊地笑了："那么，我得学会运用成果被占用的愤怒……"

鲍曼领着霍德·平斯基向他们走来。

"霍德，这就是我跟你说过的青年研究员。杰奎琳·温瓦尔。前途无量。平斯基教授正要组建一个新的讨论组，开放性的。我建议他带上你。"

"长丝组。"平斯基说，"控制论认为权力被分为不同等级，但权力也应该集中。长丝是一个很好的双关语，还不错吧。神经网络，蜘蛛丝，等等。长丝既有线条，表示记忆，也有核心，就是精神。卡尔·拉施里认为双关语就是大脑细胞中存在记忆痕迹的证据。你必须把两个随意的意义联系起来，才能真正理解意思。介绍一下你的研究吧，温瓦尔博士。"

鲍曼笑了，像柴郡猫一样，他走开了，让笑意在空中回荡。杰奎琳似乎看到了她的神经元制剂、动作电位的稳定爆发、扰动和间隙。

"我一直致力于……"她娓娓道来。平斯基仔细听着。

威基诺浦、霍奇基斯、卡尔德·弗洛斯和威尔基会面，讨论西奥巴尔德·艾琴鲍姆遭到抵制的问题。卡尔德·弗洛斯认为可以报警。破坏行为，那些复印的论文，关于动物实验、优生学和所谓纳粹主义的诽谤海报，都应该报告给警方。威基诺浦说，如果报警，这件事就成了刑事案件，就落入了警方的手里，大学就管不到了。霍奇基斯说，他深信反对派就希望他们把警察招来，这是他们的圈套。可惜的是，任何人都无法保证艾琴鲍姆教授提交论文的时候不会发生重大的破坏行为。威尔基说为什么不征求艾琴鲍姆本人的意见，霍奇基斯说他不想打扰他。他有自由发言的权利，是受邀请的嘉宾。威尔基说他肯定已经成为众矢之的了。威基诺浦说没有，不至于。艾琴鲍姆1941年发表的那篇论文，在平斯基发给他之前，并没有被翻译成英文，或者说还没有怎么被传播。他不知道反大学组织是怎么得到的，是什么时候得到的。霍奇基斯记起来了。他想到了平斯基的那封来信。他记得当时尼克·特费尔很紧张，很激动。

他认为和特费尔对质已经没有意义。这可能正是特费尔想要的。他认为没必要跟副校长提起特费尔的事情。他很希望这个问题会自动消失。过了很久以后，再回想起来，他觉得他一定早就知道事情已经难以收场，而他想不出更好的办法。他说，他们目前只能保持警惕。

威基诺浦说，他会去找艾琴鲍姆讨论这件事。

到了研讨会的倒数第二天，议程的主题是所谓的"人文学科"，卢克生气地对杰奎琳说，好像遗传学、神经学或生物化学都跟人无关似的。杰奎琳看到了那些海报和传单，它们把莱昂·鲍曼和克里斯托弗·科伯说成了"虐待者"，她正感到心烦意乱。她说，在人们的心目中，他们就是"缺乏人性"。

霍奇基斯紧张地看着听众，他不觉得自己是一个勇敢的人。他的发言主题是维特根斯坦关于颜色的论述，其中不涉及波长的物理学，或者视网膜的生理学，但提到了大脑如何描述自己的运行。

其他与会者提交了文学和历史类的论文，其中有一篇研究乔治·艾略特在《米德尔马契》中运用的解剖学、感知学、组织学和网络等隐喻。有几篇谈到了劳伦斯笔下的血液与精液和莎士比亚笔下的血液与大脑。拉斐尔·费伯谈到了普鲁斯特的视觉隐喻，霍利教士兴奋地谈到了"道成肉身"的概念，他说上帝化成了肉身，就有了血液、大脑和骨头，那就是一副躯壳。他引用了马维尔关于胸腔和神经是监狱的名言，他说灵魂是轻灵的，却被囚禁在沉重的身体里面。弗雷德丽卡本以为这些文学论文是最有趣的。她是在狭隘的英国教育系统中长大的，这样的教育系统像一棵分权的树，所有的孩子到了十三岁就注定要么不识字，要么不会数数，也有可能两边都不会。她一直认为，要搞文学，就必须反应迅速、敏锐、敏感。相比之下，科学家是迟钝的，而且，在核时代，这很可能是危险的，有破坏性的。她想到了李维斯的《教育和大学》，她研究过这本书，书里说英语系是教育事业的中心。她听到这些人从劳伦斯生动的故事中提炼出一些危险的胡言乱语，还等着听众给予赞许，她觉得所谓的英语中心论，只不过是达尔文主义者的利益争夺，眼前就是一场争夺领土的纷争。

她认为，关键是要捍卫理性，反对非理性。

第24章

　　乔蒂·苏提斯相信历史的逻辑。他认为革命必须到来，因此必将到来，旧的秩序必须被推翻，因此必将被推翻，他必须也乐于推动这个进程。他相信，也经常说，苏格拉底和耶稣都是政治活动家，他们都提出了令人尴尬的问题，也教年轻人提出令人尴尬的问题，都被当时的当权者杀害了。他研究过破坏制度稳定的逻辑，他知道应该利用任何可以利用的力量，如果这些力量愿意相信他们是在黑塔里行进的精灵和巫师的话，那就没问题。他认为，格雷格·托德和沃尔特鲁特·罗斯，更不用说尼克·特费尔所希望的新政府形式，与他心目中适合人类生活的真正的无政府状态没有太大的关系，但他们希望的新形式目前也还没有出现，还需要努力。他告诉他们，现在是采取实际行动的时候了，不能只停在嘴上。他们的周围烟雾缭绕，视线模糊，但他们凝视着他，感受着他的微笑，他的声音，他急迫的身体动作，体会着其中所含的逻辑。阿夫拉姆·斯尼特金一直睡着，他们把他摇醒。尼克·特费尔惊恐而又迷恋地盯着烟雾中的这三个人。黛博拉·里特给了玛吉·克林格尔一些印度大麻软糖，搅了一锅营养丰富的豆汤。"我们明天就去。"苏提斯说,"我们等他进了大楼后再发起行动。"

"那么……那些是什么?"尼克·特费尔问。

苏提斯拉开罩子,就像魔术师大变活人,眼前出现了三个栩栩如生的丑化像,胖墩子艾琴鲍姆,脸色苍白的平斯基,以及满脸皱纹、身材瘦长的杰勒德·威基诺浦,大小约为真人的1.5倍,都戴着纸面具。

"我们要在数学塔、进化塔和语言塔前烧掉它们,"苏提斯说,"学生反对将数学和语言作为必修课,正在示威抗议。"

这是一场教科书式的革命,会产生巨大的号召力。

特费尔说,他担心要在三个地方放火恐怕抗议者不够多。苏提斯说他很无知。有一大批抗议者正赶来支持我们的事业,来自埃塞克斯、伦敦政经学院甚至更远的地方。当他在说这些话的时候,他们正搭坐巴士和货车,正沿着A1高速公路往这里赶。我们需要给他们配备标语。现场要有音乐。

"他们会叫警察的。"尼克·特费尔说。

"这是必然。那些猪来的时候,我们就算是赢了。如果他们果真去叫那些猪来,并使用了武力,他们的本质就暴露无遗了。"

他神采飞扬,信心十足。尼克·特费尔为自己的优柔寡断感到羞耻。他们以前都只是说说而已。现在,他们要采取行动了。这是行动的第一步。他看着那几个当权者的人像,心里充满憎恶。他满脑子都是声音冰冷、凶巴巴的当权者和他们那些愚蠢的走狗。还有猪。太恶心了。

分发软糖的时候,黛博拉·里特说:"还有,我们需要有人来管红漆。"

杰勒德·威基诺浦在书房里递给西奥巴尔德·艾琴鲍姆一杯酒，并问他是否看过那个"褐色"的文件。艾琴鲍姆放下酒杯，双手放在膝盖上，像块木头一样坐着。

　　"有几个人，大部分是匿名的，一直想让我看到这个文件。我总算见过了。"

　　威基诺浦等着。

　　"原版的文章，原版的语言，可能存在判断错误，缺乏想象力。幸好我不用为此付出什么代价。但这个版本歪曲了高尔顿的研究和我自己的研究。我们都说得很清楚，在专横独裁者的统治下，群众，也就是羊群，会变得无脑。高尔顿提供了拿破仑三世时期的一些囚犯统计数据，这些都是因为涉嫌说国家坏话而被捕的囚犯。他很喜欢统计数据。但那些数据不是很讨人喜欢。他还谈到了狂热的僧侣。他们当然不会把这些部分翻译出来。我现在可以说我当时是在拐弯抹角地攻击领袖。但事实并非如此。我并没有什么其他想法，就事论事而已。当时，我没想到，其实我应该想到，写这么几句话会激怒我所厌恶的人群。我是一个科学家。我对语言的力量认识不够。"

　　威基诺浦说："当时，廷贝亨就被关在荷兰的一个集中营里。"

　　"我知道。对不起。大家都在争取救他出来。他拒绝了。他不想出来。"

　　"我预感，你演讲的时候会出现一些麻烦。麻烦总是存在的，他们都在等着你。"

　　"我要讲的内容是，在驯化过程中，我们的勇气被逐渐削弱，孩子的天性也在逐步丧失。我不能不讲，因为我曾经写错了。不讲就是错上加错。"

　　"我不能保证不出现麻烦，大一点小一点都有可能。"

　　"你是叫我不讲吗？"

"不是。怎么可能呢？我相信人人都有发言和被倾听的权利。"他笑了一下，"我要说的是，我不能保证你发言的时候听众会有怎样的反应。"

礼堂里挤满了人。听众的气息在他们的上方聚拢，似乎还闪烁着微弱的光芒。贴在门上的通知写着西奥巴尔德·艾琴鲍姆的演讲题目"驯化与人性的蜕化，本能与文化，个体的发育与系统的发育"，但通知被抹上了一些褐色的东西。不过，副校长和动物学家还是准时出现在主席台上。艾琴鲍姆故意穿了一件褐色的西装，上面积了些灰尘，皱巴巴的，里面的米色衬衫不大合身，胡桃木色的粗脖子从衬衫的领口伸了出来，脸上的胡须长成了扇形，一头白发在舞台灯光下熠熠生辉。

威基诺浦开门见山地说，他知道艾琴鲍姆教授热忱的观点是有争议的，但事情不是那么简单。有些人不喜欢他关于教育和天性的立场，但他们也肯定会钦佩他反对破坏环境的立场，他早期的警告已经证明是准确的预言。大学是供大家讨论和辩论的地方，他很高兴看到有这么多人聚集一堂，倾听一个独立的思想家、真正的实验科学家无拘无束地发表他的观点。

威基诺浦坐下来的时候，他们听到了鼓声。艾琴鲍姆踩着沉重的脚步走上讲台，手里握着麦克风。

"我想跟大家讲的内容，包括狼群、人群、鱼群、兽群和个体……"他说。

事实上，对于这次研讨会的最后一篇论文，大家就听到这半句话，接下来，大厅就爆发出一阵号叫和咆哮，外面，乔蒂·苏提斯的游行队伍正蜂拥穿过校园，一路唱着、喊着、跳着，好像都是音乐家，一边游行，一边做音乐。他们有组织地、一波一波地从四面八方而来，从营地、从村里沿着道路走来。他们穿着稀奇古怪的服装，有的像女祭司，有的像锡兵，有的像蒙面刽子手，有的像狂欢节上的恶魔、精灵和巫师，还有即兴喜剧里的大公鸡。乐器有鼓、钹、铜管和吉他。横幅上写着："打倒学校""解放草，感受雨""言论自由就是盲目崇拜""粉碎当权派""不再有语法，不再有数学，不再有活体解剖"。

他们唱着：

> 我们是一，我们是众，我们是众，我们是一
> 我们是枪，我们是子弹，我们是子弹，我们是枪
> 我们能杀死你，我们能让你复活，你不在的时候，我们
> 就是神

他们还唱着：

> 穿着白大褂的金属人
> 闭着眼睛，在挂百叶窗的房间里
> 用金属爪子，制造像金属似的死亡
> 遮挡天空的阳光，让世界漆黑一片
>
> 孩子们在森林里自由跳舞
> 他们闻到阳光和雨水的味道……

他们还唱了托尔金故事里树人恩特的战歌：

> 哪怕艾森加德固若金汤，冷若岩石，荒若白骨，

我们前进、前进，前进战场，劈山裂石，摧毁门户。

西奥巴尔德·艾琴鲍姆稳稳站着，抓住麦克风，抬高了声音。"我们的文化，"他说，"让年轻人更加幼稚，让一代人和另一代人相互对立，仿佛他们是不同的种类……"

真的不知道是否有人听到他的话。人们开始扔东西了。有鸡蛋，有好鸡蛋，有坏鸡蛋，有水果，有书，有石头，有花束，还有泻根、龙葵、大麻、瞿麦和罂粟编的花环。

游行队伍冲进礼堂。身着蓝色牛仔服的乔蒂·苏提斯一本正经，穿着银色衣服的保罗-扎格手里拿着吉他，吉他上挂着红色和黄色的彩纸条，高高地站在后面。保罗弹奏着吉他，唱着"我们是一，我们是众，我们是众，我们是一"。

苏提斯从两排座位中间走下来。他走向艾琴鲍姆，艾琴鲍姆暂时还站得比他高，紧紧抓着麦克风。因为灯光的设置，礼堂里显得非常昏暗，灯光就照在艾琴鲍姆出奇愤怒的脸上。他俯下身，冲着苏提斯咆哮。

"我知道你是什么。你知道哪类兽群最可恶吗？是老鼠，老鼠，圈养的老鼠。你知道你是谁吗？你是花衣魔笛手，身后跟着一群丧失天性的孩子……"

乔蒂·苏提斯身手灵活，脚下有力，一跃而起，跳到讲台上，然后就与教授搏斗，教授抵抗了一阵子，他有重量和体形的优势，但也就是一阵子。苏提斯从他手里把麦克风抢走，然后对着麦克风喊道："没有人会听你说话，老头儿，没有人愿意听你说话。"他转过身，把麦克风举过头顶，仿佛带起一串火花，"自由，从此时此地开始了！"他大喊，然后用麦克风重重击打了艾琴鲍姆一下，把他击倒，麦克风里传出尖叫声和呻吟声，然后就坏了。

前排的威基诺浦对霍奇基斯说："我们必须报警。"

"报警得先出去。我们现在出不去。"

战斗爆发了，主要是因为外面的人想挤进来，而里面的人，至少是那些没有突然变得好斗的人，想挤出去。人推人，人踩人，甚至更糟。霍奇基斯爬上舞台，不理睬苏提斯，弯腰去探艾琴鲍姆的气息。苏提斯在一边笑着。

"为什么？"霍奇基斯问。他用手帕擦了擦艾琴鲍姆的脸。

"愚蠢！"苏提斯说。他跳了下来，消失在人群中。

后来，大学很遗憾地认识到，这是精心策划的。他们在进化塔、语言塔和数学塔外面设置了"绞刑架"。当权者奋力挤出或者躲闪着逃出剧院时，人像在音乐和非音乐的噪声中燃烧着，弥漫着浓烈的汽油气味。威基诺浦匆忙去接警察，他们已经报了警，但还要过一会儿才到，所以他站在一群人的后面，这些人一边跳舞一边看着"他"被烧掉。他本人的长脸透过油腻的烟雾和阴沉的火焰俯视着在地上燃烧着的那个"他"。大学健康中心的团队从相反的方向匆匆经过他的身边，大概是去接艾琴鲍姆，他们并没有遭到阻拦。

我们来了，我们来了，伴随着号角和鼓声：塔鲁纳鲁纳鲁纳罗！

校园里多处爆发小规模的火情和战斗。

有人从窗户向语言塔里面扔了汽油弹。

威基诺浦好不容易把自己锁在学监办公室里面，给警察和消防队打了电话。警察问要进校园是不是很难，副校长说是的，他们要做好准备。抗议者比大学能干得多。

是弗雷德丽卡·波特先注意到了朗罗伊斯顿老房子窗户里的火光。窗帘在燃烧，火焰顺着窗帘往上爬，但外面没有抗议人群。她花了一点时间才找到了副校长，她还碰到了一群工作人员，他们正跑过草坪，弗雷德丽卡也跑了起来，威尔基紧随其后。前门开着。大厅里有几堆非常小的火，地上有一堆堆叠得整整齐齐的书，正慢慢地烧着，弗雷德丽卡认得这些书。焚书，是一种艺术形式。

有人在几间伊丽莎白时代的卧室里也放了火，点燃了蚊帐。床都烧了，画着海厄森斯之死的天花板掉到了床上。消防员带来了消防器材，成功地扑灭了火焰，尽管灭火操作对古代刺绣和雕刻造成了更大的破坏。有很多人聚拢到一起围观，包括穿着天鹅绒睡衣和拖鞋的马修·克罗。

"有人见过我妻子吗？"威基诺浦问。

克罗说："她刚才还在这里，杰勒德，她刚才还在。"

威尔基说："有人看见她，对不起，副校长，有人看见她……和他们一起在游行。他们进来的时候，她就加入了，是一个载歌载舞的小组。"

威基诺浦站在被烧毁的卧室里。

"能找到她最好。我得找到她。最近有人见过她吗？"

谁都没见过她。弗雷德丽卡说，有人在烧书，一堆堆的，她知道是谁烧的。保罗·奥托卡尔有这个习惯。床脚就有一堆。她没有说威基诺浦夫人一直跟在保罗-扎格的后面。但她知道副校长知道。

"有很多很多事情需要关注，"威基诺浦说，"我妻子的下落只是其中一个，也不是最重要的。但是，有人能找到她，我会很高兴，如果能说服她来……这里……回来……回家，我就更高兴了。"

他穿过朗罗伊斯顿去寻找他的妻子，途中听到了摆设展品的前厅里有声音。那是打碎玻璃的声音。他迈着沉重的脚步朝声音走去，遇到了一群他自己的学生，他们用标语牌的把手砸开那些玻璃柜子。其中有几个人喝醉了，包括玛吉·克林格尔，她穿得像《神秘博士》里的女主角，拿着一根标语杆子，笨手笨脚地戳着放《阿斯翠亚》纪念品的玻璃柜子，标语上面写着："我们想要什么？文化研究。结束死记硬背。"

尼克·特费尔在人群中间打着手势。事实上，他天性是遵纪守法的，他想叫他们见好就收。他也挥舞着自己手中的标语牌，上面写着："打破心灵的镣铐。不再把语法和数学当成必修课。"

威基诺浦朝他走过去。他说：

"别这样！你是个历史生。你应该知道焚书有什么后果。"

"这是一场革命。"尼克·特费尔说。

"革谁的命？"威基诺浦一边说一边向前走，黑暗在撕咬着他的内心。他所做的每一个选择似乎都是错的。他想要伤人。他对这种感觉很不习惯。

"革你的命。"尼克·特费尔挥舞着标语牌说。

副校长向人群挥舞着手臂，就像一个农民在驱赶家禽一样。

"出去。破坏已经够厉害了。出去。"

大多数学生转身跑了。尼克·特费尔转过身，回头看了看。他也想伤人。他也不习惯这种感觉。他透过一个完好无损的玻璃柜子瞪着副校长，里面有两片文艺复兴时期的玻璃，那是马修·克罗捐赠的，有一个用森林玻璃制成的绿色德国烧杯，之所以叫作森林玻璃，是因为里面的绿色来自蕨类植物，还有一个华丽的法国烧杯，螺旋杯脚，杯身上刻着一幅画《逐出伊甸园》，铭文写着"必须汗流满面才得以糊口"。

尼克看见副校长映在玻璃立方体的影子变成了一群幽灵。艾琴鲍姆可能会说，他有两个选择，要么战斗，要么逃跑。他选择了第一个，举起标语牌，往玻璃柜子上打，打碎了柜子和里面的艺术品。他的对手弯下腰，捡起一把小碎片，把它们握在手里。他向尼克·特费尔举起流着血的手，做了个手势。

"滚开。出去。滚。"

许多年后，特费尔在托尼·布莱尔的政府里担任部长，他仍然会在半夜里醒来，回忆起那个时刻，想起那个完整的柜子，那几个明亮而完整的烧杯，那个被砸碎的柜子，那些玻璃碎片，那个黑着脸、手指滴着血的高个子男人，房间里莫名其妙的火光，那些其实是外面的火把，也是他自己心里闪烁的光芒。奇怪的是，副校长从来没有对任何人说过是谁打碎了玻璃。几年来，他一直因此而对他怀恨在心。然后，随着年龄的增长，他几乎爱上了他。他发现，在某些方面，他越来越像他。

在校园的另一边，黛博拉·里特领导了一场释放被囚禁生物的突袭。动物学研究中心有一个四方院子，院子里是一片大草坪。救援人员涌入实验室，打开笼子和畜栏。他们掀翻了玻璃罐，打开了一只孤独的绵羊的项圈，这只羊"哼"了一声，一动不动。他们砸碎挂锁、剪开铁丝网，手里的火把的光芒上下跳动。一队凤头潜鸭春风得意地走出来，在草地上散着步，各种各样的兔子和野兔在后面跟着跌跌撞撞地跑出来，有的是纯白，有的身上有斑点。米奇·因佩拿起几个罐子，把里面的虫子和甲壳虫甩到草地上。黛博拉·里特长着一双万花筒似的眼睛，走近一笼笼一箱箱叠在一起的白老鼠。它们都睁大眼睛盯着她，它们的眼睛……快来看，她喊道……就像奇妙的玫瑰色水晶，就像毛茸茸的白色冰柱上燃烧着深红色的火焰。

走吧，亲爱的，黛博拉·里特喊道，去追求你们自己的生活吧。她把它们倒在地板上，它们畏缩不前，没有跑，只是东张西望。她倒出一笼花斑老鼠。一只老鼠咆哮着，还有几只夺路而逃。米奇·因佩打开一只箱子，被一只尖叫的老鼠咬住了手指，那只老鼠长着一嘴黄色的牙齿。他把愤怒的老鼠甩到了地上。十天后，他的伤口开始起泡溃烂，然后手肿了起来，接着胳膊和肩膀也都肿起来，变成了蓝色。他在医院住了一个月，写了几首关于夜班护士和在黑暗中呻吟的诗。

沃尔特鲁特·罗斯放走了几只缠着绷带的猫，有的优哉游哉地跑了，有的摇摇晃晃，还有一只摔倒了，然后一动不动。

他们把一群群小鸟从笼子里放出来，有些小鸟需要戳一戳才会出来，然后，小鸟争先恐后地飞向夜空。放鸟最顺利，效果最好，它们能够飞到更远的地方，不会停留在草坪上、庭院里和周围的走廊里。

有人通知了克里斯托弗·科伯，他四处寻找帮助，找到了文森特·霍奇基斯和马库斯·波特。他们到达研究中心的时候，狂欢者或者说救援者都已经走了。草地上、实验室的地板上、长凳上都有生物。数百只刚孵出来的小鸡沿着走廊飞奔，咯咯叫着。蚂蚁成群结队地爬上咖啡机。在黑暗中可以听到咯咯、嘎嘎、嗞嗞的声音。克里斯托弗·科伯站在他的燕雀笼子前，双臂伸向天空，仿佛要把消失的"歌手"召唤回来。他双眼泪汪汪，霍奇基斯不知道他是为失去生物朋友而伤心，还是在痛惜多年的实验毁于一旦，还是两者兼而有之。一只腹部被剃光毛的斑纹猫从他们身边走过，嘴里叼着一只半死不活的黑老鼠。

"这些东西有的非常危险，"科伯说，"天知道该从哪里着手。我们可能必须狠心杀掉很多……"

灯灭了。整栋楼的灯都灭了，好像是在一声叹息后，世界又归于黑暗。科伯说："你们留在这里。尽量不要让任何东西跑出去，也不要让任何人进来。我去叫消防队。我去找人。当心别被咬了。"

文森特和马库斯都不是动物爱好者，也不擅长搏斗，他们问是否应该先把那些东西弄回去。

"不用。守着门。当心老鼠。只有一条蛇。我看不见，但这种蛇不咬人，是温顺的生物。"

他走了。

文森特和马库斯并肩坐在门边的草地上。他们凝视着黑暗，听着周围的滑行声、沙沙声和吱吱声，心里充满恐惧。他们闻到一股脏锯屑的味道，还有一股文森特认为是甲醛的味道。他抬头看着夜空。那是仲夏夜，院子上方挂着一弯新月。他说：

"我错了。我应该狠心一些。一开始我就应该叫警察。"

"那么他们就赢了。"

"但你看看……一塌糊涂……"

"人家想搞破坏，总会有办法的。"

他们默默地坐着。有一只非常大、伤痕累累的白色公鸡向他们走来，又缩了回去，这只公鸡顶着锯齿状的深红色鸡冠，红色垂肉不停颤抖着，尾羽拖在地上，脏兮兮，但真正令人讨厌的是它的脖子，毛都被啄光了，露出鲜红的皮肤，胸前的羽毛倒是很厚实，像个蓬松的坐垫。他们看见了它，它也看见了他们，侧着头，用疯狂的黄色眼睛盯着他们，然后退回去，狼吞虎咽地吃着东西。

"一只不好斗的公鸡。"霍奇基斯沮丧地说。

马库斯说，在那种状态下，可以很明显地看出来公鸡和恐龙有亲缘关系。喙和冠，长鳞的部位，和蛇相似的部位。很有意思，他说。在黑暗中，他似乎没有霍奇基斯想象的那么不自在。他们没有对视，只是并排坐着，看着灰色的草坪和模糊的影子匆匆跑过去。霍奇基斯看到有东西在动，像大一点的动物跌跌撞撞，也像鸭子似的摇摇摆摆。他笑了笑。

"那是鸭子还是兔子？"他问他的心上人。他说："有很多生物，乃至于人，都介于两个种类之间。比如鸭子和兔子，公鸡和恐龙，打鸣的母鸡。"

他像一只瞎了眼的动物一样，手在黑暗的草叶上摸索着，直到他的手指碰到那几只他观察了几个月的又长又细的手指。在黑暗中，手指没有退缩，也没有回避，而是相互触摸、抓住，然后紧紧握在一起。

"我总是梦到你，"马库斯·波特轻轻地、平静地说，"都是好梦。我想……我们在梦里都知道……我们是谁……我们……"

"我觉得，在梦里……我们是变形人，一直在变。"文森特·霍奇基斯说着，抓住了那只纤细的手，那只手也抓住了他的手。霍奇基斯主动凑过去，他粗壮的大腿跟旁边的纤细大腿紧紧挨在一起。他想摸摸马库斯的头发，但不想放开抓在手里的那只手，他想，就这样吧，够了。就目前而言，这样已经够了，已经超出了预期。

在电视摄制组的帮助下，威尔基正在拍摄游行者放火和载歌载舞的照片。弗雷德丽卡从刚灭了火的朗罗伊斯顿卧室来到大学校园的混乱现场，看到一个披着黑色斗篷的庞大身影，猫着腰，沿着朗罗伊斯顿的车道向前跑，跑出了大楼。她想，让她去吧，然后她想到杰勒德·威基诺浦的那张脸。她自己也开始跑起来，但伊娃·威基诺浦跑得很快，一拐弯就不见了。弗雷德丽卡环顾四周，看到了卢克·莱斯加德-皮科克。她气喘吁吁地说：

"她要跑了。"

"谁要跑了？"

"那个女人。威基诺浦夫人。"

"要跑？"

"她也在里面，游行队伍里面。是她，我肯定是她，在朗罗伊斯顿放了火，至少帮助放火，烧了那些书。"

"烧书？"

"他叫我们去找她。让她回来。"

"我去开车。警察守着几个大门，但人手不够。他们会让我通行。我们可以追上她，然后……嗯……把她劝回来。她真的疯了吗？"

"嗯，只能这么解释。他一直……是个大好人。真的，他的压力太大了。我们可以帮帮他。我们要把她找回来。"

"好吧，如果这也算是帮他的话。"卢克·莱斯加德-皮科克冷冷地说。

等到他的小汽车驶出朗罗伊斯顿的大门时，他们已经看不到威基诺浦夫人的踪影。然后，再开了一段路，弗雷德丽卡看到前方有一辆很眼熟的白色小货车。她说：

"是埃尔维特·甘德。我一整个晚上都没有看见他，他不在那里，很奇怪。"

有两个人影，一个黑乎乎的，另一个闪闪发光，从树篱后面走到马路上，招手让货车停下来。货车停了。那两个人上了车。车掉头颠簸地开走了，开向了高沼地。

"现在怎么办？"

"不知道。他们要去哪里？"

"我们可以猜猜看。跟着他们就知道了。你愿意夜里坐车去一趟高沼地吗？"

"当然愿意。"弗雷德丽卡说。

"不好意思，车里面有点脏东西，"卢克说，"我没有太多时间，也没有兴趣保持车容整洁。"

"没关系。"弗雷德丽卡说。汽车带着他们离开了一片混乱的校园，她非常高兴。

那辆白色的小货车一路开往高沼地，卢克的蓝色雷诺小轿车小心翼翼地跟着，始终保持着一定的距离。货车司机应该会观察后面有没有人追着，所以他既不加速，也不躲闪。通往高沼地的路只有一条，没有拐弯，没有岔道，就沿着山脊一直走。弗雷德丽卡俯下身子，看样子很担心。卢克叫她别慌。

"我不知道你到底想干什么。"

"我也不知道。"

白色小货车在邓维尔庄园的门口停下。有人下了车，车前灯照在埃尔维特·甘德光秃秃的圆顶上，他打开大门，把车开了进去。过了一会儿，他走回来，把门关上。卢克把车停在了不远处。他想象甘德会歪着头走进去，很有仪式感，也很讽刺。

"现在怎么办？"

"现在回去告诉副校长她去了哪里。"

"我有一个更好的主意。我们先去我的别墅，不远，给大学那边打电话，再吃点东西，我饿死了。我不知道你怎么样。"

卢克觉得，带另一个女人去罗德比，会在一定程度上缓解追求杰奎琳失败的痛苦记忆，不管任何其他女人，包括这个女人。他有时很讨厌这个女人，有时又想跟她休战，现在他似乎就想跟她休战。弗雷德丽卡想，卢克可能打算向她求爱，她有过类似的经历，她也梦到过这个情景。这是性自由的新时代，做爱是稀松平常的事情。弗雷德丽卡还觉得，她见识过很多次这样的情况，如果说这是一个开始，那么这是一个结束的开始，这就是这件事的发展方向。她觉得有点遗憾，有点对不住他，她对他的演讲和他的凶猛更感兴趣。想到他的演讲主题，她扑哧笑了一声。

"你笑什么？"

"我想起你演讲的样子。"

"哈哈。"

"非常精彩。"

"谢谢。"

"本以为会很无聊，结果恰恰相反。"

"谢谢。"

　　他们在黑暗中下了车，卢克好不容易找到了钥匙。他说他已经有一段时间没有来这里住了，然后打开了几盏灯。他说他会给大学打电话，他找到一瓶酒，给弗雷德丽卡倒了一杯。

　　"你请便。"他说着，招了一下手表示欢迎，"点几根蜡烛吧，电灯的灯光让人不舒服。伤感。"

　　他在客厅里坐下，拿起身边的电话机，开始了漫长而耐心的尝试，想接通被围困的大学。电话一直占线，即便打通也很快就断线。他又试了试文森特·霍奇基斯的电话，但没有成功。在他背后，他听到弗雷德丽卡走进浴室的声音。他听到马桶冲水的声音。他听到她跑下楼梯，在他的厨房和书房之间快速走动。他不知道她有没有这样做，会不会这样做。她是个相当自负的人，很自大。随她去吧。他想讨好她吗？他联系到了校园里一名拿着对讲机的警察，并传达了这样的信息：有人看见威基诺浦夫人进了邓维尔庄园，跟她一起去的有心理分析师埃尔维特·甘德，还有歌手保罗·奥托卡尔。是的，他认为他要说的就是这些。

弗雷德丽卡基本没有发挥女人的作用——让家里更舒服——只是按照他的指示点燃了几根蜡烛，然后把电灯关掉。她来来回回，忙着捡起地上的东西，头骨、贝壳、羽毛，把它们放回原位。她说：

"这里就像一个凉亭鸟的园子。对不起，我刚好想到凉亭鸟。我喜欢楼梯拐角罐子里的孔雀翎和诚实花。非常漂亮。"

"不吉利。"卢克说。

"你是最反对占星术的，反对迷信。孔雀羽毛就是漂亮，没有别的意思。我听你说过达尔文一看到孔雀的尾巴就感到恶心。孔雀羽毛五彩斑斓的颜色，那种光泽，那几百只眼睛，我认为进化论解释不了。我见过人家用孔雀翎做扇子，克罗有好几把。摇起来嘎吱嘎吱响，晃得很厉害，然后沙沙响。"她笑了，"令人叹为观止。每次都是。"

卢克看着她，她很瘦，骨头突出，但精力充沛，一头乱蓬蓬的红发映着烛光。他说：

"你身上都是灰烬。你的脸看起来像是刚从火堆里钻出来似的。你要洗个澡吗？"

"有热水吗？"

"当然有。燃气热水器，水马上就热，我去开。我给你拿条毛巾。然后我去给你做饭。不会很丰盛，凑合吧，我感觉好像有一个星期没吃饭了。"

"我也是。"

她穿着一件时髦、紧身的棕色丝绸礼服。领口撕裂了，身上沾了污水，也沾了灰，像被烟熏过。

"我可以借你一件晨袍。现在像一部烂片的情节。"

"没错。但很有趣，你说呢？"

她的模棱两可给了他很大的自信。

"哦，是的。去洗澡吧。"

他找到了几包德国黑面包，一听火腿，一罐橄榄，一听黑樱桃。他又找到了几瓶酒，赶紧用开瓶器和开罐器打开这些东西。他听到女性肉体冲水的声音，燃气热水器在咔嗒咔嗒地响，原始的排水系统发出哽咽似的汩汩声。她一身潮气地走下来，穿着他的灰色晨衣，湿漉漉的头发披在肩上，她的脸比刚才更消瘦，更加平常，也更加真实，因为睫毛膏和眼影都洗掉了。

"我必须洗头。脏死了。"

"我帮你搓一搓。"

"搓过了。谢谢你。它等一会儿就自己干了。"

她弓着背坐在扶手椅上，狼吞虎咽地吃着，如果还有的话，她能再吃不少。他记得家里有不少苦巧克力和肯德尔薄荷糕，是为了野外考察蜗牛储备的，他去掰来了几块。他频繁给她斟满酒，她一杯一杯地喝着，肆无忌惮，如果说他确定自己想要干什么，或者他的愿望有多么强烈，那么，这就是一个好兆头，但他的脑子很迷糊，他自己也已经喝了很多。

他问："怎么样？"

弗雷德丽卡想，求爱结束了，性爱就要开始了，是结束的结束，结束……

尽管喝了酒，但做爱的感觉还是很不错。卢克很主动，很顺利，当然也很满足。弗雷德丽卡喜欢他。他的动作新颖，身上有一股新鲜的气味，让她很兴奋。她喜欢他的头发和胡子。她感到有点难过。她的嘴巴凑到他的耳朵边，试探性地说："我梦到过你。"

卢克亲了她的嘴："肯定不是什么好事。"

她没有回应。

睡觉的时候，他们俩的身体都缠在一起，好像他们是连体人。早上起床后，他们恢复了客气、拘谨，成年人就喜欢这样假客套，无非想表明他们并没有为了自私的目的利用对方的身体。没有牛奶，没有黄油，所以他们就喝黑咖啡，继续吃德国黑面包。

弗雷德丽卡一本正经地提起西奥巴尔德·艾琴鲍姆被打倒的事情。她说，她读过这份文件，当然，内容很令人反感，但她觉得，许多人可能会觉得，要不是上帝的恩典……

卢克说他不相信上帝，也不相信所谓的恩典，如果你是欧洲人，情况就有所不同，人们不得不做出艰难的抉择，而其他人都会记得。他说他的父亲是少数几个真正参加过抵抗运动的丹麦人之一。他曾经和英国军队一起训练，然后和突击队一起回去，加入降落伞空投。对于那些妥协了但事后说没有的人，他不是很宽容。

"你就这样变成了半个英国人，对吗？"

"不完全对。他在埃塞俄比亚认识了我母亲，当时，他们都在埃塞俄比亚传教。所以他回到这里来。"

"他们都还健在吗？"

"哦，是的。他们都是虔诚的基督徒。我没有接受哥本哈根的工作，因为我受不了他们，想离开他们。"

他没有看着她。这不是恋人交代各自背景的时刻。她觉得他还有另一场仗在打，他的心思在别的地方。他对她也不感兴趣，他对弗雷德丽卡不感兴趣，他没有问起约翰·奥托卡尔，什么也没问。

"威基诺浦是欧洲人。他认识廷贝亨，战争期间，廷贝亨被关进集中营，他拒绝使用特权寻求释放。平斯基有许多亲人死在集中营里面。他们都不会原谅，即使他们选择了忘却。"

"艾琴鲍姆也当过囚犯。他付出了代价。"

"他是苏联人的囚犯。因为最后，他跟德军在一起。有些代价，总是要付的。"

吃完早饭后，他们又开车回去了。卢克把弗雷德丽卡送到她父母家的门口。他说他得去帮助评估一下损失。他轻轻地吻了她，心不在焉的。他说：

"谢谢你。"

"谢谢你"就意味着结束，弗雷德丽卡想。她走进房子。谢谢你。谢谢你让我用了你的身体。十分感谢你。

文森特·霍奇基斯和马库斯·波特在文森特的公寓里吃早餐，他们一直是笑容满面。文森特问："你不后悔？"马库斯说："你很清楚，我不后悔。"

副校长双手缠满了绷带出席学术委员会的会议。他对经济和物质损失进行了条理清晰、不带感情色彩的总结。他说事已经出了，他自己也有责任，现在要看警察怎么处理。亚伯拉罕·卡尔德·弗洛斯说，他希望记录在案的是，这次研讨会非常成功，直到最后出现外部入侵。这一点千万不能忘记。

社会学教授说，考虑到修复建筑的巨额费用，以及学生们强烈的反应，应该重新考虑数学和语言预科的设置。在英国教育体系下，这是不正常的。这是在制造恶意。他认为应该废弃这项课程设置，然后可以面向所有学生开设一系列文化研究课程……

莱昂·鲍曼说："我发现我们的学生代表并没有和我们站在一起。"

卡尔德·弗洛斯说："我发现摄制组记录了一部分……事件。虽然有些影像肯定有助于警方的调查，但是，有一些不幸的时刻……有些事情……我希望能劝他们不要公开。"

威尔基说："我们拍到她了。她披着黑色斗篷，拿着一根大棍子，挥舞着，跟游行队伍一起。"

"这个不能用。"弗雷德丽卡说。

"这是新闻记者的梦想。"

"你不是新闻记者。你会害死他。"

"这是他们的问题。"

"他们没有问题。"

"这是一场战役，是有计划的，没有取得好的结果。人都撤了，大篷车什么的。拔营了。几辆巴士坐得满满当当，沿着A1公路跑了。"

"他们会在别的地方接着闹。威尔基，请不要让她在电视上露面。没错，他纵容了她，她想干什么都由着她。但他不应该为此受到惩罚。"

"这是新闻。公众有权……"

"没有的事。公众只是嗜血。"

"非常棒的片子，"威尔基说，"不过，好吧，我就废了它。我先给你看看。"

"我不想看。我不想让她出现在我的脑海里。她是个危险人物。"

第25章

随着时间不断推移，这场被称为"战役"的事件变成了传说，大学开始了修复工作。卢克的论文在《自然》杂志上发表，有一份星期天的报纸报道了这篇论文，将他描绘成一个令人害怕的遗传宿命论者和道德悲观主义者。威尔基对弗雷德丽卡说，他们应该叫他来上节目，用他的论文题目作为节目的主题，弗雷德丽卡说不好，他们已经谈过了，他认为他们不上档次，不想来。卢克参加了一些公开辩论，接受了广播节目的采访，已经小有名气，可是，实际上他一直在等着电视台的邀请，但始终没有等到。卢克和弗雷德丽卡都时不时地回想起他们在校园纵火的阴影下共度的那个夜晚。在他们的心里，那个夜晚的影子都变了样。卢克突然感到一阵内疚，那个女人浑身湿漉漉，一丝不挂，趴在他的蜗牛壳上。然后，他想不到出于什么原因，他把这份记忆扔进了潜意识思考的"井"里。弗雷德丽卡让阿加莎和丹尼尔觉得，她明显的萎靡是约翰·奥托卡尔精神崩溃所致。这确实有一定的关系。她给自己买了一件自由牌的孔雀图案衬衫，但一直没有穿过。她想都没怎么想，就决定要一辈子独身。她的电视采访技巧更加娴熟，还参与了其他艺术节目。她本来水平就很不错，如今越来越好，这是因为她不焦虑了，她不害怕。她没什么好在意的。

下一个学年开始时，也就是1969年9月的下旬，她邀请亚历山大·韦德伯恩和丹尼尔去哈梅林广场吃晚饭。她现在要管莎斯基亚和利奥，她去参加研讨会的时候，两个孩子是阿加莎管的。这几天阿加莎去参加一个考试委员会的会议，她要负责确保公平评判，这是一项复杂的工作。弗雷德丽卡对亚历山大说，她觉得他们目前的生活方式即将结束了。

"为什么？从各方面来看，这种生活方式还是很不错的。"

"因为阿加莎马上会发大财。鲁珀特·帕罗特告诉我，《北国行》很畅销。他们一直在加印。大家都在看。孩子们在看，大人也在看。主流文化在看，反文化也在看。大人要重温童年的时光，孩子们想看有趣的情节。莎斯基亚和利奥已经成了学校里的大名人。可是我想不通，一个这么有钱的女人怎么会继续生活在伦敦南部的荒漠里。"

"我发现，这里有绅士化的倾向。在广场四周，许多人家都装了黄铜门环，换了新的百叶窗，窗框也换了很多。"

丹尼尔说："你问过阿加莎了吗？"

"没有。随便她吧。"

"你们是一家人。两个女人和两个孩子，你们这一家子可真有意思，但总是一家人。她不会想要分家的。"

"可是，她以后的生活方式，我可能跟不上。"

"她还没有什么变化呢。"丹尼尔说。

丹尼尔也有自己的烦心事。他的儿子威尔从来都不是尖子学生，但总还过得去，他的爷爷也一直盯着他的学习，可是，突然间，他每次考试都不及格。相反，玛丽的表现非常突出，学校认为她是个天才（丹尼尔认为这随了她的母亲），所以让她跳了一个年级。他一听到这个消息就赶回去了北方。他想和威尔谈谈，但谈话很不顺利。威尔瞪着眼睛，两只脚动来动去，冷不防地反过来数落了他一大堆，这些话深深烙在了丹尼尔的脑海里。他说，他很小的时候，丹尼尔就抛下他不管。丹尼尔并不真的关心他，他只关心教堂地下室里的那些堕落的灵魂。他妈妈的不幸逝世，丹尼尔是有责任的。丹尼尔是个坏人，他信奉的是坏宗教，他不是真的相信上帝，他并不明白上帝是绝对的存在，他只在临近考试的时候来。

最后一项指控让丹尼尔受不了。他说他信仰什么是他个人的事情。

威尔义正词严地说，不，不是的。他没有权利表现得像个……修士，实际上，他并不虔诚。

你这些乱七八糟的东西，是从哪里学来的？丹尼尔质问他的儿子。

"你根本不在乎我从哪里学来了什么东西，也不在乎我信仰什么。你什么时候和我谈起过上帝？"

丹尼尔回答不出来。

"从来没有，"威尔说，"什么时候有过？从来没有。从来没有。从来没有。只谈他妈的考试，这种鸡毛蒜皮的小事。"

"别骂脏话。考试不是鸡毛蒜皮的小事。如果你想听，我就跟你说说上帝。"

"算了吧，我不想听。早就没有用处了，那时候……可能有点用处。你为什么不回去陪那些堕落的灵魂？跟他们在一起，你会感觉更舒服。你跟我在一起不舒服。"

"威尔……"丹尼尔说。威尔已经数落完了，根本不想再听他说什么。

亚历山大告诉弗雷德丽卡，他将于11月去北方，在朗罗伊斯顿上演一部话剧，帮助大学募集资金修复被破坏的设施。他说，在那次暴乱中，他为《阿斯翠亚》设计的服装损失惨重，而这不是副校长主要考虑的方面，他主要想要修缮学校受损的设施。

他说他要上演莎士比亚的作品。他的剧本写作不太顺利，灵感枯竭了。他想应该可以演《冬天的故事》。当然是在室内演出，那是"冬天"的故事。一部关于悲剧后重生的戏。主题很合适。

弗雷德丽卡说她父亲一直很讨厌那部戏。"为什么？"亚历山大问。

因为它刻意把悲剧变成喜剧，无视真实的感受。无视一个被关在地窖里十六年的女人的感受，最后只是让她从雕像中现身。

"因为艺术的狡狯。"她若有所思地说。

亚历山大问丹尼尔怎么看。丹尼尔说他不了解这部戏，他阴沉着脸盯着地板，好像能够看穿地板。

"希望你不会讨厌它，"亚历山大说，"对于这部戏，我想采用我们当时上演《阿斯翠亚》的方式，主要由业余人士来演，再搭配几个专业演员。我想知道你是否愿意参加表演。"

弗雷德丽卡很犹豫。她端起一盘水果递了一圈。深色葡萄、浅金色李子、石榴、奇异果、橘子和中国猕猴桃。"没时间做布丁，这些天太忙。"她说。

她说她演珀迪塔太老，演赫米奥娜太年轻，演保利娜不够凶狠。而且，她已经失去了演戏的欲望。虽然她可以说一直都在演戏。

"我突然想到你可以演赫米奥娜，玛丽演珀迪塔。"亚历山大说。

"怎么又扯上了亲缘关系。对不起，我随口说的，你别介意。感觉有点不对劲。我不想再演戏了。"

丹尼尔想，有点不对劲，但他太累了，不想问是什么不对劲。他挑去水果里面的籽。他想，威尔也有弗雷德丽卡的基因，也有比尔的基因，不然他不会那么暴躁。他也遗传了他黝黑的皮肤和肥硕的体形。见鬼。

秋天，卢克·莱斯加德-皮科克又偷偷摸摸地去考察他的蜗牛，有一次，刚从自己在围栏上开的洞爬进去，他就听到了声音，于是停下了脚步，前面刚好有个小山包。他蹲下来向前爬，趴在小山包上观察着里面的情况。

听众聚集在鸡舍被烧焦的那块地上，紧挨着"他的"干砌石墙。他们在吟诵经文。他听到了石头撞击的声音。

有一个人靠墙站着，那是一个女人，穿着有褶裥的白色长外套。保罗-扎格坐在墙上弹着吉他，约翰·奥托卡尔站在他旁边，用单簧管吹着伤感的旋律。听众们手里拿着石头，跳着舞，排成队从他们身边走过，将石头朝那个女人扔去。他真的一度以为他们要用石头砸死她，但后来他发现不对，不完全对。他们从蜗牛墙扒了石头，扔在她面前和旁边，堆起来一个石冢，也像是一个不那么整齐的屏障。她站在里面瑟瑟发抖，天有点冷，他们唱着歌。

气氛不是很欢乐。

卢克在想，他们是不是要伤害她，如果是的话，他是应该留下来，还是去找人来帮忙。

后来他看明白了，他们不会伤害她。即使他们是在惩罚她，那也只是象征性的。

卢克退了出去，心里忐忑不安。

布伦达·平彻致阿夫拉姆·斯尼特金

　　我还在这里，为真正的民族学方法论事业做着牺牲。我没有磁带了，所以我必须给你写信，因为我必须和外界沟通，否则我会被卷入这里的事情，不能自拔。说是"沟通"，可能用词不当，因为这是单向的联络，不算是书信往来。这个我就不考虑了。我就假设你是真实存在的，在外面，可以收到我的"漂流瓶"。甘德还定期出去，扎格也偶尔出去。他们去购物，像往常一样，我们都指望他们头脑清醒，不要恍恍惚惚，能带回来一点东西，卫生纸、阿司匹林、手电筒的电池什么的，他们有时记得，有时不记得。

　　我们比以前更劳累，吃得比以前更少，都比以前更瘦了。我们经常打扫，但不知道为什么，也许这里面有些主观成分吧，这里的东西反而变得更脏了，油漆总被刮掉，又没有补回去，毯子也磨损了。我们现在有一些固定仪式。那些摩尼教徒喜欢用镜子和灯光，甘德拉回了满满一货车镜子：放在架子上的平衡镜、可以用螺丝钉在墙上的镜子、酒吧里的旧镜子、废弃电影院淘汰的装饰镜。我们有一个专门放镜子的房间，墙壁上挂满了镜子，我们还在里面搞活动，唱歌，跳舞。经常有演讲。约书亚经常讲，关于光，关于道成肉身，关于自我迷失。伊娃·威基诺浦也经常讲，关于玫瑰十字会，关于占星术的奥秘，炼金术变形。我想我不是唯一一个认为那些都是废话的人，不过很有意思的是，我们都

460

不会对其他人说出这种话。这可能就是贵格会的传统，但这可能是一件非常严重的事情，也感觉像是恐惧。好像一切都是炸药，或者说潜在的炸药，但还没有人想要爆炸。有些人希望永远不要爆炸，包括我在内。

到处都是野鸡，跑进跑出，到处拉屎，就像约克郡版本的圣牛，让这里感觉更加荒凉。我们仍然可以看电视，隔三岔五可以看一次，但节目是受限制的。我们只能看自然节目，很多蛇伪装成树叶，还有亚马孙流域致命的无花果树，我们还可以看儿童节目。没有新闻。你能告诉我吗？阿夫拉姆，如果你收到这封信的话，查尔斯·曼森是谁？他到底干了什么？

我一直在想，为什么大家都让着伊娃·威基诺浦，如今，她算是正式搬进来了。她甚至占了露西以往的卧室。我感觉她就是一根避雷针。因为我们都躲着她，我可以说我们都讨厌她，但那像是女学生说的话，我们不这么说，我们说得更原始，我们被她排斥，被她惊吓，除了那些对她着迷的人（扎格、卢卡斯·西蒙兹、霍利教士）。因为我们都被她排斥，除了那些人，剩下的我们刚好凑到一起，不在乎对方心里想什么，无所谓会不会受到刺激。

此外，她不知道用什么方式，化解了吉迪恩和约书亚·拉姆斯登之间的矛盾，吉迪恩很性感，但已经不那么迷人，脾气暴躁，而约书亚长相帅气，说话干脆、有深意，但也是脾气火暴。不得不承认，他那张脸真的很可爱。对于伊娃，他既抵触，又不知道怎么回事被她吸引住了，好像很喜欢她的胡言乱语。

我一直不想告诉你，阿夫拉姆·斯尼特金，阿夫拉姆·斯尼特金，谁应该是真实的、平凡的（好吧，你就不是这样的），就住在这个平凡世界的某个地方。我一直不想告诉你我害怕什么。有一天我们都要死了，我一定要先告诉某个人。

他经常谈到石头，也经常谈到光明、水果和镜子，都引用自《约书亚记》。这是一部真正血腥的书。上帝和约书亚总是用像石头那么大的冰雹击打人们，使他们屈服。

众所周知，在传统上，被石头砸死的罪行之一是通奸。

有一个女孩怀孕了，应该说是一个女人，我害怕写这个，阿夫拉姆。是那个留着长辫子的鲁茜，我猜想孩子是吉迪恩的，因为没有人说到孤雌生殖。尽管人家问她的时候，她总是瞪着眼睛，目光呆滞，说她不知道那是怎么来的。

但是，我们没有拿石头砸死她。约书亚引用了《新约》里的一句话：你们中间谁是没有罪的，谁就可以先拿石头打她。

然后他说，我们都有罪，因为我们都是一体的，我们可以扔一堆石头作为纪念。

于是，我们一个个从可怜的傻瓜鲁茜身边走过，一本正经地在她面前扔一块石头，没有恶意的石头，扔了一大堆。

这很愚蠢，也很可怕。

我想出来，但不能出来，因为民族学方法论者的荣誉感要求我坚持到底。

我不知道，阿夫拉姆，我们是否也会被象征性的石头包围。我是说，他们已经当真了，她就像当众戴了颈枷手镣。

他们没有派人去请医生，也没有送她去看医生。我试探性地跟埃尔维特·甘德提起，他说：

"要等到适当的时候，亲爱的姑娘。"他说着打了一个响指。如果我们都死了，原因就是他给我们制造幻觉。

约书亚·拉姆斯登也有可能是孩子的父亲。我是说，否则他为什么不去追究吉迪恩的责任？也有可能是因为性爱让他感到尴尬，提到性爱，虔诚的信徒都感到尴尬。

如果我嗅不到这丝气息，我就成不了一名优秀的社会学家。不，肯定是吉迪恩。克莱门茜已经不在乎了，所以这更讲不清楚。

她们，包括伊娃·威基诺浦，都想成为光明少女。

我不想。但我觉得我必须说我愿意。

我想吃炸鱼薯条，我想吃玛氏巧克力棒，我想要你，阿夫拉姆·斯尼特金。

埃尔维特·甘德致基兰·夸瑞尔

别担心，别担心，老朋友，亲爱的朋友，一切都在掌控之中，或者说，如果不在掌控之中，也可以说正在扩张，非常壮观地结出奇妙的果实，开着奇妙的花朵，还有阵阵烟火。

是的，我宣布我是一个负责任的人，适合看着威基诺浦夫人，是的，我宣布这里是一个治疗社区，她在这里是安全的（是的，如果你愿意，老朋友，这里的人们可以离她远远的）。我深信，这样会使副校长、警察局长和所有其他有关各方冷静下来。这肯定符合我的个人利益。同时，我可以向你保证，你的前病人约什·兰姆，也就是约书亚·拉姆斯登，他绝顶聪明，他正在开展一项"伟大的工作"，将彻底改变我们这些参与其中的人，我们所有人都摆脱不了他，死心塌地跟随着他。

这些人不是病人，也不是很有耐心，但他们……也就是我们……都跟着他走上精神的旅程，不可避免地要穿过被阴影笼罩的山谷，但光明就在前方，所以最好跟着继续前进，而不是蜷缩在医院的毯子底下，因为麻醉昏迷着。

我们生活在一个永远闪烁着象征性真理的世界里，这个世界与现实世界有许多神奇的关联点，岩石、石头、树木、镜子。我每天都在学习同步之美，以及惊人的美的多层巧合。

那个女人，也是你的前病人，葡萄园夫人，是一个愚蠢的老太婆，老巫婆，老丑婆，这个老丑婆却说出了真正的女祭司才会说的话。时不时，经常，不由自主地，我要第一个承认这点。她是一根导管，导着天上和地狱里的水母的血液、汗水和眼泪，基兰，啊，好恐怖，好美丽！

在献祭的羔羊和复仇的公羊的白色羊毛和苍白的额头上，也就是在被宣教的信徒的身上——或者是其中一个——她发现了真正的"血汗"，红色的汗珠子。一层血。他就是作品，《神秘合体》，石头，这是真正的墨丘利、地狱使者，出生时是一股白光，白色分解开就是五颜六色，像彩虹，像孔雀尾巴。她给我们讲了一个深奥的造物主故事，上帝创造了孔雀，孔雀去照镜子，这只可爱的鸟对自己的美丽感到万分惊讶，所以额头上冒出了红色的汗珠子，而其他所有生物都是由这些汗珠子形成的。

我一直在读荣格的《炼金术研究》，我在读的时候，发现无意识里的颜色以及由这些颜色构成的联系和结构，线条和面纱，比现实世界里的臭袜子、老朋友、裤裆、指甲钳、垃圾等更加真实。我看明白了。但不像拉姆斯登看得那么深刻，他举轻若重，对两个世界都了如指掌。我要么就透过彩色的面纱瞥见光线，要么只能在茶叶、垃圾和脚趾甲屑中游走。他能从脚趾甲屑中看见光线，并能把光线弄出来。你有没有注意到……我觉得你还没有皈依荣格……荣格说炼金术的主要隐喻之一是酷刑？肉体必须呻吟着释放出灵魂，从石头中榨出血淋淋的光来，肉体的面纱被撕开，血流如注，这样"光之子"才会出现，然后发光。

听着，基兰，这是神迷，不是疯狂。但是，说了这些可能还不能解决你的实际问题：谁管你那些所谓的病人。（受害者吧！）

是我。

行吧？

是我。

握手，亲爱的基兰。

埃尔维特·甘德

布伦达·平彻致阿夫拉姆·斯尼特金

听着，你这个浑蛋，我要把这封信寄给你，希望你这辈子能做一件实事。

这边发生了一些事情。不好笑。我不敢写太多。

婴儿出生了。没有人去请医生，也没有人问过医生。这是一次可怕的分娩，我估计她尖叫了24个小时。威基诺浦女士挥舞着手臂，说不会有事的，还烧了吉祥物，气味令人作呕，让人窒息。我想，我也相信，是克莱门茜和露西救了孩子，也救了鲁茜。她流了很多血。甘德和扎格吸了一些东西，几乎不省人事。威基诺浦女士对拉姆斯登说："你来看看这个作品。"这是原话，他来了。他说他闻到了血的味道。嗯，他怎么可能闻不到呢，到处都是。总之，他大步走了进来，像牧师，看了一眼躺着的她，他们把她绑起来了，然后他就癫痫发作，浑身抽搐。卢卡斯和霍利教士按住他，想办法防止他咬舌头，然后把他拖到床上。他好像昏迷了。

很糟糕，但还有更糟糕的。

有一个叫艾莉的女孩。那算是以前了吧。她以前就病得很重，走得很平静。她很虔诚，刻意不吃东西，越来越瘦。越来越瘦。前几天，有人去找她，她睡在一个小阁楼里。那个人不是别人，是我。

她已经死了。浑身冰冷，嘴巴和眼睛张着。我想，他们必须去叫医生，或者叫警察。

但是，他们把她埋了，埋在花园里，用歌声和单簧管音乐陪葬。

尊重还是有的，死了就是死了，但这样是违法的。

他们似乎觉得，哦，这很自然，甘德说，她解脱了，她的旅程结束了。

阿夫拉姆，我觉得你可以把这个消息告诉别人。

可以告诉谁呢？

我不知道。

我能怎么办呢？

去他的。

《冬天的故事》在朗罗伊斯顿的大会堂上演。亚历山大请哈罗德·邦伯格（曾在《黄椅子》中饰演高更）来演莱昂特斯，请了剑桥大学的一个英语讲师演赫米奥娜，她是弗雷德丽卡的剑桥同学，现在是一名中古史学者。除了珀迪塔，其他角色的演员都是大学的老师和学生。他让玛丽·奥顿演珀迪塔，也许是因为她情感丰富，也因为布莱斯福德文法学校说她非常出色。为此，丹尼尔，还有弗雷德丽卡、阿加莎、莎斯基亚和利奥，都赶到北方来观看首晚演出。他们一起坐成一长排，比尔·波特挨着丹尼尔，温妮弗雷德坐在威尔的旁边，威尔坐在最边上，弗雷德丽卡坐在丹尼尔和亚历山大的中间。大学和县里的名人都坐在他们前面，包括马修·克罗，他坐在专门搬来的扶手椅上，裹着毯子。

文森特·霍奇基斯没有和大学的名人坐在一起，而是和马库斯坐在一起，在波特家那一排的后面。卢克·莱斯加德-皮科克和他们在一起。他看了看弗雷德丽卡在哪里，看到她跟家人和老朋友在一起，就把视线挪开了。

亚历山大参与了服装设计。有点古典，有点伊丽莎白时代的风格。第一幕，随着嫉妒的升温和审判现场的两极分化，男性角色都穿黑色的衣服，略带深红色，女性角色穿白色的衣服，略带紫色。男孩迈密勒斯也穿着黑色长袍、立领和紧身衣，像他父亲的缩小版。他展开斗篷，开始讲述鬼怪的故事："冬天适合讲悲伤的故事。"他对父亲说，"他们说我长得像你呢。"然后他就离开了，最终在悲伤和屈辱中死去。杰勒德·威基诺浦欣喜而又惊讶地听着纠结的句法，紧张的语言，莱昂特斯的嫉妒和痛苦，既连贯又不连贯，让人难受，又非常美丽。

卢克·莱斯加德-皮科克对台词有些厌烦，他盯着弗雷德丽卡的红头发。他一直认为她和埃德蒙·威尔基上过床，他们似乎就是一对，他看到她摸着亚历山大·韦德伯恩的胳膊，很亲昵。她是一个自由的女性。他也许可以去和她聊聊。也许不了。

马库斯突然想到了向日葵茎节的物理几何学特征，感觉很复杂。他四处张望寻找助记符号。

"我现在只能献出我的生命，给你异想天开的噩梦充当牺牲品。"赫米奥娜说。

"我的梦完全是你的所作所为！"她恐怖的丈夫答道。

这段经典的对话非常流畅，弗雷德丽卡想哭。她曾经梦见卢克·莱斯加德-皮科克，她想起了梦中的情景。那个梦境和当下略微模糊的记忆有什么关系？幕间休息时可以喝饮料。卢克决定去找弗雷德丽卡聊聊，他穿过大厅，发现她和她的儿子以及她儿子的校长在一起。校长戈登小姐对利奥说："玛丽演珀迪塔，你应该去演迈密勒斯。"弗雷德丽卡一只胳膊搂着利奥。"我不想让他变成迈密勒斯。"她说，"你好，卢克。不过，他在学校自己排的戏里有扮演角色。《绿野仙踪》。"

"我本来想演懦弱的狮子。但我演了稻草人。又唱又跳。"

"我一定要去看看。"亚历山大说。他又对比尔说：

"你感觉怎么样？"

"哦，上半场很精彩。总是很精彩。诗句，节奏，都很棒。就是那个遭诅咒的雕像。那个舞台设计很难，我想看看你究竟怎么处理。"

"这个需要一定的想象力。"

"我确实没有想象力。一直都没有。跟他一样，人老了就任性……我不应该……"

这些话和卢克毫无关系。他对弗雷德丽卡说：

"我看到了你采访那个爬虫学家的节目。你提到了我的研究。很多人发表了评论，针对电视节目谈起这个研究。"

"抱歉。"

"不，不，我不是那个意思。得到认可总是好的。我想说，谢谢你。"

弗雷德丽卡想起他上次跟她说"谢谢"的情景。她马上板起了脸。卢克不敢贸然再说什么。下半场开始了。

亚历山大让剪羊毛的和跳舞的乡下人穿上了鲜艳的粉红色、蓝色和黄色，那是60年代的新颜色，嬉皮士的颜色，1953年弗雷德丽卡在朗罗伊斯顿的露台上扮演年轻时期的伊丽莎白的时候，还没有这种染料。当时是冬天，可是亚历山大在舞台里里外外放满了人造的花，全是夏天的花，有罂粟花、百合花、玫瑰、翠雀、金盏花、旋花，那是一位聪明的中国艺术家制作的，他在苏活区找到了这个中国艺术家，当时，这个艺术家收入很微薄。舞台在吟游诗人画廊的下面，头顶上的屋檐雕刻着大理石男女像，这些男女位于森林之中，头顶上垂着树枝。

玛丽·奥顿出场了，她穿着端庄的白色棉布裙，戴着一顶花冠，看样子很轻，但很精致。她开始念珀迪塔讲"花"的台词：

> 哦，普洛斯皮纳！
> 既然这些鲜花让你感到恐惧，
> 那么就让它们从迪斯的马车上跌落下来。

丹尼尔很惊讶，效果这么好，他毫无心理准备。她演的是一个比自己大一两岁的女孩，她吐字清晰，让这伟大的诗句更有韵味。她表演自如，毫不做作，很有魅力。眼前这个人仿佛不是他的女儿，而是他的妻子。那只是一瞬间的事情，但他的感觉非常强烈，看到了活生生的人，就不由得想起了逝去的人。他双眼泪汪汪。他听到旁边有微弱的声音。比尔·波特在用袖口擦着眼睛。观众都是个体，也构成了一个集体，感动是各自的事情，但也是集体的。丹尼尔一只手抹着自己的眼睛，另一只手拍了拍比尔的膝盖，表示他知道大家都有同感。

接下来的戏节奏很快，出现了一些令人恼火的小场景，那位最伟大的剧作家回避了每个观众都有权期待的细节、补偿和高潮，对话也都采用间接引语来敷衍观众，父亲终于和可爱的女儿团聚，他哀悼了女儿十六年，但结果女儿还活在人世间，此刻的她取代了他死去的儿子和襁褓中的她自己。弗雷德丽卡想，真是胡闹，她一直都是这么认为的。"我能理解他为什么这么做，我们也能找到借口，因为这是他干的，但是，总觉得是在胡闹……"

为了去看一眼那个遭诅咒的雕像，观众挤作一团，发出刺耳的声音，一起向前挤。

亚历山大已经尽了最大的努力，就跟之前和之后的许多人一样。他把那个女人放在一个基座上，给她蒙上了一层薄纱，模仿17世纪的大理石雕像，那时候，大理石雕像用石头象征"肌肉"，上面覆盖着象征性的石头"衣服"。他用隐藏的金色别针，把精致的薄纱盖在王后的脸上，造成了一个假象，好像在黄昏时分，一阵阵风吹过本来没有风的冥界。他把薄纱稍微弄湿，这样，脸的轮廓，包括鼻子、颧骨、眼球、嘴唇和眉毛，就依稀可见。在白色聚光灯的照射下，样子煞白，差不多能以假乱真。1953年的白色灯光没有这么纯洁和凄冷。

王后复活的执行人保利娜领着怒气早消、充满悔意的国王进入

"密室"，后面跟着和解的朋友、他的女儿和女儿的年轻情人。

这个舞台设计真是巧妙。

> 莱昂特斯：瞧，王兄，你不认为她在呼吸吗？那些血管里面不真的流着血吗？
>
> 波利克塞尼斯：妙极！她的嘴唇上似乎有着温暖的生命。
>
> 莱昂特斯：艺术的狡狯，使她的不动的眼睛在我们看来似乎在转动。

"艺术的狡狯。"比尔·波特嘴巴动了一下，但没有发出声音。丹尼尔看见了。亚历山大的灯光变成了玫瑰色和金色，吟游诗人画廊下面充满了流动的微光，伴随着三弦琴、双簧管、鲁特琴的音乐响起，那个蒙着薄纱、脸部轮廓若隐若现的"雕像"开始从基座上下来走动着。舞台上的"密室"堆满了无色的绢花，都是透明的，像诚实花纸盘状的角果，或者冬天蜗牛退回壳中后封口的盖子。玫瑰色和金色的光线改变着这些幽灵般花瓣的形状，让它们看起来更加实在。玛丽扮演的珀迪塔头发上有一朵花，在灯光的照射下像一朵火焰一样，闪闪发光。这座雕像是现场唯一在移动的东西，正朝国王走去，像新娘一样揭开薄纱，玫瑰色的脸凑过去让国王亲吻。

丹尼尔·奥顿和比尔·波特都哭了，抹着眼泪。

事后按惯例举行了庆祝活动。比尔·波特想告诉丹尼尔他的发现，他们刚才已经有过交流，但丹尼尔正在人群中寻找他的女儿。于是，他告诉了弗雷德丽卡。"我刚刚才想通。什么时候想通都不算太晚。活到老，学到老。悲喜剧的关键，真正的关键，是刚刚目睹了一场悲剧，结局却皆大欢喜，但这绝对不是用一个喜剧的结局来糊弄观众。这是一种艺术，是艺术的需要。艺术是狡猾的，人类需要狡猾的艺术，人们最终都会有一个幸福的结尾，因为你知道这种事情在生活中不会发生，人老了，就有权拥有一个意外的幸福结局，之所以意外，是因为你不相信。你在听吗？"

弗雷德丽卡心不在焉，她正在寻找一位科学家。他穿上了外套，正准备离开。

丹尼尔找到了玛丽。他本想说："你怎么样都行，就是不能死。"他把她抱在怀里。这时她和正常女孩一样，在他的怀里蹦蹦跳跳。她说："我都念对了，我都记住了，每一个字，好像是我自己说的话……"

温妮弗雷德走了过来。她说："玛丽，你真可爱！有人见过威尔吗？"

"他刚才坐在你的旁边。"丹尼尔说。

"哦，他自己起来出去了，剪羊毛的那一场戏刚刚演完就走了，我以为他去上厕所了……应该没有走远。但他没有回来。"

"可能回家了。"丹尼尔说，他想了想，然后说，"我回去看看。"

"他不大高兴。"玛丽说。她没说为什么。她没必要，她很乖。

威尔不在家。他回过家，这是丹尼尔后来发现的，因为他的短大衣和自行车都不见了，他的书桌抽屉打开着，翻了个底朝天，没人知道他拿走了什么，因为大家都尊重他的隐私，他的房间里乱七八糟，大家也没有去干涉。

自行车不见了，那倒是令人担忧的事情。

他可能去骑行，行程比较远，但总是会回来的。也有其他的可能性。大家都不知道该怎么办。那是十一月的夜里，约克郡的高沼地上笼罩着浓雾，路上非常危险，羊和人走的小路坑坑洼洼，自行车根本骑不了。

大家冒着大雾去找他。也给他的同学打了电话，但大家都一无所知。一整个夜晚就这么过去了。早上，警方报告说，有一个农民看到一个人骑着自行车，在大雾中沿着米默冰川湖疯狂地骑行，大雾像窗帘一样，偶尔会散开，就在这个时候，车灯照到了他。

利奥说："他过去常常去听那个扎格演奏。帐篷还在的时候。他喜欢他的音乐。我不喜欢。"

丹尼尔和弗雷德丽卡一起开车去了邓维尔庄园，门口有个留着长头发的年轻人告诉他，没人来过这里。不行，他不能进去。

弗雷德丽卡说卢克·莱斯加德-皮科克进去过，他在围栏上扒了个洞，他的蜗牛在里面，她碰巧知道。

卢克开着蓝色雷诺来到弗雷亚斯加斯。一家人都非常紧张，感觉要疯了。玛丽坐在一个角落里哭泣，她可能觉得，如果不是她的荣耀时刻，就不会发生这样的灾难，跟别人家的兄弟姐妹一样，她觉得这一定是她的错。比尔正在打电话。利奥脸色苍白，浑身颤抖。弗雷德丽卡正在和利奥说话，对于他的到来，她只是微微一笑表示欢迎，然后没有再理会他。她没有安慰他说会没事的。她告诉他说有不少事情要做。她脸上的表情专注而成熟，卢克从未见过。他和丹尼尔一起前往邓维尔庄园的时候，她正搂着那个男孩坐着，两个人都盯着窗外，表情严肃。母子俩长得很像。

卢克和丹尼尔钻进围栏的时候，高沼地上的雾仍然很浓。他们大步穿过石南地和农田，走向庄园，因为雾很浓，他们顺利来到院子的后门，没有被人发现。他们四周雾气笼罩，灰蒙蒙的一片。鹅警觉性好，叫了起来。丹尼尔向前指了指。自行车就靠在外围房子的墙边。

"现在怎么办？"卢克说。

"进去把他找出来。"丹尼尔说。

他们俩，一个身材粗壮的男人，一个身手敏捷的男人，迈着大步穿过院子，走进厨房。厨房里有很多女人，动作都慢吞吞，她们正在洗衣服，有些在做菜。她们都穿着一模一样的白色长裙。厨房里潮气很重，空气也非常混浊。房间里挂着白色的衣服，衣服上绣着白色的图案，图案有太阳、星星、月亮、向日葵、甜瓜和葡萄。这些衣服就像挂毯，也让人回想起从前刚洗好的衣服挂在衣架上用滑轮传送的场景。梳妆台和抽屉柜上也搭着衣服，上面还放着许多蜡烛和夜灯。房间里可以闻到毛皮和羽毛的气味，也有狗、羊和母鸡的气息。

有个人说他们不欢迎不速之客。

丹尼尔说他是来找儿子的。

有个人说他儿子不在。丹尼尔说他打算去找他。

卢克站在门口，左右张望，十分警惕。

丹尼尔挤开那些女人，走进主屋。那是一栋古老的房子，曾经庇护过清教徒和不奉国教者，卫斯理曾经在餐桌上布道。丹尼尔站在楼梯下面，抬头看了看昏暗的彩色玻璃窗，虽然他看不见，但玻璃窗上画着基督徒和有希望的人走过约旦河前往天堂之城，"站在另一边的祭司为他们吹响了号角"。

一个黑影站在楼梯的转角。那是伊娃·威基诺浦。丹尼尔不知道该怎么形容她，她看上去就像个木乃伊。她的头发一如既往地光滑，眼睛化了妆，嘴唇红红的。她的目光有些飘忽。她睁大着眼睛，但好像不是盯着他。她说：

"你不应该到这里来。"

"我来找我的儿子。"

"你找不到他。如果他在这里，那就说明他已经跟玛利亚一样，'选择了更好的一部分'。"

"胡说。"丹尼尔说。

他从她身边走过，闻到了她身上香水的香味，感觉像遗体防腐剂的气味。她说："你不能待在这里。"

"我也不想待。找到我儿子，我就走。"

他继续往上走，打开一扇又一扇门，走进一间间宿舍，还检查了杂乱的橱柜。最后，他打开了一间阁楼的门，阁楼很长，打开门，迎接他的是令人眩晕的光线，就像水下洞穴里的波纹反光，就像舞厅里的镜面球体不停旋转发出的炫酷彩光。阁楼里确实有这么一个球体，就悬挂在天花板上。

这间阁楼就像一个反光镜箱，两边都是镜子，镜子后面还有镜子，相互照射。里面有一台电视机，播放着白色的噪声。有几张矮桌子，放着各种各样的玻璃盘子，盘子里放着各种各样的蜡烛。有几个巨大的白色垫子，垫子上面坐着穿着白色衣服的男性听众，这些应该是这里的部分男性听众。他看到了吉迪恩，他看到了霍利教士，他们都穿着长到拖地的白衬衫，像两只皱巴巴的老核桃，双眼暗淡无光。他看到了卢卡斯·西蒙兹，穿着朴素的衣服，天使般的脸闪烁着光芒。他没有看到威尔，但他看到了扎格，他穿着白色的衬衫，里面是银色的紧身衣，像一个十字军战士，但懒洋洋地靠在一堆枕头上。他没有看到甘德，他也没有看到约翰·奥托卡尔。

"我来找我的儿子。"

"在这里，你找不到他的。"

"那么，我想和约书亚·拉姆斯登说几句话。"

"他不和陌生人说话。"扎格说。

"那我就去找他。"丹尼尔说。

事实上，锡达芒特的基兰·夸瑞尔曾经找过他，他对治疗社区的现状感到不安，他去找丹尼尔，是因为丹尼尔参加过四便士聚会，在圣西蒙教堂和霍利共事过，应该是一个脚踏实地的人。夸瑞尔曾经跟丹尼尔说过十一岁的约书亚的故事，以及他父亲的悲惨命运。

丹尼尔抬起头发蓬乱的头，大喊："威尔！如果你在里面，你就出来，出来！威尔，马上出来。"

有两扇门同时打开，一扇是屋檐下的一个储藏间，另一扇是两排镜子中间通道尽头的那个房间。威尔从那个储藏间里爬出来，跌跌撞撞。他满脸泪痕。他站起来，又摔倒了。他说："他们给我吃了方糖，白色的方糖。"

"他们都是浑蛋。"丹尼尔说。

从另一扇门出来的是约书亚·拉姆斯登，他走到房间的中央，双手放在背后，面对丹尼尔站着。

"我是来找我儿子的。"丹尼尔说。

他们面对着面。拉姆斯登在自己的众多影子中间看到了丹尼尔的黑影，他就站在无数个反射门的门口，镜子上有一层"血幕"，所以看不大清楚。

丹尼尔眨了眨眼，看到了血，又眨了眨眼，血就不见了。他说：

"恐怖的旅行不是精神旅行。你不应该伤害年轻人。他得回家了。"

"家？"拉姆斯登反问，"经过疏散和驱逐，哪来什么家？我们正在打一场仗。他选择了参战。他可能还没有准备好，或者还不够强壮。"

有一阵子，丹尼尔感觉眼前那个人很陌生，很疏远，在精神世界里，都是迷失的人、沉思的人、勇敢的人和鲁莽的人。他一度也想去那个地方。他以前也是个牧师，但跟这个人不一样，将来也不会一样。

他双腿叉开站着，像挥舞斧头的樵夫一样，面对着那个低着头、头发雪白的高大身影。

"你的气色很不好，约书亚·拉姆斯登。一切都会烟消云散，就像水从漏斗中流走。你是在自杀。你需要休息。"

约书亚·拉姆斯登看着镜子和光线，镜子、血和光线。他一边走一边说，与此同时，旁边似乎有无数张嘴巴在说话，在举行无声的大合唱。他似乎听到他的父亲在说话，父亲说，纯净的白光是散不开的，他一直知道，并采取了明智的行动，现在约书亚也必须那样做，但他没在恰当的时候死去。

"我是光明祭司，"他说，"结局难以预料，摩尼知道。难以预料。"

"你看样子病得很重，约书亚·拉姆斯登。我认为你需要有人照顾。"

"快了。"

"你有权利自杀，但不能杀害别人。"他把儿子搂在怀里。

拉姆斯登看见了那个女人死后的嘴巴，假牙从嘴巴里脱落出来。丹尼尔看见了斯蒂芬妮死后的嘴唇，嘴唇后卷，他每天都看到那个情景。

他们面对着面。

"回家吧，"拉姆斯登说，"这里的事，顺其自然。"

丹尼尔指了指房间，以及房间里的东西和长袍。

"你看不见吗？这一切都是世俗的，也是以人为本的。它们解放了被困在思想的橱柜和盒子里的东西，你就是你，回归自己。这比完全不信教更人性化，比在高沼地上自己一个人吹口哨更有人味。人是根本。"

"你知道什么？你对神秘视而不见。"

"我知道，单纯的人文主义也是不够的。脱离人的任何宗教，都是注定要失败的。信奉人性的宗教比所谓的追求真理更甜蜜。那只是婴儿的假奶嘴，你和我都认同这一点。我儿子说，我不是虔诚的教徒。他可能是对的。我做的工作，是宗教死亡之后总该有人干的事情。不仅为了抽象的人性，而是因为我们是有宗教信仰的人，而互相关爱是我们的传统信仰。我是信教的，上帝不是人，我也不知道他是什么。好吧。我要带走儿子了。"

威尔蹲在地板上，颤抖着，抽泣着。丹尼尔在他身边蹲下，双手环抱着他。

"听我说，威尔。我关心那些落魄潦倒的人，虽然他们没有感恩之心，是的，我也关心吸毒成瘾、晚上会做噩梦的有钱女人，因为需要有人关心他们，因为我们要让人们看到希望。这个工作就落在我们的身上，但我不知道需要付出多少。如果你没有玛利亚的慧眼，那么，你就必须跟马大一样实在。道理很简单。石头堆砌在一起，就可以构筑坚固的房子，让人们感受到什么是善良的，什么是安稳的，不会支离破碎的。相信我，要支离破碎很容易，难的是始终保持安稳。回家吧。"

威尔摇摇晃晃地走过来，他睁着大眼睛看着正在融解的框架，眼前的隧道正在后退。楼梯上有危险，很可怕，但楼梯上的那个人影已经消失了，只留下一股强烈的气味。丹尼尔牵着儿子回到厨房。他看见了鲁茜，她站在水槽边，正在给胡萝卜削皮。

"你呢，鲁茜？跟我们一起走吗？"

她张开嘴。但没有发出声音来。她跑了出去。卢克还在后门守着，他感觉有人把什么东西塞进了他的手里。鲁茜又跑了回来。她递给丹尼尔一包东西，丹尼尔放开威尔去接过来。那是一个婴儿，非常小，非常虚弱，裹着一块破毯子。

"这个给你！"鲁茜说，"你带走。我不走了。我不要她。带走吧。"

"带走吧。"克莱门茜·法勒用沙哑的声音说。

丹尼尔的心思都在威尔身上，就把小家伙递给卢克，小家伙哼哼着，但没有哭。卢克说：

"取名了吗？"

"没有。"鲁茜说。

"索菲，"露西·奈比说，她在一个黑乎乎的角落里，"伊娃叫她索菲。"

鲁茜对卢克说："交给杰奎琳。"

他们花了很长的时间才回到围栏的洞口，然后上了雷诺车。一路上，威尔摔倒很多次，他的面前似乎有耸立的悬崖，但事实上只有黑乎乎的石南，他嘴里嘟囔着说周围有很多野兽，眼睛都睁得大大的，像灯火。卢克抱着婴儿，笨手笨脚，很别扭，他认为杰奎琳肯定不想要这个孩子。雾气盘旋着，好像变成了一只野兽，庞然大物，贴着高沼地的表面，伸展着粗壮的四肢，像是在摸索什么。雾气流动着，时散时聚，又湿又冷。威尔又坐了下来，说他快要窒息了，他说他不行了。卢克说那是水汽。威尔说上天想让地球窒息。丹尼尔说，嗯，还没有，也不至于。

塞到卢克手里的东西原来是一封写给阿夫拉姆·斯尼特金博士的信，收信地址在伦敦。信上没有贴邮票，于是，温妮弗雷德找到一张贴了上去，然后把信寄出去。英国人不会打开别人的私信。弗雷德丽卡知道斯尼特金是谁，但不知道他在哪里。马库斯在教学中心见过他，但不知道他是谁。

第26章

丹尼尔经常在想，后来的事情是否都是由他引起的。两天后，在一个晴朗的夜晚，曾经看见威尔骑自行车的农民看到高沼地的上方有红色的火光。人们都知道听众会在那里点篝火什么的，但这次的火光比较沉闷，烟雾弥漫，还夹杂着爆炸进溅出来的火花。回到家喝了杯茶之后，他非常冷静地报告了这件事。消防车从布莱斯福德出发的时候，整个邓维尔庄园已经在熊熊燃烧，差不多快化为灰烬了。因为里面没有电话，所以没有人打电话求救。许多热心的人们，包括丹尼尔、杰奎琳、卢克·莱斯加德-皮科克和弗雷德丽卡等，都挤进汽车，穿过高沼地前去帮忙。

人们后来得知，那是一把"净火"，即要净化这个地方的篝火。要点净火，最好是用干木头摩擦取火，然后把一块沾过邪气的布点燃，一般是放牛的人穿过的衣服，在这里，就是"有罪的人"穿过的衣服。木头摩擦取火最好由双胞胎兄弟来完成。这里刚好有一对双胞胎。上述信息都来自布伦达·平彻。当火势从衣服蔓延到灌木丛、扑向所有房子的时候，她是唯一跑出来的听众，她跑到路上，去拦过往的车辆寻求帮助。她果真找来了帮手，他们不顾一切冲进熊熊燃烧着的外围房子，把所有畜类和家禽都赶到安全的地方。布伦达·平彻给消防员指明奈比家的孩子们睡觉的地方，消防员搭起梯子，及时把他们救了出来。

所有人都冲进冲出，脸都被熏得黑乎乎，几乎谁也认不出谁。在扑灭绵羊托比亚斯身后的火苗时，弗雷德丽卡想，里面的人和外面的人真的有天壤之别，那个时候，里面的人都被火焰包围着，成了奇异景观的一部分，而外面来的人之所以来到这里，至少有部分原因是要近距离观察别人受难的情景，好像一般人都有这种奇怪的情结。即使受伤了，她想，也不是一回事。她不停奔跑和搬东西，肺都快爆裂了。她在院子里碰到了卢克，卢克正在解开一个被烤焦的毯子裹着的东西。这个东西蹦蹦跳跳，不停旋转着，等到那张脸好不容易露出来，她看到原来是约翰·奥托卡尔，他可爱的头发几乎都被烧光了，他的脸也烤焦了。

"玩够了吧？"卢克说，"去给别人看看吧。赶快滚出来。别再闹了。"

约翰·奥托卡尔乖乖地站着，似乎很认真在听。卢克放开他，转过来对弗雷德丽卡说："阁楼上肯定还有人。"他抬头看着阁楼的窗户，窗户上映着猩红色的火光，可以看到蓝黑色的烟雾翻腾。

约翰·奥托卡尔突然飞奔而去，跑回房子里去。"他妈的……"卢克骂骂咧咧地想跟着冲进去。

弗雷德丽卡拉住卢克："他疯了。你不要跟着。"

她气喘吁吁地说。他们相互拉着灰溜溜、脏兮兮的手，跑去寻求帮助。他们找到了一名全副武装的消防员。

约翰·奥托卡尔从房子里冒出头来，他一边大喊大叫，一边用力拽着什么东西。他拽的是他双胞胎弟弟的脚，大家看到一条腿在火焰中闪闪发光，那张长得一模一样的脸出奇地平静，头耷拉在地上，一头金发也被烧掉了。消防员拿着毯子扑上去。

弗雷德丽卡转身面对卢克，卢克抱住她。

这时里面有东西爆炸了，大家都急忙跑去找掩体。

最终发现死了三个人。大家原以为会有更多。约书亚·拉姆斯登是在一堆破碎和熔化的玻璃中间找到的，镜子和电视，不过只剩下了烧焦的骨头，还是从他的假牙架认出他的。伊娃·威基诺浦似乎是坐在扶手椅上被烧死的，她生前肯定睁大了眼睛瞪着不断靠近的烟雾和火焰。

鲁茜蜷缩在窗台下，双手抱头，金色的辫子烧焦了，但遗体还算完整。

奥托卡尔双胞胎兄弟在幸存者之列，住进卡尔弗利总医院的烧伤科，在同一间病房里，躺在相邻的两张床上，面对着面，他们的绷带和皮肤移植的部分出奇地对称。

弗雷德丽卡去看过他们。他们都没有说话。他们的嘴唇上都涂了东西。

埃尔维特·甘德在锡达芒特苏醒过来，看着基兰·夸瑞尔，基兰·夸瑞尔非常生气，但也看得出他终于安心了。他的烧伤不算严重，但浓烟呛入肺部，肺烧伤了。

"我的错，"夸瑞尔说，"是我的错。"

甘德用沙哑的声音说："我们都有责任。"

"责任分大小。"基兰·夸瑞尔说。

在楼梯的拐角，在伊娃·威基诺浦走到生命尽头的那个房间外面的楼梯平台上，人们发现了几堆烧煳的书。

报纸的报道题目有《一个必然发生的意外事件》《一个可怕的命运》《一个邪教的自我毁灭》。一名记者认为不存在所谓的意外，并引用了劳伦斯的话说，每个人的命运都是自己决定的。这位圣人般的观察者说，大多数邪教的结局都是突然崩溃、自我毁灭，没有什么例外，对于邪教，人们可以像看蜂巢、蚁穴和鸡窝那样，里面的东西都差不多。

丹尼尔·奥顿心里非常清楚，意外肯定是存在的，所以，他每天都去弗雷亚斯加斯教堂，为一个注定要死的人祈祷，想把他从可预料的大屠杀中拯救出来。丹尼尔坐在人造的石头堆里，不断进行反思。他做出了冷酷而明确的判断。然而，他搁置了自己的判断，因为最重要的是善良，是威尔，是从火中跌跌撞撞跑出来的那些迷失的灵魂，露西、吉迪恩、克莱门茜、霍利教士、奥托卡尔兄弟，还有那个焦虑的小个子女人，她就是原本和那个地方格格不入的布伦达·平彻。

布伦达·平彻找到了阿夫拉姆·斯尼特金。他穿着一件汗衫和一条不太好看的内裤躺在他的大篷车里，打着呼噜。他的头枕在没有枕套的枕头上，头发和胡子散开着，像一把打开的扇子。他差不多就是反大学运动仅存的一个人。帐篷都不见了，农舍也空空如也，都已经消过毒。大学要求他离开，他说："会走，肯定会走。"但迄今为止还没有走。

她摇醒了他。

她问："我的信呢？"

他抽着鼻子，嘴巴里叽里咕噜，手伸到床下，拿出一个又一个塑料袋，里面装满了未拆开的信。

"账单，"他莫名其妙地说，"迫害。非现实。"

布伦达·平彻左右看，想找一件武器。她找到一本塔尔科特·帕森斯的书，拿起来重重打在阿夫拉姆·斯尼特金的肩膀上。她一边不停地打他，一边又哭又笑，他没有还手，一边退缩，一边笑嘻嘻。

后来，在发表了重要的《女人派对：女性人际聊天研究》之后，她又发表了《归入邪教：信仰结构发展的民族学方法论分析》。

大火过后，卢克又把弗雷德丽卡带去了罗德比。他们给弗雷亚斯加斯打电话，确认利奥还在熟睡。卢克打开一罐西红柿汤，菜是红色的，有甜甜的奶油味。夜里很冷，他们坐在露台上，手里拿着热乎乎的黑杯子。他们看着星星，看着蓝黑色的天空，以及高沼地的黑色山脊，一边聊着天。卢克穿着带兜帽的短大衣。弗雷德丽卡在瑟瑟发抖。他拿来鸭绒被盖在她身上，把她卷成一个圆锥体，不过还带着尾巴。鸭绒被又轻又暖和。弗雷德丽卡的尖下巴托在鸭绒被的上面。被子上印着疏疏落落的佩斯利花纹，她一直都不喜欢这种花纹，因为太普通了。有些是深红色，也有红色和橙色的。有些像海蛞蝓有褶边，有些像小鲸鱼有尾巴，有些是精细的分叉，像静脉或蕨类植物。此时，弗雷德丽卡精疲力竭，但一切似乎都那么尖锐、清晰、透明。她感谢卢克给予她温暖，对这种花纹发表了评论。

"佩斯利花纹源自东方，有某种象征意义，我一时间想不起来是什么，"她说，"我一直都不很喜欢。但是，如果看得更仔细一些，你就会发现，这是人类创造力的绝佳范例，意义不大，但令人愉快。"

卢克说，他不喜欢象征性的意义。有些佩斯利花纹让他想到闭上眼睛，轻轻按一下眼睑时，你在视网膜上看到的图案。他们都试了试。弗雷德丽卡看到蓝色的游泳池，卢克看到了明亮的火花。看到佩斯利花纹，他还会不由自主想起一张放大的雌性螨虫的照片，那是比尔·汉密尔顿曾经给他看过的。我在演讲中举了它作为例子，你应该还记得吧。记得，弗雷德丽卡说。这种螨虫食用腐朽橡树上的真菌丝。有两种未交配的雌性和少量的雄性，雄性与雌性交配后，母体就会裂开生出幼虫。有些交配后怀了孕的雌性属于一种特殊的"分散形态"，长着像龙虾一样的爪子，用来抓住想飞离橡树的昆虫毛茸茸的前腿。卢克说，雄性从来不分散。

弗雷德丽卡蜷缩在佩斯利花纹的被子里面，说他让她看到了一个完全不同的世界，这是真话。他们仰望着星空。弗雷德丽卡认可了占星术的诗意，但是，她只认出来猎户座腰带上的三颗星星。卢克说，那是双子座，你看，那边是白羊座，那边是三角座、金牛座、鲸鱼座。可是，他不知道为什么要给它们起这些名字。弗雷德丽卡有没有意识到，我们只能看到黑夜，是因为宇宙正在膨胀？如果宇宙没有膨胀，无论我们往哪里看，我们的视线都会止于某一颗星星。就像往树林里看。整个天空就是一颗星星的表面，永远闪烁着星光。但是，因为宇宙在膨胀，所以我们看到了黑暗。因为宇宙膨胀，来自遥远恒星和星系的光线会减弱，它们也变成了很小的光点。我喜欢黑暗，卢克说，他坐在露台的墙上，实际上就是一个黑影，他的头向后仰着，尖尖的胡子在黑暗中只能看到黑乎乎的轮廓。

他们没怎么谈起邓维尔庄园发生的事情。在他们的心目中，那个地方已经变成了一个闭合的形式，一堵火墙包围了正在坍塌的石墙，里面有常人难以想象的渴望、毁灭和痛苦。那是另一回事。弗雷德丽卡小心翼翼地说，她无法理解。她的父亲已经将宗教从她的心里赶出去了，他是一个狂热的反宗教主义者。卢克望着远处的高沼地，说他能够理解，因为他曾经信过教，是虔诚的教徒。他有过一些经历，他认定这些经历符合基督教的教条。他后来经历了其他一些事情，于是他变得更加理智，但他的信念跟从前一样坚定，认为这一切都是虚假的。都是编的。全是错的。他说："可以说，第二次的光线要强得多。世界变得真实了。"

然后，他陷入了沉思，双眼死死盯着地面。

"这两次经历之后，我对很多说法产生了怀疑，"他说，"第一个是'现实'，'真实性''创造''爱情'等。这些词语都变得十分空洞。"

披着羽绒被的弗雷德丽卡一动不动，一言不发，注视着他在黑暗中的影子。

"所谓'创造力'就是个例子，"他说，"我们的丹麦祖先相信宗教，他们认定只有上帝才有创造力，我想，出于对宗教的残余尊重，我尽量避免使用这个词。但是，我还没有真正想明白，因为我认为目前这个词的使用有潜在的宗教根源，正是因为宗教，我们才想不明白。聪明的作品和有创意的作品有什么区别吗？我不认为有什么区别。我看过你的电视节目，有一期节目讲到这个话题，嘉宾是埃尔维特·甘德和平斯基。我很不喜欢。"

弗雷德丽卡缩到被子里去。

"这里面有个人的原因，"卢克说，"现在回头想起来，我们可以发现，埃尔维特·甘德那个可怜的老头正在走向荣格神秘主义，不管那个可怜的家伙为什么会走到那一步。平斯基还好。我觉得这个故事对我自己不利，因为主题词应该是同步和巧合，但我不相信这两种说法。"

然后，他跟弗雷德丽卡说起杰奎琳和那个未曾存在过的孩子，他说平斯基在推销弗洛伊德围绕"有人"这个词的自由联想，他自己感到很失望，很愤怒。他说，愤怒。他说，实际上，在"自由女性"那期节目，弗雷德丽卡关于女性问题的讨论对他没有什么帮助。

"我不是在和你说话。"

"你不知道你是在和谁说话。我也是观众。"他说,"总之,如今的杰奎琳可能已经是一个非常成功的自由女性。"

弗雷德丽卡的身体在颤抖。

"很抱歉。我说的话让你不高兴了。很荒唐,对吧?你在想什么?"

"我在想凉亭鸟。在想孔雀尾巴、你的演讲、你罐子里的孔雀羽毛和诚实花。达尔文对孔雀尾巴过于漂亮而感到恐惧,他当然是对的,他要消除一个可怕的想法,即上帝之所以创造美丽的孔雀尾巴是为了让人类向往快乐的天堂。但是,性别选择的理论并不能解释为什么人类会觉得孔雀尾巴很漂亮。或者说,为什么我们对凉亭鸟的凉亭感兴趣。我们喜欢凉亭鸟,因为它们是我们的影子。你在演讲中说过,雄性凉亭鸟用天堂鸟的漂亮羽毛,加上蓝色的花、贝壳和其他东西一起装饰它们的凉亭,你说这是为了吸引雌性凉亭鸟。但是,你没有说为什么凉亭鸟会吸引博物学家和美学理论家,也没有说为什么孔雀对男人和女人都有吸引力,他们能看到有隐喻性质的'眼睛',但其实那是不存在的。"

他笑了。"根据达尔文的理论,我的好奇心和你的审美愉悦,也都属于适应性能力的范畴。和孔雀的尾巴一样,可以这么说。我就像原始社会的狩猎采集者,要关注自然的规律。我关注蜗牛和鸟。你的兴趣和能力有所不同,你能够识别完美的眼睛和羽毛。"

"你自己也会做比喻。你在做关于孔雀的华丽的演讲时,我看你戴了一条孔雀围巾。弗洛伊德认为,每个人的姓名都有一定的意义,虽然姓名不是自己选择的。不信邪的人,你的星座是什么?"

"天秤座。唯一以人造无机物作为象征的星座。"

"你看。你也为此感到骄傲。你建立了没有意义的联系。你也有人性的弱点。"

"我从来没有否认过。"

"你是个艺术家，像凉亭鸟一样。"

"雄性凉亭鸟对待雌性凉亭鸟特别恶劣。先把一只雌性鸟勾引进来，然后就糟蹋、殴打她，最终把她赶出去。为了给下一只雌性凉亭鸟腾地方。"

"非常恶劣。"

"这很自然。很正常。但不是一个很好的类比。霍德·平斯基会叫你谨慎些。人类不是凉亭鸟，尽管我认为我们的基因有很多共同点。要上床睡觉吗？"

因为身体疲惫，他们都很温和，也相互体谅，因为彼此有了新的尊重，所以，跟通常的男女关系一样，他们产生了一定的陌生感，事实上，他们本质上就是陌生人，只是比第一次的陌生感更强烈。弗雷德丽卡想到了杰奎琳，她有生以来第一次对另一个女人有了纯粹的性好奇，然后一丝嫉妒感油然而生。她对此很感兴趣。也许，嫉妒是正常的性行为的重要组成部分，小说都是这么写的，因此意义重大。即使他和你睡在同一张床上，枕头挨着你的枕头，嘴角挂着开心的微笑，你还是有可能不认识那个人。

吃早餐的时候，他们聊起各自的未来，两人都小心翼翼，相互很客气。卢克说，电泳技术的进步，使得多年来对群体遗传学的耐心研究变得毫无意义。科学就是这样。有些东西一夜之间就被推翻。相邻蜗牛种群之间的差异，比人类和牛之间的差异还更大。他要继续研究下去。他想到了美国的实验室，以及日本的一些实验室，他们正在研究哺乳动物之间的关系，研究在自然选择的压力下，生物会在哪个环节发生分化。他说，分子钟正在消灭自然史。他想去参加他们的研究。

弗雷德丽卡说，她的愿望十分明确。她说她要回去伦敦，继续做电视节目。她说当空姐是每个女生的志向，做电视节目，她就是"空姐"。她主要是想做一些思考。

思考什么？卢克问。他的性欲得到了满足，他觉得她在床上和外面都非常干练，她真的精力充沛。

弗雷德丽卡说她要弄明白隐喻的本质。她曾经想过写一篇论文，关于17世纪的宗教隐喻。这个研究很有意思，因为17世纪的宗教诗人，以及讲寓言故事的人，都使用各种巧妙的隐喻，科学的、感官的、哲学的，代表玄妙抽象的思想，代表可意会不可言传的东西。

作为哥戎维和克尔凯郭尔的传人，卢克对此也很感兴趣。她说：

"我有一个想法，但那不是我的想法，在50年代很常见，就是说在17世纪，人们不再像从前那样愿意信仰。那些词语，像'创造'和'真实'等，都蒙上了神秘色彩。我想，通过这些隐喻，就可以追踪到思维的过程，可以了解大脑的工作机制。"

她说："我想找个地方来好好思考。包括为什么某些语言形式看起来那么完美、美丽。我的脑子不是第一流的。我想不出新的问题或者新的语言。但这可能并不重要，因为语言是我们大家都有的东西，有悠久的历史，是我们的共同点。"

她停下来，显得很迷茫。

"嗯，"卢克说，"你可以回大学去。"

"约翰也这么说过。对利奥有好处。但是，后来我觉得我不喜欢英语系，不喜欢成天研究英国文学。你做演讲的时候，霍德·平斯基做演讲的时候，我就产生了这样的想法，我发现这个世界比我以前认识的更大。如果我继续做电视节目，我就可以邀请西蒙·莫菲特来聊亚马孙流域的植物群和动物群，还有平斯基，还有你，如果你不那么反感的话，来解释基因、染色体，以及DNA的语言。你知道，新的隐喻，当今在用的隐喻，都在那个盒子里。那个盒子里还有战争、信仰和说服，和《失乐园》一样，但更加丰富多彩。"

"还有一大堆废话，一大堆折腾脑子的东西，还有广告、政治宣传……"

"是的，但很有趣，就是……"她用手指在早餐桌上画了几个圈，"我很茫然，非常茫然。我的脑子里一团乱麻。"

"我不明白为什么。埃德蒙·威尔基呢？他得到了感知心理学家的尊重。他把东西放进你的潘多拉盒子里。"

"作为女人，更难。"

"那又怎样？你要更用力地吹口哨，吹得大声点。你可能不会像在大学里单纯当教授那样成功，但你会拓宽你的知识面。"

"这才是最重要的。"

"当然。"

如果他说，你很可爱，如果他说，我希望你只属于我，如果他再说一次"谢谢你"，弗雷德丽卡就不会像现在这样身心都不安。层叠在滑落。火焰使他们焕然一新。她既生机勃勃，又心存恐惧。

第27章

1970年1月

弗雷德丽卡坐在哈梅林广场的地下室里，有条不紊而无情地剥着一朵温室菊花的花瓣，这朵菊花非常大，很好看，古铜色中透着红润，是诗人休·平克送给她的，她和平克成立了一个小组，在冬天的夜晚读《失乐园》和《仙后》。伤痕累累的花瓣散发着冬天的气息，那是葬礼的气息。

"流血，还是不流血？"弗雷德丽卡怒视着那朵花说，"流血，还是不流血？"

利奥走了进来。他说："别剥了。这么漂亮。别剥了。"

他的头发是古铜色，闪闪发光。

"哦，对不起。我心里不痛快。"被剥了花瓣的菊花只剩下一个黄铜色的花冠，孤零零的。

"这花儿没有惹到你吧。是休送给你的。"

"休也没有惹到我。谁都没有。没事。上学去吧。你要迟到了。"

利奥走后，弗雷德丽卡剥掉了剩余的花瓣。最后的答案是："流血"。像大多数神谕一样，答案是错误的。

弗雷德丽卡的生活似乎有了新的状态，日子不是很安定，但很顺利，很优雅。她与亚历山大和威尔基一起，给教育电视台做了一系列绘画节目。她要去阿姆斯特丹做凡·高的节目，去马德里做委拉斯开兹的节目，去威尼斯做提香的节目，行程满满，但很有趣。她又开始研究隐喻。她和威尔基、莱昂·鲍曼讨论制作关于思维化学的节目。还有卢克·莱斯加德-皮科克。她没有和任何人讨论过他，他和她也没有讨论过彼此之间的关系。他们彼此都很客气，他们见面的时候很高兴，分开的时候也很平静。他们不会使用"爱"或者"做爱"等词语，出于不同的原因，他们都感觉这两个词是"已经死掉"的词语。弗雷德丽卡没有想要和别人上床，也没有强烈地想要某人。这样，她就有了呼吸和存在的空间，他也有，他们见面的时候很热情，很开心。这就行了。

她和利奥去北方过圣诞节，卢克去了弗雷亚斯加斯，弗雷德丽卡没有跟任何人说起。他属于她的私生活。马库斯制作了更加精致的圣诞装饰品，他跟利奥和莎斯基亚解释什么是斐波那契数列，给他们画向日葵和松果作为示例。马库斯很开心。他就要去剑桥了，他获得了圣迈克尔和诸天使学院的数学研究员职位。文森特·霍奇基斯也要去剑桥。上次反大学入侵之后，他辞去了大学学监的职位，获得了哲学准教授职位。他在纽纳姆村买了一栋小房子，他和马库斯要一起住在那里。他没有来一起庆祝圣诞节。不管从哪个方面来说，他都不是这个家庭的一员。不过，马库斯提到"文森特说……"时非常放松，每个人都笑着，让他备受鼓舞。

杰奎琳·温瓦尔和丹尼尔一起来了。丹尼尔和卢克讨论过是否要告诉她鲁茜把孩子送给了她。卢克说这种事情很残忍，他不想掺和。那个婴儿营养不良，有各种难产后遗症，目前住在布雷斯福德医院，那是她妈妈曾经当护士的地方。丹尼尔去看过她。她非常安静。他决定不告诉吉迪恩或法勒她在哪里，除非他们问他。他们没有问。他们已经搬走了，没人知道他们去了哪里。

不过，他去见了杰奎琳·温瓦尔。他把鲁茜的话转告给了她，也告诉她那个孩子在哪里，他说伊娃·威基诺浦给她取了个名字，叫索菲。杰奎琳受过良好的基督教家庭教育，她面无表情地盯着窗外，然后盯着丹尼尔。

"为什么是我？"

"你是她真正的朋友。在她进去那个地方之前。"

"那么，我应该……"

"她这样做是错的。她不能勉强你，除非你自己愿意。"

"只要是正确的，我就愿意。"

"很难说什么是正确的，也许那只是你想要的，毕竟从小到大，我们所处的这个世界都在告诫我们，一定要先人后己。你不想要这个孩子。"

不要，杰奎琳说，她想去巴黎和法国神经科学家一起研究记忆的电学和化学原理。这就是我，杰奎琳说。她更急切地说，她也必须摆脱莱昂·鲍曼。他把实验室当成了他的后宫，他还偷窃别人的成果，他……他的科学水平很高，精力充沛，不断给她东西，像介绍她加入平斯基的长丝研究小组，但她想独立、自主，意思是说，丹尼尔应当理解，她不是要考虑个人问题，而是工作、实验、突触和轴突。杰奎琳说着，她的脸色煞白。可怜的鲁茜。这个傻瓜。也许吉迪恩……

"说不准。"丹尼尔说。他说，他觉得吉迪恩可能知道。他说，他不想去和吉迪恩谈，杰奎琳说那是明智的。她说："这不是你的孩子，不是你的问题……"丹尼尔说，这是他的问题，人家把孩子交给了他。可以这么说。

"交给了你，也算交给了我。"

"不对。我的工作就是处理棘手的问题。你的工作是研究神经科学。"

我不想做一个普通人，杰奎琳说。她突然感觉自己非常孤独，她的工作改变或扭曲了她的生活，她始终没有考虑过生活的意义。

丹尼尔做了一件他从未做过的事，他伸出双臂搂住了她。杰奎琳想，他不会做那种事情，他和吉迪恩截然不同。

"听着，这是你的生活，"丹尼尔说，"我儿子说我不是虔诚的信徒，作为一个不虔诚的教徒，我要说，你要坚持做自己。你变了。我喜欢你现在的样子。"

杰奎琳仰起脸让他亲吻。丹尼尔吻了她。他认识一个女人，因为她不能生孩子，她本来美好的婚姻就要破裂了，而收养管理部门认为她年纪太大。她可能会善待索菲。

"还是谢谢你告诉我，我很高兴，"杰奎琳说，"我不希望自己不知道……"

"没错，你还是想知道的，"丹尼尔说，"我知道。"他又吻了她，这次不那么温柔。他不太确定自己在干什么，但他似乎没有遇到反抗。

在圣诞节家庭聚会上，杰奎琳和丹尼尔对此都只字未提。弗雷德丽卡看着杰奎琳和卢克说话，嫉妒像针一样刺着她的心，但她似乎挺享受这种刺痛。杰奎琳和她自己都是自由女性新世界的成员，她们有收入，有自己喜欢的工作，有自己的思想，在性爱方面也能随心所欲。很有意思。她打扮得很漂亮。卢克虽然高谈阔论说男性是多余的，但他似乎也经过了精心的打扮。她就顺其自然吧。她想，她有时间。

突然间，她发现她没有时间了。她怀疑自己怀孕了，然后确认果真是怀孕了，她不知道该怎么办。怀孕扰乱了身心的平衡，对像弗雷德丽卡这样的女人来说，这总是很难受的，她们不会轻易就范，不会放弃逻辑思维的习惯，不容易入睡，也睡不香。与身体做斗争让她变得狂野，但并没有让她变得果断。她一遍又一遍地考虑各种方案，但所有这些方案似乎都是不可行的。对像弗雷德丽卡这样的女性来说，犹豫不决产生恐惧，会让她瘫痪。

她想给卢克打电话，给他写信，但不知道她到底想说什么，或者她希望有什么结果，或者他想要怎么样。她希望在跟他说什么之前自己先想明白，但她一直想不明白，时间一分一秒地过去，就像怀孕一样，慢慢地，但不可阻挡。

卢克曾想跟杰奎琳结婚。他从来没有说过要和弗雷德丽卡结婚。

而且，她自己也很笃定，她不想再结婚了。第二次怀孕让她想起第一次怀孕的情形，这是她原本已经忘却的记忆。被自己的身体所困，被另外两个人的身体所困，这让她感到恐惧。

还有一些现实的问题。电视。人们不希望看到"爱丽丝漫游奇境"里面有一个孕妇。

然后就是疲惫，失眠，照顾利奥很累，再照顾一个人，那就真的掉进陷阱里了。两边都是照顾。尽她所能去照顾。爱情。哦，是的。爱情。

利奥和卢克，卢克和利奥。他们没有任何关系。她不能要求卢克照顾利奥。她无法打破利奥目前的奇怪的家庭结构。和她、阿加莎、莎斯基亚在一起，他很开心。她想到了家庭。最近的所有运动，左派学生、更梦幻的反文化、各种宗教团体等，都把核心家庭视为一个静态的东西、压迫的来源、错误的社会形式和结构。父亲是谁？那是一个过时的维多利亚时代的问题。

她没有和阿加莎说，阿加莎经常不在，可能是因为她的那本书太成功。弗雷德丽卡认为，她应该自己先想清楚，但她无法思考。

显而易见的答案，合乎逻辑的答案是，她要马上停下来，快点，停止思考。

弗雷德丽卡什么也没干。也不绝对。她要守规矩，起码的规矩。她去了诊所，但没有找自己的医生，她买了一些维生素，她觉得自己很蠢。

细胞分裂非常快。细胞有目的地流动，收缩，扩张。细胞会长出丝状伪足，附着在囊胚壁上。细胞会形成一个神经管。

弗雷德丽卡感到恶心。生物钟嘀嗒作响，细胞像潮水一样，一层层地扩张。

因为她想不出该对卢克说什么，因为她认为有些事情坚决不能说，所以她没有说什么。他们一直通过电话和信件，随意而小心翼翼地保持着联系。通话和通信次数越来越少了。弗雷德丽卡认为，如果卢克真的关心，他可能会问。他没有问。他只是传达了一些关于大学重建的消息，问她是否会去北方。

弗雷德丽卡说，在可预见的未来，她不会去。她非常生气。

她讨厌自己的身体。

在电视上，她笑得很灿烂。她必须这样。看不见，就可以当作不存在。

细胞又在分裂，又在增加。生物钟继续嘀嗒作响。

看着她的人，也就是利奥说，他不知道她是怎么了，是什么东西跑进了她的身体。弗雷德丽卡说，她也不知道。

4月，她和亚历山大、威尔基一起前往荷兰，拍摄油画主题的节目。他们去了凡·高博物馆，拍摄了凡·高的《收割者》，在钴蓝色的天空下，金黄色的玉米在地里等待收割。然后，他们乘火车去海牙拍摄维米尔的《代尔夫特一景》，弗雷德丽卡看过这幅画的复制品，她也知道普鲁斯特在《追忆逝水年华》中以临死的作家贝戈特的视角写出对这幅画的喜爱，但她从未亲眼看过真迹。她穿着深蓝色的紧身衣，外面套了件松垮的短大衣，样子不是很好看，但很管用。坐在荷兰的火车上，她想威尔基很快就会注意到，威尔基的眼睛很尖锐，反应很快。威尔基想到马上就要目睹《代尔夫特一景》，心情十分激动，他相信那是在暗箱照相机的帮助下画的，船舷上的水滴看起来就像完美的球体，距离那么远，用一般视角是做不到的。

进去莫里茨豪斯皇家美术馆之前，他们站在庄严雄伟的台阶上，看着护城河里黑乎乎的水，几只白天鹅浮游在水上，悠然自得，黑白反差非常明显。摄制组早已先行进去做准备了。有一个男人，一个妇女带着一个孩子，还有一个女孩倚在石头栏杆上，看着天鹅。那个男人搂着女孩的肩膀。那个妇女站着，轻轻地倚靠在他的身上。那是一家人。然后，他们转过身来，那个男人挺直了身子，是个高个子。弗雷德丽卡和亚历山大都认出了他们。阿加莎和莎斯基亚·蒙德满脸微笑，还有荷兰人杰勒德·威基诺浦。他们是一家人。

显然，阿加莎曾想假装没有看见他们。然后，她抬头看看杰勒德·威基诺浦，后者笑容可掬。

"你都看到了。"她说。

"看到了。"弗雷德丽卡说。

"现在说什么都还太早。我们需要时间……"

亚历山大和弗雷德丽卡脑子里都飞快地闪过了一串故事，他们永远无法证实或否认的故事，出差，会议，以及他们对莎斯基亚说过的话，伊娃·威基诺浦之死和一见钟情等。

大家沉默了一阵子。

威尔基说："我们要进去拍摄。"

威基诺浦问："你们拍什么？"

"《代尔夫特一景》。"

"幸存和再生的奥秘。他们说修复得很棒，小黄墙上贝戈特抚摸过的笔画早就不复存在了，但效果完全相同。"

他招呼上一家人，向弗雷德丽卡和亚历山大鞠了个躬，然后就走开了。

拍摄工作历时很长，很累，灯光很热（即使伟大的《代尔夫特一景》被保护了起来），为了看起来尽量自然，他们不断重复拍摄，最后大家都筋疲力尽。弗雷德丽卡就这幅静态全景画问了亚历山大几个问题，他谈到了它对作家的意义，尤其是对普鲁斯特，那是不朽的艺术。弗雷德丽卡因怀孕而嗜睡，她感觉"小黄墙"是沙褐色的，接近于橙色。可能是因为她累了，有点分心，她总想起阿加莎，却要努力不去想她，要等到以后再去想，所以，他们不得不拍了好几个版本，这些内容最终会剪成十分钟的亲切对话。四周的画熠熠生辉。17世纪的镀金面孔影影绰绰，头上戴着奇异的帽子和头盔。精美的巨大花瓶，图案有条纹和斑点，颜色有红色、蓝色、白色、粉色、虎金色，对着厚重的石头窗户，窗外是天堂般的平原和森林。威尔基和亚历山大去其他展厅赶紧看一眼，与此同时，工作人员开始打包，撤了摄像机。弗雷德丽卡坐在《代尔夫特一景》前的一张长皮椅上，不知不觉睡着了。时间不长，但她睡得很深，她还是顶不住瞌睡虫的袭击。

醒来的时候，她都忘了她身处哪里。周围很平静，金黄色的建筑矗立在黑乎乎的水面之上，天空是蓝色的，一动不动，石头是粉红色的，悄悄地凝固了时间。她盯着《代尔夫特一景》，这幅画很宽，必须转动眼珠子才能看到全景。看着这幅画，她仿佛置身其中，她还领略到了完美的艺术，每一个细节都处理得十分完美，都经过了细致的思考、几何分析、化学分析，色彩重构得十分协调。这位艺术家并没有留下自己的痕迹，他没有留下华丽的笔画，让这样的笔画代替他的签名，难怪普鲁斯特和贝格特都十分佩服，在太阳的照射下，黄色的笔画都显得那么随心所欲。代尔夫特不是天堂，过去也不是天堂。过去和现在，它都是一个世俗的城市，有自己的市民阶层，尽管现在很平静，却经历过跌宕起伏的历史。弗雷德丽卡记得她产生了瞬间的幻觉，仿佛昏暗的房间里的光线就来自这幅画，事实上，光线是透过窗户照到画的表面而后反射回来的。除此之外，她感受到了大师的智慧。他给自己设置了只有他自己才能解决的问题，并解决了这些问题，从而制造了一个谜。

利奥说："我得和你谈谈。"

"什么？"弗雷德丽卡说。

"你都不告诉我，我不是傻瓜，我注意到了，我知道。"

弗雷德丽卡抬起头，她有点憔悴。

"我想知道你想要干什么。这也和我有关。但这不是主要原因。是因为你太痛苦了。我受不了。告诉我。你想要怎么样？"

"我也不知道，利奥。"

"婴儿都有父亲，"利奥说，"我已经有了另一个家庭。还有莎斯基亚。我想跟你说一件莎斯基亚的事情。这么多年来，她都不知道她的父亲是谁，她一直很难过。我们聊过。她经常想入非非。但她从来没有跟阿加莎说过这些话。她们不谈这件事，不代表她没想过。我要告诉你。"

弗雷德丽卡看着她儿子。家里就他们两个人，他今年十岁，他必将长成一个男子汉，家里需要一个男子汉。但他还是个孩子。

"我想到了莎斯基亚，所以……那个男人他是否知道？"

"不知道。"弗雷德丽卡说着就哭了起来，"我不知道该说什么。我也不知道该怎么办。我不能全压在你的身上。"

"家里有我，"利奥说，"这个婴儿是我的家人。还有卢克。"

她看到他有点害怕，可能是害怕她生气，也可能是害怕自己弄错了。于是，她向他伸出了双臂。

"我是个傻瓜，我爱你。你说得对。我们必须告诉他。然后，我们再想想该怎么办。"

"打电话……"利奥提议。

"我不行。"

"好吧，那么，我们就去那里。拜托了。我们去吧。"

5月的一个早晨，他们来到北约克郡大学，发现卢克既不在实验室里，也不在公寓里。进化塔里一个热心的邻居说，她想他可能是去挪威做实地考察了。她补充说，他一直在说要去日本。

弗雷德丽卡说他们应该去罗德比看看。她开车穿过高沼地，心里非常焦急，非常迫切，好像她原先过于拖拉，现在快赶不上了。利奥冷静而警觉地坐着，紧紧盯着四周。

罗德比似乎也被遗弃了。百叶窗关着，土墙边堆着几个塑料袋的垃圾，一束凌乱的诚实花扔在肥料堆上。弗雷德丽卡重重地坐到土墙边。利奥绕着房子走了一圈，回来报告说有一扇窗户开着，里面有一个石坛子，装满了新剪的黄色荆豆花。

"放心，"他说，"他还在这里。我们去找他。"于是，他们开车穿过高沼地，高沼地上几乎没有路，他们穿过荒野去寻找那辆蓝色的雷诺车，或者那个长着火红头发的人。

他们看到了荆豆花，像一片火海，沿着路的两边，穿过石南地。颜色十分鲜艳，太阳黄，夹杂着猩红色和深红色。在风中翩翩起舞，弯曲着，闪烁着，像火焰拍打着石南乌黑的根部。弗雷德丽卡不假思索，径直开往她曾经和约翰·奥托卡尔一起找到蜗牛研究者的地方，那里的树木俗称"画眉鸟的砧板"。天空中堆满了庞大的白色卷积云，像移动的城堡一样向前推进，像一群群毛发蓬松的怪物，也像一面面帆船的帆。

利奥看见了那辆蓝色雷诺，就停在一条小路的边上，几乎被摇曳的金色灌木丛给遮蔽了。

他们下了车，像猎人或驱赶猎物的人一样，步行出发，沿着小路，穿过开阔的高沼地。利奥跳过灌木丛，在花丛中，他的头发像燃烧的火焰。鸟儿受惊纷纷飞起来，昆虫销声匿迹，褐色的蛾子则像灰尘一样升腾起来。弗雷德丽卡跑得很慢，但心思很活跃。她思考着自己的生活。她不由自主想起了《失乐园》，它似乎像一个巨大的气球飘浮在她的脑海里，发着自己的光彩，是一个自成一体的世界，由语言、宗教和科学组成，科学研究的对象是由虚幻的同心球体组成的宇宙，这个宇宙构筑了几代人的思想。那是她自己的一部分。她想到了《仙后》，想到了女骑士布里托玛，布里托玛在巫师梅林制作的魔法玻璃球里看到了她的恋人，这个玻璃球也是一座塔。她看着脚下的土地、蜘蛛网、散发着蜂蜜香味的荆豆花、泥炭和鹅卵石，想到了卢克的奇妙世界。她觉得，在某个地方，在让维米尔画中的水滴像完美球体的科学中，在相互连接起来形成隐喻的神经元中，这一切都融为一体。在她面前，似乎水滴里还有另一个生物，另一个人，解开了绳子的一头。

利奥翻过一座小山坡，发现卢克正朝他走来。

"你在这里啊？"他说，"我们正在找你。"

卢克抬起头，看见弗雷德丽卡站在地平线上。她穿着一件奇怪的衣服，那是她在《镜中奇缘》节目中穿过的劳拉·阿什利花裙，她之所以穿上这件衣服，只是因为它是用厚棉布做的，看不出腰身，从胸脯下面就呈扇形展开。是奶油色的，点缀着粉色的花朵和橄榄绿的叶子。袖子很长，领子上有一圈荷叶边，围着她长长的脖子。下面刚过膝盖，弗雷德丽卡大步走着的时候，修长的腿露了出来。海风吹乱了她的头发，也把裙子两侧的褶皱往后吹，裙子贴住肚子，她的孕妇体态一览无余。一两只受惊的羊从她面前跑过，这时，她看起来就像一个不该出来放羊的牧羊女。

卢克穿过荆豆花走上去，弗雷德丽卡小心翼翼地走下来。利奥没有动。他看着母子俩相遇，然后听到他们大声说话。卢克喊了一句。弗雷德丽卡也回了一句。风呼啸着，吹起了他们的衣服和头发。然后，卢克搂住弗雷德丽卡，利奥知道这下好了，问题解决了，就继续往上朝他们走去。

他们站在一起，看着跳动的高沼地，看着空中飘移的云朵，看着远处黑乎乎的海岸线。那有个人造的预警系统，由三个灰白的巨大圆球体组成，竖立在金色、绿色和蓝色的背景之中，就像来自另一个世界的不速之客，可能是天使，也可能是魔鬼。弗雷德丽卡对利奥说："我们接下来干什么呢？"大家都笑了起来。整个世界就在他们的面前。他们想去哪里都行。"我们想想吧。"卢克·莱斯加德-皮科克说。

致　谢

　　这本小说能写成我要感谢许多人，他们为我提供了各种宝贵的帮助。在蜗牛、遗传学、生理学和认知学等方面，我承蒙史蒂夫·琼斯和弗朗西斯·阿什克罗夫特的教诲，他们对我有问必答，并提供了很有创意的建议。1960年代初，乔纳森·米勒和理查德·格雷戈里让我对视觉、记忆和认知等产生了浓厚的兴趣，迄今为止，他们一直是我的良师益友。

　　史蒂文·罗斯、海伦娜·克罗宁、罗伯特·欣德、帕特·巴特森、马特·里德利、理查德·道金斯、约翰·梅纳德·史密斯、安东尼奥·达马西奥、塞米尔·泽基、马里恩·道金斯和阿诺德·费恩范斯坦等让我获得了许多科学知识。我曾向马克·奥克利牧师和J. S. 冯特博士求教宗教方面的掌故，向大卫·考特、马丁·阿什、杰夫·纳特尔、约翰·弗雷斯特、丽莎·阿璧娜妮西和卡门·卡莉咨询1960年代的社会文化。迈克·迪布和利安娜·克莱恩为我提供了电视节目方面的参考，利安娜拍摄的关于野生荆豆的影片很好看，对我帮助很大。我对电视的兴趣最早源于1960年代末，受到朱利安·杰布的启发；克拉拉·索德雷加玛让我知道什么是阅读障碍；丹尼尔·法布尔在鸟类民族学研究方面颇有建树，给了我很大的启发。在紧要关头，我刚好阅读到查尔斯·林德霍尔姆关于人格魅力的精彩著述，后来我们还经常通过电子邮件往来。很久以前，朱迪·特雷瑟德就激发了我对团体和团体疗法的思考。1960年代，约翰·雷恩·刘易斯和詹姆斯·米切尔就促使我开始思考宗教文化，可惜他们现在都逝世了。

我非常感谢我的译者们，让-路易·谢瓦利埃、安娜·纳多蒂和梅勒妮·瓦尔兹，他们都和我深入探讨过这部作品，提出了有益的意见，克劳斯·贝克既提供了许多有趣的事实和语言的补益，也提供了非凡的见解。

对于这本作品的出版，吉尔·马斯登功不可没，她把我的生活打理得井井有条，也帮我打字，不仅如此，她很懂我，很懂这部小说。

出版社的艾莉森·塞缪尔和卡罗琳·米歇尔都很热情、睿智、耐心，我的经纪人迈克尔·西森也是如此。我的编辑珍妮·乌格洛是所有作家都梦寐以求的编辑，她头脑清晰，为人热情，是个完美的读者。

导读：成年爱丽丝的童话世界

（姚成贺　北京师范大学外文学院英文系副教授）

　　四部曲的终了之作《吹口哨的女人》在国外出版于2002年，拜厄特继续讲述着自由女性们在英国社会变革旋涡中的人生经历。20世纪60年代，电视作为新的媒体形式刚刚兴起，在大众文化中占据一席之地；精神分析与遗传学的发展挑战人类既有的自我认知；极端的宗教信仰引发越来越多的争议；年轻的学生们举起了反智的大旗。在这样的社会背景下，《巴别塔》中摆脱婚姻羁绊的弗雷德丽卡与童话故事《北国行》的作者阿加莎，两位单身母亲带着各自的孩子组成了一个奇特的家庭。阿加莎在事业和写作上顺风顺水，成为自由女性的杰出代表；弗雷德丽卡也已经历并摆脱了男性的控制，继续寻觅满足自己智性需求的新途径；将蜗牛作为研究对象的杰奎琳完成了博士论文，走上了学术之路。

　　小说标题取自古老的英国谚语："女人吹哨，母鸡打鸣，亵渎上帝，祸害男人。"（A whistling woman and a crowing hen, are neither fit for God nor man.）意为女性参与到男性主导的领域中是不合时宜的，无疑延续了四部曲自第一部《花园中的处子》开始的女性成长主题。17岁的花园处女弗雷德丽卡而今已是33岁的单身母亲，不再执着于写作，也放弃了教学，但依旧渴望学习与思考。走进电视新媒体的她，在这个精巧的盒子里吹响口哨，逐渐成长为犀利、渊博的"成年爱丽丝"。

在卡罗尔的《爱丽丝漫游奇境》中，柴郡猫与爱丽丝初次对话时，爱丽丝问柴郡猫："请你告诉我，离开这里应该走哪条路？"

柴郡猫："这要看你想上哪儿去。"

爱丽丝："去哪里，我不大在乎。"

柴郡猫："那你走哪条路都没关系。"

爱丽丝："只要我能走到一个地方就行。"

柴郡猫："你一定可以的，如果你走得够久的话。"

成年的爱丽丝——弗雷德丽卡相信：你一定可以的，如果你的口哨吹得够响的话。因为女性参与到男性主导的领域中，只有"努力吹得更响"，才可以被听到，获得生存的机会。

生存与革新的意象弥漫于整部作品。故事的开局便充满了结局的意味，处处暗示着四部曲行将结束。小说开始于1968年的一个夏日，阿加莎写给两个孩子的童话故事《北国行》毫无征兆地完结了；弗雷德丽卡与情人约翰的情感之旅危机重重；杰奎琳与生物学家卢克的蜗牛研究终结于一场大火，二人晦暗的情感关系也走向尽头。在卢克的梦中，杰奎琳化身为或棕或棕黑的鸟，有着金色尖利的喙和金色的眼睛，暗示她正是另一位吹口哨的女人。

爱丽丝在奇幻世界探险的同时不断追问"我是谁"，弗雷德丽卡也在追问："谁能告诉我我是谁？"她曾渴望做演员，体验那些她尚未经历的高贵举止与陌生环境；也曾打算像一个容器般生活在莎士比亚关于生活以及爱的言辞之中。如今，她的生活呈现多个自我混杂的画面："她是父母的孩子，是一个女人，是孩子的母亲，是约翰的情人，还是一个孤独的人。这几重身份纠缠不清，就像缠绕在陶罐中的蛇，让她感到很不安。"在自己因电视节目而逐渐为人们熟识之后，她最终发现，成为一种人们期待中的样子削弱了她作为人的本质。她的脸成了"一张面具，一张胶片，一个投影，成了她和人们之间的隔膜，她再也听不到他们的真心话"。在《镜中奇缘》访谈节目镜头前的微笑华而不实，只有阅读这种真正的技巧才能够揭示意义。对于弗雷德丽卡而言，阅读就像鸟儿张开翅膀飞翔一样自然。她相信，小说永远不会过时，也不会终结，因为故事永远不会结束，结局意味着新的开始。正如卢克的反思，结局不过是按下暂停键，真正的开端尚未到来。

一场大火净化了整个世界，带来弗雷德丽卡的新生。最终成年的爱丽丝——弗雷德丽卡走向她个人的童话式结局，尽管不是童话里"王子和公主结了婚，从此过上了幸福的生活"，却同样是出人意料的大团圆——鸣叫的鸟儿与蜗牛走到了一起。因为成年的爱丽丝想要拥抱的，是真实而复杂的人，不再是一个只存在于观念中的符号。在阿加莎的童话故事《北国行》中，啸鹟（whistlers）是一种神秘的雌性生物，半鸟半人，可怕的叫声足以令听者致命。她们不属于鸟类也不是女人，伴侣必须在男人与鸟类之间做出选择，但她们不会放弃自己的羽毛。爱丽丝已经长大，成年的鸟儿懂得如何呵护自己的羽毛。

爱丽丝的奇境中充满对英国政治生活的影射，《吹口哨的女人》同样并未局限于女性思考与女性命运，而是一如既往地以"观念"为核心，从艺术、智性、生活的多重视角描写战后英国社会。20世纪60年代末，一切都激荡在破旧立新、与过去决裂的激情之中。弗雷德丽卡主持的电视访谈节目《镜中奇缘》希冀创造一种新的思维模式；践行全新教学理念的北约克郡大学组织跨学科的学术研讨会；反对机构规训压迫的学生运动意欲完成决裂，创造一个新世界。

《镜中奇缘》围绕一个器物、一种思想和一个人物展开，体现知识的共享与探索的过程。第一期节目的主题正是《爱丽丝漫游奇境》，围绕作者卡罗尔、荒诞无聊作品（Nonsense）以及古镜展开。嘉宾之一格雷戈里关于"眼睛与大脑"的皇家学院讲座充满了视觉谜语、镜子游戏、魔术伎俩，他还曾利用电视机测试观看者的接受与领悟能力，研究大脑如何构建视觉世界。节目中的讨论涉及从儿童的视角审视爱丽丝这部作品中维多利亚式的行为、对小门的心理分析式解读、爱丽丝梦境的超现实主义激情等内容。他就卡罗尔对"成双成对"的兴趣分析道：实际上存在两个爱丽丝，仙境中的爱丽丝·利德尔与她的表妹爱丽丝·雷克斯，爱丽丝·雷克斯手持道奇森逗弄她的橘子，本来在右手却在镜子中变成了在左手。"假设我在镜子的另一边，"聪明的爱丽丝说，"橘子不就在我的右手里了吗？"镜子自有其非逻辑的逻辑性。

镜像与成对意象成为小说建构社会图景的隐喻。小说中的北约克郡大学组织了广纳不同学科知识内容的身体与思维研讨会，提交论文并宣读研究成果的学者来自不同的学科领域。研讨会的准备工作伴随着反对学校机构的学生组织"反大学"的成立。学生们高举"打破人为限制，创造一个自由的空间"的旗号，要求校方改变大学课程设置，尤其敌视新近开设的人文通识课程，提出将一切知识纳入课程范围：无论是抽象的宇宙哲学、所谓的疯癫、资本主义制度的灭亡，还是制作柑橘果酱、蔬菜烹饪、种植香豌豆等实践活动。因为"世界丰富多彩，'反大学'也是如此"。通过给行政部门设置路障、书写包含无数从句的长篇大论，他们表达了解除被强加思想、被机构规训压迫的要求，以及以革命方式与腐朽的旧世界决裂、建立新世界的决心。在身体与思维研讨会期间，"反大学"组织招募各地学生齐聚校园，讲台上与讲台下的明争暗斗之间穿插着学者和学生们思想的碰撞。

镜像与对话最终交汇于《镜中奇缘》。成为宗教组织精神领袖的摩尼教徒兰姆认为，收看电视节目是一件非常可怕的事，它会改变人们意识的性质，包括智者、无知者、愚蠢者。电视这一科技进步的产物并未沦落为消解读书、交谈、思索的可怕魔兽，而是充满感性与理性、使心灵与激情相联结的智慧魔盒。随着节目中文学与科学、人文传统与神秘知识展开镜像般的对话，弗雷德丽卡逐渐成长为一个视野开阔的爱丽丝，在文化、社会的现实之网中吹响口哨，越来越嘹亮。

拜厄特的小说从来不只包含单一的话语结构，四部曲始于1978年《花园中的处子》的出版，终于2002年《吹口哨的女人》的问世，以20世纪50年代利维斯时代的剑桥大学到80年代精神分析思想主导的文化学术圈为主要背景，涉及艰深庞杂的不同学科领域，有关文学、哲学、社会学、语言学、心理学、精神分析学、脑神经科学、基因遗传学、生物学等学科的思辨描写可谓俯拾皆是，不胜枚举。在这位极具智慧的女作家笔下，生活的原状与作家的反思糅合在一起，作品不仅情节生动，而且饱含丰富的思想。在《吹口哨的女人》的致谢词中，拜厄特记录了与不同领域的学者交流学习的经历：蜗牛与遗传学、生理学与认知、电视的可能性、关于鸟类的民族学著作、宗教文化等。在文学艺术之外的天地里，拜厄特与其笔下的弗雷德丽卡携手，在虚构的神秘世界里找寻激情与创意，探寻超越文学禁囿的新途径。从这个意义上说，拜厄特的确不啻为当代文坛的乔治·艾略特。

马上扫二维码，关注 **"熊猫君"**

和千万读者一起成长吧！